Zu diesem Buch

Martha Grimes, geboren in Pittsburgh/USA, studierte Englisch an der University of Maryland und lehrt heute Creative Writing und Literatur am Montgomery College in Takoma Park, Maryland. Sie machte mehrere ausgedehnte Reisen nach England. Martha Grimes gilt als wahre Meisterin des klassischen Detektivromans. Kritiker schätzen sie sogar höher ein als Agatha Christie.

In der Reihe der rororo-Taschenbücher liegen bereits vor: «Inspektor Jury schläft außer Haus» (Nr. 5947), «Inspektor Jury spielt Domino» (Nr. 5948), «Inspektor Jury bricht das Eis» (Nr. 12257) und «Inspektor Jury besucht alte Damen» (Nr. 12601). Im Wunderlich Verlag erschienen «Inspektor Jury geht übers Moor» (1991) und «Inspektor Jury lichtet den Nebel» (1992).

MARTHA GRIMES

Inspektor Jury sucht den Kennington-Smaragd

Inspektor Jury küßt die Muse

Deutsch von
Uta Goridis

rororo
Rowohlt

Inspektor Jury sucht den Kennington-Smaragd
Die Originalausgabe erschien 1983 unter dem Titel
«The Anodyne Necklace» bei
Little, Brown & Company, Boston/Toronto
Inspektor Jury küßt die Muse
Die Originalausgabe erschien 1984 unter dem Titel
«The Dirty Duck» bei Little, Brown & Company, Boston/Toronto

Umschlaggestaltung Barbara Hanke

Veröffentlicht im Rowohlt Taschenbuch Verlag GmbH,
Reinbek bei Hamburg, Mai 1993
Inspektor Jury sucht den Kennington-Smaragd

Inspektor Jury küßt die Muse

Gesamtherstellung Clausen & Bosse, Leck
Printed in Germany
1400-ISBN 3 499 12055 0

Inspektor Jury sucht den Kennington-Smaragd

Roman

Für Colleen und Jack

Erster Teil

London und Littlebourne

I

In der Londoner Underground tat sich nicht viel um diese Zeit – zwischen Mittagspause und Büroschluß –, als Katie O'Briens Violine die letzten klagenden Töne eines Nocturne von Chopin durch den gekachelten Korridor schweben ließ.

Äußerst selten schwebte in den Gängen der Wembley-Knotts-Station etwas anderes durch die Luft als Ruß. Katie zupfte an den Saiten und überlegte sich, was sie als nächstes spielen sollte. Niedergeschlagen inspizierte sie den offenen Geigenkasten: Paganini hatte ihr keine einzige Zehn-Pence-Münze eingebracht, Beethoven auch nicht. Überhaupt war zu den paar Münzen, die sie selbst hineingelegt hatte, nur eine einzige hinzugekommen, ein Fünf-Pence-Stück von einem verwahrlosten, neunjährigen Jungen, der aussah, als hätte er sich besser Milch dafür gekauft. Doch er hatte Katie zwei ganze Minuten lang seine uneingeschränkte Aufmerksamkeit geschenkt und dabei rhythmisch den Kopf hin und her gewiegt, als wäre ein kleiner Dirigent darin eingesperrt. Ohne zu lächeln hatte er dann seine Münze hingelegt und war weitergegangen, bis er schließlich vom Labyrinth der graubraunen Gänge verschluckt wurde. In der letzten Viertelstunde war der Junge ihr einziger Zuhörer gewesen. Charing Cross, King's Cross oder Piccadilly hätten bestimmt mehr eingebracht, wären aber auch viel gefährlicher gewesen. In diesen Bahnhöfen wimmelte es gewöhnlich nur so von Bullen. Sie schienen nichts Besseres zu tun zu haben, als den Straßenmusikanten das Leben schwer zu machen – den Gitarre- und Akkordeonspielern, die ständig zahlreicher wurden mit ihren offenen Kästen, ihren Balladen und ihren Liedern.

Ein Fünf-Pence-Stück. Wenn das so weiterging, würde sie nie genügend zusammenkriegen, nicht einmal für einen neuen Lippenstift, geschweige denn für das rosarote Satinhemd, auf das sie scharf war. Allein für die Jeans und die Bluse, die sie trug, hatte sie sechs Monate lang immer wieder hier aufspielen müssen.

Sie mußte bald zusammenpacken, denn sie wollte sich noch umziehen, bevor sie den Zug nach Highbury nahm. Das Kleid lag sorgfältig gefaltet in ihrer großen Schultertasche, die außerdem noch den neuesten Heartwind-Liebesroman und einen Cadbury-Schokoladenriegel enthielt. Auch eine Zeitung, den *Telegraph*, hatte sie gekauft, jedoch nur, um die Jeans und das azaleenfarbene T-Shirt damit zu bedecken, falls ihre Mutter in die Tasche schaute. Katie O'Brien zupfte an den Saiten ihrer Violine und seufzte.

In dem hohlen Tunnel hallten die Töne von den Wänden wider. In der Ferne war das Rumpeln eines Zugs zu hören, und ein weiterer Windstoß blies ihr die Haare ins Gesicht und Ruß in die Augen; er wirbelte die Papierfetzen zu ihren Füßen auf, als würde jemand am andern Ende die ganze Luft ansaugen. Ohne auf ihre neue Bluse zu achten, lehnte sie sich gegen die Wand und fragte sich, was sie als nächstes spielen sollte, ob es sich überhaupt lohnte, weiterzumachen. An der gegenüberliegenden Wand hing ein *Evita Peron*-Plakat. Die ganze Wand war über und über beklebt mit Werbung für Filme, Ausstellungen und Reiseziele. Evita trug ein trägerloses Kleid, die Arme hatte sie in einer Art Siegerpose erhoben. Vor ihr war ein Wald von Mikrofonen aufgebaut. Die schimmernden Lippen verunzierte ein Schnurrbart, auf die Corsage waren zwei spitze Brustwarzen aufgemalt, und in den hocherhobenen Händen hielt sie Hammer und Sichel.

Katie fragte sich, wie jemand die Zeit und Gelegenheit gefunden hatte, das Plakat so zu verschmieren, und sagte sich dann, daß so was überhaupt kein Problem war, zumindest nicht um diese Zeit in Wembley Knotts. Außer dem kleinen Jungen mit dem Fünf-Pence-Stück war kein Mensch vorbeigekommen.

Sie hörte Schritte in der Ferne und schob sich die Violine unters Kinn. Als die Schritte in dem zugigen Tunnel näherkamen, fing sie an zu spielen; sie hoffte, *‹Don't Cry for Me, Argentina›* würde erfolgreicher sein als das Nocturne. Sie schloß die Augen, als sei sie ganz in die Musik versunken. Einen Augenblick später sah sie, wie die Füße vor dem Gitter unter dem Plakat stehenblieben und schmückte die Melodie in Erwartung des *Ping* der Münzen im Geigenkasten mit ein paar Schnörkeln. Den Blick hielt sie jedoch gesenkt, als würde das Geld sie überhaupt nicht interessieren.

Deshalb traf es sie auch völlig überraschend.

Der brutale Schlag auf den Hinterkopf ließ sie in die Knie gehen, und der schmutzige, ockerfarbene Fußboden des Tunnels sauste auf sie zu. Sie hörte noch, wie die Schritte sich entfernten, dann versank sie in dem Dunkel wie in einem Haufen Sand, tiefer und tiefer. Bevor sie völlig unter ihm begraben wurde, blieb ihr noch ein Augenblick Zeit, sich wie zum Spaß die Frage zu stellen, ob Evita vielleicht aus ihrem Plakat herabgestiegen sei, mit den Armen, die Hammer und Sichel hielten, ausgeholt habe, und dann zurück nach Argentinien enteilt sei.

Don't cry for me –

SEINEN NEUESTEN FUND IM MAUL, trottete der zottige, kleine Hund über den Rasen der Grünanlage. Er überquerte die Hauptstraße und lief das Trottoir entlang, wo er vor jedem Hauseingang stehenblieb; da aber keiner als Versteck für diesen besonderen Fund in Frage kam, setzte er seine Suche fort.

Der kleine Hund gehörte niemandem, trieb sich aber überall herum. Meistens sah man ihn unter der Rosenhecke der beiden Craigie-Schwestern herumbuddeln oder im Wald von Horndean Mäuse oder Elfen jagen. Als der kleine Hund die hagere Gestalt aus dem Süßwarenladen herauskommen sah, blieb er stehen, legte den Kopf zur Seite, als frage er sich, ob die Person etwas taugte, und rannte dann ausgelassen auf sie zu. Er hatte Miss Augusta Craigie erkannt, deren Rosenbüsche er neulich ruiniert hatte. Augusta Craigie versuchte, ihn zu verscheuchen. Sie konnte den Hund nicht ausstehen.

Der Hund faßte das Herumwedeln und -fuchteln jedoch als Aufforderung zum Spielen auf. Er bellte und ließ den Knochen vor Miss Craigies Füße fallen. Sie wollte ihn schon wegkicken, aber plötzlich hielt die Spitze ihres Gesundheitsschuhs mitten in der Bewegung inne. Sie schaute sich den Knochen genauer an und kam zu dem Schluß, daß es sich nicht um einen Knochen, sondern um einen Finger handelte.

Nach dem Anruf aus dem Dorf war die Hertfielder Polizei innerhalb von zehn Minuten zur Stelle. Aber sie konnten machen, was sie wollten – ihm rohes Fleisch geben, ihn am Kopf kraulen und was sonst noch alles –, der kleine Hund führte sie nicht zu der dazugehörigen Leiche.

\

SUPERINTENDENT RICHARD JURY stopfte gerade ein zweites Paar Socken in einen Seesack – seine Reisevorbereitung für ein Wochenende bei seinem Freund Melrose Plant in Northamptonshire –, als das Telefon klingelte.

Er starrte auf den Apparat. Kein normaler Mensch würde ihn an einem Samstagmorgen um Viertel nach sieben anrufen, es sei denn, um ihm etwas mitzuteilen, was er bestimmt nicht hören wollte. Er ließ es viermal klingeln, fest entschlossen, nicht ranzugehen, aber dann wurde er, wie die meisten Leute, doch schwach – ein nicht beantworteter Anruf war für ihn inzwischen zur entscheidenden Botschaft aus dem All geworden – und nahm den Hörer ab. «Jury am Apparat.»

«Su-per-in-ten-dent Jury.» Die Stimme zitterte. Es war auch keineswegs die Stimme Gottes, obwohl der Mann vom Scotland Yard, dem sie gehörte, das glatt behauptet hätte.

Mit sehr viel Gusto bereitete Chief Superintendent Racer Jury auf die Hiobsbotschaft vor. «Nanu, junger Mann, immer noch in der Stadt? Ich frage mich, was London die Ehre verschafft.»

«Mein Koffer ist gepackt», sagte Jury, ohne sich provozieren zu lassen.

Die verbindliche Stimme wurde scharf. «Den Jagdrock können Sie wieder auspacken, Jury. Sie werden nicht nach Northants fahren.»

Racer, der sich selbst wie ein Landadliger fühlte, nahm selbstverständlich an, daß jemand mit einem Adelstitel und einem Gut von der Größe von Ardry End auch Fuchsjagden veranstaltete.

«Ich verstehe nicht ganz», sagte Jury, der sehr wohl verstanden hatte. Das Telefon war in der Küche, Jury lehnte an der offenen Tür des Kühlschranks und blickte in das nicht sehr einladende Innere. Ein Hühnerschlegel und ein halber Liter Milch.

«Ganz einfach, Jury – Sie fahren nach Hertfield und nicht nach Northants; in einen Ort namens...»

Während Racer sich vom Telefon abwandte, um sich am anderen Ende der Leitung gedämpft mit jemandem zu besprechen, nahm Jury den Hühnerschlegel heraus und fragte sich, ob die Rolle des armen, einsamen und möglicherweise auch noch hungernden Polizisten wirklich seinem Image entsprach; er kam zu dem Schluß, daß dem nicht so war, und warf die Kühlschranktür zu. Mit dem Teller in der Hand und dem Hörer am Ohr ging er ins Wohnzimmer und wartete darauf, daß Racer zur Sache kam.

«Littlebourne», ließ sich die unwirsche Stimme vernehmen, und als Jury nicht sofort reagierte, rief sie: «Jury!»

«Sir!»

Eine Pause. «Das meinen Sie wohl ironisch, Jury?»

«Sir?»

«Hören Sie auf mit Ihrem Sir, junger Mann. Als Sie noch Inspektor waren, haben Sie mich auch nie mit Sir angeredet, warum dann zum Teufel jetzt? Ich habe keine Zeit für Ihren abartigen, und wenn ich das noch hinzufügen darf, *unprofessionellen* Sinn für Humor.» Papiere raschelten. «Littlebourne. Haben Sie verstanden? So heißt das Kaff, in das Sie sich begeben. Ist ungefähr fünf Kilometer von Hertfield entfernt, wo Leute mit dem nötigen Kleingeld ihre Antiquitäten kaufen. Von Islington fährt jede halbe Stunde ein Zug –»

Jury unterbrach ihn. «Ich bin nicht an der Reihe. Es gibt einen Dienstplan, wissen Sie das?»

Der Draht schien in seinem Ohr zu knistern, als Racer zischte: «Dienstplan. Natürlich weiß ich, daß es einen Dienstplan gibt. Das Ei will mal wieder klüger sein als die Henne. Perkins liegt im Krankenhaus, und Jenkins hütet mit irgendeiner von den Schlitzaugen eingeschleppten Grippe das Bett. Der Polizei von Hertfield fehlt es an Leuten, und es sieht so aus, als ob dieser Mord, der ihnen da beschert wurde, besonders unangenehm wäre. Die Sache ist – sie können die Leiche nicht finden.»

Eine unauffindbare Leiche? Jury blickte auf den Hühnerschlegel, der erstarrt in einer Fettlache lag. «Woher wollen Sie dann wissen, ob jemand ermordet wurde? Wird denn jemand vermißt oder was?»

«Warten Sie, ich werd's Ihnen gleich erzählen.» Weiteres Geraschel. «Eine Frau, eine gewisse Craigie, führte ihren Hund spazieren. Nein, Moment mal, es war gar nicht ihr Hund...»

Jury schloß die Augen. Racer würde sich nicht mit den Tatsachen begnügen; er würde wie immer eine ganze Chronik daraus machen. Der Chief Superintendent hielt sich nämlich für einen Erzähler von Format.

«...diese Frau tritt also aus einem Laden und versucht, den Köter zu verjagen; er läßt einen Knochen fallen, nur –»

Eine dramatische Pause. Jury wartete und inspizierte den Hühnerschlegel, nichts Gutes ahnend. *Nur war es kein Knochen.* Ja, das würde gleich kommen.

«...war es kein Knochen», sagte Racer genüßlich. «Es war ein Finger. Machen Sie sich also auf die Socken, Jury. Und nehmen Sie Wiggins mit.»

«Sergeant Wiggins ist in Manchester. Er besucht seine Familie.»

«Er verseucht ganz Manchester mit der Beulenpest, das tut er. Keine Angst, ich werde ihn schon ausgraben, was bei Wiggins ganz wörtlich zu nehmen ist. Tut mir ja leid, daß Sie Ihr Wochenende auf dem Land verschieben müssen. Keine Fuchsjagden, kein Halali. Das Leben eines Polizisten ist eben eine arge Pein.»

‹Klick› machte das Telefon im Scotland Yard.

Jury zog sein Adreßbuch heraus und meldete ein Gespräch nach Ardry End an. Er stützte den Kopf in die Hände und wartete. Ein Finger.

ARDRY END WAR EIN HERRENHAUS aus zartrosafarbenem Stein, Sitz der Earls von Caverness (als es noch Earls von Caverness gab), das wie auf einem alten Gobelin ganz versteckt in einem septemberlich goldenen und rostroten Laubwald lag.

Aber an einem so grauen und nebligen Septembermorgen wie diesem, an dem die Regenschlieren über den Feldern von

Northamptonshire hingen, wirkte der Gobelin eher verblichen. Es war so dunkel, daß hinter den kleinen Fensterquadraten eines Raums im Erdgeschoß bereits das Licht brannte.

Ein vom Regen durchnäßter Spaziergänger hätte bestimmt sehnsüchtig durch die Fenster dieses im östlichen Flügel gelegenen Raums geblickt, eines Raums, der so elegant wie gemütlich wirkte – Queen-Anne-Sofas, aufgeschüttelte Kissen, Kristallüster und bequeme Sitzecken, Orientteppiche und warme Kamine.

Die beiden Personen, die sich in ihm aufhielten – ein gutaussehender Mann Anfang Vierzig und eine untersetzte, dickliche Frau Ende Sechzig –, hätte man für Mutter und Sohn, eine ältere Dame mit ihrem jungen Schützling oder eine glückliche Gastgeberin mit ihrem zufriedenen Gast halten können. In Frage kamen alle sentimentalen Verbindungen, die wir Leuten andichten, die sich in der Wärme und im Schein des Kaminfeuers befinden, während wir, die armen, durchnäßten Spaziergänger, neidisch durch die blinkenden Scheiben sehen.

Man hätte das Bild, das die beiden neben dem lodernden Feuer sitzenden Personen zusammen mit dem alten, tapsigen Hund zu ihren Füßen abgaben, für ein Bild des Friedens und der Harmonie halten können.

Man hätte glauben können, daß es ein Ort war, an dem auf solche Dinge wie Freundschaft, Vertrautheit und Gespräche Wert gelegt wurde.

Und man hätte sich getäuscht.

«Du wirst allmählich zum Alkoholiker, Melrose. Das ist bereits dein zweiter Sherry», sagte Lady Agatha Ardry.

«Wenn nur die Anzahl eine Rolle spielt, dann wirst du allmählich zum Cremetörtchen. Das ist dein drittes», sagte Melrose Plant, der letzte aus dem Geschlecht der Earls von Caverness. Und vertiefte sich wieder in seine Straßenkarte.

Sie warf ihm einen grollenden Blick zu, während sie das geriffelte Papier von dem Törtchen schälte. «Was machst du da?»

«Ich schaue mir eine Straßenkarte an.»

«Wieso?»

«Weil da Straßen drauf sind.» Melrose stöpselte die Karaffe zu und nippte an dem Sherry in dem Waterford-Kristallglas.

«Sehr komisch, Plant.»

«Ganz schlicht und einfach die Wahrheit, liebe Tante.» Melrose hatte Hertfield entdeckt, aber wo war dieses Littlebourne?

«Du weißt ganz genau, was ich meine. Du willst doch nicht wegfahren? Ich an deiner Stelle würde nicht immer nach London fahren. Du solltest mal besser hierbleiben und nach dem Rechten sehen. Wenn es aber unumgänglich ist, komme ich natürlich mit. Ich habe eine Menge Besorgungen zu erledigen; ich würde auch mal gerne bei Fortnum reinschauen und Kuchen kaufen.»

Melrose versuchte erst gar nicht, ihr zu widersprechen, da sie ihn schneller als einen fliegenden Teppich nach London und wieder zurück gehetzt hätte. Er konnte sich also wieder seiner Karte widmen. Er gähnte. «Bei Fortnum gibt's keine Cremetörtchen, Agatha.»

«Natürlich gibt es da welche.»

«Nun, wir werden es wohl nie erfahren.»

Mißtrauisch beäugte Lady Ardry ihren Neffen, als enthielte seine Bemerkung eine Bedeutung, die sie wie eine Goldfüllung aus einem Zahn herausbrechen mußte.

Gold war übrigens auch etwas, womit sie sich beschäftigte. Sie hatte gerade Plants neueste Anschaffung, ein kleines, goldenes Figürchen, begutachtet. Sie nahm es noch einmal in die Hand, drehte und wendete es und meinte: «Das muß dich eine Menge gekostet haben, Melrose.»

«Willst du den Kassenzettel sehen?» Er rückte die Brille auf seiner Nase zurecht und schaute sie über den Rand seines Sherryglases hinweg an.

«Wie geschmacklos, Melrose. Es ist mir völlig gleichgültig, wieviel du für deine Sachen ausgibst.»

Er sah, daß sie ihre riesige Handtasche geöffnet hatte und darin herumwühlte; sie kramte alle möglichen undefinierbaren Gegenstände hervor und stellte sie auf den Tisch. Machte sie Platz für die Goldfigur? Melrose stattete ihr ab und zu einen Besuch in ihrem Häuschen in der Plague Alley ab; zum einen war das als höfliche Geste gedacht, zum andern wollte er sein Eigentum wiedersehen. Es war ihm ein Rätsel, wie sie es schaffte, reihenweise Möbelstücke aus Ardry End herauszubefördern, ohne daß er es merkte. Einmal kam er gerade mit dem Fahrrad die Einfahrt hinauf und entdeckte einen Möbelwagen vor der Tür. Nun ja, Ardry End war riesig, und es kümmerte ihn eigentlich auch nicht, solange sie die Porträts in der Ahnengalerie und die Enten im Teich ließ. Dann erspähte er etwas, was sie gerade aus ihrer Tasche auf den Tisch befördert hatte.

«Gehört das nicht mir?» fragte er.

Eine leichte Röte überzog ihr Gesicht. «Dir? Dir? Mein lieber Plant, was soll denn ich mit deinem Visitenkartenetui anfangen?»

«Weiß ich auch nicht. Deswegen frage ich ja.»

«Ich frage mich, was du mir da unterstellen willst.»

«Ich unterstelle gar nichts. Ich stelle nur fest, daß du mein Visitenkartenetui eingesteckt hast.»

Einen Augenblick lang dachte sie angestrengt nach. «Erinnerst du dich nicht?»

«An was?»

«Deine liebe Mutter, Lady Marjorie –»

«Ich erinnere mich an meine Mutter. Ja. Dieses Etui hat ihr gehört.» Melrose klappte sein goldenes Zigarettenetui auf und zündete sich eine Zigarette an. «Willst du mir weismachen, daß meine Mutter es dir geschenkt hat?»

Statt seine Frage zu beantworten, begann sie in Erinnerungen zu schwelgen. «Deine liebe Mutter, die Gräfin von Caverness –»

«Wenn man dich über die Mitglieder meiner Familie reden

hört, könnte man glauben, ich sei nicht imstande, sie auseinanderzuhalten. Ich weiß, daß meine Mutter die Gräfin von Caverness war. Ich weiß auch, daß mein Vater der siebte Earl von Caverness und dein seliger Mann der Honourable Robert Ardry –»

«Laß die Späße, mein lieber Plant.»

«Darf ich fortfahren – bitte. Robert Ardry war mein Onkel. Und ich bin zur allgemeinen Bestürzung nicht mehr der achte Earl. So, das wär's. Astreine Geschichte, alles paletti.»

«Drück dich bitte gewählter aus. Deine liebe Mutter –»

«Lieb in der Tat. Und konnte fluchen wie ein Fischweib.»

«Kein Respekt für deine Familie. So warst du schon immer.»

«Aber du bist doch da, liebste Tante.»

Sie versuchte Zeit zu gewinnen, indem sie den Faltenwurf eines an diesem Tag völlig unpassenden, grellbunt bedruckten Chiffontuchs ordnete und Ruthven, Melroses Butler, hereinrief.

«Du hast dich herausgeputzt, als wolltest du zum Rennen gehen, Agatha. Warum?» Melrose schaute sie sich genauer an. «Und woher hast du diese Amethystbrosche? Sie sieht auch wie die meiner Mutter aus.»

Ruthven erschien, und sie verlangte mehr Törtchen. Sie würde ihr zweites Frühstück bis zum Mittagessen ausdehnen, wenn er nicht aufpaßte, Melrose kannte das schon.

Ruthven sandte ihr einen Blick zu, der einem vergifteten Pfeil glich, und entschwebte.

Sie nutzte diese Unterbrechung, um ihn von dem Thema der Amethystbrosche abzulenken. «Mir ist aufgefallen, daß Lady Jane Hay-Hurt letzten Sonntag besonderes Interesse für dich gezeigt hat.»

Lady Jane war eine achtundfünfzig Jahre alte Jungfer mit vorstehenden Zähnen und fliehendem Kinn, und Agatha hielt es deshalb wohl für ungefährlich, die Dame mit Melrose in Verbindung zu bringen.

«Lady Jane interessiert mich nicht. Aber ich werde schon

noch jemanden finden, keine Angst. Die Ardry-Plants haben sich schon immer viel Zeit mit dem Heiraten gelassen.»

Da blieb ihr die Luft weg, wie er es vorhergesehen hatte. «Heiraten! Wer spricht denn vom *Heiraten!* Du bist doch eingefleischter Junggeselle, Melrose. Mit dreiundvierzig –»

«Zweiundvierzig.» Er hatte Littlebourne auf der Karte entdeckt und versuchte, die beste Route dorthin ausfindig zu machen.

«Du hast jedenfalls deine festen Gewohnheiten, und ich kann mir nicht vorstellen, daß es eine Frau gibt, die deine Marotten ertragen kann!» Triumphierend streckte sie die Arme aus und machte eine Bewegung, die den ganzen Salon umfaßte, als hätten schon Dutzende von heiratsfähigen jungen Frauen auf den Sesseln, Sofas und Couchen gesessen, sich aber unglücklicherweise wieder verflüchtigt.

So wird es sein, dachte er. Sie war irgendwie zu der Überzeugung gelangt, daß Melrose nur auf sein Ende wartete, um ihr, seiner einzigen noch lebenden Verwandten, Ardry End vermachen zu können, Ardry End mit seinen Feldern, Wäldern und Gärten, seinem Kristall und seinen Visitenkartenetuis, seinen Prunkschränken und seinen Amethysten. Dabei war sie nicht einmal seine Blutsverwandte. Und keine Engländerin. Agatha war eine verpflanzte Amerikanerin, doch ohne das Einfühlungsvermögen eines Henry James.

Unter seinem Bademantel trug Melrose Reisekleidung. Eigentlich hatte er um neun Uhr fahren wollen, aber dann hatte er ziemlich viel Zeit damit verloren, sie hinzuhalten oder vielmehr von der Fährte abzubringen. Wenn ihr zu Ohren käme, daß er sich mit Superintendent Jury treffen wollte, würde sie sich im Kofferraum seines Rolls-Royce verstecken. Er stand schon seit einer Ewigkeit in der Garage herum. Melrose hatte ihn als Requisit für eine Maskerade eingeplant, über die er sich jedoch noch keine weiteren Gedanken gemacht hatte. Man konnte nie wissen, wozu ein Rolls-Royce gut war. Er grinste.

«Was hat dieses Grinsen zu bedeuten?»

«Nichts.» Er faltete die Karte zusammen. Sie hielt sich für eine Expertin in Sachen Mord. Seit Jury – Inspektor Jury damals – in Long Piddleton aufgetaucht war, hatte Agatha nur noch über ihren «nächsten Fall» gesprochen. Um sie von ihm fernzuhalten, mußte man so gerissen sein wie ein Crippen oder ein Neil Cream…

«Warum siehst du mich so an, Plant?» Während sie sich ein weiteres Törtchen in den Mund schob, sah er im Schein des Feuers ihren Ring aufblitzen.

Wo hatte sie diesen Mondstein her?

2

LITTLE BURNTENHAM war ein ganz gewöhnliches Dorf, ungefähr sechzig Kilometer von London entfernt, dem bis vor kurzem niemand sonderliche Beachtung geschenkt hatte. Vor ungefähr einem Jahr jedoch hatten die Londoner Little Burntenham und seine für sie äußerst günstige Lage entdeckt – und inzwischen hielten sogar Schnellzüge dort. Der Boom auf dem Immobilienmarkt ließ nicht auf sich warten, und selbst halb verfallene Häuser, die die Dorfbewohner nicht geschenkt haben wollten, wurden aufgekauft. Dicke Bündel von Scheinen waren von Hand zu Hand gegangen – aus denen der Narren, die sich die Grundstücke aufschwatzen ließen, in die der raffgierigen Makler. Eine weitere Veränderung, die die älteren Dorfbewohner besonders ärgerte, war die neue Schreibweise des Namens, die eingeführt worden war, damit die Touristen das Dorf einfacher finden konnten. Da Little Burntenham sowieso ausgesprochen wurde wie Littlebourne, hatte man beschlossen, es auch so zu schreiben. Man konnte sich also nicht mehr auf Kosten der Fremden amüsieren, die nach dem Ort fragten.

Littlebourne, das in einer hübschen, weiten Landschaft lag und auf einer Seite an den Wald von Horndean grenzte, war zwar ganz nett, aber keineswegs etwas Besonderes, da konnten seine neuen Bewohner noch so viel in Fachwerk, neue Strohdächer und pastellfarbene Tünche investieren. Im Ort gab es eine einzige Straße, die Hauptstraße, die sich ungefähr auf halber Strecke teilte und eine unregelmäßige Fläche sehr gepflegten Rasens, die Littlebourner Grünanlage, einschloß. An der Hauptstraße lagen gerade so viele Geschäfte, daß die Littlebourner nicht in den sechs Kilometer entfernten Marktflecken Hertfield mußten, es sei denn, sie wollten in den zahlreichen Antiquitätenläden dort herumstöbern.

An der Hauptstraße waren auch die vier Ps von Littlebourne angesiedelt, wie sie ein paar Witzbolde genannt hatten: der Pastor, die Post, der Pub und die Polizei. Es gab noch ein fünftes P, auf das die Dorfbewohner jedoch gern verzichtet hätten: Littlebournes ‹Prinz›.

Das fünfte P – Sir Miles Bodenheim – machte gerade einem der anderen Ps die Hölle heiß. Er befand sich in dem Laden, der auch als Postamt diente, und schikanierte die Postmeisterin. Bevor Sir Miles Bodenheim beschlossen hatte, das britische Postsystem auf Trab zu bringen, hatte nur ein einziger Kunde darauf gewartet, bedient zu werden. Jetzt waren es zwölf, die neben den Brotregalen Schlange standen.

«Mrs. Pennystevens, ich bin überzeugt, daß Sie sehr viel schneller wären im Verkauf Ihrer Briefmarken, wenn Sie die zu einem Halfpence getrennt von den andern aufbewahrten. Sie sollten System in die Sache bringen. Ich stehe schon seit zehn Minuten hier und warte darauf, einen Brief aufgeben zu können.»

Mrs. Pennystevens, die fünfzehn Jahre lang einen gichtgeplagten Gatten gepflegt hatte, war praktisch gegen alles gefeit. Sie unterließ es sogar, ihn darauf hinzuweisen, daß allein schon ihr Wortwechsel zehn Minuten gedauert hatte; Sir Miles hatte sich mit ihr über das Gewicht eines Briefes gestritten und behauptet, sie hätte zu viel berechnet. Schließlich hatte sie ihn selbst an die Waage lassen müssen.

Weiter hinten im Schatten der Brotregale hörte man jemanden murmeln: «... einfach bescheuert.»

Sir Miles drehte sich um und lächelte selbstzufrieden, offensichtlich erfreut, daß es noch jemanden gab, der Mrs. Pennystevens' Arbeitsweise bemängelte. Er wandte sich ihr wieder zu: «Ich glaube immer noch, daß Ihre Waage nicht richtig funktioniert. Aber da läßt sich ja wohl nichts machen. Die Regierung hat nun mal *Sie* mit diesem Posten betraut. Offen gestanden, Mrs. Pennystevens, ich an Ihrer Stelle würde mir eine neue Brille zulegen. Gestern haben Sie mir bei einem halben Laib Brot zwei Pence zuwenig herausgegeben.»

Die Leute in der Schlange fingen an, unruhig mit den Füßen zu scharren, und die Frau hinter Sir Miles stöhnte, sie habe es schrecklich eilig.

«Richtig», sagte Sir Miles, «bitte beeilen Sie sich, Mrs. Pennystevens. Niemand kann es sich leisten, den ganzen Tag hier zu vertrödeln.»

Mrs. Pennystevens' Augen waren hart wie Kruppstahl, als sie ihm das Wechselgeld hinschob; er zählte es genau nach, und wie immer nannte er jede Münze, die er in die Hand nahm, bei ihrem Namen. Man hätte meinen können, die Währung des britischen Königreichs oder das Dezimalsystem seien ihm nicht vertraut, so verdutzt blickte er drein. Endlich steckte er das Geld in die Tasche, bedachte die Postmeisterin mit einem kurzen Nicken und nickte erneut, als er an der Schlange vorbeiging, so als würden die Leute nicht anstehen, um Milch und Brot zu kaufen, sondern um von Sir Miles Bodenheim, dem Besitzer von Rookswood, empfangen zu werden. Dann nahm er huldvoll von allen Abschied.

Nachdem er die schwierige Aufgabe vollbracht hatte, seinen Brief aufzugeben, setzte Sir Miles seinen Bummel über die Hauptstraße fort. Er erwog, das Taschentuch zurückzugeben, das er in einem winzigen Textilladen neben dem Süßwarengeschäft erstanden hatte, weil, wie sich später herausstellte, daran bereits ein Stich aufgegangen war. Fünfzig Pence, und das Empire war nach all den Jahren immer noch nicht in der Lage, anständig genähte Säume zu liefern. Das Taschentuch hatte nur einen einzigen Fleck, einen ganz winzigen, der von der Schokolade herrührte, die er gegessen hatte, aber das dürfte wohl nichts ausmachen. Nur hatte er heute Wichtigeres zu tun. Er brannte darauf, die Tankstelle ein paar Häuser weiter aufzusuchen; der Besitzer, Mr. Bister, hatte ihm gestern beim Tanken falsch herausgegeben.

So also sah ein Tag im Leben von Sir Miles Bodenheim aus. Die Polizeiwache hatte er sich für den Schluß aufgehoben; auf ihr wollte er den Rest des Vormittags verbringen, um von Peter Gere, dem Dorfpolizisten, zu erfahren, warum die Polizei von Hertfield in dieser Angelegenheit, die Littlebourne über seine nähere Umgebung hinaus bekannt gemacht hatte, nicht zügiger ermittelte.

MAN HÄTTE SIR MILES für den bestgehaßten Bewohner des Dorfes halten können. Aber dem war nicht so. Seine Frau Sylvia rangierte weit vor ihm. Fünf Minuten nachdem ihr Mann die Poststelle verlassen hatte, war sie am Telefon und stritt sich mit der armen, unwissenden Pennystevens.

«Ich möchte einfach nur wissen, wieviel ein Paket kostet, Mrs. Pennystevens. Das dürfte doch nicht so schwierig zu beantworten sein. Es soll heute nachmittag abgehen... Aber ich hab Ihnen doch gesagt, wieviel es wiegt – Sie brauchen nur nachzuschauen.» Sylvia Bodenheims Hand klapperte mit der Gartenschere, mit der sie gerade ihre Blumen geschnitten hatte – schnippschnapp, als wären es die Köpfe der Dorfbewohner. «Nein, ich werde auf keinen Fall Ruth mit einer Pfundnote losschicken. Auf die Dienstboten ist heutzutage kein Verlaß mehr. Ich verstehe nicht, warum Sie mir nicht den genauen Betrag nennen können... Meine Waage ist ziemlich genau, glauben Sie mir... Ja, nach Edinburgh.» Die Schere klickte, und im Takt dazu klopfte sie mit dem Fuß auf den Boden. «Fünzig

Pence? Sind Sie *sicher*, daß das ermäßigt ist?» Sylvia preßte die Lippen zu einem grimmigen Strich zusammen. «So sicher wie es unter diesen Umständen möglich ist – das ist keine sehr befriedigende Antwort. Hoffentlich muß Ruth nicht noch einmal zurückkommen, weil Sie sich verrechnet haben.» Ohne sich zu verabschieden, legte sie den Hörer auf und rief nach Ruth.

Die andern beiden Kandidaten, die man in Littlebourne lieber tot als lebendig gesehen hätte, waren die Sprößlinge der Bodenheims, Derek und Julia. Allerdings kamen sie erst weit nach ihren Eltern, vor allem deswegen, weil sie weniger in Erscheinung traten. Derek kam nur ganz selten aus Cambridge vorbei, und Julia (deren Pferd besser zum Studium geeignet gewesen wäre als sie) war ebenfalls kaum zu sehen. Sie verbrachte ihre Zeit damit, in London die Geschäfte abzuklappern oder mit der einen oder anderen Clique aus der Gegend auf die Jagd zu gehen. Die Dorfbewohner sahen sie immer nur hoch zu Roß, in Reitjacke oder schwarzem Melton und eine Hand in die Hüfte gestemmt.

Wenn die vier Bodenheims einmal zusammensein mußten (an Weihnachten beispielsweise), taten sie nichts weiter, als über ihre Nachbarn herzuziehen und auf ihre unantastbaren Rechte als Feudalherren zu pochen – kurz, sich aufzuspielen.

Die noch unvollendeten *Littlebourner Morde* dienten Polly Praed dazu, sich in der sanften Kunst des Mordens zu vervollkommnen. Wenn ihre Geschichten auseinanderzufallen drohten, spielte Polly, eine mäßig erfolgreiche Autorin von Kriminalromanen, am Beispiel der Bodenheims, die entweder einzeln oder gemeinsam ins Jenseits befördert wurden, die verschiedenen Möglichkeiten durch. Am besten gefiel ihr der

Schluß, bei dem das ganze Dorf zusammenströmte, um die hochwohlgeborene Familie zu töten. Im Augenblick ging sie die Hauptstraße entlang und dachte über das geeignete Mordinstrument nach. Ein Dolch, der von Hand zu Hand ging, schied aus – es hatte ihn schon gegeben. Als sie an der Tankstelle vorbeikam, erwog sie allerlei tödliche Gifte und lächelte abwesend Mr. Bister zu, der seine ölverschmierte Mütze lüpfte. Das fürchterliche Klischee der mit Arsen präparierten Teetasse fiel ihr ein, und sie blieb stehen.

Ungefähr zehn Meter von ihr entfernt stiegen zwei Männer aus einem Auto, das sie vor dem winzigen Gebäude, in dem Littlebournes Ein-Mann-Revier untergebracht war, abgestellt hatten. Der eine war ziemlich schlank und unauffällig, obwohl sie das nur schwer beurteilen konnte, da er sich gerade die Nase putzte. Aber der andere, der *andere* ließ sie erahnen, was es bedeutete, vom Donner gerührt zu sein. Er war groß und vielleicht auch nicht *wirklich* gutaussehend... aber wie hätte man ihn sonst bezeichnen sollen? Als er den Arm ausstreckte, um etwas vom Rücksitz zu holen – eine Tasche? Bedeutete das, daß er *bleiben* würde? –, fuhr ihm der Wind durchs Haar. Er strich es zurück, wandte sich mit dem andern zusammen um und ging den Weg zum Revier hoch.

Polly starrte ins Leere und fühlte sich leicht seekrank.

Es war kurz vor zehn. Sie schaute häufig im Revier vorbei, um mit Peter Gere zu plaudern; sie waren gute Freunde, manchmal gingen sie sogar über die Straße in den Bold Blue Boy, um etwas zu essen oder einen Drink einzunehmen. Was hinderte sie also daran, einfach hinaufzugehen und sich überrascht zu zeigen – Oh. Entschuldigung, Peter, ich wußte nicht –

Die Hände in den Taschen ihrer Strickjacke vergraben, ließ sie ihre Gedanken um die Szene kreisen, die sich da drinnen abspielen würde: Das Erstaunen des Fremden darüber, daß sie *jene* Polly Praed war (ein Name, der selbst bei ihrem Verleger keine großen Emotionen hervorrief), seine Bewunderung für ihren Scharfsinn (von den Kritikern immer nur im Zusammenhang mit der Handlung ihrer Geschichten erwähnt) und ihr Aussehen (über das sich selten jemand äußerte). Völlig absorbiert von dem fiktiven Schlagabtausch auf dem Polizeirevier, hatte sie ganz vergessen, daß sie sich immer noch draußen auf dem Trottoir befand, als sie die zornig erhobenen Stimmen hörte.

Sie drehte sich nach der Tankstelle um, wo Miles Bodenheim mit seinem Offiziersstöckchen in der Luft herumfuchtelte und Mr. Bisters Gesicht die Farbe des kleinen, roten Minis angenommen hatte, an dem er gerade arbeitete. Sir Miles machte mit seinem Stöckchen eine abschließende Bewegung und ging geradewegs auf sie zu. Sie flüchtete auf die andere Straßenseite und verschwand im Magic Muffin, der glücklicherweise gerade offen war. Es handelte sich dabei um eine Teestube, die Miss Celia Pettigrew gehörte, einer in sehr bescheidenen Verhältnissen lebenden Dame von Stand, die ihre Öffnungszeiten völlig willkürlich festzulegen schien. Man konnte nie von einer Woche auf die nächste schließen: Es war, als richtete Miss Pettigrew sich nach einem anderen Kalender als dem gregorianischen und nach einer anderen Zeit als der von Greenwich.

Polly sah Sir Miles die andere Straßenseite entlanggehen, bis er schließlich auf der Höhe der Polizeiwache angelangt war.

Sie hätte sich totärgern können.

Aus der Wache kamen Peter Gere und die beiden Fremden; sie steuerten geradewegs auf Miles Bodenheim zu. Bei dem Gedanken, daß Miles (der Blausäure in seinem Frühstücksei verdient hätte) und nicht sie in den Genuß dieser kurzen Begegnung kommen sollte, hätte sie am liebsten laut aufgeschrien. Sie beobachtete, wie Peter Gere und die andern um Sir Miles herum- und dann weitergingen – eine großartige Leistung, denn es war einfacher, eine Napfschnecke von einem Fels zu reißen, als Sir Miles loszuwerden. Die drei überquerten die Straße und die Littlebourner Grünanlage und verschwanden aus ihrem Blickfeld. Sie drückte mit ihrem Gesicht beinahe die Scheibe ein.

«Wem starren Sie denn so nach, Kind?» Die durchdringende Stimme von Celia Pettigrew ließ Polly zurückfahren; ihr Hals verfärbte sich zartrosa, während sie an einem der dunklen Klapptische Platz nahm. Das blau-weiß karierte Tischtuch war aus dem gleichen Stoff wie die Vorhänge. «Kann ich eine Tasse Tee haben, Miss Pettigrew?» fragte Polly gezwungen. «Und ein Muffin?»

«Dafür sind wir da», sagte Miss Pettigrew und huschte in den hinteren Teil ihrer Teestube, zu der Tür mit dem Vorhang.

Um nicht noch einmal in Versuchung zu geraten, hatte Polly sich mit dem Rücken zum Fenster gesetzt; als sie jedoch die Türklingel hörte, schlug ihr das Herz bis zum Hals. Hatte er vielleicht eine andere Richtung eingeschlagen, als er über die Grünanlage ging? Hatte er vielleicht –?

Nein. Es war nur Sir Miles, der gekommen war, um Miss Pettigrew an den Rand eines Nervenzusammenbruchs zu treiben. Obwohl Miles Bodenheim der Rang des ersten Opfers in den *Littlebourner Morden* nur von seiner Frau streitig gemacht wurde, war Polly in diesem Augenblick beinahe froh, ihn zu sehen.

Daß jemand darüber nicht froh sein könnte, kam Miles nie in den Sinn. Wortlos ließ er Hut und Stock auf den Tisch fallen und nahm Platz. «Habe Sie reingehen sehen und gedacht, ich könnte Ihnen ja etwas Gesellschaft leisten.» Er ließ seinen massigen Körper auf den Stuhl fallen und bellte: «Sie haben Kundschaft, Miss Pettigrew!»

Polly schloß die Augen, als sie hinter dem Vorhang das scheppernde Geräusch von Geschirr hörte. «Schusselig», murmelte Sir Miles. Und zu Polly gewandt: «Sagen Sie, Miss Praed, schreiben Sie denn wieder an einem neuen Krimi? Ist ja schon eine Weile her, daß Sie mit einem rauskamen, aber die Kritiken haben Sie wohl etwas verunsichert. Sie müssen das anders sehen. Auf diese Idioten kommt es doch gar nicht an. Wie sich ein Buch verkauft, das zählt, stimmt's? Sylvia sagte, daß in der Buchhandlung in Hertfield kein einziges Exemplar verkauft worden wäre. Nun ja...» Er strich sich das Haar glatt. An seinem Revers klebte etwas trockenes Eigelb; da sie es nicht zum erstenmal dort sah, fragte sich Polly, ob es immer dasselbe oder frisches war. «Wir werden Ihr Buch auf unsere Geschenkliste für Weihnachten setzen. Für die Haushälterin und die Köchin. Sylvia meinte zwar, daß die beiden sowieso schon zuviel Schund lesen – Filmzeitschriften und solchen Quatsch. Wo bleibt denn dieses hirnlose Geschöpf?» Er drehte sich ungeduldig auf seinem Stuhl um, als Miss Pettigrew kreidebleich hinter dem Vorhang hervorgetaumelt kam.

«Ja, Sir Miles?» preßte sie zwischen den Lippen hervor. «Sie hätten nicht so zu brüllen brauchen. Mir einen solchen Schreck einzujagen!»

«Sie sollten was für Ihre Nerven tun. Bringen Sie mir doch einfach eine zweite Tasse. Die Kanne reicht für uns beide. Was ist denn das?» Er stupste mit dem Finger gegen die Muffins auf dem Teller, den sie Polly hingestellt hatte.

«Karottenmuffins.»

«Allmächtiger! Bringen Sie mir mal ein Brötchen.»

«Ich hab keine Brötchen, Sir Miles.»

Er stieß einen lauten Seufzer aus. «Dann den Sardellentoast.»

«Sie wissen doch, den gibt's nur nachmittags.»

Umständlich zog Sir Miles eine dicke Taschenuhr aus seiner Westentasche und klappte sie auf, um ihr zu beweisen, daß sein Zeitmesser sehr viel zuverlässiger war als der ihre. Allerdings war es doch erst zehn. Also begnügte er sich damit, zu bemerken: «So viele Kunden haben Sie nun auch wieder nicht, daß Sie sich solche Haarspaltereien erlauben können, oder?»

Als Polly bemerkte, wie die schmale Gestalt der armen Miss Pettigrew zu zittern begann, schaltete sie sich ein: «Wenn es nicht zuviel Arbeit macht, Miss Pettigrew, hätte ich auch gern einen. Ihr Sardellentoast ist wirklich ausgezeichnet; die Leute schwärmen davon.»

Während Miss Pettigrew etwas besänftigt nach hinten ging, sagte Sir Miles: «‹Ausgezeichnet?› Was ist denn daran so ausgezeichnet? Kommt doch nur aus der Büchse. Diese beschränkte Person braucht das Zeug nur aus der Büchse zu löffeln und auf eine Scheibe Brot zu legen. Aber es ist immerhin besser als diese Muffins –» Er stocherte wieder auf dem Teller herum. «Wie schafft sie es nur, daß ihre Muffins so mausgrau aussehen?» Er summte vor sich hin, während sie schweigend auf den Toast warteten.

Polly war drauf und dran, ihren Vorsatz, Sir Miles niemals eine Frage zu stellen, zu vergessen, als Miss Pettigrew mit dem Tablett an den Tisch kam. «Zu dumm, wirklich, daß Sie gleich zwei Bestellungen auf einmal am Hals hatten», meinte er forsch-fröhlich. «Und daß Miss Praeds Muffins in der Zwischenzeit kalt geworden sind.»

Mit steinerner Miene verschwand Miss Pettigrew hinter ihrem Vorhang.

Den Mund voller Toast, bemerkte Sir Miles: «Das ganze Dorf scheint kopfzustehen. Erst diese gehässigen Briefe...» Er lächelte boshaft. «Das waren doch nicht etwa Sie? Fällt irgendwie in Ihr Fach.»

«Anonyme Briefe und Kriminalromane sind doch wohl nicht dasselbe.»

Er zuckte die Achseln. «Na ja, Sie haben ja auch einen gekriegt, es ist also ziemlich unwahrscheinlich, daß Sie es waren. Obwohl Sie damit vielleicht nur den Verdacht von sich lenken wollten. Toast?» Großzügig hielt er ihr den Teller unter die Nase. «Daß Mainwaring und Riddley einen kriegten, wundert mich ja nicht. Die beiden hängen ständig bei dieser Wey herum. Das ist auch so eine. Jetzt werden wir bald alles in den Zeitungen nachlesen können, und die Polizei wird überall nach dieser Leiche suchen –»

Das war die Gelegenheit, auf die sie gewartet hatte. Beiläufig fragte sie: «Wer war denn das, ich meine die beiden, die mit Peter Gere zusammen waren?»

Sir Miles studierte die angeknabberten Enden seines Toasts. «Polizei», sagte er nur.

Das war typisch Miles. Ständig redete er einem die Ohren voll, wenn man aber etwas von ihm wissen wollte, dann bekam man rein gar nichts aus ihm heraus.

«Von wo?»

Darauf gab er keine Antwort, sondern meinte statt dessen: «Ist auch höchste Zeit, daß sie jemanden schicken, der diese Sache in Ordnung bringt. Wenn wir uns darauf verlassen müßten, daß Peter Gere uns beschützt, lägen wir schon längst tot in unsern Betten. Ich war drauf und dran, ihm das zu sagen.»

Gott sei Dank bimmelte die Glocke über der Tür, und sie brauchte ihm nicht die Muffins in den Hals zu stopfen.

Der Neuankömmling war Emily Louise Perk, eine Zehnjährige, bei der nichts darauf hinwies, daß sie in den letzten zwei Jahren gewachsen war. Ihr zartgliedriger Körper und das dreieckige Gesicht, die bekümmerten, braunen Augen, die strähnigen blonden Haare, die bei ihrem spitzen Kinn endeten, das schäbige Reitjäckchen und die Jeans – all das vermittelte den Eindruck eines bedauernswerten kleinen Geschöpfs.

Emily Louise Perk war aber alles andere als bedauernswert.

Ihr verwahrlostes Äußeres war keineswegs auf pflichtvergessene Eltern oder ärmliche Verhältnisse zurückzuführen. Wenn ihre Haare ungekämmt aussahen und sie immer dasselbe trug, so lag das nur daran, daß Emily Louise lange vor ihrer Mutter, ja lange vor allen übrigen Dorfbewohnern und selbst dem lieben Gott auf den Beinen war und ihren Interessen nachging; ihr Pony Shandy stand dabei an erster Stelle. Shandy war seltsamerweise im Stall von Rookswood, dem Gut der Bodenheims, untergebracht. Dafür, daß sie sich um die Pferde der Bodenheims kümmerte, durfte sie ihr eigenes Pony dort unterstellen. Da keiner zwischen Hertfield und Horndean sich besser mit Pferden auskannte als Emily Louise, redete ihr auch niemand drein. Daß selbst Sylvia Bodenheim sie in Ruhe ließ, war eine Meisterleistung für sich, ein Beweis für Emilys bemerkenswerte Fähigkeit, von den Erwachsenen zu kriegen, was sie wollte, oder sie mit totaler Nichtachtung zu strafen. Sie durfte sich frei in den Ställen bewegen und auch zum Tee in die Küche kommen, wo ihr die Köchin der Bodenheims, die Emily Louise ins Herz geschlossen hatte, alle möglichen Leckerbissen zuschob. Im Gegensatz zu den anderen Kindern aus dem Dorf, die von den Bodenheims eher wie streunende Hunde behandelt wurden, hatte sie sozusagen eine Existenzberechtigung.

Und sie machte ausgiebig Gebrauch davon; sie war immer auf dem laufenden, nichts entging ihr. Trotzdem war sie kein Klatschmaul; sie wußte einfach nur Bescheid. Ihre ein Meter zwanzig hohe Gestalt war wie eine Antenne, die Nachrichten empfing.

Hocherfreut rief Polly ihren Namen und zog ihr einen Stuhl heran. Wenn jemand etwas wußte, dann Emily.

Als Emily sich setzte, sagte Miles: «Solltest du nicht bei uns oben sein und dich um Julias Pferd kümmern?» Seine stahlgrauen Brauen zogen sich zusammen.

Doch niemand brachte so tiefe Furchen zustande wie Emily Louise. Man hatte bei ihr immer den Eindruck, als sei sie ganz woanders mit ihren Gedanken. «Heute ist Samstag. Samstags striegle ich nie die Pferde.» Sie inspizierte den Teller mit den Muffins und seufzte: «Schon wieder Karotten. Ich hätte Lust auf ein warmes Eierbrötchen.» Sie legte die Hände an den Hinterkopf und musterte Polly.

Polly rief Miss Pettigrew, die, als sie Emily sah, sofort einen Teller mit Eierbrötchen und frischen Tee brachte. Auch Miss Pettigrew war Miss Perks Charme erlegen. Sie saßen des öfteren bei Tee und Kuchen zusammen und unterhielten sich.

«Danke», sagte Emily, die wußte, was sich gehörte. «Polente im Dorf, ich meine, ein Neuer.»

«Weiß ich», zischte Sir Miles. «Ich bin dem Burschen schon

begegnet.» Er klopfte sich den Staub von den Knien seiner Hose und schlürfte seinen Tee.

«Von Scotland Yard.»

Scotland Yard. Polly schnappte nach Luft. Sie räusperte sich. «Und was macht er hier? Ich meine, bleibt er länger?»

Da er anscheinend keine weiteren Auskünfte geben konnte, überging Sir Miles ihre Frage mit einer Bemerkung über die Unfähigkeit der Polizei im allgemeinen. «Sie machen ein großes Trara, aber keiner scheint seine Pflichten zu kennen.»

Emily verschlang ihr Brötchen. «Er findet die Leiche bestimmt. Er übernachtet im Bold Blue Boy. Da haben sie auch ihre Sachen gelassen. Er ist Superintendent.»

«Hast du denn, äh, zufällig auch seinen Namen erfahren?» fragte Polly.

Damit konnte Emily jedoch nicht dienen. Statt dessen leerte sie ihre Teetasse und schob sie zu Polly hinüber. «Sagen Sie mir bitte die Zukunft voraus.»

Polly wechselte nur ungern das Thema, aber vielleicht konnte sie darauf zurückkommen, wenn sie in den Teeblättern las.

Sir Miles stieß einen tiefen Seufzer aus, als hätte man ihn auf seinem Stuhl festgebunden und gezwungen, sich diesen Unsinn anzuhören.

Polly hielt die Tasse etwas schräg und betrachtete das nichtssagende Muster, das die kleinen schwarzen Teeblätter bildeten. Außer einem Umriß, der sie an einen zerfledderten Vogel erinnerte, sah sie nichts. «Ich sehe einen Mann. Einen Fremden.»

«Wie sieht er denn aus?» Emilys Kinn ruhte auf ihren geballten Fäusten, ihre Stirnfalte verstärkte sich.

«Groß, gutaussehend, ungefähr vierzig –»

«Was, so alt?»

«...kastanienbraunes Haar und, äh, braune Augen.»

«Grau.»

«Grau?»

«Quatsch», steuerte Miles bei.

«Weiter!» sagte Emily.

Polly blickte auf den Vogel ohne Schwingen und meinte: «Irgendeine Gefahr, ein ungelöstes Rätsel.» Polly zuckte die Achseln. Gewöhnlich war ihre Phantasie lebhafter, aber heute kam sie einfach nicht in Fahrt.

«Er hat ein nettes Lächeln und eine angenehme Stimme», vervollständigte Emily das Bild. Dann stand sie auf, leicht O-beinig und mit einwärts gedrehten Zehen. Sie hatte ein Stück Schnur entdeckt, das sie nachdenklich um ihren Finger wikkelte. «Verdient so 'n Polizist viel Geld?»

«Quatsch. Ist arm wie eine Kirchenmaus», sagte Sir Miles und hoffte, ihr damit einen Dämpfer zu versetzen.

Offensichtlich war ihm das gelungen. «Ich kann nur jemanden mit viel Geld heiraten. Ich brauch es für die Pferde. Ich werd mal ganz viele Pferde haben.» Sie drehte sich um und ging zur Tür hinaus.

Superintendent Richard Jury hielt sich erst knapp eine Stunde in Littlebourne auf, und schon hatte er zwei Frauenherzen zum Schmelzen gebracht.

Obwohl Emily Louise Perks Schmelzpunkt etwas höher lag als der von Polly Praed.

3

Nicht die Polizei fand die Leiche, zu der der Finger einmal gehört hatte, sondern Miss Ernestine Craigie, die Schwester Augustas. Wie gewöhnlich war sie in Gummistiefeln, Anorak und mit einem Feldstecher um den Hals in den Wald von Horndean gezogen. Ernestine war nicht nur die Vorsitzende, sondern das Herz, die Seele und der starke Arm der Königlichen Gesellschaft der Vogelfreunde von Hertfield.

Der Wald von Horndean war ein ziemlich düsteres, mit Eichen, Eschen und Adlerfarnen bewachsenes Gebiet, dessen endlos wirkende Sümpfe und Moore sich zwischen Littlebourne und der sehr viel größeren Stadt Horndean erstreckten, ein Paradies für alle möglichen Vogelarten. Der Wald selbst war nicht gerade hübsch und auch nicht sehr einladend, denn selbst im Hochsommer wirkte er irgendwie winterlich trostlos mit seinem graubraunen Buschwerk und dem Laub, das nie jenen leuchtenden, herbstlichen Goldton aufwies. Außer im Dreck herumzustapfen, wie Miss Craigie das zu tun pflegte, gab es an diesem gottverlassenen, sumpfigen Ort nichts zu tun. Nichts, als Vögel zu beobachten und Morde zu begehen.

Polizeihunde hatten die Stelle, an der der kleine Hund herumgewühlt hatte – die Rosenbüsche der Geschwister Craigie –, gründlich abgeschnuppert. Die Schwestern konnten von Glück sagen, daß die Leiche nicht darunter begraben worden war, sonst hätten sie einiges über sich ergehen lassen müssen. Es war schon so schlimm genug. Auf die eine oder andere Weise wurde diese Leiche immer wieder im Zusammenhang mit den Craigies erwähnt. Sie war zwar nicht unter Augustas Rosenbüschen, dafür aber von Ernestine gefunden worden: Sie lag halb in dem schlammigen Wasser eines Bachs, der durch den Wald von Horndean floß.

Als Superintendent Jury und Wachtmeister Gere am Fundort erschienen, fanden sie einen dichten Knäuel von Polizei und Hunden vor, die sich anscheinend alle einen guten Platz ergattern wollten. Einer der Männer kam auf sie zu.

«Tag, Peter.» Er streckte Jury die Hand hin. «Sie sind von Scotland Yard, stimmt's?» Jury nickte. «Ich bin Carstairs.» Kriminalinspektor Carstairs hatte eine stark gebogene Nase und etwas von einem Raubvogel an sich. «Kommen Sie. Wir haben sie vor einer halben Stunde gefunden. Das heißt, eine Frau aus dem Dorf hat sie gefunden – einer von unsern Leuten hat sie nach Hause gebracht. Muß zugeben, sie hat sich prima gehalten. Aber ein Schock war es doch für sie. Wenn Sie mit ihr sprechen wollen, sie ist dort. Oder...»

«Nein. Ist schon gut. Ist das der Arzt da drüben?»

«Ja. Kommen Sie mit.»

Der Amtsarzt war eine Frau; sie war gerade dabei, die vorläufige Untersuchung der Leiche abzuschließen und diktierte ihre Befunde über die Schulter einem Assistenten, der auf einer schematischen Zeichnung eines menschlichen Körpers seine Eintragungen machte.

«...an dieser Hand kleben Haare; packen Sie sie ein. An der andern nichts, aber ich würde sie trotzdem mitnehmen.»

Der Grund, warum an ihr nichts klebte, war wohl ganz einfach der, daß sämtliche Finger fehlten.

Lässig warf die Ärztin sie wieder auf den Baumstumpf und wies ihren Assistenten an: «Bitte jeden Finger einzeln eintüten.»

Jury machte einen Schritt nach vorn, wurde aber von ihrem Assistenten wieder zurückgepfiffen. «Bitte nicht auf den Finger da treten, Sir.»

Er blickte auf den Boden und zog schnell den Fuß zurück. Erst jetzt bemerkte er die beiden abgetrennten Finger. Einer war von dem Baumstumpf gerollt. Das Opfer, eine jüngere Frau, Ende Zwanzig oder Anfang Dreißig, lag mit der einen Wange im seichten, schlammigen Wasser des Bachs. Das Wasser hatte durch das Blut eine rostigbraune Farbe angenommen. Abgesehen von der Hand schien die Leiche keine weiteren Verstümmelungen aufzuweisen; das bläulich angelaufene Gesicht verriet Jury, daß sie erwürgt worden war.

Die Ärztin erhob sich, klopfte sich das Laub und die kleinen Zweige von den Knien und nannte ihren Befund: «Nach erster Untersuchung seit ungefähr sechsunddreißig Stunden tot. Also am Donnerstagabend so zwischen acht Uhr und Mitternacht.»

Die Polizeiambulanz war von der Horndean-Hertfield Road abgebogen und versuchte, auf dem Fußweg an den Tatort heranzukommen. Ein paar Meter vor der Leiche mußte sie anhalten. Zwei Männer brachten eine Bahre und ein Gummituch.

«Was ist mit der Hand, Doc?» fragte Jury die Ärztin.

Sie schob die Unterlippe vor und blickte auf die Plastiktüte, die sie ihrem Assistenten gegeben hatte. «Eine Axt anscheinend. Nur ein Hieb. Da drüben liegt sie.» Sie zeigte auf eine kleine Doppelaxt im Gras.

«Haben Sie eine Ahnung, warum der Mörder sich die Mühe machte, ihr die Finger abzuhacken?»

Sie schüttelte den Kopf und ließ ihre Tasche zuschnappen. Eine Frau, die nicht viel Worte machte. Sie trug ein strenges schwarzes Kostüm, dem eine helle Hemdbluse wohl eine etwas freundlichere Note verleihen sollte. Unter dem Kragen kam jedoch eine schmale, schwarze Krawatte zum Vorschein.

«Wegen der Fingerabdrücke kann er's nicht gemacht haben», sagte Carstairs, «sonst hätte er von beiden Händen die Finger abgehackt. Und, äh, die Finger mitgenommen. Die Axt gehört Miss Craigie, hat mir Gere erzählt. Das ist die Frau, die die Leiche gefunden hat. Sie benutzt sie, um sich einen Weg durch das Gebüsch zu bahnen, um die Zweige und so weiter durchzuhauen... damit sie die Vögel beobachten kann. Vögel sind Miss Craigies große Leidenschaft.» Inspektor Carstairs zog an seinem Ohrläppchen, als wäre es ihm peinlich, ein so banales Detail erwähnen zu müssen.

«Hätte es auch eine Frau tun können?» fragte Jury die Ärztin.

Jedes ihrer Worte war ein Tropfen Säure: «‹Hätte es auch eine Frau tun können?› Ja, Superintendent. Sie werden feststellen, wir bringen alles mögliche fertig – wir ziehen uns an, ziehen uns aus, fahren Fahrrad, bringen Leute um die Ecke.»

Ein Punkt für die Emanzen, dachte er. «Entschuldigung.» Sie ging, und Jury und Carstairs starrten auf die Leiche hinunter. Der schwarze Mantel war schmierig von Algen, und in den Haaren hatten sich Zweige und Blätter verfangen.

Sergeant Wiggins und Peter Gere entfernten sich von den Polizisten aus Hertfield, die das Gelände absuchten, und kamen auf sie zugestapft.

Wiggins betrachtete die verstümmelte Hand, während die Frau in das Gummituch gehüllt wurde. «Was meinen Sie – warum hat er ihr die Finger abgeschnitten?»

Jury schüttelte den Kopf. «Jedenfalls nicht, um ihr auf Wiedersehen zu sagen.»

SIE SASSEN WIEDER IN DEM EINEN DIENSTRAUM der Polizeiwache an der Hauptstraße und wärmten sich die Hände an Bechern mit heißem Tee und Kaffee.

«Die Leiche ist noch nicht identifiziert», sagte Carstairs. «Die Etiketten der Kleider stammen von Swan und Edgar und

Marks und Sparks. Man kann schon am Stoff erkennen, daß sie nichts Teures bei Liberty einkaufte. Ich würde auf Verkäuferin tippen. Reichlich mit Schmuck behangen. Wir haben nur eine Sache gefunden, die uns vielleicht weiterhilft.» Carstairs zog einen kleinen Umschlag aus der Tasche und schüttete den Inhalt auf den Tisch. «Mein Sergeant hat mir das gegeben, kurz bevor wir hierher zurückkamen. Eine Tagesrückfahrkarte nach London. Sie steckte im Futter des Mantels; anscheinend ist sie durch ein Loch in der Tasche gerutscht.»

Jury schaute nach dem Datum – 4. September, vorgestern also. «Demnach war sie keine Einheimische.»

«Nein, anscheinend nicht.» Irgendwie schien Carstairs das Thema nicht ganz fallenlassen zu wollen; er fügte noch hinzu: «Trotzdem sollten wir diese Möglichkeit nicht völlig ausschließen.»

«Aber selbst wenn», sagte Wiggins, die Tasse unter der Nase und den Dampf inhalierend, «ist sie doch wohl kaum im Dunkeln auf diesem Weg spazierengegangen? Im Wald? So wie sie angezogen war?»

Carstairs warf Wiggins einen Blick zu, als wäre er ein Haufen ungewaschener Socken, konnte aber nicht umhin, ihm recht zu geben. «Diese Miss Craigie, die Frau, die sie gefunden hat, meinte, sie müsse in der Mordnacht auf einer Nachtwanderung an der Stelle vorbeigekommen sein.»

«Um welche Zeit?» fragte Peter Gere.

«Sie ist sich nicht ganz sicher. Um neun oder halb zehn, vielleicht auch zehn. Auf jeden Fall nach Sonnenuntergang.»

«Was hat denn *sie* um diese Zeit im Wald verloren?» fragte Wiggins und reichte Gere seine Tasse zum Nachschenken.

Peter Gere antwortete: «Eulen. Miss Craigie ist Vorsitzende der hiesigen Gesellschaft der Vogelfreunde. Verbringt sehr viel Zeit im Wald von Horndean. Ein wahres Vogelparadies, sagt sie – hübsch feucht und morastig.»

«Klingt nicht sehr lustig», sagte Wiggins und zog seine Jacke fester um sich. Der Nachtspeicherofen des kleinen Dienstraums heizte für Wiggins völlig unzureichend. «Also haben wir schon mal eine Person, die sich zum Zeitpunkt des Mordes da draußen aufgehalten hat», sagte er zu Jury.

Gere lachte. «Na ja, ich muß zugeben, kräftig genug ist sie – aber, Moment mal, Sie denken doch wohl nicht, daß es einer aus dem Dorf gewesen ist?» Mit bekümmertem Stirnrunzeln stopfte er seine Pfeife.

«Vielleicht nicht, aber Sie hatten hier ja auch ein paar Sachen laufen, Peter. Wie steht's damit?» Carstairs griff in seine Tasche und warf einen braunen Packen auf den Tisch. «Schauen Sie sich das an, Superintendent.» Er hatte ein geheimnisvolles Lächeln aufgesetzt, als könne er es nicht erwarten, daß Scotland Yard einen Blick darauf warf.

Es war ein gewöhnlicher brauner Umschlag, der in Hertfield abgestempelt und an die Littlebourner Poststelle geschickt worden war. Jury öffnete ihn und entnahm ihm ein Bündel Briefe, das von einem kleinen Gummiring zusammengehalten wurde. Er ging die Umschläge durch und sagte: *«Buntstifte?»*

«Interessant, nicht? Viel schwieriger für die Experten als Tinte oder Schreibmaschine. Die Fachleute konnten noch keinerlei Hinweise geben.»

Jury öffnete den ersten und las ihn: Er war mit grünem Buntstift geschrieben und an eine Miss Polly Praed, Sunnybank Cottage, adressiert. «Miss Praed scheint die tollsten Sachen anzustellen, ohne daß sie aus dem Haus geht. Drogen, Gin.» Er legte ihn beiseite und nahm sich den nächsten, einen orangefarbenen, an eine gewisse Ramona Wey. «Ziemlich kurz, was?»

«Und ziemlich harmlos, abgesehen von denen an Augusta Craigie und Dr. Riddley. Mit Buntstiften schreibt es sich auch nicht gut.»

Augusta Craigies Brief war in Lila geschrieben. «Mrs. Craigie ist keine Kostverächterin. Bis jetzt wurden drei Männer in nacktem bis halbnacktem Zustand bei ihr zu Hause gesichtet.»

Peter Gere grinste. «Wenn Sie Augusta kennen würden – sie ist Ernestines Schwester –, wüßten Sie, wie unwahrscheinlich das ist. Ich würde sagen, sie war eher stolz auf ihren Brief. Wir haben uns schon gefragt, ob nicht sie die Briefschreiberin war, nur damit sie sich selbst einen schicken konnte.»

«So was ist ziemlich selten», sagte Jury. «Und irgendwie auch keine Erklärung für die andern Briefe. Die Verfasser anonymer Briefe verschaffen sich damit gewöhnlich ein Gefühl von Macht. Wie Voyeure oder anonyme Anrufer haben sie das Gefühl, das Leben anderer zu beherrschen.» Jury öffnete den nächsten. «Wie ich sehe, haben Sie auch einen gekriegt, Peter.»

Gere errötete und kratzte sich mit seinem Pfeifenstiel am Nacken. «Einen ziemlich langweiligen. In Grau. Ist wohl die passende Farbe für mein Privatleben. ‹Zotenreißer› – ganz schön altmodisches Wort, bezieht sich auf damals, als ich bei den Londoner Verkehrsbetrieben arbeitete.»

In gespielter Entrüstung schnalzte Carstairs mit der Zunge: «Der an Riddley ist besonders hübsch. In Blau. Riddley, das ist unser Medizinmann, ein junger Kerl, sehr gutaussehend.» Carstairs zog ihn aus dem Stoß.

Jury las die detaillierte Beschreibung der Dinge, die Doktor Riddley mit einer gewissen Ramona Wey trieb. «Ist sie denn so sexy?»

«Attraktiv», sagte Peter, «aber ein Eisberg. Sie hat einen Antiquitätenladen in Hertfield.»

Auf den Umschlägen standen keine Adressen, sondern nur Namen. Sie waren alle zusammen in einen einzigen braunen Umschlag gestopft und an die Poststelle geschickt worden.

«Wer hat sie in Empfang genommen?»

«Mrs. Pennystevens. Es kam ihr natürlich ziemlich komisch vor, aber sie gab den Leuten ihre Briefe, wenn sie in den Laden kamen, um Brot oder Briefmarken zu kaufen. Sie sagte, sie hätte gedacht, es seien Einladungen oder so etwas.»

«Nette Party», meinte Wiggins, der beim Lesen ein bißchen rot wurde.

«Gewöhnliche Buntstifte, wie man sie in jedem Papiergeschäft oder in jedem Haushalt mit Kindern findet.»

«Mit und ohne Kinder.» Peter Gere öffnete die seitliche Schublade seines Schreibtischs, holte ein paar Buntstiftstummel und Malbücher hervor und legte sie auf den Tisch. «Sind nicht meine. Sie gehören einem kleinen Mädchen aus dem Dorf. Sie malt gern aus. Emily heißt sie. Wo sie hinkommt, läßt sie diese Dinger liegen. Die hier habe ich auf der Fensterbank gefunden.»

Jury schüttelte den Kopf, während er den Brief an Augusta Craigie noch einmal durchlas. «Diese Briefe klingen nicht echt.»

Carstairs schaute ihn fragend an. «Wie meinen Sie das?»

«Ich meine, daß es sich um ein Täuschungsmanöver handelt.» Er warf den Brief auf den Tisch. «Es scheint eher ein Spiel zu sein. Sie klingen nicht einmal ernst.»

«Aber die Leute hier, die nehmen sie ziemlich ernst, das können Sie mir glauben», sagte Peter.

Carstairs blickte auf seine Uhr und stellte seine Tasse mit dem kalten Kaffee ab. «Hören Sie, ich muß nach Hertfield aufs Revier zurück. Wenn ich Ihnen irgendwie behilflich sein kann, lassen Sie es mich bitte wissen, Superintendent. Wir können sofort eine Einheit hierher verlegen, wenn Sie wollen. Ich dachte nur, da Hertfield in der Nähe ist –»

«Ist schon gut so. Lassen Sie Ihre Männer nur bitte weiter den Wald durchsuchen.»

Carstairs nickte, legte zum Scherz zwei Finger an die Mütze und sagte: «Vielen Dank für den Kaffee, Peter. Sie machen ihn anscheinend immer noch aus Eisenspänen.» Er grinste und war verschwunden.

Der Packen Briefe lag auf dem Tisch. Jury breitete sie auf der Tischplatte aus. «Anonyme Briefe in allen Regenbogenfarben. Und die Leiche eines Mädchens. Besteht Ihrer Meinung nach ein Zusammenhang zwischen dem da und ihr?»

«Kann ich mir nicht vorstellen», sagte Peter Gere. «Auf den Gedanken bin ich noch gar nicht gekommen. Denken Sie an Erpressung?»

«Nein. Das wäre keine sehr erfolgversprechende Methode,

oder? Erst die Sünden publik machen und dann kassieren wollen?»

Wiggins' Kopf erschien über dem Kragen seines Mantels, in dem er, ewig fröstelnd, über die Sache nachgedacht haben mußte. «Wissen Sie, dieser Fahrschein in ihrem Mantel ist für mich kein Beweis, daß sie aus London kam. Jemand kann ihn da reingesteckt haben, damit wir glauben, sie wäre aus London.»

Gere berührte den braunen Umschlag. «Die hier wurden Dienstag vor einer Woche in Hertfield abgeschickt. Aber das beweist auch nichts. Was Sie da sagen, ist natürlich durchaus möglich.»

Wiggins untermauerte seine Theorie. «Ist doch komisch, daß der Mörder alles verschwinden ließ, was eine Identifikation ermöglicht hätte, aber nicht in die Taschen geschaut hat.»

«Die Fahrkarte steckte aber im Futter. Offensichtlich ist sie durchgerutscht», sagte Jury.

Wiggins dachte einen Augenblick nach. «Es könnte ja sein, daß es nicht ihr Mantel war.»

«Wie kommen Sie denn darauf?»

«Na ja, aufgetakelt wie sie war, in diesem grünen Kleid und schaufelweise Augen-Make-up –» Wiggins' Ton war mißbilligend – «und dem ganzen Schmuck. Der schwarze Tuchmantel paßte irgendwie überhaupt nicht dazu.»

Wiggins und Gere woben weiter an ihrer tollen Tuchmanteltheorie. Jury ließ sie machen; er war überzeugt, daß die Fahrkarte genau das bedeutete, was sie zu bedeuten schien: daß die Frau aus London gekommen war und vorgehabt hatte, am selben Tag wieder zurückzufahren.

Jury hatte eine hohe Meinung von den Polizisten in der Provinz; ihre Unbestechlichkeit war schon legendär. Auch wenn ihre Feinde unter den Großstadtkollegen sie als einen Haufen blöder Hinterwäldler bezeichneten: Jurys Meinung nach war das nur der Neid auf ihren Ruf. Er hatte sich immer noch nicht von dem Schock erholt, den ihm die Prozesse gegen ein paar seiner Kollegen und die Gefängnisstrafen vor ungefähr zehn Jahren versetzt hatten. Er war zwar nicht gerade blauäugig, aber doch irgendwie romantisch veranlagt. An gewisse Dinge glaubte er einfach: an England, die Queen, das Fußballtoto. Wenn er Peter Gere, den Dorfpolizisten, betrachtete, empfand er echten Respekt. Es war nicht gerade einfach, auf fremdem Terrain zu operieren.

Trotzdem – ein hübsches Nest, dachte Jury, als er sich auf seinem Stuhl zurücklehnte und auf die Grünanlage blickte. Nicht einmal die Polizei, die in das Dorf eingefallen war, hatte es aus seinem goldenen Septemberschlaf geweckt. Die Hauptstraße schien mit dem grauenvollen Verbrechen, das im Wald verübt worden war, nichts zu tun zu haben; es war, als hätte jemand einen Stein durch ein sonniges Fenster geworfen. Aus dem einzigen Gasthof des Dorfes, dem Bold Blue Boy, kam ein alter Mann herausgestolpert und schlurfte über die Grünanlage. Etwas weiter oben ging eine Frau mit einem Einkaufskorb über dem Arm in den Süßwarenladen. Nur die kleine Gruppe aus drei Dorfbewohnern, die anscheinend in der Mitte der Grünanlage aufeinandergestoßen waren, bezeugte, daß etwas im Gange war, denn es wurde eifrig gestikuliert und immer wieder auf die Polizeiwache gedeutet.

Nein, nicht drei, sondern vier Personen. Ein kleines Mädchen war aus der Gruppe herausgetreten und starrte auf die Polizeiwache oder auf den Wagen der Kriminalpolizei oder auch auf beides.

Jury hörte Wiggins und Gere nur mit halbem Ohr zu. Er war überzeugt, daß die Ermordete keine Einheimische war – man sah ihr London schon von weitem an. Auf der Oxford Street und der Regent Street liefen Dutzende solcher Mädchen herum. Warum die Sache komplizierter machen?

Während Jury beobachtete, wie die Kleine mit dem blonden Strubbelkopf eine Art seitlichen Tanzschritt ausführte, sagte er zu den beiden Stimmen hinter sich: «Vielleicht war's so. Aber wo ist dann ihr eigener Mantel?»

Über den Verbleib des ursprünglichen Mantels schienen sie sich jedoch keine Gedanken gemacht zu haben. Keiner antwortete ihm.

Die Sonne, die durch die Jalousien fiel, malte zitronengelbe Streifen auf den Boden. Jury schaute wieder auf die Grünanlage hinaus. Die Gruppe hatte sich verkleinert; übriggeblieben waren der ältere Mann und das kleine Mädchen. Er löste sich von ihr und steuerte zielsicher auf die Polizeiwache zu. Das kleine Mädchen folgte ihm, aber immer in einem gewissen Abstand. Er hatte auffallend weite Kniebundhosen an; sie trug eine Reitjacke mit zu kurzen Ärmeln.

«Sir, können wir nicht in den Gasthof rübergehen?» fragte Wiggins leidend. «Im Wald war es furchtbar feucht.»

«Sicher. Aber wer kommt denn da den Weg hoch, Peter?»

Ein Schwarm Drosseln, die bisher mit einer Brotrinde beschäftigt gewesen waren, flatterten über dem Kopf des älteren Mannes, als wollten sie ihr Nest dort bauen. Jury beobachtete, wie er mit seinem Stock nach ihnen schlug. Bevor er wie eine steife Septemberbrise in den Raum gefegt kam, tauchten sein Gesicht und Brustkorb in der Glastür auf, einem Wasserspeier zum Verwechseln ähnlich.

«Peter! Das ist doch wohl die Höhe! Ich höre, im Wald von Horndean ist eine Leiche gefunden worden!» Sein Tonfall verriet, daß der Ortspolizist für diesen Unfug möglichst rasch eine Erklärung zu liefern habe, da er sich sonst gezwungen sähe, ihn zur Rechenschaft zu ziehen.

Jury erkannte in Sir Miles Bodenheim (von Gere betont lustlos vorgestellt) jenen Typ des Landadligen, der mit seiner Zeit nichts anderes anzufangen weiß, als sich in den Mittelpunkt des Geschehens zu rücken. «Sind Sie im Besitz von Informationen, die Ihnen wichtig erscheinen, Sir Miles?»

«Ich weiß überhaupt nichts. Ich verstehe nur nicht, wieso die Polizei es für notwendig hält, über meine Südwiese zu trampeln?»

«Ihr Gut liegt in der Nähe des Waldes von Horndean?» fragte Jury.

«Ja, das tut es. Genauer gesagt, es grenzt daran. Rookswood ist ziemlich weitläufig.»

«Haben Sie vorgestern nacht vielleicht etwas Ungewöhnliches gesehen oder gehört?»

Miles Bodenheim lächelte süffisant. «Nur Miss Wey in Dr. Riddleys Praxis. Etwas spät für einen Arzttermin, finden Sie nicht?»

Wiggins hatte seinen Block hervorgeholt. «Um wieviel Uhr war das, Sir?»

Sir Miles' Augenbrauen gingen in die Höhe. «Um wieviel Uhr? Woher soll denn ich das wissen? Ich führe nicht Buch über die Angelegenheiten meiner Nachbarn.»

«Ungefähr?» sagte Wiggins und putzte sich die Nase mit seinem überdimensionalen Taschentuch.

Sir Miles stotterte: «Oh, ich weiß nicht, so gegen sechs, nehme ich an.»

«Ich dachte mehr an Vorgänge im Wald, Sir Miles», sagte Jury.

«Fehlanzeige», zischte er. «Ich treibe mich nicht nachts im Wald herum, um Nachtigallen aufzulauern, Superintendent. Ich verstehe auch nicht, warum Scotland Yard sich hierher bemühen mußte», fügte er der Form halber noch hinzu; anscheinend hatte er seine Meinung über die Polizei von Hertfield geändert. «Aber ich kümmere mich wohl besser um meine eigenen Angelegenheiten», fügte er hinzu.

Das wäre bestimmt das erste Mal, dachte Jury. «Ist der Wald denn eine Art Treffpunkt?»

«Nicht daß ich wüßte. Wir gehen da nur hin, um Vögel zu beobachten. Ich bin Sekretär und Kassenverwalter der Königlichen Gesellschaft der Vogelfreunde.»

«Ich möchte wahrscheinlich später noch mit Ihnen sprechen, Sir Miles. Wenn Sie etwas Zeit für mich erübrigen können.»

Wie zu erwarten, gefiel Miles Bodenheim diese demütige Anfrage von seiten der Polizei ungemein. «Ja, werde ich. Es scheint sich ja», fuhr er fort, «um ein besonders brutales Verbrechen zu handeln. Wie ich höre, wurde ihr der Arm abgehackt. Ich komme gerade von den Craigies. Ernestine steht immer noch unter Beruhigungsmitteln. Was für ein Schock! Ich hab mich mit Augusta beim Tee unterhalten, und sie hat mir alles erzählt. Entsetzlich, ihr einfach so den Arm –» Er brachte einen knackenden Laut hervor und schlug sich mit dem Stock auf den Arm. «Unverständlich, wie man so was tun kann.» Erwartungsvoll blickte er zu Jury hin, der sich jedoch nicht äußerte. «Aber na ja, sie war fremd hier.» Womit er wohl ausdrücken wollte, daß Fremde es sich selbst zuzuschreiben hatten, wenn sie ihre Arme einbüßten. «Hoffentlich seid ihr Burschen von Scotland Yard etwas schneller als die hiesige Polizei. Dafür bezahlen wir euch schließlich.» Sir Miles monologisierte weiter. «Ist doch komisch. Was konnte einer da draußen zu suchen haben? Außer uns Vogelfreunden hat im Wald von Horndean niemand etwas zu schaffen. Sylvia, meine Frau, sagt das auch.» Er erwärmte sich für sein Thema, und nun stand nicht mehr der Mord im Mittelpunkt, sondern das widerrechtliche Betreten seines Grundstücks. «Es gibt nur den einen öffentlichen Fußweg, und der ist völlig zugewachsen, weil niemand da langgeht. Es gibt auch keinen Grund, diesen Weg nach Horndean zu nehmen. Es ist ein ziemlich langer Fußmarsch; Sylvia sagt, sie ist beinahe im Schlamm versunken, als sie mit ihren Vogelfreunden da herumwanderte; man soll besser nicht so weit reingehen. Sylvia steckte schon einen halben Meter tief drin, sie sagt –»

Wie Jury an Geres Gesicht ablesen konnte, hätte Sylvia auch völlig darin versinken können, ohne daß ihr jemand eine Träne nachgeweint hätte. Er unterbrach Miles: «Sie meinen also, für Pärchen oder Picknicks ist der Wald nicht der geeignete Ort?»

Miles schnappte nach Luft. «Pärchen? Das will ich nicht

hoffen!» In Littlebourne waren Pärchen anscheinend genauso unbekannt wie die Maul- und Klauenseuche. Sein Blick fiel wieder auf die Briefe, die Peter Gere erfolglos mit dem Arm zu verdecken versuchte. «Dieses Dorf ist das reinste Tollhaus. Ein Verrückter, der sich frei unter unschuldigen Leuten bewegt. Unter ein *paar* Unschuldigen, besser gesagt.» Er grinste. «Kein Rauch ohne Feuer. Sie bleiben noch, nehme ich an, Superintendent?»

«Ja, ich hab mir ein Zimmer im Blue Boy genommen.»

Sir Miles' grauer Schnurrbart zuckte. «Oh, doch nicht im Blue Boy. Die Heizung funktioniert nicht richtig; Mary O'Brien kocht zwar ganz gut, das schon, aber ich kann Frauen in der Gastronomie nicht gutheißen. Sie etwa? Ich weiß, Frauen sind heutzutage überall, aber Mary O'Brien... Sie haben bestimmt gehört, was ihrer Tochter zugestoßen ist? Ich hab's beinahe vergessen bei dem ganzen Trubel. Die Polizei ist in dieser Sache auch noch nicht weitergekommen, was, Peter? Zwei Wochen ist das nun schon her. Na schön, Superintendent, ich würde ganz gerne noch etwas bleiben und mit Ihnen plaudern, aber ich muß leider weiter.» Er klopfte mit seinem Stock dreimal auf den Boden, als wolle er irgendwelche Geister beschwören. «Wir stehen Ihnen zur Verfügung», bot er Jury an. «Zögern Sie nicht, uns in Rookswood aufzusuchen, wann immer Sie Hilfe benötigen.» Nachdem er sich die Befriedigung verschafft hatte, bei der Polizei nach dem Rechten gesehen zu haben, riß Miles Bodenheim die Tür auf und segelte hinaus, während sich hinter ihm die heiße Luft mit der kalten vermischte.

«Was ist denn mit dem Mädchen passiert?» fragte Jury und ließ den Packen Briefe in die Tasche seines Regenmantels gleiten.

«Katie O'Brien. Das ist die Tochter der Wirtin vom Blue Boy. Sie ist zweimal im Monat nach London gefahren, um Geigenstunden zu nehmen. Anscheinend hat sie auch in der Underground gefiedelt, um sich ein Taschengeld zu verdienen.»

«So ’n Blödsinn», sagte Sergeant Wiggins.

«Tja, und dann hat ihr jemand den Schädel eingeschlagen. Es soll ein wahres Wunder sein, daß sie noch lebt, aber ich weiß nicht, ob sie so besser dran ist. Sie liegt im Fulham Road Hospital im Koma. Schon seit beinahe zwei Wochen, und es sieht nicht gerade gut aus.»

Als sie aufstanden, um sich zu verabschieden, fragte Jury: «Wo ist das passiert?»

«Im East End. In der Wembley-Knotts-Station. Ihr Musiklehrer wohnt da irgendwo in der Nähe.»

Wiggins steckte sich ein Hustenbonbon in den Mund und reichte die Schachtel herum. «Keine Gegend, in der sich ein junges Mädchen herumtreiben sollte.»

4

Sollte sie, sollte sie nicht, sollte sie doch.

Emily Louise Perk stand immer noch auf der Grünanlage, O-beinig wie immer. Emily war sozusagen immer zu Pferd. Sie hatte die Tür der Polizeiwache im Auge, aus der eben Miles Bodenheim getreten war; er war dann aber sofort abgebogen. Ihre Gedanken kreisten um Scotland Yard.

In Pollys Büchern tauchte etwas auf, was Mordkabinett hieß, und Emily Louise fragte sich, wie so was wohl aussah. Wahrscheinlich befanden sich in ihm die Wachsfiguren von Mördern. Und Handschellen, Äxte, Blut. Sie hatte einen Horror vor Blut und hatte sich die detaillierten Beschreibungen der Leiche, die im Wald von Horndean gefunden worden war, kaum anhören können. Emily haßte es, nur an Blut zu denken. Das war auch einer der Gründe, weshalb sie eine so gute Reiterin war; sie wußte nämlich, daß sie herunterfallen und sich blutende Wunden holen konnte, wenn sie ihre Kunst nicht beherrschte. Ihre Mutter hatte einmal versucht, mit ihr über Blut und Blutungen zu reden, aber Emily hatte sich so geekelt, daß sie aus dem Zimmer gerannt war. In Pollys Büchern hatte sie die Beschreibungen von blutüberströmten Körpern immer übersprungen. In einem war von einem abgeschlagenen Kopf die Rede. Und nun war das auch noch hier passiert. Eine abgeschlagene Hand. Miss Craigie hatte gesagt, die Finger... Nein, sie wollte nicht daran denken.

Sie hatte es auch nicht über sich gebracht, Katie im Krankenhaus zu besuchen. Schaudernd dachte sie an die Gerüche, an das Blut, auf das man überall stieß: die Operationstische, die Messer der Chirurgen, die Blutflecken, Kittel und Uniformen. Und sie wollte ihre Freundin Katie nicht wie eine Tote auf einem Tisch liegen sehen.

Die Falte auf ihrer Stirn wurde noch tiefer. Eine so tiefe Furche war selbst für Emily ungewöhnlich. Wenn sie nur rausbekäme, was die Polizei wußte, vielleicht konnte sie dann auch entscheiden, ob das, was *sie* wußte, von Bedeutung war.

Die Tür der Polizeiwache ging wieder auf, und *er* kam heraus. Sie würde vorsichtig zu Werke gehen müssen. Leute von Scotland Yard schafften es, jeden auszuquetschen. Sie konnten selbst ihr Pony Shandy zum Reden bringen, wenn sie mußten. Und die Bäume, wenn sie es darauf anlegten.

Und Emily war im Besitz eines Geheimnisses. Das Problem war nur, daß es eigentlich nicht *ihr* Geheimnis war. Es war vielmehr Katie O'Briens Geheimnis.

SOLLTE SIE, SOLLTE SIE NICHT, sollte sie doch.

Polly Praed schob die Walze ihrer Schreibmaschine so heftig zurück, daß sie beinahe die ganze Maschine mitnahm.

Sie versuchte, sich zu einem Entschluß durchzuringen.

Ihr Häuschen stand direkt neben dem keltischen Kreuz, dort wo die Hauptstraße in die Hertfield Road mündete und mit ihr ein Y bildete. Von dem Fenster des winzigen Wohnzimmers, in dem sie ihre Bücher schrieb, hatte man einen guten Blick auf die Hauptstraße: Sie konnte über die Grünanlage bis zur Polizeiwache rechts davon und zum Blue Boy links davon sehen.

Gewöhnlich nahm sie das Treiben auf der Straße gar nicht

wahr. Ihre Augen registrierten zwar das Kommen und Gehen, aber ihre Gedanken waren bei ihrer Geschichte. Das war die Regel. Heute schien es jedoch umgekehrt zu sein.

Mit etwas Zyankali in der Partybowle hatte sie gerade Julia Bodenheim ins Jenseits befördert. Ihre Finger bewegten sich wie von selbst, wenn es darum ging, einen der Bodenheims aus der Welt zu schaffen. Es entging ihr also kein Detail von dem, was sich im Umkreis der Polizeiwache abspielte. Während ihre Finger Julia vergifteten, verfolgten ihre Augen, wie der Mann von Scotland Yard mit Peter Gere den Rasen überquerte.

Polly fragte sich, was Emily dort zu suchen hatte: Emily tat das, was Polly am liebsten getan hätte. Es war zwar schon nach zwei, aber doch nicht zu spät, um noch etwas zu essen. Bestimmt waren sie zum Mittagessen gegangen. Nichts hinderte sie daran, das auch zu tun. Sollte sie, sollte sie nicht, sollte sie doch.

Ihre Finger ruhten auf einer mit Arsen gewürzten Aubergine, während sie sich ihren ersten Schachzug überlegte: *«Scotland Yard? Oh! Ich wußte gar nicht, daß die Polizei von Hertfield sich Verstärkung geholt hat.»*

Ziemlich langweilig. Wie war es mit: *«Ich kann mir vorstellen, daß Sie Krimis, in denen vom Scotland Yard die Rede ist, gleich wieder aus der Hand legen, Superintendent?»*

Albern. Sollte sie ihn vielleicht fragen, wie sie im dritten Kapitel vorgehen sollte? Das wäre so plump, daß sie bestimmt keine Chancen mehr bei ihm hätte. Erwartete sie von ihm, daß er seine Ermittlungen einstellte, um ihr eine Nachhilfestunde in Kriminologie zu geben?

Frustriert ließ sie sich auf ihren Stuhl zurückfallen und drückte fast ihre Katze Barney platt. Sie hatte sich dieses Plätzchen ausgesucht, weil es am sonnigsten war.

Abgehackte Finger. Polly stützte den Kopf auf die Hände und dachte nach, fand aber keine Erklärung. Sie beugte sich wieder vor, verschränkte die Arme auf ihrer Schreibmaschine, legte das Kinn darauf und starrte aus dem Fenster. Sie sah, wie das Tor zum Garten des Bold Blue Boy auf- und zuging. Auf und zu, auf und zu… und darauf saß Emily Louise, die alles noch viel genauer verfolgte als sie. Als zehnjährige Göre konnte man sich so auffällig benehmen, wie man wollte.

Das ist einfach lächerlich, sagte sie sich, stand auf und strich ihr Twinset glatt. Sie würde einfach über die Grünanlage zum Gasthof gehen.

Nein, doch nicht.

5

«Wer ist denn die Kleine mit dem sorgenvollen Blick?» fragte Jury, der aus dem offenen Fenster des Bold Blue Boy schaute. Sie saß auf dem hin- und herschwingenden Tor.

«Emily Louise Perk», antwortete Peter Gere, ein Käsebrot mit Gurkenscheibchen in der Hand. «Sie hängt immer herum. Ihre Mutter arbeitet in Hertfield, ihr Vater ist tot. Vielen Dank, Mary.»

Die Frau, die ihnen das Bier hinstellte, hatte einen vagen, ausdruckslosen Blick, als schaue sie sie durch eine regennasse Scheibe an. Sie war mittleren Alters, dunkelhaarig und bestimmt einmal sehr hübsch gewesen – vielleicht noch vor zwei Wochen, bevor diese Sache mit ihrer Tochter passierte. Sie sagte nur, sie sollten es sich schmecken lassen, und entfernte sich wieder.

Peter, der Jury von Katie O'Briens Unfall erzählt hatte, fuhr fort: «Mary konnte sich nicht erklären, wieso sie nicht die Sachen trug, die sie angehabt hatte, als sie von zu Hause wegging. Mary bestand auf Kleidern und Röcken. Katie muß sich also irgendwo umgezogen haben, denn sie hatte Jeans und ein pinkfarbenes T-Shirt an. In ihrer Einkaufstasche war auch ein Päckchen Zigaretten. Und einer von diesen Schmökern, die Mädchen in ihrem Alter verschlingen, ein Heartwind-Roman, soviel ich mich erinnere. Ihre Mutter war jedenfalls strikt dagegen, daß sie Zigaretten rauchte oder solche Schmöker las –»

«Sie sind doch wohl ziemlich harmlos», sagte Sergeant Wiggins, der jetzt, wo er sein Essen vor sich hatte, schon sehr viel gesünder aussah. «Es gibt Schlimmeres –» Als er Jurys fragenden Blick bemerkte, meinte er: «Na ja, Sie erinnern sich doch bestimmt an Rosalind van Renseleer. Ich hab ein paar von ihren Romanen gelesen...» Er verstummte und widmete sich wieder seinem belegten Brot.

«Ihre Mutter ist wohl ziemlich streng, was?» Gere nickte.

«Und was ist mit diesem Musiklehrer? Sagten Sie nicht, er hätte sie an der Station abholen und auch wieder zur Station zurückbringen sollen?»

Gere zuckte die Achseln. «Weiß ich nicht. Das Morddezernat beschäftigt sich mit diesem Fall. Sie können sich von Carstairs einen Bericht geben lassen. Ist bestimmt nicht die erste, die in London überfallen wurde.» Gere lächelte matt. «Ein schwerer Schlag für Mary. Arme Frau. Aber die Jugend heutzutage –»

«Was für Jeans?» fragte Jury.

Erstaunt blickte Peter hoch. «Was für welche? Blue Jeans. Sehen doch alle gleich aus.»

«Überhaupt nicht. Die meisten Mädchen stehen heute auf Designer-Jeans, darunter machen sie es nicht. Welche Marke?»

Peter runzelte die Stirn. «Hmmm, das weiß ich nicht. Warum ist das denn so wichtig?»

«Ich frage mich nur, wie lange sie in der Underground spielen mußte, um sich welche kaufen zu können.»

«Jordache-Jeans», sagte Mary O'Brien und drehte am Zipfel ihrer Schürze, als wäre es der Hals des Mannes, der ihre Tochter überfallen hatte. «Und ein rosa-violettes T-Shirt. Ihr Kleid lag in der Tasche.»

«Jungen? Wie stand's damit? Hatte sie einen Freund?»

Mary O'Brien schüttelte den Kopf. «Sie ist erst sechzehn. Ich hab ihr gesagt, das hätte Zeit.»

Jury äußerte sich nicht dazu. «Der Musiklehrer – wie heißt der?»

«Macenery.» Sie schaute zu, wie Wiggins sich den Namen notierte. «Cyril Macenery. Er wohnt in der Drumm Street, nicht weit vor der Station. Das erste Mal bin ich zusammen mit Katie zu ihm hingegangen. Er behauptet, er hat sie an die Bahn gebracht. Angeblich hatte er auch keine Ahnung, daß sie dort spielte.»

«Nehmen Sie ihm das nicht ab?»

«Ich weiß nicht, was ich glauben soll. Es überrascht mich, daß Sie sich überhaupt dafür interessieren. Außer Ihnen tut das keiner. Nach diesen Briefen und jetzt nach diesem Mord im Wald von Horndean...» Mit dem Handrücken strich sie sich das dunkle Haar aus der Stirn.

«Natürlich interessiert mich das, Mrs. O'Brien. Eine schreckliche Geschichte.» Sie schenkte ihm ein winziges, kaum wahrnehmbares Lächeln, ein Lächeln wie ein Blatt, das an einem Stein im Wasser hängengeblieben ist. Es verflüchtigte sich sofort wieder. «Wie heißt ihr Arzt?»

«Dr. Riddley. Der Arzt aus dem Dorf. Sie können nichts tun als warten. Ich besuche sie im Krankenhaus und spreche mit ihr. Es ist schwer, mit jemandem zu sprechen, der einen nicht hört. Ich habe auch den Kassettenrecorder und ein paar von ihren Lieblingskassetten hingebracht. Katie war außergewöhnlich musikalisch», sagte Mary O'Brien, und in ihrer Stimme schwang noch etwas von dem Stolz mit, den sie empfunden haben mußte. «Hier konnte ihr keiner mehr was beibringen. Sie war schon bei allen gewesen. Nur dieser Macenery war gut genug und außerdem auch nicht so teuer. Viel Geld habe ich nicht, aber sie brauchte einfach einen wirklich guten Lehrer. Katie hat getan, was sie konnte. Ihre Musik bedeutete ihr alles. Sie hat verschiedene Jobs gehabt, vor allem hat sie geputzt – für Miss Pettigrew, die Mainwarings, Peter, Dr. Riddley und andere. Manchmal hat sie auch in Rookswood nach den Pferden geschaut oder im Magic Muffin ausgeholfen, im Sommer, wenn viel los war, hat sie dort bedient... Wenn er nicht der beste Lehrer gewesen wäre, den wir uns leisten konnten, glauben Sie, ich hätte sie in so eine Gegend von London fahren lassen?»

Sie würde gleich zusammenbrechen, wenn er nicht eingriff. Ihre Stimme nahm diesen immer schriller werdenden, hysterischen Ton an. «Die Londoner Polizei wird sich darum kümmern, Mrs. O'Brien.»

«Ich kann Ihnen ja mal Ihre Zimmer zeigen.» Sie führte ihn eine dunkle Treppe mit alten Stichen von Vögeln und bukolischen Landschaften hinauf. «Sie sagen, man kann nie wissen, auf was Leute im Koma reagieren. Ich spreche mit ihr und spiele ihre Kassetten. Sie würden nie erraten, was ihr Lieblingslied war: ‹Rosen aus der Picardie›! Katie war so altmodisch.»

Jury fragte sich, wie sie das mit den Jordache-Jeans und dem pinkfarbenen T-Shirt in Einklang brachte.

JURYS INTERESSE FÜR DIE KLEINE BLONDE WUCHS. Anscheinend war es ihr auf dem Tor langweilig geworden – während seiner Unterhaltung mit Mary O'Brien war sie jedenfalls verschwunden.

Nachdem er Wiggins beauftragt hatte, die Postmeisterin und die Mainwarings zu befragen, machte Jury sich auf den Weg zu den Craigies. Jury und Emily traten gleichzeitig – ja beinahe schon verblüffend gleichzeitig – auf die Straße, er aus dem Bold Blue Boy, sie aus dem Süßwarenladen ein paar Häuser weiter.

Jury beobachtete einen Augenblick, wie sie in die Luft starrte und ihn auf unübersehbare Weise ignorierte. Das letzte Mal, daß ihn jemand so auffällig ignoriert hatte, war in der Camden Passage gewesen, als er Jimmy Pink, den Taschendieb, der dort seiner Arbeit nachging, festnahm. Sie beugte den Kopf über eine weiße Papiertüte und überlegte anscheinend, welches Bonbon sie sich zuerst in den Mund schieben sollte.

Immer noch durch ihn hindurchstarrend, obwohl er die einzige Person auf dem Trottoir war und außerdem von beträchtlicher Körpergröße, begann sie auf einem Bein herumzuhüpfen, dann machte sie einen Satz nach vorne, wobei sie die Beine, einem unsichtbaren Muster im Pflaster folgend, auseinanderspreizte. Sie wirbelte herum und wiederholte das Ganze rückwärts, die weiße Bonbontüte fest an sich pressend. Ihr ungekämmtes, strähniges Haar hatte an den Seiten ihres Kopfs zwei Bäusche gebildet, die beim Hüpfen auf- und abgingen.

Er überquerte die Hauptstraße, stieg in sein Auto und umkurvte damit das eine Ende der Grünanlage, um dann auf der andern Seite am Blue Boy vorbeizufahren. Bei dem keltischen Kreuz blickte er in den Rückspiegel. Sie stand völlig regungslos da, stopfte sich den Inhalt ihrer Tüte in den Mund und starrte dem Wagen der Kriminalpolizei nach.

6

Augusta Craigie – oder die Frau in dem wild wuchernden Garten, von der Jury annahm, sie sei Augusta – schien gerade mit einem Beet Primeln beschäftigt zu sein, als er das Gartentor aufklinkte. Bis auf das kleine Fleckchen, auf dem sie gerade arbeitete, war der Garten ein einziger Dschungel. Sie fuhr mit einer kleinen Harke um die winzigen Windmühlen und Wasserfälle, die Enten, die ihre Jungen in die Schlacht führten, die gepunkteten Frösche auf den Gipsbänkchen herum. Sogar ein kleines Riesenrad war vorhanden. Man fühlte sich wie auf einem Rummelplatz für Liliputaner.

«Miss Craigie?» Sie drehte sich nach ihm um, und ihre Lippen formten ein kleines O. «Ich bin Superintendent Jury vom Scotland Yard. Kriminalpolizei.» Er zeigte ihr seinen Ausweis.

Sofort rollte sie den Kragen hoch und die Ärmel herunter, als wolle sie den letzten Zentimeter unbedeckter Haut verhüllen, ein schwieriges Unterfangen, denn Miss Craigie war von den grauen Haaren bis zu den grauen Baumwollstrümpfen bereits ganz in Grau gewandet. Mit ihren flinken, kleinen Augen und ihrer spitzen Nase erinnerte sie Jury an eine Feldmaus.

«Sie wollen bestimmt mit meiner Schwester sprechen. Ich glaube nicht, daß sie dazu in der Lage ist... ich meine, nach all dem, was sie hinter sich hat. Sie können sich vorstellen, was für ein Schock das war!»

«Ja, natürlich. Aber vielleicht könnten *wir* uns unterhalten?» Wenn er erst einmal im Haus war, würde er schon fertig werden mit den Schocks, die sie erlitten hatten.

«Wir? Oh. Ja, ich denke schon...» Verunsichert blickte sie auf ihre Gipsdekorationen, da aber von den Enten und den Fröschen kein Zuspruch zu erwarten war, streckte sie die Waffen, wickelte ihre Strickjacke noch fester um ihren schmalen Körper und führte ihn zu einer kleinen Tür. Das Strohdach war dringend reparaturbedürftig. Von den schweren, dunklen Balken um die Fenster und die Tür war schon längst der Maschendraht abgefallen, der verhindern sollte, daß Vögel dort ihre Nester bauten.

Eine langhaarige Katze mit dem gemeinen, verdrießlichen Gesichtsausdruck eines Schurken tauchte hinter einem Busch auf und folgte ihnen auf den Fersen. Drei weitere – Jury glaubte etwas Graues und Orangefarbenes gesehen zu haben – huschten wie Schatten um die Ecke des Hauses.

Der Eindruck, den der Garten vermittelte, wurde im Innern des Hauses noch verstärkt. Die Ausschmückung ihres Heims lag den beiden Schwestern offensichtlich mehr am Herzen als der Haushalt. Von dem vorderen Zimmer gelangte man durch einen niedrigen Bogen in einen zweiten Raum – ein Studierzimmer oder eine Art Wohnzimmer. Vor dem Fenster stand ein breiter, mit Papierrollen, Schreibwerkzeugen und Zeichengeräten übersäter Schreibtisch. Über alldem thronten zwei Sperlingspapageien in einem Korbkäfig.

Auch sonst gab es überall Vögel, nur daß diese entweder ausgestopft waren, unter Glas standen oder als Porzellanfiguren den Kaminsims und die Regale zierten. Augusta Craigie hatte in einem ausladenden, kretonnebezogenen Sessel Platz genommen; sie sagte: «Ernestine ist Ornithologin. Deswegen haben wir hier so viele Vögel herumstehen. Die Sperlingspapageien gehören mir. Süß, nicht wahr? Ernestine hat schon etliche Artikel über Vögel geschrieben. Ich kümmere mich um den Haushalt.» Sie breitete entschuldigend die Hände aus, als wären sie dieser Aufgabe nicht richtig gewachsen.

Jury war sich nicht sicher, ob die drei Katzen, die sich vor ihm aufgebaut hatten und ihn anstarrten – die Pfoten ordentlich nebeneinandergestellt und gelegentlich mit den Schwänzen zuckend –, dieselben Tiere waren, die er draußen gesehen hatte, oder andere, dem Dunkel des Hauses entsprungene Geschöpfe. Sogar am hellichten Tag brauchte man elektrisches Licht, und die große Stehlampe neben Miss Craigies Sessel brannte auch. Der mit Fransen besetzte Schirm verbreitete ein trübes Licht. Die Katze mit dem gemeinen Gesichtsausdruck sprang auf ihren Schoß und versetzte ihr einen mörderischen Hieb mit der Pfote, den Miss Craigie überhaupt nicht wahrzunehmen schien.

«Ernestine ist die Vorsitzende der Vogelfreunde von Hertfield. Gewöhnlich ist sie schon vor fünf mit ihrem Feldstecher unterwegs... Sie sehen, es ist also ganz *normal*, daß sie auf... auf diese arme Frau gestoßen ist.»

Augusta gehörte offenbar zu den Leuten, die für alles eine Erklärung parat haben müssen, und Jury ließ sie reden. Sie deutete jedoch sein Schweigen als Schuldzuweisung und schmückte eilig das Ganze noch weiter aus. «Sie war gerade dabei, eine dieser kleinen Karten für die Vogelbeobachter zu zeichnen. Wir benutzen sie, wenn wir gemeinsam losziehen; gewöhnlich in kleinen Gruppen, wenn es etwas Besonderes gibt – wie zum Beispiel das Tüpfelsumpfhuhn...» Ein bitterer Ton schlich sich ein, als sie sagte: «Wissen Sie, für mich war das genauso schlimm – wirklich genauso schlimm!» Sogar in dem trüben Licht sah Jury die Röte, die ihr Gesicht überzogen hatte: Sie war damit herausgeplatzt, als hätte Ernestine sich nun lange genug im Rampenlicht gesuhlt. «Zu sehen, wie dieser Hund auf mich zukam mit diesem – *Ding* im Maul.» Augusta sank in ihren Sessel zurück, fuhr dann aber plötzlich wieder hoch und beförderte dabei die Katze auf den Boden, die daraufhin die Sperlingspapageien zu belauern begann. «Ich versteh das alles nicht, Inspektor. Offensichtlich sind wir die Sündenböcke. Als hätten die Polizisten – Sie – *uns* im Verdacht.

Vor Ihnen war schon dieser andere Inspektor aus Hertfield da und hat uns mit Fragen bombardiert... Wirklich, es ist einfach ungerecht.»

Jury überging seine Degradierung und sagte: «Ich hoffe, Sie verstehen, wie wichtig es für uns ist, alle, die mit der Entdekkung der Leiche zu tun hatten, zu befragen. Wir wollen Sie keineswegs belästigen. Wenn Sie und Ihre Schwester nicht gewesen wären, würde sie vielleicht immer noch da draußen im Wald liegen.» Jury lächelte.

Die plötzliche Verwandlung vom Opfer zur Heldin veranlaßte Augusta, sich über das Haar und anschließend über den Rock zu streichen. Sie konnte es sich nun auch erlauben, ihrer Neugier freien Lauf zu lassen. «Wer war sie denn? Wissen Sie das?» Jury schüttelte den Kopf. «Von uns hat sie keiner gekannt. Vielleicht kam sie aus Horndean oder Hertfield. Ich hab gerade eben mit Miles Bodenheim – Sir Miles – gesprochen, und wir waren uns einig, daß der Mörder höchstwahrscheinlich ein Psychopath ist, aus London vielleicht –» (auf Urlaub, fragte sich Jury). «Man denkt sofort an Jack the Ripper.» Der kleine Schauer, der sie durchlief, schien eher ein Schauer der Lust als des Entsetzens zu sein. «Erinnern Sie sich, wie er seine Opfer verstümmelt hat?»

«Nein, so würde ich den Fall hier nicht sehen.»

Augusta ließ sich jedoch nicht beirren. Wie ein Spürhund war sie auf die blutigen Details aus und beschrieb den Fund der Leiche, wie ihre Schwester ihn ihr geschildert hatte. Diese schien sich erhoben zu haben; Gepolter, knarrende Dielen und Schritte auf der Treppe kündigten ihr Erscheinen an.

«Das muß Ernestine sein. Ich kann mir nicht vorstellen, warum sie schon aufgestanden ist. Das reinste Wunder, daß sie nicht ohnmächtig wurde – Ernestine! Du solltest im Bett bleiben, wirklich!»

Falls die Person, die den Durchgang blockierte, Ernestine war, stand nicht zu befürchten, daß irgend etwas sie umwerfen würde. Eine gedrungene, vierschrötige, energische Person. Jeden Einwand gegen den Kurs, den sie eingeschlagen hatte, räumte sie zweifellos mit Hilfe des Schwarzdornstocks in ihrer Hand aus dem Weg. Selbst die Katzen stoben auseinander. Über ihrem stattlichen Busen trug sie eine fest zugeknöpfte Segeltuchjacke, und die gestrickte Mütze hatte sie sich so energisch über die Ohren gezogen, daß nur ein graues Haarbüschel und eine Andeutung von Augenbrauen zu sehen waren.

«*Raus*, natürlich», lautete die schnippische Antwort auf die schüchterne Frage ihrer Schwester, wo sie denn hinwolle. «Ein bißchen Ruhe, mehr war nicht nötig. Ich muß mir nur noch die Gummistiefel anziehen –»

«Aber du kannst doch unmöglich in den Wald von Horndean zurück. Der Herr hier ist von Scotland Yard und möchte dir Fragen stellen.»

«Warum sollte ich nicht zurückgehen? Das Tüpfelsumpfhuhn wartet nicht ewig. Ich nehme doch an, die Polizei hat inzwischen alles hübsch sauber aufgeräumt, nicht wahr, Inspektor?»

«Wir haben die Leiche weggebracht, Ma'am. Trotzdem können Sie noch nicht wieder in diesen Teil des Waldes.»

«Und warum nicht, bitte? Die Tüpfelsumpfhühner sind beinahe ausgestorben, Sir. Sie sind, wenn überhaupt, nur an dieser Stelle zu sehen. Sie mögen Feuchtigkeit, wissen Sie.» Sie ging zu der Bank neben der Tür, wo ihre Gummistiefel warteten, stramm wie Soldaten. Ließ sie sich nur mit Gewalt aufhalten?

«Das Tüpfel –, was ist denn das?»

Sie blieb stehen, wandte sich um. «Das große Tüpfelsumpfhuhn. Sie wollen doch nicht behaupten, Sie hätten noch nie davon gehört?»

«Nein, noch nie. Ist es denn so selten?»

«Selten? *Selten*?» Sie kam wieder ein paar Schritte zurück. «In den letzten drei Jahren wurde es nur dreimal gesichtet. Einmal auf den Orkneys, einmal auf den Hebriden und einmal in Torquay. Es ist offensichtlich etwas von seinem Kurs abgekommen.»

«Und Sie haben es im Wald von Horndean gesichtet?»

«Ja, ich denke doch.» Sie knöpfte ihre Jacke wieder auf.

«Ich hab einen Freund, der einmal einen Spix Ara gesehen hat», sagte Jury und bot ihr eine Zigarette an, nach der sie geistesabwesend griff.

Ihre Augenbrauen gingen in die Höhe und verschwanden völlig unter der heruntergezogenen Strickmütze. «Das ist unmöglich! Spix Aras wurden nur in Brasilien gesichtet. Irgendwo im Nordwesten von Bahia. Das ist ein äußerst seltener Vogel.» Sie ließ sich in den andern kretonnebezogenen Sessel sinken, als müsse sie sich von diesem Schock erholen.

Jury schüttelte den Kopf. «Vielleicht hat er sich verirrt.»

Sie betrachtete ihn mit äußerstem Mißtrauen und meinte: «Ich kann nicht glauben, daß diese Person einen gesehen hat. Ich bin Ornithologin, und ich halte mich auf dem laufenden. Von einem Spix Ara habe ich nichts berichten gehört.» Ihre Augen verengten sich, als sie an der Zigarette zog, die sie zwischen Daumen und Zeigefinger festhielt. «Beschreiben Sie ihn.» Als nehme sie einen Mordverdächtigen in die Zange.

«Na, blau, nach der Aussage meines Freundes. Auf dem Rücken und den Flügeln etwas dunkler. Und, hmm, ungefähr sechzig Zentimeter groß.»

In der kurzen, verblüfften Pause, die daraufhin erfolgte, starrte Ernestine auf ihre Schwester. Jury dachte schon, sie würde Augusta für diese haarsträubende Spix-Ara-Geschichte verantwortlich machen. Aber sie sagte nur: «Augusta, hock hier nicht rum wie ein Huhn auf der Stange. Wir könnten einen kleinen Snack vertragen. Wie wär's mit ein paar belegten Broten?» Und dem ergebenen Rücken ihrer Schwester rief sie noch nach: «Im Kühlschrank ist gehacktes Hühnerfleisch!» Dann machte sie es sich wieder in ihrem Sessel bequem, um mit Jury zu fachsimpeln. «Der Spix Ara ist...»

Jury gab ihr genau drei Minuten, dann fand er es an der Zeit, sie von den Vögeln auf die Vogelbeobachter zu bringen. «Wie oft trifft sich Ihre Gruppe?»

«Einmal im Monat, am dritten Montag.»
«Und wer gehört dazu?»
«Die Bodenheims – Miles und Sylvia. Mainwaring und seine Frau, wenn sie zu Hause ist.» Ernestine grinste.
«Heißt das, daß sie häufig nicht zu Hause ist?»
«Da kriselt es, wenn Sie *mich* fragen.»
Augusta kam mit einer Platte belegter Brote zurück, die wie eingesäumt aussahen, so akkurat waren sie geschnitten. Jury lehnte dankend ab, ließ sich aber eine Tasse Kaffee einschenken.
«Sagen Sie, Miss Craigie, Sie müssen sich doch Gedanken über dieses Mädchen gemacht haben – wer sie war oder zumindest, was sie in dem Wald verloren hatte?»
Ohne sich darum zu kümmern, daß sie den Mund voller Hühnerfleisch hatte, meinte Ernestine: «Wahrscheinlich nichts. Muß wohl eine Verkäuferin gewesen sein.»
«Was veranlaßt Sie, das anzunehmen?»
«Ich weiß nicht. Sie sah eben so aus. Etwas nuttig mit diesen ganzen Armreifen und Ohrringen. ‹Geschmückt wie ein Pfingstochse›, pflegte unsere Mutter zu sagen. Stammte wohl von Woolworth, der ganze Kram.»
«Sie haben sie sich ja genau angeschaut.»
«Ich sah die Leiche zuerst hierdurch.» Sie hob ihren Feldstecher hoch. «Aber ich war mir nicht sicher, was es war, und bin zu der Stelle rübergegangen. So lange hab ich sie mir auch nicht angeschaut – das können Sie sich wohl denken –, wer aber wie ich ein scharfes Auge für Details hat, braucht da nicht viel Zeit. Ich bin dann sofort zur nächsten Telefonzelle gegangen und habe die Polizei informiert.»
Da die Antworten nur so aus ihr heraussprudelten, zögerte Jury etwas mit seiner nächsten Frage. «Die, äh, die Verstümmelungen wurden ihr mit einer kleinen Axt zugefügt, die neben dem Baumstumpf gefunden wurde. Es soll sich dabei um Ihre Axt handeln, Miss Craigie. Wieso hatten Sie sie da liegen?»

Eine Axt am Tatort brachte Miss Craigie noch lange nicht aus der Fassung. «Ich bahne mir damit den Weg, was sonst. Ich hacke Zweige ab und so weiter, um etwas sehen zu können.»

«Wissen Sie, ob sonst noch jemand diese Axt benutzt hat?»

«Ich denke schon. Sie liegt immer rum. Nicht gerade *dort* – die Vogelbeobachter benutzen sie hin und wieder, man hätte sie also überall in der Nähe finden können.»

Jury wechselte das Thema. «Sagen Sie, haben Sie Katie O'Brien gekannt?»

Einen Augenblick lang schien sie seine Frage nicht zu verstehen. «Oh, die kleine O'Brien. Die hab ich ganz vergessen. Wurde sie nicht vor zwei Wochen zusammengeschlagen? Na ja, wenn ihre Mutter sie einfach so in London rumlaufen läßt, dann wundert mich das ja nicht.»

Wie Jury vermutete, verteidigte Augusta Katie wahrscheinlich nur, um ihrer Schwester widersprechen zu können. «Ein nettes Ding, diese Katie. Sie hat für einige Leute in Littlebourne geputzt. Und sie war sehr gründlich; ich hab sie auch ab und zu geholt. Richtig geschuftet hat sie; zuverlässig war sie auch und gut erzogen, nicht so wie diese andern Gören, die mit ihr zur Schule gingen.»

Ernestine machte eine wegwerfende Handbewegung. «Ja, ja, immer nett, die Kleine, aber stille Wasser... Was hab ich gesagt, wetten, daß sie bei der erstbesten Gelegenheit mit einem Jungen abhauen wird!»

«Vielleicht», meinte Augusta, «wollte sich dieses Mädchen auf Stonington vorstellen.»

«Auf Stonington?» wiederholte Jury.

«Ja, bei den Kenningtons. Ich hab gehört, Lady Kennington suchte jemanden, der für sie tippt. Stonington liegt auf der andern Seite des Waldes, an der Horndean Road. Ich erinnere mich genau, daß Mrs. Pennystevens mir erzählt hat, sie – ich meine Lady Kennington – hätte eine Bewerberin, die sich in ein, zwei Tagen vorstellen wollte. Vielleicht war sie das, die Frau im Wald.»

«Aber ist es nicht ziemlich unwahrscheinlich, daß ein Ortsfremder durch den Wald von Horndean geht?»

Augusta strahlte ihn an: «Aber Inspektor, vielleicht wurde sie dorthin verschleppt. Sie verstehen – nachdem sie irgendwo anders umgebracht worden war. Oder hingerichtet. Wirklich, es sieht doch ganz nach einem Ritualmord aus. Haben Sie daran schon gedacht?»

Jury mußte zugeben, daß ihm dieser Gedanke noch nicht gekommen war.

«Das ist doch Quatsch, Augusta. Du hast zu viele Krimis von Polly gelesen. Das ist unsere Märchentante, eine Kriminalautorin», erklärte sie Jury. «Sie ist gar nicht so schlecht. Ich hab auch schon versucht, sie für unsern Verein anzuwerben –»

Jury ging der Name Kennington im Kopf herum. Wo hatte er ihn nur schon gehört? Er konnte sich nicht erinnern, daß Carstairs oder Peter Gere ihn erwähnt hatten. «Haben Sie ein Telefon?» fragte er die Craigies.

«Natürlich», sagte Ernestine. «Ich muß wegen der Gesellschaft ständig rumtelefonieren. Ja, natürlich können Sie es benutzen», erwiderte sie auf Jurys Frage. «Es steht dahinten in meinem Arbeitszimmer. Passen Sie auf, daß Sie mir nicht die Karten durcheinanderbringen!» rief sie Jury nach.

«Stonington?» wiederholte Inspektor Carstairs einigermaßen überrascht. «Nein, niemand hat die Frau im Zusammenhang mit Stonington erwähnt. Der Busfahrer sagt, er erinnert sich an eine Frau, auf die diese Beschreibung zutrifft; sie sei in Littlebourne aus dem Bus von Hertfield nach Horndean ausgestiegen. Es war der letzte Bus nach Horndean; er kam fünf nach acht in Littlebourne an. Da war's schon ziemlich dunkel.»

«Kennington – ich muß den Namen schon mal gehört haben –»

«Vor ungefähr einem Jahr war er in allen Zeitungen. Lord Kennington hatte eine Schmucksammlung, darunter auch ein Smaragdcollier mit einem sehr seltenen und wertvollen Stein.

Sein Sekretär, ein Bursche namens Tree, ist damit abgehauen. Ich meine, mit dem Collier. Manchmal scheint es ja noch so was wie Gerechtigkeit zu geben – ein paar Tage darauf wurde dieser Tree nämlich von einem Auto überfahren. Soviel uns bekannt ist, fehlt von dem Collier noch jede Spur.» Carstairs schien sich vom Telefon abgewandt zu haben, um sich mit jemandem zu besprechen, dann sprach er wieder in die Muschel. «Ich werde sofort nachprüfen lassen, was es mit Stonington auf sich hat. Jetzt lebt nur noch Lady Kennington dort, ihr Mann ist gestorben.»

Jury bedankte sich und legte auf.

Als er zurückkam, stritten die Schwestern sich wegen der Briefe. Augusta schien auf Miss Praed als Verfasserin zu tippen.

«Die gute, alte Polly?» sagte Ernestine. «Um Himmels willen! Sie würde so was nie tun. Sie ist völlig mit ihren eigenen Geschichten beschäftigt, sie braucht ihre Phantasie nicht auf diese Weise auszutoben.»

«Aber sie hat zumindest Phantasie», versetzte Augusta.

Ernestine packte die Katze mit dem gemeinen Gesichtsausdruck, die über die Brotreste hergefallen war, und setzte sie auf den Boden. «Für diesen Brief an dich, altes Haus, brauchte einer schon Phantasie, das mußt du zugeben», wieherte Ernestine und klopfte mit ihrem Schwarzdornstock auf den Boden. «Augusta ist so unschuldig wie ein neugeborenes Lamm.»

Jury bezweifelte das, als er Augustas Miene sah. Ernestine, die anscheinend immer den Löwenanteil abbekam von dem, was im Leben der beiden passierte, schien den Blick mörderischer Wut aus ihren Augen überhaupt nicht zu bemerken. Und als die Katze, die es aufgegeben hatte, etwas von dem Hühnerfleisch zu ergattern, sich wieder an die Sperlingspapageien ranmachte, dachte Jury darüber nach, wie sonderbar es doch war, daß die eine Schwester sich Katzen und Vögel hielt, während die andere Ornithologin war.

«Auf wen tippen denn Sie?» fragte er Ernestine.

Sie stützte das Kinn auf die über dem Stock gefalteten Hände und dachte nach. «Ich tippe auf Derek Bodenheim.» Sie übersah den schockierten Blick ihrer Schwester. «Ein Spatzenhirn, dieser Derek. Als Kind gehörte er zu denen, die Insekten die Flügel ausreißen. Es könnte aber auch die gute, alte Sylvia gewesen sein, wenn ich mir's recht überlege.»

«Du beschuldigst einen deiner Vogelfreunde?» sagte Augusta.

«Unsinn. Wenn einer sich für Vögel interessiert, bedeutet das noch lange nicht, daß er nicht auch mit dem Beil auf seine alte Mutter losgehen kann!»

«Nein, da haben Sie recht», sagte Jury und steckte seinen Block in die Tasche. «Vielen Dank, daß Sie mir so viel Zeit geopfert haben. Vielleicht muß ich mich später noch einmal mit Ihnen unterhalten. Und bitte, Miss Craigie, keine Ausflüge in den Wald von Horndean.» Aber nein, aber nein, lautete ihre Antwort. Jury wußte freilich, daß sie losziehen würde, sobald er außer Sichtweite war.

Als Jury ihnen an der Tür noch seine Visitenkarte gab, sagte Augusta: «Ich hoffe doch, daß wegen dieser schrecklichen Geschichte nicht unser Kirchenfest verschoben werden muß. Es soll morgen stattfinden, und ich habe mein Zelt und mein Kostüm schon fix und fertig.»

Ernestine höhnte: «Sie will als Wahrsagerin auftreten, als Madame Zostra. So etwas Albernes! Wenn die Kirche Geld braucht, warum lassen sie dann nicht einfach den Klingelbeutel durchgehen?» Sie studierte Jurys Visitenkarte. «Haben Sie nicht gesagt, Sie seien Inspektor? Hier steht aber Superintendent. Was ist der Unterschied? Untersteht Ihnen denn der ganze Haufen, oder was?»

Jury lächelte, während er in den blauen Himmel starrte. «Der Unterschied ist nicht so groß. Sie können es sich ungefähr so vorstellen: Nicht jeder Polizeibeamte ist Superintendent, und nicht jeder Vogel ist ein Tüpfelsumpfhuhn.»

Während er die kurze Strecke zur Hauptstraße von Littlebourne zurückfuhr, versuchte Jury sich zu vergegenwärtigen, was ihm an ihren Geschichten so merkwürdig vorgekommen war. Der Wald, die Leiche, die Vögel...?

Das Detail, auf das es ankam, lag irgendwo begraben, ein Stein auf dem Grund eines Sees. Auf dem halben Kilometer bis zu dem keltischen Kreuz erwog er die Möglichkeit, ob die Frau vielleicht zum Gut der Kenningtons unterwegs gewesen war. Während Jury in Gedanken die Liste mit den Personen durchging, die er sehen wollte – Peter Gere, den Arzt Dr. Riddley, diese Praed, die Bodenheims –, drang das hurtige Klappern von Pferdehufen in sein Bewußtsein. Als er in den Rückspiegel blickte, sah er ein braunes Pony, auf dem das kleine Mädchen mit den blonden Haaren saß.

Einer der schlauesten Köpfe Littlebournes hatte sich offenbar an seine Fersen geheftet.

«Die Sache ist vor ungefähr einem Jahr passiert», sagte Peter Gere, die Füße auf dem Schreibtisch des Dienstzimmers. «Trevor Tree – der Sekretär von Lord Kennington – hat mich gegen Mitternacht angerufen und gesagt, bei ihnen sei eingebrochen worden. Kennington bewahrte seine Sammlung in einem Kasten mit einem Glasdeckel in seinem Studierzimmer auf, von dem man durch eine Flügeltür auf den Hof gelangte. Von den Fenstern auf der andern Seite blickte man auf den Kiesweg der Auffahrt. Ich erwähne das, weil wir uns nicht vorstellen konnten, was Tree mit seiner Beute hätte machen können, außer sie einem Komplizen zuzuwerfen, jemandem, der irgendwo draußen wartete. Für alles andere hätte die Zeit nicht gereicht. Er hätte sie allenfalls noch in eine Rosenvase stecken können. Wir durchsuchten alle Anwesenden, stellten das ganze Haus auf den Kopf und suchten auch das Grundstück ab.» Peter Gere zuckte die Achseln. «Außerdem haben sich die Leute alle gegenseitig im Auge behalten, als der Alarm losging –»

«War der Kasten mit einer Alarmanlage versehen?»

Gere nickte. «Das Haus auch. Außer Lord und Lady Kennington lebten dort nur noch eine alte Köchin, eine Haushälterin, die inzwischen nicht mehr bei ihnen ist, ein Gärtner und Tree. Kennington hatte auch vorher schon ab und zu was vermißt – irgendwelche alten Schmuckstücke – Broschen, ägyptisch aussehendes Zeug, einen Schlangenring, einen in Gold gefaßten Diamanten, einen Lapislazuli –, die er bei Ramona Wey gekauft hatte. Sie hat einen Laden in Hertfield. So besonders wertvoll sind sie aber nicht gewesen; Kennington dachte, er hätte sie vielleicht selbst verlegt, bis dann diese andere Sache passierte.»

«Ganz raffiniert, dieser Tree – er hat den Deckel zerschlagen, den Smaragd irgendwie verschwinden lassen und dann die Polizei benachrichtigt», fuhr Peter Gere fort. «Mehr als zwei Minuten hat Lord Kennington bestimmt nicht benötigt, um seinen Morgenmantel anzuziehen und in sein Studierzimmer hinunterzugehen. Und da telefonierte auch schon Tree mit der Polizei. Kennington hat ihn eigentlich erst später verdächtigt, am nächsten Morgen, als er verschwunden war. Er hätte einen noch viel größeren Vorsprung gehabt, wenn die Köchin nicht gewesen wäre; sie konnte nicht schlafen und sah ihn um sechs Uhr früh die Auffahrt hinuntergehen. Aber selbst *da* dachte sie noch, er hätte seine Gründe. Tree war ein aalglatter Bursche. Ein Charmeur, clever, kultiviert, sehr überzeugend. Ich bin ihm ein- oder zweimal im Bold Blue Boy begegnet. Sie kennen den Typ…

Na, dann begriff auch Kennington, was los war. In seiner Londoner Wohnung wurde Tree bereits von unseren Leuten erwartet. Er hatte das Collier aber nicht bei sich. Und in der Wohnung war es auch nicht. Sie haben ihn mitgenommen, konnten ihm aber nichts nachweisen. Die Londoner Polizei hat ihn noch ein paar Tage lang beschattet. Und nun die Ironie:

Tree wird von irgendeinem blöden Teenager in der Marylbone Road über den Haufen gefahren. Und keiner hat diesen Smaragd wiedergesehen. Er ist ungefähr eine viertel Million Pfund wert.»

«Kühn, soviel Geld einem Komplizen anzuvertrauen. Sie vermuten doch, daß Tree das Collier einem andern zugesteckt hat – warum sollte dieser andere es nicht wieder abgestoßen haben?»

Gere kratzte sich im Nacken. «Ich hab eigentlich nie angenommen, daß er einen Kumpel hatte. Nicht er. Gerade weil er keinem über den Weg traute. Kennington muß wirklich blind gewesen sein, *ihm* zu trauen.»

Jury lächelte. «Hinterher ist man immer klüger.»

«Ja, da haben Sie recht. Ich mochte ihn nicht, überhaupt nicht. Ein unverschämter Kerl. Kennington fand anscheinend, er kenne sich mit Schmuck aus, und ließ ihn all diese Sachen kaufen. Er zeigte die Stücke, die er von Ramona Wey erworben hatte, im Gasthof herum und brüstete sich damit, wie günstig er sie bekommen hätte. Um die Wahrheit zu sagen – ich hab mich gefragt, ob die beiden nicht unter einer Decke steckten. Wie Topf und Deckel, diese beiden.»

«Sie halten wohl nicht viel von ihr?»

«Oh, sie ist schon in Ordnung. Aber warum interessiert Sie das überhaupt?»

«Weiß ich auch nicht», sagte Jury. «Littlebourne scheint von mehr Unheil heimgesucht zu werden, als es verdient hat.»

«ALTES KLATSCHMAUL!» SAGTE NATHAN RIDDLEY und zog sich den Knoten seiner Krawatte wie den einer Schlinge vom Hals. Sie hatten über Augusta Craigie gesprochen. «Polly sollte ihr eine Verleumdungsklage anhängen. Zum Teufel mit ihr.»

Wütend ließ Dr. Riddley seinen Drehstuhl kreisen, und bei jeder Drehung schien er wütender zu werden, zumindest hatte Jury diesen Eindruck.

«Meiner Meinung nach», fuhr Riddley fort, «brauchen Sie nicht länger nach dem Verfasser dieser blöden Briefe zu suchen. Ich weiß, Sie werden mir entgegenhalten, daß sie selbst einen bekommen hat.» Riddley zuckte die Achseln. «Sie hat eben einen an die eigene Adresse geschickt. Um den Verdacht von sich abzulenken etc. *Ihrer* war ja beinahe schon schmeichelhaft: ‹Durch einen Spalt im Vorhang hab ich Sie splitternackt rumspazieren sehen. Raten Sie mal, was ich am liebsten getan hätte?› Kichern – mehr nicht – würden die meisten von uns, wenn sie Augusta splitternackt sähen.» Der Drehstuhl quietschte, als er sich vorbeugte, um sich noch eine Zigarette zu nehmen. Er zündete sie an und lehnte sich wieder zurück, um sich auf dem Stuhl hin und her zu drehen. Außer dem Aluminiumtisch, auf dem er seine Patienten untersuchte, waren alle Einrichtungsgegenstände seiner Praxis aus altem, pockennarbigem Holz.

«Woher wissen Sie denn, was in ihrem Brief steht, Dr. Riddley?»

«Sie hat ihn doch überall herumgezeigt, Mann. Sie betrachtete das als ihre Bürgerpflicht.» Sie schwiegen, während Riddley rauchte und mit seinem Feuerzeug spielte. Der Aschenbecher quoll schon über. Seine Finger waren vom Nikotin verfärbt. Ein sehr nervöser junger Mann. Jury schätzte ihn auf Mitte Dreißig. Er fragte sich, ob ein Arzt selbst in einem so winzigen Dorf wie Littlebourne dauernd unter Stress stand. Kein Wunder, dachte Jury, daß sich die Frauen in Ärzte verlieben. Riddleys Chancen im Rennen schienen ziemlich groß zu sein: ungebunden, gutaussehend und wahrscheinlich auch Macho genug, um zu faszinieren. All das machte wohl sogar seine irische Abstammung wett – diese blauen Augen, dieses kupferfarbene Haar.

In die anhaltende Stille hinein klopfte Riddley die Asche von seiner Zigarette und sagte: «Superintendent, Ihr unbarmherziges Verhör zwingt mich zu einem Geständnis.»

Jury lächelte. «Sie gestehen was?»

«Alles. Alles, was Sie wollen. Sie haben mir genau zwei Fragen gestellt, seit Sie dieses Haus betreten haben. Nein, mit der letzten sind es drei. Sie haben mich einfach reden lassen. Habe ich mich selbst überführt? Natürlich haben Sie auch den Brief über mich und Ramona Wey gelesen. Ganz in Blau. Der Verfasser hat nicht gerade viel Phantasie bewiesen, er hat Ramona nämlich auch mit Mainwaring in Verbindung gebracht. Als würde jemand einfach auf gut Glück seine Pfeile werfen, um zu sehen, welche ins Schwarze treffen und welche nicht.»

«Haben Sie denn ein Verhältnis mit ihr?»

«Oh, jetzt geht's schon wieder los. Fragen, nichts als Fragen. Mein Verhältnis zu ihr ist das eines Arztes zu einer Patientin, Punkt. Aber Mainwaring –» Nathan Riddleys blaue Augen wandten sich ab.

«Mainwaring?»

Riddley zuckte die Achseln. «Den Tratsch lassen Sie sich besser von den Craigies und den Bodenheims erzählen.»

Jury wechselte das Thema. «Wie geht es Katie O'Brien?»

Die Frage bewirkte, daß der Stuhl zum Stillstand kam. «Katie? Mein Gott, das hab ich beinahe vergessen... Sie haben bestimmt gehört, daß sie in einer Londoner Underground-Station zusammengeschlagen wurde.» Jury nickte. «Sie liegt im Koma. Schon seit zwei Wochen geht das so, und je länger es dauert, desto schlechter werden die Aussichten. Wer immer das war, er muß es ernst gemeint haben. Er hat ihr einen fürchterlichen Schlag auf den Schädel versetzt. Die Folge davon war eine Hirnstammverletzung, wie man das manchmal bei Autounfällen sieht. Außer in Romanen gibt es da selten ein wunderbares Erwachen. Es ist wirklich schlimm.»

«In welchem Krankenhaus liegt sie?»

«Im Royal Marsden. In der Fulham Road.» Als Riddleys Hand zum Aschenbecher vorschnellte, schimmerten die hellen, rotgoldenen Haare an seinem Handgelenk in der Sonne. «Mary ist am Boden zerstört. Ich mache mir wirklich Sorgen um sie.»

Seine Anteilnahme scheint über die eines Arztes hinauszugehen, fand Jury. Er hätte Riddley nie mit Mary O'Brien in Verbindung gebracht. Vielleicht war er älter, als er aussah. Aber wahrscheinlich war Mary O'Brien jünger, als sie in dieser schlimmen Phase ihres Lebens wirkte.

7

«AM BESTEN LASSE ICH SIE SICH gegenseitig umbringen. So räume ich sie am schnellsten aus dem Weg.»

Diesen Plan teilte Polly Praed ihrer Katze Barney mit, die wie ein Briefbeschwerer auf dem Manuskript lag.

Die Motive für diese Morde interessierten Polly nicht besonders – nur die Methode beschäftigte sie. *Tap, tap, tap* klapperten die Tasten ihrer Schreibmaschine und beschworen das Bild von Julia Bodenheim herauf, mit einer Sticknadel in der Hand, die gerade in Curaregift getaucht worden war.

«Oh, paß auf, Mami», sagte ihre Tochter Angela, während sie in einer Modezeitschrift blätterte. «Du weißt, du trägst keinen Fingerhut.»

Natürlich trug Mami keinen Fingerhut. Polly lächelte. Angela hatte nämlich alle Fingerhüte gut versteckt.

Angela tat nur so, als würde sie lesen. In Wirklichkeit beobachtete sie, wie die flinken Finger ihrer Mutter geschickt einen zartrosa Faden am Rand des Stickrahmens entlangführten. «Oh, Mami! Siehst du, jetzt hast du dich doch in den Finger gestochen!»

Polly schob die Brille hoch und lehnte sich zurück. Muttermord? Würde das bei den Lesern ankommen? Oder war es zu abstoßend? Schließlich hatte schon Sophokles –

An der Tür war ein ominöses Klopfen zu vernehmen.

Sie fuhr zusammen und schob sich, verärgert über die Störung, die Brille auf die Nase. Warum mußte gerade jetzt, wo Mami Sylvia sich ihrem qualvollen Ende näherte (ihre Kehle umklammernd? Wild um sich schlagend?), jemand an die Tür klopfen? Mit dem Vorsatz, mehr über die Wirkungsweise von Giften in Erfahrung zu bringen, ging sie zum Fenster, um hinauszuschauen –

Allmächtiger! Er!

Panikartig drehte sie sich um und ließ die Augen im Zimmer umherschweifen, als könnte sie da ein Goldpaillettenkleid finden – ein Goldpaillettenkleid statt ihres langweiligen Twinsets! Warum hatte sie heute morgen auch nicht ihr Blaues angezogen... und ihr Haar, es war einfach fürchterlich... kein Lippenstift... Jesus Maria! Schon wieder klopfte es!

«So – foart, so – foart...» versuchte sie zu flöten, aber ihre Stimme tat nicht mit. Sie rannte ins Bad, um sich zu kämmen.

Vor sich hin summend wartete Jury auf Polly Praeds Treppe und genoß den Ausblick auf die Grünanlage. Wann würde Melrose Plant wohl eintreffen? Es wunderte Jury, daß er noch nicht aufgetaucht war, da er ihn schon in aller Frühe angerufen hatte. Wahrscheinlich hatte sich Lady Ardry an seine Fersen geheftet. Gleichzeitig hielt Jury Ausschau nach dem Mädchen mit den blonden Haaren. Er war überzeugt, daß sie irgendwo auf der Lauer lag. Hmm. Da, in der Türöffnung auf der andern Seite der Grünanlage. Diese Teestube, die sich «Muffin» soundso nannte –

Die Tür von Sunnybank Cottage öffnete sich.

Die Frau sah aus, als röche sie nach frischer Farbe; schuld daran war ihr Make-up, das den Eindruck erweckte, sie wolle gleich mit den Dreharbeiten beginnen. Aber trotz der dicken Schicht Mascara und des völlig unpassenden, grün-golden glitzernden Lidschattens konnte er erkennen, daß die Augen darunter einfach umwerfend waren. Vielleicht hatten ihn die Dreharbeiten an Elizabeth Taylor denken lassen. Das Gesicht mochte ansonsten nichtssagend sein, aber bei solchen Augen fiel es einem schwer, auf etwas anderes zu achten. Doch Jury zwang sich dazu; schließlich war das sein Job. Die Augen gehörten einer eher zierlichen, etwa fünfunddreißigjährigen Frau in einem Twinset aus graubrauner Wolle und mit einer Fülle hübscher, dunkler Locken, die anscheinend nicht zu bändigen waren.

«Miss Praed? Ich bin Superintendent Jury. Scotland Yard. Kriminalpolizei.» Er zückte seinen Ausweis.

Sie schien so überrascht, daß sie ihre lässig verführerische Haltung – die eine Hand gegen den Türrahmen gestemmt, die andere auf der Hüfte ruhend – beinahe aufgab. Sie sagte jedoch nichts.

«Könnte ich Sie kurz sprechen?»

Ihr Arm führte eine zögernde Bewegung aus, wohl um ihn ins Haus zu bitten. Sie räusperte sich, als wolle sie etwas sagen, brachte aber keinen Ton heraus. Jury zog seinen Mantel aus und legte ihn auf ein Sofa. Er sah sich in ihrem Arbeitszimmer um, oder wie immer sie es bezeichnete. Vor dem kleinen Fenster mit dem Blick auf die Grünanlage stand ein ziemlich mitgenommener Schreibtisch, der mehr oder weniger den ganzen Raum einnahm; ein genauso mitgenommen aussehender roter Kater leckte sich die Vorderpfoten. Um den Hals trug er ein rotes Tuch, eine Siegesfahne vielleicht, als Zeichen des harterkämpften Siegs über weniger glückliche Katzen. «Hübsches Tier», sagte Jury; ein Versuch, ihr die Befangenheit zu nehmen.

«Das ist Barney», platzte sie heraus wie eine steckengebliebene Schauspielerin, der man ihr Stichwort zugeflüstert hat.

«Barney sieht aus, als könne er gut für sich selbst sorgen.»

«Oh, im Grunde ist er ein ziemlicher Hasenfuß.»

Barney schien diesen Kommentar nicht einfach so hinnehmen zu wollen. Er hörte auf, sich zu putzen, und setzte sich unnahbar und majestätisch in Positur, stellte die Pfoten nebeneinander und legte den Schwanz darum wie den Saum einer Staatsrobe. Er funkelte die beiden an.

Als die Katze keinen Gesprächsstoff mehr hergab, fragte Jury: «Kann ich mich für einen Augenblick setzen? Es wird nicht lange dauern.»

«O ja.» Wie in Trance drehte sie sich um und hielt nach Stühlen Ausschau, als hätten die Möbelpacker gerade ihre Wohnung leergeräumt.

«Da drüben steht einer», informierte Jury sie. Neben dem Stuhl stand ein Beistelltischchen mit einem Imbiß aus Käse und Crackern. «Habe ich Sie gerade beim Tee gestört? Tut mir leid.»

Sie schüttelte den Kopf, daß ihre Locken hüpften, und setzte sich, wobei sie auf einen anderen Stuhl deutete. Sie bot ihm sogar von dem Käse und den Crackern an, doch Jury lehnte ab.

«Wie lange leben Sie schon in Littlebourne, Miss Praed?» Es würde schwierig werden, dieses Gespräch mit ihr, das sah er bereits. Manche Leute ließen sich von der Polizei offenbar völlig verunsichern.

Sie beugte den Kopf über einen Cracker und ein Stück Käse, das sie sich von dem Teller genommen hatte. Wie schaffte sie es nur, ein Stückchen Käse wie einen kleinen Tierkadaver aussehen zu lassen?

«Ah, schon sehr lange. Ah, ich glaube, seit zehn oder fünfzehn Jahren...» Sie stellte umständliche Berechnungen an, wie lange sie nun schon in dem Dorf lebte, und kam schließlich zu dem Ergebnis, daß es zwölfeinhalb Jahre sein mußten, ein Ergebnis, das Jury zur genaueren Prüfung unterbreitet wurde.

«Ich habe gehört, Sie sind Schriftstellerin – Kriminalromane. Anscheinend ist mir noch keiner unter die Finger gekommen.»

Auf dieses Geständnis reagierte sie wie elektrisiert: «Hoffentlich nicht. Ich meine, sie würden Ihnen bestimmt nicht gefallen. Sie würden sie nur schrecklich finden. Sicher können die meisten Kriminalbeamten Krimis nicht ausstehen, vor allem nicht solche, wie ich sie schreibe, mit einem Inspektor vom Scotland Yard als Helden. Keinerlei Ähnlichkeit mit lebenden Personen –» Nach diesem Wortschwall widmete sie sich wieder ihrem Cracker und dem Stück Käse.

«Das ist auch besser so. Schließlich ist der Alltag eines Polizisten ziemlich langweilig.» Jury lächelte, ein Lächeln, das einmal eine Siebenjährige dazu bewegt hatte, ihm ihre restlichen Smarties aufzudrängen. Polly veranlaßte es leider, nach einer häßlichen Hornbrille zu greifen, die sie sich auch prompt vor die Augen schob.

«Ich habe Sie sicher beim Schreiben unterbrochen. Das tut mir leid.»

«Es braucht Ihnen aber nicht leid zu tun», beeilte sie sich, ihm zu versichern. «Ich habe nur die verschiedenen Möglichkeiten durchgespielt, wie man jemand ins Jenseits befördert.»

«Durchgespielt?»

«Na ja, so wie man Tonleitern übt. Meine Versuchskaninchen sind die Bodenheims. Der Titel: *Die Littlebourner Morde.*»

«Welches Familienmitglied haben Sie sich denn erkoren?»

«Die ganze Familie. Ich hab sie alle schon mehrmals um die Ecke gebracht. Mit Revolvern, Messern, vorgetäuschten Autounfällen, bei denen das Auto über die Klippen geht. Im Augenblick experimentiere ich mit Gift. Curare ist gar nicht so schlecht. Käse?» Sie schob ihm die Platte hinüber. Er schüttelte den Kopf, während sie einen weiteren Krümel Käse auf einen Cracker setzte. Dann fragte sie beiläufig: «Wie war doch wieder Ihr Name?»

«Jury. Von Scotland Yard.»

«Ach ja, wirklich? Kriminalbeamter also?»

Er hatte angenommen, das sei schon längst geklärt. «Richtig. Sie haben sicher von der Frau gehört, die heute morgen im Wald von Horndean gefunden wurde?»

Sie nickte. «Wie brutal!»

«Wir versuchen herauszufinden, wer sie war.»

«Bestimmt eine Fremde. Von den Leuten, mit denen ich gesprochen habe, hat sie keiner je gesehen. Das heißt, nach dem, was die Craigies erzählt haben.»

«Finden Sie es nicht seltsam, daß eine Ortsfremde im Wald von Horndean spazierengeht?»

Mord und Verstümmelung, das war ihr Spezialgebiet – sie entspannte sich und legte sogar ihren Cracker auf den Teller zurück. «Vielleicht wurde sie ganz woanders umgebracht und anschließend in den Wald geschleppt.» Sie schob sich die Brille hoch und sah ihn ganz geschäftsmäßig an.

«Das glauben wir nicht.»

«Wohin wollte sie denn? Niemand geht dort spazieren, außer den Vogelfreunden.»

«Vielleicht sollten wir eine Kriminalautorin in unser Team aufnehmen? Zigarette?»

Würdevoll nahm sie die Zigarette und das Kompliment entgegen; sie lehnte sich zurück, lächelte und schlug die Beine übereinander. Hübsches Lächeln, hübsche Beine, registrierte er. «Hab ich mich auch gefragt. Die ganze Zeit schon.»

«Erzählen Sie mir, was Sie denken.»

«Also gut: zuerst mal die Finger.» Sie hielt die eigene Hand hoch und spreizte die Finger. «Warum hackt man jemandem die Finger ab? Wegen der Fingerabdrücke kann es nicht gewesen sein.»

«Manche halten es für die Tat eines Geistesgestörten.»

«Nein. Nein.» Die dunklen Löckchen gerieten in Bewegung. «Wenn jemand die Absicht hat, sein Opfer zu zerstückeln, dann begnügt er sich nicht mit fünf mickrigen Fingern.»

Ihre Betrachtungsweise war erfrischend nüchtern. «Stimmt.»

«Ein Täuschungsmanöver vielleicht.»

«Gut möglich.»

«Damit die Leute denken, er sei ein Geistesgestörter. Es könnte natürlich auch ein Racheakt sein. Symbolische Verstümmelung wie bei der Mafia in Amerika. Als abschreckendes

Beispiel für die andern.» Sie lehnte sich zurück und schloß die Augen, um sich das Bild zu vergegenwärtigen. «Der Wald von Horndean. Am frühen Morgen. Nein, es war Abend, oder? Nebelschwaden; weicher, sumpfiger Boden; die Füße sinken beim Gehen ein. Sumpfvögel. Er wartet – oder sie. Ich könnte mir vorstellen, daß es eine Frau war, warum, weiß ich auch nicht. Das Opfer bleibt stehen, lauscht auf ein Geräusch. Es ist aber nur die Eule. Nebel hüllt die Frau ein. Der Mörder nähert sich von hinten und –» Polly Praed riß die Arme hoch und ließ die imaginäre Mordwaffe heruntersausen: Der Schlag wäre tödlich gewesen, wenn sie wirklich eine Axt in der Hand gehalten hätte. Jury und Barney fuhren zusammen. «Oh, tut mir leid. Wenn ich richtig in Fahrt komme...» Sie seufzte, zog an ihrer Zigarette und wippte mit dem Fuß. «Ich frage mich, ob diese Sache mit den Briefen zusammenhängt –» Sie verstummte plötzlich und schaute ihn an, als hätte sie sich am liebsten in die Zunge gebissen. «Sie haben, äh, Sie haben sie nicht gelesen...?»

«Doch. Ziemlich albern. Meiner Meinung nach von jemandem, der den Leuten wahllos irgendwelche Sachen anhängt.»

Das schien sie zu beruhigen. «Na ja, ich hätte gut darauf verzichten können. Ein Erpressungsversuch, was denken Sie?» Gere hatte auch diese Vermutung geäußert. Jury schüttelte den Kopf. «Angenommen, jemand hat herausgefunden, daß Sie etwas auf dem Gewissen haben. Er droht, es publik zu machen.» Sie lehnte sich zu Jury hinüber, so gefesselt von ihrer Story, daß sie ihre Befangenheit vergaß. «In so einem Fall läßt man am besten einen ganzen Schwung Briefe los, in denen man den Leuten alles mögliche unterschiebt. Und wenn derjenige, der es auf einen abgesehen hat, dann mit *seiner* Enthüllung auftritt, wird ihm niemand glauben.» Sie hatte sich die Brille auf dem Kopf hochgeschoben, und die amethystfarbenen Augen leuchteten. «Gar nicht so dumm, so ein Plan.»

Er mußte zugeben, daß ihm ihre Augen mehr imponierten als der Plan. «Hmm, ich verstehe.»

Sie betrachtete ihre Nägel. «Sie sind wohl zu mir gekommen, weil Sie denken, ich hätte sie geschrieben. Wahrscheinlich denken das auch noch einige andere Leute. Da Schreiben nun mal mein Beruf ist.»

«So phantasieloses Zeug würden Sie nicht schreiben.»

Das verwirrte sie. Sie fragte noch einmal: «Wie war noch Ihr Name?»

«Jury. Außerdem, wenn Sie es gewesen wären, dann hätte jeder Bodenheim bestimmt mehrere bekommen.» Er lächelte. «Glauben Sie, einer von ihnen hat sie geschrieben?»

«Ich glaube kaum, daß die überhaupt schreiben können.»

«Wo haben Sie sich vorgestern abend aufgehalten, Miss Praed?»

«Oh, jetzt geht's los. Ich kann natürlich mit keinem Alibi aufwarten. Ich saß hier an meiner Schreibmaschine und habe getippt.» Sie blickte weg.

«Haben Sie Katie O'Brien gekannt?»

«Katie? Warum fragen Sie?»

«Littlebourne scheint unter keinem glücklichen Stern zu stehen, was?»

«Meinen Sie etwa, sie hatte etwas mit diesen Briefen zu tun?»

Jury zuckte die Achseln. «Ist eigentlich kaum anzunehmen, denn sie sind einen Tag nach dem Überfall auf sie abgestempelt worden.»

«Ich gebe zu, sie sind ziemlich pubertär, und Katie wurde von Mary furchtbar gegängelt. Ich meine, unterdrückt. Aber anonyme Briefe, nein, dazu war sie einfach zu anständig. Ich meine, *ist* – wir reden schon so, als ob sie tot wäre. Es ist schrecklich. Wenn Sie mehr über sie erfahren wollen, sollten Sie mit Emily Louise Perk sprechen. Der Altersunterschied zwischen den beiden ist zwar ziemlich groß, sie waren aber trotzdem immer zusammen, nach der Schule oder Samstag nachmittags. Wahrscheinlich, weil sie beide solche Pferdenarren sind. Obwohl Katie sich natürlich nicht mit Emily messen kann, was das betrifft. Niemand kann das. Sie kümmert sich auch um die Gäule der Bodenheims. Emily weiß über alles Bescheid. Aber man kriegt nicht so einfach was aus ihr heraus – nur, wenn man sich auf irgendeinen Tauschhandel einläßt.»

«Tauschhandel?»

«Hmm. Wenn Sie was wissen wollen, müssen Sie ihr was spendieren. Sie haben mich heute morgen zwei Eierbrötchen gekostet.»

«Ich?»

«Sie wußte schon, wer Sie waren, noch bevor Sie aus dem Wagen gestiegen sind.»

Dann hätte sie ihn also wirklich nicht zweimal nach seinem Namen zu fragen brauchen. «Ich weiß es zu schätzen, daß ich Ihnen zwei Eierbrötchen wert gewesen bin.»

Errötend senkte sie den Blick auf die Käseplatte. «Und eine Tasse Tee», sagte sie matt.

8

«Über jeden Verdacht erhaben, Sir!» antwortete Sir Miles, als Jury ihn nach den Briefen fragte, und das verkniffene Lächeln, das Sir Miles' bescheidene Einschätzung der Bodenheimschen Familie begleitete, erfüllte einen doppelten Zweck: Scotland Yard konnte es entweder für bare Münze nehmen oder als einen Beweis für Miles Bodenheims Fähigkeit, über sich selbst zu scherzen. So oder so waren die Bodenheims allen in Littlebourne überlegen.

Jury brauchte nur den Fuß über die Schwelle ihres Salons zu setzen, und schon wußte er, warum Polly Praed die *Littlebourner Morde* schrieb. Drei Köpfe – Miles', Sylvias und der ihrer Tochter – hatten sich nach ihm umgedreht, als würde ihnen ein ganz besonderes Spektakel geboten; der vierte bewegte sich jedoch kaum. Er war viel zu sehr damit beschäftigt, eine gelangweilte Miene zur Schau zu tragen. Derek Bodenheim hing in seinem Sessel und drehte ein Glas mit irgendeiner Flüssigkeit in der Hand; sein Gesichtsausdruck hatte etwas Herausforderndes, als wartete er nur darauf, sich mit Jury anzulegen.

Nachdem er Jury einen Fingerhut voll Sherry angeboten hatte, ließ Miles Bodenheim sich sofort wieder nieder und wandte sich seinem Tee zu. Er trug ein lohfarbenes Jackett und ein schwarzes Ascottuch mit kleinen, weißen Punkten, in dessen Falten sein Frühstücksei trocknete. Als Jury den Sherry ablehnte, schien Sylvia Bodenheim sich verpflichtet zu fühlen, ihm eine Tasse Tee anzubieten. Aber ihre Hand tat sich so schwer, an die Teekanne zu kommen, und ihre Stimme klang so matt, daß Jury sich nicht einmal die Mühe machte, dankend abzulehnen.

«Wer war sie, haben Sie das inzwischen rausgefunden?» fragte Derek und versank noch tiefer in seinen Sessel. Was immer er vom Aussehen seines Vaters ererbt hatte, bei ihm war es völlig verwässert; seine Züge wirkten so weich und formbar, daß man den Eindruck hatte, man könne auf seinem Gesicht mit dem Daumen einen Abdruck hinterlassen.

«Das versuchen wir gerade. Hier im Dorf scheint sie niemand gesehen zu haben.»

«Außer Daddy und dem dämlichen Vogelverein geht keiner in diesem Wald spazieren», sagte Julia. Sie hob den Kopf, als wäre er die hübscheste Sache, die Jury in Littlebourne zu Gesicht bekommen würde. Seit seiner Ankunft war sie pausenlos mit ihrem Gesicht und ihren Posen beschäftigt gewesen. Sie hatte ihm rätselhafte Blicke zugeworfen und ihre lange Mähne geschüttelt, als säße sie einem Modefotografen gegenüber.

«Dämlich? Nichts ist dämlich an den königlichen Vogelfreunden. Du solltest auch beitreten, meine Liebe», sagte ihr Vater.

Julias Augäpfel rollten nach oben, und sie versuchte, eine noch verführerischere Pose auf dem blauen Velourssofa einzunehmen, das sie bestimmt nur seiner Farbe wegen gewählt hatte; das Blau paßte nämlich genau zu ihrem Hemd und ihren Augen.

Sylvia setzte ihre Teetasse ab und griff nach ihrem Strickzeug. Ihre dünnen Hände flogen hin und her, während sie bemerkte: «Diese Frau hatte absolut nichts dort verloren. Nichts.» Ergo (schien sie zu folgern) gab es sie überhaupt nicht.

«Jemand äußerte die Vermutung, sie sei vielleicht auf dem Weg nach Stonington gewesen.»

Sylvia bedachte Jury mit einem Lächeln so dünn wie die

Gurkenscheiben auf den Sandwiches. «Was um Himmels willen hatte sie denn *dort* verloren? Und auch noch durch den Wald. Das Ganze ist absurd. Ich wette, sie war *nicht* auf dem Weg zu Lady Kennington. Ich selbst war vor drei Tagen dort, um sie zu fragen, ob sie etwas für unser Kirchenfest tun könne. Wie immer hatte ich kein Glück. Die Frau ist eine richtige Einsiedlerin. Während ihr Mann, Lord Kennington, ganz angenehm war... Sie haben bestimmt von dem Juwelenraub vor ungefähr einem Jahr gehört?»

«Ja. Der Verdacht scheint auf den Sekretär gefallen zu sein.»

Sylvia rümpfte die Nase. «Hat mich nicht gewundert. Ein unangenehmer Bursche, das. Du hast ihn doch kennengelernt, Derek?» Sie wandte sich zu ihrem Sohn um, der nicht reagierte. «Ja, die Polizei nahm an, daß er es war, obwohl sie ihm nichts nachweisen konnten, weil der Smaragd nie gefunden wurde. Er war ungeheuer wertvoll. Ägyptisch, glaube ich. Einer der alten Steine.» Das klang, als befänden sich sämtliche neuen im Besitz der Bodenheims.

«Ein cleverer Typ», sagte Derek, entschlossen, den Rest der Familie zu schockieren. «Hab ich schon immer gedacht. Der Stein ist nie wieder aufgetaucht. Und er selbst ist tot. Ein Smaragd im Wert von einer viertel Million ist verschwunden, und der Bursche, der das Versteck kannte, wird von einem Auto überfahren. Was für eine Ironie.»

«Clever?» sagte Sylvia. «Ich fand ihn ziemlich gewöhnlich.»

«Sind Sie ihm begegnet?»

Sylvia verzog das Gesicht. «Lord Kennington gab einmal eine kleine Party, um seine Sammlung vorzuführen. Er schien sich auf Ägypten spezialisiert zu haben. *Sie* ist sicher nicht das, was man unter einer Gastgeberin versteht.»

«Wie kam es, daß Tree für Lord Kennington arbeitete?»

«Soviel ich weiß, war er bei Christie's angestellt gewesen. Wir haben immer Sotheby's vorgezogen. Sie sind viel kulanter.» Jury lächelte nur und blickte auf die Drucke, den Lackparavent, die Stuckreliefs. Es war ihnen offensichtlich gelungen, auch ohne die beiden berühmten Auktionshäuser jeder Eleganz den Garaus zu machen. Sie nahm ihre Erzählung wieder auf, dazu ein paar fallengelassene Maschen. «Ich weiß überhaupt nicht, wie die Witwe dieses Haus eigentlich führt. Als ich dort war, war weit und breit niemand zu sehen, so daß ich schließlich an die Fensterscheiben klopfte und den Kopf durch die Flügeltür steckte, als auf mein Klopfen hin keiner kam. Endlich ist sie dann aufgetaucht. Eine ziemlich unscheinbare Person. Wir bekommen sie kaum zu Gesicht, weil sie ihre Einkäufe in Horndean erledigt. Ich erzählte ihr von unserm Fest und bat sie, den Wühltisch zu übernehmen. Aber die Frau hat einfach kein Gemeinschaftsgefühl.»

Derek gähnte. «Warum sollte sie auch, wo sie doch gar nicht in Littlebourne wohnt.»

«So weit weg wohnt sie auch wieder nicht», sagte Sylvia und heftete ihren klammen Blick wieder auf Jury. Ihre Augen hatten die Farbe jener Pilze, vor denen man beim Sammeln immer zurückschreckt. «Und stellen Sie sich vor, sie hat doch tatsächlich ihre Geldbörse gezückt und mir eine Zwanzigpfundnote in die Hand gedrückt! Als wäre ich auf Betteltour. Die schreckliche Person hatte dann auch noch die Nerven zu sagen, mehr als zwanzig Pfund würde der Wühltisch sowieso nicht einbringen, warum also den ganzen Kram aufbauen, wenn es auch so ginge und wir auf den Tisch verzichten könnten. Stellt euch das vor, meine Lieben!» Sylvia breitete die Arme aus, jeden, sogar «ihren lieben Inspektor» einschließend, «wo wir doch *immer* einen Wühltisch hatten!»

Lady Kenningtons Argumente kamen Jury sehr vernünftig vor, und er versuchte, das Gespräch wieder auf den Mord zu bringen. Sylvia war jedoch schneller als er.

«Und dabei habe ich schon alle Hände voll zu tun – außerdem bin ich ja noch Vorsitzende des Frauenvereins. Den Kauf- und Tauschtisch habe ich bereits übernommen, und jetzt soll ich mich noch um den Wühltisch kümmern.» Unterstützung heischend blickte sie ihren Gatten an, aber Miles war damit beschäftigt, die Eierreste von seinem Ascottuch zu kratzen, und schien überhaupt nicht zugehört zu haben.

Derek sagte: «Ist doch mehr oder weniger dasselbe. Das läßt sich doch alles in einen Topf werfen.»

«Nein, es sind ganz verschiedene Dinge, Derek. Vergiß bitte nicht, daß du das Ringwerfen beaufsichtigen mußt.»

«Um Himmels willen, nicht schon wieder!»

«Julia kümmert sich um die Kutschfahrten.»

«Nicht ich. Emily macht das. Ich hab keine Lust, einen Haufen plärrender Kinder rumzukutschieren.»

«Ich meinte doch nur, daß du sie *beaufsichtigen* sollst, mein Liebes. Polly Praed führt das Imbißzelt –»

«Zum Glück nicht diese Pennystevens. Die hat mich letztes Jahr um zehn Pence beschissen. Und was tut der alte Finsbury?» fuhr Miles fort. «Schließlich ist es *seine* Kirche. Er könnte doch auch ein bißchen mit anpacken, statt nur rumzustehen und den Heiligen zu spielen.»

«Ich hoffe nur, Ramona Wey kriegt diesmal keinen Stand», sagte Julia. «Ich finde es nicht richtig, daß die Antiquitätenhändler aus Hertfield auf unserm Fest auch noch Geschäfte machen.»

«Aber das ist nicht der einzige Grund, warum du dagegen bist, was, Schwesterlein?» sagte ihr Bruder und verschränkte die Arme hinter dem Kopf. «Es ist wegen Riddley, stimmt's? Du willst nicht –»

«Halt die Klappe!» schrie Julia.

«Kinder, Kinder», sagte Sylvia beschwichtigend. Jury fragte sich, ob sie sie gleich zum Spielen hinausschicken würde. Zum Glück hatte er keine Kinder. Es brauchte ihm aber nur ein richtiges über den Weg zu laufen, dann tat es ihm wieder einmal leid.

«Was diese Briefe betrifft, Superintendent», sagte Sylvia und klapperte mit ihren Nadeln, «so kann ich mir gut vorstellen, warum Ramona Wey einen erhalten hat. Sie nennt sich ‹Designerin› und hat einen aufgemotzten kleinen Laden an der

Row, dabei ist sie nichts weiter als eine aufgedonnerte, kleine Sekretärin aus London. Es heißt, sie und Freddie Mainwaring hätten ein Verhältnis, aber ich hoffe doch, er hat soviel Verstand und –»

«Ich finde sie gar nicht so übel», sagte Derek. Sein schwammiges Gesicht verzog sich zu einem spöttischen Grinsen.

«Ich war immer in der Lage, solche Dinge unvoreingenommen zu betrachten», sagte Sir Miles, das Gesicht zur Decke erhoben, als wolle er den Segen des Himmels empfangen. «Und ich würde euch empfehlen, meinem Beispiel zu folgen. Ich billige auch nicht, was diese Person treibt, nein, das nicht, aber zumindest ist sie diskret, so diskret, daß sie ihre Vorhänge zuzieht. Mrs. Pennystevens sagte mir, als ich sie danach fragte, daß diese Wey irgendwo ein Postfach haben muß; sie erhält nämlich nie Post. Ich finde es erstaunlich genug, daß wir welche bekommen, so langsam, wie sie hier sind. Aber wir müssen wohl gute Miene zum bösen Spiel machen.» Er lächelte milde und öffnete den Mund, um fortzufahren.

Aber Jury hinderte ihn daran mit einem noch milderen Lächeln, das außerdem die Autorität des hochrangigen Londoner Polizeibeamten ausstrahlte. «Wo waren Sie alle am Donnerstag abend? Das heißt, vorgestern?»

Sie blickten einander an und dann auf Jury, als wäre er ein ungezogenes Kind, das sich in Dinge mischt, die es nichts angehen. Nachdem er einen Augenblick lang Verwirrung geheuchelt hatte, schien Derek sich über die Frage immens zu amüsieren.

«Der Super denkt anscheinend, daß einer von uns die Hände im Spiel hatte! Also, was mich betrifft – lassen Sie mich überlegen –, ich war im White Heart in Hertfield. Und dafür lassen sich bestimmt auch ein paar Zeugen auftreiben, obwohl wir alle stockbesoffen –»

«Derek! Ich muß doch bitten! Der Superintendent denkt bestimmt nichts dergleichen. Ich war bei einer Zusammenkunft des Frauenverbands. Wir treffen uns an jedem ersten Donnerstag des Monats um halb neun. Ich war etwas spät dran, weil ich noch mal zurück mußte, um meine Unterlagen zu holen.»

Der Bus des Opfers war um 20.05 Uhr angekommen. Was hat die Gute aufgehalten, dachte Jury und grinste. Sylvia wußte entweder nicht, welcher Zeitraum für die Tat in Frage kam, oder war einfach die Unschuld in Person. «Allein?»

«Ja, natürlich. Ich habe den Führerschein, Superintendent.» Das gehörte wohl zu den Leistungen ihres Lebens – neben Stricken und Kindergroßziehen.

Als Sir Miles Jurys offenes Notizbuch sah, war er wieder versucht, eine Rede vom Stapel zu lassen. Man konnte schließlich nie wissen, in welcher Gestalt einem der buchführende Engel begegnete. «Ich habe wie immer am Donnerstagabend einen kleinen Ausflug in den Bold Blue Boy gemacht. Meiner Meinung nach kann es nicht schaden, wenn man sich ab und zu unter die Einheimischen mischt und ein Gläschen mit ihnen trinkt. Man muß mit dem Volk in Berührung bleiben. Sie können dort nachfragen. Jeder wird Ihnen bestätigen, daß ich da war. Haha, ein Alibi, mit dem Sie zufrieden sein können, Superintendent.»

«Der Pub schließt um elf, nicht?»

Sir Miles zwinkerte. «Nun ja, diese Dorfgaststätten, Sie wissen schon, die nehmen's nicht so genau. Elf oder Viertel nach. Das soll nicht heißen, daß Mary O'Brien nach der Polizeistunde noch auf hat –» Ein ziemlich überflüssiger Kommentar, da er Mary O'Brien eben genau das unterstellt hatte. «Und natürlich, seit dem Unfall der Kleinen –»

Julia sah anscheinend eine Möglichkeit, Derek eins auszuwischen, und sagte: «Ärgerlich, was, Derek? Kein Rumfummeln mehr in den Ställen.» Sie lachte unangenehm.

Derek wurde puterrot. «Ach, halt's Maul.» Seine weichen Züge verhärteten sich.

«Sprechen Sie von Katie O'Brien?» fragte Jury. Abgesehen von Miles, dessen Augen einen Punkt irgendwo im Raum fixierten und der wohl seine nächste Rede entwarf oder verwarf, starrten ihn alle an. Sie wirkten peinlich berührt, selbst Julia, die das Gespräch auf dieses Thema gebracht hatte.

«Sie, Miss Bodenheim, haben mir noch nicht erzählt, wo Sie Ihren Donnerstagabend verbracht haben.»

«In den Ställen, arbeiten.» Derek kicherte kindisch, was ziemlich abstoßend klang aus dem Mund eines vierundzwanzig- oder fünfundzwanzigjährigen Mannes. «Daß ich nicht lache. Du und arbeiten.»

«Und ob ich gearbeitet habe.»

«Zurück zu der kleinen O'Brien. Haben Sie sie gut gekannt?»

«Nein. Sie hat manchmal meine Stute bewegt.»

«Ich dachte, diese andere Kleine, Emily Perk, kümmere sich um die Pferde auf Rookswood.»

«Tut sie auch. Nur ist meine Stute für Emily zu groß, deshalb haben wir Katie dafür angestellt.»

«Sie liegt im Krankenhaus», sagte Sylvia und schnitt einen Wollfaden ab. «Wirklich ein Jammer, aber warum muß das Mädchen sich auch in London rumtreiben... Und nicht nur das –» Sylvia funkelte Jury an, denn für die Straßen von London war schließlich *er* verantwortlich – «sie wurde auch noch in einer Underground-Station überfallen. Sie spielte da für Geld, mein Gott –»

Sir Miles blickte auf die Kirchturmspitze, die seine Finger bildeten und säuselte: «Wirklich, meine Liebe, wir sollten nicht zu hart ins Gericht gehen mit der Kleinen. Schließlich ist sie in einem Gasthof aufgewachsen und hat nicht die Privilegien genossen, die unsere...»

Jury hörte sich seinen Sermon an. Die Engel im Himmel waren sicher beeindruckt.

Es war kurz nach drei, als Jury im Bold Blue Boy auftauchte und Sergeant Wiggins vor einem Teller Suppe fand.

«Ochsenschwanz», sagte Wiggins. «Hat mir Mrs. O'Brien zukommen lassen. Sie ist eben zum Einkaufen nach Hertfield gefahren. Es gibt bestimmt noch –»

Wiggins schien sich wie zu Hause zu fühlen. «Nein, danke», sagte Jury.

«Sie essen nicht richtig. Zum Lunch haben Sie auch nichts gegessen. Wenn ich mir wie Sie immer nur im Gehen was in den Mund stopfen würde, hätte ich überhaupt keine Widerstandskraft. Sie schmeckt sehr gut, diese Suppe.»

«Und was gab's sonst, abgesehen von der Suppe?»

Ungerührt schnitt Wiggins sein Brötchen in vier gleiche Teile und bestrich sie mit Butter. «Mainwaring hat die Ermordete nicht gekannt und konnte sich auch nicht vorstellen, was sie in dem Wald verloren hatte –»

«Keiner kann das. Weiter.»

«Er hat einen Job in London, in der City, bei einer Versicherung. Und nebenbei betreibt er ein Immobiliengeschäft in Littlebourne.»

«Er fährt also an bestimmten Tagen in die Stadt?»

«Ja, richtig.»

«Haben Sie ihm die Fotos von der Ermordeten gezeigt?»

«Ja. Er sagte, er hätte sie noch nie gesehen. Und er meinte, er sei am Donnerstagabend mit dieser Wey zusammengewesen, was sie auch bestätigt hat. Wollen Sie, daß er sich die Leiche anschaut?»

«Warum er und nicht die andern? Was ist mit Mrs. Pennystevens? Haben Sie da was erfahren?»

Wiggins schüttelte den Kopf. «Es war so, wie Carstairs sagte. Sie kriegte den Packen Briefe und dachte, jemand hätte sich einen Scherz erlaubt. Die andern, Mainwaring und diese Wey, dachten das übrigens auch.»

«Warum, ist wohl klar. In den Briefen steht nämlich, daß sie ein Verhältnis haben. Was meinen Sie, haben sie eines?»

Für Wiggins, der seinen Suppenteller zur Seite geschoben hatte und sich seine Medizin verabreichte, war das ein Problem, das zwei Hustenpastillen erforderte. Jedenfalls klebten zwei zusammen, und er schob sich beide in den Mund. «Schwer zu sagen. Sie sieht schon sehr gut aus, das muß man ihr lassen.»

«Wie hat sie reagiert?»

«Wie alle andern. Wußte von nichts und konnte sich auch nicht vorstellen, was die Frau in dem Wald tat und so weiter. Carstairs war auch schon dagewesen.»

«Hat Carstairs angerufen?»

«Nein, warum?»

«Augusta Craigie meint, die Frau sei vielleicht auf dem Weg nach Stonington gewesen, dem Gut der Kenningtons, etwas außerhalb von Littlebourne.» Jury blickte zur Decke. «Wissen Sie, welches Zimmer ihrer Tochter gehört?» Er wußte, daß Wiggins sich in allen Räumen umgeschaut hatte, um sich die bequemste Matratze zu besorgen.

Wiggins nickte. «Das erste rechts. Viele Volants und Stofftiere.»

«Ich schau's mir mal an.»

Es war ein hübsches Zimmer mit einer schrägen Decke und knarrenden, unebenen Dielen, weißgestrichenen Möbeln und, wie Wiggins schon bemerkt hatte, einer gerüschten Bettdecke und gerüschten Kissen. Es ging auf die Grünanlage hinaus; die Flügel der kleinen Fenster oberhalb der Sitzbank waren nach außen geöffnet und behinderten die Kletterrosen, die auf der einen Seite des Hauses hochrankten. Jury schaute sich die Bücher auf dem Regal neben der Sitzbank an: unberührte Bände von Klassikern wie *Middlemarch*, dazwischen und dahinter abgegriffene Liebesromane. Nicht sehr raffiniert, dachte Jury, ihre Mutter hätte sie beim Saubermachen bestimmt sofort entdeckt. Aber vielleicht war die Ordnung, die hier herrschte, Katie O'Briens Werk. Jury öffnete den Schrank und sah fein säuberlich aufgehängte Kleider. Er schaute sich die Etiketten an und bemerkte, daß zwei von Laura Ashley stammten, also ziemlich teuer gewesen sein mußten. Ihre Mutter hätte viele Biere zapfen müssen, um sie zu bezahlen.

Auf einem kleinen Schreibtisch lag ein Album, das Jury in die Hand nahm und durchblätterte. Schnappschüsse von Katie O'Brien und ihrer Familie. Ein Foto behielt er. Es zeigte ein blasses, junges Mädchen mit einem herzförmigen Gesicht, das nicht lächelte. Das dichte, schwarze Haar war aus dem Gesicht gekämmt und wahrscheinlich zu einem Knoten oder einem Zopf zusammengefaßt. Die Frisur war so altmodisch wie das Kleid, das sie trug – ein einfaches, gemustertes Baumwollkleid mit einem kleinen Spitzenkragen. Sah das kleine, hübsche Gesicht nur deshalb so kummervoll drein, weil das Haar zu schwer und der Kragen zu eng war? Jury steckte das Foto ein und klappte das Album zu.

«Cora Binns», sagte Inspektor Carstairs. «Kurz nachdem Sie angerufen hatten, wurde sie identifiziert. Nicht von Lady Kennington – wir überprüfen das gerade –, sondern von einer Mrs. Beavers. Das ist die Hauswirtin dieser Cora Binns. Sie war wohl etwas beunruhigt, als Cora am Donnerstag nicht zurückkam. Cora Binns hatte Mrs. Beavers gesagt, daß sie in Hertfield jemanden besuchen wolle und wahrscheinlich gegen elf Uhr wieder zurück sei. Cora wohnte über den Beavers, und die Hauswirtin behält ihre Mieter anscheinend im Auge. Als Cora auch am Freitag nicht zurückkam, war ihr das wohl nicht geheuer. Vielleicht war sie aber auch nur neugierig. Sie gab eine Vermißtenanzeige auf, und eben hat mich das Morddezernat angerufen. Es scheint sich um dieselbe Person zu handeln. Aussehen, Kleidung, alles paßt. Ich dachte, Sie würden vielleicht sofort mit ihr sprechen wollen. Die Adresse –» Die Stimme wurde leiser, als Carstairs sich vom Telefon wegdrehte, um dann zu verkünden: «Catchcoach Street 22.»

«Welcher Stadtteil ist das?» fragte Jury, während er sich die Adresse notierte.

«Ich glaube, die Gegend um Forest Gate, einen Augenblick bitte... Ja, ich hab's. Also.» Einen Augenblick lang herrschte Stille. «Wembley Knotts. Ein Zufall, was? Da wurde doch auch die kleine O'Brien überfallen. Komisch.»

Als Jury den Hörer zurücklegte, hatte Sergeant Wiggins Katie O'Briens Foto in die Hand genommen und betrachtete es.

«Hübsches Ding.»

«Ja. Hinterlassen Sie Mrs. O'Brien einen Zettel, schreiben Sie, daß wir heute abend erst später zurückkommen. Und sie soll Mr. Plant sagen, ich könnte mir nicht erklären, warum er noch nicht hier sei.»

Überrascht blickte Wiggins hoch. «Wohin fahren wir denn?»

«Nach London.»

9

Hätte ihn nicht Sylvia Bodenheims behandschuhte Hand aufgehalten, die mit der Gartenschere auf sein Revers deutete, wäre Melrose Plant schon längst im Bold Blue Boy aufgetaucht. «Das ist *kein* öffentliches Grundstück, junger Mann. Sie befinden sich auf Privatgelände.»

Da er zweiundvierzig war, wußte Melrose den «jungen Mann» zu schätzen. Auf das übrige erwiderte er: «Das weiß ich nicht. Der Weg ist jedenfalls öffentlich.» Mit seinem silberbeschlagenen Spazierstock deutete Melrose auf den Weg, den er gekommen war. «Da drüben steht ein Schild.»

Ungeduldig schüttelte sie den Kopf. Unter dem chartreusefarbenen Strohhut wirkte ihr fahler Teint noch fahler – grüngelb und wabernd, wie unter Wasser. «Auf dem Schild kann stehen, was will, der Weg verläuft durch unser Grundstück.»

«Dann hätten Sie sich eben kein Haus auf einem Stückchen Land mit einem öffentlichen Weg kaufen sollen», grinste er.

Sylvia Bodenheim wich zwei Schritte zurück, als hätte er ihr einen Schlag versetzt. Augenscheinlich war «ein Haus auf einem Stückchen Land» keine sehr glückliche Formulierung. «Rookswood ist nicht einfach ein Haus!»

Melrose blickte nach links auf die eindrucksvolle, wenn auch etwas hochstaplerische Fassade mit den beiden kurzen Säulen, auf denen aus Stein gehauene Vögel saßen. «Oh? Ist es denn eine Schule oder ein Sanatorium oder so etwas?»

«Wohl kaum! Das Gut gehört Sir Miles Bodenheim. Der Stammsitz der Familie. Ich bin Lady Bodenheim. Und wer sind Sie?»

«Melrose Plant», antwortete er mit einer leichten Verbeugung. «Ich komme eben aus einem Ort namens Horndean – ich war mir nicht sicher, ob ich mich noch auf dem Weg nach Littlebourne befand. Mein Auto steht dahinten –» Sein Kopf wies auf eine Stelle irgendwo hinter ihm. «Deshalb wollte ich erst mal fragen.»

Sie blinzelte in die angezeigte Richtung, um festzustellen, ob auch der Wagen auf ihrem Grundstück stand, dann fing sie wieder an, mit ihrer Gartenschere zu klappern. «Gehen Sie nur immer geradeaus, und sie stoßen am keltischen Kreuz auf die Grünanlage. Und wenn Sie zurückkommen, gehen Sie bitte um unser Grundstück herum, nicht quer durch.»

Zum Teufel mit ihr. Er war fest entschlossen, den öffentlichen Fußweg so oft wie möglich zu benutzen. «Vielleicht können Sie mir noch sagen, wie ich zum Bold Blue Boy, dem Dorfgasthof, komme?»

Sie wandte den Kopf in die Richtung seines Wegs und schaute ihn nicht an, als sie sagte: «Da entlang.»

Melrose entfernte ein Blütenblatt von seinem Jackett. «Ich habe gehört, daß hier etwas Schreckliches passiert ist. Da werden die Immobilienpreise leiden, was?»

Sie funkelte ihn an. «Littlebourne hat nichts damit zu tun. Irgendein Ortsfremder –» Mit leicht gerötetem Gesicht wich sie zurück.

Er fragte sich, ob sie gleich mit klappernder Schere davonrennen würde. Ihre Flucht wurde jedoch vereitelt durch das Auftauchen einer schimmernden Fuchsstute, die über den weiten Rasen auf sie zugetrabt kam. Auf ihr saß eine junge Frau, die Melrose auf den ersten Blick sehr attraktiv fand – und die es auch war, wenn man derlei an Merkmalen wie ausgeprägten Backenknochen, mandelförmigen Augen und einem wohlgeformten Mund messen mag.

Aber dann sagte sich Melrose, daß sie nicht ansprechender als die übrigen Frauen war, die er in den vierzig Jahren seines Lebens gesehen hatte. Der Schwung der Backenknochen kam gegen den harten, gereizten Ausdruck ihres Gesichts nicht an. Unter der jungen Haut konnte er die scharfen Züge der älteren Frau erkennen, die ihre Mutter sein mußte. Die Stiefel der jungen Dame glänzten wie lackiert; ihre Reitjacke war aus einem grell karierten Stoff, den jeder Schotte verschmäht hätte.

«Wer ist das, Mami?»

«Niemand», sagte ihre Mutter und rückte ihren Rosen wieder zu Leibe.

«Stimmt nicht ganz», sagte Melrose, der sich noch einmal mit einer leichten Verbeugung vorstellte. «Und ich habe das Vernügen mit –?»

Der sanfte, gebieterische Ton mußte ihr imponiert haben, da er nur eine Nuance weniger bestimmt war als der ihre; sie lächelte frostig. «Sind Sie gerade hier angekommen oder was?»

Eine neugierige Familie. «Richtig. Ich kenne niemanden hier. Aber das wird sich doch sicher bald ändern.» Er warf ihr ein Lächeln zu, das ihn, so hoffte er, als Herzensbrecher zu erkennen gab.

Miss Bodenheim saß von ihrem Pferd ab und begab sich im wörtlichen wie im übertragenen Sinn auf sein Niveau. «Was haben Sie denn hier vor?» Ihre Finger spielten mit den Zügeln ihres Pferdes. Das Pferd blickte unheilschwanger in die Runde, und für Melrose bestand kein Zweifel, daß es mehr Verstand besaß als die Frauen zusammen.

«Ich wollte mir einen Besitz anschauen.» Er hielt das für einen guten Vorwand, um ein wenig herumschnüffeln zu können, ohne sich als Jurys Freund zu erkennen zu geben.

Die ältere der beiden Bodenheim-Damen kam mit ihrer Schere zu ihm herüber und gab gleich ihren Senf dazu. «Da handelt es sich wahrscheinlich um dieses baufällige, kleine Haus neben dem Bold Blue Boy. Sie werden ganz schön enttäuscht sein, glauben Sie mir. Sie sollten sich das gut überlegen;

es ist schon seit einem Jahr auf dem Markt, obwohl inzwischen Hinz und Kunz nach Littlebourne kommt, um ein Haus zu ergattern. Das Dach ist undicht; es ist halb verrottet, und der Garten ist einfach eine Schande. Die Familie, die zuletzt dort wohnte –» Sie erschauerte. «Sie werden selbst sehen, in welchem Zustand es ist. Das Dach müssen Sie auf jeden Fall neu decken lassen; offen gestanden – ich an Ihrer Stelle würde Ziegel nehmen. Im Stroh nisten sich doch nur Vögel ein, und die Versicherung kostet auch mehr. Schauen Sie sich das Dach der beiden Craigie-Schwestern an. Ich rate Ihnen wirklich davon ab. Aber wenn Sie glauben, Sie *müßten* Stroh haben, dann gibt es hier nur einen, der das kann – Hemmings. Ich kann Ihnen seine Nummer geben. Er ist zwar meiner Meinung nach viel zu teuer, aber zumindest versteht er sein Handwerk, was sich von Lewisjohn nicht behaupten läßt. Sie wollten doch nicht etwa Lewisjohn nehmen? Schlagen Sie sich das mal aus dem Kopf; ein Dieb ist das! Nein, wirklich, Hemmings ist der einzige, auf den Verlaß ist. Aber Sie sollten Ziegel nehmen. Sie werden sich über Ihr Strohdach nur ärgern.» Mit gerümpfter Nase arbeitete sie sich etwas weiter vor und überließ es ihrer Tochter, die Dachfrage mit Melrose zu regeln.

«Ach, Willow Cottage», sagte Julia. «Es liegt auf der andern Seite der Grünanlage, da, wo der Blue Boy ist.» Sie wies mit ihrer Reitpeitsche über die Hecke. «Da ist wirklich viel zu tun. Aber offen gestanden, ich würde niemanden von hier nehmen.»

Er betrachtete die lackierten Nägel der Hand, in der sie die Peitsche hielt, und zweifelte an ihrer Kompetenz.

Melrose hatte sich endgültig gegen Willow Cottage entschieden. «Das ist wohl nicht das, was ich suche.» Er blickte zur Horndean Road hinüber; dort hatte er etwas gesehen, was ihm schon eher zusagen würde. Die Steinmauer, die auf beiden Seiten der Straße verlief, war gut einen Kilometer lang. Das Haus selbst konnte man von der Straße aus nicht sehen, aber er nahm an, daß es wesentlich größer und imposanter war als Rookswood. An dem hohen, schmiedeeisernen Tor war ein diskretes

Namensschild aus Bronze angebracht, und daneben hing ein ebenso diskretes Schild – «zu verkaufen».

«Stonington – das sollte ich mir vielleicht mal anschauen.» Melrose schnipste gelangweilt ein vertrocknetes Blatt von seinem Mantel.

Sogar das Pferd schüttelte seine Mähne, als er das verkündete. Auch Lady Bodenheim schien sich in Hörweite aufgehalten zu haben; ein aufgeregtes Durcheinander von weiblichen Stimmen ließ sich vernehmen.

«Stonington!... Oh, das ist doch absurd... Völlig ungeeignet für Ihre Zwecke... Ich kann mir nicht vorstellen... Es ist viel zu groß für einen Junggesellen... Sie sind doch Junggeselle?»

«Meiner Meinung nach ist es genau das Richtige», fuhr Melrose dazwischen. «Es ist zwar nicht ganz so groß, wie ich's gewohnt bin. Und Tante Agatha wird wahrscheinlich ihre Volieren und Zierhaine vermissen. Und die Schwäne. Die Quartiere für das Personal sind wohl auch etwas klein. Und ob die Ställe für die Meute reichen. Und...» Er seufzte unglücklich. «Meine Schwester, ach ja, Madeleine braucht einen Flügel für sich. Sie ist etwas eigen, Sie verstehen.» Das konnte alles bedeuten, von Schwangerschaft bis schlichter Verrücktheit. «Aber mein Architekt wird das schon hinkriegen – man kann schließlich nicht alles haben.» An dieser Stelle gelang es ihm, charmant zu lächeln und bedauernd die Achseln zu zucken. «Ist aber doch ein ganz nettes altes Häuschen, nicht wahr?»

Ihre Mienen ließen erkennen, daß Stonington um einiges netter war als Rookswood. Wie magisch angezogen folgten die Blicke der beiden Bodenheim-Damen dem von Melrose, der auf die Horndean Road gerichtet war, an der irgendwo in blauer Ferne Stonington, das Traumschloß, lag. Als sie sich wieder umwandten, sah Julia Melrose mit ganz andern Augen an – die Situation mußte offensichtlich neu eingeschätzt werden. Aber Melrose ließ sie erst gar nicht zu Wort kommen. Vergnügt rief er: «Und wer kommt denn da?»

Miles Bodenheim stapfte über den Rasen. Vielleicht hatte er sie von dem oberen Fenster aus gesehen und seine Neugierde nicht länger bezähmen können, oder er hatte Wind davon bekommen, daß die erste Familie von Littlebourne demnächst auf den zweiten Platz abrutschen könnte, und eilte herbei, um dies zu verhindern.

«Sylvia! Julia!»

Statt zurückzurufen, sagte Sylvia zu Melrose: «Nein, ich kann nicht glauben, daß das Ihr Ernst ist. Das kann einfach nicht sein. Lady Kennington hat das Anwesen völlig verwahrlosen lassen. Sie wissen bestimmt, daß er gestorben ist – ich meine Lord Kennington. Meiner Meinung nach paßten sie überhaupt nicht zusammen. Sie ist äußerst ungesellig. Ich nehme an, es hält sie nichts mehr hier. Aber wenn Stonington schon verkauft werden soll, dann besser an irgendeine Gesellschaft. Oder man könnte es in ein Heim umwandeln. Es würde Ihnen bestimmt nicht gefallen, dort zu leben.» Sie wandte sich ab, und die Art und Weise, wie sie eine braune Knospe vom Stengel knipste, erinnerte ihn an ein Kind, das eine Katze kneift.

«Plant. Melrose Plant», sagte er zu dem Neuankömmling.

«Mr. Plant trägt sich mit dem Gedanken, Stonington zu erwerben, Miles, aber wir haben ihm erklärt, daß er da einen großen Fehler machen würde.»

«Stonington! Großer Gott, Mann. Sie würden sich wundern. So groß und so kalt wie eine Scheune. Nein, das wäre bestimmt nicht nach Ihrem Geschmack. Erst kürzlich ist dort jemand gestorben, Lord Kennington, der Eigentümer. Wer zieht schon gern in ein Haus, in dem jemand gestorben ist.»

«Irgendwo muß man sterben», erwiderte Melrose; er fragte sich, ob Jury im Gasthof war und wie viele Mitglieder dieser Familie wohl noch wie Pusteblumensamen auf ihn zugeschwebt kommen würden.

«Ich habe ihm gesagt, er soll sich das aus dem Kopf schlagen», sagte Sylvia abschließend. Ihr großer Hut wippte, während sie sich langsam an der Hecke entlangbewegte; ihre Züge wirkten nun noch verkniffener und ihr Teint noch grünlicher.

«Mr. Plant geht auf die Jagd», sagte Julia. «Sie haben Ihre Meute erwähnt. Und Sie haben von Ställen gesprochen.»

Melrose kickte eine Knospe aus dem Weg. Sie landete auf dem Schuh des Bodenheimschen Familienoberhaupts. Vorsicht war geboten; er hatte keine Ahnung von der Jagd, ein fürchterlicher Sport seiner Meinung nach. «Ja, ich gehe gelegentlich auf die Jagd. Aber nur in Irland. Mit den *Black and Tans.*» Er fragte sich im nachhinein, ob das Jagdhunde waren oder eine eingegangene Splittergruppe der IRA.

«Wann wollen Sie denn einziehen?» fragte Julia.

«Ist wohl noch ein bißchen verfrüht, darüber zu reden. Wenn Sie mich jetzt entschuldigen wollen? Nett, Sie kennengelernt zu haben.» Melrose tippte mit dem Stock gegen seine Mütze und ging pfeifend auf dem öffentlichen Weg weiter. Er hoffte nur, daß es in Littlebourne – von Jury einmal abgesehen – auch liebenswürdigere Leute gab als diese hier.

Als *liebenswürdig* hätte er die nächste Person, der er begegnete, jedoch auch nicht bezeichnet. Sie stand mitten auf dem Grünstreifen und beobachtete, wie er ihn überquerte. Tiefe Furchen durchzogen ihre Stirn, und Melrose fühlte sich etwas unbehaglich bei dem Gedanken, einem so winzigen Gesicht zu solchen Kummerfalten Anlaß gegeben zu haben.

Es beunruhigte ihn so, daß er sich auf der anderen Seite nach ihr umschaute. Ein Fehler, den schon Lots Frau begangen hatte. *Sie* hatte sich nämlich auch umgedreht und starrte *ihm* nach – ein kleines Mädchen, das mit einwärts gedrehten Füßen dastand; ihr blondes Haar hing in Strähnen um das spitze Gesicht. Auch ihre Reitjacke hatte schon bessere Tage gesehen.

Als er die Hauptstraße entlangging, folgte sie ihm; er spürte es eher, als daß er es sah. Die Bewohner von Littlebourne wußten wohl nichts mit ihrer Zeit anzufangen, wenn seine Gegenwart im Dorf solches Aufsehen erregen konnte.

Um vier Uhr nachmittags war es im Bold Blue Boy gähnend leer. Obwohl Pubs um diese Zeit noch nicht öffnen durften, stand die Tür zur Bar auf. Er ging hinein und fand einen langen, niedrigen Raum mit einem riesigen Kamin vor, in dem jedoch kein Feuer brannte. Rechts von diesem Raum gab es noch einen weiteren, dessen Tür so niedrig war, daß man ihn nur gebückt betreten konnte. Er war klein und gemütlich, voll mit blitzendem Kupfergeschirr, und in dem etwas kleineren Kamin loderte ein Feuer; auf den bequemen Fenstersitzen lagen geblümte und schon leicht verblichene Chintzkissen.

Melrose setzte sich an einen der Tische, um auf den Wirt zu warten, der ihm bestimmt sagen konnte, wo Jury sich aufhielt. Er hatte immer ein Buch bei sich – gewöhnlich einen Rimbaud-Band, aber in der letzten Zeit waren Krimis an die Stelle der französischen Dichter getreten –, und auch jetzt zog er einen Krimi hervor. Bevor er jedoch anfing zu lesen, schob er den geblümten Vorhang vor dem kleinen Fenster zurück und blickte auf die Grünanlage. Er sah niemanden außer einem alten, gichtgeplagten Rentner auf dem Weg zur Poststelle.

Als er sein Buch aufschlagen wollte, hörte er ein schmatzendes Geräusch, von dem er Gänsehaut bekam. Er drehte sich um. Das kleine Mädchen stand in dem niedrigen Durchgang, sog die Wangen ein, stülpte die Lippen nach außen und machte diese kleinen Schmatzlaute.

«Mary ist einkaufen gegangen», sagte sie.

«Mary?»

«Mary O'Brien. Der gehört der Blue Boy.»

«Aha», sagte Melrose und nahm sich seine Lektüre vor. «Dann muß ich eben warten.» Er fragte sich, warum die Kleine nicht wegging.

Sie zeigte nicht die geringste Absicht, im Gegenteil, sie war gerade hinter die Bar gegangen. Da die Bar so hoch und sie so klein war, konnte er sie dort eher hören als sehen. Kurz darauf tauchte jedoch ihr heller Haarschopf über dem Tresen auf. Wahrscheinlich hatte sie sich einen Barhocker geholt, auf dem sie knien konnte.

«Möchten Sie was? Es gibt Bass und Bitter und Abbot.» Sie berührte die emaillierten Griffe der Zapfhähne.

War er hier in Littlebourne auf ein Überbleibsel aus dem Zeitalter Dickens gestoßen, in dem Kinder Schuhe putzten, Schornsteine fegten und Alkohol ausschenkten? «Das ist wohl kaum die richtige Arbeit für dich», sagte er so salbungsvoll, daß es selbst ihm auffiel.

«Ich mach das immer.»

Er seufzte und schüttelte den Kopf. «Na schön, dann gib mir mal einen trockenen Cockburns.»

Sie drehte sich zu den Flaschen um und maß den Sherry ab. «Das macht 75 Pence, bitte», sagte sie und stellte das Glas vor ihn hin.

«Fünfundsiebzig? Du lieber Himmel. In Littlebourne ist wohl die Inflation ausgebrochen!»

«Wollen Sie was zum Knabbern?»

«Nein, danke.» Er legte eine Pfundnote auf den Tisch. Sie stand da, zog die Wangen ein und gab wieder diesen Schmatzlaut von sich.

«Hör auf damit. Das verdirbt die Kieferstellung, und dein Biß leidet darunter. Außerdem fallen dir die Zähne aus», fügte er der Vollständigkeit halber hinzu.

«Tun sie auch so.» Sie schob die Oberlippe hoch und entblößte zwei Zahnlücken.

«Was hab ich gesagt!»

«Wollen Sie wirklich keine Chips? Die da sind ganz prima.»

«Ich mag keine Chips. Aber wenn –» Melrose suchte in seinen Taschen nach Kleingeld.

Sie kletterte auf einen Barhocker und nahm eine Packung

Chips von einem runden Ständer. Sie riß sie auf und verschlang sie mit gerunzelter Stirn. «Möchten Sie was davon?» Anscheinend wollte sie sich von ihrer großzügigen Seite zeigen.

«Nein. Gibt es in diesem Dorf auch eine Polizeiwache?»

«Wenn Sie über die Grünanlage gehen.» Sie hatte es sich auf dem Fenstersitz bequem gemacht. «Sind Sie von der Polizei?»

«Nein, natürlich nicht.»

«Hier ist einer von Scotland Yard.» Obwohl es ihm widerstrebte, eine so winzige Person auszufragen, hakte Melrose nach: «Weißt du zufällig auch, wo er sich aufhält?»

Melrose fand die Art und Weise, wie sie mit ihren Hacken gegen die Bank trommelte, ziemlich unerträglich. «Wieder in London. Er mußte zurück. Wahrscheinlich ist er wegen dem Mord nach Littlebourne gekommen.»

Über den Rand seiner Brille sah Melrose, wie sie auf seine Reaktion lauerte. «Mord? Was ist denn passiert?»

Sie hatte ihre Chips gegessen und faltete die fettige Tüte in kleine Quadrate. «Weiß ich nicht. Möchten Sie noch eine Tüte?»

«Ich wollte nie eine. Was hat es mit diesem Mord auf sich?»

Sie zuckte die Achseln, und ihre Hacken trommelten noch schneller gegen das Holz.

«Na, *wer* ist denn ermordet worden?» Austern mit einem Streichholz zu öffnen ist einfacher, dachte er, als er ihr betont gleichgültiges Gesicht sah.

Sie hatte aus der Chipspackung einen Papierflieger gemacht, den sie durch den Raum sandte. «Mami möchte nicht, daß ich darüber spreche.»

Er war überzeugt, daß sie sich das gerade eben ausgedacht hatte. Melrose ließ fünfzig Pence auf den Tisch fallen und sagte: «Dann doch noch eine Tüte Chips.»

Sie schnellte hoch, sauste zur Bar und kam mit einer neuen Packung zurück. «Ganz schön gruslig, dieser Mord.»

«Morde sind immer gruslig. Was war an diesem denn so besonders gruslig?»

Sie hielt ihre kleine, durchscheinende Hand hoch; in dem staubigen Licht des späten Nachmittags schimmerten die Nägel wie Opale. «Die Finger wurden ihr abgehackt.»

Melrose mußte ihr recht geben. Das war tatsächlich gruslig.

«Keiner weiß, wieso sie in dem Wald war. Es war keine Frau aus dem Dorf; sie denken, sie ist vielleicht aus London hierhergekommen. Die Leute hier gehen nicht im Wald spazieren, nur die Vogelbeobachter sind so doof. Manchmal reite *ich* mit Shandy da durch. Mögen Sie Pferde?»

«Nein. Na doch. Oh, ich weiß nicht. Wahrscheinlich.»

«Sollten Sie aber. Pferde sind viel besser als Menschen.» Sie musterte ihn von oben bis unten, als kenne sie mindestens einen, der sich mit Pferden nicht messen konnte.

«Diesen Kriminalbeamten von Scotland Yard, hast du den gesehen?»

«Nein.» Sie war beinahe völlig unter den Tisch gerutscht, so daß er nur noch den gelben Haarschopf und den Arm mit dem Flieger aus der zweiten Chipspackung sehen konnte. «Ich hab Durst; muß von dem Salz kommen.»

«Was möchtest du denn, ein Guiness?»

«Zitronenlimonade.»

Erneut wechselte Geld in ihre Hände. Mit ein paar seitlichen Schritten tänzelte sie zur Bar und hinter den Tresen und klapperte mit Flaschen und Gläsern.

«Vielleicht hab ich ihn doch gesehen», sagte sie, als sie zum Tisch zurückgetänzelt kam. «Ich glaube, sie übernachten hier. Er und der andere Kriminalbeamte.» Sorgfältig füllte sie ihr Glas mit Zitronenlimonade. Sie hätten ganze Tage hier verbringen können, mit Chips, Cockburn's Very Dry und Zitronenlimonade, ohne daß es bemerkt worden wäre. Er blickte aus dem unterteilten Fenster und sah die verwelkten Blütenblätter der Rosen vorbeiwirbeln. Sonst rührte sich nichts.

«Vielleicht kriegt er auch raus, wer diese Briefe geschrieben hat.» Sie hatte den Sitz der Bank hochgeklappt und wühlte in dem Kasten.

«Was für Briefe?»

«Gemeine Briefe», ließ sich ihre Stimme aus dem Innern des Kastens vernehmen.

Das ließ Melrose aufhorchen. Jury hatte ihm keine Einzelheiten erzählt. «Großer Gott, in euerm Dorf ist ja einiges los.»

Als sie sich mit einem Malbuch und einer Schachtel Buntstifte an den Tisch setzte, sagte sie: «Ich hab meine Mami gefragt, was da drinstand, aber sie hat gesagt, ich soll nicht darüber sprechen.» Sie saugte mit ihrem Strohhalm die letzten Tropfen Zitronenlimonade aus und machte dabei gurgelnde Geräusche auf dem Boden ihres Glases. «Sie waren alle in Farbe.» Sie schlug eine Seite mit einer Waldidylle auf und fing an, eines der Rehe blau auszumalen.

«Hast du gesagt, daß diese, hmm, diese gemeinen Briefe in *Farbe* geschrieben waren?» Sie nickte. «Wirklich komisch, das.» Sie nickte wieder und machte sich mit ihrem blauen Buntstift an das nächste Reh. Irritierend, wie sie sich einfach über alle Konventionen wegsetzte. «Und sonst weißt du nichts darüber?»

«Worüber?»

«Über die *Briefe*.» Sie schüttelte den Kopf. Als sie mit den beiden Rehen fertig war, nahm sie einen roten Stift und zog einen dicken, krummen Strich, der quer über den Waldboden verlief. Sie betrachtete ihr Werk und hob es hoch, damit Melrose es begutachten konnte. «Sieht das aus wie ein Bach?»

«Nein. Ein Bach ist nicht rot.»

«Es könnte ein Bach voller Blut sein, oder?»

«Blut? Ein gräßlicher Gedanke.» Sie starrte auf das Blatt, ihr spitzes Kinn zwischen den Fäusten. «Wie kommst du denn auf so was?»

«Sie haben gesagt, das Wasser sei ganz rot gewesen an der Stelle, wo sie sie gefunden haben. Haben Sie Geheimnisse?»

In den Furchen auf ihrer Stirn hätte man Bohnen pflanzen können, so tief waren sie. «Geheimnisse? Ah, ja doch, ich glaube schon.» War das die richtige Antwort?

Sie musterte ihn streng. «Würden Sie die jemandem erzählen?»

Großer Gott, ein moralisches Dilemma. Er mußte auf der Hut sein. Er versuchte Zeit zu gewinnen, zündete sich eine Zigarette an, starrte auf die glühende Spitze und sagte: «Das hängt wohl ganz davon ab.» Sie hatte sich wieder in ihren Sitz rutschen lassen, und nur ihre Augen blickten ihn über den Tischrand hinweg an. Er hatte keine Ahnung, von was es eigentlich abhing. «Wenn ich durch mein Schweigen Schaden anrichtete, dann würde ich reden.»

Die Furchen wurden tiefer. Die falsche Antwort also. Sie stand unvermittelt auf und warf das Buch und die Buntstifte in den Kasten der Bank. «Ich muß jetzt gehen. Aber ich kann Ihnen das Dorf zeigen, wenn Sie wollen.»

Damit hatte sich die Sache mit dem Geheimnis wohl erledigt. Er erinnerte sich an den angeblichen Grund seines Kommens. «Gibt's denn hier auch einen Makler?»

«Ist das jemand, der Häuser verkauft? Ja, gibt es, aber ein Haus kaufen ist doch doof.»

«Das denkst du. Ich hab vor, mir eines zu kaufen.»

Daß Melrose ihr erhalten bleiben würde, schien sie nicht besonders zu interessieren. «Da ist Mr. Mainwaring. Ich kann Ihnen zeigen, wo er sein Büro hat. An der Hauptstraße gleich neben dem Süßwarenladen. Es gibt verschiedene Läden dort. Die Post ist auch in einem, aber der ist langweilig. Einer heißt Ginger Nut. Sie verkaufen Klamotten. Im Magic Muffin ist es ganz nett. Und dann gibt's noch Conckles, den Süßwarenladen.»

Als sie mit ihm durch die Bar ging, sagte er: «Kann man bei Mrs. O'Brien auch essen?»

«Ja. Sie hat heute was für den Sergeant gekocht. Ochsenschwanzsuppe.»

«Du bist ja wirklich auf dem laufenden.»

«Sie wollen heute nacht zurückkommen, hat Mary gesagt. Sie sind bestimmt sein Freund?»

Melrose blieb bei der Tür stehen und starrte sie an. Fiel sie denn auf keine List herein? «Das eigentlich nicht, ich hab nur gehört, daß er –»

Sie tanzte jedoch schon mit ihren seitlichen Schritten das Trottoir entlang. Er kam an dem unmöglichen Willow Cottage vorbei, das wirklich nur ein Haufen weißgetünchter Steine mit einem Gitter verblühter Rosen davor war. Sie war schon drei Türen weiter, als Melrose ihr nachbrüllte: «Vergiß nicht, daß wir zu dem Makler wollen!»

Es war jedoch schon zu spät; sie war bereits durch die Tür des Ladens mit dem Erkerfenster getanzt; das Schild besagte: CONCKLES – SÜSS- UND TABAKWAREN.

«Du irrst dich», sagte Melrose auf der Schwelle zu Conckles, «wenn du glaubst, du könntest mich weiter erpressen.»

Sie irrte sich jedoch nicht.

Freddie Mainwaring hatte es sich in seinem ledernen Drehsessel bequem gemacht und schien es als einen gelungenen Witz zu betrachten, daß gerade er etwas mit Immobilien zu tun haben sollte. Sein Verhalten änderte sich jedoch, als Melrose erwähnte, was er ins Auge gefaßt hatte.

«Stonington?» Der Drehsessel kam abrupt zum Stillstand, und Mainwaring blätterte einen Stapel Karteikarten durch. «Sie wird wahrscheinlich noch etwas runtergehen; sie braucht das Geld.»

Diese Bemerkung kam Melrose sehr unprofessionell vor. Er fragte sich, wessen Seite der Mann vertrat. Mainwaring machte ihn nervös; er hatte ein gepflegtes, ansprechendes Äußeres und so einschmeichelnde Umgangsformen, daß er bei den Frauen bestimmt immer Hahn im Korb war. Das Foto auf dem Schreibtisch zeigte wohl seine Ehefrau; sie sah aus wie mit Karamelmasse überzogen: Make-up, hochgetürmte und mit Haarspray fixierte Locken. Kinderfotos waren nicht zu sehen.

«Das Gut gehörte Lord Kennington. Er ist vor ein paar Monaten gestorben, und seine Witwe lebt nur noch mit ein oder zwei Dienstboten dort. Zweihundertfünfundzwanzig will sie haben.»

Melroses wegwerfende Handbewegung besagte, daß Geld keine Rolle spielte. «Ich brauche ziemlich viel Platz.» Während Mainwaring über Salons, Empfangsräume, Parkett, Küchen und Badezimmer, Koppeln und Nebengebäude, Grenzen und Mauern sprach, zerbrach Melrose sich den Kopf, wie er das Gespräch auf den Mord bringen könne. «Ja, das klingt ganz gut. Ich möchte nämlich etwas näher bei London wohnen, Northants ist wirklich zu abgelegen. Geschäftliche Angelegenheiten...» Er wußte nicht, was er zu diesem Thema noch sagen sollte. Der letzte Handel, den er abgeschlossen hatte, lag ein paar Jahre zurück – er hatte damals seinen Jaguar gegen einen Bentley eingetauscht. Melrose erinnerte sich, daß er seinen Rolls in der Nähe des Bodenheimschen Besitzes geparkt hatte.

«Ich könnte Lady Kennington sofort anrufen und mit ihr einen Termin vereinbaren.» Mainwaring streckte den Arm nach dem Telefon aus. «Wann möchten Sie es anschauen?»

Melrose war schon drauf und dran gewesen, *jetzt* zu sagen, dann erinnerte er sich jedoch, daß er nicht das geringste Interesse hatte, etwas zu kaufen – und daß er, wenn er nicht aufpaßte, sowohl Stonington als auch Willow Cottage am Hals hätte. «Lassen Sie mich überlegen. Heute muß ich noch einiges erledigen. Morgen ist Sonntag, und... nein, morgen geht's auch nicht. Wie wär's mit Montag?»

«Montags fahre ich nach London... Ich weiß nicht, ob das so günstig ist.»

«Machen Sie sich keine Sorgen. Dienstag ist ausgezeichnet.» Bis dahin würde Jury alles erledigt haben. «Das Dorf ist wirklich sehr hübsch.»

«Es erfreut sich zumindest großer Beliebtheit. Nahe an London und trotzdem noch sehr ländlich, so etwas ist natürlich begehrt.»

Melrose hatte sich auf einen längeren Vortrag gefaßt gemacht und war überrascht, als Mainwaring es dabei beließ und sich nicht weiter über Littlebournes ländliche Reize ausließ. «Also ein Ort, wo nie etwas geschieht.»

«Das würde ich nicht sagen.» Mainwaring lehnte sich grinsend zurück. «Wie kommt es, daß Sie in der Viertelstunde, die Sie hier sind, noch nichts von der Frau gehört haben, die hier im Wald gefunden wurde? Ermordet.»

«Allmächtiger! Deshalb dieser Polizeiwagen auf der Straße von... wie heißt die nächste Stadt?»

«Horndean. Im Wald von Horndean wurde sie gefunden. Wir nennen ihn zumindest so. Der größere Teil gehört zu Littlebourne. Ich frage mich, ob sie uns zufällt oder denen.»

Eine sarkastische Weise, über einen Mord zu sprechen, dachte Melrose.

«Erstaunlich, daß Emily Louise Ihnen das noch nicht erzählt hat.»

«Emily Louise?»

«Die Kleine, die mit Ihnen hierhergekommen ist. Emily Perk.» Mainwaring schien ihn etwas mißtrauischer zu betrachten. Melrose hoffte, er würde sich nicht als zu scharfsinnig entpuppen. Nach einer halben Stunde mit Emily Perk hatte er sein Selbstvertrauen verloren.

«Ja, sie hat irgend etwas dahergeplappert, aber ich habe nicht richtig zugehört. Muß ja eine Plage für ihre Mami, ich meine, für ihre Mutter sein.»

«Hört und sieht alles. Und ist auch überall dabei.» Ein Schatten flog über Mainwarings Gesicht, als wäre Emily zur falschen Zeit und am falschen Ort aufgetaucht.

Melrose wollte gerade wieder auf den Mord zu sprechen kommen, als die Tür aufgestoßen wurde und zwei Frauen hereinkamen. Die eine war hager und mausfarben; die andere groß, stämmig, grauhaarig und offensichtlich die Wortführerin.

«Ah! Da sind Sie ja, Freddie... Oh, Sie sind gerade beschäftigt.» Es folgte eine vage, nicht sehr aufrichtig klingende Entschuldigung. «Ich möchte Ihnen nur das hier geben und mich vergewissern, ob Sie am Montag in einer Woche mitkommen.» Sie zog ein Blatt aus dem Papierstoß auf ihrem Arm und legte es auf Mainwarings Schreibtisch. Eine politische Aktivistin? fragte sich Melrose. «Betsy soll auch kommen, falls sie bis dahin wieder zurück ist. Keine Ausreden bitte! Sie und Miles bilden ein Team; ich möchte immer zwei losschicken, auf diese Weise können wir den Wald gründlich inspizieren.» Nein, nicht politisch, aber doch sehr aktiv. Melrose blickte auf das Blatt Papier und sah die bunten Linien einer Lageskizze. «Wir treffen uns bei Spoke Rock und gehen dann jeweils zu zweit los. Ziehen Sie Ihre Gummistiefel an oder besser noch Ihre Anglerstiefel; Sie wissen ja, wie sumpfig es dort um diese Jahreszeit ist, und der Bach ist durch den Regen bestimmt noch etwas angestiegen. Das Tüpfelsumpfhuhn ist äußerst scheu und vorsichtig, ich hab's aber so geplant, daß wir überall hinkommen, wenn die Teams zusammenbleiben und die vorgesehenen Routen einhalten.» In ihrem Ton lag eine deutliche Warnung, als seien ihre Pläne schon einmal auf Grund mangelnder Sorgfalt durcheinandergekommen. «Sie und Miles folgen der gelben Route. Sie führt von Spoke Rock zu Windy Hill hinüber und um das Moor herum. Schauen Sie, hier.» Sie stieß mit einem gedrungenen Finger auf das Blatt. «Wir treffen uns um fünf, und ich möchte, daß alle da sind, und zwar pünktlich.» Melrose befürchtete, daß sie fünf Uhr morgens meinte, denn um die Cocktailzeit machte wohl niemand auf ein Tüpfelsumpfhuhn Jagd. Die Frau war von einer Robustheit, die ihm auf die Nerven ging, und ihre Stimme dröhnte aus Lungen, die unerschöpflich zu sein schienen. Ihrer Begleiterin konnte man diesen Vorwurf nicht machen – schüchtern und ergeben bog sie ihren Gürtelzipfel um, als wolle sie sich eine Schlinge daraus drehen. Der Blick der Hageren schweifte im Zimmer umher, blieb an Melrose hängen und wandte sich wie ertappt wieder ab.

«Sind Sie denn sicher, Ernestine, daß die Polizei den Wald nicht absperren läßt?»

«Bah. In ein paar Tagen sind die wieder verschwunden. Sie können sich ja nicht ewig da rumtreiben.»

«Sie können sich so lange rumtreiben, wie es ihnen paßt», sagte Mainwaring; es hörte sich nicht gerade glücklich an.

«Machen Sie kein Theater, Freddie. Das Tüpfelsumpfhuhn wird nicht ewig auf uns warten, Mord hin, Mord her. Also Punkt fünf. Es wird ein sensationeller Morgen, wenn wir uns *alle* an die Routen halten.» Sie wedelte Melrose mit ihren Plänen vor dem Gesicht herum. «Man trifft nicht alle Tage auf ein Tüpfelsumpfhuhn.» Es klang, als kämpften sie und der Vogel um die Weltmeisterschaft im Boxen – Weltergewicht.

«Kann man wohl sagen», meinte Melrose; er nahm die Brille ab und rieb sie mit seinem Taschentuch blank. «Ich hab auch nur einmal in meinem Leben eines gesehen.» Verblüfftes Schweigen. Dann sagte sie: «Das kann gar nicht sein. Es wurde in den letzten zehn Jahren nur dreimal gesichtet: auf den Orkneys, den Hebriden und in Torquay. Wo meinen Sie, hätten Sie es gesehen? Und sind Sie sicher, daß es ein Tüpfelsumpfhuhn war?»

Er hätte sich noch so sehr anstrengen können, es wäre ihm nicht viel zu dem Vogel eingefallen. «In Salcombe.»

«In Salcombe! Das ist unmöglich!» Torquay war schon außergewöhnlich genug. Und nun auch noch in Salcombe! Der Vogel hatte wohl den Verstand verloren.

«Na ja, weit entfernt ist das ja nicht, das müssen Sie zugeben.»

Mainwaring versuchte zu vermitteln, indem er sie einander vorstellte. Mr. Plant wurde mit Ernestine und Augusta Craigie bekannt gemacht.

Sie waren also Schwestern? Seltsam. Aber es gab wohl doch

eine Ähnlichkeit zwischen ihnen, die Spuren eines Stempels, den die Eltern auf ihren Gesichtern hinterlassen hatten. Er neigte höflich den Kopf, während er sich erhob, um Ernestines Hand zu ergreifen, die wie auf Knopfdruck hervorgeschnellt kam. Sie bewegte Melroses Hand auf und ab wie einen Pumpenschwengel.

«Bleiben Sie länger? Sind Sie auf Besuch hier? Sie müssen mitkommen. Sie können die grüne Route übernehmen.» Sie blickte auf ihren Plan. «Wunderbar. Sie können sich Sylvia und Augusta anschließen. Da haben Sie Glück – die beiden sind nämlich richtige Profis.»

Sylvia Bodenheim um fünf Uhr morgens – womit hatte er das verdient?

«Ernestine, Mr. Plant will sich in Littlebourne nur Häuser anschauen. Er ist bestimmt schon wieder abgereist, wenn wir uns treffen.»

«Ich danke Ihnen trotzdem für die Einladung. Was für ein Fernglas benutzen Sie eigentlich?» Es baumelte an einem Riemen über ihrem Busen. Er glaubte bemerkt zu haben, daß es ein besonders gutes war. In seinem Leben hatte es einmal eine unglückliche Phase gegeben, in der er einen Sommer lang die Rennen von Newmarket besuchte. Damals hatte er eine ganze Reihe von Ferngläsern ausprobiert.

«Dieses hier? Das ist ein Zeissglas.» Sie gab Melrose eine Kopie ihres Plans und sagte: «Da, nehmen Sie, falls Sie doch noch hier sind. Viel zu erklären gibt es da nicht. Auf Wiedersehen, Freddie!» Mit Papiergewedel verabschiedete sie sich.

«Vögel scheinen hier ja eine große Rolle zu spielen, wenn sie sogar einen Mord in den Hintergrund drängen.»

Mainwaring lächelte. «Ernestines Begeisterung reicht für uns alle. Sie kennt jeden Quadratzentimeter Wald. Kein Wunder, daß sie die Leiche gefunden hat. Sie ist ständig dort.»

«Sie hat die Leiche gefunden?» Melrose drehte sich nach der Tür um, die sie gerade hinter sich geschlossen hatte. «Dann hat sie sich aber schnell von dem Schock erholt.»

Durch das Fenster sah er eine dunkelhaarige Frau vorbeigehen, die Mainwaring zuwinkte und etwas zögerte, als frage sie sich, ob sie eintreten sollte oder nicht; sie wandte sich jedoch wieder ab, um eingehend den Baum vor der Tür zu betrachten.

«Ich muß weiter», sagte Melrose.

«Sie rufen mich zurück?»

«Aber sicher. Stonington scheint genau das richtige zu sein.»

Als er aus der Tür ging, dachte er schon gar nicht mehr an Stonington. Er dachte vielmehr an diese Craigie. Seltsam, daß jemand mit einer solchen Vorliebe für den Wald keine Bedenken hatte, für alle Welt sichtbar mit diesem Feldstecher um den Hals herumzulaufen.

Die dunkelhaarige Frau betrachtete noch immer den Obstbaum.

«Ich mag keine gestutzten Bäume. Und Sie?» fragte Melrose.

«Hm? Oh –» Ihre Überraschung war offensichtlich geheuchelt. «Ich dachte gerade, er scheint eine Krankheit zu haben.»

«Sieht doch ganz gesund aus. Wohnen Sie hier?» Es war wohl kaum anzunehmen, daß ein Ortsfremder sich die Mühe machen würde, die Rinden der Bäume zu untersuchen.

«Ja, da drüben.» Sie zeigte über die Grünanlage. Dann klappte sie ein Notizbuch auf und schrieb sich offenbar etwas zu dem Baum auf. In Littlebourne schien es nur so von Naturfreunden zu wimmeln.

«Sind Sie Blau, Rot, Grün oder Gelb?» fragte er, seiner Meinung nach eine sehr geschickte Eröffnung.

Daraufhin wurde ihr Gesicht tiefrot, und sie schnappte nach Luft, eine Reaktion, die er nicht erwartet hatte. Als sie das Gleichgewicht wiedergefunden hatte, sagte sie: «Soll das heißen, daß Augusta nun schon mit Wildfremden darüber redet? Sie muß wirklich übergeschnappt sein.»

Melrose war verwirrt. «Augusta? Nein, die andere Miss Craigie.»

«Ernestine? Aber sie hat doch gar keinen gekriegt.»

«Sie hat was nicht gekriegt?»

«Einen *Brief*! Sprachen Sie denn nicht gerade über die Briefe?»

Melrose erinnerte sich: Die kleine Perk hatte etwas von anonymen Briefen gesagt, die mit Buntstiften geschrieben worden waren. «Um Himmels willen, nein. Ich meinte diesen Plan für die Vogelbeobachter.» Melrose hielt ihn ihr wie einen Ausweis unter die Nase.

«Ach so!» Sie setzte zu einem Lächeln an, und er benutzte die Gelegenheit, sie zum Tee einzuladen. Er hoffte nur, daß die Bodenheims nicht in der Zwischenzeit seinen Rolls auseinandernahmen.

Als sie sich im Magic Muffin an einem wackligen Tisch mit Blick auf die Hauptstraße niedergelassen hatten, stellten sie sich einander vor. Polly Praed fragte: «Was taten Sie denn in Freddies Büro? Wollen Sie hier ein Haus kaufen?»

«Ich, hm, ich interessiere mich für Stonington.»

«Das kann doch nicht Ihr Ernst sein? Das Gut der Kenningtons? Er ist vor kurzem gestorben, wissen Sie.»

Der Tod schien in Littlebourne ziemlich selten in Erscheinung zu treten, sonst wären die Leute nicht so überrascht, wenn einer von ihnen dran glauben mußte. Melrose sah eine ziemlich große, dünne Frau an ihren Tisch treten. Polly Praed bestellte Tee und fragte, was für Muffins es heute gebe.

«Auberginenmuffins.»

«Mit Auberginen?» Polly sah etwas zweifelnd drein. «Ich

habe noch nie von Auberginenmuffins gehört.» Als die Frau wieder gegangen war, schob Polly sich die Brille ins Haar und sagte zu Melrose: «Ob sie wohl gelb sind, so ein fürchterlich kitschiges Gelb?»

«Wahrscheinlich.» Zugleich stellte er fest, daß ihre Augen diese Farbe nicht aufwiesen: Sie waren kornblumenblau oder violett, je nachdem wie sie den Kopf hielt und das Licht einfiel.

«Will Ernestine Craigie denn mit ihrem verrückten Verein wirklich im Wald von Horndean herumwandern – nach dem, was geschehen ist? Sie haben doch bestimmt schon von dem Mord gehört?»

«Miss Craigie ist entschlossen, das Tüpfelsumpfhuhn zu sichten. Ich glaube, dafür würde sie auch über Berge von Leichen steigen.»

Muffins und Tee wurden vor ihnen auf den Tisch gestellt. Sie sahen aus wie ganz gewöhnliche Muffins, Muffins von einer frischen, gesunden Farbe.

Polly bestrich sich eine Hälfte mit Butter und sagte: «Sogar Scotland Yard hat sich hierherbemüht.» Sie hielt nachdenklich und stumm ihr Muffin in der Hand. Krümel rieselten auf ihren Pullover. Schließlich schien sie aufzuwachen und biß in das Gebäck.

«Sie haben also auch einen von diesen Briefen bekommen?»

Sie nickte. «Einen grünen. Fragen Sie mich bitte nicht, was drinsteht.»

«Wie käme ich dazu. Hat die Polizei eine Ahnung, wer sie geschrieben haben könnte?» Sie schüttelte den Kopf. «Gab's denn viele von der Sorte?»

«Ein halbes Dutzend. Sie kamen alle auf einmal.» Polly erzählte von dem Packen, den Mrs. Pennystevens erhalten hatte.

«Seltsam. Irgendwie nicht zu vereinbaren mit den Motiven, die man einem Verfasser anonymer Briefe unterstellt.»

«Wie meinen Sie das?» fragte sie stirnrunzelnd.

«Stellen Sie sich vor, Sie hätten dieses Laster. Sie möchten die

Leute in die Zange nehmen. Deshalb versuchen Sie das Ganze möglichst in die Länge zu ziehen. Versetzen Sie sich mal in die alte Augusta Craigie, der jedesmal wenn sie ihre Post holen geht oder wenn die Post unter ihrer Tür durchgeschoben wird oder was weiß ich, der kalte Schweiß ausbricht. Ständig fragt sie sich: ‹Wann bin ich dran?› Der Verfasser kann die Leute ewig so zappeln lassen. Verstehen Sie? Wer würde also schon den ganzen Packen auf einmal losschicken? Die geheimen Qualen, die man in der Vorstellung genießt, würden völlig wegfallen.»

«Sie kennen sich auf diesem Gebiet ja gut aus. Sie haben sie doch nicht etwa geschrieben, oder?»

Melrose überging diese Bemerkung. «So wie diese Person vorgegangen ist, weiß jeder, wer alles einen Brief bekommen hat, und die Polizei wurde sofort eingeschaltet. Sobald der erste Schock vorbei ist, macht sich bestimmt keiner mehr Gedanken darüber. Und dann noch mit Buntstiften! Wer nimmt das schon ernst. Komisch. Glauben Sie, die Briefe haben mit dem Mord zu tun?»

«Das hab ich mich auch schon gefragt. Ich schreibe Kriminalromane –»

«Ach, tatsächlich?»

«Ja. So toll ist das aber gar nicht. Reine Routine, glauben Sie mir. Es ist nur ziemlich frustrierend, daß mir zu diesem Fall nichts einfällt. Dieser Superintendent von Scotland Yard muß mich für ziemlich dumm halten.» Bekümmert blickte sie auf ihre Muffinhälfte. «Die Sache ist – man kann eine rege Phantasie haben, aber für die Realität nicht taugen. Wie ich zum Beispiel. Ich habe sogar Schwierigkeiten, mich auch nur mit jemandem zu unterhalten, wie Sie bestimmt schon bemerkt haben.»

«Ich habe nichts dergleichen bemerkt.»

«Müssen Sie aber. In Gesellschaft bin ich ein absoluter Versager. Ich gehe deshalb auch nicht zu Parties, weil ich da doch nur stocksteif in der Ecke herumstehe und mir krampfhaft überlege, was ich sagen soll.» Kauend beschrieb sie sämtliche Lebenslagen, in denen sie versagte. Dann tat sie alles mit einem Achselzucken ab und fragte: «Darf ich mir den letzten Muffin nehmen?»

«Ja, nehmen Sie nur. Ich finde das, was Sie eben gesagt haben, völlig absurd. Es klang, als würden Sie eine andere Person beschreiben. Ich meine, Sie haben doch pausenlos geredet, seit wir hier sitzen.»

«Ach, das ist was anderes.» Sie winkte ab.

War das ein Kompliment? Oder wollte sie damit sagen, daß sie von derselben Sorte seien – beide Versager?

Sie schob Teller und Tasse zur Seite und beugte sich zu ihm vor. «Hören Sie, ich weiß, daß Sie nicht nach Littlebourne gekommen sind, um Stonington zu kaufen. Sie müßten ja steinreich sein. Obwohl ich nichts dagegen hätte, wenn Sie es kauften. Die Bodenheims wären am Boden zerstört, wenn jemand sie hier überflügelte. Es gibt nur noch eine Sache, die schlimmer für sie wäre – wenn jemand von Adel dort einzöge.» Hoffnungsvoll blickte Polly ihn an. «Sie sind doch nicht vielleicht adlig?»

Melrose starrte auf seine Tasse. «Na ja...»

«Oh, Sie sind es! Sagen Sie, daß Sie es sind!» Ihr Gesicht war ganz nahe an seines herangekommen, so gespannt war sie. Kein unangenehmes Gefühl.

«Ich bin nicht adlig.» Das Gesicht wich wieder zurück, und er hatte beinahe das Gefühl, sie verraten zu haben. «Aber ich war es mal», fügte er strahlend hinzu.

«Sie *waren* es? Was soll das heißen?»

«Der Earl von Caverness. Und zwölfter Viscount Ardry und so weiter. Aber jetzt bin ich nur noch Melrose Plant.»

Wer er jetzt war, schien sie nicht weiter zu interessieren. Doch über den Verlust seiner Titel staunte sie mit offenem Mund. «Wie konnte Ihnen denn das passieren?»

«Oh, ich habe darauf verzichtet.»

«Warum?» Wütend starrte sie ihn an; offensichtlich fand sie

es unverzeihlich, daß er eine Sache, die so nützlich hätte sein können, einfach fallengelassen hatte. Dann wurde ihre Miene wieder etwas freundlicher. «Ah, ich verstehe. Sie hatten Spielschulden oder sonst etwas auf dem Gewissen und wollten den Namen der Familie nicht beflecken.» Ihre Augen glitzerten, sie hatte sich eine Geschichte für ihn ausgedacht. Gleich würde sie ihn in eine Ritterrüstung stecken.

«Es ist leider nicht so romantisch.» Er fragte sich, warum er das Bedürfnis verspürte, sich ihr gegenüber zu rechtfertigen. Sie verwirrte ihn, und er wußte nicht warum – veilchenblaue Augen hin, veilchenblaue Augen her. Ihre übrige Erscheinung war keineswegs überwältigend; dieser unvorteilhafte Braunton ihres Twinsets, diese wirren Locken, diese ausladende Brille und dieser Bleistift, der irgendwo steckte – all das machte sie nicht gerade attraktiver. «Ich wollte sie einfach nicht mehr», sagte er matt.

Sie zuckte die Achseln. «Na ja, auch ohne Titel wird Julia Bodenheim sich Ihnen hoch zu Ross von allen Seiten zeigen. Am besten, Sie bringen sich in Sicherheit. Sie sind *die* Partie.»

Geschmeichelt sagte er: «Oh, freut mich, daß Sie das denken.»

«Ich hab nicht gesagt, daß *ich* das denke», sagte sie kauend.

«Ich bin gekommen», sagte Sir Miles Bodenheim zu Melrose Plant, «um Sie zum Cocktail nach Rookswood einzuladen.»

Er sagte das in jenem Ton, den der Erzengel Gabriel wohl bei der Verkündigung gebraucht hatte. Man hatte offenbar dankbar stammelnd anzunehmen. Und Sir Miles hatte anscheinend auch schon eine Erklärung parat, als dies nicht sogleich geschah. «Sie sollten nicht denken, daß Sie nicht annehmen können, nur weil Sie hier fremd sind. Es stimmt schon, daß wir eine gewisse Auslese treffen, aber unser kleiner Kreis wird sie bestimmt nicht enttäuschen. *Wir* werden alle dasein.» Bei dieser wundervollen Enthüllung schwang er seinen Spazierstock über die Schulter und versetzte den Tiffany-Imitationen des «Bold Blue Boy» einen kräftigen Stoß. «Auch Derek ist zu Hause. Derek, unsern Sohn, haben Sie noch nicht kennengelernt. Er studiert Geschichte. Außer uns werden die beiden Craigie-Schwestern kommen. Ich bin ihnen gerade auf dem Weg hierhin begegnet. Ernestine ist richtig darauf erpicht, Sie bei unserer nächsten Wanderung dabeizuhaben – den Plan hat sie Ihnen ja schon gegeben. Sie sehen, es ist eine wunderbare Gelegenheit, sich kennenzulernen. Wir müssen auch noch ein paar Einzelheiten im Zusammenhang mit dem Kirchenfest besprechen. Es findet morgen statt: Also keine Widerrede. Kommen Sie.» Sir Miles kratzte an den Eiresten auf seinem Ascottuch und fügte noch hinzu: «Ich weiß, Sie haben gerade mit Miss Praed Ihren Tee eingenommen; aber da Sie im Magic Muffin bestimmt nichts Anständiges zu essen bekommen haben, sind ein paar Kanapees genau das richtige für Sie. Wo sind Sie denn Miss Praed begegnet?» Sir Miles schien etwas pikiert darüber zu sein, daß dieser Fremde sich schon über die Grenzen hinausbewegte, die er ihm gesteckt hatte. «Die Frau schreibt miserable Krimis, aber wenn man sich natürlich für so etwas interessiert...» Er zuckte die Achseln, als wolle er diese Möglichkeit von vornherein ausschließen. «Ernestine wird Sie bestimmt sehr interessant unterhalten. Sie ist –»

«Ich wünschte, ich wäre clever genug, um Krimis zu schreiben.»

«Clever? Ich kann nichts Cleveres daran entdecken. Jemand wird um die Ecke gebracht, und alle geraten aus dem Häuschen und versuchen herauszufinden, wer's war – ist das eine besondere Intelligenzleistung? Meiner Meinung nach reine Zeitverschwendung. Und wie Sie sehen, verläuft in Wirklichkeit alles ganz anders. Einem Inspektor, der so gerissen und auf Zack ist wie der in den Büchern von Miss Praed, werden Sie in diesem Fall hier wohl kaum begegnen. Ha, ha, mit Sicherheit nicht.»

«Sie haben ihre Bücher also gelesen», sagte Melrose lächelnd.

Sir Miles hatte es aufgegeben, das Eigelb zu entfernen, und starrte über Melroses Kopf hinweg ins Leere. «Oh, ich habe mal in eines hineingeschaut, das wir unserer Köchin zu Weihnachten schenken wollten. Aber es würde mich wirklich wundern, wenn die Leute, die sie uns da geschickt haben, etwas herausfinden. Dieser Carstairs scheint ziemlich schwer von Begriff zu sein, während der Bursche von Scotland Yard sich ja mächtig ins Zeug legt, das muß man ihm lassen. Aber kommen Sie, alter Freund, kommen Sie.» Sir Miles bedeutete Melrose, sich zu erheben. «Es ist schon nach fünf, wir können uns gleich zusammen auf den Weg machen.»

Melrose seufzte innerlich, dachte aber, daß er sich vielleicht doch besser nach Rookswood mitschleifen lassen sollte, wenn er Wert auf weitere Bekanntschaften legte. Und Mrs. O'Brien hatte gesagt, Jury werde erst in ein paar Stunden zurück sein; das Abendessen würde also auch sehr spät serviert werden. «Und womit wird Miss Craigie uns unterhalten?» fragte er, als sie den Bold Blue Boy verließen.

«Mit Mausergewohnheiten und Flugmustern des Tüpfelsumpfhuhns.»

«Wie reizvoll», sagte Melrose.

«Die Mausergewohnheiten des Tüpfelsumpfhuhns entsprechen ganz und gar nicht dem, was man erwarten würde...» informierte sie Ernestine Craigie mit monotoner Stimme.

Erstaunlich, dachte Melrose, ein Glas mit lauwarmem Whisky in der Hand. Eigentlich hatte er überhaupt nichts von dem Tüpfelsumpfhuhn erwartet, nicht einmal, daß es sich mauserte.

Es war ein Lichtbildervortrag.

Gab es Schlimmeres, abgesehen vielleicht von herumgereichten Ferien- oder Babyfotos? Derek Bodenheim war ungefähr vor einer Stunde hereingeplatzt, hatte das ‹Hallo›, das er Melrose zukommen ließ, so gelangweilt wie nur möglich hervorgestoßen und sich dann wieder zurückgezogen, eine Flasche in der Hand.

Augusta Craigie hatte einen Stuhl in Armeslänge von dem Getränketisch entdeckt und schien mit der Sherrykaraffe vollkommen glücklich zu sein, was außer Melrose niemand bemerkt hatte.

Ein Dienstmädchen, eine schmächtige Person mit olivfarbener Haut und lautlosen, sparsamen Bewegungen, reichte eine Platte mit Kanapees herum, die wie Pappe schmeckten.

Die einzige Abwechslung stellten Julia Bodenheims Versuche dar, Melrose in etwas anderes als ein Gespräch zu verwikkeln – sie schlug abwechselnd ein schimmerndes Bein über das andere und lehnte ihren seidig glänzenden Busen mal gegen ein Glas, mal gegen einen Aschenbecher oder die Platte mit den Kanapees.

So sehr er sich auch bemühte, es gelang Melrose nicht, das Gespräch auf den Mord zu bringen. Von Sylvias Erklärung, daß so nahe an ihrem Grundstück eigentlich gar kein Mord hätte passieren dürfen, bis zu Augustas schauerndem Schweigen und dem kurzen Exkurs von Sir Miles über die Unfähigkeit und Penetranz der Polizei – sie pickten nur wie ein Schwarm Blaumeisen an dem Thema herum, um dann schnell wieder davonzuflattern. Selbst Ernestine – in ihrem grauen Kostüm so handfest und solide wie ein Bierhumpen – schien sich gegen das Thema zu sträuben.

Die Pläne für das Kirchenfest wurden jedoch um so leidenschaftlicher diskutiert – Melrose konnte sich die Festzelte,

Wurfbuden und Kutschfahrten bereits lebhaft vorstellen. Das Karussell war angekommen, und auch die Stände waren schon zum größten Teil aufgebaut.

Konnte Emily Perk wirklich mit der Aufgabe des Kutschers betraut werden (hatte Miles gefragt), würde sie die Kinder auch nicht zu früh wieder absetzen? *Du weißt doch, meine Liebe, sie ist eigentlich strikt dagegen, daß Leute sich von Pferden ziehen lassen. Ja, Daddy, sie ist aber die einzige, die das machen kann und will*, hatte Julia geantwortet und dabei in *Country Life* geblättert; kurz darauf flog die Zeitung in die Ecke, wahrscheinlich, weil sie sich nicht darin entdeckt hatte. Danach waren Sylvia Bodenheims Stricknadeln wie zwei Rapiere hin und her geschossen, als sie von Lady Kenningtons Weigerung berichtete, den Wühltisch zu übernehmen.

Wenn man sie alle so sprechen hörte, hätte man denken können, daß es entweder überhaupt keinen Mord gegeben hatte oder daß sie schon so daran gewöhnt waren, im Wald von Horndean Leichen ohne Finger zu finden, daß es auf eine mehr wirklich nicht mehr ankam.

Oder aber, eine dritte Möglichkeit: Jemand hatte hier ein sehr schlechtes Gewissen.

Der Lichtbildervortrag ging weiter: Auf der Leinwand erschien ein Muster bunter Linien, die von Westen nach Osten oder von Norden nach Süden verliefen oder irgendwelche Kurven beschrieben. Die Tüpfelsumpfhühner schienen wahre Flugorgien zu feiern – von den äußeren Hebriden waren sie über Manchester bis nach Torquay gezogen. Melrose war gerade dabei, einzunicken, als Miss Craigies Markierungsstift eine horizontal verlaufende rote Linie zog, anscheinend eine der beliebtesten Flugrouten des Tüpfelsumpfhuhns. Er kniff die Augen zusammen und versuchte herauszufinden, an was diese Linie ihn erinnerte. An Emilys blutroten Bach vielleicht? Oder lediglich an eine Reklame der British Air...

Er gähnte und fragte sich, wann Jury zurück sein würde. So lange brauchte man nicht von London nach Littlebourne. Er stellte sich vor, das Große Tüpfelsumpfhuhn hielte irgendwo einen Lichtbildervortrag und erklärte einem Saal voll eingesperrter, gelangweilter Tüpfelsumpfhühner das englische Autobahnnetz: *Das ist Ihre Flugroute. Wie Sie sehen, endet die rote Linie in einem Kleeblatt. Das ist die Ausfahrt nach Doncaster…*

Zweiter Teil

Magier und Kriegsherren

10

Es lag auf der Hand, wie die Catchcoach Street zu ihrem Namen gekommen war: eine dolchförmig verlaufende Sackgasse, die mit den eleganten Cul-de-Sacs von Belgravia oder Mayfair nichts gemeinsam hatte. Die schmalen, heruntergekommenen Häuser standen dicht nebeneinander und drängten sich an dem klingenförmigen Ende noch enger zusammen. Es roch nach Fisch und brackigem Themsewasser.

Die Nummer zweiundzwanzig unterschied sich von den übrigen Häusern nur durch eine etwas gepflegtere Fassade und einen saubereren Hof. Von Nell Beavers, der Eigentümerin dieser Straße in dem Slum (sie hatte sich damit gebrüstet, daß ihr dieses und die beiden Häuser links und rechts davon gehörten), hatten sie Näheres über Cora Binns erfahren. Sie war am Donnerstag abend gegen sechs aus dem Haus gegangen und hatte noch gesagt, sie hoffe, der Berufsverkehr sei vorbei, wenn sie zur Highbury-Station käme.

«Es war gegen sechs. Ich spioniere den Leuten nicht nach.»

Jury wollte dafür nicht die Hand ins Feuer legen. Sie schien ganz der Typ zu sein, der in den Mülltonnen nachsieht, wie viele Flaschen drinliegen. Cora Binns hatte die Wohnung über ihr, und Jury war überzeugt, daß ihre Wirtin auf jedes Knarren in den Dielen achtete.

«Etwas spät für ein Vorstellungsgespräch, oder?» fragte Wiggins.

Nell Beavers zuckte die Achseln. «Was weiß ich! Ich nehme an, sie wollte keinen Arbeitstag opfern. Sie sagte jedenfalls, sie würde nach Hertfield fahren», fuhr Nell Beavers fort, in ihrem Stuhl schaukelnd und stolz auf ihre Selbstbeherrschung. Sie gehörte nicht zu der Sorte, die gleich zusammenbricht, wenn es ernst wird: Sie wußten das, weil sie es ihnen bereits dreimal versichert hatte. «Sie hat gesagt, ihre Agentur – Cora war Aushilfssekretärin – hätte angerufen, weil in Hertfield jemand eine Stenotypistin suchte. Sie brauchen nur diese Agentur zu fragen. Sie heißt The Smart Girls Secretarial Service. Ich würde an Ihrer Stelle gleich mal hingehen.»

Jury dankte ihr. Seine Landsleute fühlten sich des öfteren bemüßigt, ihm gute Ratschläge zu erteilen. «Sie haben Inspektor Carstairs erzählt, daß sie am selben Abend zurückkommen wollte.»

«Richtig, das hat Cora gesagt. Am nächsten Tag hat ihre Agentur angerufen und mich gefragt, ob ich wüßte, wo sie sei. Sie sei nie bei den Leuten aufgetaucht, bei denen sie sich hätte vorstellen sollen. Richtig frech ist diese Frau geworden. Ich sagte nur, daß ich meinen Mietern nicht nachspionieren würde, ich wäre schließlich nicht ihre Mutter.» Nell Beavers schmatzte mit trockenen Lippen. «Als Cora aber auch am Freitag abend nicht zurückkam, sagte ich mir, Nell, jetzt rufst du mal besser die Polizei an. Beavers – mein verstorbener Mann, Gott hab ihn selig – sagte immer, Probleme lösen sich nicht von selbst.»

«Sie haben genau das Richtige getan, Mrs. Beavers.» Sie verzog jedoch keine Miene; auch dieses, wie sie wußte, wohlverdiente Lob konnte ihr kein Lächeln abringen. Sie schaukelte nur etwas schneller und sagte: «Ich an Ihrer Stelle würde mal mit den Cripps reden.» Sie wies mit dem Daumen nach rechts. «Gleich die nächste Tür. Warum Cora sich gerade mit ihnen angefreundet hat, ist mir ein Rätsel. Man hat in diesem Land als Hausbesitzer keine Rechte mehr, es ist eine Schande. Die Mieter können machen, was sie wollen. Seit Jahren versuche ich, sie rauszukriegen. Man weiß nie, was dieser Ash im Schilde führt.» Sittsam faltete sie die Hände im beschürzten Schoß. «Ich hab's hier nicht zum erstenmal mit der Polizei zu tun. Die kommt immer wieder wegen Ash Cripps. Beavers hat auch gesagt, daß mit dem perversen Kerl was nicht stimmt.» Sie schlug ihre alte blaue Strickjacke auseinander und schloß sie schnell wieder, während Jury und Wiggins sie entgeistert anstarrten. «Sie haben kapiert? Er hat schon alle Parks und öffentlichen Toiletten im East End unsicher gemacht, und die im West End kennt er sicher auch.»

«Wo ist Cora eingestiegen?»

«Wo wir alle einsteigen: in Wembley Knotts. Cora hat sich immer über die Underground beklagt. Ein Skandal, wie teuer sie geworden ist. Von Wembley Knotts bis King's Cross kostet es inzwischen achtzig Pence. Aber immer wird gebaut, stimmt's? Na ja, die Polizei braucht ja nicht damit zu fahren.» Das schien sie ihnen besonders übelzunehmen: In diesem Staat war nicht nur für die Mieter gesorgt, sondern auch für die Polizei – nicht einmal die U-Bahn mußten sie benutzen.

VOR DER NUMMER VIERUNDZWANZIG hielten sich ein paar schmuddelige Kinder an den Händen und tanzten um einen ramponierten Kinderwagen herum. Keines trug einen Mantel, obwohl es ein ziemlich kühler Septemberabend war, und eines hatte sogar nur ein Hemdchen an.

Bei ihrem Ringelreihen um den Kinderwagen sangen sie zwar die Melodie von «Ringel, Ringel, Reihen», den Text hatten sie jedoch durch einen etwas handfesteren ersetzt, zum größten Teil durch irgendwelche wüsten Beschimpfungen, die dem unschuldigen Geschöpf in dem Wagen galten.

«Ist eure Mutter zu Hause?» fragte Jury, nachdem er sich vergewissert hatte, daß das Baby nicht erstickt war oder auf eine andere Art den Tod gefunden hatte. Es lag schlafend auf dem Bauch, die winzigen Hände zu Fäusten geballt, während die runden Wangen wie kleine Flammen glühten, denen selbst der Ruß der Catchcoach Street nichts anhaben konnte.

Die Kinder ersetzten ihr «Fickdich, Fickdich» durch «Mam's zu Hause, Mam's zu Hause», ohne ihren Singsang und ihr Ringelreihen zu unterbrechen. Sie kicherten nur vor Begeisterung darüber, daß sie, ohne eine Sekunde aufzuhören, auch noch Auskünfte geben konnten. Auf diese Weise ging es weiter, nur daß sie jetzt, von ihrem Erfolg angespornt, noch höher hüpften mit ihren nackten Füßen und kurzen Haaren und daß der Text inzwischen «Macht Brei, Brei, Brei, Brei» lautete. Diese neue Auskunft über «Mams» Aktivitäten führte zu weiterem Gelächter und Gekicher und auch dazu, daß die Tür aufging.

«Nu reicht's aber – ziehst du dir wohl deine Hose an! Und was ist mit Ihnen?» Die Frage war an Jury und Wiggins gerichtet.

Ein Hund mit einem Kopf wie eine Ratte sah endlich eine Möglichkeit zu entwischen und quetschte sich durch den Türspalt. Durch diese Öffnung sah Jury eine Gesichts- und Körperhälfte; die andere, befürchtete er, würde auch nicht vorteilhafter aussehen als das fettige Haar, das metallische Auge und der hängende Busen, die er bereits sah. Als die Frau die Tür vollends öffnete, füllte ihre massige Gestalt den ganzen Rahmen aus. Sie steckte in einer Kittelschürze, deren Knöpfe abzuspringen drohten.

«Polizei», sagte Jury und zeigte seinen Ausweis.

«Kommen Sie wegen Ashley? Na ja, wundert mich nicht. Kommen Sie rein.» Bevor er den Irrtum berichtigen konnte, brüllte sie den Kindern zu, ins Haus zu kommen und ihren Brei zu essen.

«Haben Sie denn die Polizei erwartet?» fragte Wiggins.

«Wer soll's schon sonst sein. Mit euern Regenmänteln und blauen Anzügen könnt ihr ja wohl kaum die beiden Ronnies sein. Nur immer reinspaziert.» Verärgert über soviel Begriffsstutzigkeit winkte sie ihn durch die Tür. «So, was hat Ashley wieder ausgefressen? Hat er sich wieder den Damen gezeigt? Laßt das!» rief sie der Gnomenschar zu, die über den Kinderwagen kletterte und ihn beinahe umkippte. «Euer Essen ist fertig.»

Zwei von ihnen hatten sich zu dem Baby in den Wagen gelegt, während die andern wie wild daran rüttelten. Als das Wort Essen fiel, rannten sie den Kinderwagen – und auch Wiggins – beinahe über den Haufen.

«Gebt endlich Ruhe, und Joey, du ziehst dir sofort deine Hose an!» Sie versetzte dem blanken Hinterteil des Kleinen einen Klaps, während er zwischen Wiggins' und Jurys Beinen durchrannte.

«Da hinten rein», sagte sie gebieterisch wie eine Fremdenführerin.

«Da hinten» befand sich die schmutzigste Küche, die Jury je gesehen hatte. Jeder Quadratzentimeter war bedeckt mit verkrusteten Tellern, dreckigem Geschirr und pockennarbigen Töpfen. Vom Herd hingen lange Fettzapfen. Gebannt starrte Wiggins auf eine Bratpfanne mit einem fingerdicken Belag von erstarrtem Fett.

«Mrs. Beavers von nebenan meinte, Sie könnten uns vielleicht weiterhelfen, Mrs. Cripps.»

«Was, die Beavers is nicht in der Kneipe und kippt sich ihr zehntes Bier runter, ihren Nachmittagssherry, wie sie's nennt?» Sie machte eine Handbewegung, als wolle sie Ordnung schaffen, und beugte sich dann über das Gas, um sich einen Zigarettenstummel anzuzünden. An dem wackligen Küchentisch stießen die Kinder wilde Drohungen und Verwünschungen aus; gleichzeitig hämmerten sie mit ihrem Besteck auf dem Tisch herum. Ohne sich darum zu kümmern, ließ die Frau den Kartoffelbrei in die Schüsseln plumpsen. Die Kinder grapschten nach dem Ketchup, um es über ihren Brei zu kippen. Wiggins stand neben dem Tisch, fasziniert von der rotweißen Mischung.

Von ihrer Zigarette fiel etwas graue Asche in die Pfanne, während sie bemerkte: «Na, ich hab's ihm ja gesagt. Zeigt ewig sein kleines Ding, dasses auch alle sehen...»

Sie schien Übung im Umgang mit der Polizei zu haben, ja sogar zu einer gewissen Gelassenheit darin gefunden zu haben. Lächelnd schüttelte Jury den Kopf, als sie ihm von dem Kartoffelbrei anbot. Wiggins wich einen Schritt zurück.

Sie hörte auf, vor sich hin zu brabbeln, und meinte: «Direkt vor meiner Nase hat er's getrieben –» sie wies nach hinten auf die dunkleren Regionen der Wohnung – «aber mit mir kann er das nich machen. Ich hab auch meinen Stolz. Ich bin einfach aufs Arbeitsamt gegangen. Eine Scheißarbeit, bei der man knapp sechzig Eier in der Woche kriegt. Und dafür, daß ich auf ihrer Couch pennen darf, nimmt mir die Screeborough-Bande allein schon vierzig ab; zwanzig gehn fürs Frühstück drauf. Ich sag's Ihnen!» Sie ging um den Tisch und ließ einen weiteren Klacks Kartoffelbrei in die Schüsseln fallen. «So, das war's. Maul halten. Und Hände weg von Sookeys Schüssel.» Sie versetzte einer Hand, die mit dem Löffel auf Eroberungen ausging, einen kräftigen Klaps. Dann blickte sie in die Runde verschmierter Gesichter und fragte: «Wo ist denn Friendly?»

«Drüben auf dem Schulhof. Hat gesagt, er will Fiona was zeigen.» Wieder fingen sie zu kichern an, und Sookey nutzte die Gelegenheit, um blitzschnell seinen Löffel in Joeys Kartoffelbrei zu tauchen.

«Ich werd ihm auch was zeigen, darauf könnt ihr euch verlassen. Ganz wie der Alte, dieser Kerl.»

Wiggins betrachtete die verschossene, mit Gekritzel bedeckte Tapete – die langen Gladiolenstengel waren zu einem Peniswald umgestaltet worden – und zog sich mit seinem Notizbuch in den Gang zurück.

«Mrs. Beavers sagte, Sie seien mit Cora Binns befreundet gewesen, Mrs. Cripps.»

«Cora? Ja, ja, ich kenn Cora. Warum fragen Sie, hat Ashley sich wieder an Cora rangemacht?»

«Ich will von dem Ribena, Mam», brüllte Sookey.

«Sei still. Is doch keines da.»

«Ah, Scheiße.»

«Cora Binns wurde ermordet», sagte Jury.

«*Was*? – Was sagten Sie da, ermordet?» Jurys Miene bewies ihr, daß es kein Witz war. «Also, ich hätte nie...» Die Zigarette zitterte in ihrem Mundwinkel. Der Rest ging in Geschrei und dem ohrenbetäubenden Lärm von klapperndem Geschirr unter. Falls die Crippsche Brut es überhaupt gehört hatte, so schien sie sich doch weitaus mehr für ihre eigenen Angelegenheiten zu interessieren; sie schubsten und drängten sich bereits wieder vom Tisch. Eines der Kinder – das Mädchen mit dem verschmiertesten Gesicht und den klebrigsten Händen – blieb im Gang stehen und musterte Sergeant Wiggins.

«Passiert ist es», fuhr Jury fort, «in einem Dorf nicht weit von London, Littlebourne. Cora wollte sich anscheinend um eine Stelle bewerben. Haben Sie eine Ahnung, ob jemand sie aus dem Weg räumen wollte? Vielleicht der Freund? Eifersucht ist ein ziemlich häufiges Motiv.» Sie hatte keine Ahnung. Jury zog das Foto von Katie O'Brien aus der Tasche. «Haben Sie dieses Mädchen schon einmal gesehen, Mrs. Cripps?»

Sie wischte sich die Hände an ihrer Kittelschürze ab – vielleicht aus Achtung vor der Toten –, bevor sie den Schnappschuß nahm. «Hübsche Kleine. Nein, is mir nich übern Weg gelaufen. Was hat sie denn mit Cora zu tun?»

«Vielleicht nichts. Aber sie ist vor zwei Wochen in der U-Bahn-Station Wembley Knotts überfallen worden. Und sie kommt aus Littlebourne, wo der Mord verübt wurde. Wissen Sie, wo die Drumm Street ist, Mrs. Cripps?»

«Sicher. Gleich zwei Straßen weiter.»

«Die Kleine auf dem Foto hat in der Drumm Street bei einem gewissen Cyril Macenery Geigenstunden genommen. Sie kennen ihn nicht zufällig?»

«Den Fiedler? Klar kenn ich Cyril. Am besten, Sie gehen in die Kneipe am Ende der Straße, da drüben.» Ihr Kopf ging nach links. «Da hängen die alle rum, Ashley auch. Ein alter vergammelter Schuppen. Gleich neben dem Süßwarenladen.»

Wiggins versuchte, die Kleine abzuschütteln, die mit ihren klebrigen Fingern seine Hosenbeine umklammert hielt; sein Blick schien zu besagen, daß im Vergleich zu der Crippsschen Küche selbst eine alte, vergammelte Kneipe ein wahrer Palast sei. Er klappte sein Notizbuch zu und steckte seinen Kugelschreiber in die Tasche. «Wenn Sie wollen, geh ich mal rüber, Sir.»

«Wir gehen zusammen; vielen Dank, Mrs. Cripps.»

«Wenn Sie Ashley sehen, sagen Sie ihm, er wird hier gebraucht. Der blöde Kerl hockt den ganzen Tag nur in dieser Kneipe rum. Is zu nichts anderm zu gebrauchen, das kann ich Ihnen gleich sagen. Nach einem Abbot kann er nicht mehr geradeaus blicken.»

«Mach ich. Vielen Dank, daß Sie mir Ihre Zeit geopfert haben. Und erzählen Sie bitte niemand von der Sache, Mrs. Cripps.»

«White Ellie nenn' sie mich.» Sie legte einen Finger an die Lippen. «Meine Lippen sind versiegelt», flüsterte sie.

«Haben Sie die Pfanne gesehen, Sir?» fragte Wiggins auf dem Weg zur Kneipe. «In dem Fett waren ein paar kleine Pfotenabdrücke.» Wiggins erschauerte.

11

DAS SCHILD DES «ANODYNE NECKLACE» knarrte im Regen, der in Böen auf die heruntergekommene Straße prasselte. Der schorfige Anstrich war einmal grün gewesen, inzwischen waren jedoch die Details des Bildes verblichen und die Farbe abgeblättert, so daß Jury gerade noch den Umriß eines Perlenhalsbandes erkennen konnte, dem der Gasthof wohl seinen Namen verdankte. Es war ein unauffälliges, schmales Gebäude von einem stumpfen Bordeauxrot, das in der Dämmerung wie getrocknetes Blut aussah. Die Scheiben, deren untere Hälften aus Milchglas bestanden, schimmerten gelblich und ließen die Schatten drinnen nur undeutlich erkennen. Die Kneipe teilte sich das spitz zulaufende Ende der Straße mit einem winzigen Süßwarenladen, in dem es, abgesehen von dem flackernden Licht eines Fernsehers, völlig dunkel war, und einem verstaubt aussehenden Kiosk zu seiner Rechten. Im «Anodyne Necklace» mußten früher einmal die Reisekutschen Station gemacht haben, obwohl man sich kaum vorstellen konnte, wie eine Kutsche mit vier Pferden durch den halbverfallenen Torbogen gekommen war. Der Name des Gasthofs, auf den Stein des Torbogens gemalt, war kaum noch zu entziffern.

«Ich glaube, das bedeutet ‹Heilmittel›, antwortete Jury auf Wiggins' gemurmelte Frage, was es denn mit dem Namen auf sich habe. Niemand schien dringender eines gebrauchen zu können als Wiggins. Er stand mit eingezogenen Schultern da und nieste in sein Taschentuch.

Der gelbe Schimmer der Fenster rührte nicht von elektrischen Deckenlampen, sondern von den Gasleuchten an der Wand her. Es gab noch weitere Überbleibsel viktorianischer Eleganz: den Wandschirm am einen Ende der Bar, die so lang war wie der ganze Raum; den alten Spiegelrahmen, der dringend einen neuen Silberbelag benötigt hätte. Ansonsten gab es einen mit Sägemehl bestreuten Boden, runde Tischchen aus Kiefernholz und harte Bänke an den Wänden. Eine völlig absurd aussehende Girlande mit elektrischen Weihnachtskerzen hing zur Erinnerung an das Fest oder in Erwartung des Festes herum. Frauen mittleren Alters saßen zu zweit oder dritt vor ihren Biergläsern und verfolgten so wachsam wie Gefängniswärterinnen, was ihre Männer machten; offenbar nicht gerade viel. Die meisten klammerten sich an ihre Gläser wie an nicht eingelöste Versprechen. Die Aktivitäten verteilten sich auf das Dartspiel im rückwärtigen Teil und einen Tisch, an dem eine Gruppe von fünf oder sechs Personen saß, der anscheinend ein beleibter Mann mit einem Zwicker vorstand; sie schienen sehr vertieft in ein Spiel zu sein.

«Machst du 'nen Ausflug in die Slums, Süßer?»

Das Mädchen, das Jury angesprochen hatte, trug über einer flammend roten, tief ausgeschnittenen Bluse ein Samtband um den Hals, und unter den schwarzgetuschten und mit blauem Lidschatten geschmückten Augen hatte sie sich einen Schönheitsfleck aufgemalt. Jury konnte sich nicht vorstellen, was für Kundschaft sie hier aufzutreiben hoffte. Wahrscheinlich lebte sie sowohl auf wie auch von der Straße.

Der Mann hinter der Bar, der sich gerade umdrehte, um den weichen Schaum von einem Glas Stout zu streifen, schien sie bestens zu kennen. «Geh nach Hause, Shirl, und mach dein Schönheitsschläfchen. Du hast's nötig, Mädchen. Was soll's denn sein, Kumpel?»

«Eine Auskunft», sagte Jury und beobachtete Shirls Abgang, die den Wink entgegengenommen hatte, ohne mit der Wimper zu zucken.

Der Wirt warf einen gelangweilten Blick auf Jurys Ausweis. «Ist wohl wieder wegen Ash, was?» Er nickte in die Richtung der Männer an dem Tisch. «Da drüben.»

«Nein, nicht wegen Ash. Wegen Cora Binns. Wie heißen Sie, bitte?»

«Harry Biggins.» Erstaunt zog er die Augenbrauen leicht in die Höhe, während er zwei Stammgästen, die in den Spiegel hinter der Bar starrten und so taten, als hörten sie nichts, die Biergläser hinschob. «Wegen Cora also? Kam mir immer ganz harmlos vor.»

«Aber jemand anders war nicht harmlos. Sie wurde ermordet. Was wissen Sie über sie?»

«Cora? Das ist doch nicht zu fassen.» Kaum war ihr Name über seine Lippen gekommen, schien er sich an rein gar nichts mehr zu erinnern; er wischte seinen Tresen und bestritt, Cora Binns je näher gekannt zu haben. Auch Wiggins' Fragen ergaben nichts.

Jury zog das Foto von Katie O'Brien aus seiner Tasche. «Und wie steht's mit dieser da?»

Er behauptete noch sturer, er habe nie etwas von einem Mädchen namens O'Brien gehört; von seinem Gesicht ließ sich unmöglich ablesen, ob er log oder nicht. Auch der Überfall in der U-Bahn-Station Wembley Knotts war ihm nicht zu Ohren gekommen, was Jury für äußerst unwahrscheinlich hielt. Er ließ es ihm aber durchgehen. «Sie hatte einen Musiklehrer, der hier ziemlich häufig zu Gast sein soll. Macenery. Bitte erzählen Sie mir nicht, daß sie auch den noch nie gesehen haben, sonst müßte ich mich wirklich fragen, Mr. Biggins, ob Sie Ihre Kneipe noch lange betreiben werden – da Sie so gut wie niemanden kennen. Lange könnten Sie sich so nicht über Wasser halten, denke ich.» Jury lächelte.

«Ich hab nie behauptet, daß ich ihn nicht kenne, oder? Er

sitzt da drüben an Doc Chamberlens Tisch. Chamberlen ist nicht sein richtiger Name; er benutzt ihn nur fürs Spiel. Cyril ist der mit dem Bart.»

«Was ist das für ein Spiel?»

«Magier und Kriegsherren heißt es. Die ganze Zeit hocken sie darüber. Ziemlich blöd, wenn Sie mich fragen. Aber über Geschmack läßt sich nicht streiten, hab ich recht?» Harry Biggins ließ einen Goldzahn aufblitzen, um Jury zu beweisen, wie kooperativ er sein konnte.

«Vielen Dank. Also, wer hier drin hätte Cora Binns kennen können? Da Sie ihr ja nie begegnet sind.» Jury erwiderte sein Lächeln.

«Versuchen Sie doch mal Ihr Glück bei Maud; sie sitzt da hinten.» Biggins zeigte auf eine Frau mit goldblondem Haar, das wie ein Korb Zitronen auf ihrem Kopf saß. Sie war mit zwei andern Frauen zusammen, und alle drei trugen Mäntel und Schals.

«Sie kümmern sich um Maud, Wiggins; ich nehm mir den Tisch vor.»

Auf dem Weg dorthin fing Jury ein paar Gesprächsfetzen auf. «...spielten Strip Poker mit ihr. Und ham verloren.» Schallendes Gelächter, nur der stattliche Herr mit dem Zwicker war anscheinend zu sehr in das Spiel vertieft. Er warf einen seltsamen, kristallblauen Würfel mit vielen Flächen.

Ein bleicher junger Mann in Jeans stöhnte auf.

«Schaut euch Keith an, er wird schon ganz aufgeregt.»

Keith hätte auf dem Totenbett liegen können, so leidenschaftslos war seine Miene. Der Mann, den Jury für Cripps hielt, hatte ein breites, eingefallenes Gesicht, als wäre ihm ein Auto reingefahren. Er rollte seine Zigarre im Mund und starrte auf einen Bogen Millimeterpapier. Alle hatten solche Bögen vor sich; der ganze Tisch war damit bedeckt. Der Dicke hatte jedoch einen sehr viel größeren und mehrfach gefalteten. Das Spiel schien eher etwas zum Zuschauen zu sein, nach dem Verhalten der Leute zu urteilen, die mit einem Bier in der Hand an den Tisch traten, einen Augenblick lang darauf starrten und dann wieder weggingen.

Einer von ihnen sagte: «Wir sind den Gang entlanggegangen und haben nach einem versteckten Eingang in der nördlichen Mauer gesucht.» Dieser Beitrag kam von dem bärtigen jungen Mann, der Cyril Macenery sein mußte.

«Gut, ihr findet eine Tür», sagte der Dicke.

«Wir horchen», setzte Macenery hinzu.

Der Dicke würfelte wieder. «Ihr hört ein Schnauben und ein Stampfen.»

«Gorgon versucht, das Schloß aufzubrechen», sagte Ash Cripps mit einem selbstgefälligen Lächeln.

«Nein, falsch», erwiderte der Dicke und würfelte weiter.

«Wir treten ein», sagte Macenery.

Die andern schwiegen und blickten Macenery an, der ihnen anscheinend aus der Klemme helfen sollte. Er sagte: «Manticore benutzt einen Schild aus Silber, um die Strahlen der Sonne aufzufangen. Der Schild wird zu einem Flammenwerfer gegen die Hengste –»

«Polizei», sagte Jury und warf seinen Ausweis auf die Blätter, wie ein Spieler, der seinen Einsatz erhöht.

Ihre Reaktion wirkte wie eingeübt. Alle blickten auf Ash Cripps, der die Achseln zuckte, den Bleistift auf den Tisch warf und seinen Mantel von der Stuhllehne ziehen wollte.

«Nicht Sie, Mr. Cripps.» Jury nickte in Macenerys Richtung. «Sie.»

Die Verblüffung auf ihren Gesichtern ließ Cripps' Gesicht aufleuchten wie ein neuer Tag. «Nicht ich?» Er blickte zu Cyril hinüber. «Was hast denn du ausgefressen, Cy?»

«Mit Ihnen würde ich mich gerne später unterhalten, Mr. Cripps. Einstweilen können Sie gehen.» Damit war auch Ash der Tag verdorben. «Ich komme gerade von Ihrer Frau», sagte Jury.

«Vom Elefanten? Hat ein großes Maul, die Alte. Zum Teufel mit der ganzen Blase.» Er leerte sein Glas und verschwand.

«Es dreht sich um Katie, nicht?» fragte Cyril Macenery, als er sich mit Jury an einem Tisch außer Hörweite niederließ.

«Unter anderem.»

«Ich hab Ihrem Kollegen schon alles erzählt, was ich weiß. Wie oft soll ich denn noch dieselben Fragen beantworten?»

«Sooft sie Ihnen gestellt werden, fürchte ich. Der andere war von der Mordkommission, Mr. Macenery. Ich bin von Scotland Yard. Es ist noch etwas passiert.»

«Oh, was denn?» Er machte auf Jury einen äußerst mißtrauischen, zugleich auch sehr jungen und nervösen Eindruck. Wahrscheinlich war er älter, als er aussah, aber die Jeans, der Rollkragenpullover und das intensive Blau seiner Augen ließen ihn wie Ende Zwanzig aussehen, wenn man von den beginnenden Falten im Gesicht absah. Haare und Bart waren sehr sorgfältig und ordentlich geschnitten.

«Wie lange waren Sie Katie O'Briens Lehrer?»

«Ungefähr acht, neun Monate. Zweimal im Monat. Was hat Scotland Yard mit der Sache zu tun?»

Jury gab keine Antwort darauf. «Ich habe gehört, daß Sie ein sehr guter Lehrer sind. Zumindest so gut, daß Katies Mutter, die ja sehr besorgt um ihre Tochter ist, sie nach London fahren ließ, damit sie bei Ihnen Stunden nehmen konnte. War – ist – sie denn so begabt?»

«Ja. Ich hätte es sonst auch gar nicht gemacht. Ich kann das Geld zwar gebrauchen, aber ich würde mir nicht jedes Balg aufhalsen lassen. Sie muß noch zehn, fünfzehn Jahre üben, dann kann sie sich hören lassen.» Er lächelte niedergeschlagen.

«Da, wo sie jetzt ist, kann sie nicht viel üben», sagte Jury und versuchte so, Cyril Macenerys Einstellung zu dem Anschlag auf Katie O'Briens Leben zu ergründen. Er spürte, wie unglücklich dieser Mann war, der mit seinem Glas kleine Kreise auf der zerkratzten Tischplatte beschrieb.

«Da war doch auch noch was mit ihren Kleidern?»

Macenery knallte das Glas auf den Tisch. «Hören Sie, ich weiß nur, daß Katie in Jeans bei mir aufgetaucht ist. Von diesem

Inspektor Hound hab ich dann erfahren, daß sie in ihrer Tasche ein Kleid gefunden haben. Daraus ergibt sich natürlich, daß sie sich bei mir umgezogen haben muß. Hat sie aber nicht. Ob Katie ein Kleid anhatte, als sie von zu Hause weg-ging, weiß ich nicht. Was wollen Sie damit sagen – daß sie nach Wembley Knotts gekommen ist, sich in Schale geworfen hat und sich den Schädel –»

«Wenn jemand Jeans anzieht und etwas Rouge auflegt, wirft er sich ja noch nicht in Schale. Ich glaube, für sie war das einfach eine Gelegenheit, sich nach ihrem eigenen Geschmack zu kleiden. Sie haben nicht gewußt, daß sie in der Underground spielte, um sich etwas Taschengeld zu verdienen?»

Ein kurzes Zögern. «Nein.» Jury blickte ihn an. Es war ein sehr defensives Nein.

«Ich hab es wirklich nicht gewußt. Ich hätte das nie zugelassen. Aber wer weiß, vielleicht hab ich sie auf die Idee gebracht. Ich hab das nämlich auch schon gemacht. Verdiente mir auf diese Weise zwanzig oder dreißig Eier dazu. Ist aber schon lange her.»

«Sie begleiteten sie von Ihrer Wohnung in der Drumm Street zur Station, stimmt das?» Macenery nickte. «Gibt es dort in der Nähe eine Toilette, wo sie sich hätte umziehen können?»

«Es gibt eine öffentliche Toilette in dem kleinen Park gegenüber.»

«Sie hat sich bestimmt auch für *Sie* umgezogen, Mr. Macenery. Vielleicht dachte sie, in Jeans sähe sie erwachsener aus?» Der junge Mann schwieg. «War sie denn in Sie verliebt?»

Er funkelte Jury an. «Verliebt! Sie ist doch erst *sechzehn*, Superintendent.»

Jury lächelte. «Das hat wohl noch niemanden davon abgehalten, sich zu verlieben.» Jury schaute ihn einen Augenblick lang prüfend an, bevor er ihn fragte: «Kennen Sie Cora Binns?»

Das brachte Macenery aus der Fassung. «Cora Binns? Die

Blonde, die hier ab und zu aufkreuzt? Ja, ich kenn sie, aber auch nicht besser als Sie. Nicht mein Typ.» Was wohl bedeutete, daß Jury genausowenig sein Typ war.

«Sie wurde ermordet. Aber da können Sie mir wohl kaum weiterhelfen, oder?»

Macenery machte einen schockierten Eindruck. «Oh, mein Gott! Wo? Wann?»

«In Littlebourne. Wo auch Katie herkommt. Beide scheinen Ihnen bekannt gewesen zu sein.»

«Bin ich vielleicht ein Glückspilz!»

«Haben sie einander gekannt?»

«Woher, zum Teufel, soll ich das wissen?» Der alte Ärger kehrte zurück.

«Ich meine, ist Katie auch ab und zu hierhergekommen?»

Jury war überzeugt, daß er es abstreiten würde, aber dann schien er sich doch eines besseren zu besinnen. «Ja, ein- oder zweimal.»

«Ein bißchen jung, um in einer Kneipe rumzuhängen, oder?»

Ein tiefer Seufzer entrang sich dem Violinspieler. «Großer Gott, wir haben ihr keine Drinks spendiert, Mann; sie wollte nur bei dem Spiel zuschauen.»

«Hat sie auch mitgespielt?»

«Nein, glauben Sie mir, sie war nur ganz kurz hier.»

«Hat sie mit jemandem gesprochen, ich meine, außer mit Ihnen?»

«Nein. Und ich kann mir auch nicht vorstellen, daß sie Cora Binns hier kennengelernt hat; soviel ich mich erinnere, waren die beiden nie zur selben Zeit hier.»

Jury blickte zu dem Tisch hinüber, von dem die andern Spieler, anscheinend bei ihrer Partie gestört, nach und nach aufgestanden waren. Nur der Dicke, Chamberlen, saß noch auf seinem Platz. «Ein seltsames Spiel!»

«Die Magier? Ein Zeitvertreib. Wir sind eine Art Club. Treffen uns ein paarmal in der Woche. Manchmal ist es ganz spannend.» Macenery schaute auf seine Uhr. «Hören Sie, in fünf Minuten habe ich eine Stunde. Sind Sie fertig mit mir?»

«Wo waren Sie am Donnerstag abend?»

«Hier.» Er war mit seinem Stuhl zurückgerutscht, um aufzustehen, schien aber nicht recht zu wissen, was er tun sollte. «Warum?»

Jury nickte. «Sie können gehen. Ich werde später noch einmal mit Ihnen reden.» Als Macenery aufstand, fragte Jury: «Haben Sie Katie schon besucht?»

Er blickte überall hin, nur nicht auf Jury. «Nein. Zu was auch? Ich weiß, daß sie im Koma liegt.» Er sah äußerst unglücklich aus. «Ich meine, sie würde mich doch nicht hören, wenn ich mit ihr spreche. Und was sollte ich auch sagen?»

«Irgendwas wird Ihnen schon einfallen.» Er beobachtete, wie Cyril Macenery zur Tür ging, und sah Wiggins vom Tisch von Maud und ihren beiden Begleiterinnen auf sich zukommen. Auch wenn er nicht wußte, welcher Art Katie O'Briens Gefühle gewesen waren, die von Macenery kannte er nun ganz gut.

DR. CHAMBERLEN SASS AN DEM TISCH wie ein dicker Götze; er hatte die Hände über dem Bauch gefaltet, und der Zwicker baumelte ihm an einem dünnen, schwarzen Band von der Weste. «Ich nenne mich nur so», erwiderte er auf Jurys Frage. «Aus Gewohnheit. Nur so zum Spaß. Sie verstehen.» Zu Wiggins, der seinen Block hervorgezogen hatte, sagte Chamberlen: «Ich bin ein unbeschriebenes Blatt, Sergeant. Mein richtiger Name ist für Sie völlig uninteressant.»

«Trotzdem, nur so zum Spaß», sagte Jury lächelnd.

Chamberlen seufzte. «Na schön, Aaron Chambers, Catchcoach Street neunundvierzig. Vielleicht haben Sie schon einmal von dem berühmten Dr. Chamberlen gehört? Außer den Stammgästen des Anodyne Necklace kennen ihn nur wenige. Dr. Chamberlen schwor darauf, daß ein einfaches Knochencollier – so eines wie auf dem Schild über dem Eingang –, daß ein solches Halsband einfach alles heilen könne, vom Zahnweh kleiner Kinder und der Gicht bis –» Er zuckte die Achseln. «Weiß der Himmel, wie viele er davon verkauft hat, jedes in einer luftdicht verschlossenen Packung. Luftdicht, damit die Energie nicht entweichen konnte. Man kriegte sie bei einer alten Frau in dem Laden da drüben. Den Laden gibt es noch, die Frau ist natürlich schon lange tot. Viele hielten es für einen Schwindel. Was meinen Sie, Superintendent?» Eine rein rhetorische Frage. Chamberlen fuchtelte mit der Hand, und die Asche seiner Zigarre wurde über die Papiere geweht. «Von unserm Spiel haben Sie wahrscheinlich auch noch nichts gehört? Magier und Kriegsherren. Es gibt da einen Schatz. Und wir sind schon seit Wochen auf der Suche nach diesem Schatz. Das Ganze existiert natürlich nur auf dem Papier. Ich hab die Kette zum Schatz gemacht – das ‹Heilende Halsband›. Das kann ich, weil ich ein Meister bin. Und ich hab ihm magische Kräfte verliehen, die so außergewöhnlich sind, meine Herren, daß ich Sie beide vor meinen Augen verschwinden lassen könnte.» Er spitzte vergnügt die Lippen und schnippste mit den Fingern.

«Leider würden wir aber vor Ihren Augen genauso schnell wieder Gestalt annehmen, Dr. Chamberlen.»

Chamberlen zuckte mit den Schultern. «Sie verstehen, für mich ist das Heilende Halsband weit mehr als nur ein Mittel gegen Zahnfleischentzündung. Es ist etwas nicht Greifbares, noch nicht Erschaffenes. Ich allein entscheide, welche Eigenschaften es haben wird. Dr. Chamberlen, der richtige Dr. Chamberlen» – bescheiden preßte er die Hände gegen seine Weste – «hatte viele Konkurrenten. Einmal gab es da diesen Besenbinder aus Long Acre, dann einen gewissen Mr. Oxspring vom Hand and Shears, der um 1720 Halsketten aus Päonienholz herstellte, soviel ich mich erinnere. Ja, an Konkurrenten fehlte es ihm nicht, aber ich schmeichle mir, daß nur mein Collier echte Kräfte besitzt.» Er hielt das Millimeterpapier hoch. Als Jury die Hand danach ausstreckte, zog Dr. Chamberlen den Bogen schnell wieder zurück. «Sie werden es doch nicht verraten, nicht wahr? Den Plan darf eigentlich nur der Meister sehen.»

«Eher würde ich mir die Zunge abbeißen», sagte Jury und schnappte sich den Plan. Es war eine Skizze mit mehreren Ansichten eines riesigen Schlosses. Einige Räume waren vergrößert dargestellt – vor allem das Verlies; aber auch die Türme, der Burggraben und die Brücken waren in allen Einzelheiten wiedergegeben.

«Wir spielen dieses Spiel seit zwei Monaten», sagte Chamberlen. «Mit dem Halsband ist man gegen beinahe alles gefeit – gegen Krankheiten, Schicksalsschläge, Manticores Silberschild, Unholde, Diebe und selbst gegen die Kriegsherren.»

Jury studierte immer noch den Plan. «Nur leider nicht gegen Mord.»

«Hab ihm nur gesagt, daß Sie zurückkommen», kicherte White Ellie. «Sonst nichts. Geschieht ihm recht, wenn er ins Schwitzen kommt. Der Rumtreiber.»

«Halt's Maul, Elefant, und gib mir meine Fluppen.»

Sie nahm ein Päckchen Zigaretten vom Herd und warf es auf den ketchupbekleckerten Tisch, auf dem noch die leeren Schüsseln der Kinder herumstanden. Bis auf das kleine Mädchen, das sich inzwischen seiner Hose entledigt hatte und mit dem Finger im Mund zu Wiggins hochstarrte, war die Horde wieder auf der Straße. Als sie ihre ketchupverschmierte Hand nach Wiggins' Hosenbein ausstreckte, versetzte er ihr mit seinem Kugelschreiber einen kräftigen Klaps. Daraufhin fing die

Kleine an zu brüllen, gab aber nicht auf. Ihre Eltern waren offensichtlich nicht darauf erpicht, einen Polizisten wegen Kindesmißhandlung anzuzeigen.

«Was wollen Sie?» fragte Ash Cripps. «Hören Sie, wenn's wegen dieser Sache ist, die ich hinter der Kneipe gemacht haben soll – das ist erstunken und erlogen.» Er richtete seine Zigarette wie eine winzige Pistole auf Jury.

«Nicht deswegen, Ash», sagte Jury.

«Dann wegen der Screeborough-Bande?» Er blickte wütend zu seiner Frau hinüber, die sich über eine brutzelnde Pfanne beugte. «Ich hab's dir gesagt, Elefant, das gibt nur Ärger, und du pennst da auch noch. Hören Sie –» Er wandte sich wieder Jury zu. «Ich hab mit dieser Bande nichts zu tun. Seit letztem Juli auch kein Bruch. Ich hab meine Zeit abgesessen, also kommen Sie mir nicht damit –»

«Es hat auch nichts mit einem Bruch zu tun, Ash –»

Verwirrt blinzelte Ash zu ihm hoch. Die Weiber waren's nicht, ein Bruch war es auch nicht, was war es dann? White Ellie breitete ein Küchentuch über einen Stuhlsitz und sagte zu Jury: «Hier, setzen Sie sich doch. Wolln Sie auch was von dem Gebratenen?»

Sergeant Wiggins machte ein entsetztes Gesicht. Offensichtlich befürchtete er, daß Jury annehmen könnte.

«Nein, vielen Dank.» Er wandte sich wieder Ash zu. «Es ist wegen Cora Binns. Ich hab es bereits Ihrer Frau erzählt, Cora wurde ermordet.»

«Cora? Die kleine Blonde mit den dicken –» Er hielt die Hände vor die Brust. «Der Teufel soll sie alle holen.» Er wirkte eher erstaunt als betroffen. Da für ihn offensichtlich alles mit Sex zu tun hatte, fügte er hinzu: «Hat sich jemand an ihr vergangen?»

«Nein. Wir wollen nur etwas über ihre Freunde und Bekannten erfahren, ihre männlichen Bekanntschaften, genauer gesagt. Gibt es da einen, mit dem sie sich gestritten hat? Wissen Sie was?»

«Ich weiß nur, daß sie's auf Dick abgesehen hatte», sagte White Ellie und ließ die fettige Masse auf einen Teller plumpsen.

«Auf Dick? Auf welchen Dick?» fragte ihr Mann.

«Du kennst doch Dick. Er hat mal hier übernachtet; wir waren schon im Bett, da ist er plötzlich aufgetaucht und hat mir 'n Mordsschrecken eingejagt. Erinnerst du dich nicht?»

Ash kniff die Augen zusammen. «Oh, *der* Dick. Freund von Trev. Ein schlauer Fuchs war das, dieser Trev. Der beste Meister, den wir je hatten. Aber sagen Sie das mal nicht dem Doc.» Er klemmte sich die Serviette unters Kinn und nahm das Bratwursthack in Angriff. «Könnte auch sein, daß Trev und Cora mal was miteinander hatten.»

White Ellie schnaubte und wischte einen Teller mit ihrem Ärmel ab, bevor sie ein Kotelett, etwas von dem Bratwursthack und ein paar Kartoffeln daraufhäufte. «Auf Trevor waren alle scharf. Daß das auch passieren mußte. Aber so isses nu mal, das Leben», philosophierte sie.

Jury ließ den Blick zwischen ihnen hin- und herwandern. «Trevor?»

«Ja. Trevor Tree. Ein prima Kerl.»

Sergeant Wiggins, noch immer damit beschäftigt, sein Bein von der Vierjährigen zu befreien, hielt überrascht inne und sah Jury an.

Jury nickte und sagte dann zu Ash Cripps: «Wie gut haben Sie Trevor Tree gekannt?»

Ash zeigte mit dem Daumen über die Schulter. «Trevor hat da drüben in der Drumm Street gewohnt, wo auch Cyril wohnt. Cleverer Bursche, hat für 'ne viertel Million Schmuck geklaut. Und dann wird die arme Sau von einem Auto überfahren.» Bedauernd schüttelte Ash den Kopf. «Der Sünde Lohn.»

«Sie haben nicht zufällig was von dem Lohn abgekriegt, Ash?»

Er hörte auf, die Luft durch die Zähne zu saugen, und sah so schockiert drein, als hätte er sein Leben in einem Kloster verbracht. «Also darauf wollen Sie hinaus? Sie denken, ich hänge da mit drin. Das isses also?»

White Ellie zischte verächtlich und rieb mit einem Stück Brot den Teller aus, den sie gerade im Stehen leergegessen hatte. «Ashley ist viel zu blöd, um bei so was mitzumachen.»

«Haben die andern im Anodyne Necklace Trevor gekannt?»

«Nicht alle. Aber ein paar schon. Keith vielleicht. Und Doc Chamberlen natürlich. Ich weiß nich, ob die beiden sich vertragen ham. Ich meine, bei dem Spiel. Der Doc war bestimmt eifersüchtig auf Trev. Trev war nämlich ein richtiger Künstler. Sie sollten mal die Pläne sehen, die der gemacht hat. Ausgefeilt bis ins letzte. Na ja, Doc Chamberlen is auch ganz gut, aber Trev war besser. Ne Religion is das für den Doc. Manchmal sitzt er stundenlang über seinen Plänen. Es dreht sich um einen Schatz. Im Augenblick suchen wir nach dem Anodyne Necklace. Das geht so –»

«Ach, halt's Maul, Ashley. So 'n blödes Spiel interessiert den Super doch nicht. Kannst du mir mal deine Hosen leihen, ich muß zum Waschsalon.»

«Mensch, zu was brauchst du meine Hosen? Ich hab's satt, dir meine Hosen zu leihen.»

«Ich brauch sie aber. Wenn ich mich hinsetze, sieht man mir sonst die Beine hoch.»

«Dann kneif sie zusammen, deine Beine.»

«Geht nicht. Bin zu dick.»

Jury erhob sich, wofür Sergeant Wiggins ihm unendlich dankbar zu sein schien. Er wurde nämlich inzwischen nicht nur von der Kleinen, sondern auch von dem Hund mit dem Rattenkopf bedrängt.

«Wir sehen uns noch, Ash. Sie bleiben doch in London?»

«Darauf können Sie sich verlassen. Ich wär schon längst abgehauen, wenn ich's gekonnt hätte.»

Als sie aus dem Haus gingen, drängte sich der Hund zwischen ihren Beinen durch und wartete am Ende des Wegs auf sie.

Wiggins warf ihm einen bösen Blick zu und sagte: «Was meinen Sie, Sir? Ist doch komisch, daß dieser Tree in der Gegend hier gewohnt hat, nicht?»

«Ja. Lassen wir das Auto stehen, Wiggins, und gehen wir zu Fuß. Ich möchte mir die Underground-Station anschauen, in der Katie überfallen wurde, und dann zur Drumm Street gehen.»

Als Jury das Trottoir entlangging, hörte er zu seinem Erstaunen, wie sein Sergeant, der seine Ausdrucksweise sonst so sauber hielt wie seine Nebenhöhlen, den Hund anzischte: «Verpiß dich, Toto, wir sind hier nicht in Kansas.» Und um dem noch Nachdruck zu verleihen, versetzte er ihm einen Fußtritt.

Der Eingang zur Underground-Station Wembley Knotts wurde von den Geschäften links und rechts beinahe völlig blockiert. Jury und Wiggins zeigten der gelangweilten Schwarzen hinter dem Schalter ihre Ausweise; sie nickte, ohne überhaupt hinzuschauen und winkte sie durch.

Außer ein paar Verkäuferinnen und ein paar Hausfrauen, die vom Einkaufsbummel zurückkehrten, war an einem Samstagabend um halb sieben in der Station kaum jemand zu sehen. Da die Rolltreppen abgeschaltet waren, mußten Jury und Wiggins zu Fuß die Treppen zu den Tunneln hinuntersteigen. In der Ferne war ein Zug zu hören.

Sie folgten der Kurve der graubraun gekachelten Wände. Zwei Punks bogen um die Ecke und gingen an ihnen vorbei. Der Junge hatte einen Tomahawk-Haarschnitt, das Mädchen einen orangerot gefärbten Haarschopf. Sie schoben sich eher den Gang entlang, als daß sie gingen, und streiften Wiggins und Jury mit einem verächtlichen Blick.

«Sie scheinen die Polizei irgendwie zu riechen. Ich habe das Gefühl, meine Dienstmarke am Revers zu tragen.»

An der Stelle, an der Carstairs' Skizze zufolge Katie überfallen worden war, blieben sie stehen. Der Zug, der die beiden Punks ausgespuckt hatte, beschleunigte seine Geschwindigkeit und rumpelte aus dem Tunnel.

Man konnte die Stelle vom Bahnsteig aus nicht sehen, obwohl man nur die paar Stufen bis zum ersten Treppenabsatz hochzugehen brauchte. Jury betrachtete das Plakat für das Musical *Evita*; es hatte sich im Lauf der Zeit teilweise von der Wand gelöst. Eine Ecke bewegte sich in dem Luftzug, der durch den Zug entstanden war. Evita befand sich zwischen einem Sonnenuntergang, vor dem ein Glas Gin Tonic stand, und einer Reklame für Hustensaft.

«Taugt überhaupt nichts», bemerkte Wiggins in bezug auf den Hustensaft. «Ich bin neulich nachts vor Husten bald umgekommen, und das Zeug hat kein bißchen geholfen.»

Jury gab keinen Kommentar dazu ab; er drehte sich um und blickte den Gang entlang bis zur Kurve: Kein Mensch weit und breit. Auch auf der Treppe war niemand; der Bahnsteig lag nicht in seinem Blickfeld. An einem für jeden zugänglichen Ort wie diesem war es überraschend einfach, jemanden zu überfallen.

«Sie denken, es war ein und derselbe, nicht wahr? Aber warum hat er nicht versucht, sie so wie diese Binns um die Ecke zu bringen? Warum hat er sie nicht in den Wald von Horndean geschleppt oder an einen andern, weniger öffentlichen Ort? Ist doch ziemlich riskant, hier jemanden zu überfallen?»

Jury schüttelte den Kopf. «Keine Ahnung. Anscheinend hatte er einfach nicht die Zeit, mit ihr irgendwo hinzugehen. War wohl eine Kurzschlußhandlung.» Jury starrte abwesend auf das Evita-Plakat, auf das darübergeschmierte Hammer-und-Sichel-Zeichen. «Ich geh mal in das Krankenhaus in der Fulham Road und besuch sie.»

Unter ihnen, auf einem tieferliegenden Bahnsteig, war das

dumpfe Rumpeln eines Zugs zu hören, und etwas weniger weit entfernt quietschten die Bremsen eines Zugs, der gerade in Wembley Knotts eingefahren war. Wieder wurde Staub aufgewirbelt, und die Abfälle, die sich im Lauf der Woche angesammelt hatten, trieben an den gekachelten Wänden entlang.

«Man könnte genausogut in einem Kohlebergwerk arbeiten», meinte Wiggins hustend.

«Hmm. Gut, daß wir einer so gesunden Tätigkeit nachgehen. Immer an der frischen Luft.»

Wiggins nickte ganz ernsthaft.

«Wenn sie nur reden könnte», sagte Jury und blickte zu Evita hoch.

«Man könnte meinen», bemerkte Wiggins, «die Gören hätten nichts Besseres zu tun, als die Plakate zu verschmieren. Sieht ja toll aus, was?»

Im Scheinwerferlicht funkelten Evitas Collier, Ringe, Armbänder und Haare; ja selbst die Mikrofone um sie herum.

In diesem Augenblick fiel Jury die Bemerkung von Ernestine Craigie wieder ein, an die er sich zu erinnern versucht hatte, als er das Haus verließ. Auf Evita traf das zu: *Geschmückt wie ein Pfingstochse.*

‹Ich Trottel›, verfluchte sich Jury, ‹warum ist mir das nicht gleich aufgefallen?› «Wiggins, gehen Sie bitte zu dieser Jobvermittlung namens ‹Smart Girls› und treiben Sie den Manager auf. Fragen Sie ihn, was es mit diesem Job für Cora Binns auf sich hatte, und rufen Sie mich im Krankenhaus an.»

«Glauben Sie, da ist noch jemand? Es ist schon nach sechs. Wenn ich den Manager zu Hause aufspüren muß, kann das etwas länger dauern.»

«Ist in Ordnung. Warum nehmen Sie nicht den Wagen? Ich kann genausogut mit der Bahn fahren. Sogar schneller, von hier nach South Kensington muß ich nicht mal umsteigen.» Sie standen nun auf dem Bahnsteig im Bauch des Tunnels; Jury hörte, wie der Zug näherkam. Über die Geleise führte eine Brücke zu einem Ausgang auf eine andere Straße. Das Drahtgeflecht war kaputt und notdürftig durch ein paar Planken ersetzt worden. Der Zug lief ein, Wiggins salutierte andeutungsweise und entfernte sich.

Jury nahm zwischen zwei *Times*-Lesern Platz. Er mochte die Anonymität der Untergrundbahn; sie half ihm, sich zu konzentrieren. Seine Blicke streiften die Reklametafeln über den Köpfen der Fahrgäste auf der gegenüberliegenden Bank. Neben einem Plan des Streckennetzes war ein Schild angebracht, das vor Taschendieben warnte. Es zeigte ein jeansbedecktes Hinterteil – der Schwung der Hüften verriet, daß das Opfer eine Frau war. Eine Hand zog ein Portemonnaie aus der Gesäßtasche. Ein Detail gefiel ihm besonders: Die Fingernägel dieser Hand waren lackiert.

Als der Zug durch den dunklen Tunnel rumpelte, dachte er: Wie nett, selbst unter den Taschendieben herrscht nun Gleichberechtigung.

12

Das Royal Marsden Hospital verschmolz mit seiner Umgebung, als wären Krankheit und Tod nichts als gewöhnliche Bedürfnisse, die befriedigt werden mußten. Auf der gegenüberliegenden Straßenseite befanden sich die üblichen Geschäfte – Waschsalons, Kneipen, Boutiquen, Restaurants.

Die Schwester, die Jury schließlich zu Katie O'Briens Zimmer führte, war außergewöhnlich hübsch, und daran änderte auch die Uniform nichts – das gestreifte Kleid, die schwarzen Strümpfe, das weiße Häubchen und die gestärkte Schürze. Sie stieß die Tür zu dem Zimmer auf und sagte mit einer Stimme, die ebenfalls frisch gestärkt zu sein schien: «Nicht zu lange, Superintendent.» Mit raschelnder Uniform entfernte sie sich.

Auf diesen Anblick war er nicht gefaßt gewesen – eine Haut wie Porzellan und dichtes, schwarzes Haar, das so lange und sorgfältig gebürstet worden war, daß es wie gemalt auf dem Kissen lag. Die zarten, schlanken Hände waren gefaltet und ruhten auf dem über die Brust hochgezogenen Laken. Auf der einen Seite ihres Betts stand ein Sauerstoffzelt, das ihn an eine Glasglocke erinnerte, gegen die im Herbst welkes Laub, im Frühjahr Blütenblätter und im Winter Schnee geweht werden würden. Auf ihrem Gesicht lag der Abglanz eines Lächelns.

«Hallo, Katie», sagte Jury.

Neben dem Nachttischchen lehnte der schwarze Geigenkasten an der Wand. Seltsam, daß ihre Mutter ihn nicht mitgenommen hatte. Jury ging zum Fenster und sah auf die allmählich dunkel werdende Fulham Road hinab. In der Nähe lag eine Kneipe, deren Fenster geheimnisvoll dunkelrot schimmerten. Direkt gegenüber befand sich ein Gemüseladen; die gestreiften Markisen waren schon für die Nacht hochgezogen. Und neben dem Gemüsehändler ein Waschsalon. Erinnerte er sich wirklich noch an diese Straße, wie sie in den Kriegsjahren ausgesehen hatte, als er ein kleiner Junge gewesen war, oder bildete er sich das nur ein?

‹Dort, wo der Lebensmittelladen ist›, sagte er mehr zu sich selbst und der Fensterscheibe als zu Katie, ‹gab es früher Süßigkeiten. Es war Krieg, und ich konnte meistens nur durchs Fenster gucken. Das war lange vor deiner Zeit. Ich erinnere mich, daß eine unserer Nachbarinnen in ihrem Keller lauter Konservendosen gestapelt hatte – mit Suppen, goldgelbem Sirup und Tee. Es war wie ein Laden bei ihr, sogar Süßigkeiten gab es. Ich hab sie immer besucht, und sie hat mir die ganzen Sachen gezeigt – all die gefüllten Regale...›

Vor dem Waschsalon schaukelte ein kleines Mädchen ihren Puppenwagen. Wahrscheinlich wartete es auf seine Mutter. Es nahm die Puppe aus dem Wagen und hielt sie in die Luft. Jury konnte die Umrisse der Frauen erkennen, die im Waschsalon saßen und zuschauten, wie ihre Wäsche herumgewirbelt wurde. Doch dann wurde ihm die Sicht durch ein Laken oder eine Decke versperrt, die eine Frau wie einen Vorhang gegen die Scheibe hielt.

Jury sah sich damals als kleiner Junge in seinem Zimmer stehen und das Gesicht gegen die Scheibe pressen. Die Verdunklungsvorhänge hätten eigentlich vorgezogen werden müssen, da aber kein Licht in seinem Zimmer brannte, hielt er es für sicher, wenn er hinausschaute. Außer einem großen, blassen Mond war nichts zu sehen; kein Geräusch, kein Warnsignal war zu hören, bis sich dann plötzlich Wände und Fenster in nichts auflösten. Er erinnerte sich, daß er durch die Luft gewirbelt worden war, als hätte er versucht, zur Decke hochzuspringen. Unbegreiflicherweise war er mit ein paar Schrammen davongekommen. Seine Mutter jedoch nicht.

Eine Frau kam aus der Wäscherei, schnappte sich den Kinderwagen und schob ihn an den mit einer Plane bedeckten Gemüsekisten vorbei. Saubere Wäsche, Lebensmittel: das Leben ging weiter in der Fulham Road. In dem burgunderroten Licht, das aus der Kneipe «Saracen's Head» fiel, schien ein junger Mann ungeduldig auf jemanden zu warten. Er hatte eine Gitarre bei sich und blickte die Straße hinauf und hinunter.

Nicht einmal die Luft bewegte sich über Katie O'Briens Bett. Wie eine aus Marmor gehauene Skulptur lag sie da. Auf dem Nachttischchen stand der Kassettenrecorder, den ihre Mutter ihr mitgebracht hatte. Er fragte sich, ob die Schwestern sich überhaupt die Mühe machten, etwas für sie zu spielen. Jury drückte auf die Taste, und die scheppernden Töne einer alten Aufnahme von «Rosen aus der Picardie» erfüllten das Zimmer.

Dunkelheit senkte sich auf die Fulham Road. Das kleine Mädchen und ihr Puppenwagen waren verschwunden.

«Auf Wiedersehen, Katie.» Er ging aus dem Zimmer.

Verärgert sagte die hübsche Schwester zu Jury: «Ein Anruf für Sie, Superintendent.» Sie fand es wohl unerhört, daß die Polizei nicht nur das Krankenhaus unsicher machte, sondern dann auch noch aus der gefährlichen Außenwelt jenseits der Krankenhausmauern Anrufe empfing.

«SIE IST IN KINGS'S CROSS, SIR», sagte Wiggins, der anrief, um Jury die erfreuliche Mitteilung zu machen, daß er die Jobvermittlung «Smart Girls» ausfindig gemacht hatte. «Und Sie würden nie drauf kommen, was ich noch herausgefunden habe.» Wiggins legte eine Pause ein, als wolle er Jury etwas Zeit zum Überlegen geben. «Miss Teague – das ist die Frau, der dieser Laden gehört – schaute in ihren Unterlagen nach den Jobs, die sie Cora Binns schon vermittelt hat. Und bei dem letzten war der Auftraggeber anscheinend nicht Lady Kennington, sondern Mainwaring.»

«Mainwaring?»

«Ja, richtig. Außerdem stellte sich heraus, daß Cora Binns schon einmal für ihn gearbeitet hatte.»

«Wollte er denn ausdrücklich Cora Binns haben?»

«Das wußte sie nicht. Eins der Mädchen hat den Anruf entgegengenommen – sie hat sich jedoch krank schreiben lassen. Miss Teague glaubt aber nicht, daß ihr was fehlt. Ihrer Meinung nach ist sie mit einem Mann unterwegs. Bunny Sweet heißt sie.»

«Versuchen Sie, sie zu finden. Die Mordkommission soll Ihnen helfen. Aber wir sagen Miss Teague besser nicht, wo wir sie finden. Bunny Sweet – wer so heißt, ist bestimmt kein unbeschriebenes Blatt.»

13

«Cora Binns?»

Freddie Mainwaring schien nicht zu verstehen, warum Scotland Yard ihm diese Frage stellte.

«Die Frau, die im Wald von Horndean gefunden wurde, Mr. Mainwaring.»

«Hieß sie so? Nein, ich kenne – ich habe nie eine Cora Binns gekannt. Das habe ich auch Carstairs gesagt.»

«Inspektor Carstairs wußte nicht, wie sie hieß, als er mit Ihnen sprach. Vor ein paar Monaten haben Sie Cora Binns als Stenotypistin engagiert.» Mainwaring sagte nichts, anscheinend wartete er darauf, daß Jury weiterredete. «Sie haben die Jobvermittlung ‹Smart Girls› angerufen und für Stonington eine Stenotypistin angefordert.»

«Und Sie meinen...?» Als kein Zweifel mehr möglich war, daß Jury genau das meinte, sagte er: «Ich glaube, ich brauche erst mal einen Drink.»

Als Mainwaring die Whiskykaraffe entstöpselte, fragte Jury: «Sie haben sie nicht erkannt auf dem Foto, das Ihnen Carstairs gezeigt hat?»

Freddie drückte den Stöpsel wieder in die Karaffe – nicht gerade sanft für ein so elegantes Kristallgefäß – und starrte Jury an. «Nein, natürlich nicht, sonst hätte ich das doch gesagt, oder?» Daß genau das die Frage war, auf diesen Gedanken schien er nicht zu kommen. «Heiliger Strohsack! Ich habe sie wohl nur einmal dagehabt, und das liegt schon ein paar Monate zurück. Sie sehen doch alle gleich aus, oder? Sie war unbedeutend für mich.»

Stenotypistinnen verdienten anscheinend keine Beachtung. «Für irgend jemanden war sie offenbar wichtig.»

Mainwaring bekam einen roten Kopf und ließ sich in das üppige Brokatsofa sinken. Er wohnte in einem sehr alten, renovierten Haus am Ende der Hauptstraße. «Na schön. Ich hab also diese Agentur angerufen –»

«Die Jobvermittlung ‹Smart Girls› –»

«Blödsinniger Name. Ich rief an und arrangierte die Sache. Aus Gefälligkeit für Lady Kennington. Ich war in Stonington gewesen, um ein paar Dinge mit ihr zu besprechen, und sie meinte, sie könnte jemanden gebrauchen, der ihr den Papierkram ordnen hilft, den ihr Mann hinterlassen hat. Ich weiß nicht, um was es sich handelt. Um Rechnungen wahrscheinlich. Ich nehme an, Sie haben von dem Collier gehört, das ihm gestohlen wurde. Das und ein paar andere Stücke aus seiner Kollektion. Lady Kennington wäre eine reiche Frau, wenn sie es hätte. Das Collier ist noch immer nicht gefunden, oder?»

«Lady Kennington hat Geldsorgen, will sie deshalb verkaufen?»

«Das nehme ich an.»

«Auf wieviel Uhr hatten Sie Cora Binns bestellt?»

«Hören Sie, ich hab mit dieser Binns überhaupt nicht gesprochen. Ich sprach mit irgendeiner Frau von der Agentur. Moment mal: Sie fragte mich noch, wen ich vorher gehabt hätte, und ich sagte, ich könne mich nicht mehr erinnern.» Er entspannte sich, sichtlich mit sich zufrieden. «Hören Sie, Superintendent, rufen Sie doch die Agentur an und sprechen Sie mit der Person, die damals am Apparat war. Dann wird sich hoffentlich herausstellen, daß es sich um einen bloßen Zufall handelt.»

«Haben wir schon gemacht. Das Mädchen hat Urlaub.»

Frustriert sagte Mainwaring: «Und was zum Teufel hat

diese Binns veranlaßt, durch den Wald von Horndean zu gehen?»

«Wie haben Sie denn der Dame von der Agentur den Weg beschrieben?»

«Ich hab gesagt, sie soll den Zug nach Hertfield nehmen; die fünf Pfund für das Taxi sollen sie ihr vorstrecken, Lady Kennington wird dafür aufkommen.»

«Cora Binns hat aber kein Taxi genommen. Sie nahm den Bus von Littlebourne nach Horndean und ist dann in Littlebourne ausgestiegen.»

«Schön, aber davon weiß ich nichts. Wie sollte ich auch?» Sein Gesicht war puterrot.

«Ihre Frau ist wohl nicht zu Hause, Mr. Mainwaring?» fragte Jury, plötzlich das Thema wechselnd.

Das irritierte Mainwaring noch mehr. Die Hand mit dem Glas blieb in der Luft hängen. «Nein, ist sie nicht. Sie ist zu ihrer Mutter gefahren.» Die Beziehung zwischen Mutter und Tochter war dem Ehemann offensichtlich ein Dorn im Auge.

«Diese anonymen Briefe – können Sie sich dazu äußern?»

Nun beinahe lächelnd, sagte er: «Wie ich Ihrem Sergeant schon erklärte, nein. Ist ja Quatsch, das Ganze.»

«Sie scheinen sich da ziemlich sicher zu sein. Warum? Ich meine, was Sie selbst betrifft, können Sie das ja sein, aber wie sieht es zum Beispiel mit Dr. Riddley oder Ramona Wey aus?»

Mainwaring gefiel diese Verquickung nicht, das war nicht zu übersehen. «Einfach absurd.»

«Können Sie sich für die beiden verbürgen?»

«Gewiß, zumindest was –»

Für wen er sich auch immer verbürgen wollte, es ging unter im melodischen Läuten des Glockenzugs an der Tür, dessen hohe, silberne Töne den dunklen Korridor erfüllten. Nervös blickte Mainwaring zur Tür. «Entschuldigen Sie mich bitte.»

Die Stimme einer Frau ließ sich im Korridor vernehmen; zuerst klang sie ganz normal, dann jedoch fing sie an zu flüstern.

Die Hand, die Ramona Wey Jury hinstreckte, war so weiß und kühl wie Marmor. Sie trug ein kurzes, schwarzes Samtcape über einem weißen Wollkleid und mehrere Schnüre Jettperlen um den Hals. Jury nahm an, daß die weiße Haut und der schwarze Helm des Haares zu solchen Zusammenstellungen verführten. Offensichtlich war sie eine Frau, die dramatische Effekte liebte; im Augenblick probierte sie deren Wirkung auf Jury aus, ohne jedoch zu bemerken, daß sie keinen Erfolg damit hatte. Abgesehen vielleicht davon, daß er sich an Katie O'Brien erinnert fühlte, die wie Schneewittchen in ihrem Glassarg lag: Wenn er Ramona Wey ansah, dachte er automatisch an die Königin mit dem vergifteten Apfel.

Die Gegenwart eines Mannes von Scotland Yard schien sie nicht daran zu hindern, sich wie zu Hause zu fühlen. Sie wußte, wo der Schrank mit den Flaschen und wo die Zigaretten waren, und sie wartete nicht ab, bis sie ihr angeboten wurden. Jury schloß daraus, daß sie Besitzrechte demonstrieren wollte. Mit ihrer Zigarette und einem Glas Whisky ließ sie sich in einen bequemen Sessel neben dem Feuer sinken.

«Schön, daß Sie noch vorbeigekommen sind, Miss Wey», sagte Jury. Mainwaring schien davon weniger begeistert zu sein. Ihm war offensichtlich klar, wie diese Selbstverständlichkeit, mit der sie sich in seinem Haus bewegte, interpretiert werden würde. «Wie ich höre, haben Sie einen Antiquitätenladen in Hertfield.»

«Ja. ‹Die Schatztruhe›. Ich handle ausschließlich mit altem Schmuck und Halbedelsteinen. Sie sind wohl wegen diesem Mord gekommen?»

«Sie haben die Frau nicht gekannt?»

«Natürlich nicht. Ich habe dem Inspektor aus Hertfield schon alles erzählt, was ich weiß – das heißt, so gut wie nichts. Ich nehme an, es war jemand auf der Durchreise, eine Fremde, die sich etwas umsehen wollte.»

«Ein komischer Ort, um sich umzusehen, dieser Wald.» Jury wartete, aber Ramona Wey zuckte nur vage die Achseln.

«Sie hieß Cora Binns.»

«Ach ja?» Ihre Stimme klang tonlos und gelangweilt.

Eine solche Gleichgültigkeit gegenüber einem Mord, der praktisch vor ihrer Haustür stattgefunden hatte, konnte nur gespielt sein.

«Sie gehören auch zu den Leuten, die einen anonymen Brief bekommen haben?»

«Ja. Aber die sind ja nicht ernst zu nehmen.»

«Sie sollen sowohl mit Dr. Riddley wie auch mit Mr. Mainwaring ein Verhältnis haben.»

Sie lachte. «Derjenige, der das geschrieben hat, ist offensichtlich nicht auf dem laufenden.»

Mainwaring schien zu ahnen, daß sie gleich mit einer Enthüllung aufwarten würde. «Ramona –» Er versuchte, sie daran zu hindern, jedoch ohne Erfolg.

«Oh, sei doch nicht albern, Freddie. Der Superintendent braucht sich ja nur mit Stella in Verbindung zu setzen.»

Düster wandte sich Mainwaring wieder dem Feuer zu.

Sie bedachte Jury mit einem Blick, dem er entnahm, daß sie darauf brannte, ihm ihre Geschichte zu erzählen, ob er nun danach fragte oder nicht. «Freddie und Stella wollen sich scheiden lassen. Deshalb ist sie auch zu ihrer Mutter gefahren. Wir haben vor zu heiraten.»

«Deswegen brauchst du doch nicht so blaß zu werden, Liebling», sagte Ramona zu Mainwaring. «Es wäre sowieso bald publik geworden. Außerdem verschafft uns das ein Alibi, nicht?» Kokett lächelte sie Jury an. «Ich meine, diese ‹Wo-waren-Sie-in-der-Mordnacht›-Frage, mit der uns der Inspektor Anzugesetzt hat. Nun, wir waren ganz einfach zusammen. Anscheinend dachte er, dieser Mord und die anonymen Briefe hätten was miteinander zu tun. Denken Sie das auch?»

«Indirekt schon. Seit wann leben Sie in Littlebourne, Miss Wey?»

Sie dachte nach. «Oh, seit ungefähr anderthalb Jahren. Ich hatte Glück: Meine Tante ist gestorben und hat mir ein bißchen

Geld hinterlassen. Und weil ich mich schon immer für alten Schmuck interessiert habe, kaufte ich diesen kleinen Laden. Ich bin nicht schlecht im Geschäft, wenn ich das sagen darf.»

«Und Lord Kennington gehörte zu Ihren Kunden?» Es schien sie zu überraschen, daß er darauf zu sprechen kam. Bevor sie ihm antwortete, hielt sie Mainwaring ihr Glas hin, um sich einen weiteren Drink eingießen zu lassen. «Ja. Er hatte eine tolle Schmucksammlung. Er kaufte im Lauf der Monate immer wieder etwas – keine besonders wertvollen Sachen; so etwas wie dieses Smaragdcollier, das ihm gestohlen wurde, führe ich nicht. Ich nehme an, Sie haben gehört, daß sein Sekretär damit abgehauen ist?» Jury nickte. «Trevor Tree.» Sie sah weg.

Mainwaring gab ihr das Glas zurück und sagte: «Ich wußte gar nicht, daß du ihn gekannt hast, Ramona.»

«Na ja, habe ich auch nicht, nicht gut zumindest. Er kam ein- oder zweimal in meinen Laden, um für Kennington einzukaufen. Ich würde sagen, daß er ganz gut aussah, wenn auch etwas gewöhnlich.»

Jury bezweifelte, daß dieses «gewöhnliche» Aussehen Ramona, von der man durchaus dasselbe sagen konnte, daran gehindert hatte, sich mit Trevor Tree einzulassen. «Und haben Sie ihn gekannt, Mr. Mainwaring?»

«Nein. Nein, ich nicht. Er ist ein paarmal in Littlebourne gewesen, wie ich hinterher erfahren habe – im Blue Boy, wo er sich anscheinend mit einigen Stammgästen angefreundet hat. Mit Derek Bodenheim, genauer gesagt, der da auch häufiger auftaucht. Aber ich glaube nicht, daß seine Familie Tree gekannt hat. Aber warum interessiert Sie denn das jetzt?»

«Dieser Smaragd war doch ziemlich wertvoll?» Sie nickte. «Warum? Weil er so groß war?»

«Nein, so groß war er gar nicht. Es war die Qualität des Steins. Er hatte vielleicht sechs oder sieben Karat. Ein ägyptischer Stein, und völlig makellos. Kein Defekt, nicht die geringste Unregelmäßigkeit. Von einem sanften, intensiven Grün, leicht blaustichig. Und er war graviert. Sehr alt und wirklich erlesen. Mindestens eine viertel Million Pfund wert.»

Jury blickte sie an. «Sie scheinen sich den Stein ja sehr genau angeschaut zu haben.»

Sie erwiderte seinen Blick und entgegnete kühl: «Fällt doch in mein Fach, oder nicht?»

«Und was hat Lord Kennington bei Ihnen gekauft?»

Sie überlegte kurz. «Mehrere Broschen. Trauerschmuck. Ein paar Ringe, über die Monate verteilt. Ein Lapislazuliarmband und ein Halsband. Und andere Kleinigkeiten. Ich kann mich nicht mehr an alles erinnern. Aber was hat das mit der andern Geschichte zu tun?» Sie lächelte ihn an; ihre purpurrot geschminkten Lippen schimmerten im Schein des Feuers dunkel. «Sollten Sie uns nicht fragen: ‹Wo waren Sie in der Mordnacht?›»

Jury lächelte: «Das haben Sie doch bereits gesagt.» Er blickte von einem zum andern. «Sie waren zusammen. Aber wo waren Sie am Dienstag nachmittag vor vierzehn Tagen?»

Mainwaring und Ramona starrten ihn verblüfft an. «Was zum Teufel ist denn da passiert?» fragte sie.

14

Jury blickte auf seine Hand, die er Melrose Plant eben zum Gruß gegeben hatte, und fragte: «Warum würden Sie jemandem die Finger abhacken, Mr. Plant?»

Im Bold Blue Boy schlug es gerade halb zehn, als Melrose Plant die Serviette ausbreitete und erwiderte: «Sie sind noch keine fünf Minuten hier und haben weder nach der Speisekarte noch nach Tante Agatha gefragt, aber schon sprechen Sie von abgehackten Fingern. Ich muß sagen, Sie verlieren keine Zeit, selbst wenn Sie zwei Stunden zu spät zum Abendessen kommen. Mrs. O'Brien ist die Freundlichkeit in Person, obwohl sie auch ihre Sorgen hat – sie hat jedenfalls die Küche offengehalten, während Molly, unsere Serviererin, sich nur ungern bereit zeigte, auf Sie zu warten. Bis ich ihr dann etwas in die Hand drückte. Ich habe mir erlaubt, schon einmal zu bestellen. Sie nehmen mir das hoffentlich nicht übel. Es gibt Steaks und Pommes frites, Seebarbe und Pommes frites, Scholle und Pommes frites. Eine verwirrende Speisekarte, aber Molly half mir bei der Wahl, indem sie mich wissen ließ, daß Seebarbe und Scholle gestrichen seien. Ich entschied mich also für das Steak. Wie geht's Ihnen, Superintendent? Ich gratuliere Ihnen zu der längst überfälligen Beförderung.»

Jury lächelte. «Tut mir leid, daß ich so spät komme. Und noch mehr bedauere ich, daß es mit dem Wochenende in Northants nicht geklappt hat. Mein Boss hat irgendwie Wind davon gekriegt, daß ich ein paar Tage Ferien machen wollte, und sofort alle andern Namen auf dem Dienstplan gestrichen.»

«Wie geht es denn Ihrem Boss Racer? Beschissen, hoffe ich.»

«Vielleicht wird er uns bald verlassen. Die Unzufriedenheit in der Chefetage scheint zu wachsen.»

«Kann mir nicht vorstellen, warum. Da kommt Molly ja mit dem Wein!» Melrose reckte den Hals nach einer stämmigen, jungen Frau mit einem dicken Zopf und einem Tablett, die eben aus der Küche kam.

Molly stellte schwungvoll eine Flasche Wein auf den Tisch.

«Das Etikett brauchen wir uns nicht anzuschauen», sagte Melrose und füllte ihre Gläser. «Sollen wir uns wieder den abgehackten Fingern zuwenden? Agatha wird untröstlich sein, so etwas verpaßt zu haben. Ich hab ihr natürlich nicht erzählt, daß ich hierherfahre. Wenn sie es erfährt, wird sie heiße Tränen über ihren Cremetörtchen vergießen. Erinnert mich an das Walroß, das über seinen Austern weinte, bevor es sie verschlang... Aber zu Ihrer Frage: Warum ich eine Hand abhakken würde? Zuerst wüßte ich gerne, um welche Hand handelt es sich?»

«Um die linke.»

«Ich dachte zuerst an Leichenstarre – daß sie vielleicht etwas in der Hand hielt und er die Finger nicht aufkriegte. Aber ich bin wieder davon abgekommen, weil es doch ziemlich lange dauert, bis die Leichenstarre eintritt. Also scheidet das aus –»

«Im Gegenteil, es gibt so etwas wie eine kataleptische Starre: Schlagartiges Erstarren der Muskulatur nach Eintritt des Todes. Ist nicht gerade häufig, aber bei einem gewaltsamen Tod, bei heftiger Erregung, tritt manchmal im Augenblick des Todes ein solcher Spasmus ein. Es soll vor allem im Krieg vorgekommen sein. Ich erinnere mich an ein paar Beispiele: Männer mit ihren Gewehren im Anschlag. Oder die sogenannte ‹Teegesellschaft› – Soldaten in einem Graben, die von einer Bombenexplosion überrascht worden waren und bei ihrer letzten Tätigkeit erstarrten. Einer hatte eine Feldflasche an die Lippen gesetzt. Wenn jedoch die richtige Leichenstarre eingesetzt hat, läßt sich so etwas nicht mehr feststellen.»

«Sie denken also, sie hielt etwas in der Hand? Etwas Belastendes?»

Jury schüttelte den Kopf. «Nein, ich denke, daß sie etwas Belastendes anhatte. Oder zumindest etwas, was nicht bei ihr gefunden werden sollte.»

Melroses nächste Frage wurde durch Mollys Erscheinen unterbrochen. Sie beugte sich zu ihnen hinunter; ihren durch die Arbeit abgehärteten Händen schienen die heißen Teller, die sie trug, überhaupt nichts auszumachen.

«Die Steaks.» Sie stellte die Teller auf den Tisch und warf ihren langen Zopf über die Schulter. «Wir machen Schluß. Was wolln Sie zum Nachtisch?»

Melrose entfaltete die Serviette auf seinem Schoß. «Soufflé Grand Marnier, bitte.»

Gelassen meinte Molly: «Wir haben nur Brotpudding.»

«Nicht für mich, danke.»

Jury verzichtete ebenfalls auf den Nachtisch.

«Wie Sie wollen», sagte sie mit einem Achselzucken, das zu besagen schien, daß nur ein Schwachkopf diesen Pudding ablehnen würde.

Als Molly wieder gegangen war, sagte Jury: «Fassen wir mal zusammen: Als Appetithäppchen – wie Molly sagen würde – hatten wir diese anonymen Briefe. Und zum Nachtisch den Mord an Cora Binns. Was mich jedoch interessiert, ist das Hauptgericht: Katie O'Brien und ein gewisser Trevor Tree. Sie erinnern sich wahrscheinlich nicht mehr an die Geschichte. Sie machte keine Schlagzeilen, es war aber ein schlauer, kleiner Trick, dem dieser Lord Kennington aufgesessen ist. Da Sie sich schon einen ganzen halben Tag hier rumtreiben, haben Sie wahrscheinlich von seinem Landsitz Stonington gehört –»

«Hab ich», sagte Melrose. «Es sieht so aus, als würde ich ihn erwerben.» Melrose strahlte. «Ich mußte meine Anwesenheit schließlich irgendwie rechtfertigen.»

«Gute Idee. Jedenfalls hat dieser Tree sich mit Schmuck im Wert von einer viertel Million aus dem Staub gemacht. Das kostbarste Beutestück war ein Collier. Aber anscheinend hat der Hausherr immer wieder etwas vermißt in den paar Monaten, die Tree bei ihm war. Nichts sehr Wertvolles, nur Trödel. Offenbar machte Tree einen so vertrauenswürdigen Eindruck, daß er nie verdächtigt wurde. Kennington dachte, er hätte die Dinge selbst verlegt. Ich vermute, Tree hat das gemacht, um zu testen, wie weit ihm sein Arbeitgeber vertraute.»

Melrose schüttelte den Kopf. «Mir bleibt auch nur blindes Vertrauen übrig. Immer wieder entdecke ich an Agatha Schmuckstücke meiner Mutter. Heute morgen trug sie einen Mondsteinring am Finger. Weiß der Himmel, wie sie das macht.»

«Und dann ging mir endlich ein Licht auf.»

«Ein Licht, das Agathas Finger angeknipst hat?»

«Nein. Cora Binns' Finger. Ernestine Craigie, die die Leiche gefunden hat, meinte, die Tote sei geschmückt gewesen ‹wie ein Pfingstochse›! Cora Binns trug eine Halskette, Armbänder, bombastische Ohrringe. Aber keine Ringe. Zumindest nicht an der Rechten. Der Ring oder auch die Ringe, die sie getragen haben könnte, stammten vielleicht aus Kenningtons Kollektion. Es waren bestimmt keine sehr wertvollen Sachen, sondern einfach alter Schmuck, der sich nicht leicht identifizieren ließ.»

«Aber wieso die Frau umbringen, wenn die Polizei sich gar nicht für die Sache interessierte?»

«Die Polizei vielleicht nicht, aber Lady Kennington! Cora wollte sich bei ihr vorstellen, und jemand, dem sie auf dem Weg nach Stonington begegnet ist, hat den Ring oder die Ringe erkannt. Und hat sich gefragt, wieviel Cora Binns wußte.»

«Aber was hatte die Frau in dem Wald verloren?»

«Die Chefin der Agentur hat ihr fünf Pfund gegeben, damit sie sich ein Taxi nach Stonington nehmen konnte. Aber sie hat das Geld eingesteckt und ist statt dessen mit dem Bus gefahren.

In Littlebourne ist sie dann ausgestiegen, anscheinend dachte sie, Stonington sei von dort aus zu Fuß erreichbar. Es sind aber beinahe vier Kilometer. Der Weg durch den Wald ist bedeutend kürzer.»

«Und woher hätte sie das wissen sollen?»

«Jemand, den sie nach dem Weg fragte, muß es ihr gesagt haben.»

Melrose, der mit dem zähen Steak kämpfte, legte schließlich Messer und Gabel zur Seite. «Und dieser Jemand ist ihr dann gefolgt, da er, wenn ich recht verstehe, die Ringe gesehen hatte und wußte... Aber würde das nicht auch bedeuten, daß diese Person von Anfang an in die Sache verwickelt war?»

Jury nickte. «Das Collier ist nie wieder aufgetaucht. Tree hat es irgendwie verschwinden lassen und jemandem – seinem Komplizen vielleicht – das Versteck verraten. Ich tappe da völlig im dunkeln. Trees Autounfall liegt schon ein ganzes Jahr zurück.»

«Aber was hat das mit der kleinen O'Brien zu tun?»

«Katie wurde in der Underground-Station Wembley Knotts überfallen. Sowohl Trevor Tree als auch Cora Binns wohnten in diesem Teil des East End. Beide verkehrten in einer bestimmten Kneipe, dem Anodyne Necklace. Auch Katie ist ein paarmal mit ihrem Musiklehrer dort gewesen. All diese Leute, die sich unter demselben Dach einfanden, wenn auch zu unterschiedlichen Zeiten – das kann kein Zufall sein. Irgend jemand ist hinter dem Smaragd her, und er ist ungeheuer scharf darauf – kein Wunder, wenn man bedenkt, um welche Summe es da geht.»

Melrose schob seinen Teller von sich. «Ich kann nur hoffen, daß Sie das alles aufgeklärt haben, bevor man mich zwingt, meine Gummistiefel anzuziehen, um nach diesem fürchterlichen Tüpfelsumpfhuhn Ausschau zu halten.»

«Oh, ich sehe, Sie haben Miss Craigies Bekanntschaft gemacht.»

«Ja. Ich habe das Gefühl, diesen Vogel in- und auswendig zu kennen. Ich bin überzeugt, ich würde ihn bei einer Gegenüberstellung sofort wiedererkennen. Obwohl ich mich, offen gestanden, etwas unbehaglich fühlen würde, wenn ich wie Ernestine mit diesem Superfeldstecher um den Hals im Dorf herumliefe. Jemand könnte auf den Gedanken kommen, sie damit zu strangulieren. Und noch etwas. Wenn Sie vermuten, die kleine O'Brien wurde zusammengeschlagen, weil sie etwas wußte – es gibt hier eine Göre, die mit ihr befreundet war und die meiner Meinung nach mit etwas hinterm Berg hält...»

Die betreffende Göre trat durch den puppenstubenähnlichen Durchgang zur Bar, ohne Jury und Plant auch nur eines Blickes zu würdigen, obwohl sie sich direkt in ihrem Blickfeld befanden. Schnell verschwand sie hinter dem Tresen, worauf einiges in Bewegung geriet – Gläser klirrten, Papier raschelte, bis sie mit einer Schachtel Buntstifte und einem Malbuch in der Hand wieder auftauchte. Diese beiden Gegenstände schienen ihre Aufmerksamkeit völlig gefangen zu nehmen.

«Was, um diese Zeit treibst du dich noch in öffentlichen Lokalen herum? Es ist beinahe zehn. Solltest du nicht schon längst zu Hause bei deiner Mutter sein?»

Geistesabwesend blickte Emily Louise zu Melrose auf und sagte: «Ach, Sie sind's.» Dann konzentrierte sie sich wieder auf ihre Buntstifte.

«So 'ne Überraschung, was? Ich hab dich gefragt, ob du nicht schon längst zu Hause sein solltest? Deine Mutter macht sich bestimmt Sorgen.»

Ihre Lippen formten stumm die Namen der Farben: *Blau, Gelb, Rot.* «Mum is im Kino in Hertfield.»

«Deswegen brauchst du hier nicht Nachtwächter zu spielen. Aber da du schon mal da bist, setz dich doch zu uns. Superintendent Jury würde sich gern mit dir unterhalten.»

Sie hob die gerunzelten Brauen von der Schachtel mit den Buntstiften und ließ den Blick auf Jurys Gesicht ruhen. «Wer?» Sie blinzelte, als versuchte sie, etwas am Horizont zu erkennen.

«Dieser Herr, der mir gegenübersitzt.»

Ohne von dem tollen Herrn, dessen Bekanntschaft sie machen sollte, Notiz zu nehmen, kletterte Emily Louise unwillig auf den Stuhl neben ihm, schlug ihr Malbuch auf und nahm einen Buntstift aus der Schachtel.

Melrose konnte es sich nicht verkneifen, ihr über die Schulter zu schauen. Es war wieder eines dieser gräßlichen Bilder, ein Bauernhof diesmal. Mit einem orangefarbenen Buntstift machte sie sich daran, eine Ente auszumalen. Er versuchte, seinen Ärger zu unterdrücken.

«Nett, dich kennenzulernen», sagte Jury und streckte die Hand aus. Ihre kühle, kleine Hand lag wie ein Blütenblatt in der seinen. «Ich habe gehört, du bist eine Freundin von Katie O'Brien.»

Sie hatte sich auf die Entenmutter gestürzt und nickte nur.

«Katie soll eine ziemlich gute Reiterin gewesen sein.»

«Ja, ganz gut.» Sie hatte die Ente orangefarben ausgemalt und machte sich mit einem blauen Farbstift an die Schwimmhäute. Plant starrte darauf.

«Schön, wenn man Freunde hat», sagte Jury. «Es ist nur schlimm, wenn ihnen was passiert.»

Emily nickte und fuhr die Umrisse der Entchen blau nach, passend zu den Schwimmhäuten der Mutter.

Jury fuhr fort: «Manchmal erzählen sie uns auch ihre Geheimnisse... Ich erinnere mich, als ich ein kleiner Junge war, hatte ich einen ganz tollen Freund, Jimmy Poole hieß er. Wir waren immer zusammen. Jimmy Poole und ich tauschten auch Geheimnisse aus, manchmal stachen wir uns sogar mit einer Nadel in die Finger, um bei unserm Blut zu schwören, daß –»

«Kein Blut, bitte.»

«Schon gut.» Jury zündete sich eine Zigarette an und warf

das Streichholz in den Aschenbecher. «Jimmy Poole und ich rauchten Zigaretten im Wald und taten auch sonst alles mögliche, was wir nicht hätten tun sollen. Eine Menge verbotener Dinge –»

«Was zum Beispiel?» fragte sie, ohne von ihrem Buch aufzublicken. Sie hatte jedoch aufgehört zu malen.

«Oh, was man so tut. Wir sind geschwommen an Stellen, die zu tief waren. Und wir waren unterwegs, wenn es schon dunkel war. Die Kopfkissen stopften wir unter die Decke, damit es so aussah, als würden wir darunter schlafen, dann kletterten wir aus dem Fenster. Jimmy Poole war wirklich auf Zack, wenn es sich darum drehte, Verstecke zu finden, wo niemand uns aufstöbern konnte. Er führte die Leute in die Irre. Es gab da eine Höhle, in der wir alles mögliche versteckten, Dinge, die unsere Mütter nicht finden sollten. Ich weiß noch, einmal hab ich beim Zeitungshändler ein Comicheft geklaut.» Er beobachtete, wie Emily Louise und Melrose ihn überrascht musterten. «Tja, so was hab ich auch gemacht. Ehrlichkeit hab ich erst später gelernt. Jimmy Poole mußte schwören, nichts zu verraten.» Jury warf Emily einen Blick zu. «Er hat nichts gesagt, es ist also auch nie rausgekommen.» Er bemerkte, daß Emily mit großer Hingabe die Entchen nachfuhr. «In der Höhle hatten wir Ruhe vor unsern Alten.»

«Konntet ihr sie nicht leiden?» Emily hatte ihren Buntstift aus der Hand gelegt und starrte mit einem tiefen Stirnrunzeln auf das Buch.

«Na ja, manchmal ja, manchmal nein. Wir dachten uns die tollsten Geschichten aus, um zu erklären, wo wir gewesen waren und was wir gemacht hatten. Wenn wir völlig verdreckt oder mit kaputten Jacken nach Hause kamen, mußten wir ihnen ja irgendwas erzählen.»

«Wer hat sich diese Geschichte ausgedacht, Sie oder Jimmy Poole?»

Jury überlegte. «Jimmy Poole. Er war schlauer.»

«Warum ist er dann nicht beim Scotland Yard?»

Sie sah ihn an. Ein harter, fordernder Blick. «Ich hätte zu gerne eine Limonade.»

«Mr. Plant holt dir bestimmt eine.»

Melrose, der sich schlafend gestellt hatte, öffnete ein Auge und sagte: «Ich möchte aber keine Fortsetzung verpassen.» Seufzend erhob er sich.

«Erzählen Sie weiter», sagte Emily Louise und knuffte ihn in den Arm.

«Na ja. Jimmy Poole hat mir eine Menge seltsamer Dinge erzählt, und ich mußte schwören, nie jemandem was zu sagen. Aber dann ist diese Sache passiert.» Emily Louise preßte sich die ineinander verschränkten Hände gegen den Kopf, als wolle sie sich unter den Tisch drücken. «Eine Frau aus dem Dorf hatte einen... na ja, einen Unfall.»

Emily rutschte auf ihrem Stuhl herum. «War es schlimm?»

«Ziemlich schlimm. Sie ist die Treppe runtergefallen. Das heißt, *vielleicht* ist sie gefallen. Es gab Leute, die dachten, sie wurde *gestoßen*. Wir konnten aber keinen festnageln.» Jury studierte das glühende Ende seiner Zigarette.

«Ist denn die Polizei nicht gekommen?» Emily blickte Jury mit gerunzelter Stirn an, anscheinend völlig fassungslos, daß Englands berühmte Gesetzeshüter so pflichtvergessen sein konnten.

«Nein, nicht Scotland Yard.»

Emily schüttelte enttäuscht den Kopf, weil Jurys Dorfbewohner nicht so umsichtig gewesen waren, Scotland Yard zu holen.

«Sie hätten es vielleicht getan», sagte Jury, «wenn Jimmy Poole was gesagt hätte.»

Daraufhin breitete sich tiefes Schweigen aus, das nur von dem Klirren der Gläser unterbrochen wurde, die Melrose vor sie hinstellte. Eine Limonade und zwei Brandys. Emily nahm einen Schluck aus ihrem und sagte: «Aber er hat nichts gesagt?»

«Nein, aber ich.»

«Sie! Es war doch ein Geheimnis.»

«Ich weiß. Du kannst mir glauben – ich hab mir's hin und her überlegt. Es war nur so – Jimmy Poole war krank, und ich konnte ihn nicht fragen, ob es auch in Ordnung war.»

«Was hatte er denn?»

«Mumps. Sein Hals war so dick, daß er nicht reden konnte.»

«Ist er gestorben?»

«Nein. Aber so lange wir nicht darüber reden konnten, konnte ich ihn auch nicht fragen, ob ich das Geheimnis verraten durfte. Ich mußte selbst eine Entscheidung treffen, und so was ist immer schwer. Ich meine, *selbst* was zu entscheiden. Und weißt du, was mich schließlich dazu gebracht hat?»

Emily schüttelte den Kopf unter den verschränkten Händen und starrte Jury gebannt an.

«Ich hatte Angst, noch jemand könnte die Treppe runtergeschubst werden. Oder daß die, die schon mal runtergestoßen worden war, noch einmal gestoßen würde.»

«Ist sie nicht gestorben?»

Jury schüttelte den Kopf. «Nein.»

«Gut. Wem haben Sie es denn erzählt?»

«Dem Pfarrer. Der schien mir der Richtige zu sein.»

«Warum nicht dem Wachtmeister? Gab's denn keinen in Ihrem Dorf?»

«Doch. Ich hatte aber Angst vor der Polizei.»

«Ich nicht!» posaunte sie heraus.

«Nein, du nicht. Ich weiß.»

Sie ließ den blauen Buntstift vor- und zurückrollen. «War Jimmy Poole böse auf Sie?»

«Nein. Er war froh. Er meinte, er hätte es auch gesagt, er konnte nur nicht.»

«Weil er Mumps hatte.» Jury nickte. Emily Louise blies ihre Backen auf und stupste mit dem Finger dagegen. Alle drei schwiegen – Melroses Augen hatten sich zu Schlitzen verengt, Jury starrte aus dem Fenster, Emily pumpte Luft in ihre Backen und ließ sie wieder entweichen. Schließlich sagte sie: «Hat Ihnen Jimmy Poole mal was gegeben?»

Jury dachte einen Augenblick nach, drückte seine Zigarette aus und sagte: «Ja, hat er.»

Nach einer kurzen Pause fragte sie: «Und hat er Ihnen gesagt, Sie dürften es niemanden zeigen?»

«Ja.»

«War das, bevor er krank wurde?»

«Ja.»

«Was war es?»

«Eine Blechdose.»

«Was war drin?»

«Geld. Ein paar Briefe. Schmuck. Und eine seltsame Botschaft.»

«Was für eine Botschaft?»

Jury schüttelte den Kopf. «Ich bin nie daraus schlau geworden.»

Emilys Augen erschienen über der Tischkante und fixierten Jury. Dann sprang sie unvermittelt auf, schnappte sich ihre Buntstifte und das Malbuch und sagte: «Ich muß jetzt gehen.» Als wären ihr plötzlich zehn verschiedene Verabredungen eingefallen.

Als sie verschwunden war, sagte Melrose: «Das war absolut faszinierend.»

Jury unterbrach ihn. «Behalten Sie sie bitte im Auge. Ich glaube, Sie haben recht. Sie scheint etwas zu wissen.»

«Aber *mir* wird sie's bestimmt nicht verraten!» Als Jury nichts darauf antwortete, fuhr er fort: «Sie soll die Kinder in einem Pferdewagen herumkutschieren. Morgen findet hier nämlich ein Fest statt, wußten Sie das schon?»

Jury schüttelte den Kopf. «Als nächstes muß ich mit dieser Lady Kennington sprechen. Aber zuerst werde ich ein Schläfchen halten, mein Gott bin ich müde!»

«Jimmy Poole hat Sie wohl geschafft.»

Jury lächelte und gähnte, während er das Fenster aufdrückte und dabei mit den braunumrandeten Kletterrosen ins Gehege kam.

«Ich erinnere mich vage», sagte Plant, «daß Sie mir erzählt haben, Sie seien in London geboren und aufgewachsen. Dieses Dorf hat es wohl nie gegeben, oder? Genausowenig wie Jimmy Poole?»

Jury dachte an die bläulichen, kalten Lichter, die in der Fulham Street angegangen waren, an das Mädchen mit der Puppe, die Frau mit dem Kinderwagen, an den Jungen, der mit seiner Gitarre vor der Kneipe stand. Die verschwommenen Umrisse von Rosenblättern drifteten in der Dunkelheit vorbei.

«Einen Jimmy Poole gibt es immer.» Er leerte sein Brandyglas und wünschte Melrose gute Nacht.

15

Melrose sog den schweren Duft der Rosen ein, die Sylvia Bodenheims Schere entgangen waren, als er auf der andern Seite der Ligusterhecke einen gellenden Schrei hörte. Da die Ställe sich dahinter befanden, zwängte er sich einfach durch die Hecke, sehr zum Ärger des Gärtners, der den Hals verrenkte, um zu sehen, was dieser Fremde seiner kunstvoll geschnittenen Hecke antat.

Melrose wußte nicht genau, was ihn beim ersten Sonnenstrahl geweckt hatte; da es ihm aber nicht gelungen war, wieder einzuschlafen – vielleicht teilte er Jurys Unbehagen, Emilys Sicherheit betreffend –, hatte er sich angezogen, gemächlich ein paar Tassen Tee getrunken und sich dann schließlich auf den Weg nach Rookswood gemacht. Er wußte, daß er sie dort antreffen würde, da sie die Pferde für das Fest herrichten mußte.

Es war auch eindeutig ihre Stimme, die da nun brüllte: «Gib's her, gib's her!» Und das ziemlich unangenehme Lachen, das darauf folgte, war eindeutig das eines Mannes.

Als Melrose um die Stallecke bog, sah er den weißen Pulloverärmel von Derek Bodenheim, der ein Buch hochhielt. Weder Derek noch Emily konnten Melrose sehen, da er seitlich neben der Stalltür stand. Sie waren auch viel zu sehr in ihr Fangspiel vertieft – obwohl es den Anschein hatte, als wäre es für Emily kein Spiel.

Derek wandte Melrose den Rücken zu, als dieser auf ihn zuging, seinen silberbeschlagenen Stock erhob und ihn geradewegs auf Dereks Armbeuge heruntersausen ließ. «Also wirklich, alter Junge, sie hat Sie höflich darum gebeten.»

«Was zum Teufel –?» stieß Derek hervor, rieb sich den Arm und starrte Melrose wütend an.

Emily hatte sich schnell ihr Buch geschnappt. Ihr Gesicht war ganz rot vor Anstrengung.

«Dumme Gans», sagte Derek zu ihr. Dann konzentrierte sich sein Ärger auf Melrose. «Was fuchteln Sie denn auf fremder Leute Eigentum mit Ihrem Stock herum? Was haben Sie hier überhaupt verloren?»

Melrose ging darauf nicht ein. Er fragte sich, was für ein Kerl das war, der sich einen Spaß daraus machte, eine Zehnjährige zu ärgern. «Sie gehn jetzt brav nach Hause!»

«*Ich* soll gehen! Wer glauben Sie denn, wer Sie sind?» Und zu Emily gewandt: «Warte nur, ich werd deiner Mutter sagen, daß du solchen Schweinkram liest.»

«Hau ab! Das ist kein Schweinkram. Außerdem hab ich's gar nicht gelesen.»

Wütend ging Derek über den Hof und ließ den Kies unter seinen Füßen knirschen.

Emily blickte von dem silberbeschlagenen Spazierstock auf Melrose. «Haben Sie schon mal jemanden umgebracht?» fragte sie hoffnungsvoll.

«Nur damals in der Fremdenlegion. Was zum Teufel war eigentlich hier los?»

Das Buch fest unter dem Arm geklemmt, suchte sie nach ihrer Heugabel. «Er ist unausstehlich.» Dann schleppte sie Gabel und Buch zum Stall, in dem ein prächtiger Falbe stand, der anscheinend vor den Wagen gespannt werden sollte.

Melrose setzte sich auf einen Ballen Heu und zündete sich eine dünne Zigarre an. «Ist er immer so?» Er fragte sich, was es wohl mit dem Buch auf sich hatte und warum ihr so viel daran lag, es nicht aus der Hand zu geben.

«Ja.» Sie stapfte aus dem Stall zu den Futterbehältern hinüber und verschwand zur Hälfte in einem von ihnen, so daß von ihren Ausführungen über Dereks Unausstehlichkeit nur noch ein schwaches Echo zu hören war. Als sie den Eimer gefüllt hatte und wieder in den Stall kam, sagte sie: «Alle Jungen sind unausstehlich.»

«Oh, da bin ich mir nicht so sicher. Sie können auch ganz nett sein. Schließlich werden aus ihnen einmal Leute wie ich.»

Ihre Augen erschienen über der Stalltür und betrachteten ihn angewidert.

«Hatte Katie O'Brien eigentlich keinen Freund?»

«Warum müssen wir immer über Jungen sprechen? Ist doch bescheuert.» Sie ging wieder zu den Tonnen mit dem Futter zurück. Die Tonne, über die sie sich gerade beugte, war so groß, daß sie sich über den Rand hängen mußte, um an den Hafer am Boden zu kommen.

«Soll ich dir helfen?»

«Nein.» Ihre Beine baumelten in der Luft.

«Für einen jungen Mann von gut zwanzig benimmt sich Derek Bodenheim schon reichlich seltsam.» Sie schleppte den nächsten Eimer in Shandys Stall und gab bei der Erwähnung von Dereks Namen ein paar Würgelaute von sich. «Ob er wohl ganz richtig im Kopf ist?»

«Nein. Katie hat er auch immer geärgert. Sie haßte ihn.»

«Hat er sie auch geneckt?» Melroses Interesse erwachte.

«Ach, das Übliche. Hat sich von hinten an sie rangeschlichen, sie gepackt und versucht, sie zu küssen.» Sie erschauerte, während sie eine Gabel Heu in Shandys Heuraufe warf. «Sie sagte, er hätte einen ganz nassen Mund... Ich möchte lieber nicht davon reden.»

Darauf folgte ein längeres Schweigen, nur von dem Scharren der Gabel unterbrochen. Melrose spürte jedoch ihr Interesse, auch wenn sie es nicht zugeben wollte. Er wußte, daß sie mit etwas hinter dem Berg hielt; es mußte mit dem Buch zu tun haben. «Laß uns mal so tun, als ob.»

Keine Antwort; außer den Kaugeräuschen des Ponys ließ sich nichts vernehmen.

«Als lebten wir in einem wunderschönen Land – sagen wir in einem Königreich. Rundherum grüne Felder und darüber ein amethystblauer Himmel.» Er stutzte; wie kam er auf den Amethyst? «Und du bist eine wunderschöne Prinzessin.» Er bemerkte, daß das Scharren aufgehört hatte. «Und ich –» Großer Gott, welche Rolle sollte er sich zuteilen? Warum hatte er sich die Geschichte nicht schon im voraus zurechtgelegt? Er wußte, er mußte etwas Abstoßendes verkörpern, damit sie anbiß. «Ich bin ein blöder, häßlicher, dummer Zwerg.»

Eine Samtkappe und ein Paar Augen erschienen über der Stalltür. Hinter ihr kaute das Pony sein Futter, ohne sich von den Prinzessinnen und Zwergen beeindrucken zu lassen.

«Ja, ich bin also ein unausstehlicher Zwerg, der allen möglichen Blödsinn anstellt in diesem Königreich. Ich klaue dem Bäcker die Obsttörtchen und Muffins aus den Regalen. Ich bin so klein – und natürlich auch so häßlich –, daß sie mich meistens gar nicht bemerken.» Er legte eine Pause ein, um nachzudenken und seine Zigarre wieder anzuzünden. «Und du bist diese herrliche Prinzessin, die im Königreich Nirgendwo lebt.» Melrose erwärmte sich allmählich für seine Geschichte und begann in dem kleinen Hof auf und ab zu gehen. «Deine Gewänder sind ungeheuer prunkvoll. Eines ist violett und mit Amethysten übersät.» Melrose warf ihr einen kurzen Blick zu, um zu sehen, ob seine barock-verschlungene Erzählung ihre Aufmerksamkeit erregte. Sie tat es. «Der Zwerg – das bin ich – ist sehr eingebildet. Ich hab einen Bruder, und der ist ein noch schlimmerer Zwerg –» Kam dieses kurze Schnauben von Emily oder dem Pony? «Noch eingebildeter. Obwohl er sich unmöglich benimmt, hält er sich für unwiderstehlich. Dabei ist er nicht größer als ein Tischbein; sein Kopf ist ganz platt, und die Backen treten gewaltig hervor –»

«Vielleicht hat er Mumps.»

Irritiert blieb Melrose stehen. «Zwerge haben nicht dieselben Krankheiten wie Menschen. Sie haben ihre eigenen. Er hat –»

«Was zum Beispiel?»

«Ist nicht wichtig. Er ist jedenfalls nicht krank; er ist einfach nur – unausstehlich.» Sie hatte ihn aus dem Konzept gebracht. Derek mußte irgendwie eingeschleust werden. Ach ja, das Stichwort war Eitelkeit. «Weil er so eingebildet ist und weil sein Vater und seine Mutter ihn immer alles machen lassen... Hab ich schon seine Familie erwähnt? Vater, Mutter, Schwester – sie sind alle gräßlich. Sie behandeln die andern Dorfbewohner – ich meine, ihre Untertanen – wie den letzten Dreck. Eines Tages schleicht sich dieser schreckliche Zwerg in die Ställe des Palastes, wo die Prinzessin in ihrem perlenbesetzten Kleid auf und ab geht und *ein Buch liest.*» Er schaute sie an. Sie starrte zurück. «Er nähert sich der Prinzessin von hinten, packt sie und will sie küssen.» Offensichtlich mißbilligte sie das Vorgehen des Zwerges. Ihre Miene verfinsterte sich. Melrose spann seine Geschichte weiter. «Er will herausfinden, was in dem Buch steht, der Tölpel. Es ist aber ein Staatsgeheimnis, und die Prinzessin will nicht, daß er es erfährt. Sie hält ihn nämlich für einen Spion. Und weißt du, was sie macht?»

Mit ausdrucksloser Miene starrte sie ihn an.

«Sie geht zur königlichen Garde!» Melrose war zufrieden mit sich. Auf diese Weise hatte er auch die Polizei ins Spiel gebracht.

«Taucht Jimmy Poole noch in dieser Geschichte auf?»

«Jimmy Poole? Natürlich nicht. Was zum Teufel hat denn Jimmy Poole damit zu tun?»

Das schmale Gesicht verschwand, und er hörte wieder das Scharren der Gabel.

Was war los mit ihr? Seine Geschichte war doch phantastisch. «Der Zwerg, weißt du –»

«Ich trage keine Gewänder, und ich küsse keine Zwerge.»

«Laß mich doch weitererzählen. Das Ende gefällt dir bestimmt.»

Nur, wie sah es aus – das Ende?

«Ich will es nicht hören. Sie ist blöd, Ihre Geschichte.»

Zum Teufel mit ihr. Das beste war wohl, sie einfach zu fragen. «Was steht denn in dem Buch, das Derek dir wegnehmen wollte? Warum hat er gesagt, es sei Schweinkram?»

Eine kurze Pause. «Weil es über Männer und Frauen ist.»

«Davon handeln 99 Prozent aller Bücher. Aber warum interessiert dich das? Wo du doch keine Zwerge küßt.»

«Ich lese es auch gar nicht. Ich will's dem von Scotland Yard geben.»

Als ob Jurys Name sich ihr nicht für immer und ewig eingeprägt hätte.

«Superintendent Jury hat gesagt, er wolle nach Stonington. Wenn du mit den Pferden fertig bist, können wir ja zusammen zum Blue Boy zurückgehen. Du mit deinem Buch. Es ist zwar erst neun, aber eine Limonade kriegt man bestimmt schon.» Er wußte nun, wie das Spiel ging, obwohl er erkannte, daß er einen Fehler gemacht hatte. Er mußte das Buch in seinen Besitz bringen, *bevor* sie ihn mit Chips und Limonade erpressen konnte. «Das heißt, am besten, du gibst es mir jetzt sofort, und anschließend gehen wir dann zum Blue Boy.»

Sie streichelte die Mähne des Falben. Offensichtlich wollte sie Zeit gewinnen. Ein völlig unpassendes blaues Schleifchen, das in der Mähne befestigt war, erregte ihren Zorn; sie riß es ab und warf es auf den Boden. «Wenn er *das* tragen soll, mach ich nicht mit.» Sie blickte in Melroses Richtung, und als sie sein entschlossenes Gesicht sah, sagte sie: «Na gut.» Sie stapfte zu ihm hinüber und warf ihm das Buch in den Schoß.

Es war offensichtlich eine Bürde, die sie nur zu gern loswurde. «Es gehört Katie», sagte sie.

«Ein Buch, das Katie O'Brien gehört? Warum die ganze Geheimnistuerei?»

«Ich weiß nicht. Sie hat gesagt, ich soll es aus ihrem Zimmer holen, falls was passiert.»

«Hat sie denn damit gerechnet?»

Emily zuckte die Achseln und blickte über seine Schulter auf das Buch.

Es war in weißes Millimeterpapier eingebunden; quer über den Einband stand GEOMETRIE. Er entfernte das Papier und sah, daß es einer der üblichen Liebesromane war, mit dem Titel *Irrgärten der Liebe*. «Wollte sie es vor ihrer Mutter verstecken?»

Emily hielt Melrose offensichtlich für ziemlich begriffsstutzig, denn sie sagte: «Es geht nicht um das *Buch*, sondern um den Einband.» Sie nahm es ihm aus der Hand, glättete das Papier und hielt es hoch. «Hier, sehen Sie?»

Es war ein seltsamer, sehr sorgfältig mit Bleistift und Tinte gezeichneter Plan, unter dem in Druckbuchstaben DER WALD VON HORNDEAN stand. Ein dichter Wald umgab ein Bild in der Mitte, auf dem verschiedene Orte und die zu ihnen führenden Wege und Schleichpfade eingezeichnet waren. Es gab einen Bärenpfad, einen Fußpfad, eine Grotte, die Schleimspur einer riesigen Schnecke. Zum Teil waren sie von einem Festungsgraben und einer «Gelben Steinstraße» umgeben.

Eine kleine Brücke führte zur St.-Pancras-Kirche.

Und mittendurch verlief der Bach des Bluts.

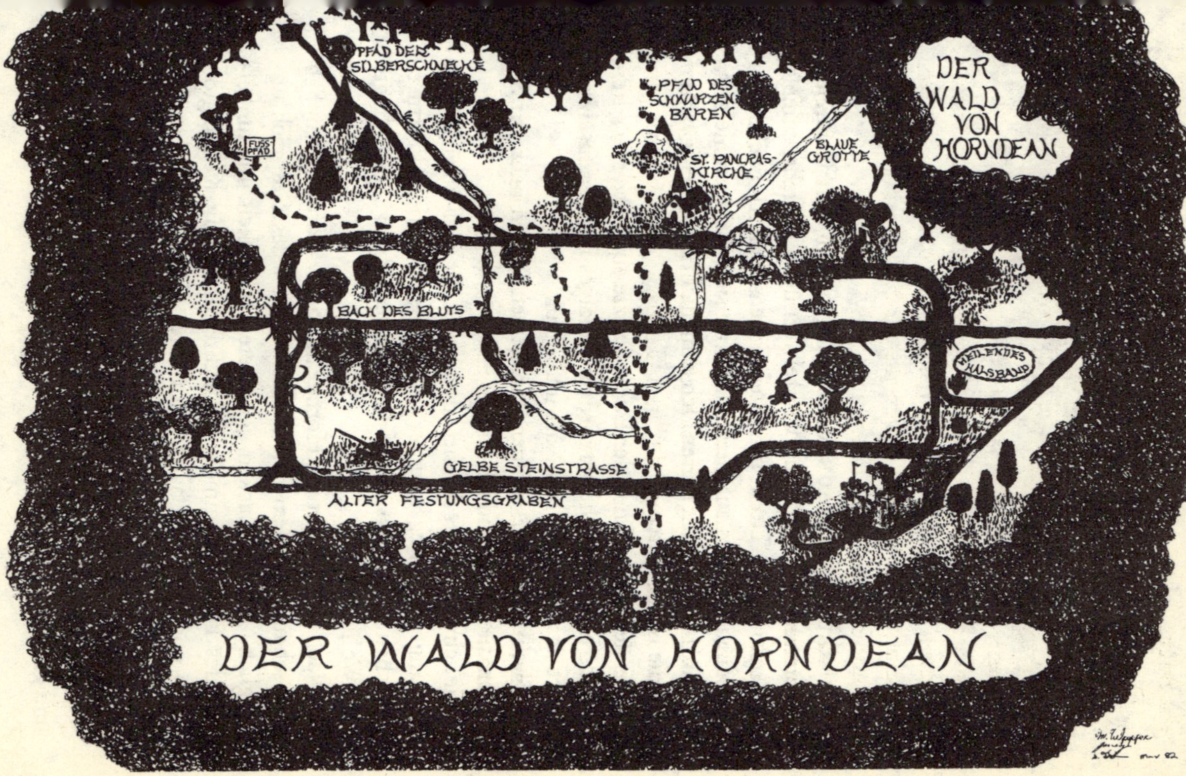

PFAD DER SILBERSCHNECKE
PFAD DES SCHWARZEN BÄREN
DER WALD VON HORNDEAN
FUSS PFAD
ST. PANCRAS-KIRCHE
BLAUE GROTTE
BACH DES BLUTS
HEILENDES HALSBAND
GELBE STEINSTRASSE
ALTER FESTUNGSGRABEN
DER WALD VON HORNDEAN

16

Die Frau, die gerade aus der Eingangstür von Stonington gelaufen kam, als Jury auf der kreisförmigen Auffahrt anhielt, trug einen in eine Decke gehüllten Gegenstand. Als er über den knirschenden Kies auf sie zuging, rief sie: «Können Sie bitte mit mir zum Tierarzt fahren? Ich kann nicht gleichzeitig fahren und die Katze halten.»

Aus dem einen Ende der Decke spitzte ein schwarzes, dreieckiges Katzengesicht hervor; ein winziges Blutgerinnsel verklebte das Fell zwischen Nase und Maul.

«Natürlich – nur, können wir meinen Wagen nehmen? Sie halten die Katze, und ich fahre.»

Sie schwieg, als er ihr die Tür aufhielt. Er stieß zurück, fuhr den langen Kiesweg hinunter und an einem niedrigen Pförtnerhäuschen vorbei. Als sie auf die Horndean Road kamen, fragte er: «Wohin?»

«Nach links. Richtung Horndean.» Sie wandte den Kopf ab und schaute aus dem Fenster; so wurde jedes Gespräch unmöglich. Ein im Nacken geknotetes Tuch hielt ihr dunkelblondes Haar zusammen. Er wußte, daß Lady Kennington kaum noch Personal hatte – nur einen Gärtner und eine Köchin. Die Frau neben ihm schien weder das eine noch das andere; sie mußte also die Dame des Hauses sein. Jury war verwirrt. Er hatte eine gebieterische ältere Frau erwartet, hager und grauhaarig, vielleicht in einem Kleid aus lavendelfarbener

Seide mit einer Kamee. Die Wirklichkeit entsprach überhaupt nicht diesem Bild.

«Was ist mit der Katze los?»

«Ich weiß es nicht. Vielleicht wurde sie angefahren, aber ich bin mir nicht sicher. Ich sah sie vor ungefähr einer Stunde die Auffahrt hochrennen, hatte aber nicht den Eindruck, sie sei verletzt.» Sie sah aus dem Fenster, als sie das sagte.

Er drehte sich nach der Katze um, die ihn mit glasigen Augen anstarrte und einen schwachen Laut von sich gab, als teile sie mit Jury das geheime Wissen über das Schicksal von Katzen, die sich in einem solchen Zustand befanden. Die Gedanken der Frau neben ihm waren wahrscheinlich nicht weniger betrüblich.

«Es sind ungefähr noch zwei Kilometer», sagte sie, und ihre Aufmerksamkeit galt den nebelverhangenen Feldern und Hekken, die an ihnen vorbeiflogen. Er konnte nur ein Stück Kopftuch sehen, nicht ihr Gesicht, aber das, was er gesehen hatte, ließ ihn vermuten, daß es ein schönes Gesicht war: blaß, grauäugig, intelligent. Er wäre nie auf den Gedanken gekommen, sie als «unscheinbar» zu bezeichnen, wie Sylvia Bodenheim das getan hatte.

«Diese Katze fühlt sich schon ganz kalt an.» Sie hatte ihre Hand unter die Decke gesteckt. «Ich glaube, sie stirbt.» Das hörte sich sehr bedrückt an.

«Das ist nur der Schock. Die Temperatur fällt etwas.» Jury hatte keine Ahnung, wie Katzen bei Schock reagierten; er kannte nur die menschlichen Reaktionen. Er sah nach den Augen der Katze, doch die waren fest geschlossen. «Sie schläft bestimmt nur.» Aber eigentlich sah sie eher tot aus.

Sie antwortete nicht. Selbst die Luft zwischen ihnen schien von Elend erfüllt zu sein. Er hatte das Gefühl, sie und ihre Katze im Stich zu lassen. Es war einfach absurd. Anscheinend gehörte sie zu den Menschen, in deren Gegenwart man sich immer schuldig fühlt, ohne daß sie das überhaupt wollen.

«Ist es Ihre Lieblingskatze?» Eine dumme Frage. Er verfluchte sich, während er eine scharfe Kurve nahm, die aus dem Nichts vor ihm aufgetaucht war.

«Nein. Einfach nur eine zugelaufene alte Katze.»

Jury sah aus dem Augenwinkel nach der Katze, so verstohlen, als könne sein Blick allein sie schon töten. Der Kopf hing so schlaff herunter wie der eines erlegten Fasans. Er widerstand der Versuchung, sie anzustupsen, um zu sehen, ob sie noch lebte.

Die Stimme der Frau klang irgendwie herausfordernd, als sie hinzufügte: «Ich mag sie nicht einmal besonders.»

«Natürlich nicht.»

Sie warf ihm einen kurzen Blick zu und schaute dann wieder aus dem Fenster. «Ach, seien Sie still und fahren Sie.»

Er hatte ihr angeboten, sie in die Praxis zu begleiten. Seinem Gefühl nach brauchte sie wenigstens moralischen Halt, sie hatte ihn jedoch gebeten, auf sie zu warten. Und sie hatte es immer noch nicht für nötig befunden, sich vorzustellen oder nach seinem Namen zu fragen.

Er war schließlich aus dem Auto gestiegen und auf dem nassen Hof umhergewandert. Die Tierarztpraxis befand sich in einem winzigen, hellgetünchten Gebäude, das zu einem größeren Bauernhof zu gehören schien. Jury lehnte sich gegen den Zaun und blickte auf die fernen Umrisse der Eschen und Eichen, die den Wald von Horndean auf dieser Seite säumten. Ihm war ganz schlecht bei dem Gedanken an all die Fragen, die er ihr stellen mußte.

Als sie dann wieder auftauchte, betrübter als zuvor, waren vielleicht fünfzehn oder zwanzig Minuten vergangen; Jury kam es wie eine Ewigkeit vor. «Der Kiefer ist gebrochen, ein ziemlich komplizierter Bruch, und das Becken ist ausgerenkt oder so was Ähnliches. Man wird ja nie schlau aus dem, was die einem erzählen. Eine teure Angelegenheit. Hundert Pfund oder mehr, meinte er und wiederholte ständig, es sei einzig und allein meine Entscheidung.» Sie stand neben ihm am Zaun und starrte in die Ferne, auf die Schafe und Kühe, die vor dem Wald von Horndean grasten. Sie runzelte die Stirn, als wären sie ihr eine Erklärung schuldig, als hätte das gesamte Tierreich sie im Stich gelassen.

«Sie hätten sie wohl auch einschläfern lassen können. Das wollte er doch damit sagen, oder?»

«Er vermittelte mir eher den Eindruck, als wolle *er* die Katze retten.»

«Aber es ist Ihre Katze. Wie heißt sie eigentlich?»

«Tom oder so ähnlich. Es ist im Grunde auch nicht ‹meine› Katze.» Sie sah ihn immer noch nicht an; irgendwie wirkte sie so enttäuscht oder verärgert wie über einen Verwandten, der eines Tages davonläuft und dann ohne Erklärung für sein rücksichtsloses Verhalten wieder auftaucht. «Es ist nicht ‹meine› in dem Sinn, daß ich darüber entscheiden kann, ob sie leben soll oder nicht. Dazu kommt, daß ich sie nicht einmal besonders mag. Das macht die Sache nur noch schlimmer. Sie verstehen...» Sie blickte ihm nun direkt in die Augen, als wäre es von größter Wichtigkeit, daß er sie in diesem Punkt verstünde. «Man kann doch Dinge, die man nicht mag, nicht einfach aus dem Weg räumen lassen.» Ihr Ton war belehrend, als gehörte Jury zu den Leuten, die über Leichen gingen.

Sie saßen nun wieder im Auto und fuhren durch die Wasserlachen auf dem Feldweg, daß der Schlamm links und rechts hochspritzte. Er wandte sich ihr zu, sah aber wieder nur das Kopftuch, unter dem ein paar helle Löckchen hervorlugten, während sie hartnäckig aus dem Fenster starrte. Sie schien mit den Hecken und Feldern kommunizieren zu wollen, und ihre Stimme war so verhangen wie die Landschaft, als sie wiederholte: «Ich mag diese Katze nicht einmal.»

Jury äußerte sich nicht dazu.

Stoningtons graue, quadratische Fassade erinnerte Jury an ein Gefängnis. Die große, eintönige Fläche wurde nur von einer monotonen Reihe länglicher, in Blei gefaßter Fenster unterbrochen, die den Eindruck vergitterter Luken erweckten. Strenges, düsteres Mittelalter. Die breite Treppe war von leeren, urnenförmigen Gefäßen flankiert. Links und rechts von der Auffahrt standen ein paar vernachlässigte Bäume, keine Blumenbeete, keine gepflegten Rasenflächen, nichts, was die Monotonie unterbrochen hätte. Und kein Lebenszeichen, weder von Mensch noch Tier. Direkt gegenüber auf der andern Straßenseite begann der Wald von Horndean, eine dunkle, schweigende, undurchdringliche Masse.

Auf der Rückfahrt hatten sie sich dann schließlich vorgestellt; seine Position schien sie jedoch nicht besonders zu beeindrucken. Im Haus angelangt, hängte sie ihren Mantel über einen Kleiderständer aus Messing, nachdem sie sorgfältig die Wassertropfen abgeschüttelt hatte. Es hatte endlich aufgehört zu nieseln. In der riesigen Eingangshalle des Hauses war es eiskalt; sie gemahnte Jury mit ihren stuckverzierten Wänden und den kleinen Nischen für die Statuen an ein Kloster.

«Ich hätte ein Feuer machen sollen», sagte sie und blickte auf die kalte Feuerstelle. «Aber in den übrigen Räumen ist es nicht so schlimm.» Ihre Stimme klang entschuldigend, als sei sie persönlich verantwortlich für die Kälte, als müsse sie ihren Besucher davor schützen. Sie führte Jury in einen sehr viel kleineren Raum, in dem es jedoch kaum wärmer war. Der Kamin sah genauso unbenutzt aus wie der in der Eingangshalle. Außer den vom Boden bis zur Decke reichenden Bücherregalen und viel kaltem Leder enthielt der Raum nichts, kein einziges Möbelstück, das gemütlich wirkte. Durch die Scheiben drangen ein paar schwache, kränkliche Sonnenstrahlen, die den Winter anzukündigen schienen. Die Fenster gingen auf eine Art Klosterhof oder Atrium hinaus, das eingeschlossen war von den Mauern des Gebäudes. Jury war überrascht; das Gefängnis verwandelte sich für ihn in eine Abtei; nicht einmal die Säulengänge fehlten. Es hätte ihn nicht gewundert, ins Gebet versunkene Mönche oder Nonnen auf und ab wandeln zu sehen. In der Mitte des Hofs befanden sich ein großes, trockenes Becken und die Statue einer verhüllten Frau mit gesenktem Haupt. Vielleicht kein großes Kunstwerk, aber doch sehr wirkungsvoll in dieser Umgebung.

«Wenn es Ihnen recht ist, gehen wir in einen andern Raum», sagte Lady Kennington. «Ich fand diesen hier schon immer gräßlich.»

Der andere Raum war noch kleiner; durch eine Flügeltür sah er wieder die Statue, jedoch aus einem andern Blickwinkel. Das Kaminfeuer brannte. Aber abgesehen von ein paar Kisten und einem chintzbezogenem Sessel, auf dem ein Umschlagtuch lag, war der Raum leer. Neben dem Sessel stand eine Teetasse auf dem Boden.

«Ich saß hier, als ich die Katze sah.» Sie zeigte auf das Fenster auf der andern Seite.

Jury blickte auf die dunklen Stellen auf der Wand, wo einmal Bilder gehangen haben mußten.

«Die Leute von Sotheby waren da und haben das ganze Mobiliar abgeholt, bis auf diesen Sessel hier, den wollten sie nicht haben. Sie sind sicher wegen der Frau gekommen, die im Wald gefunden wurde?» Jury nickte, sie blickte ihn stumm an und wandte sich dann ab, als versuche sie die Antwort auf eine Preisfrage zu finden. Sie nahm ihr Kopftuch ab und fuhr sich mit der Hand wie mit einem Kamm durch das Haar. «Ich glaube, sie wollte sich hier vorstellen.»

«Und als sie nicht auftauchte, haben Sie sich da nicht gewundert?»

«Doch, natürlich. Aber dann dachte ich mir, daß auf diese Leute eben kein Verlaß ist. Am Freitag habe ich schließlich die Jobvermittlung angerufen. Die Frau, die für den Auftrag zuständig war, war überrascht, aber na ja... für sie war es eben auch ein Mädchen, auf das kein Verlaß ist. Sie hat sich tausendmal entschuldigt und wollte mir eine andere vorbeischicken.

Ich sagte, das sei nicht nötig, so dringend sei die Sache nicht. Ich würde mich wieder bei ihr melden...» Sie verstummte und schüttelte den Kopf, als könne sie das alles nicht begreifen.

«Wann haben Sie von dem Mord gehört?»

«Eigentlich erst heute morgen. Gestern abend war ich nicht zu Hause. Ich war in Hertfield im Kino, und als ich zurückkam, fand ich einen Zettel von Annie vor – das ist meine Köchin. Ich solle sofort die Polizei in Hertfield anrufen. Deshalb habe ich auch ein Polizeiauto erwartet; Sie müssen es recht seltsam finden, daß man sich so wegen einer Katze aufregt, wenn gerade ein Mord passiert ist.» Sie ging zu der Flügeltür hinüber, und ihr weiter, grauer Pullover schimmerte im schwachen Licht der Sonne metallisch. «Ich habe Sie wirklich nicht mit der Polizei in Verbindung gebracht. Tut mir leid.»

«Sie brauchen sich nicht zu entschuldigen. Ich finde das auch gar nicht so seltsam, ich meine, das mit der Katze.» Jury hatte das Gefühl, als liege die Fahrt zum Tierarzt Jahre und nicht erst fünfzehn Minuten zurück. «Mr. Mainwaring sagt, er habe das Mädchen hierherbestellt.»

«Ja, Freddie wollte mir damit einen Gefallen tun. Er sagte, er kenne die Agentur und habe einen guten Eindruck von ihr. Hören Sie, wollen Sie nicht Platz nehmen?» Sie zeigte in die Richtung der einzigen Sitzgelegenheit.

«Nicht nötig. Setzen *Sie* sich doch.» Sie schüttelte den Kopf und schob den Ärmel ihres Pullovers zurück. «Wäre es denn nicht einfacher gewesen, jemanden aus dem Dorf damit zu beauftragen?»

«Ja, sicher. Ich hab nur niemanden gefunden. Und Freddie sagte, diese Agentur sei auch nicht sehr teuer.»

Sie schien sich gut mit Freddie zu verstehen. «Hatten Sie den Eindruck, Mr. Mainwaring läge diese Sache irgendwie besonders am Herzen?»

«‹Am Herzen –?› Ich weiß nicht, wie Sie das meinen.» Es wurde ihr jedoch schnell klar, wie es gemeint war. «Wollen Sie damit sagen, daß Freddie Mainwaring das Mädchen irgendwoher kannte?»

«Das wäre ja möglich.»

Sie blickte ihn an, während sie sich die Sache durch den Kopf gehen ließ. Ihre grauen Augen wurden in dem abnehmenden Licht immer dunkler. «Sie scheinen nicht auszuschließen, daß er etwas mit ihrem Tod zu tun hat?»

«Zumindest gibt es da eine seltsame Zufälligkeit.»

Lächelnd schüttelte sie den Kopf. «Ich glaube nicht, daß er darin verwickelt ist. Freddie ist viel zu schlau, um sich eine Frau auf diese Weise vom Hals zu schaffen. Ich bin sicher, er bekäme auch so, was er will.»

«Denken Sie an Ramona Wey?» Sie legte den Kopf zurück, ohne sich dazu zu äußern. «Ihr verstorbener Gatte hatte geschäftlich mit ihr zu tun, nicht?» Sie nickte. «Es ging um alten Schmuck.» Sie nickte wieder; irgendwie hatte er das unangenehme Gefühl, sie könne seine Gedanken lesen. «Lady Kennington, ich wäre Ihnen sehr dankbar, wenn Sie mir etwas über den Diebstahl dieses Smaragdcolliers erzählen könnten.»

Das schien sie zu überraschen. «Was hat denn das mit dieser Sache zu tun?»

«Wie Sie wissen, wurde Trevor Tree, kurz nachdem die Polizei ihn wieder auf freien Fuß gesetzt hatte, von einem Auto überfahren. Das Collier ist nie wieder aufgetaucht. Es muß aber irgendwo sein.»

Sie griff sich an die Kehle, wie im Reflex auf die Erwähnung des Colliers. «Ja, das muß es wohl. John ließ sich zu allem möglichen hinreißen, wenn es um Schmuck ging. Er war richtig besessen davon. Er hat eine Hypothek nach der andern aufgenommen, um seiner Leidenschaft frönen zu können. Eigentlich sollte man annehmen, er wäre so schlau gewesen, das Collier versichern zu lassen. Aber er meinte, Versicherungen für Schmuck seien unzahlbar. Ist das nicht absurd? Ich glaube, John – mein Mann – war so etwas wie ein Spieler. Selbstzerstörerisch.»

«Und Sie müssen nun verkaufen, um seine Schulden zu begleichen. Trotzdem sind Sie nicht verbittert –»

Sie sah so verständnislos drein, als wüßte sie nicht, was das Wort bedeutet. «Ich hätte sowieso verkauft. Ich hätte das schon längst tun sollen.» Sie wandte den Blick ab. «Mir lag nie viel an Schmuck.»

Eine Meisterin des Understatements, dachte er; sie sprach von dem Smaragd, als käme er aus dem Warenhaus. «Es soll aber ein ziemlich seltenes Exemplar sein, ägyptisch.»

«Ja. John interessierte sich besonders für ägyptische Sachen. In den Stein ist eine Krähe eingraviert und darunter eine Krabbe oder etwas Ähnliches. Sie sollten einen schützen vor ‹Unannehmlichkeiten, Alpträumen und Dummheit›.» Ein Lächeln huschte über ihr Gesicht. «Sie haben es aber nicht getan. Ich bin immer noch nicht schlauer geworden. Und meine Träume –» sie verschränkte die Hände hinter dem Kopf und sah weg – «sind noch genauso schlimm.»

«Wurde der Kasten, in dem Lord Kennington seinen Schmuck aufbewahrte, ebenfalls verkauft?»

«Nein. Er ist nebenan.» Er folgte ihr zu der Tür auf der andern Seite.

Die Ausmaße sowie die gähnende Leere des Raums, in den sie ihn führte, versetzten Jury einen Schock. Auch hier war kein einziges Möbelstück vorhanden. Es mußte einst das Speisezimmer gewesen sein. Am Ende führte eine ganze Phalanx von Flügeltüren auf den Hof hinaus und gestattete dem Besucher, die Trauernde aus verschiedenen Blickwinkeln zu betrachten. Sie waren inzwischen in einem andern Flügel des Gebäudes angelangt, demjenigen mit dem Säulengang. Er hatte das Gefühl, durch dicke, runde Stäbe auf die Statue zu blicken. Bis auf die schweren, grünen Vorhänge an den Fenstern und den Schaukasten mit dem Glasdeckel, der in eine Ecke neben den marmornen Kamin geschoben worden war, war der Raum leer. Der seltsame Rundgang – mit der Statue als einzigem Orientierungspunkt – hatte Jury durcheinandergebracht. Er beugte sich über den Schaukasten und fragte: «Fanden Sie Trevor Tree sympathisch?» Er blickte zu ihr auf.

«Ich hatte nichts gegen ihn. Allerdings war ich selten mit ihm zusammen. Wir standen uns nicht sehr nahe.» Er glaubte einen Anflug von Ärger herauszuhören. Vielleicht antwortete sie aber auch nur mit leisem Humor auf seine unausgesprochene Frage.

«Was ist in jener Nacht passiert, Lady Kennington?»

Wieder dieses flüchtige Lächeln. «Ich möchte lieber nicht so genannt werden. Jenny Kennington genügt. John hat auch nur den Familiennamen geführt. Er fand das praktischer. In mancher Hinsicht war er wirklich sehr vernünftig. Ich glaube, ich habe mich als Lady nicht gerade bewährt.»

Jury sah sie an. «Ich könnte mir vorstellen, daß Sie Ihre Rolle recht gut gespielt haben. Erzählen Sie, was in der Nacht passiert ist, als das Collier gestohlen wurde.»

Sie erzählte ihm dieselbe Geschichte, die er schon von Carstairs gehört hatte. «Als wir entdeckten, daß Trevor verschwunden war, wußten wir natürlich Bescheid. Wir hätten es gar nicht so schnell bemerkt, wenn unsere Köchin nicht so früh aufgestanden wäre.»

«Ich verstehe. Es sind doch noch ein paar andere Schmuckstücke verschwunden in der Zeit, in der Trevor Tree bei Ihnen gearbeitet hat – offenbar hat er auch die mitgehen lassen. Würden Sie sie wiedererkennen?»

«Oh, ja. Da war einmal diese Kamee. Ziemlich ungewöhnlich und sehr hübsch. Und dann dieser kleine Brillant mit dem ‹europäischen Schliff›, wie man das nennt. Nicht wirklich wertvoll. Und ein goldener Ring, gewunden wie eine Schlange. Der gefiel mir.» Sie warf ihm einen kurzen Blick zu. «Sie haben diese Sachen doch nicht etwa gefunden?»

Jury schüttelte den Kopf. «Nein, aber Cora Binns hat möglicherweise Trevor Tree gekannt. Und es ist durchaus möglich, daß sie einen Ring aus Lord Kenningtons Kollektion getragen hat – vielleicht den, den Sie gerade beschrieben haben. Vielleicht hat er diese Sachen nur gestohlen, um zu sehen, wie weit er gehen konnte. Wie haben Sie ihn eingeschätzt?»

«Als sehr gerissen. Aber das geht ja schon daraus hervor, wie er das Ganze geplant hat.»

«Wo ist Ihr Mann auf ihn gestoßen?»

«Bei Sotheby's. Oder vielleicht auch bei Christie's. John stand mit beiden Häusern in Verbindung. Deshalb wußte Trevor wohl auch von dem Smaragd. John suchte einen Sekretär, und dieser Tree wurde ihm als sehr zuverlässig empfohlen. Er war entweder bei Sotheby's oder Christie's angestellt. Natürlich kannte er sich sehr gut aus. John hat ihm sein volles Vertrauen geschenkt.» Sie zuckte die Achseln. «Vielleicht geht auch das auf das Konto seiner Spielernatur. Warum hätte er ihm auch sonst vertraut? Ich hielt Trevor Tree für einen viel zu gerissenen Burschen, ehrlich gesagt.»

Die Sonne war wieder herausgekommen und warf breite Streifen auf das blanke Parkett, als fielen ihre Strahlen auf eine Wasserfläche. Obwohl Jury recht weit von ihr entfernt stand – er bei dem Schaukasten und sie am Fenster –, fiel ihm das leuchtende Silbergrau ihrer Augen auf. Sie zog die langen Ärmel ihres Pullovers herunter; die Metallfäden ließen die grob gestrickten Maschen wie die Glieder eines Kettenhemds schimmern. «Mir ist schrecklich kalt», sagte sie. «Ich hätte gerne eine Tasse Tee. Und Sie?»

«Ich hätte auch nichts dagegen», sagte er.

«Dann mache ich schnell einen.» Sie überquerte das eichene Parkett und verschwand durch die Tür am andern Ende. Sie fiel hinter ihr ins Schloß.

Kaum war sie aus dem Raum gegangen, vermißte er sie auch schon.

17

«WARUM MALST DU DENN diesen Hund lila an?»

«Weil mir lila gefällt.» Emily Louise schaute nicht einmal von ihrem Malbuch auf.

Abgesehen von Melrose und Emily war der Bold Blue Boy völlig leer, nicht gerade verwunderlich um neun Uhr morgens.

Melrose besah sich die verrückten Farben der Bauernhofszene, dann den Plan und erinnerte sich an Miss Craigies fürchterlichen Lichtbildervortrag. Da war irgend etwas. Er hatte das Gefühl, irgendwo in den Tiefen seines Unterbewußtseins des Rätsels Lösung parat zu haben.

«Kennst du die Craigies?»

«Ja. Ernestine ist die mit den Vögeln – wirklich langweilig. Sie stapft mit ihrem Felstecher im Wald herum und beobachtet sie.» Emily befeuchtete mit der Zunge ihren Buntstift, um eine Schar Gänse auszumalen. Rosa.

«Nimm die Stifte nicht in den Mund. Du kriegst sonst eine Buntstiftvergiftung.» Melrose blickte auf den Plan, der ausgebreitet vor ihm lag. All diese kreuz und quer verlaufenden Linien. Allmächtiger, würde er Ernestine um eine Wiederholung ihres Vortrags über die Flugrouten des Tüpfelsumpfhuhns bitten müssen? War er bei seiner Jagd nach Beweisstücken nicht bereits bis an die Grenze des Zumutbaren gegangen? Sein Blick wanderte zu Emilys Malbuch hinüber. Er platzte heraus: «Deine Gänse sind ja rosa!»

«Ja. Sind sie nicht hübsch?» flötete sie. Sie warf den Buntstift auf den Tisch und hielt ihr Kunstwerk hoch. Ein Bauernhof mit Tieren in allen Regenbogenfarben. Mit Ausnahme des Pferds, stellte Melrose fest; das Pferd war braun, ganz wie es sich für ein Pferd gehörte. Das irritierte ihn besonders. «Alle andern Viecher sind in den unsinnigsten Farben angemalt, nur das Pferd ist braun.»

«Klar ist es braun. Pferde *sind* braun; manche Pferde. Das hier soll jedenfalls Shandy sein.»

Er weigerte sich, darauf einzugehen. «Kann ich eine Seite aus diesem Buch haben?»

Sie hielt beim Kolorieren einer Kuh inne, die sie anscheinend vergessen hatte. Ein leuchtendes Zitronengelb war die Farbe ihrer Wahl. Mißtrauisch blickte sie zu Melrose auf. «Na schön...» Sie blätterte ihr Buch durch, bis sie auf eine Seite mit dem Bild eines aschenputtelähnlichen jungen Mädchens stieß, dessen winziger Fuß von einem jungen Mann mit einem Pagenkopf in einen gläsernen Schuh gesteckt wurde. «Da. Das können Sie ausmalen. Gefällt mir sowieso nicht.»

«Ausmalen? Du lieber Himmel, ich will nichts ausmalen. Ich brauche nur die Rückseite, um etwas aufzuzeichnen.»

«Sie meinen, ich soll das Blatt rausreißen?» Skandal!

«Ich kauf dir ein neues Buch.»

Sie sah von dem Prinzen mit dem Schuh in der Hand zu Melrose hoch. «Ist schon gut. Er sieht auch zu blöd aus.»

Sorgfältig falzte sie die Seite, fuhr an dem Kniff entlang und riß sie aus dem Buch.

«Danke», sagte Melrose kühl. Er nahm einen roten Farbstift und zog damit eine Gerade auf der Rückseite des Blattes. Mit einem blauen Farbstift zog er eine zweite Linie, die sich mit der roten schnitt.

Emily zeigte sich interessiert. «Was machen Sie da?»

«Die Flugrouten des Tüpfelsumpfhuhns aufzeichnen.»

Sie vergaß ihre zitronengelbe Kuh, nahm das Kinn zwischen die Hände und beobachtete, wie Melrose die rote Linie mit einer steil nach oben verlaufenden grünen Linie halbierte. Einen Augenblick später war das ganze Blatt mit Linien bedeckt, die in alle Richtungen verliefen. «Das ist es nicht», sagte er.

«Sieht blöd aus.»

«Streitet euch nicht, Kinder», ließ sich Jurys Stimme hinter ihnen vernehmen. «Er soll sich sein eigenes Malbuch kaufen», fuhr Jury fort, der neben Emily Platz nahm und sofort in den Genuß ihrer ungeteilten Aufmerksamkeit kam. «Was ist denn das?» Jury schob das von Melrose buntlinierte Blatt über den Tisch. «Wohl von Jackson Pollock inspiriert.»

Emily hielt ihm ihren Bauernhof unter die Nase. «Ist das nicht hübsch?»

«Sehr hübsch. Ich hatte auch mal einen lila Hund.»

Erstaunen breitete sich auf Emilys Gesicht aus. «Tatsächlich?»

«Er ist natürlich nicht lila auf die Welt gekommen. Aber in der Gasse, in der er immer herumstöberte, hatte mal jemand ein paar Farbdosen abgestellt. Mein Hund steckte immer überall seine Schnauze rein und hat sich von oben bis unten bekleckert. In einer Dose war etwas grüne Farbe; als sie umkippte, hat er von der auch was abgekriegt. Aber nur an ein paar Haarspitzen.»

«Das muß ein toller Hund gewesen sein. Ist er daran gestorben?»

«Nein. Aber die Farbe ist nicht mehr rausgegangen.»

«War er auch noch lila und grün, als er starb?»

«Ja. Zwar etwas verblaßt, aber immer noch ziemlich bunt.»

Sie hatte einen grünen Farbstift hervorgekramt und strichelte damit auf dem lila Hund herum.

Melrose schob Katie O'Briens Plan zu Jury hinüber, frustriert, weil die Antwort ihm nicht einfach in die Augen stach wie die Lichtreflexe auf den Flügeln einer Möwe. Schon wieder diese vogelkundlichen Metaphern!

Verständnislos starrte Jury darauf: «Woher haben Sie denn das?»

Emily erzählte ihm von Katie.

«Falls was passiert, hat sie gesagt?»

Emily nickte und machte sich daran, die Buntstifte und das Buch zusammenzupacken. «Ich muß um halb elf auf dem Fest sein.» Offensichtlich wollte sie mit der Sache nichts mehr zu tun haben, nachdem sie Scotland Yard ihr Geheimnis anvertraut hatte.

Jury hielt sie jedoch am Handgelenk fest. «Ist das wirklich *alles*, was sie zu dir gesagt hat?» Emily nickte. «Hast du das nicht merkwürdig gefunden?» Wieder nickte sie, und ihre Stirn legte sich in tiefe Falten, während sie Melrose einen Blick zuwarf, als wäre er an allem schuld. Jury bohrte: «Hat sie vielleicht auch mal London oder ihren Musiklehrer erwähnt? Oder ein Spiel, das Magier und Kriegsherren heißt?»

«Ja, aber ein anderes Mal.»

«Und was hat sie bei diesem anderen Mal gesagt?» fragte Jury geduldig, ohne ihr Handgelenk loszulassen.

«Sie sagte, es sei ein Spiel, das sie in London gesehen hätte. Es soll sehr viel Spaß gemacht haben.»

«Und sonst hat sie nichts weiter erzählt? Von einer Kneipe in London, wo es gespielt wurde?»

Emily schüttelte heftig den Kopf. Der Ausdruck auf dem kleinen Gesicht war mitleiderregend und Jurys Meinung nach genauso einstudiert wie das Stirnrunzeln. «Bitte, lassen Sie mich los. Ich muß mich um die Pferde kümmern.»

Jury lockerte seinen Griff. «Gut. Vielen Dank, Emily.»

Als sie Jurys Lächeln sah, schien sie es plötzlich nicht mehr so eilig zu haben. Sie zögerte, ging dann schließlich doch auf die niedrige Türöffnung zu und huschte an Peter Gere vorbei, der sich gerade unter dem Balken durchduckte.

«Was hat es denn mit diesem Spiel auf sich?» fragte Melrose.

Jury breitete den Plan vor ihm aus. «Das ist ein Plan, wie sie ihn für ihr Spiel benutzen – hallo, Peter.»

Ächzend nahm Peter Platz. «Dachte mir doch, ich hätte Sie reinkommen sehen. Die Bodenheims machen mich ganz verrückt mit ihrem Fest. Sie finden anscheinend, es ist meine Schuld, daß das Karussell nicht funktioniert. Hallo, guten Tag», sagte er, als Jury ihm Melrose Plant vorstellte.

«Schauen Sie sich das mal an, Peter.» Jury zeigte ihm den Plan. Gere studierte ihn, legte die Stirn in Falten, drehte und wendete ihn und meinte schließlich: «Was wollen Sie damit?»

«Es könnte uns einmal im Fall Katie O'Briens weiterhelfen. Und dann vielleicht auch in dieser Sache mit dem Collier, das Lord Kennington vor einem Jahr gestohlen wurde.»

Ungläubig starrte ihn Peter an. «Wie denn das?»

«Sie haben doch gesagt, daß Sie Trevor Tree und Derek Bodenheim ein paarmal bei einem Spiel gesehen haben, das Magier und Kriegsherren hieß.» Peter nickte. «Erinnert Sie das nicht an die Pläne, die sie dabei benutzen?»

«Ja, kann schon sein. Wo haben Sie ihn denn gefunden?»

«Nicht ich, sondern Katie O'Brien hat ihn gefunden. Ob in London oder in Littlebourne, weiß ich nicht. Erzählen Sie ihm die Geschichte, Mr. Plant.» Melrose berichtete Peter Gere von seinen morgendlichen Aktivitäten.

«Sie glauben doch nicht im Ernst, daß Tree diesen Smaragd irgendwo im Wald von Horndean versteckt hat?»

«Ich weiß es nicht. Aber es scheint doch mehr als nur ein Zufall zu sein – Katie O'Brien, Cora Binns, Trevor Tree, das Heilende Halsband –»

«Was hat es denn mit diesem Heilenden Halsband für eine Bewandtnis?»

«Eine Kneipe im East End, in der Tree Stammgast war. Die Kneipe, in der sie auch dieses Spiel spielen.»

Gere versuchte seine Pfeife anzuzünden und zog die Wangen ein, warf aber nach ein paar vergeblichen Versuchen die Streichhölzer auf den Tisch und ließ die Pfeife mit dem Kopf voran in seine Tasche gleiten. «Vielleicht hat er es wirklich da versteckt. Es sieht tatsächlich so aus, als hätte jemand versucht, den Wald von Horndean zu zeichnen. Da ist der Bach und dort die Kirche...» Er zeigte mit dem Finger darauf. «Es ist mir aber immer noch ein Rätsel, wie er diesen Smaragd überhaupt verschwinden lassen konnte. Er hatte gar nicht die Zeit, sich aus dem Haus zu stehlen und ihn irgendwo zu verstecken. Und bei sich hatte er ihn auch nicht. Ich hab den Kerl gründlich durchsucht. Das da könnte Spoke Rock sein.» Er zeigte wieder auf die Karte, auf die Höhle des Schwarzen Bären.

«Es muß noch einen gegeben haben, einen Komplizen oder zumindest jemanden, der wußte, daß Tree diesen Smaragd hatte.»

Daß Jury einen der Dorfbewohner verdächtigte, schien Peter Geres Mißfallen zu erregen. «Das ist doch Blödsinn. Obwohl ich Derek Bodenheim schon einiges zutraue...»

«Ich halte das keineswegs für Blödsinn, Peter. Katie liegt im Krankenhaus, und Cora Binns ist tot.»

18

Der Friedhof sah richtig heiter aus. Auf dem Feld nebenan hatten sich ein paar Luftballons vom Haken losgerissen und wurden vom Wind über die alten Gräber getrieben. Ein Herr mit einem weißen Stehkragen, den Melrose für Pfarrer Finsbury hielt, hatte die Arme auf dem Rücken verschränkt und blickte sich zufrieden um. Sylvia Bodenheim, die schon etwas früher gekommen war, um sich mit Emily herumzustreiten, stritt sich inzwischen mit einem jungen Mann, einem Arbeiter in Hemdsärmeln, der die Wurfbuden aufbauen half.

Das Fest sollte um zwölf Uhr mittag beginnen, und Melrose beobachtete, wie zu seiner Linken die Schaulustigen ihre fünfzig Pence Eintritt bei Sir Miles entrichteten, der sie daraufhin durch das Tor trieb und ihnen die nötigen Verhaltensmaßregeln mit auf den Weg gab. Vor allem wollte er verhindern, daß sie vom öffentlichen Weg abwichen und auf Rookswood herumstreunten. Aus der Entfernung konnte Melrose zwar nicht verstehen, was Sir Miles zu den Leuten sagte, denen er den Spaß verderben wollte, bevor sie überhaupt welchen hatten; er schloß es nur aus den Bewegungen, die Bodenheim Senior mit seinem Stock ausführte. Die Leute zahlten jedoch und durften den durch seine Gegenwart geheiligten Boden betreten.

Inzwischen ließen sich auch die begeisterten Schreie der Kinder vernehmen, die wieder einmal, wie Melrose annahm, viel zu zahlreich vertreten waren; alles Kinder, die sich auf dem schmalen Stück Land drängen würden, das Emily für Pferd und Wagen am Rand des Waldes von Horndean abgesteckt hatte. Melrose war gekommen, um Emily Louise seine (unerwünschte, wie sie ihm gleich zu verstehen gab) Hilfe anzubieten; sie war gerade dabei, Pferd und Wagen für die Ausfahrten fertig zu machen. (Obwohl der Wagen geschlossen war, sprach Sylvia Bodenheim immer von ‹ihrem Phaeton›.) Ein paar Minuten hatte die Auseinandersetzung zwischen Emily Louise und Sylvia Bodenheim gedauert; es ging um eine Schleife, die aus der goldenen Mähne der Stute verschwunden war. Emily bestritt, jemals eine solche Schleife gesehen zu haben. Nachdem Sylvia über die Wiese den Rückzug angetreten hatte, machten sich Emily und Melrose wieder am Wagen zu schaffen, und Emily wies ihn bei jeder Gelegenheit darauf hin, daß er die Schleifen und Girlanden völlig falsch anbringe. Der Wagen war aus edlem, wenn auch an einen Sarg erinnerndem Ebenholz; die hohen Türen hatten einen goldenen Rand und waren außerdem noch mit goldenen Bändern geschmückt. Alles in allem ein spektakulärer Anblick, eines Königs würdig – sei es als Hochzeitskutsche oder als Leichenwagen. Das goldene Band paßte zu dem Fell des Pferds, eines außergewöhnlich eleganten Tiers, das der stolze Besitzer Emilys treusorgenden Händen anvertraut hatte.

Auch deswegen war es zum Streit gekommen: Emily hatte darauf bestanden, daß das Pferd seine Ruhepausen brauche. Sie würde die Kinder nicht länger als zwanzig Minuten herumkutschieren; danach müßten Pferd und Wagen bei den Eschen am Waldrand abgestellt werden, damit das Pferd Gelegenheit zum Grasen hätte. Die Bodenheims meinten jedoch, das sei Unsinn: Die Ausfahrten seien eine der Hauptattraktionen des Festes; mit ihnen ließe sich am meisten verdienen. Wäre das Pferd aber nur zwei Drittel der Zeit im Einsatz, so bedeute das beträchtlich schmälere Einnahmen zugunsten des Kirchenfonds.

An Emily Louises christliches Gewissen zu appellieren war jedoch ebenso wirkungsvoll wie ein Aufruf an die Toten, sich zu erheben und zu den Wurfbuden hinüberzugehen. Natürlich setzte sie sich durch – wie immer, soweit Melrose das beurteilen konnte (er fragte sich, wie ihre Mutter das aushielt). Keine Pause, keine Ausfahrten, hatte sie immer nur wiederholt. Sie hatte die Bodenheims in der Hand und wußte das auch, denn der Besitzer des Pferds ließ niemand anderen an das Tier.

Sie hatte eine hübsche, schattige Stelle für Pferd und Wagen ausgesucht und aus Holzscheiten und Brettern eine Art Barrikade errichtet, an der sie ein Schild anbrachte: ZUTRITT VERBOTEN. Melrose, der den Wagen fertig dekoriert hatte, schenkte ihren Worten keine weitere Beachtung – sie unterhielt sich sowieso nicht mit ihm, sondern mit dem Pferd und über so langweilige Dinge wie Gerste und Bremsen.

Er schaute zum Wald von Horndean hinüber und dachte an Ernestine Craigie und ihren Feldstecher. Es gab wohl kein Fleckchen Wald, das Ernestine nicht vertraut war – bestimmt kannte sie jedes Blatt, jede Feder, jeden Sumpf und jeden Kiesel in dem Bach, in dem die Leiche von Cora Binns mit dem Gesicht nach unten aufgefunden worden war. Der Bach interessierte ihn besonders: Wie lang war er, und in welche Richtung floß er? Der Bach des Bluts? Er runzelte die Stirn.

Vor allem störte ihn die Tatsache, daß der Plan, den Jury nach London mitgenommen hatte, auch nicht die einfachsten Schlüsse zuließ: Selbst bei erfundenen Lageplänen verborgener Schätze bestand zwischen den Einzelheiten ein gewisser logischer Zusammenhang. Den gab es sogar zwischen dem Zwerg und der Prinzessin, die gerade düsteren Blickes die Schlange erwartungsfreudiger Knirpse musterte, die sich für die erste Ausfahrt angestellt hatten. Sie verkündete, mehr als drei könne sie pro Fuhre nicht mitnehmen (obwohl Platz für sechs vorhanden war), weil das Pferd nicht überanstrengt werden dürfe. Worauf die Kinder in der Schlange lange Gesichter machten und tiefe Seufzer von sich gaben. Inzwischen hatte sich ein gutes Dutzend angestellt, und Emily sammelte die Karten ein, als fahre sie mit ihnen zu einem Begräbnis. Die drei, die zugelassen wurden, bekamen auch gleich einen Rüffel, weil der Wagen zu schaukeln anfing, als sie auf ihre Sitze kletterten.

Melrose beobachtete, wie Emily sich auf den Kutschbock schwang, sich mißgelaunt nach dem Wagen umschaute und dann mit der Zunge schnalzte, um die Fuhre in Bewegung zu setzen.

Es würde eine kurze Fahrt werden, davon war er überzeugt.

Melrose lehnte sich an den nächstbesten Baum und blickte zum Wald hinüber, auf die kupferfarbenen Äste der Bäume, durch die die Sonne ihre flachen Strahlen sandte. Er zog die Kopie von Ernestine Craigies Plan aus der Tasche, eine ziemlich primitive Zeichnung, auf der eigentlich nur die Orte eingezeichnet waren, von denen aus das Tüpfelsumpfhuhn möglicherweise seine nächste Attacke auf die Königlichen Vogelfreunde starten würde. Er entdeckte Coomb Bog, dann einen besonders großen Felsbrocken mit einem unleserlichen Namen, eine Gruppe Eschen und eine Stelle mit Lorbeerbüschen. Der Bach war natürlich auch eingezeichnet. Und, ziemlich weit oben auf dem Plan, eine Höhle. Die Höhle des Schwarzen Bären? Er studierte die Spuren, die der Bär hinterlassen hatte. Warum führten sie über den Festungsgraben, am Versteck mit dem Goldschatz und der Grotte vorbei? Für einen Bären ein ziemlich beschwerlicher Weg!

Katies Plan war einfach unsinnig. Der Festungsgraben schützte nichts, kein Schloß, keine Burg. Nur der Bach, die Grotte und die Spuren des Bären befanden sich in der Einfriedung. Und die Kirche von St. Pancras. Melrose schaute sich nach ihr um und sah sie auf ihrem kleinen Hügel thronen, alles überblickend.

Während er so dastand und an Cora Binns dachte, bemerkte er, wie in der Ferne ein dunkler Anzug in einer Baumgruppe verschwand. Einer von Carstairs' Männern. Inzwischen durchsuchten sie den Wald nicht nur nach Mordspuren, sondern gingen auch den Hinweisen nach, die ihnen der Plan lieferte (oder vielmehr nicht lieferte, wie Melrose befürchtete).

Wenn der Wald von Horndean der Schauplatz eines Mordes war und zugleich das Versteck für einen Smaragd von unschätzbarem Wert, lag es allerdings ziemlich nahe, zwischen beidem eine Verbindung herzustellen. Cora Binns war vielleicht ermordet worden, weil sie hinter demselben Schatz her war wie der Mörder. Aber ihr Motiv, nach Littlebourne zu kommen, schien diese These zu entkräften: Sie war hergeschickt worden, um sich um eine Stelle zu bewerben, und es war kaum anzunehmen, daß sie in der Bärenhöhle über jenes Collier gestolpert war und daß man ihr zum Dank dafür die Finger abgehackt hatte...

Noch eine andere Gestalt bewegte sich zwischen den Bäumen. Er erkannte Peter Gere, der sich mit einem Taschentuch das Gesicht abwischte. Als er näherkam, sah Melrose, wie Gere den Kopf schüttelte, als wolle er sagen, *kein Glück*.

War ja auch nicht zu erwarten, dachte Melrose... Aber warum kam ihm Katie O'Briens Plan nur so bekannt vor, wo er doch wahrhaftig noch nie mit Gummistiefeln und einem Feldstecher bewaffnet da draußen im Wald herumgestapft war!

Als Peter in Hörweite kam, bekräftigte er seine Gesten mit Worten: «Nichts, wir hatten kein Glück. Allmächtiger, denkt er denn –» gemeint war Jury – «daß wir jedes Fleckchen Erde umgraben, in jedes Loch schauen und in jede gottverdammte Höhle kriechen können? Er glaubt wohl, dieses Collier baumelt an einem Ast!»

«Er weiß es eben nicht. Sie an seiner Stelle würden es doch wohl auch so versuchen?»

Widerstrebend stimmte Peter zu. «Na ja, so 'n alter Knochen von Dorfpolizist wie ich – meine Aufgabe besteht sonst vor allem darin, Augustas Katzen von irgendwelchen Bäumen herunterzuholen und Miss Naseweis nach Hause zu bringen.» Peter sandte einen dünnen Strahl Tabaksaft in die Richtung des Adlerfarns. «Ich weiß auch nicht. Vielleicht paßt es mir nur nicht, daß Scotland Yard in meinem Revier herumschnüffelt.»

Sie mußten zur Seite springen, da der Pferdewagen mit Karacho zurückkam. Unter lautstarken Protesten fuhr Emily hinter die selbsterrichtete Barrikade, während die kleinen, zornigen Gesichter der drei Insassen aus dem Wagen auftauchten – eines war ganz rot und verheult – und eine weitere Runde verlangten. Emily zog ein Gesicht, als würde sie Melrose und Peter am liebsten unter den Rädern ihres Gefährts zermalmen; unverkennbar, daß sie es bereits satt hatte.

«Zweimal», schrie der Kleine mit dem roten Gesicht, «zweimal hättest du rumfahren müssen, wir haben aber nur eine Runde gedreht.» Die andern beiden stimmten in das Geheul ein und nickten zustimmend. Die Mütter waren herbeigeschlendert und sahen fast so unglücklich drein wie ihre Kleinen, wahrscheinlich nur, weil sie sie so schnell wieder zurückbekommen hatten. Sie würden sie wieder einsammeln und zur nächsten Attraktion schleppen müssen.

Emily war vom Kutschbock geklettert und riß die Wagentür auf. Als die Kinder immer noch herumstänkerten und nicht aussteigen wollten, packte sie eine kleine Dicke am Rock und zerrte sie vom Trittbrett. «Du hast im Wagen geschaukelt», sagte sie. Melrose wartete mit Peter Gere auf das Ende ihrer Strafpredigt, während sie die restlichen Insassen unsanft aus dem Wagen beförderte. Daß sie nach dem Pferd gespuckt hatten, schien sie ihnen am meisten zu verübeln.

Inzwischen mischten sich auch die Mütter ein; sie waren aber eher zaghaft und zogen sich gleich wieder zurück, als sie die mächtige Zornfalte auf der Stirn der Kutscherin bemerkten. Anscheinend wagte es keine, sich mit Emily Louise Perk anzulegen. Die drei heulenden Kinder wurden weggeführt.

Die nächsten drei erschienen. Stumm zockelten sie im Gänsemarsch auf die Kutsche zu.

«Zwei Runden, wenn ihr artig seid», verhieß ihnen die Fahrerin. Drei eingeschüchterte kleine Gesichter blickten sie an und nickten engelhaft, bevor sie ganz brav und sittsam in den Wagen kletterten. Er setzte sich in Bewegung.

«Ein richtiger kleiner Drache, was?» sagte Peter Gere und

nahm sich eine Zigarette aus dem goldenen Etui, das ihm Melrose hinhielt.

«Sie würde selbst dem Schwarzen Bären eine Abreibung verpassen. Haben Sie diesen Tree eigentlich gekannt, Mr. Gere?»

«Nicht gut, eigentlich nur in Ausübung meines Berufs, wenn man so will. Ein durchtriebener Hund, zumindest hatte ich diesen Eindruck. Und aalglatt. Aber das mußte er wohl auch sein, sonst hätte das bei den Kenningtons nicht so geklappt. Lord Kennington war nämlich nicht gerade auf den Kopf gefallen, soviel ich mitgekriegt habe. Armer Kerl.» Gere seufzte. «Ich hab mich ganz schön blamiert bei dieser Sache, stimmt's?»

«Es war nicht Ihre Schuld.»

«Ich habe Tree mit seiner Beute entwischen lassen. Und jetzt das.» Er nickte in die Richtung des Waldes.

«Sie sind doch wohl etwas zu hart gegen sich.» Melrose empfand beinahe Mitleid mit dem Polizisten. Er hielt Gere weder für besonders schlau noch für besonders dumm, aber der Mann schien mehr Skrupel zu haben, als gut für ihn war. Vielleicht wollte er aber auch nur sein «Revier» schützen, wie er es bezeichnet hatte.

«Ich war dabei, Mann, als es passierte. Wie konnte Tree dieses Collier bloß so schnell verschwinden lassen? Das geht mir immer noch im Kopf rum.» Gere trat mit seinem Stiefel eine Kippe aus. «Ich hab ihn ein paarmal in Littlebourne gesehen, im Blue Boy, zusammen mit Derek Bodenheim; sie spielten dieses verfluchte Spiel. Ich hab mich oft gefragt... Na ja, ist nicht so wichtig.» Melrose nahm an, daß er sich über Dereks Rolle Gedanken gemacht hatte. «Trevor Tree war schon eine Type. Er erinnerte mich an diese Zocker in alten amerikanischen Filmen, die sich mit dem Gesicht zur Tür setzen, damit sie keine Kugel in den Rücken kriegen.»

Sie standen noch zehn Minuten lang herum, unterhielten sich und starrten in den Wald. Melrose fand, daß der Wald von Horndean genau das richtige Symbol für die ganze Sache war –

zu dicht, um Einsicht oder Durchblick zuzulassen. Carstairs' Männer tauchten nur flüchtig daraus auf, Silhouetten zeichneten sich vor der Sonne ab, die durch das Laub der Bäume funkelnde Goldstücke auf einen Teppich von Nadeln fallen ließ. Die Farben waren gedämpft, und die Gestalten verschmolzen mit ihnen. «Ich glaube nicht, daß sie was finden –»

Melrose wurde wieder von dem heranrollenden Wagen unterbrochen; diesmal ging die Ankunft jedoch sehr viel lautloser vonstatten, da die drei Passagiere sich offenbar mustergültig an die Anordnungen der Kutscherin gehalten hatten. Ohne zu murren, gingen sie zu ihren Müttern zurück.

Emily Louise hüpfte von ihrem Sitz, warf einen prüfenden Blick in den Wagen und brüllte der Schlange von wartenden Kindern zu, das Pferd müsse sich nun ausruhen und die nächste Fuhre gehe erst in zwanzig Minuten ab. Trauer senkte sich über die Wartenden, Emily spannte das Pferd aus und band es an einem Baum fest. Sie ließ ein paar Münzen in ihrer Tasche klimpern und sagte zu Melrose: «Teepause.» Emily hatte mit Mr. Finsbury ausgehandelt, daß sie ein Viertel ihrer Einnahmen behalten dürfe. Sie hatte die abgerissenen Karten abgeliefert, und er hatte ihr ihren Anteil ausbezahlt. Die Bodenheims waren fassungslos gewesen.

«Zurück an die Arbeit», sagte Peter Gere und ging waldeinwärts. Aus der andern Richtung näherte sich, wie Moses das Wasser teilend, Miles Bodenheim. Kein Wunder, daß Peter so abrupt aufgebrochen war.

«Rücksichtslose, dummdreiste Leute dieses Jahr», sagte Miles, auf jede Vorbemerkung verzichtend, als er auf Melrose zusegelte. «Wie ich sehe, ist diese schreckliche Winterbourner Bande auch da.» Er blickte über die Menge. «Na, alter Junge, wie finden Sie unser Fest? Nicht schlecht, was wir dieses Jahr wieder auf die Beine gestellt haben. Und solange sie nicht in Rookswood einfallen, würde ich es durchaus als Erfolg bezeichnen. Der alte Finsbury steht mal wieder mit dem Hut in der Hand herum – wenn wir uns auf ihn verlassen würden, gäb's nie ein neues Kirchenfenster. Ist immer dasselbe. Jedes Jahr. Wir rackern uns ab, und Gott wird dafür gedankt. Julia ist übrigens im Teezelt, falls Sie das interessiert.»

Melroses Interesse erwachte jedoch erst, als er Polly Praed etwas ins Zelt schleppen sah, was allem Anschein nach ein von Servietten gekrönter Stapel Teller war. «Wenn man bedenkt, was im Wald von Horndean passiert ist, Sir Miles, ist es doch einigermaßen verwunderlich, daß die Leute sich von seiner Nähe überhaupt nicht stören lassen.»

Verständnislos blickte ihn Miles an; selbst Mord schien für ihn seinen festen Platz zu haben und hatte – wie die Winterbournes – gefälligst aus dem Spiel zu bleiben, solange man nicht ausdrücklich das Gegenteil wünschte. «Ach, na ja, wird auch bald aufgeklärt sein. Da drüben ist Derek. Macht seine Sache am Wurfstand einfach großartig. Cleverer Junge.»

Melrose fragte sich, wieviel Cleverness es wohl erforderte, eine Reihe von Flaschen aufzustellen, damit die Leute Ringe darüber werfen konnten.

«...Und Sylvia hat schon für mindestens fünfzig Pfund Trödel verkauft.» Er zeigte auf eine Gruppe von Frauen, die wie aufgescheuchte Hühner durcheinanderkreischten. Wahrscheinlich hatte Sylvia wieder einmal die Preise heraufgesetzt.

Während sie durch die zusammenströmende Menge gingen, ließ Sir Miles sein Stöckchen auf eines der Kinder heruntersausen, das es gewagt hatte, mit seinen Patschen, an denen noch die Zuckerwatte klebte, Sir Miles' Knickerbocker zu berühren. Mit seinen karierten Kniestrümpfen und seinem karierten Barett sah er richtig flott aus, aber die Wirkung dieser Aubrey-Beardsley-Aufmachung wurde durch das verkrustete Eigelb auf seinem Kaschmirpullover etwas beeinträchtigt. «Wohin soll's denn gehen?» fragte er Melrose, als wären sie einander gerade auf einem Bahnsteig begegnet.

«Ich dachte an den Teepavillon.»

Wieder zwinkerte Sir Miles. «Dachte ich mir doch, alter Junge, dachte ich mir doch.»

«Ich hatte eben eine wundervolle Idee», sagte Polly Praed, und ihre violetten Augen glitzerten, als sie Melrose seine Tasse Tee hinschob, «wie man Derek Bodenheim aus dem Weg räumen könnte.»

«Setzen Sie sich doch zu mir und erzählen Sie.»

Sie schüttelte den Kopf. «Danke, aber ich muß hier bedienen. Hören Sie gut zu: Derek, der Blödmann, ist doch fürs Ringewerfen zuständig. Jeder bringt eine Flasche mit irgend etwas drin, aber mit was, weiß keiner. Auf der Flasche steht nur der Name von dem, der sie gestiftet hat. Der Mörder versieht seine Flasche ganz einfach mit einem falschen Namen – entschuldigen Sie...» Polly ging zum andern Ende des Tischs, um ein paar Kinder zu bedienen beziehungsweise daran zu hindern, daß sie sich selbst bedienten. Als sie sie sich vom Hals geschafft hatte, kam sie wieder zu Melrose zurück und spann ihre Geschichte weiter. «...mit einem falschen Namen, und in dieser Flasche ist Strychnin. Derek wirft, sein Ring landet auch prompt auf ihr und... Können Sie sich vorstellen –»

«Moment mal, woher wollen Sie wissen, daß er mit dem Ring gerade diese Flasche trifft?»

«...wie er sich auf dem Boden krümmt? Strychnin tut einem so fürchterliche Dinge an – entschuldigen Sie.» Strahlend schenkte sie drei Tassen Tee ein, die von drei Damen mit mißbilligender Miene in Empfang genommen wurden.

«Ein sehr reizvolles Verfahren», meinte Melrose, der die einladende Handbewegung der an einem Nachbartisch sitzenden Julia Bodenheim zu ignorieren versuchte und sich auf seinen Tee konzentrierte.

«Reizvoll? Ich stelle es mir besonders qualvoll vor. Das Bild gefällt mir: Die in Reih und Glied aufgestellten Flaschen, jede in einer andern Farbe. Und dieses anscheinend so harmlose Kirchenfest. Niemand denkt auch nur im entferntesten daran, daß – entschuldigen Sie.» Polly entfernte sich wieder, und Melrose konnte Julias Finger nicht länger ignorieren, die sich in der Luft bewegten, als übten sie Tonleitern.

Als er an ihren Tisch kam, sagte sie: «Nehmen Sie Platz, Lord Ardry.»

«Melrose Plant, das genügt. Ich führe keinen Titel.»

Sie setzte ein verschwörerisches Lächeln auf, als wäre dieses *Melrose Plant* genauso falsch wie der Name des Mörders auf Pollys Flasche. «Natürlich. Finden Sie es nicht sterbenslangweilig hier?»

«Sie meinen das Fest? Ich habe solche Feste schon immer äußerst interessant gefunden. Eine wunderbare Gelegenheit, die menschliche Natur zu studieren.»

Julia seufzte. «Sie mußten sie bestimmt nicht jedes Jahr über sich ergehen lassen. Ich begreife nicht, warum Mummy sich mit diesem verdammten Quatsch abgibt; Derek und mich bringt das in eine äußerst unangenehme Lage...» Sie schwatzte weiter, während Melrose sich fragte, was an ihrer Lage so unangenehm war; offensichtlich saß sie nur herum, trank Tee und rauchte Balkan Sobranies. Er ließ seine Gedanken schweifen, und Katies Plan fiel ihm wieder ein. Woher hatte sie ihn nur? Durch die zurückgeschlagene Zeltplane sah er, daß der Wagen sich wieder in Bewegung gesetzt hatte und aus dem dunklen Schatten am andern Ende des Friedhofs herausrollte. Emily würde bestimmt einmal mit ihren Stiefeln begraben werden. Sie zog sie offenbar nie aus.

Melrose konnte gerade noch zehn weitere Minuten von Julias Lebensgeschichte ertragen, in der das Spannendste ein Sturz war, bei dem sie sich den Kiefer gebrochen hatte und infolgedessen eine Zeitlang nicht reden konnte. Dann sagte er, nun wolle er sich die Zukunft voraussagen lassen. Er mußte irgendwie wegkommen.

«Von der guten, alten Augusta? Wozu denn das?»

«Um zu erfahren, ob eine rätselhafte Unbekannte in mein Leben tritt.» Er mühte sich, ein geheimnisvolles Lächeln aufzusetzen. Sie war entzückt. Als er sich erhob, fragte er sie unvermittelt: «Sagen Sie, Miss Bodenheim – kannten Sie Lord Kenningtons Sekretär sehr gut?»

«Trev –?» Sie sprach nur die erste Silbe seines Namens aus, und er glaubte gesehen zu haben, wie ein Schatten über ihr Gesicht flog. «Nein, natürlich nicht. Wir hatten kaum etwas mit den Kenningtons zu tun und schon gar nichts mit ihrem Sekretär.»

Melrose überlegte. «Aber Ihr Bruder hat ihn doch recht gut gekannt, nicht wahr?»

Sie zog die Brauen hoch. «Was, um Himmels willen, kümmert Sie das? Wer hat Ihnen denn von dieser Sache erzählt?»

«Oh... da ich mich mit dem Gedanken trage, das Gut zu erwerben, höre ich eben so einiges. Na ja... Sie verstehen schon.»

Sie verstand wohl kaum, aber die leichte Röte verschwand aus ihrem Gesicht, als sie die Haltung wiedererlangte – oder vielmehr die Bodenheimsche Arroganz, die als Haltung ausgegeben wurde. Sie sagte: «Ich hoffe nur, daß Sie etwas geselliger sein werden als jene Dame da.»

Melrose teilte diese Hoffnung ganz und gar nicht.

MADAME ZOSTRA, die mit einer Kristallkugel, einem mit Steinen besetzten Turban und einem haarsträubenden Akzent ihr Gewerbe ausübte, hatte kaum etwas mit jener Augusta Craigie gemeinsam, die ihrer Schwester wie ein Schoßhund folgte. Vielleicht erlaubte ihr das Kostüm, eine skrupellose Seite ihres Wesens zu enthüllen, denn sie hatte nicht die mindesten Bedenken, Melroses Hoffnungen für die Zukunft in Grund und Boden zu stampfen. Er hatte immer gedacht, Wahrsagerinnen seien dazu da, Hoffnungen zu wecken, Mut schöpfen zu lassen, die Ratsuchenden mit verführerischen Fremden, Geld und exotischen Zielen wie mit Herbstlaub zu überschütten. Aber nachdem er Madame Zostra seinen Obolus entrichtet hatte, bestand Melroses Zukunft nur noch aus zerstörten Träumen. Er würde kein Vermögen machen, sondern eines verlieren, und zwar höchstwahrscheinlich an eine gefährliche (aber nicht verführerische) fremde Person, die sich wie ein toter Baumstamm quer über seinen Weg legen würde. Von angewehtem Herbstlaub keine Spur.

Als Melrose aus dem Zelt trat, wunderte er sich nicht mehr über ihren Mangel an Kundschaft. Es mußte sich herumgesprochen haben, daß man mit dem Betreten ihres Zeltes alle Hoffnungen fahren lassen konnte. Wenn der Erfolg des Festes von Madame Zostras Begabung abhing, würde das Kirchenfenster warten müssen, bis selbst in der Hölle Eiseskälte herrschte – an dem Ort, wo sich alle ihre Kunden wiederbegegnen würden, wenn man ihr Glauben schenkte.

Sylvia Bodenheim, die mit einer hageren Frau um den Preis eines schäbig aussehenden, aber selbstgestrickten Wollschals feilschte, war offensichtlich ganz in ihrem Element. Da sie nicht nur für den An- und Verkaufstisch, sondern auch für den Tisch mit dem Trödel zuständig war, flatterte sie wie ein riesiger Aasgeier zwischen beiden hin und her, und das bereitete ihr anscheinend großes Vergnügen.

Der Verkauf von Backwaren oblag Miss Pettigrew, der Besitzerin des Magic Muffin. Stocksteif stand sie hinter ihrem Tisch, die Arme rechts und links von ihren Produkten aufgestützt. Sie sahen aus, als wären sie alle aus demselben Teig. Der Geruch von Muffins lag in der Luft – eine seltsame Kreuzung aus Karotten- und Zimtgeruch.

Das kleine Karussell mit vier Pferden, zwei Schweinen, einem Lamm und einer Gans drehte sich langsam zu einer undefinierbaren Melodie, und die Knirpse, die auf den Tieren mit der abblätternden Farbe saßen, versuchten, sie mit imaginären Peitschen anzutreiben. Nach Emilys Wagen (der sich, wie Melrose feststellte, am äußeren Rand des Geländes entlangbewegte) hatte das Karussell den größten Zulauf. Melrose beobachtete, wie der Falbe, auf den gerade ein Sonnenstrahl fiel, mit dem Wagen im Schlepptau herumtrottete. Zwei kleine Köpfe tauchten daraus auf; offensichtlich wollten die beiden ihren Spielkameraden auf dem Karussell etwas zurufen. Als aber die Kutscherin, die Peitsche in der Hand, sich nach ihnen umwandte, zogen sie sich schnell wieder zurück.

Derek Bodenheim las gerade die kleinen Plastikringe auf, als Melrose an seinen Stand geschlendert kam. Melrose übersah seine mürrische Miene und sagte strahlend: «Ich will's mal versuchen. Wieviel?»

«Drei für fünfundzwanzig.»

Er gab ihm das Geld und bekam drei Ringe. Alle drei Würfe gingen jedoch daneben, und er ließ sich drei weitere Ringe geben. Erst nachdem Melrose seine zwölfte Flasche verfehlt hatte, wich Dereks mürrischer Blick der vertrauten Überheblichkeit.

«Anscheinend hab ich kein Talent dafür», sagte Melrose bescheiden. In Wirklichkeit war er ausgezeichnet im Dart- und Hufeisenwerfen – in allem, was ein gutes Augenmaß erforderte. Aber auf diese Weise war es ihm gelungen, Derek etwas gesprächiger zu stimmen.

«Es ist eigentlich ganz einfach, man braucht nur etwas Koordinationsvermögen», bemerkte Derek mit großem Feingefühl. «Mainwaring hat drei hintereinander geschafft.»

Melrose drückte sein Erstaunen über Mainwarings Heldentat aus und fragte: «Was ist in den Flaschen?»

«Wein, Whisky, Haarwasser –»

Und Strychnin, dachte Melrose und grinste. «Ich bin bei

allen Spielen, die Geschicklichkeit erfordern, eine vollkommene Niete. Schach ist was anderes. Das ist schon eher mein Spiel.» Melrose erinnerte sich, daß er als Zehnjähriger zum letztenmal Schach gespielt hatte. «Ein Spiel, das Konzentration erfordert... und etwas Phantasie.» Er blickte zum Nebenstand hinüber und sah Emily ihre kaum erworbenen Pennies verspielen. Auf der andern Seite des Friedhofs graste das Pferd. Eine ihrer Ruhepausen. «Jemand hat mir von einem Spiel erzählt, das zur Zeit sehr populär sein soll, ‹Magier und Kriegsherren› heißt es. Haben Sie das schon mal gespielt?»

Dereks Gesichtsausdruck veränderte sich nicht, als er erwiderte: «Ja, in Cambridge. Macht Spaß. Ist aber ziemlich kompliziert. Man braucht viel Phantasie dazu; man spielt es und entwickelt beim Spielen sein Konzept.»

«Hier gibt's bestimmt keinen, mit dem Sie das spielen können? Ich würde es ganz gern lernen.» Er hoffte, er würde recht behalten mit der Annahme, daß Derek sich kaum anbieten würde, ihm das neue Spiel beizubringen.

Er behielt recht. «Der letzte, mit dem ich es hier gespielt habe, war der Sekretär von Kennington. Der Typ, der mit einer viertel Million Schmuck abgehauen ist. Davon haben Sie bestimmt schon gehört?» Melrose nickte. «Tree war wirklich gut darin. Wir haben gewöhnlich im Blue Boy gespielt. Die Sache war natürlich von Anfang an so geplant.»

«Wie meinen Sie das?»

«Ich meine, daß er sich nur wegen des Colliers um den Job beworben hat. Es würde mich nicht wundern, wenn sie auch mit von der Partie war.»

«Welche ‹sie›?»

«Die hochwohlgeborene, gottverdammte Lady Kennington. Tree war ja auch ein ganz gutaussehender Bursche. Ich hätte ihm zwar nicht über den Weg getraut; er war einfach viel zu gerissen. Irgendwie brachte er es immer fertig, daß ich für seine Drinks bezahlen mußte.»

Gerissen in der Tat, dachte Melrose. Er zählte den jüngsten

Sproß der Bodenheims zu der Sorte von Kneipengängern, die ständig andere anpumpen.

«Er war Magiermeister.» Auf Melroses fragenden Blick hin erklärte Derek: «Das ist derjenige, der bestimmt, was gemacht wird, der die Spielregeln festlegt.»

«Nach allem, was ich gehört habe, muß er einen Partner gehabt haben. Jemanden aus dem Dorf.»

Derek war vielleicht nicht ganz so dumm, wie sein ausdrucksloser Blick und seine schlaffen Züge vermuten ließen. «Sie brauchen mich nicht so anzuschauen, mein Guter.»

«Hab ich das?»

Verärgert stellte Derek dieselbe Frage wie Julia: «Was zum Teufel interessiert Sie das? Haben Sie davon gehört, als Sie sich Stonington anschauten, oder was? Denken Sie, es liegt ein Fluch auf dem Haus? Diese Frau soll ja auf dem Weg dorthin gewesen sein. Armes Luder. Nicht gerade angenehm, so zu enden, mit der Nase im Dreck.»

Melrose liess sich noch ein paar Minuten in der Menge dahintreiben. Der Geruch von Popcorn vermischte sich mit dem eklig süßen Geruch von Zuckerwatte; sogar die Luft kam Melrose rosa und klebrig vor. Er stellte fest, daß das Teezelt noch voller geworden war und daß Miss Pettigrew immer noch ihre Kuchen bewachte: nichts Neues in der Backwarenabteilung. Die Stimmen der Kinder wurden – ähnlich wie die Sonne – immer greller und unangenehmer. Um ihnen zu entgehen, beschloß Melrose, zur St.-Pancras-Kirche hinaufzugehen und sich das Fenster anzuschauen, das den Anlaß für dieses ganze Treiben abgab.

Als er, dort angekommen, sich von dem kleinen Hügel aus umsah, entdeckte er in der Ferne die Frau in Schwarzweiß; sie stand am Tor zum Festgelände und unterhielt sich mit Peter Gere, während sie in ihrer Tasche nach Kleingeld suchte. Peter hatte anscheinend Miles Bodenheims Platz eingenommen. Das Kleid, das sie trug, war sehr auffallend: schwarzweiße Zebrastreifen, die diagonal von den kurzen, seidenen Ärmeln bis zum Rocksaum verliefen. Die durchscheinende Blässe ihrer Haut wurde von dem rabenschwarzen Haar noch unterstrichen. Hoheitsvoll schritt sie durch das Tor und durch die Menge, und ihre Art, sich zu bewegen, paßte zu diesem Anlaß ebensowenig wie ihr Kleid zu dem kühlen Septembernachmittag. An verschiedenen Tischen nahm sie Dinge in die Hand und legte sie wieder zurück. Melrose fragte sich, wer sie wohl war. Er bemerkte, daß sie längere Zeit mit Derek Bodenheim plauderte, wobei dieser seine gelangweilte Miene ablegte und einen sehr aufmerksamen Eindruck machte – für ihn höchst ungewöhnlich. Am An- und Verkaufstisch wurde sie von Sylvia Bodenheim ostentativ geschnitten; dann sagte die Frau in Schwarzweiß etwas zu Miles, was ihn nicht gerade zu beglükken schien. Schließlich sah er, wie sie sich bei Freddie Mainwaring unterhakte, der peinlich berührt den Kopf abwandte. Melrose hatte den Eindruck, daß ihre Gegenwart den meisten Anwesenden nicht gerade lieb war.

Er betrat die kleine Kirche, in der die Luft angenehm kühl war und frei von Gerüchen nach Limonade, Eis und Zuckerwatte. Und es herrschte angenehme Stille. Er sah sich in dem schlichten Raum um. Kein Wunder, daß Pfarrer Finsbury sich auf ein farbiges Glasfenster freute. Das Fenster war ziemlich klein, aber sehr hübsch, wenn wie jetzt die Sonne darauffiel.

Auf Katies Plan bildete die Kirche eine Art Fixstern, der auf den Bach des Bluts ausgerichtet war, wenn man etwas Phantasie aufbrachte. Melrose stand an dem nach Osten gehenden Fenster und ließ den Blick schweifen. Ein Polizist stocherte in dem ziemlich weit entfernten Bach mit einem Stock herum.

Melrose hielt sich noch ein paar Minuten in der Kirche auf,

starrte aus dem Fenster und wanderte ein wenig umher; obwohl er eigentlich nicht damit rechnete, etwas zu finden, schaute er sich doch nach möglichen Verstecken um. Als es vier Uhr schlug, fuhr er zusammen.

Im selben Augenblick hörte er auch den Schrei.

Ihre Kinder hinter sich herzerrend, strömten die Leute zusammen, und einen Augenblick lang nahm er an, sie würden sich um Dereks Stand versammeln. Pollys Strychninwein hatte sich so in seinem Kopf festgesetzt, daß er eine ganze Minute brauchte, um festzustellen, daß sie sich in Wirklichkeit auf den Wagen zubewegten, der an dem schattigen Waldrand stand. Als er hinsah, glaubte er Emily Louise vom Kutschbock fallen zu sehen.

Aber Emily Perk war zu sehr daran gewöhnt, fest im Sattel zu sitzen – sie plumpste nicht einfach so herunter. Sie war nicht gefallen, sondern gesprungen.

Das Geschrei kam von den Kindern im Innern des Wagens. Melrose hatte sich einen Weg durch die Menge gebahnt und sah zwei kreidebleiche Gesichter aus dem Wagen auftauchen; ein Kind brüllte wie am Spieß und versuchte mit kraftlosen Händen die Tür zu öffnen. Emily Louise, wie immer Herr der Lage, riß sie auf, und eine ganze Schar von Kindern schien herauszupurzeln, obwohl sich nur die drei offiziell zugelassenen Passagiere im Wagen befanden. Mit Armen und Beinen rudernd, zeigten sie auf den Wagen und flüchteten sich heulend und am ganzen Leib zitternd in die Arme ihrer Mütter.

Alles deutete darauf hin, daß sich in dem Wagen etwas befinden mußte, etwas nicht Geheures.

Den weiteren Verlauf der Ereignisse konnte er nicht aus

nächster Nähe verfolgen, denn er war an den Rand der Menge gedrängt worden und mußte den Leuten über die Schultern schauen. Peter Gere, dem es gelungen war, sich einen Weg zu bahnen, versuchte, die Leute zurückzudrängen. Melrose konnte einen kurzen Blick in das Innere des Wagens werfen, als Gere die Menschen zur Seite schob: Aus dem Teppich, der aufgerollt auf dem Boden des schwarzen Wagens lag, baumelte ein Arm, weiß und (so nahm er an) kalt wie Marmor. Er sah die Hand mit den rotlackierten Fingernägeln und den Saum eines schwarzweiß gestreiften Ärmels.

Welch kurze Bekanntschaft.

19

Das Fest war verdorben. Angst, Panik und Entsetzen führten dazu, daß Büsche zertrampelt, Grabsteine umgeworfen und Tische umgekippt wurden, daß Hunde davonstoben und Kinder zu brüllen anfingen, weil ihre Eltern sie fortzerrten, sobald die Polizei aus Hertfield eintraf.

An Polizisten bestand glücklicherweise kein Mangel. Ganze Scharen von Medizinern und Tatortsachverständigen schienen aus dem Wald zu strömen. Nathan Riddley war als erster erschienen und hatte Ramona Wey für mausetot erklärt. Abgesehen von dem dünnen Rinnsal, das an ihrem Arm heruntergelaufen war und sich zu einem schmalen, dunklen Band verkrustet hatte, war kaum Blut zu sehen.

Melrose konnte in der allgemeinen Verwirrung gerade noch in Erfahrung bringen, daß die Mordwaffe ein kleiner, silberner Gegenstand gewesen war, mit dem man um die Jahrhundertwende Löcher in Stickleinen stanzte.

Anscheinend hatte er sich auf Sylvias Tisch befunden. Sylvia hatte ihn nämlich selbst gestiftet, und sie bedauerte ihre Freigiebigkeit inzwischen. Der silberne Lochstecher hatte ihr das Fest verdorben.

Melrose staunte über die Kaltblütigkeit des Mörders, der die Frau einfach erstochen hatte, ohne sich um den Wald voller Polizisten zu kümmern. Der Wagen hatte es ihm ermöglicht, sein Vorhaben unbemerkt durchzuführen – die Tür zu öffnen, die Leiche hineinzuschieben und mit dem Teppich zu bedekken. Das Ganze war während einer der Ruhepausen geschehen.

«Verdammt kaltblütig», sagte Riddley zu Carstairs, der rasch aus Hertfield an den Tatort gekommen war. «Kaum zu fassen, die Unverschämtheit dieses Kerls.»

«Oder seine Verzweiflung», hörte Melrose Carstairs antworten.

Zufrieden beobachtete Melrose, wie das Bodenheimsche Domizil von der Polizei in Beschlag genommen wurde und sich bald als zu klein erwies. Bezirksinspektor Carstairs hatte Rookswood zum Vernehmungsort erklärt, und Miles Bodenheim, der versuchte, die Leute wie eine Herde Schafe auf den öffentlichen Weg zu treiben, war außer sich.

«Einfach unerhört, das», sagte er zu Melrose, als er mit ihm in der Eingangshalle von Rookswood stand. Anscheinend dachte er, der Mord sei nur begangen worden, um ihm das Fest zu verderben. «Sylvia hat eine fürchterliche Migräne, und Julia ist mit den Nerven am Ende. Daß so etwas in unserm Dorf passieren kann – und auch noch *zweimal*, wohlgemerkt –» (als hätte Melrose den ersten Mord vergessen). «Und jetzt trampeln da einfach Polizisten in unserm Salon herum, und diese ganzen *Leute*... Ah! Da kommen die beiden Craigies, ich muß sofort mit ihnen sprechen... Ernestine! Augusta!» Er segelte davon.

Die meisten Besucher des Kirchenfestes waren nur kurz von der Polizei befragt und dann wieder entlassen worden. Eine Handvoll blieb im Salon von Rookswood zurück – die Craigies, Mainwaring, die Bodenheims, Polly Praed und natürlich die Kinder, die den gräßlichen Fund gemacht hatten, sowie ihre Mütter, von denen sich eine lautstark beklagte. «Unerhört ist das», erklärte sie jedem, der es hören wollte; sie war ganz der Meinung von Sir Miles. «Unerhört, sage ich. Neun Jahre ist sie erst, unsere kleine Betty, und wird von der Polizei vernommen!» Klein-Bettys Mutter hievte eine riesige Tasche auf ihren Schoß und sah so feindselig drein wie die Vorfahren der Bodenheims, deren Porträts die Wände zierten. Klein-Betty war ein mondgesichtiges Kind mit kleinen, braunen Knopfaugen, dem es anscheinend großen Spaß machte, den klebrigen Blutfleck auf seinem Schuh zu betrachten.

Ohne Rücksicht auf ihre Migräne hatte man Sylvia aus dem Bett geholt und zur Befragung in den Salon zitiert. Unter ihren Augen waren dunkle Ringe, ihr Gesicht wurde immer grünlicher, und sie zerknüllte nervös ihr Taschentuch. Schuld an ihrer Verfassung war wohl weniger der Gegenstand, der von ihrem Trödeltisch entwendet worden war, oder die Tragödie, die sich im Anschluß daran abgespielt hatte, als die Tragödie, die sich da in ihrem Salon abspielte, in der nun schlichte Dorfbewohner und, schlimmer noch, völlig fremde Leute eingefallen waren.

Der Salon war ein mit rubinrotem Samt, cremefarbenem Brokat und viel Gold ausgestatteter Raum, der aus einer Zeitschrift für Innenarchitektur zu stammen schien. Auch die Gemälde fehlten nicht: Porträts Bodenheimscher Ahnen und Ansichten des Versailler Parks, die einen so scheußlich wie die andern. Die Polizei hatte den Raum gewählt, weil sich an ihn Sir Miles' gemütliches kleines Studierzimmer anschloß, in dem Inspektor Carstairs die Zeugen vernehmen konnte. Ein Polizist bewachte die Tür. Das Kleinod von Rookswood war so zu einer Art Wartesaal degradiert.

Melrose bemerkte, wie Sylvia eines der schmuddligen Kinder aus dem Wagen zurechtwies. Es hatte anscheinend den mit Brokatstoff verkleideten Klingelzug als Spielzeug betrachtet. Seine Mutter schnappte sich die Kleine mit einem «Komm her, Schätzchen» und einem giftigen Blick auf Sylvia.

Das Schätzchen tat so, als vergrabe es das Gesicht im Schoß seiner Mutter, in Wirklichkeit streckte es jedoch Melrose oder Emily Louise die Zunge heraus. Diese erwiderte die Geste, und das ging so lange, bis die Mami ihrem Schätzchen eine so kräftige Ohrfeige versetzte, daß es beinahe auf das kleine brokatbezogene Sofa flog.

Die übrigen Bodenheims trugen empörte und gelangweilte Mienen zur Schau; die beiden Craigies saßen stocksteif an der Wand, Miss Pettigrew zog die Brauen zusammen, als knete sie im Geist den Teig für ihre Muffins.

Die Tür ging auf, und Freddie Mainwaring kam aus dem Studierzimmer getaumelt – aschgrau, von den grauen Hosen bis zum bleichen Gesicht. Als nächster wurde Derek in das Zimmer gerufen. Es war, als würde man zum Schuldirektor zitiert.

Unbestrittener Star des Ganzen, wenngleich sie so ungnädig reagierte wie immer, wenn Anspruch auf ihre kostbare Zeit und Person erhoben wurde, war Emily Louise Perk. Schließlich war es *ihr* Wagen gewesen, *ihr* goldbraunes Pferd, das am Waldrand gegrast hatte, und also auch *ihre* Leiche. Sie hatte ihren kleinen Auftritt gehabt, als sie von Kriminalinspektor Carstairs vernommen wurde – und wenn Melrose mit einem Mitleid hatte, dann mit Carstairs. Er fragte sich, was der arme Kerl mit seinem anbiedernden ‹Na, kleines Fräulein› wohl aus Emily Louise herausgeholt hatte. Seiner Meinung nach hatte Emily auch erst etwas bemerkt, als die Kinder zu brüllen anfingen. Da ihre Mutter (man hatte vergebens versucht, sie zu erreichen) wieder einmal nicht zur Stelle war, hatte sie sich auf den vergoldeten Stuhl neben Melrose fallen lassen; da saß sie und wartete, die Arme über der Brust verschränkt und die Kappe bis über die Augen gezogen.

«Deine Mutter sollte mal nach dir schauen. Wo ist sie denn?»

«Im Kino wahrscheinlich.»

«Warum war sie denn nicht auf dem Fest? Sonst waren doch alle aus dem Dorf da?»

«Sie mag keine Feste und ist nun mal nicht hier. Wo steckt denn dieser Mann von Scotland Yard? *Er* muß das doch in die Hand nehmen.»

Melrose gefiel diese Formulierung. «Er ist in London. Aber er ist bestimmt benachrichtigt worden. Was ist eigentlich passiert?»

«Woher soll ich das wissen? Ich hörte nur, wie diese ekligen Winterbournes plötzlich anfingen zu brüllen, und hab sofort kehrtgemacht.»

Er wollte ihr gerade eine weitere Frage stellen, als er sah, wie der Polizist ihm auffordernd zunickte.

Daß Melrose nach Littlebourne gekommen war, um ein Haus zu erwerben, schien Inspektor Carstairs ganz und gar nicht zu befriedigen, da Melrose nicht die geringste Eile bekundet hatte, sich eines der Angebote anzuschauen. Da Mainwaring aber den Besuch Plants in seinem Maklerbüro bestätigt hatte, akzeptierte er die Erklärung mit so viel gutem Willen, wie er aufbringen konnte. Und das war nicht viel. «Sie sagten, Sie hätten die Tote auf dem Fest beobachtet?»

Diese Frage hatte er schon ein dutzendmal gehört, in allen möglichen Formulierungen. «Sie war da noch nicht tot, Inspektor.»

«Keine Scherze, bitte, Mr. Plant. Wir ermitteln hier in einem Mordfall.»

Genauso drücken sie sich in Büchern aus, dachte Melrose, und seufzte innerlich: Die Wände troffen von Blut, und die Leichen stapelten sich auf dem Boden, worauf unweigerlich jemand den Schauplatz betrat und sagte: «Wir ermitteln hier in einem Mordfall.»

«Entschuldigung. Aber Sie scheinen anzunehmen, ich hätte diese Frau aus bestimmten Gründen beobachtet.»

«Und haben Sie das?» zischte Carstairs.

«Nein. Ich hatte sie noch nie gesehen und fand sie sehr auffällig.»

«Inwiefern?»

«Oh, ich weiß nicht... schwarzweiß gekleidet und unheilschwanger.»

«Wieso unheilschwanger?»

«Das war, wie gesagt, nur der Eindruck, den ich hatte. Sie bewegte sich inmitten der Leute, schien aber nicht dazuzugehören. Als würde sie das Fest überhaupt nicht interessieren.»

«Und Sie sahen sie an dem Tisch mit dem Trödel?»

«Ja.»

«Wie sie sich mit Mrs. Bodenheim unterhielt?»

«Unterhalten ist vielleicht nicht die richtige Bezeichnung.» Die gute, alte Sylvia, die im falschen Augenblick im Besitz eines silbernen Lochstechers gewesen war, tat ihm beinahe leid.

Carstairs musterte ihn lange und gründlich und sagte dann: «Ich danke Ihnen, Mr. Plant. Für den Augenblick genügt das.»

Melrose erhob sich und wagte eine Frage: «Ist, äh, Superintendent Jury über diese jüngsten Entwicklungen informiert?»

Carstairs' Miene war in der Tat sehr finster, und Melrose war überrascht, daß er überhaupt antwortete: «Wir versuchen, ihn zu lokalisieren.» Daraufhin wandte er sich wieder seinen Papieren zu.

Sie versuchen es? fragte sich Melrose, als er den Blick über den Brokat und das Gold schweifen ließ: Der Raum war leer bis auf ein paar Polizisten, die in einer Ecke zusammenstanden und rauchten, und eine dünne Frau mit Haaren wie Zuckerwatte, die stocksteif auf ihrem Stuhl saß. Sie versuchen – konnte ein Superintendent von Scotland Yard sich einfach verflüchtigen?

Verdammt, dachte er und ließ sich Stock und Mantel geben. Wenn die Polizei von Hertfordshire nicht in der Lage war, Jury ausfindig zu machen, so würde eben er das übernehmen.

20

In dem Müll, der den Cripps als Wohnzimmer diente, war Jury Lichtjahre entfernt von Gold und Brokat.

Vor diesem Besuch hatte er gleich nach seiner Ankunft in London zwei weitere erledigt. Und einer davon hatte ihn vor Chief Superintendent Racers Schreibtisch geführt.

Bei Scotland Yard fragte man sich nicht, ob der Chief Superintendent schlechter Laune war, sondern nur, ob seine Laune schlechter als sonst war. Racer mochte sich vielleicht Gott widersetzen, dem Willen seines obersten Vorgesetzten aber mußte er sich beugen, und der war, wie alle andern, gespannt, wann Racer endgültig abtreten würde.

Jury war der einzige, der so etwas wie Geduld aufbrachte und ihm zuhörte, jedoch weniger aus Menschenliebe als aus Neugier: Er fragte sich, wie oft Racer noch obenauf schwimmen würde, bevor die Strudel ihn endgültig in die Tiefe zögen. Racer schien anzunehmen, daß sein Rücktritt den Untergang des britischen Empires zur Folge haben würde, war aber auch davon überzeugt, daß es sich mit Hilfe seiner Geniestreiche wieder aus der Asche erheben würde. Die letzten fünf Minuten hatte er darauf verwandt, einen seiner früheren Fälle in sämtlichen Verästelungen zu beschreiben; einen Fall, der nicht das geringste mit dem zu tun hatte, den er gerade bearbeitete.

Das sagte Jury ihm auch. «Ich sehe nicht, inwiefern das hier von Bedeutung ist, Sir.»

Racer, der sich erhoben hatte, um das Revers seines Savile-Row-Jacketts zu glätten, setzte sich wieder. Betrübt schüttelte er den Kopf.

«Kennen Sie den Unterschied zwischen Ihnen und Sherlock Holmes, Jury?» Racer schnappte sich den Plan, den Jury ihm zur Inspektion vorgelegt hatte.

Jury tat so, als denke er über diese Frage nach, bevor er antwortete: «Ja, doch, es gibt da einige Unterschiede.»

Racer schüttelte den Kopf. Selbst wenn Jury einer Meinung mit ihm war, ging er davon aus, daß Jury ihm widersprach. Eine Niete bleibt eine Niete, schien der Blick zu besagen, den er Jury zuwarf. «Die Fähigkeit zur Synthese!» Racer griff in die Luft. «Sie verlieren sich in einem Wust von Details, Jury. Das war schon immer so.»

«Dabei haben Sie mir immer vorgeworfen, ich würde mich über zu viele Details hinwegsetzen.»

«Das auch», sagte Racer, ohne zu zögern. Hätte Moses eines der zehn Gebote zurückgenommen, wenn Gott der Herr mit einem elften angekommen wäre, das die ersten zehn in Frage gestellt hätte? Er blickte von dem Plan auf. «Sie lassen also die Polizei von Hertfordshire jeden Stein und jeden Zweig in diesem gottverlassenen Wald umdrehen, da vielleicht das Collier darunter zum Vorschein kommen könnte.» Racer schob Cyril, den Kater, von seinem Schreibtisch. Er war eines Tages in den Korridoren von Scotland Yard gesichtet worden; niemand wußte, wie er hereingekommen war, aber offenbar war er in der Absicht gekommen, etwas zu melden. Jury war überzeugt, daß der Kater seine Gründe hatte, sich Chief Superintendent Racer anzuschließen – vielleicht gefiel es ihm, daß Racer ihn nicht ausstehen konnte. Er setzte sich mit Vorliebe auf Racers Schreibtisch, den Schwanz dekorativ um die Pfoten gelegt, als wäre er Teil einer Schreibtischgarnitur.

Diese Stellung nahm er auch auf der Erde wieder ein, aber er lauerte auf eine günstige Gelegenheit, den alten Platz zurückzuerobern.

«Dieses Collier», sagte Jury, «ist *eine* Sache. Sie suchen außerdem nach Hinweisen, die uns im Fall Cora Binns weiterhelfen sollen. Was hätte ich denn Ihrer Meinung nach tun sollen, Sir?»

Anscheinend hatte Racer auf dieses Stichwort nur gewartet. «Was Sie meiner Meinung nach hätten tun sollen?» Er lächelte andeutungsweise und erhob sich von seinem Schreibtisch, um im Zimmer auf und ab zu gehen. «Ich fasse zusammen: Folgendes liegt vor – erstens ein Packen anonymer Briefe; zweitens ein Mädchen, dem in einer Underground-Station der Schädel eingeschlagen wurde; drittens eine weitere Frau, deren Leiche in einem Wald etwas außerhalb dieses Kaffs gefunden wurde; viertens ein Collier, mit dem man einen König freikaufen könnte und das vor einem Jahr von irgendeinem Amateurdieb geklaut wurde.»

«Ich würde Trevor Tree nicht gerade als Amateur bezeichnen.»

Racer überging diesen Einwand. «Und fünftens dieser verdammte Wisch, ein Plan, der für irgendein blödsinniges Spiel benutzt wird. Wir haben es also mit völlig disparaten Elementen zu tun.» Racer war hinter Jurys Stuhl getreten. Cyril zuckte mit den Ohren, als wolle er Jury warnen.

«Völlig disparate Elemente», wiederholte er, zufrieden mit seiner Formulierung. «Und Sie haben einfach alles aneinandergereiht, Jury, und zweifeln überhaupt nicht daran, daß es auch zusammengehört, stimmt's? Aber...»

Wollte Racer das Ganze wieder von vorne aufrollen? Anscheinend.

«... wenn es nun nicht zusammengehört? Wäre es nicht auch möglich, daß der Fall O'Brien überhaupt nichts mit dem Rest zu tun hat?»

«Es besteht aber ein Zusammenhang. Und das Mädchen ist ein Glied in der Kette.» Jury wiederholte gelangweilt dieses Glaubensbekenntnis. Racer in seinem Büro aufzusuchen war wie in einen Beichtstuhl zu treten, hinter dessen Gitter ein verrückter Priester hockt. Jury beobachtete Cyril, der seinen nächsten Angriff auf den Schreibtisch vorbereitete. Er schlich gerade um die Kante, und während Racer sich über die disparaten Elemente ausließ, landete er mit seinen vier Pfoten auf der Schreibtischplatte und begann sich zu putzen.

«Und was sagen die Mediziner?» Racer war wieder an seinen Schreibtisch getreten und hielt den Plan hoch.

«Gar nichts, bis jetzt. Der Bericht steht noch aus.»

Racer schubste Cyril wieder vom Tisch und schaltete die Gegensprechanlage ein. Er fragte Fiona Clingmore, ob der Bericht über den Fall Littlebourne eingetroffen sei. «Dann setzen Sie sich mal gefälligst in Bewegung, Mädchen.»

Fiona trat ein, ohne sich im geringsten zu beeilen. Sie ließ eine Kaugummiblase platzen, während sie ihrem Chef die Unterlagen hinschob und Jury mit einem Tausend-Watt-Lächeln bedachte. Sie trug ein langärmeliges, hochgeschlossenes schwarzes Kleid, das über dem Busen spannte. Zusammengehalten wurde es von unzähligen kleinen schwarzen Knöpfen mit den dazugehörigen kleinen Schlaufen. Es gab aber auch ein paar Lücken; zwei oder drei Knöpfe hatten sich aus den Schlaufen befreit und enthüllten etwas schwarze Spitze. Jury sah zu, wie Racers Blick über die Knopfreihe wanderte. Dann schob er die Unterlagen zu Jury hinüber. «Nichts, was wir nicht schon wußten. Und wenn Sie beide sich genügend schöne Augen gemacht haben, dann machen Sie, daß Sie rauskommen. Und nehmen Sie dieses mottenzerfressene Tier mit! Ich habe zu tun!»

Alle drei waren glücklich, sich entfernen zu dürfen. Nur Cyril würde nicht davon abzubringen sein, sich wieder zurückzuschleichen.

Zwanzig Minuten später war Jury im Krankenhaus, wo die unwirsche, hübsche Krankenschwester in ihrem Stationszimmer Berichte verfaßte. Sie nickte Jury ungnädig zu. Als er nach Sergeant Wiggins fragte, erwiderte sie: «Ich glaube, er ist unten in der Kantine. Er wollte, daß ich ihm eine Tasse Tee bringe, aber schließlich hab ich noch anderes zu tun, als Besuchern Tee zu servieren.»

«Tut mir leid, wenn wir Sie bei Ihrer Arbeit gestört haben. Niemand verlangt von Ihnen, daß Sie Sergeant Wiggins mit Tee versorgen. Und Sie brauchen auch nicht zu seinen Wehwehchen Stellung zu nehmen.» Es war vorauszusehen, daß Wiggins seine Chance nützte, wenn ihm einmal ein ganzes Krankenhaus zur Verfügung stand.

Ihre Mundwinkel zuckten; sie versuchte, sich ein Lächeln zu verkneifen. Aber der gestärkte Busen hob sich etwas. Frauen in gestärkten Uniformen hatten Jury noch nie eingeschüchtert; beim Waschen ging das Zeug sowieso wieder raus. Sie preßte ihre Schreibunterlage gegen die Brust, als wolle sie alles unter Kontrolle behalten, und sagte: «Ist schon gut. Es macht mich nur etwas nervös, wenn hier dauernd Polizei ein und aus geht. Als ob gleich etwas Schreckliches passieren würde.»

«Nicht gerade schmeichelhaft für mich.» Er lächelte und tippte gegen die Unterlage. «Steht da was über Katie O'Brien?»

Sie nickte, blätterte die Seiten durch und zeigte ihm den Krankenbericht. «Alles beim alten. Sie hoffen wohl immer noch, es könnte sich etwas ändern.» Sie schien traurig zu sein.

«Ach, wissen Sie, wir Polizisten sind einfach unverbesserliche Optimisten. Hat sie Besuch bekommen?»

«Von ihrer Mutter heute morgen. Und von ihrem Musiklehrer.»

Von Macenery? Jury war überrascht. Er hatte sich also doch dazu aufgerafft. «Wann?»

«Ich glaube, er ist noch da.» Sie nickte in die Richtung des Korridors hinter ihr.

In Katies Zimmer war jedoch niemand, obwohl es eindeutige Hinweise darauf gab, daß Sergeant Wiggins sich dort aufgehalten hatte – eine Flasche Nasentropfen und eine Schachtel Hustenbonbons.

Jury ging zum Fenster. Die Kneipe auf der gegenüberliegenden Straßenseite war geschlossen. Ein Windstoß bewegte den Bogenrand der gestreiften Markise über dem Gemüseladen. Eine fröstelnde Frau mit Schal zog einen Einkaufswagen über die Straße. Obwohl es Sonntag war, brannte im Waschsalon Licht, und er sah jemanden in einer Zeitschrift blättern.

Er wandte sich vom Fenster ab und blickte auf die regungslose Gestalt von Katie O'Brien. Der Gedanke an das beschädigte Gehirn in diesem makellosen Körper erschütterte ihn aufs neue. Sie lag noch immer mit gefalteten Händen und ausgestreckten Beinen da – eine Skulptur, wie man sie auf mittelalterlichen Gräbern sieht. Es fehlte nur der kleine Hund zu ihren Füßen.

Jury drückte die Taste des Kassettenrecorders, und die scheppernde Stimme der Music-Hall-Sängerin erfüllte den Raum mit «Rosen aus der Picardie».

Sie saßen zusammen in der Kantine, Sergeant Wiggins und Cyril Macenery. Jury drückte auf den Knopf der Kaffeemaschine, und eine trübe Brühe schoß heraus, mit der er zu ihrem Tisch hinüberging.

Wiggings fing sofort an, sich zu entschuldigen. Manchmal hatte Jury den Eindruck, das Gewissen des Sergeants zu sein. «Mein Kopf! Ich dachte, er würde gleich platzen, glauben Sie mir, Sir. Ich hätte mir eine Thermosflasche Tee mitbringen sollen. Die Schwester kann mich anscheinend nicht ausstehen.»

«Uns», verbesserte ihn Jury. «Sie kann die Polizei nicht ausstehen. Nehmen Sie es nicht persönlich. Hallo, Mr. Macenery, schön, daß Sie gekommen sind.»

Macenery sah aus seinen blauen Augen kurz auf und wandte sich schnell wieder ab. «Da läßt sich wohl nicht viel machen, was?» Alle drei blickten auf ihre mit Tee oder Kaffee gefüllten Plastikbecher.

«Ihre Mutter war heute morgen da», sagte Wiggins. «Sie hat mit ihr gesprochen. Manchmal hilft das, sagt die Schwester. Sie hat ihr erzählt, was sich im Dorf so tut. Daß heute das Kirchenfest stattfindet. Und von ihren Klassenkameraden, daß die Schule bald wieder anfängt...» Wiggins verstummte. Obwohl er eher dazu neigte, über körperliche Leiden als über seelische Nöte zu sprechen, fügte er noch hinzu: «Deprimierend, was?»

Sie sahen einander bei ihrem stockenden Gespräch nicht an, es war, als würden sie zu einem unsichtbaren Vierten am andern Ende des Tisches sprechen, der ihnen Antworten geben konnte, auf die sie selbst nicht kamen.

Schließlich erhob sich Macenery. «Ich denke, ich gehe noch mal kurz zu ihr hinauf.»

Jury zögerte. «Okay.»

Als Macenery den Raum verließ, machte auch Wiggins Anstalten aufzustehen. «Möchten Sie, daß ich –?»

Jury legte ihm die Hand auf den Arm und drückte ihn auf seinen Stuhl. «Nein.» Jury dachte an das, was Riddley gesagt hatte. Irreversibel. Ein Gedanke, der ihm das Blut in den Adern erstarren ließ: Katie O'Brien würde niemals wieder aus dem Koma erwachen, oder wenn, dann mit einem dermaßen geschädigten Gehirn, daß der Tod einem Wiedererwachen vorzuziehen wäre. «Warten Sie einen Augenblick. Ich wollte Ihnen noch von meiner Unterredung mit unserm Chef berichten. Racer scheint der Meinung zu sein, daß ich mich in Littlebourne verzettle, daß ich mich in London verzettle, daß ich mich überall verzettle. Das hat man davon, wenn man ihm Bericht erstattet.»

Wiggins lächelte trübe. «Immer noch besser, Sie tun's, als wenn ich es tue.»

«Ja. Er ist jedenfalls der Meinung, wir sollten die Sache in ein, zwei Tagen erledigt haben, sonst müßte er einen andern auf den Fall ansetzen.» Jury grinste.

Wiggins, dem als Kind wohl der Mund zu häufig mit Seifenlauge ausgespült worden war und der dementsprechend sparsam mit Flüchen umging, hielt sich diesmal nicht zurück.

«Er hat sämtliche ‹disparaten Elemente›, wie er es nannte, wie Dominosteine aneinandergereiht und fragt sich, warum ich nicht einen umstoße – alle anderen fielen dann von selbst in sich zusammen. Probieren wir das doch mal!» Jury baute den Salz- und Pfefferstreuer, zwei leere Plastikbecher und einen Serviettenhalter vor sich auf. «Nummer eins: die Briefe – als solche völlig uninteressant. Sie bewirkten nur, daß die Leute nicht mehr an Katie O'Brien dachten: Kaum einer, der nicht erstaunt reagierte, wenn ich auf sie zu sprechen kam. Natürlich gab es inzwischen auch diesen Mordfall, aber Katies Mutter hatte ganz recht, als sie sagte, die Briefe hätten die Leute alles übrige vergessen lassen. Die Aufmerksamkeit der Polizei von Hertfield war auf etwas anderes gelenkt. Dominostein Nummer zwei ist –» Jury stieß einen Becher um – «der Mord an Cora Binns. Ich vermute, sie ist dem Mörder begegnet, und er hat einen oder mehrere der Ringe an ihrer Hand gesehen, die ihn an den Smaragd der Kenningtons erinnerten. An etwas, dem er schon seit über einem Jahr auf der Spur war und das er oder sie bald zu finden glaubte.»

«Aber kommt es Ihnen nicht seltsam vor, daß die Person, der Cora Binns zufällig begegnet ist, auch prompt zu ihrem Mörder wurde? Irgendwie zu unglückselig, dieser Zufall. Und ist es nicht kurios, daß sie in Littlebourne keiner gesehen hat?»

Jury dachte einen Augenblick lang nach. «Nein, das finde ich nicht.» Wiggins zog die Augenbrauen hoch, aber Jury fuhr einfach fort: «Wer auch immer versucht hat, Katie umzubringen und Cora Binns dann tatsächlich umbrachte – er muß befürchtet haben, die Polizei würde wieder herumzuschnüffeln beginnen. Was, wenn zum Beispiel dieser Plan in ihre Hände gelangte? Katie hatte ihn offensichtlich irgendwo gefunden. Wollte sie damit zur Polizei gehen? Wissen wir nicht. Das wäre also Domino Nummer drei. Nummer vier –» Jury stieß den andern Becher um – «ist die verstümmelte Hand. Ich kann mir das nur durch kataleptische Totenstarre erklären. Vielleicht hätte er die Finger auch brechen können, da aber Ernestine Craigies kleines Beil gerade zur Hand war –» Jury zuckte die Achseln.

«Miss Craigie hat offenbar mehr mit der ganzen Sache zu tun, als gut für sie ist.»

«Haben Sie sie zu ihrer Hauptverdächtigen erkoren?»

«Jedenfalls ein zähes altes Huhn. Entschuldigung, das Wortspiel war nicht beabsichtigt.» Wiggins kippte den Pfefferstreuer um. «Wunderbar, Sir, Sie haben es geschafft. Alle Dominosteine sind gekippt, bis auf den Serviettenhalter. Der Mörder – stimmt's?»

Jury blickte darauf. «Stimmt.» Er wollte ihm schon einen Stups geben, ließ ihn dann aber doch stehen. «Es gibt einen, der sämtliche Voraussetzungen erfüllt.»

Erstaunt blickte Wiggins ihn an. «Sie meinen, Sie *wissen* es? Warum, um Himmels willen –»

«Ich glaube, es zu wissen.» Jury erhob sich schwerfällig.

«Sie scheinen aber nicht allzu glücklich darüber zu sein.»

Nein, das war er nicht, ganz und gar nicht. «Ich hab keinerlei Beweise, Wiggins. Nichts, rein gar nichts, und auch wenig Hoffnung, ihn zu schnappen, außer auf frischer Tat. Was höchstwahrscheinlich bedeutet, daß wir zugleich in den Besitz des Colliers gelangen.» Er zog den Plan aus der Tasche, faltete ihn in der Mitte und lehnte ihn gegen den Serviettenhalter. «Trevor Trees Kumpel, Komplize oder was auch immer muß wissen, wo dieses Collier ist. Und er wird jeden umlegen, der ihm in die Quere kommt. Ich hoffe nur, keiner tut das.»

Als sie aufstanden, fegte Wiggins etwas von dem verschütteten Salz auf seinen Handteller und warf es sich über die Schulter. «Man kann nie wissen, Sir.»

Sie waren ungefähr in der Mitte des langen, kühlen Korridors angelangt, als die unwirsche Krankenschwester mit knisternder Uniform auf sie zugestürzt kam, ihre Schreibunterlage an sich gepreßt. Jury wußte sofort, warum: Es war wegen der Musik.

Während Jury nicht viel für Musik übrig hatte – obwohl nun auch er stehenblieb und lauschte –, war Wiggins ein Musiknarr.

Die Musik war seine große Leidenschaft – eine der wenigen, die er hatte. «Mein Gott, das ist ja wunderbar...»

Die Patienten schienen das auch zu finden. Sie standen in den Türrahmen, saßen in Rollstühlen, stützten sich auf ihre Stöcke. Cyril Macenery spielte auf der Geige – Katies Lieblingslied «Rosen aus der Picardie». Was Jury immer für einen sentimentalen alten Schlager gehalten hatte, klang nun wie Sphärenmusik.

Die Krankenschwester schien auch weniger wütend als besorgt zu sein. «Wirklich, ich weiß nicht, was die Oberschwester dazu sagen wird.» Sie schüttelte den Kopf; ihr weißes Häubchen ging auf und ab. «Keine Ahnung, wie sie darauf reagiert. Er hat wohl einfach ihre Geige genommen und angefangen zu spielen...»

Sie hätte natürlich einschreiten können, nur – sie hatte es nicht getan. Wahrscheinlich war sie von den wundervollen Klängen, die den sterilen, weißen Korridor erfüllten, genauso verzaubert wie alle andern. Jurys Vermutung, daß sich hinter dem gestärkten Äußeren noch etwas anderes verbarg, war also doch nicht so falsch gewesen. Er zückte seinen Kugelschreiber und kritzelte etwas auf seinen Block, dann riß er die Seite ab und gab sie ihr. «Ich weiß, das hier ist *Ihr* Revier. Aber vielleicht nützt es Ihnen, wenn Sie die Kriminalpolizei hinter sich haben. Sagen Sie Ihrer Oberschwester – falls sie vorbeikommt –, daß der zuständige Kommissar es für eine gute Idee hielt. Und daß niemand sich beschwert hat.»

Jury blickte den Korridor entlang. Einige Frauen schienen den Text des Lieds mit den Lippen zu formen oder in Gedanken zu tanzen. Die Krankenschwester nahm Jurys Zettel entgegen. Entschuldigend meinte sie: «Ich muß ihm leider bald sagen, daß er aufhören soll.»

«Ja, ich verstehe. Sergeant Wiggins wird dafür sorgen.»

«Aber erst», sagte die Krankenschwester und blickte Jury mit Sternenaugen an, «wenn das Lied zu Ende ist.» Sie lächelte.

Als Scotland Yard im Krankenhaus anrief, war Jury bereits ins East End gefahren.

Ash Cripps, der in seinem verschossenen Morgenmantel und mit einer Zigarre im Mund – aus einer Kiste, die Jury in weiser Voraussicht mitgebracht hatte – im Wohnzimmer auf und ab ging, hielt in der einen Hand den Plan, den Jury ihm gegeben hatte, und in der andern eine Flasche White Shield. Wenn er einen Schluck daraus nahm, störte ihn der Bodensatz offenbar kaum. Er stellte die Flasche auf den Sims des vorgetäuschten Kamins, in dem bei kühlerem Wetter künstliche Kohlen glühten. Papier und ein Aluminiumaschenbecher voller Zigarrenstumpen fielen herunter. Er schob sie mit dem Fuß in die winzige Feuerstelle.

Ein Teil der Crippsschen Nachkommenschaft saß in der Küche und aß Kartoffelbrei; ein anderer war auf der Straße und focht, bewaffnet mit Besenstielen und den Deckeln von Abfalleimern, eine erbitterte Schlacht aus.

Ash ließ sich jedoch bei seiner Tätigkeit nicht stören. Er trug seinen Morgenmantel wie eine Staatsrobe; die Kordel schleifte auf dem Teppich mit dem Pfingstrosenmuster. Sie warteten auf die Rückkehr White Ellies, die in seinen Hosen zur Wäscherei gegangen war.

«Hmm, stimmt, Trevor hätte sich so was ausdenken können.» Er kratzte sich am Kopf. «Es ergibt nur keinen Sinn.»

«Ist das denn sonst anders? Ich dachte, das Spiel bestünde darin, die Spieler auf eine falsche Fährte zu locken.»

«Ja, schon, nur... Schauen Sie.» Ash wühlte in den Schubladen eines alten Schreibtisches; gelegentlich hielt er inne, um die kleinen Schreihälse durch die Küchentür hindurch anzubrüllen. Schließlich warf er die Tür zu, was den Lärm jedoch kaum dämpfte.

Er gab Jury einen Plan. «Den da hat Trevor vor ungefähr zwei Jahren gemacht. Ein Phantasiedorf, in dem ein Schatz versteckt ist. In der Schmiede, wie sich dann herausstellte.» Es war die sehr ausgefeilte Skizze eines Dorfs, mit allerlei Geschäften, einer Kirche, einem Gasthof, Bauernhäusern und Scheunen. Die Bäume sahen aus wie Wattebäusche. Es gab auch einen Teich und einen See. Das Ganze glich einer Luftaufnahme und war sehr sauber und klar gezeichnet. «Er dachte sich Abenteuer aus, für die wir Monate brauchten.»

Die beiden Pläne sahen sich sehr ähnlich, vor allem, was den Zeichenstil anging.

«Ich hab auch andere von ihm gesehen, den mit dem Collier zum Beispiel. Da spielte die Geschichte in einer Stadt. Trevor hatte alles haargenau aufgezeichnet, die Kneipe glich unserer hier aufs Haar – sogar die Tische, Stühle und so weiter. Er hat auch einen Plan mit 'ner Schloßruine gemacht. Der war wirklich gut. Ratten und Ruinen waren Trevors Spezialität.» Er klopfte auf Jurys Plan. «Deshalb kommt mir der hier irgendwie komisch vor – er hat mit nichts 'ne Ähnlichkeit. Ist aber auch nicht frei erfunden...»

Jury beließ es im Augenblick dabei. «Und die Weiber, Ash? Wie sah es da bei Trevor aus?»

Ash fing an zu lachen, und sein Morgenmantel fiel auseinander. Umständlich hüllte er sich wieder darin ein und verknotete die Kordel. «Trevor hat's mit allem getrieben, was zwei Beine hatte. Elefant behauptet, er hätte sich auch mal an sie rangemacht, aber wahrscheinlich reißt sie nur das Maul auf. Irgendwo hört's ja mal auf.»

«Ich habe Fotos von ihm gesehen. Er sah recht gut aus.»

«Ah, doch, kann man schon sagen. Mit *dem* Aussehen und *dem* Verstand hätt er's zu was bringen können. Ein Jammer.»

«War Cora Binns eines seiner Mädchen?»

«Na ja, Cora scharwenzelte schon um ihn herum. Wo Trevor war, da gab's immer 'ne Menge Weiber. Aber Cora war nicht sein Typ. Ich meine, Cora war eine, die auf lebenslänglich aus war. Bescheuert.» Als sollte der Beweis geliefert werden, welchen Trost die Ehe für die Seele bedeutet, hörte man aus der Küche ein ohrenbetäubendes Klirren von Geschirr und das Scheppern eines brutal aufgestoßenen Fensters.

Das Gesicht von White Ellie erschien. Sie überschrie den Lärm der Mülleimerdeckel: «Warum paßt du nicht auf das verfluchte Kruppzeug auf. Sammy und Sookey laufen splitternackt herum, und Friendly hat wieder auf Mrs. Lilybanks Rosen gepißt!» Dann sah sie Jury, und ihre Brauen zogen sich noch unheilvoller zusammen. «Du hast's also wieder gemacht!»

Das Fenster wurde wieder zugestoßen, und die Scheiben schepperten noch gefährlicher. Ash verdrehte die Augen, als White Ellie, die ihrem Namen wirklich alle Ehre machte, einen Kinderwagen vor sich herschiebend ins Wohnzimmer gestapft kam. Auf dem Baby lag ein Berg Wäsche, und Jury war wieder einmal versucht nachzuschauen, ob das Baby noch atmete.

«Nichts hab ich gemacht. Der Super und ich müssen zur Kneipe rüber, um was zu besprechen, wenn du mir also meine Hosen geben könntest –»

White Ellies Garderobe bestand aus verschiedenen Schichten: Über einem Baumwollkleid trug sie einen blauen Pullover, der wiederum über Ashs Hosen hing.

Als sie sie ausziehen wollte, sagte er jedoch: «Nein, warte, ich zieh die neuen an.»

«Kommt nicht in Frage, die sind für die Kirche.»

Er verschwand im Dunkel des hinteren Zimmers und sagte stur: «Mann, heut sind die neuen Buxen dran.»

Fred Astaire hätte das auch nicht besser hingekriegt, dachte Jury, als sie fünf Minuten später zum «Anodyne Necklace» schlenderten.

Sie schienen alle noch auf denselben Plätzen zu sitzen wie vor vierundzwanzig Stunden, als Jury sie verlassen hatte, im trüben, gelben Licht der Gaslampen gefangen wie Fliegen in Bernstein. Die Frauen – alle mit Schals – hockten auf den Bänken, während die Männer um die Tische herum saßen oder am Tresen lehnten.

«Na, wenn das mal nicht Ash ist», sagte einer namens Nollie. «Herausgeputzt wie zu 'ner Hochzeit. Was ist denn der Anlaß?»

«Da is gar kein Anlaß. Ich helf nur der Polizei 'n bißchen aus. Ihr wißt schon.»

Jury breitete den Plan auf dem Tisch aus. «Kommt das jemandem bekannt vor?»

Keith runzelte die Stirn, schüttelte den Kopf und gab den Plan Chamberlen. Der studierte ihn gründlich, nachdem er seinen Zwicker wie ein Juwelier seine Lupe angehaucht und blankgerieben hatte. Schließlich sagte er: «Prima gemacht, wirklich sehr gut.»

«Was sollen denn die blöden Bärenstapfen?» fragte Nollie, als er den Plan in der Hand hielt. «Und wo ist dieser Wald von Horndean?» Er blickte zu Jury auf.

«Ich dachte, ich könnte das von *euch* erfahren.»

Nollie drehte sich mißtrauisch nach Ash um. «Ist das eine Falle, Ash?» Er schlüpfte in seinen Mantel.

«Nein, is es nicht. Was ich zu sagen habe, könnt ich auch vor meiner alten Mutter sagen.»

Keith höhnte: «Die is wohl stocktaub, die alte Schlampe, was?»

Daß seine alte Mutter beleidigt wurde, konnte Ash nicht dulden. Er begann, seine Jacke auszuziehen. Jury klopfte ihm auf die Schulter und drückte ihn auf seinen Stuhl. Dr. Chamberlen seufzte nur und schüttelte den Kopf. Harry Biggins stellte einen Teller mit Aal in Aspik vor ihn hin, und er stopfte sich eine riesige weiße Serviette in den Kragen.

Jury fragte Chamberlen: «Könnte Trevor Tree das gemacht haben?»

Während er Zitronensaft über den Aal träufelte, angelte sich Chamberlen mit einem dicken Zeigefinger den Plan und begutachtete ihn noch einmal. Jury gefiel die Art und Weise, wie er eine Situation studierte, bevor er sich dazu äußerte. «Ja, doch, das könnte durchaus sein. Trevor dachte sich immer ganz schlaue Sachen aus. Sehr einfallsreich, dieser Trevor.»

«Was heißt das?» Jury beobachtete, wie der glitschige Aal in Dr. Chamberlens Mund verschwand.

«All diese Einzelheiten, die einen in die Irre führen sollen. Aber was soll das, Superintendent? Suchen Sie auch nach dem Heilenden Halsband?» Chamberlen sah aus wie ein Uhu. Die Gläser seiner Brille funkelten.

«Nein, nach was Konkreterem, nach dem Smaragd, den Trevor Tree vor ungefähr einem Jahr den Kenningtons gestohlen hat. Ist ein Vermögen wert. Und ich weiß, daß Trevor hier Stammgast war.»

Chamberlen nickte. «Tree war Magiermeister. Wie ich.» Er hielt einen großen Bogen Millimeterpapier hoch. «Von dem Smaragdcollier hab ich gehört. Wurde nie gefunden, was?» Chamberlen wischte sich die Finger ab. «Ein gerissener Bursche, dieser Trevor.»

«Ein Gauner.» Jury sah Jenny Kennington vor sich, wie sie verloren in einem leeren Raum stand. «Lady Kennington muß deswegen ihr Haus verkaufen.» Chamberlen fuhr sich mit dem Finger über die Wange, als wollte er sich eine Träne wegwischen.

«O Gott, o Gott, die feine Lady. Steht die Ärmste jetzt im Schnee und hat die armen Kleinen am Rockzipfel?»

«Keine Kleinen am Rockzipfel. Sie ist zwar adlig, aber deswegen hat sie genauso ein Recht auf ihr Eigentum wie wir auch.»

Dr. Chamberlen hielt seinen leeren Teller hoch. «Nollie, sei so nett und bring mir noch eine Portion Aal. Die hochmoralischen Reden des Superintendent machen mich richtig hungrig.» Gehorsam nahm Nollie den Teller entgegen.

«Sie wissen also nichts über Trevor Tree, was uns weiterhelfen könnte? Er ist ja nicht mehr am Leben. Sie würden also keinen Kumpel verpfeifen. Und es ist ziemlich klar, daß *er* einen Kumpel hatte.»

«Aber ich war das nicht, falls Sie das meinen.» Säuberlich wischte er sich den Mund mit dem Zipfel seiner Serviette ab.

«Ich nehme an, Sie waren auch letzten Donnerstag hier?»

Chamberlen nickte. «Dafür gibt es Zeugen, Superintendent, Zeugen.»

Jury blickte in die Runde. Feierliches Kopfnicken.

«Und alle übrigen sind auch hier gewesen, und jeder kann das Alibi des andern bestätigen?»

Feierliches Kopfnicken.

«Und keiner hat die geringste Ahnung, warum Cora Binns ermordet wurde?»

Wieder feierliches Kopfnicken.

21

Als Melrose schliesslich in die Gegend von Wembley Knotts kam, hatte er zwei gebührenpflichtige polizeiliche Verwarnungen bekommen, eine auf der A 10 und eine in Chigwell, wo er auf der Suche nach dem richtigen Weg ein Rotlicht überfahren hatte. Eine alte Frau, die er auf dem Fußgängerübergang beinahe gestreift hätte, gab einen Schwall von Kraftausdrücken von sich, während Melrose an seinen Hut tippte und weiterfuhr.

Der Anblick eines Silver Shadow, der die Catchcoach Street entlangglitt, rief bei den wenigen Passanten, die noch unterwegs waren, unterschiedliche Reaktionen hervor. Die Frauen meinten, Prinzessin Di sei gekommen, um eine Hilfsaktion für die Armen des East End zu starten; die Männer – zumindest die beiden, die aus dem «Three Tuns» heraustaumelten – nahmen an, diese Halluzination hätte etwas mit den zehn Flaschen Abbot zu tun, die sie auf eine Wette hin zusammen geleert hatten. Um das, was sie für eine Halluzination hielten, zu verscheuchen, kehrten sie schnurstracks in die Kneipe zurück, um sich mit ein paar weiteren Drinks wieder klare Sicht zu verschaffen.

Melrose hatte zweimal angehalten und gefragt, welche der Bruchbuden am Ende der Straße denn das «Anodyne Necklace» sei, und jedesmal nur staunend aufgerissene Münder zu Gesicht bekommen. Er fragte sich gerade, wo er seinen Wagen abstellen sollte, als er Jurys Dienstwagen entdeckte. Es gelang ihm, den Rolls in eine Lücke zwischen dem Ford und einem völlig verrosteten Mini ohne Windschutzscheibe zu bugsieren.

Als er ausstieg, sah er, daß Jurys Auto vor einem Haus parkte, das seinen beiden Nachbarn beinahe aufs Haar glich, nur daß es noch heruntergekommener aussah. Nur die abblätternde Farbe ließ erahnen, daß es einmal ganz einladend ausgesehen haben mußte. Hinter dem vorhanglosen Fenster bewegte sich eine dunkle Gestalt wie ein Fisch in einem Aquarium. Das dreckigste Rudel Kinder, das ihm je zu Gesicht gekommen war – fünf, nein sechs, da in ihrer Mitte auch noch der Kopf eines Babys auftauchte –, hatte sich über einen alten Kinderwagen hergemacht, aber sofort wieder davon abgelassen, als der Silver Shadow auftauchte, um zu beobachten, wie er in die Lücke einparkte, ein sehr kompliziertes Manöver. Melrose vergewisserte sich, ob die Tür abgeschlossen war.

«Könnt ihr mir bitte sagen, wo das ‹Anodyne Necklace› ist?» Ein schielendes Kind wollte antworten, bekam aber von einem der Großen sofort einen Stoß in die Magengrube. Er sagte: «Klar, könn wer schon, was isses Ihnen wert?» Er blickte zu Melrose hoch, und sein Mondgesicht nahm den frechsten Ausdruck an, der ihm zu Gebote stand; seine Wimpern waren so hell, daß die Augen lidlos wirkten.

Melrose warf ihm eine Fünfzigpencemünze zu, nach der er schnappte wie ein Frosch nach einer Fliege. Der Junge zeigte auf die Häuser am Ende der Straße: «Dahinten.»

Am spitz zulaufenden Ende der Straße schienen ein paar Geschäfte zu sein sein; dazwischen stand ein schmales Gebäude mit einer unauffälligen Fassade, von der auch ein Schild hing. Melrose wandte sich nach dem Haus hinter ihm um.

«Wohnt ihr da?»

«Schon möglich», sagte der mondgesichtige Junge.

«Und habt ihr den Herrn gesehen, dem dieses Auto gehört?» Melrose zeigte mit seinem Spazierstock auf den Ford.

Er wurde mit einem weiteren schlauen Lächeln belohnt: «Schon möglich.»

«Mama is zu Haus!» piepste das einzige Mädchen unter ihnen, das geräuschvoll am Finger gelutscht hatte und nun einen Tritt ans Schienbein bekam, weil es Melrose diese Information hatte zukommen lassen. Die andern vier, die Melroses Auto zuerst nur aus respektvoller Ferne betrachtet hatten, rutschten inzwischen wie eine Schar Schnecken auf ihm herum.

Es gelang ihm, das Kleinste mit seinem Spazierstock zu angeln und auf den Bürgersteig zu befördern. Dann ließ er alle sechs der Reihe nach antreten und gab jedem ein Geldstück. «Vielleicht liegt noch mehr drin. Wenn ihr aber mein Auto trotzdem nicht in Ruhe laßt», fügte er mit einem gewinnenden Lächeln hinzu, «dann muß ich euch die kleinen Ärmchen und Beinchen brechen.»

Diese Drohung schien sie eher zu belustigen als einzuschüchtern. Der Mondgesichtige, der auf den Namen «Sookey» hörte, öffnete den Mund zu einer Erwiderung, aber da hatte Melrose schon seinen Spazierstock gegen das von ihnen gebildete Mäuerchen vorschnellen lassen, so daß sie umpurzelten wie Dominosteine, wobei sie nicht aufhörten zu kichern. Dann sprangen sie die Straße hinunter zu den Läden; Sookey versuchte, den Kleineren ihr Geldstück abzunehmen, was ihm mehrere Tritte in die Leistengegend eintrug.

Melrose begab sich zum Haus Nummer vierundzwanzig.

Die Frau, die auf sein Klopfen hin geöffnet hatte und nun den Türrahmen ausfüllte, war die dickste Frau, die Melrose je gesehen hatte. Ihr voluminöses Hauskleid bauschte sich über den von Hosen bedeckten Beinen. Eine interessante Zusammenstellung, dachte er. Sie hatte sich jedoch offensichtlich einige Mühe mit ihrer Aufmachung gegeben: Das Haar war nach hinten gekämmt und wurde von einem grünglänzenden Band zusammengehalten; Lippenstiftrot sickerte in die Linien um ihren Mund.

Sie musterte ihn eingehend. «Wenn Sie wegen Friendly kommen – das ist leider ein hoffnungsloser Fall. Ich hab gar nicht gewußt, daß die Leute vom Sozialamt auch sonntags unterwegs sind. Der Junge schlägt seinem blöden Pa nach.» Sie schob sich an Melrose vorbei und steuerte auf den Kinderwagen zu. Er war bedeckt mit Wäsche, die sauber oder auch schmutzig sein konnte. Darunter schien ein Baby zu schlafen. Als sie damit zurückkam, sagte sie: «Ashs Alter war noch schlimmer, das können Sie mir glauben. Was hätt ich denn machen sollen – er lag da draußen auf dem Treppenabsatz und gab so komische Geräusche von sich. Wären Sie da rausgegangen?» Sie funkelte Melrose an. «Woher hätt ich wissen sollen, daß er am Abkratzen war?»

«Ja, woher auch?» Melrose warf einen Blick in den Raum, der wohl einmal als Wohnzimmer gedient hatte, und hoffte, daß dies nicht der letzte Ort gewesen war, den Jury lebend gesehen hatte.

Mit seiner Antwort offenbar sehr zufrieden, zog sie ein Bündel Wäsche – nein, es war das Baby – aus dem Wagen, schüttelte es und legte es wieder hinein. «Die ganzen Stufen is er runtergefallen. Und ich sollte in dem gottverdammten Haus bleiben?» Sie sah genau so herausfordernd drein wie Sookey. Der Kleine war offensichtlich seiner Mutter nachgeschlagen. «Na, kommen Sie!»

Fasziniert folgte ihr Melrose. Ein bissig aussehender Hund mit schmalem Kopf und krummen Beinen blickte zu ihm auf, als er sich in der Küche umschaute. Ein Löffel steckte in einer Schüssel, deren Inhalt ein Eigenleben zu führen schien; er warf Blasen, brach auf, bildete Risse und Spalten. Sie nahm sich diese explosive Masse vor und schien jetzt erst zu bemerken, daß sich ein völlig Fremder in ihrer Küche befand. Sie fragte: «Wer sind Sie eigentlich? Sie kommen einfach so reinspaziert.»

Melrose verneigte sich leicht. «Melrose Plant, Gnädigste, ein Freund von Superintendent Jury; ich sah sein Auto vor dem Haus und dachte, er sei vielleicht hier.»

«Sie sind also gar nicht vom Jugendamt?» Sie schien überrascht. «Na schön. Ich heiße Cripps. Und Sie sind ein Freund vom Super?» Als ob Jury zur Familie gehörte, dachte Melrose. «Er ist mit Ashley in die Kneipe rübergegangen. Gerade eben. Ich geh auch gleich, wenn die Kinder ihr Essen gekriegt haben. Setzen Sie sich doch.»

Mitgehangen, mitgefangen, dachte Melrose und fegte die Brotkrumen von seinem Stuhl. «Die Sache ist sehr dringend, Mrs. Cripps.»

«White Ellie. Fünf Minuten, dann gehen wir zusammen.» Ihr Ton schien zu besagen, daß er dieses Angebot unmöglich ausschlagen könne.

Melrose fragte sich, was wohl in der Schüssel war, immerhin wollte sie eine ganze Mahlzeit damit bestreiten. Sie zog eine Pfanne auf den Herdring, wischte sie mit einem Handtuch aus, zündete das Gas an und ließ aus einem Glas Fett hineintropfen. Melrose glaubte etwas hinter dem Spülstein hervorhuschen zu sehen, einen Schatten, der sich in die dunklen Ecken flüchtete. Er blickte schnell weg und öffnete sein Zigarettenetui. «Nehmen Sie eine?»

«Vielen Dank», sagte White Ellie, nahm sich eine Zigarette und zündete sie an der Gasflamme an. Dicke Klumpen Teig tropften von ihrem Löffel, die Pfannkuchen zischten in der Pfanne. «Wolln Sie einen?» Melrose lehnte dankend ab. «Wo die Kinder bloß wieder stecken!»

Noch bevor er ihr sagen konnte, sie hätten den Laden an der Ecke gestürmt, um sein Geld auszugeben, kündigten sie mit viel Gejohle, Gejauchze und Getrampel ihre Rückkehr an; mit verschmierten Gesichtern fielen sie in die Küche ein und ließen sich und ihre Bonbonpapierchen auf die Hocker und Stühle fallen, die um den Tisch herum standen. Eines fehlte, wie Melrose bemerkte. Auch White Ellie fiel das auf, als sie die Teller austeilte. «Wo ist Friendly?»

Sookey, der es anscheinend darauf abgesehen hatte, den Besucher zu vergraulen, Bonbons hin, Bonbons her, verkündete: «Friendly hat gesagt, er will an die Radkappen pinkeln.»

Sie kicherten – eine Bande von Verrätern.

Melrose erhob sich lächelnd und drückte dabei auf einen Knopf an seinem Spazierstock, worauf eine dünne Klinge aus dem Schaft hervorschnellte. «Ich an deiner Stelle würde mal ganz schnell zu Friendly rüberrennen und ihm ausrichten, daß der Herr hier drinnen ihm dringend rät, sich ein anderes Betätigungsfeld zu suchen.»

Sie ließen Gabeln, Löffel und Ketchupflasche fallen. Sookey wurde noch blasser, als er schon von Natur aus war. «Verdammt!» flüsterte er, rutschte von seinem Stuhl und flitzte wie ein Pfeil aus der Tür.

Nur White Ellie zeigte sich völlig ungerührt. Sie ließ ihre Zigarette auf den Boden fallen, zertrat sie wie einen Käfer und inspizierte die Klinge. «Sapperlot. So was könnte ich auch gebrauchen. Sind Sie soweit? Ich zieh mir noch schnell die Hosen aus, dann gehn wir zum Necklace rüber.»

Während er wartete, betrachtete Melrose die Tapete.

Er sagte sich, daß er zu lange mit seiner Tante Agatha gelebt hatte, um sich noch von irgendwelchen Unregelmäßigkeiten im Ablauf des Weltgeschehens erschüttern zu lassen. Noch ein, zwei Jahrtausende, und dieser Mikrokosmos würde keine Geheimnisse mehr für ihn bergen.

Hätte Jury Tagebuch geführt, hätte er als erstes White Ellie beschrieben, wie sie am Arm von Melrose Plant im trüben Licht des «Anodyne Necklace» auftauchte.

Er hatte gerade den Hörer aufgelegt, als sie hereinkamen und sich dann trennten: White Ellie ging zu den Frauen auf den Bänken (und warf einen Bierkrug um, als sie sich zwischen den Tischen durchquetschte), Plant zu Jury, der an der Bar saß.

«Darf ich Sie zu einem Drink einladen, Superintendent?» Er

nickte in die Richtung des Telefons. «Ich nehme an, Sie haben von dem Mord an Ramona Wey gehört?»

Jury nickte. «Wiggins war dran. Sie haben im Krankenhaus angerufen. Was ist passiert?»

Melrose erzählte Jury von dem kleinen Bummel, den Ramona unternommen hatte. «Sie schien sich nicht gerade allgemeiner Beliebtheit zu erfreuen, soweit ich das feststellen konnte.» Plant legte eine Pfundnote auf den Tresen und winkte Harry Biggins heran. «Ich habe mich gefragt, welche Rolle sie wohl spielte. Wenn Ramona Wey Lord Kennington Schmuck verkauft hat, wäre es dann nicht möglich, daß *sie* den Ring, den Cora Binns trug, wiedererkannte? Vorausgesetzt natürlich, daß sie ihr überhaupt in Littlebourne begegnet ist.» Harry Biggins kam zu ihnen, und Melrose bat ihn, Mrs. Cripps reichlich mit dem, was für ihr Wohlbefinden notwendig sei, zu versorgen. Erstaunt stellte er fest, daß der Wirt seine Bestellung einer Flasche Old Peculier mit der größten Selbstverständlichkeit entgegennahm.

«Ramona Wey und Cora Binns, das erinnert mich an etwas. Bestellen Sie mir ein Bier, ich telefoniere mal rasch.»

«Gut. Ich sehe solange bei dem Spiel zu. Ist das da drüben der Tisch?»

Jury lächelte. «Ein äußerst kompliziertes Spiel, Mr. Plant. Der Dicke heißt Dr. Chamberlen. Zumindest nennt er sich so. Er ist der Meister, er bestimmt, was läuft. Ich glaube nicht, daß Sie viel aus ihm rauskriegen – weder aus ihm noch aus den andern.»

«Wir werden sehen. Können Sie mir mal Ihre Kopie von Emilys Plan leihen, Superintendent?»

«Sicher.»

Melrose bestellte Jurys Bier und ging mit Handschuhen, Spazierstock und seinem Glas Old Peculier zum Spieltisch hinüber.

All diese Dinge legte er auf der großen, runden Tischplatte ab. Die Männer blickten mit gespielter Überraschung zu ihm auf; Melrose war jedoch sicher, daß sie ihn die ganze Zeit über beobachtet hatten.

Nur Dr. Chamberlen war entweder zu klug oder zu eitel, um Erstaunen zu heucheln.

«Wer von den Herren ist der Meister?» fragte Melrose.

Dr. Chamberlen hielt seinen dicken rosa Zeigefinger hoch und fragte ironisch: «Und mit wem habe ich die Ehre, Sir?» Der Blick, der Melroses Kaschmirmantel streifte, ließ keinen Zweifel daran, daß dies an einem Ort wie dem «Anodyne Necklace» eine recht fragwürdige Ehre war.

Melrose zog aus der Innentasche seines Mantels ein Etui mit Visitenkarten, die er für solche Notfälle bei sich hatte. Er schob ihm seine Karte hin.

Dr. Chamberlen setzte seinen Zwicker auf, beugte sich darüber und las; dann lehnte er sich wieder zurück, wahrte aber nur mit sichtlicher Mühe seine gleichgültige Haltung.

Den übrigen war es alles andere als gleichgültig. «Ein Earl! Verdammt, ein Earl im Necklace?» sagte Ash Cripps. «Und woher kennen Sie Elefant?»

Melrose brauchte einen Augenblick, bis er begriff, daß damit Mrs. Cripps gemeint war. «Sie war so freundlich, mich hierherzubegleiten.»

«Und Superintendent Jury», sagte Dr. Chamberlen, «scheint ein Freund von Ihnen zu sein.»

«Richtig. Aber ich bin kein verkleideter Polizist, falls Sie das annehmen.»

Chamberlen schnappte sich einen Würfel und ließ ihn in der Hand hin- und herkullern. «Was führt Sie dann zu uns?»

«Das Spiel», erwiderte Plant lächelnd. Sie sahen einander an, und Melrose stocherte mit seinem Spazierstock in den verstreuten Blättern Millimeterpapier herum. «Ich bin selbst Meister, dreizehnter Grad.»

Daraufhin drehten sich alle Köpfe nach Chamberlen um, der keinen sonderlich erfreuten Eindruck machte. «Teufel!» sagte Keith, «der höchste ist doch fünfzehn, stimmt's, Doc?»

Melrose beglückwünschte sich, nicht der Versuchung nachgegeben und zwanzig gesagt zu haben.

«Sehr interessant», sagte Chamberlen, scheinbar ganz auf den Teller Aal in Aspik konzentriert, den Biggins vor ihn hingestellt hatte. Er stopfte sich die Serviette in den Kragen. «Aber wenn ich meine Frage wiederholen darf: Was hat das mit uns zu tun?»

«Mich interessiert das hier», sagte Melrose und legte den Plan auf den Tisch.

«Sie meinen den Plan, für den sich auch Superintendent Jury interessiert?» Chamberlen preßte ein Stück Zitrone über seinem Aal aus und streute Pfeffer darüber. «Mich interessiert er überhaupt nicht.»

Melrose nahm ein paar Scheine aus seiner Brieftasche und breitete sie wie einen Fächer auf dem Tisch aus. «Fünfhundert Pfund. Kann ich jetzt mitspielen?»

Allen außer Chamberlen, der den Mund voller Aal hatte, fiel vor Staunen der Kiefer herunter.

Ein kurzes Zögern, ein schneller Blick auf das Geld, dann sagte Chamberlen: «Wir spielen nicht um Geld.»

Ein Mann von Prinzipien, dachte Melrose, aber er wußte, wie schnell sich solche Prinzipien ändern konnten. «Mein Vorschlag lautet: Wenn Sie es schaffen, vor mir herauszufinden, was dieser Plan bedeutet, gehören die fünfhundert Pfund Ihnen. Ich meine damit natürlich Sie alle.»

«Kein guter Handel für Sie, was? Wir sind nämlich im Augenblick etwas knapp bei Kasse. Keiner von uns kann fünfhundert Pfund einsetzen.»

Melrose zuckte die Achseln. «Das macht nichts. Wenn ich gewinne, lassen Sie mich eben immer mitspielen, wenn ich in London bin.» Melrose nahm an, daß Chamberlen mehr daran lag, ihn aus dem Spiel herauszuhalten als das Geld zu kassieren.

«Ich komm da nicht ganz mit: Wenn Sie ein Freund des Superintendent sind, warum hat er sich dann nicht gleich an Sie gewandt?»

«Oh, das hat er.» Melrose nahm den Plan in die Hand. «Aber ich bin nicht dahintergekommen.»

Das gefiel Dr. Chamberlen offensichtlich. «Unter einer Bedingung.»

«Und die wäre?»

«Dieser Ort –» Chamberlen stieß mit dem Finger gegen den Plan – «ist wahrscheinlich frei erfunden, und Sie können nicht von mir erwarten, daß ich Trevor Trees Gedanken lese. Deshalb sollte die Wette so aussehen, daß nur der Code entschlüsselt werden muß.»

Was für ein Code, zum Teufel, fragte sich Melrose. «Schön, ich bin einverstanden.»

In der darauffolgenden Viertelstunde bekam Melrose, der mit dem Bleistift in der Hand vor einem Bogen Millimeterpapier saß und nicht wußte, was er damit anfangen sollte, den verrücktesten oder sinnlosesten Wortwechsel zu hören, den er in seinem Leben vernommen hatte. Gelegentlich machte er sich ein paar Notizen, da die andern wie wild drauflosritzelten. Auch die übrigen Gäste schien das Geld auf dem Tisch magisch anzuziehen.

«...und holt sich zwölf Goldstücke aus der Höhle des Schwarzen Bären.»

An diesem Punkt war Jury hinter ihn getreten. Melrose las den Zettel, den er ihm hinschob: *Ramona Wey arbeitete für die Jobvermittlung ‹Smart Girls›*.

Als Keith und Nollie in der Höhle des Schwarzen Bären festsaßen und nicht mehr weiterwußten, legte Chamberlen den Bleistift auf den Tisch und blickte zu Melrose hinüber. «Inzwischen muß Ihnen der Code ja klargeworden sein.» Sein vergnügtes Grinsen bewies Melrose, daß Chamberlen gewonnen hatte oder zumindest fest davon überzeugt war. Als Melrose nichts darauf erwiderte, erklärte er, offensichtlich sehr zufrieden mit sich selbst: «Der Schlüssel ist das, was immer wiederkehrt – gewöhnlich sind das Namen, Orte, Zahlen. Aber so elementare Dinge brauche ich Ihnen wohl nicht zu erklären, wo Sie selbst Meister sind. Als Schlüssel kommen hier offensichtlich nur die Farben in Frage.»

«Vielleicht können Sie das doch noch etwas erläutern», sagte Melrose und legte seinen Spazierstock auf die Pfundnoten, nach denen sich bereits eine Hand ausstreckte.

Dr. Chamberlen faltete die Hände über dem Bauch: «Der Bach des Bluts ist offensichtlich rot. Dazu braucht man nicht viel Phantasie. Eindeutig sind auch der Schwarze Bär, die Gelbe Steinstraße und die Blaue Grotte. Bei dem Pfad bin ich mir nicht ganz sicher – braun vielleicht? Der Festungsgraben ist wahrscheinlich grün oder blau oder blaugrün.»

«Und der Königsweg?»

«Violett natürlich.» Chamberlen zuckte die Achseln und blickte von Plant zu Jury. «Glauben Sie mir, meine Herren, wenn ich mehr wüßte, würde ich es Ihnen sagen. Aber das ist der Schlüssel. Da bin ich mir ganz sicher.»

Melrose hob seinen silberbeschlagenen Stock von den Pfundnoten, die Chamberlen flugs einsammelte und erstaunlich großzügig an die Spieler austeilte.

Die Catchcoach Street wurde nicht so häufig von Adligen und Superintendenten besucht, als daß die Gäste des «Anodyne Necklace» sie so einfach ziehen lassen konnten, besonders nachdem Melrose Plant mehrere Runden ausgegeben hatte. Einen solchen Wohltäter ließ man ungern gehen, und White Ellie, die mehr als alle andern von seiner Großzügigkeit profitiert hatte, fühlte sich zu einer Gegenleistung verpflichtet. «Na, wie wär's, wollt ihr beide nicht mit zu uns kommen und ein paar aufgewärmte Pfannkuchen futtern?»

Sie standen unter dem Schild des «Anodyne Necklace» und schauten die Catchcoach Street entlang. In dem blauen Licht der Dämmerung waren die Straßenlampen angegangen, und die schmalen Häuser warfen lange Schatten auf das Pflaster. Ein Stück weiter tobte eine Horde Kinder herum.

«Farben», sagte Melrose Plant und zündete sich eine dünne Zigarre an. «Was zum Teufel hat das zu bedeuten? Wenn nur Emily mit ihren Buntstiften da wäre... Hat Ihr Telefonanruf etwas erbracht?»

«Ja. Ich erinnerte mich daran, daß Sylvia Bodenheim Ramona Wey als aufgedonnerte kleine Sekretärin aus London beschrieben hatte. In London gibt es zwar jede Menge aufgedonnerter kleiner Sekretärinnen, aber es ist anzunehmen, daß nur wenige für die Jobvermittlung ‹Smart Girls› in King's Cross arbeiten oder gearbeitet haben. Ramona war eine davon, wie mir die Geschäftsführerin mitgeteilt hat. Sie kündigte, als eine alte Tante von ihr starb und Ramona nicht mehr zu tippen brauchte – vor gut einem Jahr.»

«Sie hat also Cora Binns gekannt?»

«Bestimmt. Aber ich kann verstehen, wenn sie das unter diesen Umständen nicht zugeben wollte. Obwohl sie es besser getan hätte. Aber ich nehme an, sie hatte sich ihren eigenen kleinen Plan zurechtgelegt, Erpressung wahrscheinlich. Das arme, dumme Ding.»

Einen Augenblick lang schwiegen beide. Auch auf der Straße war es still geworden, eine Stille, die nur von den hellen Stimmen der Kinder unterbrochen wurde. Alle übrigen Anwohner mußten in der Kneipe sein.

«Sagten Sie, diese Agentur befände sich irgendwo in der Nähe von King's Cross?»

Jury nickte. «Warum?»

«Und wo ist die Underground-Station Wembley Knotts?»

«Nicht weit. Nur ein paar Minuten von hier.»

«Was halten Sie davon, wenn wir kurz reinschauen?»

«Na schön. Ich muß nur bald wieder nach Littlebourne.»

«Dauert nicht länger als fünf Minuten.» Melrose ließ seine Zigarre in den Rinnstein fallen.

Sie waren bei ihren Autos angelangt. Plants Spazierstock hatte offensichtlich die gewünschte Wirkung gehabt: Der Silver Shadow war unversehrt, keine Menschenhand und keine Cripps-Pfote hatte ihn angetastet.

Jury indessen seufzte. Quer über seine Windschutzscheibe war mit Seife das Wort RATE geschmiert, gefolgt von der etwas kleiner geschriebenen Aufforderung, von hier abzuhauen.

Melrose schüttelte den Kopf. «Lernen sie auf der Schule denn keine Orthographie mehr?»

Als Melrose seinen Rolls vorsichtig die Straße entlangchauffierte, sah Jury, wie die Cripps-Kinder ihr Spiel unterbrachen, zu winken anfingen und ihm auf dem gepflasterten Trottoir nachliefen.

Auch Friendly winkte, nur nicht mit der Hand.

Die schwarze Kontrolleurin beugte sich gerade aus ihrer Dienstkabine und legte sich mit einer Familie klein gewachsener Orientalen an. Jury zeigte seinen Ausweis, und sie ließ sie mürrisch passieren.

In der Ferne fuhr ein Zug ab, und der Wind schob sie wie eine Hand im Rücken den Gang entlang. Von dessem anderen Ende her waren, durch die Wölbung der gekachelten Wände verstärkt, die Klänge einer Gitarre und einer Stimme zu vernehmen, die ein melancholisches Lied von Heimweh und Heimkehr sang; es klang so traurig, als hätte der Sänger bereits jede Hoffnung aufgegeben. Jury hatte das seltsame Gefühl, dies alles schon einmal erlebt zu haben. Sie bogen um die

Kurve, und Melrose warf ein paar Münzen in den offenen Gitarrenkasten; der Gitarrist nickte und spielte als Zeichen des Dankes ein wenig lauter.

«Hier wurde sie gefunden», sagte Jury und blieb vor dem Evita-Plakat stehen, das inzwischen bis zur Mitte eingerissen war. Ein glitzernder Arm war erhoben, der andere hatte sich von der Schulter abgelöst. Verstümmelt und mit einem Schnurrbart verunziert, behauptete Evita noch immer ihren Platz an der Wand, wie sie ihn auch im Leben behauptet hatte.

Neben ihnen hallten Schritte, und zwei Teenager bogen um die Ecke. Sie sahen völlig identisch aus – lange Haare, tiefe Schatten um die Augen, Jeans, Kaugummi.

«Ein so belebter Ort», sagte Melrose, «es muß ziemlich riskant gewesen sein, sie hier zu überfallen.»

«Wahrscheinlich blieb dem Betreffenden gar nichts anderes übrig. Da er in der Nähe von Wembley Knotts und des ‹Anodyne Necklace› nicht gesehen werden wollte.»

Sie gingen die Treppe hinunter und den Bahnsteig entlang. Die gegenüberliegende Wand war mit riesigen Plakaten vollgeklebt. Kristallklarer Gin; ein Rock, der über einem wohlgerundeten, in Strumpfhosen verpackten Po aufflatterte; die flehenden Augen einer alten Frau, die um eine Spende für ein Heim für mittellose Witwen baten; die noch flehenderen Augen eines Spaniels, der (wie der Tierschutzverein bekanntgab) nur noch kurze Zeit zu leben hatte. Die beiden Teenager standen am andern Ende des Bahnsteigs. Ein paar Jungen in Lederjacken und mit altmodischen Entenschwanzfrisuren kamen durch einen der gewölbten Gänge. Sie wechselten abschätzende Blicke mit den Teenagern.

Jury blickte auf die Wand hinter sich, in die Richtung, in die Melroses Spazierstock wies.

In diesem Augenblick hätten ihre Gedanken ein und demselben Gehirn entsprungen sein können. Plant zeigte mit seinem Spazierstock auf einen dunklen Punkt auf dem Plan des Underground-Netzes, der die größte Station Londons markierte. «King's Cross St. Pancras.»

Jede Linie hatte eine andere Farbe, damit sich auch der beschränkteste Benutzer in diesem Labyrinth zurechtfand. Plants Spazierstock folgte dem dünnen roten Strich, der die Stadt in zwei Hälften teilte. «Der Bach des Blutes, nicht? Die Central Line. Blau die Victoria Line; Schwarz die Northern Line; Grün die District Line – vergleichen wir das doch mal mit Ihrem Plan.»

Jury zog ihn aus der Tasche. Die Kirche von St. Pancras war an der Stelle eingezeichnet, die dem dunklen Punkt auf dem Plan des Underground-Netzes entsprach. «Und hier haben wir das Collier, genau da, wo wir stehen, in der Station Wembley Knotts.»

«Wenn man die Augen schließt, sieht es wie einer von Ernestines Plänen aus.»

Jury fragte sich, wie oft er diesen Plan allein in den letzten zwei Tagen gesehen hatte – die lackierten Fingernägel der Taschendiebin gleich daneben. Immer der gleiche Plan, in jedem Wagen, an jeder Station. Es gab praktisch keinen Tag in seinem Leben, an dem er nicht einen Plan der Londoner Underground gesehen hatte.

«Meinen Sie», meinte Melrose, «Tree hat es irgendwo hier versteckt? In einer Underground-Station?» Er blickte sich um, während ein Zug angedonnert kam, ein paar Fahrgäste ausspuckte und die Teenager samt den Jungen in den Lederjacken verschluckte.

Der Gitarrenspieler ging mit seinem schwarzen Kasten den Bahnsteig auf und ab. Erst jetzt merkte Jury, daß die Musik aufgehört hatte. Der Gitarrenspieler zündete sich eine Zigarette an, lehnte sich gegen eine Wand und wartete.

Jury warf ihm einen Blick zu und sagte zu Melrose Plant: «Wenn Sie wie Tree den Verdacht hätten, daß die Polizei schon auf der Straße oder in Ihrer Wohnung auf Sie wartet, und hier stünde Ihr Komplize –» Der Rest verlor sich in dem Wind, der aufkam, als der Zug beschleunigte und in dem dunklen Tunnel verschwand.

«– dann kämen Sie vielleicht auch auf den Gedanken, dieses Collier in eine Pfundnote zu wickeln und einfach in den Kasten mit den Münzen zu werfen. Allerdings hätte der schon jemandem sehr Vertrauenswürdigen gehören müssen.»

Jury blickte von dem Underground-Plan wieder zu dem unglücklichen Hund hoch, dessen Augen niemandem vertrauten. Täuschte er sich völlig? Es fiel ihm schwer zu glauben, daß Cyril Macenery der Täter gewesen sein sollte. Wichtig war zunächst nur, daß er im Krankenhaus war – allein mit Katie. «Bitte setzen Sie mich am Krankenhaus ab, wenn Sie nach Littlebourne zurückfahren.»

Plant versuchte, mit ihm Schritt zu halten; sie rannten beinahe durch die Gänge. «Fahre ich denn nach Littlebourne zurück?»

«Ja. Um auf Emily Louise Perk aufzupassen. Ihr hat Katie diesen Plan gegeben.»

«Ich würde mich viel sicherer fühlen», sagte Melrose, der hinter Jury die Rolltreppe hochrannte, «wenn Emily Louise Perk auf mich aufpaßte.»

22

EMILY LOUISE SASS auf der Polizeiwache von Littlebourne, ihr Malbuch aufgeschlagen vor sich, und wünschte, Superintendent Jury würde zurückkommen. Peter Gere war zwar auch bei der Polizei, aber er war doch nur der Dorfpolizist, dem sie jeden Tag über den Weg lief. Außerdem war er dauernd mit dem Telefon und dieser quietschenden Box beschäftigt, die ihn mit der Polizei von Hertfield verband; es hätte hereinkommen können, wer wollte, ihr eine überziehen und dann wieder verschwinden können, ohne daß Peter etwas bemerkt hätte.

Emily Louise hätte sich eher einen Zahn ziehen lassen, als zuzugeben, daß die Ereignisse von heute nachmittag sie sehr nervös gemacht hatten. Sie hatte das Gefühl, sie brauche den Schutz der Polizei. Aber Peter schien ihr den nicht geben zu wollen. Zweimal schon hatte er sie aufgefordert zu gehen und gesagt, er habe sehr viel zu tun.

Und nun sagte er es wieder. Er legte die Hand über die Sprechmuschel und erklärte: «Emily, ich hab 'ne Menge zu tun; am besten, du gehst jetzt.» Und bevor er die Hand von der Sprechmuschel nahm, um der Stimme am andern Ende der Leitung zu antworten, fügte er automatisch hinzu: «Deine Mutter möchte, daß du nach Hause kommst. – Ja, hier ist Gere...» Er wandte sich wieder ab.

Dabei wußte Peter, daß ihre Mutter in Hertfield war; sie hatte ihm das selbst erzählt. Von ein paar Ausnahmen abgesehen – sie dachte an Polly und Superintendent Jury –, schienen die Erwachsenen nie zuzuhören.

Angewidert betrachtete sie das letzte Bild in ihrem Malbuch. Schneewittchen tätschelte Zwerg Dopeys polierten Schädel und hatte ein Lächeln aufgesetzt, das aussah, als wäre es in Klebstoff getaucht. Emily streckte dem Bild die Zunge heraus, klappte das Buch zu und sah sich im Zimmer um.

An dem Plan, der mit einer Reißzwecke auf Peter Geres Filztafel befestigt war, blieb ihr Blick hängen. Es gab sogar mehrere davon. Da inzwischen jeder Polizist, der hier herumschwirrte, einen hatte, war der Plan sozusagen ein offenes Geheimnis.

Peter Gere hatte ihr den Rücken zugewandt; sie rutschte von ihrem Stuhl herunter, riß eines der Blätter ab und setzte sich wieder auf ihren Platz. Es würde sich prima ausmalen lassen. Sie reihte die Stummel ihrer Buntstifte neben sich auf und machte sich daran, die Grotte blau zu färben. Nach ein paar Minuten prüfte sie das Ergebnis, war aber nicht sehr zufrieden. Da ihre Stifte so stumpf waren, sah alles – die Grotte, der Bach, der Festungsgraben und die Straße – grob vereinfacht aus. Sie nahm das Kinn zwischen die Hände und starrte darauf. An was erinnerte sie das nur? Sie runzelte die Stirn. Als sie Peter den Mantel von der Stuhllehne nehmen sah, griff sie schnell nach dem Blatt, schob es in ihr Malbuch und tat so, als wäre sie eingeschlafen. Er würde ihr den Hals umdrehen, wenn er wüßte, daß sie an seiner Tafel gewesen war! Er hatte ihr streng verboten, sie zu berühren.

«Ich muß nach Hertfield, Emily, und du gehst jetzt schön brav nach Hause.»

Sie gähnte. «Ich muß noch die Pferde füttern.»

«Na schön, dann füttere sie; eigentlich solltest du um diese Zeit nicht mehr unterwegs sein...» Er brummte etwas über ihre Mutter. «Es ist schon nach acht. Was ist denn das?»

Pech. Der Plan war herausgerutscht, als sie das Malbuch vom Tisch genommen hatte.

«Emily! Das ist Beweismaterial, und du schmierst darauf herum.»

Sie versuchte, ihn abzulenken. «Es erinnert mich an was, ich komm nur nicht drauf.» Sie zog die Brauen zusammen. «Farbig sieht's irgendwie ganz anders aus, nicht?»

Peter drehte den Plan hin und her. «Für mich ist das irgendein blödsinniger Plan für Schatzsucher, sonst nichts. An was erinnert er dich denn?»

Emily sah mit zusammengekniffenen Augen zur Decke hoch und verfolgte eine Motte, die über die Deckenlampe flatterte. «Ich komm schon noch drauf.»

Sein Gesicht glich einer Gewitterwolke. «Bei mir läuft das nicht. Ich stopfe dich nicht mit Chips und Süßigkeiten voll.»

Als er sich umdrehte, um das Papier zusammenzuknüllen und in den Papierkorb zu werfen, streckte sie seinem Rücken die Zunge heraus. Der Plan war kein Spiel. Sie würde rauskriegen, was er bedeutete!

Peter schob sie zur Tür hinaus, warf ihr einen bösen Blick zu, stieg in sein Auto und brauste die Hauptstraße hinunter. Als er außer Sichtweite war, schlich Emily sich auf die Wache zurück, holte den Plan aus dem Papierkorb und glättete ihn sorgfältig.

Auf dem Weg nach Rookswood schaute sie noch bei Polly Praed vorbei und war sehr viel zufriedener mit dem Empfang, der ihr dort zuteil wurde. Polly hatte sie sogar einmal nach London in den Zoo mitgenommen und ihr erlaubt, mit der Underground in der ganzen Stadt herumzufahren.

In der Küche von Rookswood wurde sie noch freundlicher empfangen: Gleich mehrere frische Sahnetörtchen wurden ihr aufgedrängt, damit sie ihre Geschichte erzählte.

Durch die angelehnte Stalltür fiel ein schmaler, nicht sehr heller Lichtstrahl in Shandys Box, wo Emily gerade absattelte. Sie war zwanzig Minuten lang mit ihrem Pony ausgeritten – bis die Sahnetörtchen in ihrem Bauch zu rumoren anfingen. Dann war sie wieder in den Stall zurückgekehrt.

Als sie die Gurte löste, ging die Stalltür langsam zu, und es gab überhaupt kein Licht mehr.

Nichts war dunkler als der Stall bei Nacht und bei geschlossener Tür. Keine Fenster, keine Ritzen zwischen den Brettern, keine Astlöcher, durch die Licht hätte dringen können. Der Stall war so solide gebaut wie ein Haus. Und sie hatte erst gar nicht das elektrische Licht angeschaltet, weil sie sich in diesem Stall auskannte wie ein Blinder in seinem Zimmer.

In ihrem eigenen Zimmer hatte sie schon ab und zu Angst, wenn sie allein im Dunkeln lag, aber im Stall war ihr das noch nie passiert, er war immer ein Zufluchtsort für sie gewesen.

Aber jetzt fürchtete sie sich.

Jeder, der einen triftigen Grund hatte, nachts hier aufzutauchen, würde nicht einfach die Tür zufallen lassen, sondern erst das Licht anschalten, und vor allem würde er sich nicht so lautlos hereinschleichen. Die Stille, die nach dem Knall, mit dem die Tür zugefallen war, und dem erschreckten Scharren der Pferde herrschte, war undurchdringlich. Außer dem raschelnden Geräusch der Hufe, dem leisen Wiehern und Schnauben war nichts zu vernehmen.

Emily wollte schon rufen: *Wer ist da*?, aber der Instinkt riet ihr, den Mund zu halten. Regungslos stand sie mit dem Tuch da, mit dem sie das Zaumzeug abgewischt hatte, und lauschte auf die Schritte im Stall. Wenn sie sich nur aus Shandys Box zu den Fässern hinüberschleichen könnte… Katie hatte immer gesagt, sie erinnerten sie an Ali Babas Schatzhöhle. Nein, besser nicht, wer immer sich da herumschlich, er würde bestimmt in den Fässern nach ihr suchen – nach *ihr*? Wer suchte denn schon nach ihr? Die Schritte schienen rasch näher zu kommen, an den Boxen entlang. Emily hörte, wie die Riegel an den

Türen vorgeschoben wurden – an der ersten, der zweiten, der dritten.

Jemand verriegelte die Türen, sperrte die Pferde ein. Sperrte *sie* ein. Weiter hinten mußte eine elektrische Taschenlampe angeschaltet worden sein, denn auf den Brettern und der Decke war das Spiel von Lichtreflexen zu sehen.

Warum wurde sie eingesperrt?

Sie hörte die Tür am andern Ende quietschen – wahrscheinlich an der Box der alten Nellie – und das Wiehern des Pferdes. Aus Protest gegen den Eindringling. Auch diese Tür wurde zugeschlagen. Und wieder dieses Geräusch eines Riegels, der vorgeschoben wurde.

Sie preßte die Knie gegen die Brust und wagte kaum zu atmen. Dieselbe Abfolge von Geräuschen ließ sich vernehmen: Tür auf, das Scharren von Hufen, Tür zu, ein Riegel, der vorgeschoben wurde. Auch bei Jupiters Box.

Im ganzen gab es sieben Boxen, drei davon waren leer.

Sie wußte nun, was da vor sich ging: Wer immer das war – er hatte es auf sie abgesehen, und um zu verhindern, daß sie sich durch die äußere Stalltür in die pechschwarze Nacht hinausschlich, hatte er die Riegel an den andern Boxen vorgeschoben und inspizierte nun eine nach der andern. Inzwischen war er schon wieder eine näher gekommen.

Sie konnte nicht hinaus. Mit fest geschlossenen Augen dachte sie angestrengt nach. Am liebsten wäre sie einfach reglos sitzen geblieben, in der Hoffnung, daß der dünne Lichtstrahl über sie hinwegginge, daß er sie für einen Sack Futter hielte.

Die vierte Box wurde geöffnet, ausgeleuchtet und verriegelt.

Ganz langsam ging sie in die Hocke, richtete sich dann ganz auf und glitt lautlos zu Shandy hinüber. Sie hielt sich an seiner Mähne fest und schwang sich auf den Rücken des Ponys. Shandy schnaubte ein paarmal, aber das war nichts im Vergleich zu dem Lärm, den die andern Pferde machten, wenn die Tür zu ihrer Box aufging.

Nun blieb ihr nichts mehr übrig, als zu warten, flach auf

Shandys Rücken ausgestreckt, die Wange gegen seinen Hals gepreßt. Ihr Verfolger war in der Box nebenan.

Shandy wieherte und scharrte auf dem Boden. Das seltsame nächtliche Zwischenspiel schien ihm ganz und gar nicht zu behagen. Emily umklammerte die Zügel, legte den Kopf so nah wie möglich an sein Ohr und wartete.

Sie hörte, wie der Riegel zurückgeschoben wurde, sah, wie der Lichtstrahl der Taschenlampe über die Flanke des Pferdes glitt und sie um eine Handbreit verfehlte, sah, wie er die Ecke ausleuchtete –

«Los!» flüsterte sie dem Pony ins Ohr.

Shandy schoß aus seiner Box. Als sie an die äußere Stalltür kamen, die geschlossen, aber nicht verriegelt war, stieß sie mit ihrer Peitsche und das Pony mit dem Kopf dagegen – und draußen waren sie.

Sie hatten da jemanden zurückgelassen, der jetzt mit der Nase im Dreck liegen mußte, sagte sie sich glücklich, als sie den Wind im Gesicht spürte.

In weniger als einer Minute hatte Emily den Hof überquert und die Auffahrt erreicht. In ein paar Sekunden hätte sie auch den Rasen vor dem Haus überqueren können – aber das Haus war wohl nicht der richtige Zufluchtsort, denn derjenige, der im Stall nach ihr gesucht hatte, konnte ja von dort gekommen sein. Sie konnte durch das Tor am Ende der Auffahrt reiten, um zur Hauptstraße zu gelangen –

Zu spät erinnerte sie sich, daß es geschlossen war; man hatte ihr eingebleut, es immer hinter sich zu schließen. Und konnte sie sich denn darauf verlassen, daß diese Person (wer konnte es schon anderes sein als der widerliche Derek mit seinem sabbernden Mund?) sich nicht schon wieder aufgerappelt hatte, um sie sich genau dann zu schnappen, wenn sie sich an dem Tor zu schaffen machte? Mit jedem andern Pferd aus dem Stall hätte sie springen können, aber nicht mit Shandy. Und die Mauer von Rookswood folgte gut einen halben Kilometer der Hertfield Road.

Blieben nur zwei Möglichkeiten – sie konnte an der Mauer entlangreiten, bis sie endete, und das bedeutete, daß sie durch den Wald von Horndean reiten mußte; oder sie konnte quer über die Weide galoppieren und Rookswood hinter sich lassen...

Sie brauchte nicht lange zu überlegen, denn das Geräusch, das sie hinter sich auf dem Kies vernahm, war nicht das Geräusch von Schritten, sondern das Klappern von Hufen.

Blieb ihr also nur der Wald von Horndean. Emily bohrte die Absätze in Shandys Flanken und versetzte ihm einen Klaps mit den Zügeln; umzukehren war jetzt ausgeschlossen.

Als sie an der Mauer entlanggaloppierte, spürte sie den kalten Wind im Gesicht, einen Wind, der nach Regen roch. Sie betete um diesen Regen. Zumindest würde er ein Geräusch machen, das ihre Geräusche überdeckte.

Bevor sie im Wald verschwand, warf sie einen Blick über die Schulter und sah eine dunkle Silhouette auf sich zukommen. Wenn die Silhouette Jupiter, Julias Pferd, war, dann hatte sie keine Chance, das wußte Emily, denn Jupiter war einfach schneller als Shandy, selbst wenn Julia draufsaß, mit deren Reitkünsten es nicht weit her war.

Als sie die vereinzelten Baumgruppen erreicht hatte, die den Wald von Horndean säumten, bog sie in einen alten Reitweg ein und zügelte Shandy. Irgendwo zu ihrer Linken hörte sie das andere Pferd vorbeigaloppieren.

Sie konnte nun nicht mehr geradeaus bis zum Ende der Mauer und der relativ sicheren Landstraße zwischen Horndean und Hertfield reiten, da der andere dort bestimmt schon auf sie wartete. Und wenn er bereits auf dem Weg nach Rookswood zurück war, konnte sie auch nicht umkehren.

Sie konnte sich auf Shandys Rücken stellen und über die Mauer klettern. Aber wenn er Shandy ohne Reiter entdeckte, dann würde er sofort Bescheid wissen und auf der andern Seite der Mauer nach ihr suchen. Und er wäre zu Pferd und sie zu Fuß. Wahrscheinlich hatte er auch eine Taschenlampe bei sich, während sie nur eine Peitsche hatte, aber was ließ sich mit einer Peitsche schon anfangen?

Er konnte die Leute ganz schön in die Irre führen. Diese Worte von Superintendent Jury fielen ihr wieder ein, als sie die Zweige rascheln und knacken hörte – die Geräusche des zurückkehrenden Reiters, der sich jetzt sehr viel mehr Zeit nahm.

In die Irre führen: Es war, als ob Jimmy Poole ihr das noch schnell zuflüstern wollte, bevor er sich mit dieser schrecklichen Krankheit ins Bett legte (an der er beinahe gestorben wäre – sie war überzeugt davon).

Sie dirigierte Shandy schnell und lautlos an ein Stück Mauer, kletterte auf seinen Rücken, verschaffte sich einen sicheren Stand und kletterte dann die Mauer hoch. Sie nahm das Tuch, mit dem sie das Zaumzeug abrieb, und ließ es auf die Mauer fallen, wo es an dem wilden Wein hängenblieb. Gut. Das sah so aus, als hätte sie es verloren, als sie über die Mauer kletterte. Sie ging ein paar Meter an der Mauer entlang, griff nach dem untersten Ast eines Baumes und schwang sich daran hoch.

Sie brauchte nicht lange zu warten.

Plötzlich gerieten die Zweige und Farne in Bewegung, und der dünne Strahl der Taschenlampe suchte den Platz unter ihr ab und fuhr an den Bäumen hoch.

Der Strahl fiel auf Shandys Hinterbacken. Das andere Pferd blieb stehen, jemand sprang aus dem Sattel, stapfte über die nassen Blätter und blieb dann direkt unter ihr stehen.

Zum erstenmal in ihrem Leben hatte Emily Louise Perks Neugierde nicht gesiegt. Wie festgefroren klebte sie mit angehaltenem Atem an dem Baum, das Gesicht gegen die Rinde gepreßt.

Sie hätte hinunterschauen sollen in den paar Sekunden, in denen dieser schreckliche Mensch das Pferd und die Mauer inspizierte; sie wußte das, aber sie konnte es einfach nicht – sie war zu feige dazu.

Emily Louise hatte in ihrem Leben nur dreimal geweint: einmal, als ihr Vater wegging; einmal, als ihre Katze starb und einmal, als Katie O'Brien ins Krankenhaus mußte.

Das war das vierte Mal, und sie weinte, weil sie wußte, daß Jimmy Poole nicht so feige gewesen wäre.

Der Regen hatte aufgehört. Und das Dunkel, das sie umgab, wurde noch undurchdringlicher. Die Person war weg; sie hatte sich wieder auf ihr Pferd geschwungen (sie war überzeugt, daß es Jupiter war) und war weggeritten. Sie würde irgendwo anders nach ihr suchen.

Sie kletterte von dem Baum auf Shandys Rücken und hätte ihn gerne dafür belohnt, daß er so ruhig und geduldig gewartet hatte.

Emily ritt auf der Landstraße von Horndean bis zum Ende der Mauer. An diesem Punkt kreuzte sich die Straße mit einer andern, sehr viel schmaleren, die zu dem Dorf St. Lyons führte.

Shandy war müde; er schnaufte heftig und schüttelte die Mähne, als wolle er alles von sich abschütteln. Sie waren jetzt auf der Straße nach St. Lyons, und wenn sie nach rechts blickte, konnte sie jenseits der Hecken und Weiden die Lichter der Häuser an der Hauptstraße von Littlebourne erkennen. Der milchige, rosarote Schein kam aus Mary O'Briens Schlafzimmer, in dem immer Licht brannte. So aus der Ferne und mit all den Bäumen davor blinkten die Lichter wie Sterne. Einen halben Kilometer noch, und sie würde an der Stelle angelangt sein, wo das Sträßchen nach St. Lyons geradeaus weiterging und ein Feldweg mit tiefen Radspuren nach rechts abzweigte; er beschrieb einen Bogen und führte auf die Straße, die schließlich zur Hauptstraße von Littlebourne wurde.

Emily war so erschöpft, daß sie ihr Gesicht in Shandys Mähne vergrub und ihn einfach weitertrotten ließ. In der Ferne hörte sie ein Auto.

Es fuhr vorbei, ein dunkler, nächtlicher Schatten. Auf der Straße nach St. Lyons gab es nur ganz wenig Verkehr.

Sie war wie betäubt vor Angst, als sie bemerkte, daß es in einiger Entfernung hinter ihr anhielt und auf der schmalen Straße zu wenden versuchte, indem es halb in die Hecke zurückstieß.

Die Sache war ganz klar. Sie schlug einen leichten Trab an und ging dann in den Galopp über. Shandy war ziemlich schnell, wenn Emily auf ihm saß, aber kein Pferd aus den Ställen der Bodenheims war so schnell wie ein Auto.

Dabei mußte sie schneller sein, wenn sie die Nacht überleben wollte.

Der Wagen stand ein ganzes Stück hinter ihr, aber an den Scheinwerfern ließ sich erkennen, daß es ihm gelungen war zu wenden und daß er gleich auf sie losbrausen würde.

Die Gabelung der Straße lag direkt vor ihr. Wenn sie nach rechts abbog, wäre sie für ein paar Sekunden vor dem Wagen in Sicherheit. Sie ließ Shandy langsamer gehen, zog ihren Tweedmantel aus und steckte die Ärmel durch die Schlaufen des Zaumzeugs. Es war ein ziemlich plumpes Täuschungsmanöver, aber sie erinnerte sich, daß sie ihre Mutter hinters Licht geführt hatte, indem sie Kissen unter die Bettdecke stopfte, damit es so aussah, als läge sie im Bett, obwohl sie schon längst aus dem Fenster geklettert war, um irgendein mitternächtliches Abenteuer zu erleben. Jetzt tat es ihr richtig leid, daß sie in den letzten Jahren kaum auf ihre Mutter gehört hatte, auch wenn sie nicht recht wußte, was ihre Mutter eigentlich zu sagen gehabt hatte.

Sie hörte den Wagen auf der Straße nach St. Lyons näher kommen – gleich würde er die Gabelung erreicht haben. Sie glitt zu Boden, schrie «Los!» und klopfte Shandy auf die Hinterbacke. Shandy fing an zu galoppieren, und der Mantel flatterte auf dem Sattel.

Als der Strahl der Scheinwerfer auf die Beine des Ponys fiel, ließ Emily sich in die Hecke rollen; Tränen liefen ihr übers Gesicht, und sie haßte sich.

Shandy so hereinzulegen!

Mr. William Francis Bevins Potts war offensichtlich so stolz auf seine Position in der technischen Abteilung der Londoner Verkehrsbetriebe, daß er bereitwillig seine Lieblingssendung ausschaltete, um einen Vortrag über die Londoner Verkehrsmittel zu halten. Während er ein Potpourri verwirrender Details über Geschichte und Entwicklung des Wagenparks auftischte, betrachtete Jury die farbenprächtigen Plakate, die die Wände von Mr. Potts' Wohnung in der Edgeware Road bedeckten – elegante Herren aus der Edwardianischen Zeit, denen bei ihren Ausflügen mit der Underground ebenso elegante Londoner Bobbies beistanden. Mr. Potts' Wohnung, die kaum Möbel, dafür aber all diese Plakate enthielt, erinnerte Jury auch eher an eine Underground-Station.

Jury ließ ihn noch ein paar Minuten gewähren, da er die Erfahrung gemacht hatte, daß Leute, die von einer Sache besessen waren, ein Ventil dafür brauchten und dann viel schneller und präziser die Fragen beantworteten, die Jury stellen würde, wenn er sie erst hatte reden lassen.

Gelegentlich tauchte in der grauen Masse dieser atemberaubend langweiligen Details eine interessante Tatsache auf, die wie ein exotischer Fisch in einem Fischweiher wirkte. Zum Beispiel hatte Jury nicht gewußt, daß die neueren Lokomotiven, die Ende der sechziger Jahre gebaut worden waren, Rolls-Royce-Motoren besaßen. Das würde Plant interessieren.

«...auf der District, der Circle und der Metropolitan Line wird der Bestand für den Oberflächenverkehr eingesetzt; auf der Northern, der Jubilee...»

Als er die Jubilee Line erwähnte, leuchteten seine Augen. So wie er den Bau dieser Linie beschrieb, hätte man meinen können, er wäre dabeigewesen.

Wiggins schien sich prächtig zu unterhalten; seine Liebe zum Detail entsprach der von William F. B. Potts – einer der Gründe, weshalb Jury ihn so unersetzlich fand, vor allem, wenn es darum ging, Protokolle zu schreiben. Als Jury es schließlich an der Zeit fand, den schon fast zehn Minuten währenden Monolog zu unterbrechen, erntete er von Wiggins einen vorwurfsvollen Blick.

«Das ist ja alles höchst interessant, Mr. Potts. Was wir wollen, hat aber eigentlich eher mit den Bahnhöfen als mit dem Wagenpark zu tun. Wir haben uns an Sie gewandt, weil man uns sagte, daß niemand so gut Bescheid wüßte wie Sie, was die technischen Einzelheiten dort betrifft.»

Mr. Potts nickte zustimmend; anscheinend hatte er seinem Laster genug gefrönt und war nun gewillt, sich mit Dingen von allgemeinerem Interesse zu beschäftigen. Er fuhr sich mit der Hand durch das spärliche graue Haar, preßte die Fingerkuppen gegeneinander und konzentrierte sich auf Jury.

«Wenn Sie etwas verstecken müßten, einen relativ kleinen Gegenstand, für den Sie einen sicheren Ort benötigen, einen Ort, an den Sie später zurückkommen können – welche Stelle käme da in einer Underground-Station in Frage?»

Mr. Potts konnte anscheinend nichts, was mit der Untergrundbahn zu tun hatte, aus der Fassung bringen. Interessiert fragte er: «Wie klein ist der Gegenstand, und wie lange soll er dort bleiben?»

Jury beschrieb mit Daumen und Zeigefinger einen Kreis. «Ungefähr von der Größe einer Münze. Wie lange, ist schwer zu sagen. Einen Tag oder auch unbestimmte Zeit.»

Das war, wie sich von Mr. Potts' Gesicht ablesen ließ, eine ziemlich harte Nuß. «Sie meinen, der Gegenstand soll so versteckt werden, daß niemand ihn entdeckt, weder zufällig noch nach einer gezielten Suche?» Jury nickte. Mr. Potts dachte eine Zeitlang nach, blickte von Jury auf Wiggins, starrte auf die Plakate an der Wand, öffnete ein paarmal den Mund, um etwas zu sagen, verschluckte aber immer wieder die Antwort und meinte dann schließlich: «Es klingt vielleicht seltsam, aber einen solchen Platz scheint es nicht zu geben, abgesehen vielleicht vom Gitter.»

«Dem Gitter?»

Mr. Potts nickte. «Sie haben sie bestimmt auch schon gesehen. Man bemerkt sie nur nicht. Die Gitter der Entlüftungsanlage. Es hängt natürlich von der Station ab – es gibt unterschiedliche. Da könnte man schon was reinstecken, und es würde jahrelang dort liegen bleiben. Viele davon befinden sich in Bodenhöhe. Sie müssen nur mal durch die Tunnel gehen, dann sehen Sie sie. Die Leute schauen nie auf ihre Füße, deswegen fallen sie ihnen nicht auf.»

Jury erhob sich, und Wiggins klappte sein Notizbuch zu. «Mr. Potts, wir sind Ihnen sehr zu Dank verpflichtet. Leider können wir Ihnen nichts Genaueres sagen.»

Das störte Mr. Potts jedoch nicht; wenn er nicht gerade über Wagenparks und Betriebsanlagen sprach, konnte er sich sehr kurz fassen. «Gern geschehen», sagte er nur und begleitete sie zur Tür.

Dort wandte Wiggins sich noch einmal um und fragte: «Ich wüßte gerne noch, Sir, wie sie gereinigt werden. Ich meine die Tunnel. Sie müssen doch auch gereinigt werden?»

William F. B. Potts' Brustkasten schwoll an, nicht aus Eitelkeit oder Stolz, sondern einfach, weil er sich die Lungen vollpumpte. «Ja, natürlich. Es gibt einen besonderen Zug dafür, Wachtmeister. An beiden Wagen und auch hinter der Führerkabine, in der der Reinigungstechniker sitzt, sind Scheinwerfer angebracht. Der eine Wagen ist mit Filtern ausgerüstet, der andere mit Ansaugpumpen. Der mit den Ansaugpumpen bläst den Staub in den Wagen mit den Filtern. Die Geschwindigkeit läßt sich regulieren. Gebaut wurde dieser Zug in den Siebzigern von den Acton Works...»

«Vielen Dank, Mr. Potts. Wir bleiben in Verbindung», sagte Jury und schob Wiggins zur Treppe.

Die Tür schloß sich hinter ihnen, und Sergeant Wiggins meinte: «Gut, daß ich das endlich erfahren habe. Ich hab mich schon immer gefragt, wie sie das machen.»

Das Gitter befand sich genau gegenüber der Stelle, an der Katie O'Brien überfallen worden war, in Bodenhöhe und unter dem Evita-Plakat. Mit Hilfe von zwei Sicherheitsbeamten der Londoner Verkehrsbetriebe fand Jury das Versteck.

Das Collier war in ein dünnes, dunkles Taschentuch gewikkelt und durch das Gitter geschoben worden – mehr als ein paar Sekunden konnte das nicht gedauert haben. Dahinter hatte es dann auf einem kleinen Vorsprung gelegen und den Ruß des letzten Jahres aufgefangen. Wenn jemand genau hingeschaut hätte, wäre ihm das kleine Säckchen sofort aufgefallen. Aber wer schaute sich schon das Gitter einer Entlüftungsanlage in einer Underground-Station an?

23

«Dich umbringen?» rief Melrose Plant dem Häufchen Elend zu, das im Bold Blue Boy vor ihm stand. Sie sah aus, als hätte sie sich die ganze Nacht in irgendwelchen Dornenhecken und Sümpfen herumgetrieben, und ihr auch sonst ungekämmtes Haar war struppiger als üblich; ihr Gesicht starrte vor Dreck, und ihre Jeans waren völlig zerfetzt.

Sie nickte und starrte mit gerunzelter Stirn auf den Fußboden.

Melrose hatte die letzte Dreiviertelstunde damit verbracht, sie zu suchen. Peter Gere war nicht auf der Polizeiwache gewesen. Polly Praed hatte Emily angeblich gegen acht gesehen. Die Bodenheims behaupteten, überhaupt nichts über ihren Verbleib zu wissen. Ihre Mutter war nicht zu Hause.

Gegen zehn hatte er sich dann mit einem Glas Bitterbier und einer Zigarre niedergelassen, um zu warten, und wäre beinahe in Ohnmacht gefallen, als ihr schmales, weißes Gesicht im Fensterrahmen auftauchte und sie ihn aufforderte, ihr beim Hereinklettern zu helfen. Sie weigerte sich, durch die Bar oder den angrenzenden Raum zu gehen. Also kroch sie durchs Fenster; Melrose hatte sie unter den Schultern gepackt und hochgezogen.

Melrose erhob sich von seinem Fenstersitz, um durch den oberen Teil des Fensters auf das beleuchtete Stück Straße hinauszuschauen. Er sah ihr Pony, das an einem Laternenpfahl festgebunden war. Es schien ganz friedlich zu grasen. Aber warum hing ihr Mantel in den Schlaufen des Zaumzeugs?

Als er sie danach fragte, sagte sie voller Verachtung: «Damit's so aussah, als säße ich auf Shandy, deswegen. Dann kriegte ich aber Angst, er würde ihn über den Haufen fahren. Ich bin über die Wiese zur Hauptstraße gelaufen, und da war dann auch schon Shandy und trottete ganz gemütlich um die Grünanlage. Wirklich ein schlaues Tier.» *Schlauer als mancher Zweibeiner*, besagte ihr Blick. «Ich möchte zu Mr. Jury.» Ihre Mundwinkel gingen nach unten. Bestimmt bedeutete das, daß sie gleich anfangen würde zu heulen, obwohl er sich Emily Louise eigentlich nicht heulend vorstellen konnte.

«Im Augenblick ist er noch in London. Er wird aber bald zurückkommen. Er hat mir noch gesagt, ich soll auf dich aufpassen.»

Ihr Blick verriet, was sie von dieser Idee hielt.

«Komm schon.» Er zog sie zu dem Ständer mit den Chips, ging hinter den Tresen und holte eine Zitronenlimonade hervor. Vielleicht würde sie ihr Elend vergessen, wenn sie den Mund voll hatte. «Wer hat denn gewußt, daß du dort warst?»

Emily zuckte die Achseln. «Viele. Ich füttere jeden Sonntagabend die Pferde. Da.» Der kolorierte Plan hatte die ganze Zeit über in ihrer Tasche gesteckt, er war ganz feucht und zerknittert und völlig verschmiert.

Er blickte von dem Plan zu ihr. «Wann hast du denn das gemacht?»

Sie erzählte es ihm, während sie den letzten Chip aus ihrem Beutel fischte.

«Hast du das jemandem gezeigt?»

«Polly. Wir haben auch rausgekriegt, was es bedeutet. Das Underground-Netz. Ich versteh nur nicht, wie jemand auf die Idee kam, das so umständlich zu zeichnen. London ist wirklich eine tolle Stadt. Ich komm nur nie hin!» Sie stieß einen dramatischen Seufzer aus und warf Melrose einen anklagenden Blick zu, als wäre *er* verantwortlich für ihr Landpomeranzendasein.

«Hast du mit jemandem darüber gesprochen?»

Emily hatte aus dem leeren, knisternden Beutel einen Ball geformt, den sie auf ihrer flachen Hand auf und ab hüpfen ließ.

«Hör auf damit und hör zu!»

Sie legte die Stirn in tiefe Falten und rutschte auf ihrem Stuhl herum. «Regen Sie sich mal nicht auf. Ich hab nur mit Mrs. Lark darüber gesprochen.»

Die Köchin der Bodenheims. Wunderbar. Wahrscheinlich hatte sie es sofort der ganzen Familie erzählt.

Er schaute sie an und fragte sich, was er tun sollte. Junge Damen in Bedrängnis fielen nicht in sein Ressort. Er erwartete, daß in solchen Fällen Mütter, Krankenschwestern oder alte Köchinnen zur Stelle waren. Emilys Mutter schien wie üblich nicht erreichbar zu sein. Mary O'Brien hatte er ebenfalls nicht gesehen. Polly Praed? Er schlug Polly vor.

«Nein!» Eine Silbe, die wie eine kleine Explosion klang. «Ich möchte mit niemandem sprechen.» Sie war hinter die Bar gegangen, um nach ihrem Malbuch und den Buntstiften zu schauen. Als sie alles gefunden hatte, setzte sie sich ganz zufrieden auf einen der Hocker; die schrecklichen Stunden, die sie durchlebt hatte, schien sie völlig vergessen zu haben.

«Du sprichst doch mit *mir*.»

«Das ist was anderes.»

Das konnte entweder bedeuten, daß er überhaupt nicht zählte oder daß er nun der erlesenen Gesellschaft angehörte, die bislang aus Superintendent Jury und irgendwelchen Pferden bestanden hatte. «Ich weiß dein Vertrauen zu schätzen.»

Ihr Blick hätte jemanden, der sie nicht kannte, zur Salzsäule erstarren lassen. «Nur weil Sie hier fremd sind und weil Sie nicht reiten – Sie können's also nicht gewesen sein.»

Was bedeutete, daß er sich unter anderen Umständen als der geborene Killer entpuppen könnte.

«Du denkst doch wohl nicht, daß es *Polly* war?» Emily antwortete nicht. «Aber das ist doch –» Er wollte *lächerlich* sagen, aber das Wort blieb ihm im Hals stecken.

«Deswegen wollte ich auch nicht durch die Tür kommen. Weil ich nicht weiß, wer da alles rumsitzt.» Von der andern Seite der Wand drangen die gutmütig-brummigen, kaum unterscheidbaren Stimmen der Stammgäste zu ihnen herüber wie in Watte gehüllt.

«Na schön, du kannst heute nacht ja auch hier schlafen. Mary O'Brien hat bestimmt ein Nachthemd –»

«Nachthemd! So was trag ich nicht! Ich schlafe in meinen Hosen.» Sie hatte ihr grünes Bambi fertig ausgemalt und schlug die Seite um.

Melrose stand auf. «Ich verständige die Polizei.»

«Ich spreche nur mit dem von Scotland Yard.»

«Mr. Jury ist in London. Ich ruf mal in Hertfield an. Vielleicht ist Peter –»

Sie sah mit stählernem Blick von dem Eichhörnchen auf, das sie gerade blau ausmalte, und sagte: «Nur mit Mr. Jury.»

Dritter Teil

Musik und Erinnerung

24

Um dieselbe Zeit unterhielt sich Jury mit sechs andern Polizeibeamten, darunter auch Wiggins, die am Sonntagabend in die Station Wembley Knotts beordert worden waren.

«Schlimme Sache, das», sagte Kriminalinspektor Graham. «Aber was veranlaßt Sie zu der Annahme, daß dieser Schuft heute nacht noch vorbeikommt?»

«Heute nacht oder morgen in aller Frühe. Wahrscheinlich aber heute nacht, weil da die Pendler noch nicht unterwegs sind. Man kann noch so früh aufstehen, immer scheint es Leute zu geben, die Punkt sechs an ihrem Arbeitsplatz sein müssen oder sonst was vorhaben.»

«Trotzdem», meinte Graham, «wenn dieses Collier wirklich die ganze Zeit über dort gelegen hat –» er zeigte auf die Stelle unter dem Evita-Plakat – «warum sollte er sich dann plötzlich so beeilen?»

«Weil unser Freund weiß, daß ihm nicht viel Zeit bleibt, darum. Es muß ziemlich ungemütlich für ihn geworden sein, nachdem Katie O'Brien den Plan entdeckt hat. Zwei Tote und eine im Koma. Sie glauben doch nicht, daß diese Person so lange wartet, bis *wir* dieses Collier gefunden haben?»

«Dann hat er genau noch eine Stunde und dreiunddreißig Minuten, bis die Station schließt.» Kriminalinspektor Graham verstummte, als er die hallenden Schritte hörte und jemand um die Ecke bog.

Es war Cyril Macenery, der seinen Geigenkasten unterm Arm trug. Er hatte den Blick gesenkt, als suche er nach etwas.

Jury stellte ihn der versammelten Mannschaft vor. «Unser Straßenmusikant», sagte er. «Wir haben alles räumen lassen – nicht, daß es soviel zu räumen gab –, und die einzigen Anwesenden hier sind Sie –» er ließ den Blick über die Gruppe schweifen – «und Cyril, Katies Lehrer. Alles soll ganz normal aussehen, und besonders unverdächtig ist für unsern Freund, wenn einer hier unten Musik macht. Meiner Meinung nach», fügte Jury grimmig hinzu, «ist das nur ausgleichende Gerechtigkeit.» Er schaute zu Cyril Macenery hinüber, der nichts darauf erwiderte. Er hatte sich nach vielem Hin und Her bereit erklärt, als Straßenmusikant aufzutreten. Als Jury es ihm im Krankenhaus vorgeschlagen hatte, waren seine Antworten zuerst sehr einsilbig ausgefallen.

Sergeant Tyrrwhit, der in Ledermantel, Hawaiihemd und Jeans an der Wand lehnte, sagte: «Zwei von uns haben sich also auf dem Bahnsteig postiert, einer im Tunnel und einer auf der Rolltreppe. Und dann Sie. Sind Sie sicher, daß dieser Kerl das Versteck kennt?»

«Ziemlich sicher», sagte Jury.

«Ziemlich sicher», wiederholte Tyrrwhit und klebte seinen Kaugummi hinter das Evita-Plakat.

Jury mochte Tyrrwhit. Er war zwar nur Hilfsdetektiv, aber innerhalb eines Jahres würde er bestimmt zu Grahams Rang aufgestiegen sein. Sein Sarkasmus, dachte Jury, paßt zu seiner Rolle und seiner Aufmachung.

«Ein besseres habe ich nicht», sagte Jury und reichte das Foto herum, das er mitgebracht hatte. «Das ist der Mann, auf den wir warten.»

Nachdem alle das Foto angeschaut hatten, gab es ihm Graham wieder zurück. «Peinlich, peinlich, eher hätte ich meine Großmutter verdächtigt.»

«Seien Sie froh, daß sie es nicht ist. Sonst wären Sie vielleicht mal ohne Finger aufgewacht.»

Sie waren um die Ecke gegangen und hatten sich so aufgestellt, daß man sie von dem Gitter aus nicht sehen konnte. Macenery hatte sich die Violine – es war Katies – unter das Kinn geschoben. Er zupfte an einer Saite, starrte auf die Wand und sagte: «Sie ist tot.»

Sie hatten gerade darüber gesprochen, was Macenery spielen sollte, um den Männern auf dem Bahnsteig zu signalisieren, daß die Person, nach der sie schauten, aufgetaucht war. Jury, der sich schon umgewandt hatte, um den Gang zurückzugehen, glaubte nicht richtig gehört zu haben. «Was?»

«Sie ist tot. Katie. Sie ist gestorben, kurz nachdem Sie gegangen sind.»

Jury schluckte. «Ich kann es nicht glauben.»

Macenery zupfte wieder eine Saite. «Ich auch nicht.»

Er versuchte, sich auf seine Musik zu konzentrieren; Jury starrte einen Augenblick ins Leere und ging dann den Gang entlang.

Jury und Wiggins setzten sich in eine dunkle Ecke am andern Ende des Bahnsteigs.

«Das kann doch nicht wahr sein», sagte Wiggins so bekümmert, wie Jury ihn selten erlebt hatte.

«Leider doch.» Jury zog seine Zigaretten heraus.

Wiggins schwieg eine Weile, dann sagte er: «Haben Sie keine Angst, daß Macenery ausrastet, wenn er ihn sieht?»

«Nein. Daß er hierherkam und diese Sache durchzieht, spricht eindeutig dagegen. Er hat Disziplin, deshalb ist er auch so gut.»

Die beiden Fahrgäste, die aus dem nächsten Zug stiegen, schienen ebenfalls dieser Meinung zu sein. Sie blieben stehen und lauschten, bevor sie den Steg hinaufgingen und durch den Ausgang auf der andern Seite der Station verschwanden.

Und so verbrachten sie die nächste halbe Stunde. Jury rauchte eine Zigarette nach der andern und starrte auf den grauen Betonboden des Bahnsteigs; Graham und Tyrrwhit gingen auf und ab; die andern standen weiter hinten im Gang oder auf der Treppe. Macenery spielte.

«Was spielt er jetzt, Wiggins?»

«Ich hab das immer nur auf dem Klavier gehört», sagte Wiggins düster. «Es heißt *Pavane für eine tote Prinzessin*.»

«Ach», erwiderte Jury nur.

Nach weiteren zehn Minuten, als Jury schon dachte, er habe sich wohl getäuscht und diese Nacht werde doch nichts mehr passieren – hörte er das Piepsen seines Sprechfunkgeräts. Er drückte auf den Knopf und vernahm die ruhige Stimme des Sergeant auf der Treppe; der Betreffende sei gerade gesichtet worden.

Ein paar Minuten später hörten sie die ersten Klänge des Lieds, das Macenery als Zeichen hatte spielen wollen, ein Lieblingslied von Katie: «Don't Cry for Me, Argentina».

Jetzt mußte der Mann nur noch das Collier aus seinem Versteck holen. Jury ließ ihm drei Minuten Zeit, dann gab er Graham und dem andern Kriminalbeamten ein Zeichen. Tyrrwhit hatte sich im Gang postiert und lauschte ostentativ der Musik; dann setzte er sich in Bewegung und folgte dem Verdächtigen in respektvollem Abstand.

Jury hörte Tyrrwhits Befehl: «Nicht rühren, Kumpel!»

Die neben dem Gitter kauernde Gestalt erstarrte und blickte von Tyrrwhit, der mit entsicherter Pistole hinter ihm stand, zu den andern, die sich über ihn beugten und auf ihn herabblickten.

«Hallo, Peter», sagte Jury.

Peter Gere hielt das Taschentuch mit dem Collier in der Hand und sagte: «Verdammt, ich hätt's mir denken können. Als ich dieses verdammte Lied hörte, da hätt's bei mir ticken müssen. Sie hat genau dasselbe Lied gespielt an dem verdammten Nachmittag.»

Jury wußte nicht, wo Cyril Macenery war. Die Musik hatte aufgehört. Er war jedoch froh, daß Macenery das nicht hörte.

Kriminalinspektor Graham belehrte Gere mit eisiger Stimme über seine Rechte. Der Dorfpolizist – einer von diesen Männern, deren Unbestechlichkeit schon legendär ist. Graham hätte offensichtlich gern weiter an diesen Mythos geglaubt.

Jury fragte: «Warum haben Sie Katie O'Brien getötet, Peter? Dachten Sie, sie hätte den Plan entschlüsselt?»

«Ich hab sie nicht getötet. Nur etwas unsanft angefaßt.»

Jury schwieg.

«Sie hat ihn beim Putzen gefunden. Ich Idiot hatte vergessen, die Schreibtischschublade abzuschließen. Ein neugieriges Ding, diese Kleine. Blödsinnigerweise hab ich viel zu heftig reagiert. Sie sah mich komisch an und ging. Aber sie ist wieder zurückgekommen und hat ihn sich geschnappt, indem sie die Schublade von der andern Seite herausnahm. Jedenfalls durfte sie mich nicht in Wembley Knotts sehen.»

«Und um die Leute von Katies Unfall abzulenken, haben Sie diese Briefe geschrieben?»

«Hat doch prima geklappt, oder? Umgebracht hab ich sie jedenfalls nicht. Sie liegt im Krankenhaus.»

«Sie ist tot.»

Gere erblaßte. Jury wußte, daß er seine Trümpfe ausspielen mußte, solange Gere noch an diesem Brocken kaute. «Und Cora Binns – wußten Sie, daß sie Trevor Trees Freundin war? Oder hat sie den Schmuck der Kenningtons getragen?»

Fast wie ein Blinder starrte ihn Gere an. «Ich wußte nur, *daß* er eine Freundin hatte. Männer wie Trevor Tree haben doch immer irgendwelche Weiber», fügte er hinzu. «Wirklich idiotisch, ihr diese Ringe zu geben. Sie stieg aus dem Bus und fragte nach Stonington. Sie sagte, sie müsse mit Lady Kennington sprechen. Woher, zum Teufel, sollte ich wissen, was sie mit ‹sprechen› meinte. Ich wußte nicht, wieviel sie wußte, wieviel Trevor ihr erzählt hatte. Jedenfalls stand sie mit all dem Schmuck behangen vor mir, den Kenningtons Witwe garantiert wiedererkannt hätte – durch Zureden allein hätte ich die Ringe wohl kaum von ihren Fingern gekriegt.»

Er stieß das hervor, als hätte er nicht genügend Sauerstoff zur Verfügung; dann schien er jedoch zu merken, wieviel er preisgab.

«Und Ramona Wey?»

Gere antwortete nicht.

Jury dachte, vielleicht ließe sich an Geres Eitelkeit appellieren. «War bestimmt nicht einfach, Trevor Trees Vertrauen zu erringen?»

«Daß ich nicht lache – ganz im Gegenteil, würde ich sagen.» Er verstummte wieder.

«Schafft ihn weg», sagte Jury und wandte sich ab.

Mit falscher Herzlichkeit sagte Kriminalinspektor Graham: «Schön, Mr. Gere. Wollen wir die Bahn nehmen?» Jury wußte, daß er sich nur einen Spaß erlaubt hatte, aber der Spaß kam nicht an.

Graham wollte Peter Gere gerade die Handschellen anlegen, als ein Zug hielt und ein paar Fahrgäste ausstiegen – eine unglücklich aussehende Frau mit Haaren bis zur Hüfte und einem weiten Zigeunerrock, an dem ein vier oder fünf Jahre altes Mädchen hing. Spät für die Kleine, dachte Jury; Emily Louise fiel ihm ein. Die Mutter schien die Phalanx von Männern nicht zu bemerken und ging einfach durch sie durch.

Jury hätte nie geglaubt, daß jemand so schnell sein könnte: Peter Gere hatte das kleine Mädchen an sich gerissen und sich rückwärts mit ihr entfernt. Das ungläubige Staunen auf dem Gesicht der Mutter verwandelte sich in Entsetzen.

Automatisch griff Tyrrwhit nach seiner Pistole, erkannte aber, daß sie ihm nichts nützen würde, solange Gere das Kind wie einen Schild vor sich hielt. Stumm verharrte er auf seinem Platz und starrte ihm nach. Keiner war nahe genug, um Gere zu packen, bevor er sich über die Fußgängerbrücke davonmachen konnte. Jury rannte ihm nach und erreichte die Brücke, als die Türen des Zugs zugingen und die Wagen sich in Bewegung setzten. Er brüllte Peter Gere durch den Lärm und den Luftwirbel zu, er solle das Mädchen loslassen, das Ganze wäre sinnlos, auf der andern Seite warte schon Polizei auf ihn. Er versuchte, das Mädchen am Rock zu packen.

Verzweifelt blickte Gere in beide Richtungen – zurück zu Jury und nach vorn zum Ausgang; dann stieß er das Mädchen von sich. Jury packte es, als Gere durch das behelfsmäßig reparierte Geländer des Stegs brach, anscheinend in der Hoffnung, auf dem Dach des Zuges zu entkommen.

Geres Hände suchten verzweifelt nach einem Halt, den es nicht mehr gab. Er verpaßte den letzten Wagen um ein paar Zentimeter und fiel auf die Schienen.

Das kleine Mädchen gegen seine Schulter drückend, blickte Jury hinunter und war froh, daß William F. B. Potts nicht erwähnt hatte, wie hoch die Spannung auf der Leitschiene war.

25

Als Jury schliesslich um zwei Uhr morgens zurückkehrte, fand er Melrose Plant mit einem französischen Gedichtband auf den Knien in einem der Sessel vor; neben ihm standen ein überquellender Aschenbecher und eine Flasche Remy.

«Mainwaring hat eine Nachricht hinterlassen. Er möchte unbedingt mit Ihnen sprechen, wann immer Sie zurückkommen.»

Erschöpft ließ sich Jury nieder. «Kann ich einen Schluck davon haben?»

Melrose schob ihm die Flasche hinüber. Dann erzählte er ihm von Emily Louise.

«Oh, mein Gott», sagte Jury. Er schwieg einen Augenblick. «Und wie geht es Mary O'Brien?»

«Dr. Riddley hat ihr ein paar Beruhigungstabletten gegeben, und das hat wohl auch was genützt, zumindest konnte er sie überreden, sich ins Bett zu legen. Ich wollte mich gerade zurückziehen, als sie mit einem schrecklich leeren Blick im Nachthemd die Treppe herunterkam. Sie trug eine Öllampe und wanderte langsam damit im Raum umher; an jedem Fenster blieb sie stehen, hielt sie hoch und schaute hinaus, als erwarte sie noch einen späten Gast... Richtig unheimlich war das.» Er zündete sich eine Zigarre an. «Ich glaube, ich weiß jetzt, was es bedeuten soll, wenn man sagt, jemand sei nur noch ein Schatten seiner selbst. Wirklich, ich hatte das Gefühl, durch sie hindurchgreifen zu können.» Er schwieg einen Augenblick und fügte dann hinzu: «An den Tod kann man sich wohl nicht gewöhnen. Ich bin froh, daß ich Katie nie gesehen habe...» Er warf seinem Freund einen kurzen Blick zu, als befürchtete er, Jury könne ihm von ihr erzählen. Jury sagte nichts, und Melrose fuhr fort: «Als Riddley mir das von Peter Gere erzählte, war ich völlig fassungslos.»

«Und woher wußte es Dr. Riddley?»

«Dieser Musiklehrer von Katie – wie heißt er noch?»

«Cyril Macenery.»

«Er hat Riddley angerufen. Anscheinend brauchte der arme Kerl jemanden, mit dem er sprechen konnte, jemanden, der Katie kannte. Hat ihn wohl ziemlich mitgenommen.»

Jury zog das Collier aus der Tasche und ließ es auf den Tisch fallen; es war noch immer in das Taschentuch gewickelt. «Wie viele wegen diesem kleinen Häufchen ihr Leben lassen mußten!» Deprimiert zuckte er die Achseln. «Sie können es ruhig in die Hand nehmen, es wird nicht mehr als Beweismaterial benötigt.»

Melrose pfiff durch die Zähne. «Wunderschön. Werden Sie es Lady Kennington zurückgeben?» Jury nickte. Melrose drehte den Stein zwischen Zeigefinger und Daumen hin und her und fuhr mit dem Daumen über die Gravur. «Peter Gere war also Trees Komplize?»

«Ich kam darauf, als ich mir die Durchsuchung der Leute, des Gebäudes und so fort vergegenwärtigte. Es war einfach das Naheliegendste. Peter Gere war natürlich sofort zur Stelle – als erster wird der Dorfpolizist gerufen –, und er setzte sich mit der Polizei in Hertfield in Verbindung. Er durchsuchte auch Trevor Tree, das hat er uns selbst erzählt. Das Collier hat er entweder einfach in der Tasche von Trees Morgenrock gelassen, oder er hat es eingesteckt und Tree später zurückgegeben.»

«Trevor Tree hatte also so viel Vertrauen zu Gere?»

«Warum nicht? Er mußte ja nur warten, bis alles vorbei war – die Polizei wieder in Hertfield und die Kenningtons wieder im

Bett. Gere wäre nicht weit damit gekommen, es war also ziemlich unwahrscheinlich, daß er versuchen würde, Tree hereinzulegen. Trevor wollte das Collier nur aus dem Haus schaffen und dann irgendwo sicher verstecken – was er damit vorhatte, werden wir nie erfahren. Er steht also in aller Frühe auf, geht die Auffahrt hinunter, zu Fuß, damit niemand wach wird, fährt nach Hertfield und tut das Schlauste, was er tun kann: Er mischt sich unter die Pendler. Was dann passiert ist, weiß ich nicht. Ich kann es nur vermuten: Im Zug wird er plötzlich ein wenig nervös; er befürchtet, daß sie in Stonington vielleicht doch nicht einfach annehmen würden, er schliefe noch, daß sie vielleicht die Polizei verständigt hätten und er in seiner Wohnung schon von ihr erwartet würde. Er geht also diesen Gang entlang und sieht das Gitter. Bückt sich, als wolle er sich die Schuhe binden, und schiebt es durch.» Jury hielt das Collier hoch. Der Stein funkelte im Licht.

«Und später taucht dann Cora Binns auf; wir dachten ja, sie wäre Gere einfach über den Weg gelaufen. Aber das wäre schon ein unglaublicher Zufall gewesen, oder? Sie hat vielmehr nur getan, was jeder in ihrer Lage getan hätte – sie fragte den Dorfpolizisten nach dem Weg. Und er hat ihn ihr nicht nur gezeigt, sondern ist ihr bis in den Wald von Horndean gefolgt. Peter Gere hat die Ringe erkannt, die sie trug, und mußte sich fragen, was sie mit Lady Kennington ‹besprechen› wollte. Carstairs' Leute haben die Ringe übrigens in Geres Abstellkammer gefunden, in einem Karton mit allem möglichen Kram, der für den Basar des Kirchenfestes bestimmt war. Offensichtlich hat er ihn nie abgeliefert. Ich frage mich, warum», fügte Jury mit einem Augenzwinkern hinzu. «Wahrscheinlich hat er angenommen, sie seien dort sicher aufgehoben.»

«Und wie war das mit Ramona Wey?»

Jury schüttelte den Kopf. «Ab da hat er nichts mehr gesagt. Ramona Wey muß Cora Binns gekannt haben. Vielleicht wußte sie, daß ihr Tod irgendwie mit dem Collier zusammenhing. Vielleicht erfahre ich das gleich von Mainwaring.»

Melrose dachte einen Augenblick lang nach. «Was sie wohl zu Peter Gere gesagt hat, da an dem Tor, als er die Eintrittskarten verkaufte? Ich war so beeindruckt von dem kühlen Empfang, der ihr bereitet wurde – vor allem von den Bodenheims –, daß ich auf Peter Gere überhaupt nicht achtete.»

Jury leerte sein Glas. «Warum auch? Er schien ein so netter, umgänglicher Kerl zu sein, dabei war er völlig am Ende. Aber er hat das wunderbar überspielt. Er versuchte unsere Aufmerksamkeit auf die andern zu lenken. Und die Briefe waren ein schlauer, kleiner Trick: Die Leute sollten an etwas Spannenderes denken als den Überfall auf Katie O'Brien. Irgendwann muß er drauf gekommen sein, wie wertvoll dieses Collier war, und ein Menschenleben mehr oder weniger spielte angesichts von soviel Geld keine Rolle mehr.»

«Aber wie kam er darauf, daß es in dem Gitter versteckt war?»

«Peter hat früher einmal bei den Londoner Verkehrsbetrieben gearbeitet. Er erwähnte das auch in dem Brief, den er erhalten hat, das heißt, den er sich selbst geschickt hat. Deshalb ist er wohl schneller als Sie oder ich darauf gekommen.» Jury goß sich noch etwas ein. «Wo ist Emily jetzt?»

«Bei ihrer Mutter. Sie hat tatsächlich eine. Mrs. Perk kam vorbei und hat sie mit nach Hause genommen. Entsetzt natürlich, obwohl Emily zu diesem Zeitpunkt schon ein Schläfchen gehalten und sich das Gesicht gewaschen hatte. Sie sah also nicht mehr ganz so wild aus. Mrs. Perk sagte, Emily habe jedem Kindermädchen das Leben zur Hölle gemacht, deshalb habe sie schließlich keines mehr engagiert. Ich glaube, Emily ist meistens unterwegs, wenn ihre Mutter annimmt, sie sei zu Hause.»

Jury rieb sich die Augen. «Ah, ein Schläfchen. Ich werde auch eines halten, wenn ich von Mainwaring zurückkomme. Stonington kommt morgen dran, anschließend fahre ich dann nach London zurück, um den Papierkram zu erledigen. Ich hoffe, Wiggins macht das meiste.»

Plant nahm den Smaragd noch einmal in die Hand, hielt ihn gegen das Licht und rückte seine Brille zurecht. «Wenn ich nicht wüßte, daß Peter Gere der Täter ist, würde ich Ernestine Craigie verhaften lassen.»

«Ach. Warum denn das?»

Das Smaragdcollier pendelte zwischen ihnen hin und her. «Dieser Vogel, der da eingraviert ist, ist offensichtlich ein Tüpfelsumpfhuhn.»

Sie saßen noch zehn Minuten herum, ließen die Flasche kreisen und sprachen über alles, was ihnen so durch den Kopf ging, nur nicht über Katie O'Brien.

«Was hat sie Ihnen erzählt, Mr. Mainwaring?»

Freddie Mainwaring saß in Bademantel und Hausschuhen vor ihm und sah so verletzlich aus, wie ein Mann aussieht, der mitten in der Nacht aus dem Bett geholt wird. «Daß sie Cora Binns kenne. Ich wußte vorher nicht, daß Ramona für diese Agentur gearbeitet hat. Komisch, ich kann mir das gar nicht vorstellen. Sie war viel zu... mondän für eine Stenotypistin.»

«Und weiter?»

Mainwaring schien eher zu dem Foto seiner Frau in dem Silberrahmen als zu Jury zu sprechen. Vielleicht versuchte er seinen Sündenfall zu rechtfertigen. «Ramona erzählte, sie erinnere sich, daß dieses Mädchen immer von einem gewissen ‹Trev› geredet hätte, ihrem Freund in London, obwohl Ramona es unwahrscheinlich fand, daß Cora einen Mann länger bei der Stange halten konnte. Ramona hat ihn jedenfalls nie mit dem Sekretär der Kenningtons in Verbindung gebracht. Ich glaube übrigens, daß sie ihn besser gekannt hat, als sie zugab.» Das Blut schoß ihm ins Gesicht. Er strich sich das Haar aus der Stirn. «Bis sie dann das Foto der Toten sah.»

«Warum hat sie uns das nicht erzählt?» Jury glaubte zu wissen, warum.

Mainwaring zog eine zerdrückte Packung Zigaretten aus der Tasche seines Bademantels. Er schien in den letzten vierundzwanzig Stunden älter, grauer und trauriger geworden zu sein. «Ramona hat anscheinend angenommen, Cora Binns wollte jemanden erpressen.»

«Ein etwas sonderbarer Schluß. Schließlich ist sie auf Ihren Vorschlag hin hierhergekommen.»

«Ich weiß. Aber Ramona... Ramona war kein Engel, wenn ich ganz ehrlich bin. Es ist zwar nicht gerade nett, so etwas zu sagen, aber –»

«Sie sind erleichtert. Was aber nicht heißt, daß Sie einen Mord begangen hätten, um sich diese Erleichterung zu verschaffen.»

Mainwaring warf ihm einen dankbaren Blick zu. Vielleicht bedeutete dieses späte Geständnis für ihn eine Art Abrechnung. «Ich konnte ihr das einfach nicht ausreden.»

«Hatte sie denn eine Ahnung, wer Trees Verbündeter war? Offensichtlich hat sie ja jemanden aus Littlebourne verdächtigt.»

«Ich glaube nicht, daß sie wirklich etwas wußte. Sie hat nur gelacht und gesagt, sie würde mal einen Versuchsballon starten. Oder mehrere.»

«Sie meinen, einfach so aufs Geratewohl Leute beschuldigen? Kein ungefährliches Spiel.»

Sie schauten einander an, und beide wußten, wie gefährlich dieses Spiel gewesen war.

26

Am folgenden Morgen, kurz vor zehn. Jury war nach Stonington aufgebrochen, und Melrose hatte beschlossen, durch die Grünanlage von Littlebourne zu gehen, um den Brandy der letzten Nacht aus seinem Kopf zu vertreiben. In dem Laden mit der Poststelle gab es einen Kartenständer; vielleicht würde er eine Karte kaufen und mit ein paar unsinnigen Sprüchen darauf an Agatha schicken.

Drinnen entdeckte er, daß Miles Bodenheim schon recht früh in die Niederungen des Dorfes herabgestiegen war, um auf der Post nach dem Rechten zu sehen. Die Postmeisterin stützte sich auf den Schalter, und ihr ganzes Gewicht ruhte auf ihren Fingerknöcheln. Sie war offensichtlich auf das Schlimmste gefaßt.

«Ich würde annehmen, Mrs. Pennystevens, daß Sie in einem Fall wie diesem, und vor allem in Anbetracht der Tatsache, daß Sie Ihr Amt nur bekleiden, weil wir, die braven Bürger dieses Dorfes» (an dieser Stelle lächelte er spröde) «Sie hier dulden – daß Sie nicht so leichtfertig ihre Kunden als knausrig bezeichnen würden. Der Brief an den Direktor der Ordnungsbehörde wiegt genausoviel wie dieser hier – es kann gar nicht anders sein, in beiden steht nämlich genau dasselbe. Und wenn Sie für den zweiten Brief zwei Pence mehr verlangen, dann beweist das nur, daß Ihre Waage nicht richtig funktioniert. – Ach Sie, mein Freund!» Seine Miene hellte sich auf, als er Melrose erblickte. Ein weiteres Opfer! Und schon hatte er ihn am Ärmel gepackt und zwischen den Regalen mit Kuchenpackungen, goldflüssigem Sirup und Wasserbiskuits hindurchgezerrt. «Sie haben es natürlich auch schon gehört! Peter Gere! Wir konnten es einfach nicht fassen, keiner von uns. Sylvia ist am Boden zerstört. Kann man ihr auch nicht verdenken –»

Melrose lächelte milde. «Ich wußte gar nicht, daß sie ihn so schätzte.»

«Schätzte?» Sir Miles wich etwas zurück, und ein paar Brotlaibe fielen um. «Davon kann überhaupt nicht die Rede sein. Es ist nur erschütternd, daß wir all diese Jahre einer solchen Gefahr ausgesetzt waren, daß unser Leben sozusagen an einem Faden hing – genau das waren Sylvias Worte: Unser Leben hing an einem Faden. Aber das steht alles in meinem Brief an den Polizeipräsidenten. Ich hab mich unverzüglich hingesetzt und ihm und dem Direktor der Ordnungsbehörde geschrieben; ich beabsichtige auch, Superintendent Jury das nächste Mal, wenn ich ihn sehe, darauf hinzuweisen, daß wir keine Psychopathen bei der Polizei dulden können!»

«Soviel ich weiß», sagte Melrose und nahm ein paar Packungen Kuchen für Emily heraus, «ist das auch keine Einstellungsvoraussetzung.»

Miles warf ihm einen mißtrauischen Blick zu, kapierte offensichtlich nicht, was er damit meinte, und setzte seine Tirade fort. «Das Problem ist, daß nicht gesiebt wird, begreifen Sie? Sie nehmen einfach jeden, und seine Vergangenheit interessiert sie überhaupt nicht. Schauen Sie sich doch nur diesen ewig kränkelnden Burschen an, der den Superintendent begleitet.»

«Sergeant Wiggins ist aber ein sehr tüchtiger Polizist.»

«Ein Windstoß kann ihn umblasen. Hat doch tausend –» er nahm eine Packung Cracker, schaute nach dem Preis und stellte sie wieder zurück – «Wehwehchen. Ich verstehe nicht –» Zum Glück brauchte Melrose Sergeant Wiggins nicht weiter zu verteidigen, denn Miles' Aufmerksamkeit wurde von etwas

Neuem gefesselt. «Das sind doch die Craigies», sagte er und reckte den Hals, um aus dem Fenster zu schauen. «Entschuldigen Sie mich bitte, mein Lieber, aber ich muß mit den beiden sprechen. Sie sind bestimmt auch am Boden zerstört...» Und er enteilte. Melrose hörte ihn über die Hauptstraße trompeten: «Ernestine! Augusta!»

Nachdem er seine Postkarte abgeschickt hatte – eine Luftaufnahme von Hertfield, das er als einen ungewöhnlich unauffälligen Ort bezeichnete –, sah er sich unschlüssig um. Alle schienen verschwunden zu sein. Es hatte wieder angefangen zu nieseln; der Himmel war von einem monotonen Grau, und über die Grünanlage fegte der Wind. Littlebourne erinnerte Melrose in diesem Augenblick an eine alte Filmkulisse, so verlassen und trostlos wirkte es.

Als er die Grünanlage überquerte, um sich zum Magic Muffin zu begeben, hörte er das Klappern von Pferdehufen hinter sich.

Es war Julia Bodenheim auf Jupiter; sie hatte sich für ein in der Nähe stattfindendes Reitertreffen feingemacht, trug blanke Stiefel und ein blendend weißes Plastron. Zu seiner Erleichterung ritt sie weiter. Sie begnügte sich damit, die Peitsche zu heben, kurz zu lächeln und sich etwas zu recken, um ihr wohlgeformtes Profil darzubieten.

Er sah ihr nach: Drei Tote in ebenso vielen Tagen, und Julia Bodenheim ging auf Fuchsjagd; so demonstrierte sie Melrose einmal wieder den erstaunlichen Hang der Engländer zu Nichtigkeiten.

GANZ LITTLEBOURNE schien sich im Magic Muffin versammelt zu haben, wahrscheinlich weil man Muffins und Tee für schicklicher hielt als Ale und Bier. Außerdem war der Bold Blue Boy geschlossen; die Elf-Uhr-Kneipengänger hatten also gar keine andere Wahl.

Polly Praed war glücklicherweise auch darunter. Sie saß an dem Tisch in der Ecke neben einer grauhaarigen alten Frau, die gerade im Begriff war aufzustehen, Melrose jedoch noch eingehend musterte, bevor sie ihm ihren Platz überließ.

«Alle sind einfach... baff. Hätten Sie auf Peter Gere getippt?» Polly lehnte sich zu ihm hinüber, die Brille in den Haaren, die Augen funkelnd, erregt und betroffen zugleich.

Melrose beschloß, aufrichtig zu sein. «Nein. Ich frage mich, Polly –»

Es schien sie überhaupt nicht zu interessieren, was er sich fragte. «Und *Emily*! Mein Gott, der armen Kleinen so zuzusetzen!»

Melrose nickte, obwohl es ihm schwerfiel, in Emily eine arme Kleine zu sehen. «Ja, schrecklich. Ich dachte, vielleicht...»

Was er dachte, interessierte sie jedoch genausowenig. «Ich hatte Peter Gere richtig gern. Er machte einen so... gütigen Eindruck. Und war so bescheiden. Ein Dorfpolizist wie aus dem Bilderbuch.»

«Polly –»

Diesmal wurde er von Miss Pettigrew unterbrochen, die mit einem Tablett an ihren Tisch trat, um die Teetasse und den Teller seiner Vorgängerin abzuräumen. Ihre Wangen waren gerötet, und ihre Frisur hatte sich völlig aufgelöst. Es konnte im Dorf passieren, was wollte, Miss Pettigrew war zur Stelle, um mit Tee und Muffins Erste Hilfe zu leisten.

«Danke, für mich nichts», sagte Melrose, und sie entfernte sich mit ihrem Tablett.

«Jetzt, wo alles vorbei ist, werden Sie wohl auch unser Dorf wieder verlassen?»

Obwohl sie ihm endlich das Stichwort für seine Einladung gegeben hatte, war er alles andere als begeistert von dem Ton, in dem sie das sagte. Keine Spur von Trauer oder auch nur von Bedauern.

«Ja, morgen nach der Beerdigung. Ich dachte, vielleicht könnten Sie mich einmal auf Ardry End besuchen, wenn die Beseitigung der Bodenheims Sie gerade nicht völlig in Anspruch nimmt. Es ist ein hübsches, altes Anwesen und schon seit Jahrhunderten im Besitz der Familie ... der Earls von Caverness.»

Sie brach ein Stück von ihrem Muffin ab und bestrich es mit Butter. «Sie müssen eine Menge Geld haben.»

«Ja, jede Menge.»

«Das ist sehr nett von Ihnen, aber ich weiß nicht. Ich gehe eigentlich nie von hier weg. In Gedanken reist es sich am besten, nicht?»

Er versuchte erst gar nicht, darauf einzugehen. «Wir hatten auch einmal einen Kriminalautor in Long Piddleton, aber er ist weggezogen», fügte Melrose hinzu, um anzudeuten, daß es da eine offene Stelle gab.

Sie war jedoch offenbar mit ihren Gedanken noch beim Thema Geld.

«Mich würde interessieren, wieviel ein Polizist eigentlich verdient.» Sie blickte auf ihren Muffin.

Oh, zum Teufel! dachte Melrose.

Die Stufen von Stonington erschienen Jury so breit wie ein Wassergraben, und auch die graue Fassade wirkte noch abweisender als bei seinem ersten Besuch. Der Himmel war wie Schiefer; es hatte zwar aufgehört zu regnen, aber von den Bäumen tropfte noch das Wasser, und auf den Rändern der leeren Bodenvasen lag Rauhreif.

Da Jury sie nicht einfach überrumpeln wollte, hatte er Carstairs gebeten, Jenny Kennington anzurufen und ihr die Geschichte zu erzählen. Pure Feigheit – so zu tun, als sei er nur ein Überbringer von Neuigkeiten, die im Grunde nichts mit seiner Person zu tun hatten.

Sie mußte ihn vom Fenster aus beobachtet haben, denn sie öffnete ihm die Tür, noch bevor er nach der Klinke griff. Sie trug dasselbe wie am Tag zuvor, einen Rock und diesen silbergrauen Pullover.

«Lady Kennington, ich bin gekommen, um –» Wollte er ihr das Collier auf der Schwelle überreichen?

«Ich weiß, Inspektor Carstairs hat angerufen. Aber kommen Sie doch rein. Ja, gestern abend rief er an, es war schon ziemlich spät.» Sie sah aus, als hätte sie danach nicht gut geschlafen. «Es ist schrecklich. Ich konnte es einfach nicht glauben... Ich kannte Peter Gere zwar kaum, aber...» Wieder führte sie ihn in die kalt und ungemütlich wirkende Bibliothek, und wieder entschuldigte sie sich wegen der Kälte. «Es ist sinnlos, diese Räume heizen zu wollen. Dazu noch der Umzug und was alles damit zusammenhängt.»

Die Stühle und das Ledersofa waren verhüllt. «Das lasse ich hier. Es hat mir sowieso nie gefallen.» Neben den Bücherregalen standen Kisten.

Sie gingen durch den andern, kleineren Raum. Jury verspürte ein leichtes Bedauern, als er den geblümten, chintzbezogenen Sessel nicht mehr vorfand. Es war ihm plötzlich bewußt geworden, wie sehr dieses Bild sich ihm eingeprägt hatte – der Sessel, das Tuch, die Teetasse auf dem Boden. «Wohin ziehen Sie?»

«Das weiß ich noch nicht. Wir haben einmal in Stratford gewohnt – etwas außerhalb von Stratford, im Avon Valley. Eine Bekannte von mir will ein Haus in der Altstadt verkaufen. Es ist winzig, zwei Zimmer oben, zwei Zimmer unten.» Sie lächelte ein wenig. «Gerade das richtige für mich.»

«Glauben Sie?» fragte Jury. Er sah nicht sie an, sondern durch die Flügeltür nach draußen. In dem baumlosen Hof hatte sich in dem trockenen Springbrunnen unter der Statue rätselhafterweise ein Haufen Laub angesammelt. Dem Tag schien jede Farbe entzogen. Übrig blieb die eintönige Komposition aus weißem Marmor, grauem Stein und dunklen Blättern.

Sie gab ihm keine Antwort; vielleicht hatte sie seine Frage für rhetorisch gehalten. Sie führte ihn durch den Speisesaal. Er war unverändert, denn es gab auch nichts, was sich hätte verändern lassen. «Am besten, wir gehen in die Küche. Dort brennt ein Feuer.» Sie rührte sich jedoch nicht, sondern blickte gedankenverloren aus den hohen Fenstern. Es war geradezu ein Ritual, dieses Verweilen in jedem Raum. Als wolle sie einem Hausgott ihre Verehrung bezeugen, damit ihr seine magischen Kräfte erhalten blieben.

Das Collier, das Jury wie ein kleines, grünes Feuer in seiner Tasche lodern spürte, schien ihr jedenfalls nicht sonderlich wichtig zu sein.

Einen Augenblick darauf sagte sie: «Und Katie O'Brien ist auch tot.»

«Ja», sagte Jury und zog das Collier aus der Tasche. «Das hier gehört Ihnen.»

Nun blieb ihr nichts anderes übrig, als die Hände auszustrekken, die sie ihm hinhielt wie jemand, der aus einer Quelle trinken will. Er legte das Collier hinein. Sie hielt es hoch und gegen das Licht. «Vier Leute mußten deswegen sterben.»

«Stellen Sie sich nicht so an», sagte Jury abrupt. Überrascht sah sie ihn an. «Ich meine, es ist Ihres, es gehört Ihnen. Und wenn Sie es nicht tragen wollen, dann bringen Sie es zu Sotheby's oder sonstwohin und lassen Sie es versteigern. Sie werden so viel Geld dafür bekommen, daß Sie nicht mehr von hier wegziehen müssen, weder nach Stratford-upon-Avon noch sonstwohin.»

Nichts ließ erkennen, ob sie überhaupt zugehört hatte. Als nächstes sagte sie: «Wissen Sie, ich habe immer gefunden, daß aus den Bestattungsriten der Ägypter mehr Hoffnung sprach als aus unseren. Dem Verstorbenen Speisen, Wein und Schmuck mit ins Grab zu geben, damit er auch im Jenseits keinen Mangel litt.»

«Was wollen Sie denn damit sagen? Etwa, daß auf dem Collier der Fluch der Pharaonen liegt?»

«Nein.» Ihre kühlen Augen musterten ihn. «Ich habe das Gefühl, Sie halten mich für ziemlich undankbar. Aber glauben Sie mir, das stimmt nicht.»

«Ich erwarte von Ihnen gar keine Dankbarkeit. Ich erwarte nur, daß Sie gut für sich sorgen.» Er wandte sich ab, um die trauernde Statue zu betrachten, denn er empfand eine völlig irrationale Wut.

«Oh», sagte sie nur. Sie spielte mit dem Verschluß des Colliers und legte es sich um den Hals. «Hier, sehen Sie, ich glaube nicht, daß irgendein Fluch darauf liegt.»

Jury verkniff sich ein Lächeln; er konnte sich nicht erklären, warum er plötzlich so wütend geworden war. Im Grunde sah sie sehr komisch aus in dem ausgebeulten grauen Pullover und dieser smaragdgrünen Pracht. «Na gut», sagte er, «solange Sie die Sache vernünftig betrachten.»

«Ich bin sehr vernünftig.»

Jury hatte da seine Zweifel. Er wollte ihr gerade einen weiteren kleinen Vortrag halten, aber das Quietschen der Tür, die am andern Ende des Raums aufsprang, bewahrte ihn vor dieser Dummheit; ein wieder auferstandener Tom kam herein. Der schwarze Kater ließ sich in der Mitte des Zimmers nieder und fing an, sich das Gesicht zu putzen, als liege der Wettlauf mit dem Tod schon Jahre zurück.

«Die Katze ist also wieder da?»

«Ja. Nachdem er sie geröntgt hatte, meinte der Tierarzt, es sei doch nicht so schlimm. Aber gekostet hat es trotzdem eine Menge.»

Jury zeigte auf das Collier. «Damit können Sie viele Tierarztrechnungen bezahlen.»

Lächelnd ließ sie es durch die Finger gleiten. «Es ist eigentlich ganz hübsch, nicht? John hat mir erzählt, daß Smaragde vor allem deswegen so geschätzt wurden, weil sie die Farbe der Vegetation haben. Sie wurden mit den Überschwemmungen des Nils und dem Wiedererwachen des Lebens in Verbindung gebracht.»

«Ihre Katze scheint sich jedenfalls prächtig regeneriert zu haben. Vielleicht ist das ein gutes Zeichen.»

Sie blickte auf die Katze, die sie anblinzelte, als brauche sie eine Brille, und dann gähnte. «Ein häßliches altes Vieh, was?»

«Ja. Zu schade, daß Sie sie nicht mögen.» Jury lächelte.

Nicht nur Polly Praed beschäftigte die Frage, wieviel ein Polizist verdiente.

Emily Louise stellte sich genau dieselbe Frage, als sie an jenem Montagnachmittag mit großer Hingabe ihr Pony striegelte. Nur war ihre Neugier gezielter als Pollys: Emily wollte wissen, wieviel ein Superintendent verdiente.

«Soll ich bei Jurys Bank nachfragen?»

Sein Sarkasmus kam nicht an. Emily ließ sich weiter über die Preise und Vorzüge verschiedener Pferderassen aus. «Ein richtig gutes Pferd kostet glatt mehrere tausend Pfund. Aber Rennpferde und so interessieren mich gar nicht.»

«Da hat der Superintendent aber Glück, da kann er ja auch noch seinen Wagen abbezahlen.» Melrose wechselte das Thema. «Hat heute nicht die Schule wieder angefangen?» Das wird ihr vielleicht einen Dämpfer versetzen, dachte er mürrisch.

Aus Shandys Box kam ein Geräusch, als würde sich jemand übergeben. «Morgen. Aber meine Mutter sagt, morgen müßte ich auf die Beerdigung. Ich hasse die Schule.»

«Warum?» Aber wer unter fünfundzwanzig ging schon gern zur Schule?

«Weil es einfach blöd ist. Man muß sich extra dafür anziehen und so 'n Quatsch.» Die Samtkappe und ein Augenpaar erschienen über der Tür. «Gehn Sie auch auf Katies Beerdigung?»

«Ja, und du?»

Die Falte zwischen ihren Brauen wurde tiefer. «Meine Mutter sagt, ich muß.»

«Willst du denn nicht?»

«Nein. Es ist zu traurig. Ich will nicht sehen, wie Katie zugeschaufelt wird.»

«Keiner von uns will das.» Ihre Blicke bohrten sich in seine. Offensichtlich hatte sie etwas Tiefgründigeres erwartet. Melrose versuchte, sie von der Beerdigung abzulenken. «Komm, wir reiten zusammen aus!» Der Enthusiasmus, den er in seine Stimme legte, war alles andere als echt.

«*Sie? Ausreiten?*»

«Du brauchst dich gar nicht so zu haben.» Melrose stand von seinem Heuballen auf und klopfte sich die Hosen ab. «Ich habe in meinem Leben schon auf einigen Pferden gesessen.»

Sie kam aus Shandys Box und musterte ihn so kritisch wie ein Schneider, der für einen Reitanzug Maß nehmen will. «Na schön... Die Bodenheims werden wohl nichts dagegen haben, wenn ich Ihnen die alte Nellie gebe.»

«Die alte Nellie! Ich wage zu behaupten, daß ich es auch mit einem lebhafteren Pferd aufnehmen könnte.»

Fünfzehn Minuten später konnte man Emily Louise Perk auf Shandy und Melrose Plant auf der alten Nellie davonreiten sehen – zwar nicht in einen Sonnenaufgang, aber doch in den feinen Septembernebel, der sich wie ein Schleier auf die Horndean Road senkte.

27

«Ich traute meinen Augen nicht, als ich Sie den Weg hochkommen sah», sagte Mrs. Wasserman, die sich bemühte, mit Jurys langen Beinen Schritt zu halten, während sie zur Station Angel hinübergingen. Sie wohnte im Erdgeschoß eines Hauses in Islington, in dem auch Jury schon seit mehreren Jahren wohnte. «Ist etwas passiert? Wo ist denn Ihr Auto? Es ist doch hoffentlich nicht kaputtgegangen. Wollten Sie nicht ein paar Tage Urlaub machen?»

Jury lächelte. Es klang, als hätte er sein Auto irgendwo verloren und seinen Urlaub vergessen. «Sie wissen doch, wie das ist, Mrs. Wasserman – es kam wieder was dazwischen.»

Sie waren beinahe da. Mrs. Wasserman haßte diese Underground-Station. Sie haßte die verschmierten Plakate und den Aufzug, in dem man sich so eingesperrt fühlte, und die Ausländer, die dort arbeiteten. Manchmal ging sie bis zur Highbury-Islington-Station und fuhr dann mit dem Bus zurück, nur um nicht am Angel einsteigen zu müssen.

Sie gab Jury eine Pfundnote für ihren Fahrschein und erzählte ihm von ihrer letzten Begegnung mit dem Mann, der sie angeblich schon seit Jahren verfolgte. «Ich sah ihn, als ich von der Highbury-Station die Islington High Street entlangging. Dort ist nämlich ein Gemüsehändler, bei dem ich besonders gern einkaufe. Er ist mir nachgegangen. Erinnern Sie sich an den Park? Wir sind auch mal dort gewesen, und Sie fanden, die beiden Bäume an der Ecke sähen wie Tänzer aus, weil ihre Äste so ineinander verschlungen sind.» Nervös klappte sie ihr schwarzes Portemonnaie auf und zu. «Dort stand er, gleich neben den Bäumen. Und solange ich im Laden war, blieb er da auch stehen.» Das Portemonnaie gegen den Busen gepreßt, schwankte sie leicht hin und her.

Während Jury in der kurzen Schlange vor der Fahrkartenausgabe wartete, holte er sein Notizbuch hervor. «Können Sie ihn bitte noch einmal beschreiben?» Es war ein Ritual, das sie jedesmal wiederholten.

«Ich hab ihn schon so oft beschrieben, Mr. Jury», sagte sie mit einem traurigen kleinen Kopfschütteln und einem traurigen kleinen Lächeln. Jury fühlte sich in die Rolle des pflichtvergessenen Neffen gedrängt, auf den sie sich verlassen und der sie bitter enttäuscht hatte; da er aber noch so jung und unschuldig und vielleicht auch ein bißchen einfältig war, mußte man ihm einiges durchgehen lassen. Schließlich hatte er ja auch seinen Urlaub vergessen und sein Auto verloren. «Also gut, er war klein und trug einen braunen Anzug und einen braunen Mantel. Und einen braunen Filzhut. Seine Augen sahen irgendwie verschlagen aus. Ja, verschlagen.»

Jury notierte es sich. Höchstwahrscheinlich gab es einen Mann, auf den diese Beschreibung zutraf – und nicht nur einen, sondern viele. Aber er wußte, daß keiner von ihnen Mrs. Wasserman verfolgte. Ihr Verfolgungswahn hatte sich im Lauf der Jahre verschlimmert. In den nächsten Tagen würde sie ihren Gemüsehändler meiden und den kleinen Park mit den Bäumen, die wie Tänzer aussahen, bis sie vergessen hätte, daß der Mann ihr dort zuletzt begegnet war.

Geräuschvoll kam der neue, aluminiumverkleidete Aufzug zum Stillstand, und ein gelangweilter Pakistani wartete darauf, daß seine Insassen auf die Gasse hinaustraten.

Mrs. Wasserman betrachtete ihren Fahrschein. «Ich muß in King's Cross umsteigen. Ich hasse das. Wohin fahren denn Sie, Mr. Jury?»

«Zum East End, nach Wembley Knotts.»

«Keine gute Gegend, seien Sie nur vorsichtig. Aber einem Polizisten braucht man das wohl nicht zu sagen.» Sie trat in den Aufzug. «Ich meine nur, die Underground ist ja so gefährlich geworden. Es passieren die schrecklichsten Dinge.»

«Ich weiß», sagte Jury zu der sich schließenden Aufzugstür.

JURY WAR GERADE AUF DEM WEG zur Nummer vierundzwanzig, als er Ash Cripps in Begleitung eines Polizisten auf sich zukommen sah. Die haarigen Beine, die aus dem zugeknöpften Mantel ragten, ließen vermuten, daß er darunter nichts anhatte.

White Ellie stand in der Tür, die Hände auf den behosten Hüften, und ließ eine Rede vom Stapel. Wie immer kam sie gleich zur Sache: «...furchtbar, wie die aus dem Damenklo gerast kam, als sei der Leibhaftige hinter ihr her. Und er splitterfasernackt, glotzte mit seiner blöden Visage über das Geländer...»

«Halt dein verfluchtes Maul, Elefant.»

Jury erkundigte sich bei dem Polizisten: «Was ist passiert, Sergeant?» während White Ellie wüste Schimpfworte von sich gab.

Mit gerunzelter Stirn musterte ihn der Polizeibeamte, bis Jury schließlich seinen Ausweis hervorzog. «Oh, entschuldigen Sie, Sir!» Er nahm Jury beiseite und erklärte: «Also ich fand ihn im Damenklo da drüben in dem kleinen Park bei der Drumm Street. Ein Exhibitionist. Er heißt Ashley Cripps.»

«Das geht in Ordnung, Sergeant –»

«Brenneman, Sir.»

«Ich muß Mr. Cripps ein paar Fragen stellen. Sie können ihn mir überlassen, ich übernehme die Verantwortung für ihn.»

Sergeant Brenneman schien nichts lieber zu tun, aber er fühlte sich verpflichtet, Jury zu warnen: «Die Sache ist – es ist nicht das erste Mal, daß ich ihn deswegen festnehmen muß.»

Auch Jury senkte die Stimme: «Und bestimmt auch nicht das letzte Mal.»

Brenneman entfernte sich pfeifend, und Ashley Cripps schritt so würdevoll wie nur möglich voraus und führte Jury ins Wohnzimmer. «Gib mir meine Buxen, Elefant.»

Die Übergabe erfolgte auf der Stelle, ohne großes Zeremoniell. Dann sagte sie zu Jury: «Kommen Sie doch gleich wieder her, ich hab was in der Pfanne, und die Kleinen haben einen Mordshunger.» Was der Krach bewies: Die Küche war erfüllt von ihrem Geschrei nach mehr Brei mit Speck, vom Geklapper und Geklirr der Bestecke und Gläser. Als sie durchs Wohnzimmer gingen, beugte Jury sich über den Kinderwagen, schob ein paar Wäschestücke beiseite und legte den Kopf des Babys frei. Sein Rosenknospenmund gähnte. Es lebte!

White Ellie verteilte den restlichen Speck, und Sookey versuchte sofort, die Portion des Mädchens auf seinen Teller zu bugsieren, ließ aber schnell wieder davon ab, als sie ihn mit ihrer Gabel ins Ohr zu stechen drohte. Friendly schüttelte die Ketchupflasche, bis der Inhalt herausgeschossen kam.

«Wir ham alles gehört. Schrecklich, schrecklich.» White Ellie ließ frische Speckscheiben in das brutzelnde Öl fallen.

Nachdem er den Gürtel seiner Hose zugezogen und sein Hemd zugeknöpft hatte, meinte Ash: «Ich hab gehört, er is direkt auf den Schienen gelandet. Tja, das war's dann wohl. Gibt nur noch Gesindel und Perverse auf der Welt.» Er schubste Sookey von seinem Stuhl. «Weg da, ihr Blagen. Gib dem Super deinen Stuhl.»

Die Kinder räumten das Feld; Friendly schnappte sich seinen Napf und bedachte Jury mit einem grimmigen Blick.

«Wollen Sie nicht was essen?» fragte Ash.

«Vielen Dank, ich muß zurück zu Scotland Yard.»

«Na schön, vielen Dank auch für das, was Sie da draußen für mich getan haben.» Ash nickte in Richtung der Tür, dem Schauplatz des letzten Debakels.

«Ach, nicht der Rede wert. Eigentlich bin ich gekommen, um mich bei *Ihnen* zu bedanken. Eine Hand wäscht die andere. Tut mir leid, daß ich nicht bleiben kann.»

An der Tür schüttelten sie sich die Hände. «Schaun Sie rein, wenn Sie in der Gegend sind», sagte White Ellie.

Jury versicherte ihnen, das werde er tun, und schaute sich besorgt nach seiner Windschutzscheibe um. Sie war jedoch sauber.

Als er ins Auto stieg, hörte er, wie Ash Cripps den Kindern befahl zu winken. Über den ketchupverschmierten Gesichtern schossen die kleinen Hände in die Höhe.

White Ellie brüllte: «Mit der Hand, Friendly, mit der Hand!»

28

Ein leuchtendroter Luftballon, ein Überbleibsel des Kirchenfestes, der von der Putzkolonne übersehen worden war, lugte höchst unpassend hinter einem Grabstein hervor; seine Schnur schien irgendwo hängengeblieben zu sein. Dann stieg er höher und höher. Während der Gottesdienst weiterging, verfolgte Jury, wie er von der Brise, die durch die Gräser des Friedhofs fuhr, fortgewirbelt und in den Wald von Horndean getragen wurde.

Er machte sich selten Gedanken über Gerechtigkeit und Ungerechtigkeit, aber heute tat er es. Er fand es einfach empörend, daß dieser Morgen wie eine Perle schimmerte, daß das Laub glänzte und selbst die Luft wie Goldstaub glitzerte. Daß der Himmel von einem so transparenten, milchigen Weiß war und daß dieses rot leuchtende Oval sich wie eine mit Buntstift ausgemalte Sonne davon abhob.

In der St.-Pancras-Kirche waren mehr Leute gewesen als nun am Grab. Überrascht stellte Jury fest, daß selbst Derek dort war und zur Abwechslung eine eher bedrückte als gelangweilte Miene zur Schau trug; die übrige Familie war zu Hause geblieben, und das war auch gut so. Mainwaring war mit einer blonden Frau erschienen, die wohl seine Gattin war. Sie war von einer schlichten Schönheit; ihr Gesicht jedoch war so ausdruckslos, daß sich nicht einmal Trauer damit heucheln ließ.

Auch Emily Louise, die sich bis zur letzten Minute geweigert hatte, ihre Mutter zu begleiten, war da – gut getarnt saß sie etwas weiter hinten im Wald auf ihrem Pony. Sie hatte ihre Samtkappe abgenommen und hielt sie in der Armbeuge wie ein Angehöriger der königlichen Garde seine Kopfbedeckung.

Jury, Melrose Plant und Wiggins bildeten ein Grüppchen für sich, als wüßten sie nicht recht, ob sie nun dazugehörten oder nicht. Und weiter hinten, ebenfalls für sich und vielleicht noch unsicherer, stand Jenny Kennington. Die Hände hatte sie in den Taschen ihres schwarzen Mantels vergraben; das Haar war von schwarzer Spitze bedeckt.

Die Köpfe senkten sich, während der Pfarrer von St. Pancras die Leiche Katie O'Briens der Erde übergab – Erde zu Erde, Asche zu Asche, Staub zu Staub. Als der Sarg unten angekommen war, trat eine völlig verschleierte Mary O'Brien an das Grab und ließ ein wenig Erde darauffallen. Die übrigen Trauergäste taten dasselbe; sie bückten sich, um eine Handvoll von der schwarzen Erde aufzuheben und auf den Sargdeckel rieseln zu lassen. Es erinnerte Jury auf traurige Weise an ein Kinderspiel.

Er sah, wie Emily ihr Pony wendete und zwischen den Bäumen verschwand. Als die andern sich bereits zerstreut hatten und langsam den Hügel hinuntergingen, stand Jury immer noch an dem Grab. Und er rührte sich auch nicht, als Melrose und Wiggins sich zum Gehen anschickten. Melrose wandte sich nach ihm um, und Jury gab ihm durch ein Kopfnicken zu verstehen, daß er noch etwas bleiben wolle.

Er beobachtete Lady Kennington, die ebenfalls noch nicht gegangen war, sondern in einiger Entfernung auf der andern Seite des Grabs darauf wartete, daß die andern sich zurückzogen. Jury blieb stehen.

Schließlich trat sie an das Grab, nahm eine Handvoll Erde und ließ sie auf den Sarg fallen. Sie führte die Hand an die Stirn, und er dachte zunächst, sie werde sich bekreuzigen. Statt dessen lächelte sie und salutierte andeutungsweise.

Dann ging sie davon.

Inspektor Jury küsst die Muse

Roman

Für Katherine und
J. Mezzanine

und im Gedenken an George Roland,
1930–1983

Erster Teil

Stratford

«Wer liebte je, und
nicht beim ersten Blick?»

William Skakespeare,
Wie es euch gefällt

I

Die Pforten des Royal Shakespeare Theatre entließen die Zuschauer wieder einmal in diesen hinterhältigen Regen, der immer genau das Ende der Vorstellungen abzupassen schien. Heute abend war *Wie es euch gefällt* aufgeführt worden, und den Leuten stand ins Gesicht geschrieben, daß sie noch nicht zu sich gefunden hatten, als würde infolge einer magischen Verwandlung die bukolische Idylle des Waldes von Arden auch draußen im Dunkeln und im Nieselregen weiter funkeln und glitzern.

Die Leute strömten auf die Gehsteige und in die verwinkelten Gassen, um dann in den geparkten Autos und den Pubs zu verschwinden. Das Licht der Scheinwerfer um das Theater herum fiel wie glänzende Münzen auf das Wasser. Als es erlosch, war es, als hätte ein Bühnenarbeiter mit einem Schalterdruck den Fluß ausgeknipst.

Der «Schwarze Schwan» – oder die «Torkelnde Ente», je nachdem, von welcher Seite der angehende Gast sich näherte – lag strategisch sehr günstig direkt gegenüber dem Theater. Das Wirtshausschild mit den zwei Tieren (fliegender Schwan auf der einen Seite, betrunkene Ente auf der anderen) war verantwortlich dafür, daß Ortsfremde, die sich bei dem einen verabredet und das andere vorgefunden hatten, einander zuweilen verfehlten.

Fünf Minuten nach dem letzten Vorhang war die «Ente» zum Brechen voll mit Leuten, die bis zur Polizeistunde noch möglichst betrunken werden wollten. Die Menge quoll aus dem Inneren der Kneipe bis auf die ummauerte Terrasse. Der Zigarettenrauch machte die Nacht so undurchdringlich wie einer dieser guten alten Londoner Nebel. Es war Sommer, und es wimmelte nur so von Touristen; die meisten Stimmen hatten einen amerikanischen Akzent.

Eine der Amerikanerinnen, Miss Gwendolyn Bracegirdle, die auf der Veranda ihrer riesigen, mit rosafarbenem Stuck verzierten Villa in Sarasota, Florida, nie mehr als ein Schlückchen Sherry zur Zeit zu sich nahm, stand mit einem Bekannten in einer dunklen Ecke der Terrasse und ließ sich vollaufen.

«Oh, mein Lieber, nicht *noch* einen! Das ist mein zweiter – wie nennt man das hier?»

«Gin», lachte ihr Begleiter.

«Gin!» Sie kicherte. «Wirklich, ich *kann* nicht mehr!» Aber sie hielt ihr Glas so, als würde sie bestimmt noch einen schaffen.

«Tun Sie einfach so, als wäre es ein sehr trockener Martini.»

Miss Bracegirdle kicherte wieder, als ihr das Glas aus der Hand genommen und wieder aufgefüllt wurde. Für Gwendolyn Bracegirdle – wenn nicht für die ganze Menschheit – war es ein Riesenschritt von süßem Sherry zu Martinis.

Vage lächelnd ließ sie ihren Blick über die anderen Gäste auf der Terrasse schweifen, aber niemand lächelte zurück. Gwendolyn Bracegirdle war nicht der Typ, den man sich einprägt, so wie sie sich die anderen einprägte. (Wie sie ihrem Begleiter erklärt hatte – wenn sie eine besondere Begabung besaß, dann war das ihr Gedächtnis für Gesichter.) Gwendolyn selbst war von unscheinbarem Äußeren – eine kleine Pummelige mit Dauerwellen; das einzige, wodurch sie an diesem Abend herausstach, war ihr perlenbesetztes Brokatkleid. Ihr Blick fiel auf eine ältere, hagere Frau, deren feuchte, kummervolle Augen sie an ihre Mutter erinnerten. Das ernüchterte sie etwas; Mama Bracegirdle hielt nichts von Spirituosen, es sei denn, sie selbst trank sie, aus medizinischen Gründen natürlich. Mama hatte eine Unmenge von Wehwehchen. Im Augenblick (die fünf Stunden Zeitunterschied mitgerechnet) süffelte sie wahrscheinlich auf der Veranda des Rosaroten Horrors; denn als ein rosaroter Horror erschien das Haus der inzwischen an Kalk, Flechtwerk und Strohdächer gewöhnten Gwendolyn aus dreitausend Meilen Entfernung.

Als ihr ein weiterer eisgekühlter Drink in die Hand gedrückt wurde und ihr Bekannter sie anlächelte, sagte Gwendolyn: «Wie um Gottes willen soll ich bloß mein Zimmer wiederfinden.» Ein wirklich trostloses Zimmer dazu: oberster Stock, Blick auf den Hinterhof, eine klumpige Matratze und ein Waschbecken mit Warm- und Kaltwasser. Das Bad war am Ende des Flurs. Sie hätte sich natürlich etwas viel Besseres leisten können, aber sie hatte sich für das Diamond Hill Guest House entschieden, weil es so wahnsinnig britisch war, in einem *Bed-and-Breakfast* zu wohnen und sich nicht bedienen zu lassen wie die anderen in ihrer Reisegruppe, die im Hilton und anderen teuren Hotels in amerikanisiertem Luxus schwelgten. Gwendolyn war überzeugt davon, daß man sich den jeweiligen Landessitten anzupassen hatte, und sie hielt nichts davon, im Hilton in die Kissen zurückzusinken und sich wie in den Staaten alles aufs Zimmer bringen zu lassen.

«Ich habe wirklich keine Ahnung, wie ich das allein schaffen soll», wiederholte sie und lächelte verschämt.

«Ich bring Sie schon nach Hause.»

Das Mädchen hinter der Theke der «Ente» verkündete die Sperrstunde.

«Noch einen auf den Weg.»

«*Noch einen!* Ich bin noch nicht mit dem hier fertig – na, wenn Sie darauf bestehen...»

Während der Abwesenheit ihres Begleiters prüfte sie kurz ihr Make-up im Handspiegel und fuhr sich mit dem kleinen Finger über ihre auberginefarbenen Lippen. Beim Anblick der Frauen um sie herum mit ihren blassen Lippen und ungeschminkten Gesichtern, die in dem rauchgeschwängerten Dunkel beinahe gespenstisch wirkten, fürchtete sie, sie hätte vielleicht doch etwas zu dick aufgetragen.

«Whoo-*ee*», sagte Gwendolyn und fächelte sich mit der Hand Kühlung zu, als der vierte Gin vor ihr stand. «In diesen Pubs ist ein solches Gedränge, ich schwör's, es ist hier heißer als drüben in Sarasota. Inzwischen kommen auch viele Engländer zu uns rüber. Aber sie fahren alle nach Miami, wo doch Floridas Westküste so viel hübscher ist... Was denken Sie, war dieses Stück nicht wundervoll? Und wäre es nicht herrlich, den ganzen Tag nichts zu tun als im Wald von Arden herumzutollen? Ich verstehe nicht, warum dieser Wie-hieß-er-gleich so *melancholisch* war –»

«Jacques, meinen Sie?»

«Hmm. Er erinnert mich an jemanden aus Sarasota. Ich meine das Gesicht des Schauspielers. Ich habe Ihnen doch erzählt, was meine Mama immer sagt: ‹Gwennie, es ist richtig unheimlich, dein Gedächtnis für Gesichter.› Mama sagt immer, ich könne Gesichter lesen wie ein Blinder.» In Wirklichkeit hatte Mama das nie gesagt, Mama sagte ihr nämlich nie etwas Nettes. Deswegen litt sie wahrscheinlich auch unter diesem... diesem Komplex. Gwendolyn fühlte ihr Gesicht brennen und wechselte schnell das Thema. «Wirklich zu schade, daß ich Sie nicht schon vor Beginn der Vorstellung gesehen habe. Neben mir war noch ein Platz frei, den sich dann in der Pause irgendein Teenager schnappte. Konnten Sie denn vom Balkon aus etwas sehen?» Ihr Begleiter nickte, während das Mädchen hinter dem Tresen noch einmal an die Sperrstunde erinnerte. Gwendolyn seufzte. «Wirklich zu schade, daß diese Kneipen immer so früh zumachen müssen. Ich meine, gerade ist man in Stimmung gekommen, und schon muß man aufhören... Wäre es nicht nett, wenn wir noch eine kleine Spritztour machen könnten?» Das erinnerte Gwendolyn an den alten Cadillac, den Mama die ganze Zeit in der Garage stehen hatte und nur zu Hochzeiten und Beerdigungen herausholte. Gwendolyn nannte ihn die Eiserne Jungfrau. Der Caddy hatte sogar eine gewisse Ähnlichkeit mit Mama, die gewöhnlich strenges Grau oder Schwarz mit einem metallischen Schimmer trug. Die winzigen Streifen in ihren grauen Augen glichen Radspeichen, der Knoten, zu dem sie ihr graues Haar hochsteckte, hatte die Form einer Radkappe. Ganz wie der alte Wagen.

«Na, wir könnten noch einen kleinen Spaziergang machen, bevor Sie nach Hause gehen. Ich geh gern am Fluß entlang.»

«Oh, das wäre schön», sagte Gwendolyn. Sie leerte ihr Glas und verschluckte sich beinahe, so brannte der Gin, den Mama für Teufelszeug hielt; sie nahm ihre perlenbestickte Handtasche an sich. Das blaue Brokatkleid war wohl doch des Guten zuviel gewesen. Aber wenn man nicht einmal im Royal Shakespeare Theatre Abendgarderobe tragen konnte, wann dann? Manche Leute, dachte sie, als sie das Lokal verließen, würden sogar zu einer Krönung Jeans tragen.

Als sie die Straße überquerten, wurden die Lichter der «Ente» bereits gelöscht. Sie nahmen den unbeleuchteten Weg auf die Kirche zu – ein gemütlicher Bummel, bei dem sie sich über das Stück unterhielten.

Als sie um die Dreifaltigkeitskirche herumgegangen waren, blieb ihr Bekannter stehen. «Was ist?» fragte Gwendolyn in der Hoffnung, die Antwort zu kennen. Sie versuchte, der in ihr aufsteigenden Erregung Herr zu werden, konnte sie jedoch genauso wenig unterdrücken wie den Haß, der sie vorhin bei dem Gedanken an Mama erfüllt hatte. Diese obskure Begierde war etwas, was sie nicht verstand, was ihr die Schamröte ins Gesicht trieb. Aber schließlich, so sagte sie sich, spielte es heutzutage keine Rolle, für *wen* man diese Gefühle entwickelte. Und die Scham gehörte dazu, das wußte sie. Ihr Gesicht glühte. Schuld daran war Mama. Hätte sie Gwendolyn nicht all diese Jahre zusammen mit dem Caddy in der Garage abgestellt...

Die Stimme ihres Bekannten und sein kurzes Lachen unterbrachen ihre Gedanken. «Sorry, das muß an diesen Drinks liegen. Da drüben sind Toiletten...»

Sie gingen zu dem weißgetünchten kleinen Häuschen, das tagsüber von zahlreichen Touristen frequentiert wurde, das aber nachts in genauso dunkler Stille lag wie der Weg, auf dem sie gekommen waren. Gwendolyns Erregung wuchs.

«Sie haben doch nichts dagegen?»

Gwendolyn kicherte. «Nein, natürlich nicht. Aber sehen Sie nur: Die Toiletten sind außer Betrieb.»

Die Hand eines männlichen Begleiters von ihrem Knie schieben – näher war Gwendolyn Bracegirdle der Sache, die Shakespeare als den Akt der Dunkelheit bezeichnete, noch nie gekommen. Seit langem war ihr schmerzlich bewußt, daß ihr jeder Sex-Appeal fehlte.

Es war ihr deshalb hoch anzurechnen, daß sie, als sie mit sanfter Gewalt in die öffentliche Toilette geschoben wurde, als sie Hände auf ihren Schultern und Atem in ihrem Nakken spürte und schließlich eine Befreiung empfand, als wären Brokatkleid, BH und Slip plötzlich von ihr abgefallen – daß sie diesen Angriff auf ihre Person also nicht abwehrte, sondern sich sagte: *Zum Teufel, Mama! Gleich werde ich vergewaltigt.*

Und als sie dieses komische Kitzeln um die Brust herum spürte, kicherte sie beinahe und dachte: *Der komische Kerl hat eine Feder...*

Der komische Kerl hatte eine Rasierklinge.

2

Der von Weiden gesäumte und mit Licht überzogene Avon floß träge am rosa Backsteinbau des Theaters und an der Dreifaltigkeitskirche vorbei. Enten schliefen im Riedgras, und Schwäne schaukelten verträumt am Ufer.

An einem solchen Morgen und an einem solchen Ort hätte es einen nicht überrascht, Rosalind zu sehen, wie sie an Bäume geheftete Gedichte las, oder Jacques, wie er am Flußufer vor sich hin brütete.

Von weitem hätte man auch die Dame und den Herrn, die zwischen der alten Kirche und dem Theater am Fluß standen, für zwei Personen aus einem Shakespeare-Stück halten können, die von der Bühne herabgestiegen waren, um an diesem verzauberten Fluß Schwäne zu füttern.

Es war ein arkadisches Idyll, eine Rêverie, ein Traum...

Beinahe.

«Du hast mein letztes Sahnetörtchen an die Schwäne verfüttert, Melrose», sagte die Dame, die nicht Rosalind war, und steckte die Nase in eine weiße Papiertüte.

«Sie waren trocken», sagte der Herr, der zwar melancholisch, aber doch nicht Jacques war. Melrose Plant fragte sich, ob der Avon an dieser Stelle tief genug war, um sich darin zu ertränken. Aber warum der Aufwand? Noch weitere fünf Minuten, und er würde ohnehin vor Langeweile sterben.

«Ich hatte sie mir für mein zweites Frühstück aufgehoben», murrte Lady Agatha Ardry.

Melrose blickte auf die silbrige Fläche des Avon und seufzte. Eine richtige Schäferidylle war das, fehlten nur noch eine Schäferin oder Milchmagd. Eine Schäferin mit veilchenblauen Augen würde so wunderbar zu ihm passen. Seine Gedanken drifteten wie die Brotkrümel auf dem Wasser zurück nach Littlebourne und zu Polly Praed. Mit einem Milcheimer konnte er sich Polly allerdings nicht vorstellen.

«Wir frühstücken alle zusammen im ‹Cobweb Tea Room›. Und du wirst vielleicht auch von deinem hohen Roß steigen und dich zu uns gesellen», sagte sie vorwurfsvoll.

«Nein, ich gedenke mein Frühstück hoch zu Roß einzunehmen.»

«Immer mußt du dich aufspielen, Plant. Wirklich, es ist zu ärgerlich –»

«Mich aufspielen – genau das tue ich nicht. Der Beweis: Ich werde heute morgen nicht im ‹Cobweb Tea Room› frühstücken.»

«Du hast sie noch nicht einmal begrüßt.»

«Eben.»

Sie waren Agathas Verwandte aus Milwaukee, Wisconsin. Bislang hatte Melrose sie nur von weitem gesehen. Er war entschlossen, es dabei zu belassen, mochte sie ihm auch noch so sehr zusetzen. Er hatte sich im Falstaff einquartiert, einem klitzekleinen, aber reizenden Hotel an der Hauptstraße, und auf diese Weise Agatha und die amerikanische Verwandtschaft gezwungen, in einem Touristenhotel abzusteigen. Er hatte die ganze Sippe auf dem Gehsteig vor der plumpen Tudorimitation des Hathaway gesehen: die Vettern und Kusinen ersten und zweiten Grades und die Verwandten um tausend Ecken, eine wahre Flotte von Verwandten, die mit einem dieser Reisebusse gekommen waren. Vor zwei Wochen hatte Agatha ihm auf Ardry End den Brief unter die Nase gehalten und darauf bestanden, daß er sie unbedingt begrüßen müsse. «Unsere amerikanischen Verwandten, die Randolph Biggets.»

«Nicht die meinen, das steht fest», hatte Melrose hinter seiner Morgenzeitung hervor erwidert.

«Angeheiratet, mein lieber Plant», sagte Agatha mit einem so selbstzufriedenen Gesichtsausdruck, als hätte sie ihn in diese Lage gebracht.

«Nein, auch nicht angeheiratet. Das geht auf Onkel Roberts Konto, und er hat das Zeitliche gesegnet.»

«Mach doch nicht immer Schwierigkeiten, Plant.»

«Ich mache keine Schwierigkeiten. Ich habe die Randolph Biggets nicht geheiratet.»

«Möchtest du nicht mal deine eigene Familie kennenlernen?»

«Keine Familie und noch weniger Freunde, um frei nach Hamlet zu zitieren. Und Hamlet wäre es viel besser ergangen, wenn er sich daran gehalten hätte. Aber ich schätze, wenn Claudius Randolph Bigget geheißen hätte, wäre es Hamlet auch nicht so schwergefallen, ihn beim Gebet um die Ecke zu bringen.»

Während Agatha die verschiedenen Kuchen auf dem Teewagen nachzählte, meinte sie süffisant: «Na, dann muß der Berg eben zum Propheten kommen.»

Melrose ließ die Zeitung sinken. Das ließ nichts Gutes erahnen. «Was meinst du damit?»

Sie ergriff ein mit rosa Zuckerguß überzogenes Cremetörtchen. «Ganz einfach, wenn wir nicht *dorthin* fahren können, dann muß ich die Biggets eben bitten, *hierher*zukommen. So ein kleiner Ausflug aufs Land... ja, das wird ihnen bestimmt gefallen.»

«Hierher?» Melrose erkannte sehr wohl ihre erpresserischen Absichten. Er tat jedoch ganz ahnungslos und sagte: «Du hast doch nur zwei Räume in deinem kleinen Landhaus. Aber vermutlich kannst du sie im ‹Jack & Hammer› unterbringen. Dick Scroggs hat immer etwas frei. Vor allem seit diesem Mord vor drei Jahren.» Er füllte ein paar leere Kästchen in seinem Kreuzworträtsel aus.

«Du hast wirklich einen sehr morbiden Sinn für Humor, Plant. Ich muß schon sagen, mit all dem Platz auf Ardry End könntest du dich etwas gastfreundlicher zeigen.» Als er nichts darauf erwiderte, fügte sie hinzu: «Wenn du sie schon nicht bei dir übernachten läßt, solltest du sie zumindest zum Tee mit Sahnehäubchen einladen.»

«Sie sollten besser auf ihren Tee mit Sahnehäubchen verzichten. Ich wette, sie sind schon dick genug.» Melrose vervollständigte eine mit *L* beginnende Senkrechte durch *aib*.

«Dick? Du hast sie doch noch nie gesehen.»

«Sie hören sich so an.»

Keine zehn Pferde hätten Melrose im Juli nach Stratford-upon-Avon gebracht. Aber dann schaffte es der Anruf von Richard Jury zwei Tage zuvor. Da es nicht allzu weit von Long Piddleton war und Jury wegen einer polizeilichen Routineangelegenheit nach Stratford mußte, hatte er vorgeschlagen, Plant solle sich doch hinters Steuer setzen und hinkommen, falls nichts Dringlicheres anstünde.

Und Melrose hatte sich hinters Steuer gesetzt, während

Agatha, einen Picknickkorb im Schoß, vom Beifahrersitz aus ihre Anweisungen gab.

«Das gute alte Stratford», sagte Agatha, die Arme ausgestreckt, als wollte sie die Stadt an ihren Busen drücken.

Melrose beobachtete, wie sie über die Straße auf den «Cobweb Tea Room» zuging, wo sie mit ihren Verwandten im Dunkel der schweren Balken und der abgetretenen Fußböden Kaffee trinken würde. Je weniger Licht, je wackliger die Tische, desto größer die Begeisterung der Touristen. Und Agatha machte keine Ausnahme, wobei der Stand der Dinge auf dem Kuchenteller allerdings sehr viel wichtiger war als der Zustand der Tische. Hätte sie gewußt, daß er sich mit Richard Jury zum Abendessen verabredet hatte, wäre Melrose sie nie losgeworden.

Denn es wäre ihr nicht nur Jury, sondern auch eine kostenlose Mahlzeit entgangen.

Am Ende einer Lindenallee lag Stratfords Dreifaltigkeitskirche. William Shakespeare war dort begraben, und Melrose wollte sich den Chor anschauen. Die schwere Tür fiel leise hinter ihm ins Schloß, als wäre sie sich mehr des Genies bewußt als des Pilgerknäuels am Souvenirstand, wo alles gekauft wurde, was das Bild des Dichters trug – Lesezeichen, Schlüsselringe, Adreßbücher. In der Kirche selbst war niemand außer einem älteren Mann, der sich neben der Geldbüchse am Anfang des Mittelschiffs postiert hatte. Melrose angelte nach einem Zehn-Pence-Stück, das für den Blick auf Shakespeares letzte Ruhestätte zu entrichten war. Als würde man auf dem Jahrmarkt einmal Karussell fahren wollen, dachte er. Er kam sich wie ein Leichenfledderer vor; der Grabwächter schien jedoch anders darüber zu denken, denn er grinste Melrose breit an und hob die rote Samtkordel hoch.

William Shakespeare muß ein Mann mit Geschmack gewesen sein. Wenn jemand ein in Marmor gehauenes Denkmal in Lebensgröße, einen kleinen Hund zu Füßen und einen Sarkophag in einer mit Samt ausgeschlagenen Nische verdient hatte, dann Shakespeare. Statt dessen gab es nur diese kleine Bronzetafel mit seinem Namen und den Namen anderer Familienmitglieder, die an seiner Seite ruhten. Melrose überkam eine für ihn ganz ungewöhnliche, fast religiöse Verehrung für dieses Genie, das auf jeden Pomp verzichtete.

Bevor er das Kirchenschiff verließ, besichtigte Melrose noch den Chor und die ungewöhnlichen Holzschnitzereien an den Armlehnen des Chorgestühls. Während er die geschnitzten Gesichter, die kleinen Wasserspeiern ähnelten, bewunderte, machte er einen Schritt rückwärts und trat dabei gegen etwas, das sich bei näherer Betrachtung als die Rückfront eines Mannes herausstellte, der zwischen den Bänken herumkroch.

«Oh, entschuldigen Sie», sagte der noch ziemlich junge Mann, während er sich aufrichtete und einen Riemen über seiner Schulter zurechtrückte, an dem ein ziemlich großer, quadratischer Kasten hing. Zuerst dachte Melrose, es wäre vielleicht irgendeine raffinierte Kameraausrüstung; dagegen sprach jedoch, daß der Kasten aus Metall war. Ein Geigerzähler vielleicht? Suchte der Bursche nach radioaktivem Material im Chor? «Haben Sie etwas verloren?» fragte Melrose höflich.

«O nein, ich habe nur mal unter die Sitze geschaut.» Die Holzsitze konnten hochgeklappt werden, wenn sie nicht gebraucht wurden. Aber nicht alle befanden sich in dieser Position. «Nach den Schnitzereien. Es sind sogar welche unter den Bänken», erklärte er.

«Sie meinen die Misericordi?»

«Heißen sie so? Komische Dinger. Warum, zum Teufel, hat man sie dort unten angebracht?»

«Kann ich Ihnen leider auch nicht sagen.»

Melrose schätzte ihn auf Ende Dreißig, nicht ganz so jung, wie er ursprünglich angenommen hatte; er hatte sich wohl von dem jungenhaften Gesicht täuschen lassen, dessen Frische den Eindruck machte, als wäre es gerade mit einer harten Bürste geschrubbt worden. Er war ziemlich groß, hatte braunes Haar und sah nicht gerade elegant aus in seinem Seersucker-Anzug und der abscheulichen, gepunkteten Fliege. Er fuhr mit dem Finger am Kragenrand entlang wie ein Mann, der Krawatten verabscheut. Sein Akzent ließ auf Amerika oder Kanada schließen. Melroses Ohr war aber ohnehin nicht darauf gestimmt, den Unterschied zu hören. Höchstwahrscheinlich war er Amerikaner.

«Sind Sie von hier?» fragte der Mann, als er Melrose durch das Mittelschiff folgte, am Hüter der roten Samtkordel vorbei.

«Nein, nur zu Besuch.»

«Ah, ich auch.» Es klang, als wäre er endlich in der unermeßlichen Einöde Stratfords auf einen Kameraden gestoßen, als würden alle Besucher dieser Stadt eine Wüste durchwandern. «Nette Kirche, nicht wahr?»

«Ja, sehr nett.»

Der Amerikaner blieb zwischen den Stühlen und den Gebetskissen stehen und streckte unversehens eine plumpe Hand mit spatelförmigen Fingern aus. «Harvey L. Schoenberg aus D.C.»

«Ich bin Melrose Plant.» Er schüttelte dem Mann die Hand.

«Und von wo?»

«Northants. Das heißt Northamptonshire. Ist ungefähr neunzig oder hundert Kilometer von hier.»

«Noch nie gehört.»

«Das haben die wenigsten. Abgesehen von ein paar hübschen Dörfern in einer ganz hübschen Landschaft gibt es dort keine besonderen Sehenswürdigkeiten.»

«Na, hören Sie», sagte Harvey Schoenberg und stieß die schwere Kirchentür mit der Schulter auf. «Machen Sie es nicht schlechter, als es ist.» Er sagte das, als hätte Melrose seine Heimat in Verruf gebracht. «Ich wäre froh, wenn wir in D.C. einen solchen Juli hätten.»

«Wo liegt denn dieses Disi?» fragte Melrose unsicher.

Schoenberg lachte. «Sie kennen doch Washington, D.C.?»

«Ah, Ihre Hauptstadt.»

«Ja-ah. Die Hauptstadt der guten alten Staaten. Aber ein furchtbares Klima, glauben Sie mir.»

Melrose hatte gerade beschlossen, den Kirchenweg zu verlassen und den Weg am Fluß entlang zu nehmen, als Schoenberg, der immer noch an seiner Seite war, fragte: «Wer ist Lucy?»

«Was?»

«Lucy.» Schoenberg zeigte auf den gepflasterten Weg. Die Inschrift war in den Stein unter ihren Füßen gemeißelt. «Eine Freundin Shakespeares oder so was Ähnliches?»

«Ich glaube, es ist der Name einer Familie. Der Lucys.» Melrose wies mit seinem Spazierstock, den ein silberner Knauf zierte, nach links und rechts auf den Boden unter den Linden. «Sie müssen entweder da oder dort begraben sein.»

«Komisch, wir gehen also über Gräber?»

«Hmm, ich wollte eigentlich am Fluß entlanggehen, Mr. Schoenberg. Hat mich gefreut –»

«Gut.» Er schob den Schulterriemen des großen Metallkastens etwas höher und folgte Melrose über den Rasen. Er war wie ein entlaufener Hund, dem jemand im Park den Kopf getätschelt hat und der sich nun nicht mehr abwimmeln läßt.

«Mir entgeht nichts», sagte Schoenberg, der sich einen Kaugummi in den Mund schob. «Ich sammle nämlich Material für ein Buch.»

Es wäre wohl unhöflich, dachte Melrose, ihn nicht zu fragen, was für ein Buch das sein soll. Also tat er es.

«Über Shakespeare», sagte Schoenberg fröhlich und begann zu kauen.

Melrose seufzte innerlich tief auf. Oje! Warum um Himmels willen wollte dieser Amerikaner, dessen Gesicht so blank geschrubbt war wie eine Frühkartoffel, sich ausgerechnet in diese gefährlichen Gewässer begeben?

«Es muß doch Berge von Büchern über Shakespeare geben, Mr. Schoenberg, haben Sie denn keine Angst, darunter begraben zu werden?»

«Harv. Begraben? Aber nein. Was ich vorhabe, ist vollkommen neu. Eigentlich geht es vor allem um Kit Marlowe, weniger um Shakespeare.»

Melrose scheute sich fast zu fragen: «Was ist denn Ihr Thema ? Ich hoffe, es geht nicht um die Authentizität seiner Werke.»

«Authentizität? Sie meinen, wer sie geschrieben hat?» Schoenberg schüttelte den Kopf. «Es ist eher biographisch als literarisch. Eigentlich ist es Marlowe, für den ich mich interessiere.»

«Ich verstehe. Als Gelehrter? Gehören Sie irgendeinem Institut an?»

«Ich hab nicht mal meinen Masters. Diesen Intellektuellenmist überlasse ich meinem Bruder. Er ist Dekan am Englischen Seminar eines Colleges in Virginia. In ein paar

Tagen treffe ich mich mit ihm in London. Nein, ich bin Programmierer.» Er tätschelte den Metallkasten und zog den Schulterriemen hoch.

«Tatsächlich? Ich war schon immer der Meinung, daß wir viel zuviel Dekane und viel zuwenig Programmierer haben.»

Harvey Schoenberg grinste übers ganze Gesicht. «Na, es wird bald jede Menge davon geben, Mel. Der Computer wird unsere Welt verändern. Wie dieses kleine Baby hier.» Und er tätschelte den Kasten, als wäre er tatsächlich ein Baby.

Melrose blieb abrupt stehen, und ein paar hungrige Schwäne kamen erwartungsvoll angepaddelt. «Mr. Schoenberg, Sie wollen doch nicht etwa sagen –»

«Harv.»

«– daß da wirklich ein Computer drinsteckt?»

Harvey Schoenbergs dunkle Augen glitzerten durch das Spinngewebe aus Schatten, das die Weiden auf sein Gesicht warfen. «Und ob. Wollen Sie ihn sehen, Mel? Aber warten Sie, ich lad Sie zu einem Bier ein und erzähl Ihnen alles haarklein. Einverstanden?»

Ohne seine Antwort abzuwarten, setzte Harvey sich in Bewegung.

«Na ja, ich –» Melrose war sich keineswegs sicher, ob er alles haarklein wissen wollte.

«Kommen Sie, kommen Sie», Harvey Schoenberg gestikulierte, als wären sie im Begriff, einen Bus zu verpassen. «Die ‹Torkelnde Ente› ist gleich da drüben. Oder der ‹Schwarze Schwan›, wie Sie wollen. Wie kommt es eigentlich, daß das Lokal zwei Namen hat?»

«Soviel ich weiß, ist der ‹Schwarze Schwan› das Restaurant.»

Schoenberg sah über die Schulter zurück auf den Fluß.

«Wo kriegen sie nur die Schwäne her? Ich hab mir die Sache zum Spaß etwas näher angesehen und ein kleines Programm zusammengestellt, um rauszufinden, wann am wenigsten damit zu rechnen ist, daß sie sich am Ufer versammeln, um sich füttern zu lassen. Der Ishi hat das alles für mich ausgerechnet.»

Melrose wußte nicht genau, wie er diese Information aufnehmen sollte. «Ich nehme an, die Schwäne kommen aus einem Schwanenteich.»

«Tatsächlich. Ist das eine Art Hühnerfarm?»

Der «Schwarze Schwan» lag direkt vor ihnen. Melrose hatte das Gefühl, einen Drink zu benötigen. «Nicht wirklich.» Er hob den Blick zum strahlend blauen Himmel und fragte sich, ob er vielleicht zuviel Sonne abbekommen hätte. «Was», fragte er, «ist ein Ishi?»

«Ishikabi. Dieser Kleine da. Japaner, aber von mir höchstpersönlich umgebaut.»

Harvey Schoenberg schien für alles und jeden einen Spitznamen zu haben, seinen Computer eingeschlossen.

Den Sonnenstich durch einen Old Peculier gelindert, wartete Melrose – nicht ohne Bangigkeit – darauf, daß Harvey Schoenberg ihm alles erklärte. Der Ishi saß als Dritter im Bunde auf einem Stuhl neben Harvey. Der Deckel des Kastens war hochgeklappt und gab den Blick auf einen kleinen Monitor und eine Tastatur frei. Da waren Schlitze für die Disketten, und auf dem grünen Bildschirm pulsierte ein winziges, weißes Quadrat. Anscheinend Ishis Herzschlag. Er war so wahnsinnig schnell, daß Melrose den Eindruck bekam, er und Harvey könnten ihre Ungeduld kaum noch bezähmen.

«*Wer tötete Marlowe?*» sagte Harvey Schoenberg.

«Nun, niemand weiß genau, was pas –»

Harvey schüttelte so heftig den Kopf, daß seine Fliege auf und ab hüpfte und er sie wieder in Ordnung bringen mußte. «Nein, nein. Das ist der Titel meines Buches: *Wer tötete Marlowe?*»

«Ach, tatsächlich?» Melrose räusperte sich.

«Und nun –» Harvey stützte sich auf seine verschränkten Arme und beugte sich so weit über den kleinen Tisch, daß ihre Nasen sich beinahe berührten – «erzählen Sie mir alles, was Sie über Kit Marlowe wissen.»

Melrose überlegte einen Augenblick. «Kit, das heißt, Christopher –» Melrose besaß nicht Harveys Begabung, sich jedem Fremden gleich anzubiedern – «Marlowe kam bei einer Wirtshausschlägerei ums Leben; soweit ich mich erinnere, ließ er sich in einem Pub in Southwark volllaufen –»

«Deptford.»

«Ja, richtig, Deptford – irgendwie entwickelte sich ein Streit, und Marlowe wurde erstochen. Ein unglücklicher Zufall. So ungefähr muß es gewesen sein», murmelte Melrose abschließend, als er das piratenhafte Lächeln auf Harvey Schoenbergs Gesicht sah.

«Und weiter?»

Melrose zuckte mit den Schultern. «Womit? Mehr weiß ich nicht.»

«Ich meine, sein Leben. Die Stücke und so weiter.»

«Ich hatte den Eindruck, der literarische Aspekt würde Sie nicht interessieren.»

«Tut er auch nicht. Nicht wie diese Studierten, die alles mögliche mit seinem Werk anstellen, nur um zu beweisen, daß Burschen wie Bacon Shakespeares Stücke geschrieben haben. Wie Marlowe und Shakespeare zueinander standen, das ist was ganz anderes.»

«Ich glaube nicht, daß Christopher Marlowe und Shakespeare sich so gut verstanden haben. Marlowes Ruf war schon ziemlich gefestigt, als Shakespeare auf der Bildfläche erschien. Er hatte bereits *Tamburlaine* und *Doktor Faustus* auf die Bühne gebracht, und man hielt ihn für den wohl besten Dramatiker Englands. Irgendwie war er auch in die Politik verwickelt. Marlowe war ein Agent, eine Art Spion...»

Während Melrose seinen Vortrag fortsetzte, saß Harvey auf seinem Stuhl und nickte energisch, wie ein Lehrer, der darauf wartet, daß ein idiotischer Schüler seine auswendig gelernte Lektion herunterrasselt, damit er dazwischenfahren und ihn korrigieren kann.

«*Tamburlaine* entstand, als Marlowe noch in Cambridge studierte, oder zumindest ein Teil davon. Ein erstaunliches Werk für einen so jungen Autor. Außerdem war da noch *Doktor Faustus* –»

«‹War dies das Gesicht, das tausend Schiffe hat entsandt?›» sagte Harvey ein bißchen niedergeschlagen.

«Richtig.» Melrose taute allmählich auf. «Wie finden Sie mich?»

«Großartig. Sie wissen wirklich eine Menge. Sie sind wohl Professor oder so was Ähnliches?»

«Ich halte tatsächlich ab und zu Vorlesungen an der Universität. Nichts Bedeutendes.» Melrose leerte sein Glas und goß sich den Rest der Flasche ein. Ihm war etwas schwindlig – entweder von dem Old Peculier, der es in sich hatte, oder von Harvey Schoenberg, der es noch mehr in sich hatte. Es ließ sich nicht genau unterscheiden.

«Literatur, was?»

«Französische Lyrik. Aber zurück zu Marlowe –»

Sich noch weiter vorbeugend, sagte Harvey mit leiser, gedämpfter Stimme: «Der Earl von Southampton, was wissen Sie über ihn?»

Wenn Melrose mit hochgeschlagenem Mantelkragen in

einem dunklen Hauseingang gestanden hätte – der Eindruck, geheime Informationen weiterzugeben, wäre kaum stärker gewesen. «Southampton? War er nicht Shakespeares Sponsor? Ein Kunstmäzen?»

«Richtig. Jung, reich, gutaussehend. Ein hübscher Knabe, dieser Southampton.»

«Ich bitte Sie, Sie wollen doch nicht Shakespeares Heterosexualität in Frage stellen. Das wäre blanker Unsinn.»

Harvey schien überrascht. «Haben Sie die Sonette gelesen?»

«Ja. In ihnen ist nur von Liebe, Treue –»

«Ach, tatsächlich.» Er wandte sich dem Ishi zu und bewegte seine Finger so schnell, wie Melrose es noch nie gesehen hatte. Das winzige weiße Quadrat hüpfte hin und her, und Worte erschienen auf dem Bildschirm.

War's seiner Dichtung Prunkschiff, ohne Wanken
in siegessicherm Kurs auf deinen Wert,
was mir zerstört hat reifende Gedanken
zur Gruft verkehrt den Schoß, der sie gebärt?

Anscheinend hielt er das für einen schlagenden Beweis. «Wem der Schuh paßt... Aber darum geht es nicht. Verflucht, mir ist es völlig gleichgültig, was die Burschen im Bett getrieben haben. Aber wir wissen, daß Marlowe andersrum war.»

«Wissen wir das?»

«Sicher. Was zum Teufel hatte Ihrer Meinung nach diese Walsingham-Geschichte zu bedeuten? Oh, ich weiß, es gibt da eine Theorie, nach der Kit bei einer Auseinandersetzung wegen einer Dame von zweifelhaftem Ruf erstochen worden sein soll. Und es gibt auch noch diese Geschichte von der Bootspartie, bei der Marlowe es ganz besonders wild getrieben haben soll; er geriet in einen Streit und ging über Bord.» Harvey schnaubte und beförderte damit diese beiden Theorien ebenfalls über Bord. «Hören Sie, ob Sie's glauben oder nicht: Tom Walsingham war Marlowes eigentlicher *Freund.*» Harvey zwinkerte und rückte seine fürchterliche Fliege zurecht. «*Hero und Leander* ist ihm gewidmet.» Harvey schob sein Glas beiseite und lehnte sich zu Melrose hinüber, als wären sie Spione auf einer heißen Spur. «Die Walsinghams hatten sehr viel Kohle und sehr viel Macht. Und Tommy-Boy hat Kit als Spitzel rekrutiert –»

Melrose räusperte sich. «In welchem Jahrhundert leben wir, Mr. Schoenberg?»

«Harv – ihn nach Spanien geschickt und dort in ein Kloster eingeschleust, wo er herausfinden sollte, was die Katholiken planten. Sie wissen schon, Maria, die Königin von Schottland und ihre Sippe.» Harvey lehnte sich zurück und trank von seinem Bier.

«Der Name kommt mir bekannt vor.»

Harvey richtete sich auf. «Nun? Kein Wunder, wenn Kit an Gott und der Welt zweifelte, als sie ihn in den Kerker warfen. Tom Walsingham hatte schließlich genügend Einfluß; er hätte all das verhindern können. Aber was tut er? Er läßt Kit die Sache allein ausbaden...» Harvey wedelte empört mit der Hand. «Wie die CIA oder M-5: ‹Wenn Sie geschnappt werden, Null-Null-Sieben, kennen wir Sie nicht.› In diesem Stil.»

Entgegen seiner Absicht gab Melrose nicht nach. «Wir haben es mit einer Zeit außerordentlicher Konflikte zu tun, in politischer wie religiöser Hinsicht. Es war einfach nicht möglich, sich ungestraft die scheinbar ketzerischen Ideen eines Faustus zu eigen zu machen und privat dann die Katholiken in Spanien zu bespitzeln –»

Harvey Schoenberg winkte ab. «Ach was. Zu allem Unglück brach dann auch noch die Pest aus. Eine Seuche – verdammt unangenehme Angelegenheit, so was.» Harvey studierte seine Fingernägel, als würde er dort nach Spuren suchen. «Ich weiß das alles auch. Aber, sehen Sie, an diesem Punkt gerieten die meisten, was Marlowes Tod betrifft, auf die falsche Fährte. Wer seinen Tod nicht für bloßen Zufall hält – *Zufall!* Haben Sie schon einmal gehört, daß jemandem zufällig ein Schwert ins Auge gerät?» Harvey schüttelte den Kopf. «Das können wir abhaken. Also, wer wußte, daß Kit ermordet wurde, machte den Fehler zu glauben, daß die Burschen, die sich in der Taverne von Deptford mit ihm anlegten, ihn aus politischen Gründen töteten; daß die befürchteten, Kit könnte im Falle einer Verhaftung auspacken und erzählen, was er über Walsingham und Raleigh und die ganze Affäre wußte.»

Melrose hatte während dieses Vortrags das Etikett von seiner Bierflasche gekratzt, eine unliebsame Angewohnheit, die er gewöhnlich unter Kontrolle hatte. «Ich nehme an, Sie sind da anderer Meinung?»

Wieder beugte Harvey sich über den Tisch und senkte die Stimme. «Hören Sie, seit vierhundert Jahren versucht man herauszufinden, was sich in dieser Taverne in Deptford abgespielt hat. Die einzigen Zeugen – was für ein Pech – waren gleichzeitig die Hauptakteure. Da waren Poley, Skeres und Frizer. Und Marlowe, aber er war tot, der arme Kerl –»

«Einer der größten, wenn nicht *der* größte Verlust für die englische Literatur.» Melrose, der äußerst selten dozierte, verspürte plötzlich das Bedürfnis dazu. Außerdem spürte er die Wirkung des Alkohols. Zweifellos eine Abwehrreaktion gegen diesen Ansturm totaler Unvernunft. «Neunundzwanzig war er –»

Der Verlust für die Literatur ließ Harvey Schoenberg jedoch kalt. Er war Wichtigerem auf der Spur. «Ja, er starb.

Aber das tun wir alle. Der Punkt ist, daß die meisten annehmen, Skeres und Frizer wären von Walsingham gedungen worden, und die Gründe wären, wie gesagt, politischer Natur gewesen. Wissen Sie, was ich davon halte?»

«Keine Ahnung.»

«Vollkommener Blödsinn.» Schoenberg lehnte sich selbstzufrieden zurück, den Arm über die Rückenlehne seines Stuhls gelegt.

«Tatsächlich?» Melrose wagte kaum zu fragen, aber er spürte gleichzeitig, daß sein Widerstand mehr oder weniger gebrochen war: «Was ist also passiert? Wer ist Ihrer Meinung nach verantwortlich?»

Harvey Schoenberg ließ dieses verschwörerische, piratenhafte Lächeln aufblitzen, das wirkte, als hätte er ein Messer zwischen den Zähnen. «Sie werden aber niemandem von meiner Theorie erzählen?» Und wieder tätschelte er seinen Computer. «Hier ist alles drin – das ganze Beweismaterial.»

«Jemandem davon erzählen? Ich schwöre, selbst auf der Streckfolter würde kein Wort über meine Lippen kommen.»

«Shakespeare», sagte Harvey Schoenberg und leerte sein Glas zufrieden bis auf den letzten Tropfen.

3

Entgeistert starrte Melrose ihn an. Aber Harvey Schoenberg schien die Tatsache, daß er eben den wahnwitzigsten Schluß in der Literaturgeschichte gezogen hatte, völlig kaltzulassen. «Sie wollen mir also weismachen, daß William Shakespeare die Schuld an Christopher Marlowes Tod trifft?»

Harveys graue Augen glitzerten wie die Scherben eines zerbrochenen Spiegels. Er lächelte und nickte. Er bot Melrose eine Zigarette aus einer Packung Salem an.

«Sie sprechen von dem größten literarischen Genie aller Zeiten!»

«Was hat das eine mit dem anderen zu tun?» Harvey beugte sich vor, um Melrose Feuer zu geben. «Was das Temperament betrifft, so wissen Sie doch, wie Schriftsteller, Maler und ihresgleichen einzuordnen sind. Äußerst labil. Und die Genies sind wahrscheinlich die verrücktesten.»

«Shakespeare war nicht ‹verrückt›.» Melrose hustete, als er den Rauch der nach Menthol schmeckenden Zigarette einatmete. «Im Gegenteil, alles spricht dafür, daß Shakespeare ein äußerst vernünftiger und geschickter Geschäftsmann war.» Warum ließ er sich überhaupt auf diesen Amerikaner und seine verrückten Theorien ein? Hatte er vielleicht mit Agatha zu viele Gespräche dieser Art geführt?

Harvey hob einen Fuß auf seinen Stuhl und legte das Kinn auf sein Knie. «Der Punkt ist – was wissen wir denn wirklich über diese Burschen, die damals gelebt haben? Verflucht, selbst den eigenen Namen haben sie jedesmal anders geschrieben.» Er ließ seine Asche auf den Fußboden fallen. «Marloe, Marley, Marlowe und sogar Marlin – ich bin auf sieben, acht verschiedene Schreibweisen gestoßen –, wie zum Teufel sollen wir da wissen, was sie geschrieben oder unterschrieben haben.»

«Und was war sein Motiv? Hatte Shakespeare auch nur den geringsten Grund, Marlowe aus dem Weg zu räumen?»

Harvey beugte sich wieder über den Tisch und sagte: «Mel, haben Sie denn nicht zugehört? Der Earl von Southampton, das war der Grund.»

«Aber der Earl von Southampton war doch *Shakespeares* Gönner! Nicht Marlowes. Das ist doch...»

Harvey seufzte, als hätte er es satt, eine Lektion zu wiederholen, die schon längst hätte sitzen sollen. Wieder wandte er sich dem Computer zu, tippte etwas ein und sagte: «Die Eifersucht zwischen beiden hätte ausgereicht, ein Schlachtschiff zu versenken, und Sie sind verrückt, wenn Sie das leugnen wollen. Sie sagten, Sie hätten die Sonette gelesen. Dann schauen Sie sich das mal an.»

Da ich allein dich rief als Muse an,
zehrt' ich allein von deiner Anmut Gnade.
Doch ist nun bald mein Liederschatz vertan,
und andre schreiten schon auf meinem Pfade.

Ich weiß, Geliebter, wohl: dein holdes Bild
ist wert, daß beßre Dichter von ihm singen;
doch was den Sänger je vor dir erfüllt,
er stahl es dir, um dir's zurückzubringen.

Pries deine Tugend er, nahm er den Preis
von deiner Art; der deine Schönheit sang,
fand sie auf deinem Antlitz, und er weiß,
daß jedes Wort aus deinem Wert entsprang.

Drum dank ihm nicht, bezahl nicht Huld mit Huld;
du hast geschenkt – er bleibt in deiner Schuld.

«Sehen Sie, was ich meine? ‹Und andre schreiten schon auf meinem Pfade› et cetera. Schauen Sie sich das genau an und sagen Sie dann ja nicht, Shakespeare sei nicht in der Lage gewesen, Marlowe die Augen auszustechen. Das heißt natürlich nicht, daß Shakespeare sich selbst die Hände schmutzig gemacht hat. Er ließ Nick, Skeres und Frizer die Dreckarbeit machen –»

«Das waren doch *Walsinghams* Männer, Himmel noch mal, nicht Shakespeares.»

«Aber Billy-Boy hat sie gekannt; ich meine, all diese Burschen haben einander gekannt.»

«Wie wollen Sie das beweisen –?»

Harvey war jedoch zu sehr damit beschäftigt, seinen Computer zu füttern und das kleine, weiße Quadrat herumzujagen, um auf Melroses zaghafte Fragen zu achten. «Wenn Sie das letzte Sonett nicht überzeugt hat, dann schauen Sie sich noch mal dieses an.»

In siegessicherm Kurs auf deinen Wert,
was mir zerstört hat reifende Gedanken,
zur Gruft verkehrt den Schoß, der sie gebärt?
War es sein Geist, der, mehr als Menschen ahnen,
von Geistern mitbekam, was mich verdorrt?

«Was halten Sie davon? Und schauen Sie sich das ‹was mich verdorrt› an. Offen gestanden würde es mich nicht wundern, wenn Will Shakespeare versucht hätte, Kit Marlowe zu erwischen, bevor Kit ihn erwischte. Ich frage mich, was ‹zur Gruft verkehrt› wohl bedeutet», fügte er müßig hinzu.

Sein Gegenüber schien allen Ernstes zu glauben, Christopher Marlowe sei umgebracht worden, weil Shakespeare Angst hatte, seinerseits von Marlowe umgebracht zu werden. Melrose hatte das Gefühl, er müsse sich mit ihm duellieren oder sonst etwas unternehmen. Einfach Schoenberg mit dem Handschuh ins Gesicht schlagen und ihm die Wahl der Waffen überlassen.

«Und dann gibt es da noch ein Sonett, das wie eine Selbstmorddrohung aussieht – soll ich es mal ausdrucken –»

«Nein, vielen Dank, drucken Sie nichts mehr aus. Ich habe noch eine Verabredung und bin schon viel zu spät dran –»

«Du lieber Himmel, nicht noch einen Drink auf die schnelle?»

«Nur ein Schierlingsbecher könnte mich zum Bleiben veranlassen, Mr. Schoenberg.» Er besann sich jedoch auf seine gute Erziehung und rang sich ein frostiges Lächeln ab.

«Harv. Oh, das ist gelungen. Ich hab Sie ganz schön in Fahrt gebracht, was? ... Na ja, wundert mich nicht. Ich meine, die Welt ist einfach noch nicht bereit für meine Theorie. Aber glauben Sie mir, in diesem Schätzchen hier hab ich sämtliche Beweise.» Er tätschelte den Ishikabi. Als Melrose nach seinem Spazierstock griff, sagte Harvey Schoenberg: «Sehen Sie sich heute abend *Hamlet* an?»

Melrose getraute sich kaum, darauf zu antworten: «Ich denke schon.» Er und Jury hatten zwei Parkettplätze.

«Sollten Sie sich auch nicht entgehen lassen. Es gibt da alle möglichen Hinweise... es ist nämlich ein Rachedrama.»

«Tatsächlich?»

«Sind sie alle. Also Kyd – ich meine Tom Kyd – war ein guter Freund Marlowes; dazu kann ich nur sagen: Bei solchen Freunden – wer braucht da noch Feinde.» Schoenberg winkte ihn zurück. «Kommen Sie, setzen Sie sich einen Augenblick, ich möchte Ihnen was zeigen.»

Melrose verspürte eine schreckliche Faszination, als hätte ihn das Schlangenauge des Computers hypnotisiert, und setzte sich wieder.

Harvey tippte auf der Tastatur herum und sagte: «Können Sie sich das vorstellen? Daß Kyd solche Dinge von Marlowe sagt?»

«... unter den wertlosen, nichtigen Schriftstücken (an denen mir nichts lag) & die ich ausgehändigt habe, wurden die Fragmente eines Streitgesprächs gefunden, in denen Marlowe diesen, ausdrücklich als den seinen bezeichneten Standpunkt vertrat. Darunter befanden sich auch Papiere von mir (mir selbst unbekannt), die vor zwei Jahren entstanden sein müssen, als wir zusammen in einer Kammer schrieben... Daß ich mit einem so gottlosen Mann verkehrte oder befreundet war, mag sonderbar erscheinen... er war maßlos & von großer Grausamkeit... ein Atheist...»

Natürlich darf man nicht außer acht lassen, daß Kyd diese Aussage gegen Marlowe unter der Folter gemacht hat –»

Melrose, für den nun Folter kein Fremdwort mehr war, erhob sich. «Das war äußerst aufschlußreich, Mr. Schoenberg.»

«Harv. Kyd schrieb *Die Spanische Tragödie* –»

«Ist mir bekannt», sagte Melrose eisig.

Harvey Schoenberg seufzte: «Wie ich schon sagte, wenn man eines kennt, kennt man sie alle. Diese Rachedramen gleichen sich wie ein Ei dem anderen.»

Melrose mußte ihm entgegen seiner Absicht widersprechen: «*Hamlet* fällt für mich keineswegs in die Kategorie eines Rache...»

Es wurde ihm jedoch nicht gestattet, seinen Gedanken zu Ende zu formulieren.

«Wieso nicht? Alles derselbe Kram. Das Problem war nur – Hamlet wollte sich an Claudius rächen, hat aber immer die Falschen erwischt, bis er dann endlich an den Richtigen geriet.»

Melrose mußte zugeben, daß diese *Hamlet*-Interpretation von herzerfrischender Schlichtheit war.

4

Detective Superintendent Richard Jury machte sich nichts vor.

Er wußte, daß sein Besuch bei seinem alten Freund Sam Lasko nur ein Vorwand war, um ein paar Tage in Stratford zu verbringen und wie durch Zufall vor Jenny Kenningtons Tür zu stehen.

Die Füße auf Detective Sergeant Laskos Schreibtisch, blätterte er im Telefonbuch von Stratford. Er versuchte den Eindruck zu erwecken, daß er nichts Bestimmtes suchte; denn hinter den dichten Augenbrauen und den dicken, hornumrandeten Brillengläsern der Dame in der Ecke – Laskos Sekretärin – verbargen sich Augen, die wie Laserstrahlen das Telefonbuch bis zur Seite mit den Ks, die er gerade sichtete, durchdringen konnten, um dann mit einem perfiden Lächeln der Welt davon zu berichten. Jury gab sich Mühe, an nichts zu denken: Wahrscheinlich konnte sie auch Gedanken lesen.

Er fand den Eintrag *Kennington, J.*, nahm einen Bleistift und notierte die Nummer in seinem Adreßbuch. Indem er sich einredete, nun die Straße nach London suchen zu wollen, stand er auf und besah sich den großen Stadtplan von Stratford. Sie wohnte in der Altstadt.

«Kann ich Ihnen behilflich sein, Superintendent?»

Die Stimme traf ihn zwischen den Schulterblättern. Er fuhr herum. Machte sie sich über ihn lustig? «Was? Nein. Nein. Ich habe nur nachgesehen, wie ich am besten nach London zurückkomme.»

«Was ist mit der Straße, auf der Sie hergekommen sind?» fragte sie. Schwungvoll zog sie ihren Bogen aus der Maschine und lächelte ihr seelenkundiges Lächeln.

Er wollte etwas über Baustellen und Straßenarbeiten vor sich hin brummen, sagte dann aber nichts, weil sie ihm früher oder später doch auf die Schliche kommen würde. Sie jedoch spannte ein neues Blatt ein, als wäre die Frage ohnehin müßig gewesen.

Idiotisch, dachte Jury, meinte jedoch nicht sie damit, sondern sich selbst. Er lehnte sich auf Laskos Stuhl zurück und fragte sich, wieso er eigentlich dem Gesang wahrhaft verführerischer Sirenen gegenüber stets taub blieb, während er anderen Frauen gedankenlos nachhechtete.

Angeregt durch diese Wassermetaphorik, schweiften seine Gedanken an die Ufer des Avon; in seiner Phantasie befreite er sie von den Touristen und ließ Jenny Kennington allein am Fluß entlangwandeln. Die Enten in ihrem schillernden Blau und Grün schaukelten schläfrig im Riedgras, und auf dem kühlen, ruhigen Wasser glitten die Schwäne vorbei. In Gedanken drückte er auf den Auslöser: Enten, Schwäne, Jenny Kennington. Dann ließ er es September werden. September wäre noch viel besser. Die Sonne fiele durch die Bäume, und das Wasser wäre mit goldenem Licht überzogen. Oktober. Noch besser. So kalt, daß sie sich die Arme reiben und den Wunsch nach menschlicher Wärme verspüren würde…

Jenseits der Decke der Polizeiwache schaukelten Enten und schwebten Schwäne, und Jury zerbrach sich den Kopf, wie er diesen Zauber Wirklichkeit werden lassen könnte. Wie wäre es mit einer Einladung zum Dinner im «Schwarzen Schwan» mit ihm und Melrose? Und dann ins Theater? Plant hätte bestimmt nichts dagegen, obwohl er sie letztes Jahr in Littlebourne nicht kennengelernt hatte.

Immer mit der Ruhe, Kumpel. Melrose Plant mußte einer der begehrtesten Junggesellen auf den Britischen Inseln sein. Er besaß Verstand, Charakter, war liebenswürdig und sah gut aus. Jury war sich nicht sicher, ob er dergleichen auch zu bieten hatte. Aber er wußte verdammt gut, daß er alles übrige *nicht* besaß. Geld zum Beispiel. Melrose Plant war nämlich steinreich. Und dazu noch adlig. Obwohl er auf seine Titel verzichtet hatte, gehörten sie zu ihm wie das Kielwasser zu einem Schiff. Der Earl von Caverness, Lord Ardry. Zwölfter Viscount der Ardry-Plant-Linie –

Lady Kennington und Lord Ardry...

Besser kein gemeinsames Dinner im «Schwarzen Schwan».

Das ist absurd! Du bist Polizeibeamter! Er sprang von Laskos Stuhl auf.

«Wer ist Polizeibeamter?»

Zu seiner unendlichen Verlegenheit stellte er fest, daß er diese Überlegung laut angestellt hatte. Da in diesem Augenblick jedoch Detective Sergeant Lasko in der Tür erschien, mußte er Gott sei Dank nicht antworten.

«Ärger im Hilton», sagte Lasko und warf seine Mütze knapp an dem alten Kleiderständer vorbei. Lasko hatte das Gesicht eines Bassets; die Hautfalten unter den Augen schienen unter der Last der Melancholie herabzusacken. Sein Temperament entsprach seinem Aussehen. Er bewegte sich langsam, so als würde sein Trübsinn ihn auf Schritt und Tritt behindern.

«Ärger?» fragte Jury, glücklich über alles, was die Aufmerksamkeit der Stenotypistin von ihm ablenkte.

«Ein Mann namens Farraday sagt, sein Sohn sei verschwunden.»

«Und was ist seiner Meinung nach passiert?»

Lasko zuckte die Achseln. «Das letzte Mal haben sie ihn Montag morgen beim Frühstück gesehen. Er sagte, er wolle sich Shakespeares Geburtshaus anschauen. In der Henley Street.»

«*Montag?* Heute ist *Mittwoch.* Sie scheinen es ja nicht gerade eilig zu haben, ihn wiederzufinden.»

Lasko schüttelte den Kopf und hievte sich auf den Rand seines Schreibtischs.

«Angeblich haben sie es nicht gleich gemeldet, weil der Kleine – er ist neun – schon öfter auf eigene Faust losgezogen ist. Sieht so aus, als sei er recht selbständig, auch nach dem, was seine Schwester sagte – das heißt, eine seiner Schwestern –»

«Nun mal langsam, Sammy, ich finde mich in dem Dikkicht dieser Familienbeziehungen nicht mehr zurecht.»

«Okay. Da ist einmal der Vater, James Farraday –» Lasko zog ein kleines Adreßbuch aus seiner hinteren Hosentasche und blätterte es durch. «James, der Vater. Und dann eine Stiefmutter, Amelia Soundso, komischer Name; eine Schwester, Penelope; eine andere Schwester, nein, Stiefschwester, noch so ein komischer Name – ich glaube, ich hab das nicht richtig notiert –, Bunny Belle? Bunny Belle stammt aus der ersten Ehe der Frau. Mit *der* würde ich auch gern mal von Montag bis Mittwoch durchbrennen, das kannst du mir glauben. Aber Amelia ist, unter uns gesagt, auch nicht so übel –»

Da Jury an ähnliches gedacht hatte, brachte er eine Engelsgeduld auf. Er war ohnehin ein sehr geduldiger Mensch. Er wartete, bis Lasko aufhörte, mißvergnügt seine Sekretärin anzustarren, die leider nicht eine von Bunny Belles Eigenschaften besaß.

«Ist die Familie aus Amerika?»

«Wer sonst mietet sich denn in dem verdammten Stratford Hilton ein, außer irgendwelchen Autohändler-Kongressen. Wenn du da drin bist, glaubst du, in New York zu sein. Bist du jemals in New York gewesen, Jury?»

Lasko hatte seit Jurys Ankunft über nichts als die Staaten gesprochen. Es war eine Art Haßliebe. Lasko brannte darauf, nach Miami und auf die Keys zu fahren. Aber er verabscheute die aufgeblasenen Amerikaner, mit denen er es gelegentlich zu tun hatte. Jury sagte, nein, er sei noch nie in den Staaten gewesen, und Lasko steckte sich einen Zahnstocher in den Mund und redete weiter. Der Zahnstocher tanzte beim Sprechen auf und ab.

«Wie gesagt, dieser Junge – er heißt James Carlton Farraday – macht gern Extratouren. Als sie in Amsterdam waren, ist er stundenlang allein in der Stadt herumgewandert –»

«Stunden, das sind keine zwei Tage. Was haben sie denn in Amsterdam gemacht?»

«Sightseeing. Sie gehören zu einer Reisegesellschaft. In Paris war er über vierundzwanzig Stunden weg. Die Polizei hat ihn schlafend in einem Kirchstuhl gefunden. Komischer Kleiner, was?» Lasko zuckte mit den Schultern. «Das Mädchen, Penny, deutete an, daß ihm seine Familie nicht gerade ans Herz gewachsen sei.»

«Du meinst, sie denkt, er sei deshalb abgehauen? Ziemlich dumm in einem fremden Land.»

«Der Kleine ist selbständig, wie ich schon sagte. Das heißt, wie *sie* mir sagten.»

«Hmm, hast du irgendwelche Anhaltspunkte?»

«Keine.» Lasko starrte düster vor sich hin und warf dann einen hoffnungsvollen Blick auf Jury. «Ich dachte, vielleicht könntest du ...»

Jury schüttelte den Kopf, lächelte aber, als er sagte: «Mmm, Sammy. Ich bin nur zu Besuch. Das ist dein Revier, nicht meines.»

«Aber dieser Farraday da drüben im Hilton faselt immer nur von Scotland Yard. Ich hab ihm gesagt, dies sei kein Fall für Scotland Yard, aber das hat ihn erst recht in Rage gebracht. Er ist Amerikaner, Richard. Er wird die verdammte Botschaft stürmen, er stinkt vor Geld und hat jede Menge

Beziehungen, sagt er.» Und mit flehender Stimme: «Ich wette, wenn's ein Mordfall wäre, dann würdest du dich dahinterklemmen.» Er sah sich in dem Dienstzimmer um, starrte auf Tische, Stühle und Sekretärin, als könnte er irgendwo eine Leiche für Jury hervorzaubern.

«Es ist aber kein Mordfall, oder? Und dein Chef hat uns auch nicht gebeten –»

Mit einer dramatischen Geste schlug Lasko sich gegen die Brust. «Aber *ich* bitte dich darum – dein alter Kumpel Sam Lasko. Ich will nichts weiter, als daß du mitkommst und mit diesem Farraday redest. Das ist alles. Damit er Ruhe gibt.»

Jury warf Lasko einen prüfenden Blick zu und steckte seine Zigaretten ein. «Okay, aber mehr nicht, Sammy. Ich bin heute abend zum Dinner verabredet und habe hier noch ein paar andere Dinge zu erledigen. Mach dir also keine großen Hoffnungen.»

Jury hatte Lasko noch nie so glücklich gesehen wie in diesem Augenblick, doch dergleichen Glücksmomente waren ohnehin selten. «Wunderbar. Diese Leute denken nämlich, der FBI und Scotland Yard seien die einzigen ernst zu nehmenden Ordnungshüter auf Gottes weiter Welt.»

Jury griff nach seinem Notizbuch. «Keine Sorge, eine Stunde mit mir, und sie werden anders darüber denken.»

5

Die Farradays saßen an einem Tisch in dem für Drinks reservierten Teil der luxuriösen Lobby des Stratford Hilton. Vier Augenpaare musterten Jury mit jeweils unterschiedlichem Interesse.

Farraday selbst schien – entgegen Laskos Bericht – eher skeptisch, aber nicht unfreundlich, als Jury seinen Ausweis zückte. Wahrscheinlich hatte Lasko bis auf die Vermißtenmeldung ohnehin alles frei erfunden.

James Farraday erhob sich und schüttelte Jury die Hand, dann hielt er eine vorbeigehende Kellnerin an. «Was soll's sein, Mr. Jury?»

Jury lehnte dankend ab, aber Farraday bestellte trotzdem. Whisky, ohne Eis. «Ich weiß, aus irgendwelchen unerfindlichen Gründen trinkt ihr Burschen euren Whisky warm.»

«Er hat doch gesagt, er will keinen.» Die Stimme kam aus einer dunklen Ecke.

«Kümmere du dich um deine Angelegenheiten, Penny. Er sagt das nur aus Höflichkeit.» Farraday lächelte Jury mit einer Selbstsicherheit an, die, wie Jury annahm, sein ganzes Tun bestimmte.

Penny mochte er jedoch sofort, obwohl sie, die Arme um ihren dünnen Körper geschlungen, einfach nur dasaß und ihn scharf ansah. Penny war das Küken, nicht die reife Tochter. Jury schätzte sie auf vierzehn oder fünfzehn; ihre Haut war von einem fast staubig anmutenden Braun, als wäre sie barfuß auf einem Feldweg spazierengegangen; Sommersprossen bedeckten wie kleine Dreckspritzer ihr ganzes Gesicht; das lange, glatte Haar hatte die Farbe von modernden Blättern; die ausgeprägten Wangenknochen und die hellbraunen Augen, goldgelb gesprenkelt und etwas schräg gestellt, verliehen ihr ein interessantes, irgendwie orientalisches Aussehen. Ihre Haltung und ihr Blick verrieten ihm, daß sie nicht wußte, wie hübsch sie war.

Kein Wunder. Zwischen ihrer Stiefschwester und Stiefmutter – beide wie reife Pfirsiche mit glänzendem Blondhaar und rosigen Wangen – mußte es Penny Farraday schwerfallen, sich nicht als häßliches Entlein zu fühlen. Die Mutter trug ein weißes, tief ausgeschnittenes Sommerkleid, das den Busen fest umspannte, das Mädchen ein knappes Oberteil, das den Rücken freiließ, und grellrosa Shorts, passend zur Farbe ihrer Lippen, über die sie gerade mit ihrer kleinen, hurtigen Zunge fuhr.

«Das ist meine Frau, Amelia Blue, und das da ist meine Stieftochter Honey Belle.»

Die einzige, die einen mitgenommenen Eindruck machte, war Penny. Vielleicht war auch Farraday nicht ungerührt geblieben, obwohl er wahrscheinlich zu der Sorte Mann gehörte, die eher sterben würde, als unmännliche Angstgefühle zu zeigen. Aber seine Stimme verriet ihn. «Also, was wollt ihr Burschen wegen Jimmy unternehmen?»

Jury zog sein Notizbuch heraus. «Zunächst einmal muß ich einiges in Erfahrung bringen, Mr. Farraday. Detective Sergeant Lasko sagte, Sie hätten Jimmy am Montagmorgen zum letztenmal gesehen.»

«Richtig. Er sagte, er wolle zu diesem Geburtshaus.»

«Ist er denn häufig allein losgezogen?»

«Das kann mal wohl sagen», meinte Mrs. Farraday – Amelia Blue – in einem Akzent, der an zähflüssige Melasse erinnerte. Er paßte ausgezeichnet zu ihrer Erscheinung. Jury hätte wetten können, daß das Mädchen genauso sprach. Die beiden glichen einer schweren, süßen Masse, bereit zu zerfließen. «Du mußt James Carlton einfach etwas an die Kandare nehmen.» Sie warf ihrem Mann einen scharfen Blick zu.

«Er geht nun mal gern seine eigenen Wege. Wir haben von jeher Ärger damit gehabt, daß er auf eigene Faust loszieht, ohne uns ein Wort zu sagen.» Farraday nahm einen tiefen Schluck von seinem Drink, der nach einem dreifachen

Whisky aussah. «Es ist wirklich sehr schwierig, ihn zu halten.» In Farradays Stimme klang etwas Stolz mit, und er blickte sich um, als hoffte er, den Jungen jeden Augenblick hereinspazieren zu sehen. Sein Gesicht nahm einen traurigen Ausdruck an. Schließlich entrang er sich ein Lachen, aber es schien ihm im Hals steckenzubleiben. «In Amsterdam war er auch mehrere Stunden weg.»

«Sie sind mit einer Reisegesellschaft unterwegs, Mr. Farraday?»

«Richtig. Mit Honeysuckle Tours.»

Was für Namen die sich einfallen ließen. «Und Ihre Mitreisenden sind auch hier im Hilton?»

Farraday schüttelte den Kopf. «Nein, nein. Honeycutt – das ist der Manager – hat das anders arrangiert. Er richtet es so ein, daß die Leute bleiben können, wo es ihnen gerade paßt. Ich würde doch keine dieser Nullachtfünfzehn-Reisen mitmachen, bei denen dreißig Leute in einen miesen, klapprigen Bus gepfercht und über den ganzen Globus gekarrt werden. Ich kann Ihnen sagen, das hier ist nicht gerade billig – es kostet mich –»

«Das interessiert den Inspektor doch nicht, Liebling», sagte Amelia Blue und berührte leicht seinen Arm, lächelte aber Jury dabei an, als wüßte sie, was ihn interessieren könnte.

«Aus wie vielen Personen besteht die Gruppe?»

Farraday zählte sie an den Fingern ab. «Außer uns sind es noch sechs, also insgesamt elf, Honeycutt eingeschlossen. Er ist im Hathaway oder in einem anderen englischen Hotel abgestiegen. Was mich betrifft, ich brauche meinen Komfort. Ich kann mir nicht vorstellen, das Bad mit jemandem teilen zu müssen. Wir sind Amerikaner, Sie verstehen –»

Wär ich nie drauf gekommen, dachte Jury. «Und aus welcher Gegend kommen Sie, Mr. Farraday?»

«Ich, Penny und Jimmy – das ist mein Sohn – kommen aus Maryland.» Er sprach es wie ein zweisilbiges Wort aus. «Garrett County. Amelia Blue und Honey Belle – Amelia ist meine zweite Frau, und Honey Belle ist ihre Tochter – kommen aus Georgia, wo Honeysuckle Tours auch ihr Büro haben. In Atlanta. Der Bursche in Atlanta bringt die Reisegesellschaft zusammen, und dieser Honeycutt – er ist Engländer – kümmert sich um die Organisation diesseits des Atlantiks.»

«Sind Sie sicher, daß Ihr Sohn nicht bei einem Ihrer Mitreisenden steckt? Sie sind ja schon ziemlich lange zusammen –»

Amelia Blue verwandelte sich in einen kichernden Teenager: «*Zu* lange, wenn Sie mich fragen.»

«Hat sich Ihr Sohn denn mit jemandem angefreundet?»

Honey Belle, die die ganze Zeit über den leeren Blick ihrer blauen Augen auf Jury geheftet und auf einer goldgelben Haarsträhne herumgekaut hatte, entschloß sich, den Mund aufzutun: «Nur mit diesem verrückten Harvey Schoenberg, mit niemandem sonst.»

Die Stimme zerstörte jede Illusion von üppiger Weiblichkeit. Sie klang flach und nasal.

«Und was für ein Typ ist dieser Schoenberg, den er ins Herz geschlossen hat?»

«Harv hat sich auf Computer spezialisiert», sagte Farraday. «Und Jimmy ist ein aufgeweckter kleiner Bursche mit einem Gehirn wie ein Computer.»

«Alles Quatsch.» Honey Belle gähnte, streckte in einer aufreizenden Bewegung die Arme hoch und verschränkte sie dann hinter dem Kopf, damit Jury auch ja nichts entging.

«Auf jeden Fall», fuhr Farraday fort, «war er nicht bei Harvey. Wir haben gefragt. Wir haben bei allen nachgefragt. Keiner hat ihn gesehen.»

Farraday hustete und zog sein Taschentuch heraus. Jury registrierte mitfühlend, daß dieser Husten nur von den aufdrängenden unmännlichen Tränen ablenken sollte. Farradays Augen schimmerten immer noch feucht, als er das Taschentuch wieder in seine Hosentasche stopfte, sich über den Tisch lehnte und mit dem Finger auf Jury wies.

«Also, hören Sie, ich kann mich jederzeit mit der amerikanischen Botschaft in Verbindung setzen. Wie wollt ihr Burschen nun vorgehen?» Jury vermutete, daß der Mann daran gewohnt war, seine Geschäfte mit handfesten Drohungen voranzutreiben, aber in diesem Fall war alles nur Fassade: Farraday machte sich wirklich Sorgen, was man von den anderen, abgesehen von Penny, nicht behaupten konnte. Sie hatte kaum etwas gesagt, machte aber einen sehr angespannten Eindruck.

«Wir werden tun, was wir können, Mr. Farraday. Die Polizei von Stratford – Detective Sergeant Lasko – alles sehr tüchtige Leute –»

Farraday schlug mit der Faust auf den Tisch. «Ich will keinen dahergelaufenen Provinzschnüffler. Ich will den Besten, verstanden?»

Jury lächelte. «Ich wünschte, ich wäre der, den Sie suchen. Aber wir werden unser Bestes tun. Sie müssen jedoch kooperieren, Sie alle.»

Eine handschriftliche Einladung hätte bei Amelia kaum ein strahlenderes Lächeln bewirken können. «Darauf können Sie sich verlassen, Inspektor.»

«Er ist Superintendent, habt ihr das nicht gehört?» sagte Penny und ließ ihren Blick in die Runde schweifen, als hätten sie alle nur Stroh im Kopf.

Amelia Blue ließ sich dadurch nicht beirren. «Ist doch egal. Ich seh schon, er ist *wunderbar.*»

Aus Penny Farradays Richtung kam ein würgender Laut.

«Hat Ihr Sohn denn Geld bei sich?»

«Ja.» Farraday sah so schuldbewußt drein, als hätte er dem Jungen das Geld für seine Flucht höchstpersönlich zugesteckt. «Oh, nicht allzuviel, es reicht gerade für ein Essen, falls er Hunger kriegen sollte...» sagte er matt. «Er ist neun. Mit neun sind die Jungs ja ziemlich munter.»

«Mit drei auch», sagte Penny und nahm beim Zählen ihre Finger zu Hilfe, «und mit vier, fünf, sechs, sie –»

«Das reicht, Miss», sagte Amelia.

Penny verstummte und verschmolz wieder mit dem Schatten in ihrer Ecke.

«Wie sieht denn Ihr Sohn aus, Mrs. Farraday?»

«James Carlton ist mein *Stief*sohn.» Sie schien ein paar Lichtbilderkarteien durchgehen zu müssen, um sich James Carltons Gesicht wieder in Erinnerung zu rufen. «Na, er ist ungefähr so groß –» sie streckte die Hand aus, um ein paar Fuß Luft abzumessen – «dunkelbraune Augen und braunes Haar. Er trägt eine Brille. Wie Penny. Beide haben einen Augenfehler.»

Jury wandte sich wieder an den Vater: «Irgendwelche besondere Kennzeichen?»

Farraday schüttelte den Kopf.

«Was hatte er an?»

«Blaue Shorts, sein Pac-Man-T-Shirt und Adidas-Sportschuhe.»

«Haben Sie ein Foto von ihm?»

«Na ja, das in seinem Paß. Die Bilder, die wir gemacht haben, sind noch nicht entwickelt.» Farraday zog den dunkelblauen Paß aus seiner Tasche.

Jury legte ihn in sein Notizbuch und erhob sich. «Gut, Mr. Farraday. Im Augenblick habe ich keine weiteren Fragen. Ich werde wohl jemanden vorbeischicken, der sich sein Zimmer ansieht. In der Zwischenzeit würde ich mir mal keine so großen Sorgen machen. Kinder machen sich nun mal gern selbständig. Und schließlich sind wir hier in Stratford-upon-Avon und nicht in Detroit.» Jury lächelte. «In Stratford passiert nie etwas.»

Was natürlich eine glatte Lüge war.

6

Penny Farraday hatte es irgendwie geschafft, sich einen Weg durch die Lobby zu bahnen und noch vor Jury das Hilton zu verlassen. Sie erwartete ihn auf dem Zufahrtsweg vor dem Hotel.

«Ich hab Sie abgepaßt, weil es da einiges gibt, was ich Ihnen erzählen möchte. Aber ich wollte nicht, daß die anderen zuhören, vor allem nicht diese Amelia Blue.» Sie zerrte an seinem Ärmel. «Kommen Sie rüber in den Park.»

Todesmutig sprintete sie über die Bridge Street, auf der sich ein endloser Strom Autos über die Brücke wälzte, um sich dann bei dem Fußgängerüberweg zu teilen.

«Setzen wir uns», sagte sie und zog Jury auf eine Bank neben der Bronzestatue Shakespeares.

Auf dem Fluß wimmelte es nur so von Schwänen und Enten, die alle auf das Ufer zuschwammen, um sich ihren Lunch zu holen. Eine Schar Kinder, wahrscheinlich auf dem letzten Schulausflug für dieses Jahr, fütterte sie aus Tüten mit Brotbrocken, die, wie die Erdnüsse im Zoo, auf der Straße feilgeboten wurden. Im Mittelgrund befand sich das Memorial Theatre. Wer immer das Stratford Hilton konzipiert hatte, das auf der anderen Straßenseite in Sichtweite des Theaters lag, war so klug gewesen, die modernen Linien des Theaters aufzunehmen, so daß beide Gebäude in der Vorstellung der Besucher zu einer Einheit verschmolzen. Es war ein wunderschöner, goldener Herbsttag, und der Himmel war wie mit blauem Email überzogen. Jury hatte nicht das geringste gegen die Parkbank einzuwenden. Er zog ein Päckchen Zigaretten aus der Tasche.

«Geben Sie mir eine.» Es war ein Befehl, wenngleich im Ton ziemlich unsicher. Offensichtlich erwartete sie eine Absage. Er gab ihr eine.

Sie sah so überrascht auf die Zigarette in ihrer Hand, daß er sich fragte, ob sie jemals in ihrem Leben geraucht hatte; doch schien es ihm unwahrscheinlich, daß sie es noch nie versucht haben sollte. Er hielt ihr ein Streichholz hin, und sie mußte mehrmals ziehen, bevor die Zigarette glühte. Sie hatte sie zwischen Daumen und Zeigefinger genommen und zog so hektisch daran, wie es Anfänger zu tun pflegen.

«Er ist nicht unser Daddy, wissen Sie. Ich mein, von Jimmy und mir. Er hat uns irgendwie adoptiert», fügte sie grollend hinzu.

Jury lächelte über das ‹irgendwie›. Trotzdem war er überrascht. Die Frau hatte wirklich keinen mütterlichen Eindruck auf ihn gemacht, Farraday dagegen hatte seine väterliche Besorgnis nicht verbergen können. «Das habe ich nicht gewußt. Ich wußte nur, daß seine Frau nicht deine Mutter ist.»

«*Die?* Ganz bestimmt nicht. Mama ist außerdem tot.» Aus der Gesäßtasche ihrer abgeschnittenen Jeans zog sie eine abgegriffene lederne Brieftasche, der sie ein völlig zerdrücktes Schwarzweißfoto entnahm. Offensichtlich wurde es sehr häufig in die Hand genommen. Sie gab es Jury. «Das ist Mama.» Der Gram in ihrer Stimme wog zentnerschwer. «Sie hieß Nell.»

Die junge Frau – sie machte einen blutjungen Eindruck – stand im Schatten eines hohen Baumes, aber selbst in dem schlechten Licht dieser Umgebung war die große Ähnlichkeit zwischen Mutter und Tochter gut zu erkennen: Das glatte Haar und das Gesicht hatte Penny von ihrer Mutter geerbt. Die Frau stand einfach nur stocksteif da, ohne den geringsten Anflug eines Lächelns auf ihrem Gesicht, ein Modell, das sich weigerte, zu posieren.

«Tut mir leid, Penny.» Jury gab ihr das Foto zurück. «Was ist ihr denn zugestoßen?»

Sorgfältig steckte Penny das Foto in seine Plastikhülle zurück. «Sie ist vor sechs Jahren gestorben. Ich erinner mich noch, wie sie ihre Tasche packte und ging. Sie sagte zu Jimmy und mir: ‹Hört gut zu, ihr beiden, ich muß für eine Zeitlang verreisen. Mr. Farraday wird sich um euch kümmern.› Sie hat nämlich für ihn gearbeitet. Ich glaube, er hat sie sehr gern gehabt und sie ihn auch. Und sie sagte noch: ‹Macht euch keine Sorgen; es dauert vielleicht eine Weile, aber ich komm bestimmt wieder zurück.› Aber das war gelogen. Sie ist nie zurückgekommen.» Penny hob den Kopf und blickte über den Fluß. Wahrscheinlich sah sie weder die Weiden noch die überfütterten Schwäne, die am Ufer dümpelten, auch nicht die leuchtend bunten Vergnügungsboote, die am Ufer vertäut waren. «Sie ist an Auszehrung gestorben. Das haben sie uns zumindest gesagt. Aber Jimmy und ich haben nie herausgefunden, was das eigentlich ist. Geändert hätte das auch nichts. Schätze, man kann jede Krankheit, an der man stirbt, so nennen.»

Jury schwieg und wartete. «Junge, war sie hübsch! Auf dem Foto sieht man das vielleicht nicht –»

«Doch, sieht man. Sie sieht genauso aus wie du.»

Höchst erstaunt starrte sie ihn an. Ihre Augen schienen das Gold des Tages widerzuspiegeln. «Ach, kommen Sie... keiner hat auch nur einen Blick für mich, wenn die beiden in der Nähe sind.»

«Manche Leute haben eben keinen Geschmack. Und was ist mit deinem richtigen Vater?»

Sie ließ ihre Kippe auf den Boden fallen. «Schätze, er ist auch gestorben. Offen gestanden glaube ich, er und unsere Mama waren gar nicht verheiratet. Vielleicht hab ich ihn gekannt. Ich erinner mich nicht. Aber Jimmy, er hat nie...» Das wurde mit einem tiefen Seufzer hervorgestoßen, der aber keinerlei Vorwurf enthielt. Jeder macht Fehler, schien ihr Ton zu besagen.

«Und *er* heiratet also mir nichts, dir nichts diese Amelia Blue. Sie und Honey Belle halten uns einfach für seine unehelichen Bälger, das ist sonnenklar. Oh, sie sagen das natürlich nicht laut, das würden sie sich nicht trauen; aber ihre Blicke sagen es. Man sieht das in ihren Augen, sobald sie uns nur ansehen. Diese Honey Belle – da, wo ich herkomme, gibt es 'ne passende Bezeichnung für so eine wie die. Ich bin im tiefsten West Virginia geboren –, das hört man, meine Aussprache ist nicht sehr fein –, und Mädchen wie die nennt man dort einfach F-O-T-Z-E. Sie entschuldigen diesen Ausdruck – ich schätze, Sie sind nicht allzu geschockt. In West Virginia gibt es alles mögliche, auch F-O-T-Z-E-N, aber ich schwör bei Gott dem Allmächtigen –» um nicht für eine Heuchlerin gehalten zu werden, legte sie zur Bekräftigung die Hand aufs Herz – «nicht so eine, die so mit Leib und Seele eine ist. So was kann ja nur aus Georgia kommen. Inzwischen leben wir in Maryland», fügte sie in neutralem Ton hinzu. «Honey Belle ist ständig umlagert. Sie braucht nur mit ihrem Arsch die Straße runterzuwackeln, und schon fallen sie über sie her wie die Fliegen über die Scheiße. Ich hatte auch mal 'nen Freund.» Sie seufzte. Jury konnte sich vorstellen, was mit dem Freund geschehen war. «Ich weiß, Sie glauben, ich bin bloß eifersüchtig. Ich streite das auch gar nicht ab. Mein Gott, haben Sie die Shorts gesehen, die sie anhat? Praktisch bis unter die Achselhöhlen. Na ja, Sie müssen zugeben, daß Sie kapieren, was ich damit über Honey Belle sagen will.»

Jury gab zu, daß er kapiert hatte, was sie meinte.

«Und diese Amelia Blue ist um kein Haar besser. Zwei vom gleichen Schlag. Mir wird ganz schlecht, wenn ich sie mit den Männern rummachen sehe. In unserer Gruppe ist ein Engländer, mit dem hat sie bestimmt schon was gehabt, jede Wette –»

«Wer ist das, Penny?»

«Chum oder Chomly. Es wird aber nicht so geschrieben. Mit Vornamen heißt er George. Er sieht ganz passabel aus, Amelia und Honey Belle machen sich seinetwegen beinahe die Hosen naß. Aber was ich Ihnen sagen wollte – wenn Sie mir Ihr Ohr leihen wollen –, ich glaube, Jimmy ist vielleicht abgehauen.»

«Du meinst, er ist davongelaufen? Aber doch bestimmt nicht in einem fremden Land.»

«Sie kennen Jimmy nicht. James Carlton nennt sie ihn. Ich schwör's Ihnen, im Süden haben die alle diese blöden Doppelnamen, deshalb denkt Amelia Blue, sie müsse uns auch welche verpassen. *Ihn* nennt sie James Cecil, als ob ein Name nicht reichen würde. Gott sei Dank hab ich keinen zweiten Vornamen.» Sie blickte zum Himmel auf. «Als James Farraday Amelia heiratete, lebten wir schon seit vier Jahren in seinem Haus. Er ist wohl in Ordnung... Verdient sein Geld mit Kohle. Ihm gehört der größte Teil von West Virginia und der Westen Marylands. Und eine Hotelkette. Er hat ein riesiges Ferienhotel in Maryland. Da hat auch meine Mutter gearbeitet. Als Kellnerin und so. Jimmy war noch ein Baby, als wir dorthin zogen.»

«Ich glaube, Mr. Farraday macht sich große Sorgen um deinen Bruder.»

«Hmm, ja, vielleicht. Alles wär in Ordnung, wenn er *sie* nicht geheiratet hätte. Oder vielleicht sollte ich sagen, die beiden. Als wir sie das erste Mal die Auffahrt hochkommen sahen, dachten wir, Miss Dolly Parton würde uns mit ihrem Besuch beehren – dieses blonde Schafsgekräusel und Titten bis da. Sie wollte mir das Fluchen abgewöhnen, damit er denkt, sie sei 'ne feine Dame, während sie ganz offensichtlich 'ne Schlampe ist. Immer hat sie Besuch – *Männer*besuch – und sitzt auf der Terrasse – Veranda, wie sie's nennt –, trinkt Bier und fächelt sich Kühlung zu, als wäre sie auf einer Plantage geboren. Man könnte glauben, sie sei Scarlett O'Hara. Würde mich nicht wundern, wenn sie die Vorhänge von den Fenstern reißen und brüllen würde: ‹Morgen ist auch noch ein Tag!› Ein falscher Fuffziger ist sie, weiter nichts.» Sie sah Jury unter dem seidigen Vorhang ihrer langen Haare hervor an, offensichtlich in der Hoffnung, er würde ihr zustimmen.

«Was ist deiner Meinung nach mit Jimmy passiert?» Er bot ihr noch eine Zigarette an. Sie schien entzückt.

Während sie den Rauch in die Luft blies, sagte sie: «Sie sollten Jimmy kennenlernen. Er ist anders als die anderen.»

Jury glaubte ihr das aufs Wort.

«Jimmy hat Pläne geschmiedet, wie er Amelia Blue und Honey Belle loswerden könnte. Er wollte ihnen nicht einfach nur Frösche ins Bett stecken oder sonstige üblen Streiche spielen. Jimmy ist wirklich pfiffig. Er kann sich auch ausdrücken. Er hat sich gesagt, daß man es zu nichts bringt, wenn man sich nicht ausdrücken kann. Sie wissen schon, wie die Politiker und so. Also hat er sich lauter Bücher über Poltergeister aus der Leihbücherei geholt. Das sind Geister, die Geräusche machen und Dinge bewegen. Steven Spielberg hat einen Film darüber gemacht. Haben Sie ihn gesehen?»

Jury schüttelte den Kopf.

«Dann hat er Honey Belle erzählt, in dem Haus würde es spuken. Sie ist der größte Angsthase, den es gibt. Und dann – ich weiß nicht, wie er das gemacht hat – bewegte er Stühle und ließ die Gläser in den Schränken herumwandern. Schubladen sprangen auf und was nicht noch alles. Sie machten sich vor Angst beinahe in die Hosen, aber sie blieben.» Sie zog an ihrer Zigarette und starrte auf den Fluß. «Jimmy hat wirklich was drauf – wie er.»

Es war kaum zu fassen, sie schien die Bronzestatue ins Auge gefaßt zu haben. «Du meinst Shakespeare?»

«Ja-ah. Haben Sie was von ihm gelesen? Ich find diesen Shakespeare einfach toll. *Wie es euch gefällt* hab ich bestimmt schon dreimal gesehen. In der Schule mußten wir es lesen, und ich hab alle Monologe auswendig gelernt.» Sie drückte ihre Zigarette aus. «Hören Sie, Sie müssen Jimmy einfach finden.»

Sie war es bestimmt nicht gewöhnt, bitten zu müssen... zum Teufel, es würde ihn nicht umbringen, wenn er für diesen Fall ein, zwei Stunden drangab. Die Glocken der Dreifaltigkeitskirche erfüllten die Luft mit ihrem Geläut. «Komm, Penny, wir gehen mal zu Shakespeares Geburtshaus rüber und stellen denen dort ein paar Fragen.»

«*Ich* soll mitkommen?» Daß sie bei den polizeilichen Ermittlungen dabeisein sollte, ließ das traurige Gesicht aufleuchten. Als ob ein Licht durch die Sommersprossen, die wie Staub ihr Gesicht überzogen, hindurchschimmerte, während sie neben Jury über den leuchtendgrünen Rasen auf die Henley Street zuging. Die Odyssee ihres Lebens an der Seite ihrer Stiefmutter und -schwester war deswegen jedoch nicht zu Ende. «Es ist wie in einem Dampfbad in dem Haus. Jimmy ist mein einziger Lichtblick. Ich geh auch nicht mehr zurück, das hab ich in den letzten Tagen beschlossen. Ich bleib einfach hier und angle mir einen Duke oder einen Earl oder so was Ähnliches. Okay, *er* ist in Ordnung, aber die beiden sind einfach nicht auszuhalten. Sie nicht mehr um mich zu haben mit ihren Titten und Hintern. Sie kennen nicht zufällig welche, was?»

Jury wußte nicht genau, was sie meinte, Titten und Hintern oder Dukes und Earls. «Ob du's glaubst oder nicht, ich kenn einen – einen Earl.» Er lächelte.

«Ohne Scheiß?» Sie blieb stehen und sah baß erstaunt zu ihm auf.

«Ohne Scheiß», sagte Jury.

Das Geburtshaus war ein hübsches, gemütliches Fachwerkhaus aus Warwickshire-Stein, dessen Tür beinahe auf gleicher Höhe mit der Henley Street lag. Vor der Tür zu dem Heiligtum wartete eine doppelte Schlange von Pilgern, ungeduldige Eltern und quengelige Kinder mit Eislutschern im Mund. Jury fragte sich, wie viele von den Leuten je Shakespeare gelesen hatten, doch er bewunderte sie und ihre Bereitwilligkeit, das Genie auf Treu und Glauben als solches zu akzeptieren.

«Wie die Schlangen zu *E. T.*», sagte Penny verdrossen. «Es sind mindestens hundert Leute vor uns.»

«Ich glaube, wir können sie umgehen. Komm.»

Die Türsteherin mit dem Abzeichen der Shakespeare-Stiftung starrte entsetzt auf Jurys Ausweis, obwohl er ihr bereits versichert hatte, daß alles in Ordnung sei. Sie musterte ihn unsicher, als fürchtete sie, er würde nicht nur die Kleine an seiner Seite, sondern die ganze Ausdünstung des Sündenbabels London einschleppen, die sich dann wie eine Patina aus Staub auf die wertvolle Sammlung im Innern legen würde.

Drinnen befanden sich genauso viele Leute wie draußen.

Jury zeigte dem Wächter der unteren Räume das Foto von James Carlton Farraday, konnte von ihm jedoch nichts erfahren. Sie bahnten sich einen Weg zum oberen Stock, wo sich noch mehr freundliche, kleine Räume befanden – mit Deckenbalken und weiß getüncht. Die Möbel waren elisabethanisch oder stammten aus der Zeit Jacobs I., aber unglücklicherweise hatte kein einziges Stück Shakespeare gehört (wie ein Führer den Pilgern erklärte), außer einer alten Schulbank aus der Volksschule Stratfords, auf der der junge Will Qualen hatte erdulden müssen. Sie war mit Kerben und Löchern übersät.

Jury ging auf einen älteren Herrn zu, auch einen Wächter, der einer jungen, zerzausten Frau in Shorts und Sandalen etwas über das bleigefaßte Fenster erzählte, in das die Namen der Berühmtheiten vergangener Jahrhunderte mit Diamantringen eingeritzt waren. Die Sandalen entfernten sich klappernd.

Jury zeigte seinen Ausweis. «Ich wüßte gern, ob Sie letzten Montag diesen Jungen hier gesehen haben?»

Der Mann schien darüber erstaunt, daß jemand nach Dingen fragte, die nichts mit Möbeln und Fenstern zu tun hatten. Vor allem aber darüber, daß dieser Jemand vom Scotland Yard war. Als Jury ihm das Paßfoto zeigte, schüttelte er den Kopf.

«In den Ferien und vor allem jetzt, gegen Ende des Schuljahres, wimmelt es hier nur so von Schulkindern. Wissen Sie, mit der Zeit sieht einer wie der andere aus. Es sind so viele, und sie stellen so viele Fragen...» In diesem Stil ging es weiter; er erklärte und erklärte, wahrscheinlich weil er glaubte, Scotland Yard würde ihn verdächtigen, diesen einen Schuljungen in der Eichentruhe nebenan eingesperrt zu haben.

Jury gab ihm seine Visitenkarte; über die Telefonnummer

vom Scotland Yard hatte er die der Polizeiwache von Stratford notiert. «Falls Sie sich doch noch an irgend etwas erinnern, rufen Sie mich bitte an.»

Der Wächter nickte.

Das gleiche wiederholte sich in dem Souvenirgeschäft auf der anderen Seite der Gärten, in dem die Pilger allen möglichen elisabethanischen Schnickschnack kauften: Tischsets, verkleinerte Modelle des Globe Theatre. Postkarten, Bilder und Anhänger. Keiner der gestressten Verkäufer erkannte James Carlton Farraday auf dem Foto.

Jury und eine betrübt dreinblickende Penny standen auf dem blumengesäumten Hauptweg. Es gab Quitten- und Mispelbäume, und die Luft des Spätsommers war schwer von dem Duft der Blumen und Kräuter.

«Ich hab in diesem kleinen Buch hier gelesen, daß sie alle Blumen haben, die in Shakespeares Stücken vorkommen. Ob sie wohl auch Rosmarin haben?» Sie strich das lange Haar nach hinten. «Aber das ist keine Blume, oder?» Der Blick, den sie Jury zuwarf, war beinahe untröstlich. «Es ist zur Erinnerung.»

7

James Carlton Farraday hatte es satt, gekidnappt zu sein.

Er wußte nicht, *wer* ihn entführt hatte, *wohin* man ihn entführt hatte oder *wozu* er entführt worden war.

Zuerst hatte er überhaupt nichts dagegen gehabt, aber inzwischen langweilte er sich. Er hatte es satt, immer in demselben Zimmer zu hocken – es war ziemlich klein und lag hoch oben unter dem Dach, wie eine Mansarde. Das Essen wurde auf einem Tablett durch eine längliche Öffnung in der Tür hereingeschoben. Wahrscheinlich war er in einem Turm, obwohl er noch keine Ratten gesehen hatte. Es gab jedoch eine Katze. Sie hatte sich entschlossen durch die Öffnung in der Tür gequetscht; wahrscheinlich wollte sie herausfinden, wie das war, gekidnappt zu sein. Die Katze – sie war grau mit weißen Pfoten – lag eingerollt am Fuß des eisernen Bettgestells und schlief. James Carlton teilte sein Essen mit ihr.

Das Essen war in Ordnung, aber er hätte Brot und Wasser vorgezogen, wenigstens für ein paar Tage. Er fand es irgendwie unpassend, daß er Jell-O (oder wie immer sie das in England nannten) in einer kleinen Blechschüssel mit einem Rosenmuster bekam. Er selbst verabscheute Jell-O, aber die graue Katze war begeistert und leckte es immer sorgfältigst auf. Der Rest war gar nicht so übel, auch wenn er auf eine etwas unkonventionelle Art serviert wurde. Überhaupt nicht wie zu Hause, wo ihm seine alte Nanny gewöhnlich nur ein labbriges gekochtes Ei und trockenen Toast zum Frühstück auf sein Zimmer brachte. Junge, war er froh, daß er *die* los war.

James Carlton hatte (wie er annahm) sämtliche Bücher gelesen, die je über Kidnapping geschrieben worden waren – über Leute, die in Türme gesteckt, auf die Teufelsinsel verbannt, in Verliese geworfen, von Zulus gefangengenommen, in Schlangengruben hinabgelassen oder in den Kofferraum eines Autos gesteckt worden waren. Kidnapping war sozusagen eine fixe Idee von ihm; er war nämlich davon überzeugt, daß Penny und er die Opfer einer solchen Aktion geworden waren. Es lag inzwischen Jahre zurück, und er war sich nicht einmal sicher, ob J. C. Farraday die

Hand im Spiel gehabt hatte. Eigentlich nahm er es nicht an. J. C. schien ihm nicht der Typ zu sein. Amelia Blue hingegen, die würde sich alles greifen, was nicht niet- und nagelfest war – Babies inbegriffen –, nur war Amelia Blue damals überhaupt noch nicht in Erscheinung getreten. Wahrscheinlich hatte er in seinem Kinderwagen vor dem Supermarkt so niedlich ausgesehen, daß ihn einfach jemand geschnappt und dann das Weite gesucht hatte. Er fand es ziemlich dumm von Penny – die doch sonst so schlau war –, daß sie ihnen diese Geschichte abnahm, der zufolge ihre Mutter an irgendeiner komischen Krankheit gestorben sein sollte. Das war sie natürlich nicht.

Nach all den Jahren suchte die Polizei bestimmt noch nach ihm (und nach Penny wohl auch), wenngleich sie mit Sicherheit nichts darüber hatte verlauten lassen. Seine richtigen Eltern würden die Suche nach ihm nie aufgeben, das wußte er. Erschwert wurde sie durch diese große Brille, die ihm Amelia Blue und J. C. aufgezwungen hatten. Und seine Entführer mußten ihm als Baby auch die Haare gefärbt haben; er hatte nämlich das Foto seiner Mutter gesehen, und die hatte hellbraunes Haar wie Penny.

Jahrelang hatte James Carlton ihr Spiel gutmütig mitgespielt. Er hatte nie ein Wort darüber verloren oder gar gefragt, warum sie ihn nicht nach Hause ließen. Aber jetzt sah er rot. Einmal gekidnappt zu werden war genug. Zweimal, das war zuviel, das sollten sie ihm gefälligst erklären.

Es gab nichts zu tun, außer sich Fluchtwege auszudenken. Natürlich lagen keine Bleistifte oder Kugelschreiber im Zimmer herum, denn sonst hätte er ja Botschaften durch das Fenster werfen können. Vorübergehende hätten die Notrufe dann gefunden, sie gelesen und der Polizei gemeldet, daß in dem Turm ein Junge säße.

Aber James Carlton hatte immer einen Bleistiftstummel

in seinem Strumpf, denn er wußte, wie wichtig es war, ein Schreibwerkzeug zu besitzen. Wichtiger als eine Waffe! So etwas war notwendig, um SOS-Rufe an die Polizei abzuschicken oder um Botschaften hinterlassen zu können, wenn die Entführer ihre Gefangenen an einen anderen Ort bringen wollten.

Falls er sich nicht dazu entschloß, Baseballspieler zu werden (er war überzeugt, daß sein Vater Baseballspieler war), wollte er Schriftsteller werden, und zwar Auslandskorrespondent. Er hatte schon oft daran gedacht. Schreiben war etwas, womit man sich die Zeit vertreiben konnte, wenn man sich langweilte.

An den Wänden hing eine Reihe ziemlich langweiliger Bilder von irischen Settern oder weidenden Kühen. Er nahm eins von denen, die Kühe und einen Kuhhirten zeigten, herunter, setzte sich aufs Bett und legte das Bild umgedreht auf seine Knie. Dann holte er den Bleistift aus seinem Strumpf und schrieb an seinem Tagebuch weiter. Es war zwar nicht besonders interessant, was er da schrieb, aber es war notwendig für den Fall, daß seine Entführer ihn an einen anderen Ort brachten und die Polizei hier nach ihm suchte. Mit größter Mühe war es ihm gelungen, in dem Bild selbst einen Hinweis anzubringen – vorsichtig hatte er den Karton zur Verstärkung entfernt und dann die Köpfe der Kuh und des Kuhhirten herausgetrennt und vertauscht. Es war eine sehr schwierige, große Sorgfalt erfordernde Arbeit gewesen, für die er mehr als zwei Stunden gebraucht hatte, da er die Köpfe ohne Klebstoff einsetzen mußte und sie immer wieder unter dem Glas verrutschten. Schließlich hatte er Spucke statt Klebstoff genommen und war sehr zufrieden mit dem Resultat. Die Leute, die hier lebten, würden es bestimmt nicht bemerken, denn niemand sieht sich die Bilder an den eigenen Wänden wirklich an. Aber Scotland Yard würde es bemerken und sofort wissen, daß es etwas zu bedeuten hatte und sich die Rückseite des Bildes genauer ansehen.

Ganz oben auf dem Karton, den er wieder in den Rahmen geschoben hatte, stand in kunstvoller Schrift:

James Carlton Farraday

Er schrieb an seinem Tagebuch weiter: «7.13 Frühstück: Ei, Speck, Cornflakes.»

Er schrieb das in kleinen, ordentlichen Buchstaben unter das Abendessen, das ihm gestern um 18.22 serviert worden war. Seine Armbanduhr hatten sie ihm gelassen.

Dann widmete er sich seinen Fluchtplänen, die er wahrscheinlich in der Reihenfolge, in der er sie aufgeschrieben hatte, ausprobieren würde.

1. Sich krank stellen; wenn das Essen kommt, wimmern und stöhnen.
2. Sein/ihr Handgelenk durch den Türschlitz hindurch packen, wenn das Tablett reingeschoben wird.
3. Auskundschaften, ob man durch das Fenster entkommen kann. Katze runterlassen???

James Carlton hängte das Bild wieder an seinen Platz zurück und machte ein paar tiefe Kniebeugen. Es war wichtig, sich fit zu halten. Danach machte er Schattenboxen durch das ganze Zimmer und wieder zurück zum Bett. Er führte ein paar Schwinger gegen die Katze, ohne dabei die komplizierte Beinarbeit zu vernachlässigen. Die graue Katze rollte sich auf den Rücken, schlug ein paarmal halbherzig mit der Pfote nach seiner Faust und rollte sich dann gelangweilt wieder auf die Seite. James Carlton setzte seine Boxübungen fort.

Er hörte auf, als er Schritte vernahm. Sobald das Tablett klappernd auf dem Boden abgestellt worden war, machte er sich daran, Plan eins in die Tat umzusetzen. Er legte sich auf den Boden und begann fürchterlich zu stöhnen.

8

Der Speisesaal des «Schwarzen Schwans» – dieser etwas elegantere Teil der «Torkelnden Ente» – war vollbesetzt mit Gästen, die vor der Vorstellung um halb acht noch einen Drink oder ein Abendessen zu sich nahmen. Auch die Terrasse war überfüllt, so daß einige Gäste mit der Treppe vorliebnehmen mußten. Und an der Bar der «Ente» konnte man kaum noch sein Glas heben.

Melrose unterbrach seinen Vortrag über Schoenbergs Theorie, um den Wein zu probieren, den ihm die dunkelhaarige Bedienung gerade eingeschenkt hatte. Als er nickte, füllte sie ihre beiden Gläser und huschte wieder davon.

«Das ist das Blödsinnigste, was ich je gehört habe. Den Senf, bitte», sagte Jury.

«Ich bin noch nicht fertig. *Anschließend* meinte er, Shakespeare hätte Marlowe umlegen müssen, sonst hätte nämlich Marlowe ihn umgelegt.» Melrose schob Jury den Senf hin, und der betupfte seine Fleisch- und Nierenpastete damit. «Und dabei ließ er dauernd Shakespeares Sonette auf diesem Ishi erscheinen.»

«Was zum Teufel ist denn das?»

«Sein Computer.»

«Sie meinen, er hat immer einen *Computer* dabei?»

Melrose nahm sein Roastbeef in Angriff. «Natürlich. Ohne ihn könnte er sich auf gar kein Gespräch einlassen. Er meint, es würde auch schon Computer geben, mit denen man reden kann – einfach so. Vielleicht sollte ich Agatha einen besorgen. Er könnte ihr Gesellschaft leisten, wenn sie zum Tee nach Ardry End kommt.»

Jury lächelte. «Ich habe sie drei Jahre lang nicht gesehen.»

«Und wenn Sie schlau sind, belassen Sie es dabei. Keine Angst, sie wird Sie schon aufstöbern. Wenn ihr die Randolph Biggets Zeit dazu lassen –»

«Wer ist das?» Jury ließ sich sein Glas nachfüllen.

«Unsere amerikanischen Verwandten. Sie sind in Horden eingefallen. Glücklicherweise ist es mir bis jetzt gelungen, ihnen aus dem Weg zu gehen. Ich hab ein paar Zimmer im Falstaff genommen und Agatha und den Biggets das Hathaway überlassen. Amerikaner mögen so was – nachgemachter Tudor, Lehm und Flechtwerk.»

Jury lächelte. «Und nicht nur das. Es ist auch ziemlich teuer. ‹Ein paar Zimmer im Falstaff?› Wie viele Zimmer haben Sie denn genommen?»

«Alle.» Als er Jurys hochgezogene Augenbrauen sah, fügte er hinzu: «Mußte ich ja. Sonst wären sozusagen aus allen Fenstern Biggets gequollen. Ich hab Agatha gesagt, ich hätte das letzte Zimmer bekommen. Stimmt ja auch, wenn man so will. Es gibt sowieso nur acht oder neun. Wollen Sie denn wegen des vermißten Jungen noch etwas unternehmen?»

«Im Augenblick läßt sich da nicht viel tun. Ich bin mit seiner Schwester Penny zu Shakespeares Geburtshaus gegangen. Angeblich wollte er dahin, als er sich aus dem Staub gemacht hat – aber niemand erinnerte sich, ihn gesehen zu haben. Wie dem auch sei – es ist Laskos Fall.»

Eine Zeitlang widmeten sie sich schweigend dem Essen. Jurys Gedanken wanderten von vermißten Jungen zu anderen Dingen. «Sie sind Lady Kennington nie begegnet, oder?» Er bezweifelte, ob sein beiläufiger Ton Melrose Plant täuschen konnte.

«Nein. Ich habe sie nur dieses eine Mal gesehen, wenn Sie sich erinnern. Eine sehr attraktive Frau.»

«Ja, das ist sie wohl. Sie wohnt jetzt in Stratford.»

«Oh? Wissen Sie, sie erinnerte mich irgendwie an Vivian Rivington.»

Jury war das noch nicht aufgefallen, aber Plant hatte recht, die beiden Frauen sahen sich tatsächlich ähnlich. Plant musterte ihn etwas zu eindringlich; Jury wandte den Blick ab. Vivian Rivington machte ihm immer noch zu schaffen. «Haben Sie mal von ihr gehört? Lebt sie immer noch in Italien?»

«Ab und zu bekomme ich eine Postkarte mit einer Gondel drauf. Sie erwähnte mal, daß sie nach England zurückkommen wollte.»

Es entstand ein kurzes Schweigen. «Das Brot, bitte», sagte Jury.

«Wie romantisch. Ich rede von Vivian, und Sie sagen, ‹das Brot, bitte›.» Melrose schob ihm das Brotkörbchen zu.

«Oh, mein Gott», sagte Jury, den Blick auf die Tür gerichtet.

Melrose folgte der Richtung seines Blicks. Der Speisesaal leerte sich allmählich, da die Gäste nach und nach die Tische räumten und zum Theater hinübergingen. In der Tür stand ein ziemlich korpulenter, traurig dreinblickender Mann, der zu ihnen herüberschaute. Er sagte etwas zu der Empfangsdame und bahnte sich einen Weg durch die aufbrechenden Gäste.

«Wenn man vom Teufel spricht –» Jury warf seine Serviette auf den Tisch.

Detective Sergeant Sammy Lasko blickte, so meinte Jury zu sehen, mit unaufrichtigem Bedauern auf sie herunter. «Ärger, Richard.»

«Setz dich und trink etwas Wein oder Kaffee. Du siehst so aus, als hättest du es nötig.»

Lasko schüttelte den Kopf. «Keine Zeit. Sieht gut aus»,

fügte er hinzu und warf einen sehnsüchtigen Blick auf ihre Teller.

«Das war es auch, bis du aufgetaucht bist. Was Neues im Fall Farraday?»

Ein trauriges Kopfschütteln, während Lasko die Melone in seinen Händen drehte. «Fürchte, nein. Es ist noch ein ganzes Stück schlimmer.»

Plant und Jury sahen einander an. «Ich sehe schon, ich werde diesen Abend allein im Theater verbringen», sagte Melrose mißvergnügt.

«Hör mal, Sammy...» Jury seufzte und ergab sich in sein Schicksal. «Was ist es diesmal?»

«Mord», sagte Lasko, das Rindfleisch nicht aus den Augen lassend.

Die beiden starrten Lasko an, dann warfen sie sich einen Blick zu. Schließlich meinte Jury bereits im Aufstehen: «Geben Sie mir meine Karte, wir treffen uns in der Pause an der Bar.»

Sam Lasko sah Jury vorwurfsvoll an: »Ich glaube nicht, daß wir nach drei Akten *Hamlet* schon die Antworten parat haben.»

«Das hatte Hamlet auch nicht. Kommen Sie, gehen wir.»

«Gwendolyn Bracegirdle», sagte Lasko und blickte auf die Stelle in der Damentoilette, wo die Leiche vor kurzem noch gelegen hatte. Zusammen mit Gwendolyn Bracegirdles Brieftasche gab er Jury die Fotos, die ein Polizeifotograf gemacht hatte. «Eine scheußliche Bescherung.»

Im weißen Licht der Glühbirne stand auf Gwendolyn Bracegirdles Gesicht ein Ausdruck clownesker Überraschung. Als Jury die Brieftasche öffnete, ergoß sich aus ihr ein kleiner Wasserfall von Kreditkarten, die in einer langen, unterteilten Plastikhülle steckten: Diner's Club, Visa, American Express, eine Karte für Benzin. Außerdem fand sich noch eine ganze Menge Geld, mindestens zweihundert Pfund.

«Kein Raubüberfall», sagte Lasko, der auch hinten Augen hatte. Er scharrte mit der Stiefelspitze auf dem Boden herum. «Was hatte sie nachts in den öffentlichen Toiletten zu suchen?»

«Wann hast du sie gefunden?» fragte Jury und sah auf die Fotos, auf diesen schrecklichen Ausdruck im Gesicht der Ermordeten – als hätte sie beim ersten Schnitt gelacht, was wirklich fürchterlich war in Anbetracht des halb vom Rumpf getrennten Kopfes. Es gab noch einen zweiten tiefen Schnitt, der unter der Brust anfing und senkrecht bis zum Schambein verlief, als hätte es nicht genügt, sie von einem Ohr bis zum anderen aufzuschlitzen. Das Blut mußte nur so herausgeschossen sein; auf den Fotos sah es wie getrocknete Farbe auf der Leinwand eines Malers aus; die Schicht war so dick, als wäre sie mit einem Palettenmesser aufgetragen worden.

«Vor ein paar Stunden. Der Arzt meint, sie sei schon seit gestern abend tot. All das –» Lasko wies mit ausgestrecktem Arm auf die blutverschmierte Szene – «geschah gegen Mitternacht oder um diesen Zeitpunkt herum...»

«Und sie wurde jetzt erst gefunden? Im Juli ist die Kirche doch voller Touristen.»

«Die aber nicht die Toiletten benutzen, weil die außer Betrieb sind, wie das Schild draußen anzeigt.» Als er Jurys Blick bemerkte, zuckte er die Achseln. «Sie waren wohl tatsächlich außer Betrieb.»

«Dieses ganze Blut – der Killer muß voll davon gewesen sein.»

«War er auch. In einem Abfalleimer haben wir einen alten Regenmantel gefunden. Er wird auf Fingerabdrücke untersucht, ist aber einer von der öligen Sorte. Und billig, ist überall zu kaufen. Verdammt schwer zurückzuverfolgen.» Lasko steckte sich einen Zahnstocher zwischen die Zähne und hielt eine kleine, weiße Visitenkarte hoch, auf die er den Strahl seiner Taschenlampe richtete. «Wie wär's, wenn wir zusammen zum Diamond Hill Guest House gingen, um mit der Besitzerin zu sprechen?»

«Ich hab's dir bereits gesagt, Sam, das ist nicht mein –»

Lasko unterbrach ihn: «Was hältst du *davon*?»

Es war das Programm für *Wie es euch gefällt*. Am unteren Rand standen in Druckschrift zwei Zeilen eines Gedichts.

Der Schönheit rote Nelken
sind Blumen, die verwelken.

«Also, was meinst du, Richard? Wir lassen das Original nach Fingerabdrücken untersuchen. Aber zunächst mal: Denkst du, sie hat das geschrieben?»

«Nein.»

«Ich auch nicht. Sieht eher wie etwas an unsere Adresse aus.»

Entschlossen gab Jury ihm das Programm zurück. «An dich, an deine Adresse, Sammy. Ich muß nach London zurück, wenn ich dich daran erinnern darf.»

Aber Sam Lasko hatte noch einen weiteren Trumpf in der Hand. «Ich denke, du solltest vielleicht doch besser mitkommen.»

«Sammy, niemand hat unsere Hilfe angefordert.»

«Noch nicht. Aber ich bin sicher, Honeysuckle Tours hätte sie nötig.» Lasko bewegte den Zahnstocher in seinem Mund. «Du weißt schon, diese Reisegesellschaft, zu der der kleine Farraday gehört.» Lasko steckte das Programm wieder in die Hülle. «Gwendolyn Bracegirdle gehörte auch dazu.»

Sam Lasko ließ Jury diese Nachricht erst einmal verdauen, bevor er sein Notizbuch herauszog und darin blätterte. «Toller Name, was? Man denkt sofort an die alten Südstaaten, an Tara und so. Warst du schon einmal in Amerika, Jury?» Es war eine rhetorische Frage. Lasko wartete die Antwort gar nicht ab, sondern fuhr mit seiner Aufzählung fort.

«Dieser Bursche namens Honeycutt hat die Sache aufgezogen, deshalb wohl auch der Name – wir versuchen schon die ganze Zeit, ihn ausfindig zu machen. Aber er ist ständig unterwegs. Jedenfalls gehören die Farradays zu dieser Reisegesellschaft, und laut J. C., der mit mir eigentlich gar nicht redet, gibt es außer ihnen und Honeycutt vier weitere Mitreisende: eine Lady Dew mit ihrer Nichte Cyclamen und – was für Namen! – George Cholmondeley, der mit Edelsteinen handelt, schließlich einen Harvey L. Schoenberg.»

«Schoenberg?»

«Kennst du ihn?»

«Nein, aber der Bursche, mit dem ich heute abend gegessen habe.»

«Aha?» Lasko steckte sein Notizbuch weg und versuchte, Jury den Weg hinunterzubugsieren, wahrscheinlich in Richtung des Diamond Hill Guest House. «Ich dachte, wenn wir mit diesem Diamond Hill fertig sind –»

«Wir?» Aber Jury wußte, daß er mit von der Partie sein würde.

Und Sam Lasko wußte es auch. Er machte sich nicht einmal die Mühe, Jury zu antworten. «Ich dachte, du könntest mitkommen und dich im Arden etwas umsehen – das ist Honeycutts Hotel –, dich mit ihm unterhalten oder herausfinden, wo er steckt –»

Jury drehte sich auf dem dunklen Weg um. «Sammy, ich hab dir doch gesagt –»

Sam Lasko schüttelte den Kopf und streckte die Arme himmelwärts. «Richard. Schau dir diese Bescherung da hinten an. Denkst du vielleicht, ich hätte nicht genügend zu tun –?»

«Nein, keineswegs.»

Sie gingen eine Gasse hoch, die vom Theater durch die Altstadt zu den Straßen drumherum führte, die von *Bed-and-Breakfast*-Schildern gesäumt wurden wie eine Pappelallee.

«*Casablanca.* Das war ein toller Film. Kennst du doch bestimmt?»

Jury blieb stehen, zündete sich eine Zigarette an und sagte: «Louie, glaub ja nicht, daß dies der Beginn einer wunderbaren Freundschaft ist.»

9

Mrs. Mayberry, die das Diamond Hill Guest House führte, trug nichts dazu bei, daß Jury seine Meinung von den Wirtinnen der *Bed-and-Breakfast*-Kategorie revidierte. «Ich weiß nichts, wie sollte ich auch? Sie gehörte zu einer dieser Reisegesellschaften. Ihr Zimmer war ganz oben – klein, aber gemütlich. Warm- und Kaltwasser und das Bad im Gang. Sie zahlte sieben Pfund inklusive Mehrwertsteuer für eine Übernachtung mit komplettem Frühstück.» Als wäre die Polizei nur gekommen, um bei Mrs. Mayberry Zimmer zu mieten.

Jury wußte, was unter dem kompletten Frühstück zu verstehen war: Orangensaft aus der Dose, Cornflakes, ein Ei, eine hauchdünne Scheibe Speck und, wenn man Glück hatte, eine wäßrige «geschmorte» Tomate. Nur ein Oliver Twist würde sich trauen, um Nachschlag zu bitten.

«Wann haben Sie sie das letzte Mal gesehen, Mrs. Mayberry?» fragte Lasko mit seiner verschlafenen Stimme.

«So gegen sechs, nehm ich an. Sie kam zurück, um sich zum Abendessen frisch zu machen. Das tun sie meistens.» Sie stiegen die Treppe hoch, die Wirtin mit ihrem Schlüsselbund voran. Der Polizeifotograf und der Experte für Fingerabdrücke bildeten die Nachhut. «So, da wären wir.» Mrs. Mayberry trat zur Seite und stieß die Tür auf. «Einfach scheußlich, das Ganze.» Jury nahm an, sie meinte den Mord und nicht das Zimmer, das klein und ziemlich trostlos wirkte. «Daß so was aber auch passieren mußte.» Dieser Kommentar schien sich hingegen weniger auf Gwendolyn Bracegirdles Tod zu beziehen als auf ihre Unverschämtheit, das Diamond Hill Guest House dadurch in Verruf gebracht zu haben.

Das Zimmer lag im obersten Stockwerk, und das winzige Mansardenfenster schien eher dazu gemacht, die sommerliche Brise auszusperren als sie hereinzulassen. An der einen Wand stand ein Bett – eigentlich war es nur ein Feldbett – mit einer Chenilledecke. Von der gegenüberliegenden ragte ein Waschbecken in das Zimmer. Sonst gab es nur noch einen chintzbezogenen Sessel und einen alten Schreibtisch aus Eichenholz. Auf dem Schreibtisch standen fein säuberlich aufgereiht Mrs. Bracegirdles Habseligkeiten: ein paar Cremetöpfchen, Kamm und Bürste, ein kleines Foto in einem Silberrahmen. Jury stand in der Tür, um Laskos Team nicht im Weg zu sein, und konnte deshalb das Gesicht auf dem Foto nicht sehen. Aber dieser Versuch, etwas von ihrem Zuhause mit auf die Reise zu nehmen, kam ihm irgendwie sehr traurig, sehr rührend vor. Die Zimmer von Mordopfern wirkten immer so auf ihn: Vielleicht hatte man ihn so darauf gedrillt, jedes Detail wahrzunehmen, daß die Gegenstände für ihn lebendig wurden: Das Bett schien bereit, das Gewicht des Körpers aufzunehmen; der Spiegel, das Gesicht zu reflektieren; der Kamm, das Haar zu berühren. Gwendolyn Bracegirdles Gegenwart haftete diesen Dingen an wie ein Geruch, obwohl sie nur ein paar Tage in diesem Zimmer gewohnt hatte.

Bevor Lasko sich daranmachte, die Schubladen zu durchsuchen, sagte er zu Jury: «Warum unterhältst du dich nicht etwas mit der Wirtin?» Sein Blick war flehend.

«Mach ich», sagte Jury. Wo er schon einmal da war...

Mrs. Mayberry stärkte sich in ihrem Frühstücks- und Empfangssalon mit einer Tasse Tee. Auf der Anrichte brannte hinter einem zartrosa Lampenschirm eine schwache Glühbirne. Die Anrichte selbst bewies ihm, daß er recht gehabt hatte, was das Frühstück betraf: Neben zwei winzigen Saftgläsern, die sich mit einem großen Schluck leeren ließen, standen mehrere Cornflakes-Pakete. Es gab drei runde Tischchen mit ein paar zusammengewürfelten Stühlen; auf jedem Tisch standen ein paar Gewürzdöschen, die scheinbar ebenfalls eher zufällig dorthin gekommen waren. Senf zum Frühstück?

«Sie kam letzten Samstag hier an», sagte Mrs. Mayberry, «zur selben Zeit wie das Ehepaar auf Nummer zehn. War aber nicht mit ihnen zusammen; sie kannte diese Leute gar nicht.»

«Hat sie sich denn in den paar Tagen, die sie hier war, mit jemandem angefreundet?»

«Ja nun, woher soll ich das wissen? Ich lasse meine Gäste in Ruhe. Morgens bin ich in der Küche. Man muß heutzutage schon aufpassen, daß das Frühstück auch in Ordnung ist, daß die Zimmer saubergemacht sind und so weiter. Was gekocht werden muß – Eier und dergleichen –, wird im voraus gekocht, da alle zur selben Zeit runterkommen. Obwohl es ab halb acht Frühstück gibt, traben sie Punkt neun hier an –» Sie strich sich das krause Haar aus der Stirn und schüttelte den Kopf. «Um elf müssen die Gäste die Zimmer räumen, dann werden die Betten frisch überzogen –»

Jury, der das Gefühl hatte, ein Einstellungsgespräch zu führen, unterbrach sie: «Ja, das bringt bestimmt viel Arbeit mit sich. Aber es muß doch jemanden gegeben haben, mit dem sich Miss Bracegirdle ab und zu traf.»

«Vielleicht hat sie sich mit meiner Patsy unterhalten, sie serviert das Frühstück und macht die oberen Zimmer sauber. Heute hat sie sich mal wieder krank gemeldet – ich hätte sie am liebsten gefeuert.»

Jury unterbrach diese Aufzählung häuslicher Kalamitäten: «Hat sie vielleicht irgendwelche Anrufe bekommen?»

«Nein, nicht daß ich wüßte. Aber fragen Sie mal Patsy. Meistens nimmt sie das Telefon ab.»

Das Gästebuch, das Mrs. Mayberry voller Stolz von dem kleinen Tisch auf dem Gang hereingeholt hatte, lag aufgeschlagen vor Jury. Er betrachtete Gwendolyn Bracegirdles kleine, verschnörkelte Unterschrift und sagte: «Sarasota, Florida.»

«Ja, richtig, Florida.» Sie fingerte an der Ketchupflasche herum. «Ich hab schon jede Menge Gäste aus Florida gehabt. Ich selbst hätte auch nichts gegen einen kleinen Urlaub, aber wie Sie sehen, ist hier so viel zu tun, daß ich einfach nicht wegkomme –»

«Wir müssen noch mit den anderen Gästen hier sprechen, Mrs. Mayberry. Allem Anschein nach war Miss Bracegirdle in Begleitung, als sie, äh, ihren Unfall hatte.»

Sie erbleichte. «Hier? Sie meinen doch nicht –»

«Ich meine überhaupt nichts. Wir sammeln lediglich Informationen.»

Daß sie vielleicht einen Mörder beherbergte und verköstigte, schien jedoch nicht das Problem zu sein: «Das Diamond Hill Guest House wird doch nicht etwa in die Zeitungen kommen, oder? Hier ist noch nie etwas passiert.»

Das erinnerte Jury an seine eigene Bemerkung, mit der er Farraday hatte trösten wollen, daß nämlich in Stratford nie etwas passierte.

«Wir versuchen, sowenig wie möglich an die Öffentlichkeit dringen zu lassen.»

«Gut so. Ich hoffe doch, der gute Ruf des Diamond Hill Guest House wird nicht darunter leiden... es wäre nicht gerade gut fürs Geschäft. Obwohl es ja 'ne Menge Geld kostet, kommen die Amerikaner jedes Jahr hier rüber. Stratford ist so beliebt wie eh und je, ja beinahe *noch* beliebter als früher. Während der Saison ist es – entschuldigen Sie den Ausdruck – die reinste Hölle.»

Jury musterte sie kühl. «Für Miss Bracegirdle war es das bestimmt.»

«Bitte unterschreiben Sie das, Madam», sagte Lasko, der ein paar Minuten später dazugekommen war. Der Spurensicherungsfachmann war mit einem Koffer voller Gegenstände – wahrscheinlich Gwendolyn Bracegirdles Habseligkeiten – verschwunden. «Das Zimmer ist natürlich versiegelt.»

«Versiegelt!» empörte sich Mrs. Mayberry. «Aber es ist doch bereits reserviert.»

Da konnte das Blut in Strömen durch Stratfords Straßen fließen – Geschäft war Geschäft.

«Nicht bevor wir den Raum noch einmal sehr gründlich durchsucht haben.» Lasko steckte den Kugelschreiber ein, mit dem sie die Quittung unterschrieben hatte.

«Das ist ja wunderbar! Und was, bitte schön, soll ich den Leuten sagen?»

Lasko sagte freundlich: «Warum erzählen Sie ihnen nicht, daß der letzte Gast mit einem Rasiermesser aufgeschlitzt wurde?»

Die breiten Eingangstreppen und das Foyer des Royal Shakespeare Theatre waren zum Brechen voll, und Jury hätte gewettet, daß es ausverkauft war und daß jemand mit einer Stehplatzkarte schon längst seinen freien Sitz entdeckt hatte und sich vielleicht gerade in diesem Augenblick darin niederließ.

Melrose Plant war in eine Ecke der Bar gedrängt worden, die den feineren Herrschaften im Parkett zur Verfügung stand.

Er reichte Jury einen Brandy und sagte: «Ich habe in weiser Voraussicht Drinks bestellt, bevor der Vorhang hochging.»

Jury leerte das Glas in ein, zwei Zügen. «Der Vorhang fällt, kommen Sie.»

Plants eher gemurmelter Protest, er würde die zweite Hälfte eines sehr guten *Hamlet* versäumen, konnte nicht verbergen, daß er zweifellos froh darüber war, sich hinter Jury einen Weg durch die Menge bahnen zu können, wenn er auch keinen blassen Schimmer hatte, wohin oder zu wem sie gingen.

Wohin, wurde ihm schnell klar: ins Herz Stratford-upon-Avons, das Arden Hotel.

Zu *wem*, war ein anderes Kapitel.

10

«Meine Freunde», sagte Valentine Honeycutt – und sein eindringlicher Blick ließ vermuten, daß er Jury und Plant gern dazu gezählt hätte – «nennen mich Val.»

«Meine«, sagte Melrose, «nennen mich Plant.»

«Oh!» rief Honeycutt und schien zu erschauern. «Nur bei Ihrem Familiennamen? Sie müssen ja schrecklich wichtig sein.»

«Ja, schrecklich», sagte Melrose, während er seinen silberbeschlagenen Spazierstock über den Tisch neben seinem Stuhl legte.

Valentine Honeycutt ordnete die Falten seines Halstuchs, das wie eine leuchtendgelbe Narzisse in dem V seines weißen, mit feinen grünen und gelben Streifen bedruckten Hemdes erblühte. Das blaue Leinenjackett sollte wohl seine himmelblauen Augen betonen. Alles in allem hatte man das Gefühl, durch einen elisabethanischen Blumengarten zu wandeln, wenn man ihn anschaute. Er schlug ein perfekt gebügeltes Hosenbein über das andere wie jemand, der sich vor allem durch Körpersprache verständigte. «Was kann ich Ihnen anbieten, meine Herren? Eine Zigarette?» Seine Hand beschrieb einen Bogen mit dem silbernen Zigarettenetui.

«Mr. Honeycutt», sagte Jury, «wir hätten gern einige Auskünfte bezüglich Ihrer Reisegesellschaft.»

«Honeysuckle Tours, Atlanta, Georgia, richtig. Heißt so, weil mein eigener Name darin mitklingt. Jeden Juni geht's für sechs Wochen nach London, Amsterdam, aufs Land und wieder zurück nach London. Stratford darf nicht fehlen. Darin sind die Amerikaner ganz vernarrt. Das Theater und so.»

«Sechs Wochen. Das klingt recht teuer.»

«Ist es auch.»

«Ich fürchte, ich habe unangenehme Neuigkeiten für Sie.»

Honeycutt zog die weißblonden Augenbrauen über den unschuldigen blauen Augen hoch, während er etwas zurückwich. Er glich ein bißchen einem Engel, der über ein Loch in seiner Wolke gestolpert war. «Ist etwas passiert?»

«Leider ja. Ein Mitglied Ihrer Gruppe. Eine Miss Bracegirdle –»

«Gwendolyn?»

«Ja. Ein Unfall. Ziemlich schlimme Sache. Miss Bracegirdle ist tot.»

«*Tot!* Großer Gott! Ich erinnere mich, sie klagte über Schmerzen in – aber Sie sprachen von einem Unfall.»

«Sie wurde ermordet.»

Unsichtbare Hände schienen Honeycutt aus seinem chintzbezogenen Sessel zu ziehen, in dem er bis dahin bunt wie ein Blumenstrauß gesessen hatte. «*Was?* Ich verstehe nicht –»

Jury fand, daß es da nicht sonderlich viel zu verstehen gab. «Was haben Sie gestern abend getan, Mr. Honeycutt?»

Honeycutt sah so verständnislos vom einen zum anderen, daß Jury sich fragte, wie dieser Mann es fertigbrachte, sich auch nur in einem Kursbuch zurechtzufinden. «Ich? Nun, ich war im Theater. Wie alle anderen auch vermutlich.»

«In Begleitung?»

«Nein. Nein, ich war allein. *Wie es euch gefällt.* Es war...»

Einen Augenblick lang befürchtete Jury, er würde ihnen die Handlung erzählen, um sich ein Alibi zu sichern. «Wir dachten, Sie könnten uns vielleicht etwas über Miss Bracegirdles Bekanntenkreis erzählen – ob sie zum Beispiel jemanden in Stratford kannte.»

Honeycutt entrang sich ein mühevolles «Äh, nein».

«Und unter den Mitreisenden?»

Honeycutt rauchte mit hastigen Zügen. «Oh, mein Gott, das wird schrecklich werden für das Unternehmen. Wenn Donnie das zu Ohren kommt – das ist mein Partner in Atlanta.»

Jury wünschte, die Leute würden nicht immer nur ans Geschäft denken. «Mit wem von ihren Reisegefährten hat sie sich angefreundet? Haben Sie selbst sie gut gekannt?»

Jetzt kam die Antwort wie aus der Pistole geschossen: «Nein! Ich meine, auch nicht besser als die anderen.»

«Wann haben Sie Miss Bracegirdle das letzte Mal gesehen?»

Langsam gewann er seine Fassung wieder. «Tja... gestern, glaube ich.»

«Sie haben keinen Überblick darüber, wo sich die Leute aufhalten?»

«Du liebe Güte, nein! Manchmal sehe ich sie tagelang nicht. Honeysuckle Tours ist nicht im mindesten mit den üblichen Reiseunternehmen zu vergleichen. Zunächst einmal muß jemand, der bei uns bucht, mehr als nur gut betucht sein –»

«Traf das bei Miss Bracegirdle zu?» unterbrach Jury ihn.

Honeycutt hatte sich soweit erholt, daß er ein kurzes, schnaubendes Lachen ausstoßen konnte: *«Selbstverständlich.»*

«Aber sie übernachtete in einem *Bed-and-Breakfast*. Im Diamond Hill Guest House.»

«Oh, das hat nichts zu sagen. Es war ihr eigener Wunsch. Auch das ist ungewöhnlich bei uns: Wir buchen niemals Monate im voraus in irgendeinem schrecklichen Hotel, in dem dann die ganze Gesellschaft absteigt. *Unsere* Kunden können sich selbst aussuchen, wo sie bleiben wollen. Wir beraten sie nur. Und wir erledigen natürlich auch den lästigen Kleinkram» (er fing wieder an zu strahlen) «und reservieren für sie. Die gute alte Gwen wollte die rauhe Wirklichkeit erleben, sich unters Volk mischen... Sie wissen schon, was ich meine. Mit anderen Worten, sie wollte nicht ins Hilton – viel zu amerikanisch, wie sie meinte. Also haben wir sie in dieser schäbigen kleinen Pension untergebracht.» Er zuckte die Achseln. «Sie war aber keineswegs arm. Millionenschwer, wenn ich mich nicht sehr irre. Sonst hätte sie sich diese Reise auch gar nicht leisten können. Honeysuckle ist beinahe so teuer wie die Queen Elizabeth II, ob Sie's glauben oder nicht. Wir annoncieren nur in den feinsten Magazinen. *Country Life* hier in England und *The New Yorker* in den Staaten. Wir sind keines von diesen Billigunternehmen, die zwanzig oder dreißig Leute in einen klapprigen alten Bus quetschen. Wir haben natürlich auch einen Bus, aber einen nagelneuen mit breiten Sitzen und einer Snackbar. Und wenn einer genug hat vom Busfahren, bieten wir tausend Alternativen an. Will zum Beispiel jemand von London (oder von einer anderen Stadt aus) auf eigene Faust losfahren, besorge ich ihm ein Auto und vergewissere mich, daß alles in Ordnung ist und unser Liebling auch in die richtige Richtung fährt. Unser Ansatz ist sehr individuell; ich respektiere meine Mitmenschen viel zu sehr, als daß ich ihnen einzureden versuchte, ein Hotel, das als Horsd'œuvre Tomatensuppe aus der Dose anbietet, würde *haute cuisine* servieren. Was das Essen betrifft, läuft bei uns nichts unter fünf Sternen.»

Jury lächelte. «Und das nur, weil Sie Ihre Mitmenschen respektieren, Mr. Honeycutt?»

«Nun ja, es kostet sie mehr als viertausend Pfund», sagte

Honeycutt und erwiderte Jurys Lächeln strahlend: «Ich denke dabei auch an mich – ich habe nämlich keine Lust, die Leute in diese alten Mühlen zu packen, sie zu irgendwelchen Museen und Galerien zu karren und sie – und mich – in Absteigen voller Ungeziefer einzuquartieren, in denen das Essen aus Fisch und Pommes frites besteht. Oder mit ihnen auf eine dieser gräßlichen Karibikinseln zu fahren, wo statt der Ventilatoren nur die Fliegen summen, und wo man Palmen nur auf Postkarten sieht – nein, vielen Dank. Wir versuchen es so einzurichten, daß Abhängigkeit und Unabhängigkeit sich die Waage halten. Unsere Kunden können mit ihrer Zeit anfangen, was sie wollen; sie können die Geschäfte plündern oder zehn Stunden beim Dinner sitzen. Die Farradays zum Beispiel – der Gute weiß wirklich nicht, wohin mit dem Geld – wären lieber tot als ohne ihren Komfort, ihre Pools, ihre Bars –»

«Womit wir beim nächsten Thema wären: Wann haben Sie das letzte Mal den kleinen Farraday gesehen?»

«James Carlton? Hmm», Honeycutt ließ den Blick auf Melrose ruhen, während er nachdachte. «Es muß Sonntag oder Montag gewesen sein. Ja, Montag. Warum? Hat sich der Bengel wieder aus dem Staub gemacht?»

«Das überrascht Sie nicht?»

Er pfiff durch die Zähne. «Der brennt doch ständig durch und kommt dann völlig abgerissen zurück, als hätte er mit einem Schwarm Haie gekämpft. Das macht der mit links. Die Tochter, Honey, das ist ein richtiger kleiner Luxusartikel... Farraday hat doch nicht wegen James Carlton die *Polizei* eingeschaltet?»

Jury nickte. «Sie haben ihn das letzte Mal Montag morgen beim Frühstück gesehen?»

«Ich denke, es war Montag morgen. Ziemlich früh auf der Sheep Street. Ich habe ihn gar nicht weiter beachtet; er schwirrt immer irgendwo herum. Fragen Sie seine Schwester Penny. Sie ist die einzige, mit der er redet. In einer sehr eigenen Sprache», fügte er teilnahmslos hinzu.

«Haben Sie denn nun Miss Bracegirdle zusammen mit jemandem gesehen? Was ist mit diesem George Cholmondeley? Er ist auch ohne Anhang –»

«Und wollte bestimmt auch keinen, zumindest nicht die gute alte Gwen, meine Herren.» Allein bei der Vorstellung schienen sich ihm die Haare zu sträuben. Dann zog er einen Flunsch und fügte hinzu: «Amelia Farraday wäre schon eher sein Typ.»

«Und Harvey Schoenberg?»

«Du lieber Himmel, Sie haben uns alle ja wirklich beim Wickel.»

Jury lächelte. «Ich frage ja nur. Also wie steht's mit Schoenberg? Er besitzt anscheinend auch das nötige Kleingeld.»

«Er hat seine eigene Computerfirma. Haben Sie eine *Ahnung*, wieviel Geld man mit Computern machen kann? Natürlich hat Gwen ihn gekannt, aber ich weiß nicht, ob sie mit –» Plötzlich schien er zu kapieren. «Hören Sie, Superintendent, soll das heißen, daß Gwen von einem aus *unserer* ...» Er wies den Gedanken sofort von sich. «Grotesk!»

«Nein, soll es nicht. Ich sondiere lediglich das Terrain.» Jury stand auf, und Melrose Plant griff nach seinem Spazierstock. «Aber jemand versucht wohl, Honeysuckle Tours die Tour zu vermasseln –»

Bei dieser Bemerkung begann das Honeycutt-Blümchen dahinzuwelken: das gelbe Halstuch wurde schlaff, das Leinenjackett hing traurig an ihm herunter. «Oh, mein Gott.»

«Scheußlich», sagte Melrose Plant, als sie wieder auf dem Gehsteig standen.

«Ich bin ganz Ihrer Meinung», erwiderte Jury. «Was halten Sie davon, morgen bei den Dews vorbeizuschauen? Sie sind im Hathaway abgestiegen. Ich möchte mit diesem George Cholmondeley sprechen.»

«Lady Dew», sagte Melrose Plant. «Warum bleibe ich immer auf den Adligen sitzen?»

Jury lächelte. «Jedem das Seine. Dieser Honeycutt – ich frage mich, was für ein Typ sein Partner in Atlanta ist?»

Melrose blieb auf der dunklen Straße stehen, in der das kleine Schild des Falstaff gerade noch zu erkennen war. «Weiß ich auch nicht. Aber ich stelle mir vor, sie passen zueinander wie der Deckel auf den Eimer.»

11

Chief Superintendent Sir George Flanders, Abteilungsleiter im Polizeibezirk Warwickshire, war ein hochgewachsener Mann, der Lasko weit überragte, aber nicht ganz an Jury herankam. Sir George lehnte es ab, sich zu setzen; er weigerte sich sogar, seinen Regenmantel abzulegen – als könnten diese Anzeichen von Ungeduld seine Polizeikräfte anspornen, der Lösung des Falles schnell näherzukommen, selbst auf die Gefahr hin, daß sie sich auf dem Holzweg befanden. Zumindest vermittelte er diesen Eindruck, wenn man ihn so dastehen sah, während er auf den riesigen Stadtplan von Stratford starrte und einen Monolog hielt, dessen wichtigste Aussage war, daß beinahe vierundzwanzig Stunden vergangen waren, ohne daß Lasko irgendein Ergebnis vorweisen konnte. Und mit dieser mageren Ausbeute wollte er nicht vor den amerikanischen Konsul treten.

«Ein Mord und ein vermißtes Kind», sagte der Chief Superintendent zum hundertstenmal, als könnte er wie die Hexen in *Macbeth* die schrecklichen Vorfälle durch ständiges Beschwören wieder aus der Welt schaffen. «Ein Mord und ein –»

«Es besteht überhaupt kein Grund zu der Annahme, der Junge würde nicht wieder auftauchen. Er ist schon öfter abgehauen. Es würde mich nicht wundern, wenn er innerhalb der nächsten paar Stunden ins Hilton spazierte.» Lasko sah auf seine Digitaluhr, als wollte er sie alle so lange festhalten, bis sich seine Prophezeiung bewahrheitet hatte. «Die beiden Dinge brauchen in keinem Zusammenhang zu stehen.»

«Nein, natürlich nicht», sagte Sir George mit einem ziemlich unangenehmen Lächeln zu seinem Detective Sergeant: «Es könnten einfach nur *zwei Morde* sein.» Schon sein Blick war tödlich genug.

Lasko, der willens schien, Sir Georges Abneigung gegen das Entkleiden zu teilen, trug immer noch seine Melone. Sie saß ihm tief in der Stirn. «Es ist noch zu früh, um –»

«Noch zu früh? Erzählen Sie *das* mal der amerikanischen Botschaft. Wir haben es schließlich mit Amerikanern zu tun, Mann», wiederholte er, als ob Lasko sich noch nicht über die verschiedenen Nationalitäten klargeworden wäre. «Wir haben es nur Gott und der britischen Presse zu verdanken, daß diese verdammte Sache noch keine Schlagzeilen gemacht hat. Ich erschauere bei dem Gedanken, wie die amerikanischen Touristen in dieser Stadt reagieren würden –»

Jury verkniff sich die Bemerkung, daß englisches Blut so rot sei wie jedes andere und daß Dinge wie Vergewaltigung und Körperverletzung, Mord und Entführung für Amerikaner kein Fremdwort seien.

Als hätte er seine Gedanken gelesen, wandte Sir George den Kopf nach Jury um – einen sehr edlen Kopf mit bereits ergrautem Haar und Schnurrbart. «Im übrigen habe ich ein ziemlich langes Telefongespräch mit Ihrem Chef geführt... wie heißt er noch gleich?»

«Racer.»

«Ja. Racer. Wie Sie wissen, haben wir Ihre Abteilung nicht um Verstärkung gebeten, Mr. Jury.»

«Ja, ich weiß», sagte Jury lächelnd. Lasko würde erklären müssen, warum Jury mit der Kriminalpolizei Stratfords zusammenarbeitete.

«Ich habe Superintendent Jury gebeten, mit den Farradays zu sprechen, weil Farraday nichts mit der Provinzpolizei zu tun haben will und immer nur nach Scotland Yard schreit. Sie glauben, neben dem FBI gibt es auf der ganzen Welt nur noch Scotland Yard. Sie haben noch nie was von der französischen Sûreté gehört», kam es unter Laskos Hut hervor.

«Schon gut, schon gut», sagte Sir George und hob die Hände, wie um eine Aufzählung der Polizeikräfte rund um den Globus zu verhindern. «Mr. Jury hat freundlicherweise ausgeholfen. Ihr Chef–» er wandte sich wieder an Jury – «war indessen ein wenig verärgert, daß Sie sich ohne amtliche Order eingemischt haben –»

Als Sir George sich anschickte, Racers Kommentare zu wiederholen, schaltete Jury einfach ab. Diese Litanei kannte er zur Genüge.

Nachdem Sir George auf diese Weise noch einmal betont hatte, daß die Polizei von Warwickshire durchaus in der Lage sei, ihre Angelegenheiten selbst zu regeln, schien er ganz zufrieden. Mit einem zögernden Kopfnicken fügte er noch hinzu: «Er sagte, Sie sollten ihn auf jeden Fall anrufen.»

«Sehr wohl.» Jury hatte sich also ohne ausdrücklichen Befehl von Chief Superintendent Racer nicht von der Stelle zu rühren. Nun ja, er würde ihn bestimmt irgendwann im Laufe der nächsten Tage einmal anrufen.

Düster bemerkte Sir George: «Zwischen dem Mord an dieser Frau und dem Jungen muß einfach ein Zusammenhang bestehen.»

Jury pflichtete ihm insgeheim bei.

«Wer gehört denn sonst noch zu dieser verdammten Reisegesellschaft? Und wer leitet sie?»

Lasko blätterte in dem Notizbuch auf seinem Schreibtisch. «Der Leiter ist ein Mann namens Valentine Honeycutt –»

«Großer Gott, diese Amerikaner scheinen eine ausgesprochene Vorliebe für blumige Namen zu haben –»

«Er ist kein Amerikaner», sagte Lasko. «Er ist Engländer.»

Sir George brummte: «Macht nichts. Haben Sie mit ihm gesprochen?»

Ohne auch nur einen Blick mit Jury zu wechseln, nickte Lasko und erklärte seinem Chief Superintendent das Prinzip von Honeysuckle Tours.

«Was ist mit den anderen?»

«Außer den Farradays – sie sind zu fünft – ist da noch eine Lady Dew mit ihrer Nichte und ein gewisser George Cholmondeley –»

«Wollen Sie etwa behaupten, die seien auch Amerikaner?»

«Nein, Lady Dew und ihre Nichte leben nur in Tampa, Florida –»

«Von dort stammt doch auch diese Bracegirdle.»

«Aus Sarasota, nicht aus Tampa.»

«Sind das alle?» knurrte Sir George.

«Und Harvey L. Schoenberg.» Lasko klappte sein Notizbuch zu. «Er schien sich mit dem kleinen Farraday am besten verstanden zu haben, aber er sagte, er habe ihn seit Tagen nicht gesehen. Offensichtlich war keiner von der ganzen Crew besonders eng mit der Bracegirdle befreundet.»

«Also keinerlei Anhaltspunkte bis jetzt.» Sir George seufzte so tief auf, als sei Gwendolyn Bracegirdles Leiche bereits vor zwei Wochen und nicht erst vor vierundzwanzig Stunden gefunden worden. «Abgesehen von diesem hier.» Er nahm das Programmheft in die Hand. «Was in Gottes Namen hat das zu bedeuten?»

Der Schönheit rote Nelken
sind Blumen, die verwelken.

Sir George schüttelte den Kopf. «Was ist das?»

«Ein Gedicht», sagte Lasko und schneuzte sich in ein riesiges Taschentuch.

Sir George warf Detective Sergeant Lasko einen eiskalten Blick aus seinen blauen Augen zu: «Verdammt, daß das ein Gedicht ist, weiß ich auch. Die Frage lautet, was für eines und wieso?»

Lasko zuckte die Achseln. «Tut mir leid.»

«Gefällt mir gar nicht. Sieht aus wie eine Botschaft. Und Botschaften an die Polizei mag ich ganz und gar nicht.»

Jury auch nicht. Dieses Stück Papier ließ ihm das Blut in den Adern gefrieren, denn es war eine Art Unterschrift – genau die Art von kleinen Liebesbriefen, die Psychopathen wie Jack the Ripper mit Vorliebe an die Polizei adressierten.

Das Problem war nur, daß solche Typen es nicht bei einem Brief bewenden ließen.

12

Cyclamen Dew stellte das aufgesetzte, seelenvolle und selbstverleugnende Gebaren eines Menschen zur Schau, der, obwohl nicht als Heiliger geboren, ausgezogen ist, es zu werden.

Neben ihrer Tante, der verwitweten Lady Violet Dew, in der Bar des Hathaway Hotels sitzend, hatte Cyclamen Dew (eine unattraktive, hagere Erscheinung) Melrose über ihr Leben ins Bild gesetzt – ein großes Tableau, das sich aus Szenen eines Lebens voller Ängste, persönlicher Katastrophen, verpaßter Gelegenheiten und zu nichts zerronnener Träume zusammensetzte, denn sie hatte sich immer nur für ihre Tante aufgeopfert.

Lady Violet war eine schweigsame alte Dame mit boshaft funkelnden Augen. Sie saß, in schwarzen Batist und Spitze gekleidet, dazu ein Medaillon um den Hals, während dieses langen Vortrags zusammengekrümmt in ihrem Sessel. Ihr Atem ging keuchend.

«Ja, so ist das», sagte die Nichte und zuckte zum hundertstenmal resigniert die Achseln. «Sie müssen uns eben so nehmen, wie wir sind.»

Melrose wußte nicht, wie sonst man jemanden nehmen konnte und hoffte, es handele sich um eine abschließende Bemerkung, da er selbst zur Sache kommen wollte. Aber dem war nicht so, Cyclamen legte nur einen neuen Gang ein.

Sie holte tief Luft und fuhr fort: «Ich habe schon immer davon geträumt, dienen zu können –»

«Ah, Sie wollen Kammerzofe werden…?» fragte Melrose mit gespielter Unschuld.

Sie wollte sich fast ausschütten vor Lachen: «O nein,

mein Lieber, wie komisch! Ich meine natürlich den Schwesternorden. Aber wie Sie sehen...» Sie machte eine kleine Handbewegung in Lady Dews Richtung, die Melrose mit ihren schwarzen Knopfaugen fixierte. Aber dann schien sich Cyclamen doch eines Besseren zu besinnen, oder vielleicht besann sie sich auch nur auf das beträchtliche Vermögen ihrer Tante, und schlug einen anderen Ton an. «Aber kann ich mich zu etwas Höherem berufen fühlen als dem Dienst an meiner Tante?»

Die Tante gab die einzig vernünftige Antwort, die man Melroses Meinung nach darauf geben konnte: «Bestell mir einen Gin.»

«Also hör mal, Tantchen, du weißt doch, was Dr. Sackville davon hält. Du sollst keinen Alkohol anrühren. Eine Tasse Tee, das wäre –»

Der Ebenholzstock schlug hart gegen das Tischbein. «Ist mir scheißegal, was der geile alte Bock sagt –» Hier wandte sie sich an Melrose: «Es gibt keine in Tampa, mit der er es nicht getrieben hat –» Und zu Cyclamen gewandt: «Ich sagte Gin. Oder besser noch einen doppelten.»

Melrose wollte sich schon erheben, um ihr einen zu holen, aber Lady Dew fächelte ihn zurück auf seinen Platz. «Bemühen Sie sich nicht. Sie wird ihn schon bringen. Was führt Sie zu uns, junger Mann?»

Cyclamen wußte, wann sie geschlagen war, und machte sich mit hochrotem Kopf auf zur Bar. Melrose hätte sich nicht gewundert, wenn sie auf allen vieren durch den Raum gekrochen wäre.

«Ich höre mich im Auftrag der Polizei etwas um. Nein, ich bin *nicht* von der Polizei, aber Superintendent Jury vom Scotland Yard hat mich gebeten, bei Ihnen vorbeizuschauen.»

Hinter Strähnen dünnen grauen Haars zogen sich die buschigen schwarzen Augenbrauen fragend zusammen. Ihr zahnloser Mund glich nur mehr einer Einbuchtung zwischen der Hakennase und dem vorspringenden Kinn. Lady Dews körperliche Erscheinung wirkte, als würde sie jeden Moment zusammenbrechen. Was aber ihren Verstand betraf, so war sie topfit. «Würde mich keineswegs wundern, wenn jemand dieser Schlampe Amelia die Kehle durchgeschnitten hätte.»

Melrose wunderte sich allerdings: «Sie meinen, Sie haben Grund zu der Annahme, daß eine Ihrer Reisegefährtinnen sich in Gefahr befindet?»

«Sie sagten doch eben Polizei, nicht?»

«Äh... ja. Aber eigentlich geht es um eine gewisse Gwendolyn Bracegirdle.»

«Dieses Schaf. Was hat sie denn angestellt? Das alte Hasch-mich-Spielchen – kann ich mir bei der gar nicht vorstellen, so wie die aussieht. Diese Amelia hingegen –»

Cyclamen war zurück, in der Hand ein Glas. «Also wirklich, Tante, du solltest nicht so reden über –»

«Oh, halt den Mund. Ich sage, was ich will. Ich habe drei Männer begraben, zweimal ein Vermögen verloren und wieder zusammengerafft, bin fünfmal festgenommen worden und habe versucht, die Nelsonsäule raufzuklettern; ich habe splitternackt auf dem Rasen vor dem Kristallpalast getanzt, und ich hab's mit allem getrieben, was Rang und Namen hatte.»

Cyclamen schloß die Augen. «Ist ja schon gut, reg dich nur nicht auf, Tante.»

«Wenn ich mich doch nur noch aufregen könnte. Also, was ist mit dieser Bracegirdle los?» fragte sie und trank in einem Zug das halbe Glas leer.

«Gwendolyn?» fragte Cyclamen, und ihre Augenbrauen schossen in die Höhe. «Was ist passiert?»

«Ich wollte Lady Dew gerade die Geschichte erzählen. Miss Bracegirdle hatte... einen Unfall. Einen ziemlich schweren. Sie ist tot.»

Lady Dew schien das nicht weiter zu berühren, während Cyclamen völlig außer sich geriet und lauter unzusammenhängende Fragen hervorstieß, bis Melrose sich schließlich gezwungen sah, die Sache kurz zu machen. «Nein. Sie wurde ermordet.»

Die alte Frau schien entzückt zu sein – sie mochte das Leben pur, samt Gin und allem, was ihr sonst noch an Aufregendem geboten wurde; die Jüngere hingegen sank gekonnt in Ohnmacht.

«Ach, was soll der Quatsch, Cyclamen. Die Frau ist tot und damit basta.» Mit neuem Interesse wandte sie sich Melrose zu: «Ein Sexualverbrechen, war es das?»

«Die Polizei ist sich nicht sicher.»

«Aber ich bin mir sicher – in der Hinsicht war nämlich mit der guten alten Gwendolyn überhaupt nichts los. Die kann doch den Hund nicht vom Schwanz unterscheiden. Glauben Sie mir, ich kenne mich da aus.»

Als sie sich zu ihm herüberbeugte und ihre arthritische Hand auf sein Knie fallen ließ, bot er ihr schnell eine Zigarette an, um sie wieder loszuwerden. Während Cyclamen sie an Dr. Sackvilles Instruktionen in bezug auf das Rauchen erinnerte, ließ sie sich Feuer geben.

«Was können Sie mir über Ihre Reisegefährten erzählen?» fragte Melrose und rutschte auf seinem Stuhl außer Reichweite.

«Nichts.»

«Allerlei.»

«Also *wirklich*, Tante.»

«Halt den Mund!»

«Nur Klatsch, sonst nichts!»

«Na und?» Wären in diesem Gefecht nicht Worte, sondern Kugeln zwischen den Damen hin- und hergeflogen, hätte Melrose bestimmt nicht überlebt.

Keuchend und vor sich hin paffend rückte die alte Dame ihren Stuhl Zentimeter um Zentimeter an Melrose heran. «Haben Sie die Farraday-Sippe schon einmal gesehen? Diese Amelia ist mindestens zwanzig Jahre jünger als er. Ganz klar, warum er sie geheiratet hat.» Lady Dew beschrieb mit den Händen vielsagende Kurven. «Und die Tochter ist genauso nuttig wie die Mutter. Sie hätten sehen sollen, wie sich die beiden in Amsterdam an diesen Cholmondeley rangemacht haben – Sie kennen ihn?»

Cyclamen lauschte diesem Redefluß mit starrer Geduldsmiene und legte ihrer Tante beruhigend die Hand auf die klauenartigen Finger. Sie wurde sofort wieder abgeschüttelt.

«Schau du mir nicht so unschuldig drein, Cyclamen, du warst auch nicht viel besser –»

«Das ist eine Lüge!» platzte die Nichte heraus. Zum erstenmal hatte sie den richtigen Ton gefunden. Angesichts der Lautstärke drehten sich die übrigen Gäste in dem Dunkel der Bar neugierig nach ihr um. Sie erhob sich, erklärte, sie habe schreckliche Kopfschmerzen und verzog sich grollend, wahrscheinlich auf ihr Zimmer.

«Von wegen», sagte Lady Dew und fächelte sich energisch, während sie den Abgang ihrer Nichte beobachtete. Melrose fragte sich, ob die Sticheleien der alten Dame nicht in direktem Verhältnis zu der märtyrerhaften Duldsamkeit der Jüngeren standen. «Wenn Sie mir noch einen Gin spendieren, erzähl ich Ihnen alles haarklein», fügte sie hochzufrieden hinzu.

«Mit Vergnügen.»

«Cholmondeley und die Farraday klebten förmlich aneinander. Ich habe sie mit eigenen Augen auf der Terrasse dieses Hotels in Amsterdam beobachtet, in dem einige von uns übernachteten.» Lady Dew hatte an ihrer Geschichte sichtlich ebensoviel Freude wie an dem Gin, den Melrose vor sie hingestellt hatte. «Amelia gab in einem fort damit an, daß sie vor der Ehe *Schauspielerin* gewesen sei. Wenn *die* jemals auf der Bühne gestanden hat, dann mit nichts als Straußenfedern und einem Fächer bekleidet, das können Sie mir glauben.» Ihr eigener schwarzer Fächer bewegte sich um so schneller, je skandalöser der Klatsch wurde.

«Vertikal oder horizontal?»

Der Fächer kam zum Stillstand. «Wie bitte?»

Melrose lächelte. «Sie sagten, sie klebten aneinander. Und ich frage mich –»

Lady Dew kicherte, klappte ihren Fächer zu und patschte ihm damit aufs Knie. «Sie sind mir ja einer. Betrügen Sie Ihre Frau?» fragte sie leise.

«Geht nicht; ich bin unverheiratet.»

Ihre Knopfaugen funkelten, und er wechselte schnell das Thema. «Wollten Sie vorhin andeuten, Ihre Nichte habe sich ebenfalls für diesen Mr. Cholmondeley interessiert? Sie scheint mir irgendwie viel zu – vergeistigt.»

Sie bedachte ihn mit einem vielsagenden, messerscharfen Lächeln. «Seien Sie doch kein Blödmann. *Die?* Sie ist –» Sie nahm wieder den Faden ihrer Geschichte auf. «Aber dieser Farraday ist gewiß kein Blödmann. Er hat sein Vermögen mit Kohle gemacht. Tagebau. Und er hat auch ein paar gute Geschichten auf Lager, das muß man ihm lassen. Vor allem Limericks. Ich sammle Limericks. Kennen Sie welche?»

Melrose fragte sich, wie er sie nur dazu bringen könnte, sich endlich auf den Mord zu konzentrieren. «Ein paar.

Aber ich wette, sie sind viel zu harmlos für Ihren Geschmack.»

«Probieren Sie's doch mal.» Die konkave Rundung ihres Mundes klappte in sich zusammen – ihre Version eines anzüglichen Lächelns. «Hören Sie, Sie sollten mal nach Florida kommen, junger Mann. Damit etwas Farbe auf diese rosigen, englischen Wangen kommt.»

«Ich kriege leider sofort einen Sonnenbrand, Lady Dew –»

«Keine Angst. Wir können uns auch beim Pferderennen vergnügen. Ich kann Ihnen mein Wettsystem beibringen. Wir lassen die gute alte Cyclamen einfach zu Hause und machen einen drauf.» Sie schlug ihm aufs Knie. «Glauben Sie bloß nicht, ich wäre dafür zu alt. Ich bin schneller bei den Schaltern als die Buchmacher –»

Melrose unterbrach sie. «Nichts lieber als das. Aber erzählen Sie doch ein bißchen von dieser Gwendolyn Bracegirdle.»

«Ein farbloses Wesen. Immer nur ‹Mama hier›, ‹Mama da›. Die Bracegirdle hatte *wirklich* Probleme.»

«Sie muß sich doch mit irgend jemandem auch näher angefreundet haben.»

«‹Angefreundet› ist gut! Bi war sie, wenn Sie's genau wissen wollen.» Als Melrose sie verwundert ansah, schlug sie ihm erneut auf den Schenkel und sagte: «Na, Sie wissen schon, Männer und Frauen, und vielleicht das eine oder andere Tierchen. Sie mochte diesen Schoenberg mit seinem verrückten Gerät, aber er schien nicht interessiert zu sein. Zu beschäftigt damit, seinen Computer zu füttern, keine Zeit für solche Albernheiten. Kein übler Bursche, nur etwas meschugge. Trägt diese Hemden mit dem kleinen Krokodil drauf und fürchterliche Fliegen dazu. Ist glänzend mit dem kleinen Farraday ausgekommen, diesem James Soundso.

Der Kleine ist der einzige, der ihn versteht. Ich habe kein Wort von deren Kauderwelsch kapiert. Kann mir auch Interessanteres vorstellen, als mich mit solchem Kram herumzuschlagen, oder?» Sie zwinkerte ihm zu.

«Der kleine Farraday ist übrigens verschwunden.»

Sie zuckte die Achseln. «Überrascht mich nicht. Er haut dauernd ab. Wahrscheinlich, weil er seine Familie unausstehlich findet. Kann man ihm auch nicht verübeln. Seiner Schwester Penny geht's genauso. Oh, er wird schon wieder auftauchen, da können Sie ganz beruhigt sein.»

«Und Sie können sich auch nicht vorstellen, daß einer Ihrer Reisegefährten oder vielleicht jemand aus Stratford Miss Bracegirdle lieber tot als lebendig gesehen hätte?»

«Du lieber Himmel, nein. Dazu sah sie mir einfach zu harmlos aus. Natürlich weiß ich nicht, auf was sie sich in Stratford eingelassen hat. Ich habe sie zwei, drei Tage lang nicht gesehen. Das gefällt mir übrigens an dieser Art zu reisen: Wir können tun und lassen, was wir wollen, keiner redet einem drein.» Wieder blinzelte sie Melrose zu.

Der erhob sich hastig und griff nach seinem Zigarettenetui und seinem Spazierstock. Lady Dew und Mord schienen irgendwie nicht zusammenzupassen. Er hatte jetzt das dringende Bedürfnis, ein wenig mit Jack the Ripper zu plaudern. «Vielen Dank, daß Sie mir Ihre Zeit geopfert haben, Lady Dew.»

«Nennen Sie mich doch Vi – oh, heiliger Strohsack, da kommt sie, die Dame, die einem heimleuchtet.»

Cyclamen, anscheinend frei von Kopfschmerzen, durchquerte mit entschlossener Miene den Raum. «Ding – ding, Tante Violet», flötete sie.

«Bring mir einen Gin.»

Mit einem liebenswürdigen Lebewohl trat Melrose den Rückzug an.

13

Jury spürte George Cholmondeley im Speisesaal des Welcombe Hotels auf; sein Ecktisch war in grelles Licht getaucht, das durch das hohe Fenster hinter ihm hereinströmte und alles gleichsam mit einem leuchtenden Flor überzog.

«Mr. Cholmondeley?»

Der gutaussehende Mann schaute auf.

«Superintendent Jury, Scotland Yard, Mordkommission. Könnte ich Sie kurz sprechen?»

Cholmondeley lächelte ein wenig frostig und wies auf den Stuhl ihm gegenüber. «Wenn ich nein sage, machen Sie dann wieder kehrt und gehen?»

Jury gab das Lächeln aufrichtig und unbefangen zurück. «Aber Sie sagen nicht nein, oder? Detective Sergeant Lasko hat bereits mit Ihnen gesprochen?»

Cholmondeley nickte. «Möchten Sie etwas? Kaffee? Tee?» fragte er höflich. Er trug einen italienischen Seidenanzug in einem wäßrigen Graubraun, das zu seiner Augenfarbe paßte. Cholmondeley war ein überaus attraktiver Mann. Die blonden Haare, die helle Haut, die schlanken, sensiblen Finger, die gerade dabei waren, eine Forelle zu entgräten, diese Lässigkeit, die etwas vage Dekadentes an sich hatte – all das mußte bei Frauen gut ankommen. Neben ihm stand in einem Eiskübel eine Flasche Château Haut-Brion.

Der Mann war eindeutig kein mittlerer Angestellter, der ein ganzes Jahr lang für seine zwei Wochen Sommerurlaub sparen mußte.

Jury lehnte Kaffee, Tee und Wein ab, während Cholmondeley die Flasche hob, um sein eigenes Glas wieder zu füllen. «Wie gut haben Sie Gwendolyn Bracegirdle gekannt, Mr. Cholmondeley?»

«Eigentlich gar nicht. Obwohl ich natürlich betroffen war, als ich hörte, was geschehen ist.» Sein Appetit schien allerdings nicht darunter gelitten zu haben. Er aß seinen Fisch mit sichtlichem Genuß.

«Und wie verstand sie sich mit den übrigen Reiseteilnehmern?»

Cholmondeley sah ein bißchen ratlos drein. «Oh, das kann ich Ihnen nicht sagen. Sie war häufig mit dieser Dew zusammen, ich meine mit der Jüngeren.» Er brach sich ein Stück Brot ab und bestrich es mit Butter. «Warum wollen Sie das wissen?»

Jury zuckte die Achseln. Er wollte Cholmondeley nicht noch mißtrauischer machen, als er es vielleicht schon war. «Mit irgend etwas muß man ja anfangen.»

Cholmondeley runzelte die Stirn. «Warum fangen Sie nicht mit den kriminellen Elementen in Stratford an? Mit der Liste der meistgesuchten Verbrecher? Wieso mit Honeysuckle Tours? Und wieso, wenn ich fragen darf, Scotland Yard? Ich nehme doch an, Warwickshire hat selbst eine tüchtige Polizei?»

«Ja, eine sehr tüchtige. Allerdings gibt es in Stratford so gut wie keine kriminellen Elemente. Natürlich überprüfen wir alles mögliche, aber ich neige dazu, Mörder in der Nähe ihrer Opfer zu suchen.»

Cholmondeley hatte seinen Fisch aufgegessen und zog ein Zigarettenetui hervor. «Ich meine, es überrascht mich doch etwas, daß Sie annehmen – und offensichtlich tun Sie das –, einer von uns wäre in diese Sache verwickelt.»

Lasko mußte tiefer gebohrt haben als der Sache dienlich war. «Es ist noch etwas früh, um überhaupt dergleichen anzunehmen, Mr. Cholmondeley –»

Cholmondeley warf ihm einen scharfen Blick zu. Anscheinend glaubte er ihm kein Wort. Er zündete sich eine

Zigarette an und lehnte sich scheinbar ganz unbefangen zurück.

«– aber die Leute, mit denen Miss Bracegirdle über einen Monat lang ziemlich eng zusammen war, müssen doch etwas über ihre Person, ihren Charakter, ihre Gewohnheiten, ihre Freunde wissen...» sagte Jury.

«Ich nicht. Ich habe kaum eine Minute mit der Frau verbracht.» Und er starrte durch das lichtdurchflutete Fenster, als wünschte er sich nichts sehnlicher, als einen kleinen Verdauungsspaziergang durch den Hotelgarten zu machen.

«Mit wem haben Sie dann Ihre Zeit verbracht?» fragte Jury liebenswürdig. «Mit Mrs. Farraday vielleicht?»

Die Reaktion war wie erwartet: kaum unterdrückte Wut. Bislang war der Mann zu glatt, zu unbeteiligt und deshalb auch zu selbstsicher gewesen. «Wie bitte? Wer hat das gesagt?»

Anscheinend hatte Jury ins Schwarze getroffen. Cholmondeley wäre sonst bestimmt nicht auf die Idee gekommen, daß irgend jemand ‹das› gesagt hatte. Und wenn man Amelia Farraday einmal begegnet war, fiel es einem schwer zu glauben, daß weder er für sie noch sie für ihn das geringste Interesse bekundet hatte. Eine kleine Ferienromanze, wenn Farraday gerade nicht hinsah? Jury lächelte. «Eigentlich niemand. Mrs. Farraday ist nur eine sehr attraktive Frau.»

«Und auch eine sehr verheiratete.»

«Hat das heutzutage noch etwas zu bedeuten?»

Cholmondeley gab ihm keine Antwort, sondern starrte, den Kopf zur Seite gewandt, weiter aus dem Fenster.

Jury ließ das Thema einer Liaison zwischen den beiden wieder fallen. «Kann es denn sein, daß einer Ihrer Reisegefährten Miss Bracegirdle nicht mochte?»

«Meines Wissens nicht. Für mich war sie nicht der Typ,

den man mag oder nicht mag. Ich fand sie etwas zu … überschäumend. Zuviel Geschwätz, zuviel Geblubber.»

«Sie haben sich also doch mit ihr unterhalten?»

«Ja, natürlich. Übers Wetter und ähnlich belangloses Zeug.» Ungeduldig schnippte er die Asche seiner Zigarette in den gläsernen Aschenbecher.

«Gab es denn unter den Mitreisenden irgendwelche Unstimmigkeiten?»

«Nur das übliche Gezänk, Eifersüchteleien und so weiter. Aber das ist gang und gäbe.»

«Ich bin noch nie mit einer Reisegesellschaft gereist. Ich weiß also nicht, was gang und gäbe ist.»

«Sie nehmen alles schrecklich wörtlich, Superintendent.»

«Ich hab noch nie erlebt, daß ein Mord auf metaphorischem Wege gelöst wurde.»

Cholmondeley stieß einen tiefen Seufzer aus. «Na schön. Es gab natürlich Probleme mit dem Jungen, aber die gibt es wohl immer mit Kindern. Der kleine Farraday – James Carlton heißt er, wenn ich mich recht erinnere – machte gern Extratouren.»

«Hmm. Er scheint gerade wieder eine zu machen.»

Cholmondeley schien nicht sonderlich überrascht. «Die Eltern haben sich schon daran gewöhnt. Gar nicht so einfach, ihn wieder einzufangen. Ein seltsames Kind.» Cholmondeley tat das Problem mit einem Schulterzucken ab; es betraf ihn nicht. «Und dann ist da natürlich diese gräßliche Lady Dew. Lady Violet Dew.»

«Ich hatte noch nicht das Vergnügen.»

«Es ist keines, glauben Sie mir. Sie lebt in Florida und kommt einmal im Jahr nach England zurück, um ihre Verwandten auf Trab zu bringen. Die müssen wirklich glücklich darüber sein, daß sie den Daumen auf der Geldbörse hat.»

«Hat sie sich Ihnen anvertraut?»

«Die hat sich *allen* anvertraut.»

«Was ist mit Schoenberg?»

Cholmondeley schenkte sich noch etwas Wein ein. «Komischer Kauz. Wirklich, man kann sich kaum mit ihm unterhalten, da er meistens Computerfachchinesisch spricht. RAMS und ROMS und so weiter. Aber mit dem kleinen Farraday hat er sich prächtig verstanden. Ein schlaues Bürschchen, wundert mich nicht, daß er seine Eltern so häufig an der Nase herumführt.»

«Und Farraday?»

«Was mit ihm ist? Nett scheint er zu sein. Etwas zu protzig für meinen Geschmack. Hat wohl viel Geld in zu kurzer Zeit gemacht und kann es nicht schnell genug wieder ausgeben. Die beiden Töchter hassen sich wie die Pest. Eigentlich tut mir das häßliche Entlein leid.»

«Meinen Sie Penny?»

Er zog eine Augenbraue hoch. «Nun, offensichtlich nicht Miss Milch-und-Honig.»

«Honey Belle scheint Sie nicht kaltzulassen.» Jury lächelte.

«Sie glauben doch wohl nicht, ich würde kleinen Mädchen nachstellen?»

«Ich dachte eher, die kleinen Mädchen würden Ihnen nachstellen.»

Zum erstenmal lächelte Cholmondeley ungezwungen. «Ein bißchen schon.»

«Aber nicht Miss Bracegirdle? Sie hat Sie in Ruhe gelassen?»

Cholmondeley sah ihn baß erstaunt an. «Großer Gott, ja. Wollen Sie damit sagen, außer mir hätte das keiner bemerkt?»

«Was bemerkt?»

«Gwendolyn ist – ich meine, war – anders gepolt. Wie auch diese Cyclamen Dew.»

Jury brauchte einen Augenblick, um diese Neuigkeit zu verdauen. «Und das ist Ihrer Meinung nach auch der Grund, weshalb die beiden häufiger zusammen waren?»

Cholmondeley genoß es offensichtlich, Sand ins Getriebe gestreut zu haben. «Wenn Miss Bracegirdle ein so folgenschweres Rendezvous hatte, muß sie nicht unbedingt einen Mann getroffen haben. Mehr wollte ich damit nicht sagen.» Er sah wieder aus dem Fenster, und die Gleichgültigkeit stand ihm ins Gesicht geschrieben. «Ich versuche keineswegs, jemanden in die Sache hineinzuziehen.»

Den Teufel tust du! «Woher wollen Sie das so genau wissen, Mr. Cholmondeley? Ich meine, daß die beiden lesbisch sind, beziehungsweise waren.»

«Mein guter Mann», sagte Cholmondeley in einem Wie-kann-man-nur-so-naiv-sein-Ton. «Man brauchte sie sich doch nur anzuschauen.»

«Als ich Gwendolyn Bracegirdle das erste Mal sah, ist mir das nicht aufgefallen», sagte Jury kalt.

Cholmondeley hatte den Anstand zu erröten. «Ja, das sehe ich ein. Aber abgesehen davon...»

«Ja? Abgesehen wovon?»

«Es klingt wahrscheinlich schrecklich eingebildet, ich weiß, aber...»

Seine Stimme schien sich mit dem Rauch der Zigarette zu verflüchtigen, die er soeben im Aschenbecher ausdrückte. Anständigerweise errötete er zum zweitenmal.

«Sie meinen, keine von beiden hat Interesse für Sie gezeigt?»

Cholmondeley nickte. «Verstehen Sie, ich behaupte keineswegs, das Charisma eines Mick Jaggers zu besitzen –»

Jury lächelte. «Der ist auch nicht mehr der Jüngste, nicht?» Er konnte sich nicht entscheiden, ob Cholmondeley ihm sympathisch war oder nicht. Der Mann ließ sich nicht fassen, er war so glatt wie der feine italienische Seidenanzug, den er trug.

«Stimmt. Ich wollte auch niemanden mit meinem Charme becircen. Die Frauen mögen mich einfach. Aber für diese beiden war ich einfach Luft.»

Das kam heraus wie eine schlichte Feststellung: Die Frauen mochten ihn. Jury überraschte das nicht. Er fragte sich nur, was für Vorteile Cholmondeley daraus zog. «Für Amelia Farraday auch? Und wie sieht's mit der Tochter aus?»

Er schnaubte. «Du lieber Himmel, ich habe es doch nicht nötig, mich an Kindern zu vergreifen. Und was Mrs. Farraday betrifft, so kann ich mir nicht vorstellen, warum das wichtig sein sollte –»

«Könnte es aber. Ich schätze Ihre Diskretion, aber vielleicht ist es doch von Bedeutung – ich meine Ihre Beziehung zu Mrs. Farraday.»

«Warum? Was hat das denn mit der ganzen Geschichte zu tun?»

Jury zuckte die Achseln. «Das müssen Sie schon uns überlassen.»

«Wenn ich nur wüßte, was Sie im Schilde führen. Vielleicht sollte ich besser meinen Rechtsanwalt hinzuziehen.»

Jury bedachte Cholmondeley mit einem entwaffnend unschuldigen Lächeln: «Keine Ahnung. Meinen Sie?»

«Ich muß schon sagen, Superintendent, Sie können einen an den Rand der Verzweiflung treiben. Sie scheinen mich nicht einschüchtern zu wollen. Und doch –»

«Ich wette, Sie können einiges aushalten, auch ein ziemlich eindringliches Verhör. Hören Sie, Mr. Cholmondeley –» Jury lehnte sich über den Tisch und schob dabei das mit einer Serviette bedeckte Brotkörbchen zur Seite – «ich möchte nur, daß Sie sich kooperativ zeigen. Was sich zwischen Ihnen und Mrs. Farraday abgespielt hat, ist mir völlig gleichgültig.» (Wenn Cholmondeley das glaubte, war er ein Narr.) «Aber es scheint mir wichtig zu wissen, wie die Kunden von Honeysuckle Tours zueinander stehen –»

«Fürchterlicher Name, finden Sie nicht auch? Haben Sie eigentlich schon Mr. Honeycutt kennengelernt, unseren Reiseleiter und Sekretär?» Der Blick, den er Jury zuwarf, ließ Verunsicherung erkennen, obwohl er sie durch eine Maske der Geringschätzung zu verbergen suchte.

«Ja. Er hat kein Wort über Sie verloren.»

«Vermutlich bin ich nicht Honeycutts Typ.» Auch mit dieser beiläufig hingeworfenen Bemerkung gelang es Cholmondeley nicht, seine Erleichterung zu verbergen.

«Kann sein. Aber warum sind Sie eigentlich überhaupt mit dieser Reisegesellschaft unterwegs?»

Die Frage traf ihn völlig unerwartet, und genau das hatte Jury beabsichtigt. «Wie bitte? Weil ich mal Ferien machen wollte.»

Jury zog eine Handvoll Papiere, die wie Listen aussahen, aus der Tasche, und es gelang ihm, den Eindruck zu erwekken, Cholmondeleys Name würde auf allen ganz oben stehen. «Sie handeln mit Edelsteinen?»

«Ja. Es sieht so aus, als hätten Sie bereits gründlich recherchiert.»

«Diese Fahrt ging auch nach Amsterdam.»

Cholmondeley runzelte die Stirn. «Viele Reisen gehen nach Amsterdam. Die *meisten*, die die London-Paris-Rundreise auf ihrem Programm haben. Es gehört zu den Städten, die einfach und bequem zu erreichen sind. Man braucht nur nach Hoek van Holland überzusetzen –»

«Haben Sie zufällig Ihren Paß bei sich, Mr. Cholmondeley?»

Nun schien Cholmondeley völlig verwirrt. Entschlossen, über seine neue Eroberung kein Wort zu verlieren oder alles abzustreiten, sah er sich durch Jurys neue Fragetaktik aus dem Konzept gebracht. Er zog seinen Paß aus der Tasche und warf ihn auf den Tisch.

Jury besah sich die Stempel. Der Paß war voll davon. Mit einem knappen «Danke» gab er ihn seinem Eigentümer zurück.

Cholmondeley saß am Tisch, spielte mit einem silbernen Messer und musterte Jury. «Ich habe keine Ahnung, worauf Sie hinauswollen. Was diese Gruppe betrifft, kann ich Ihnen nur sagen, wir kommen aus verschiedenen Teilen der Welt, haben uns noch nie im Leben gesehen, wissen nichts voneinander – und Sie versuchen die Sache so darzustellen, als ob einer von *uns* nur darauf lauern würde, die anderen abzumurksen.» Er entrang sich ein gezwungenes Lächeln. Anscheinend war das eine ganz neue und höchst unwillkommene Vorstellung: «Einer von *uns*?»

14

Melrose saß mißvergnügt auf seinem Sitz im ersten Rang und wünschte sich, eine echte Leiche zu sehen, statt darauf zu warten, daß Hamlet die Bühne mit falschen übersäte.

Das Theater war genauso voll wie am Abend zuvor. Er hatte Glück gehabt und einen Platz in der ersten Reihe bekommen; diesmal würde er, verdammt noch mal, die zweite Hälfte nicht verpassen.

Rief da nicht jemand seinen Namen? Als er über das Messinggeländer ins Parkett spähte, glaubte er, das Echo auch von hinten zu hören. Das Memorial Theatre galt als ein akustisches Wunder: Sein Name schien aus allen Richtungen zu kommen.

«Hallo, Mel!»

Ach ja. Ungefähr ein Dutzend Reihen hinter ihm saß Harvey Schoenberg und winkte heftig. Melrose begrüßte ihn mit einer vagen Handbewegung.

«Melrose!»

Allmächtiger, und da unten war Agatha; sie stand vor ihrem Sitz und winkte ebenfalls, aber mit beiden Armen, als würde sie den Start einer Boeing 747 dirigieren.

Wäre ihm bekannt gewesen, daß sie zu dieser Vorstellung kommen würde, hätte er seine Karte zerrissen. Der Versuch, sie zu übersehen, bewirkte lediglich, daß sie sich noch mehr Mühe gab, ihn auf sich aufmerksam zu machen, während die Leute in seiner Nähe ihm bereits böse Blicke zuwarfen. Würde er mit seinem Auftritt Hamlet Konkurrenz machen?

Er sah noch einmal übers Geländer, hob die Hand wie zum Gruß und fragte sich, ob die ungeschlachten, die Hälse reckenden Gestalten an ihrer Seite zur Randolph Bigget-Sippe gehörten. Als er sah, daß sie die Hände trichterförmig an den Mund hielt, entschlossen, den Lärm und das Getöse von Gott weiß wieviel hundert Stimmen zu überschreien, ließ Melrose sich schnell wieder in seinen Sitz rutschen. Dankbar nahm er zur Kenntnis, daß die Lichter im Saal ausgingen.

Es war gut, aber ist das Royal Shakespeare Theatre je schlecht gewesen? Hamlet war nach seinem ersten Auftritt nicht zu melancholisch, Gertrude hingegen war wundervoll lasziv und der alte Claudius etwas sympathischer als sonst. Nicht gerade einfach, für Claudius Sympathie zu empfinden. Als dann die Pause kam, waren alle erschöpft, sowohl auf wie vor der Bühne. Melrose dachte mit Grauen an den Ansturm auf die Bar.

Da er jedoch in weiser Voraussicht seinen Brandy schon vor Beginn der Vorstellung bestellt hatte, mußte er sich nicht durch die Menge kämpfen, sondern konnte sich in eine Ecke zurückziehen. Eine Fliege hüpfte in der Menge umher, und Melroses Blick fiel ab und zu auf Harvey, der schließlich auch vor ihm auftauchte.

«Können Sie sich das vorstellen? Während wir in dieser Kirche waren, lag sie da draußen.» Harvey fuhr sich mit dem Finger über die Kehle.

Wie geschmacklos, dachte Melrose und fragte ihn: «Kannten Sie denn die Dame?»

«Zum Teufel, nein. Außer, daß wir Reisegefährten waren.» Er schüttelte betrübt den Kopf. «Arme Gwennie. Mann, ich bekam ganz weiche Knie.» Harvey leerte sein Bier, als die Lichter das Ende der Pause signalisierten. «Bis später. Ich sitze in der Mitte und steig nicht gern über die Leute.»

Melrose wähnte sich zwei Minuten lang in Sicherheit, aber man war nie sicher vor Agatha, die sich unter Einsatz der Ellenbogen zu ihm durchdrängte. Sie spürte ihn stets auf, wie ein Terrier den Fuchs im Bau. «Melrose!»

«Hallo, Agatha. Freut mich, dich zu sehen. Wie hast du nur hierhergefunden?» Doch sie stand einfach nur da, strahlte selbstzufrieden und wartete darauf, daß er sich nach dem Grund für ihre Freude erkundigte. «Hast du die Motive für Hamlets Zögern durchschaut oder was?»

«Du wirst nie *erraten*, wer hier ist!»

«Da hast du recht. Möchtest du einen Brandy? Oder mußt du zurück zu den Biggets? Die sind doch wohl hier, oder nicht?» Sein Mangel an Begeisterung war hoffentlich nicht zu übersehen.

«Schließ die Augen!»

«Die Augen schließen –? Um Himmels willen, niemals.»

Sie zog einen Schmollmund.

«Ich muß schon sagen, Agatha –» Doch was immer er sagen wollte, es blieb ihm im Hals stecken, als er ihr über die Schulter sah.

Denn da stand Vivian Rivington.

Von den dreien war Agatha die einzige, die dieses Zusammentreffen nicht aus der Fassung brachte; sie strahlte übers ganze Gesicht, als wäre Vivian Rivingtons wundersames Erscheinen nur ihr zu verdanken – als hätte sie sie wie ein Kaninchen aus dem Zylinder gezogen.

Vivian selbst schien so erfreut wie verwirrt und wußte offensichtlich nicht, wohin mit ihren Händen.

Melrose half ihr aus der Verlegenheit, indem er sie in die Arme schloß: «Liebste Vivian. Was zum Teufel machst du hier in Stratford? Wie bist du hierhergekommen? Warum bist du nicht in Italien?»

Agatha antwortete an Vivians Stelle, wie sie das bei allen machte. «Sie ist mit dem Auto von Long Pidd gekommen. Sie sagte, der alte Ruthven hätte ihr erzählt, daß wir hier seien, und da hat sie beschlossen, uns nachzufahren. Sie sagte –»

«– und sie spricht jetzt nur noch Italienisch und hat dich als Dolmetscher angeheuert. Agatha, ich wäre dir sehr dankbar, wenn –»

«Die Beleuchtung!» sagte Agatha, als die Lichter gedimmt wurden, um den Beginn des nächsten Aktes anzukündigen. Da sie keine Minute von etwas verpassen wollte, für das sie bezahlt hatte, pflügte Agatha sich ihren Weg zurück durch die Menge.

«Verschwinden wir von hier, Vivian. Gehen wir in die ‹Torkelnde Ente›, dort können wir was trinken und uns unterhalten.»

«Aber das Stück –» sagte Vivian.

«Ich erzähl dir, wie es ausgeht.»

Da beinahe ganz Stratford sich den zweiten Teil des *Hamlet* anschaute, war die «Ente» fast menschenleer.

Er stellte ihre Drinks auf den Tisch. «Drei Jahre ist das nun schon her.»

Drei Jahre, und dies hier war nicht die Vivian, die ihm so vertraut gewesen war. Die Vivian von damals hatte nicht wie diese hier ausgesehen. Wo waren die dezenten Twin-sets und Röcke, die ungeschminkten Lippen? Das Haar schimmerte immer noch in diesem herbstlichen Braun mit dem rötlichen Glanz, aber sie hatte es nie so nachlässig hochgesteckt, daß die Locken seitlich herunterhingen, wie sie es jetzt trug. Höchstwahrscheinlich war das der letzte Schrei. Und früher hätte sie auch nie ein so grelles Grün getragen. Ihr Kleid war eng und sehr tief ausgeschnitten.

«Drei Jahre, ja.» Sie zog ein Päckchen Zigaretten aus ihrer silbernen Paillettentasche. «Ich bin zurückgekommen, weil ich das Haus in Long Piddleton verkaufen möchte.»

«Verkaufen? Warum denn?»

«Ich werde heiraten.»

Er starrte sie fassungslos an und verbrannte sich am Streichholz die Finger. «Nein.»

«Doch.»

«Ah, und wo ist er?»

«In Italien.»

«Und was zum Teufel macht er dort?»

«Er ist Italiener.» Eine kurze Pause. «Oh, sieh mich nicht so an. Er ist kein Gigolo. Er hat es nicht auf mein Geld abgesehen.»

Vivian hatte ziemlich viel Geld.

«Du hast ihn also in Neapel getroffen? Ist ja unerträglich romantisch.»

Sie schüttelte den Kopf. «Venedig. Und es war auch romantisch. Das heißt, es ist noch immer romantisch.»

«Aha! Du bist dir also nicht ganz sicher.»

Sie lachte. «Doch, eigentlich schon. Aber was kümmert dich das überhaupt. *Du* wolltest mich ja nicht heiraten.»

Auf diesen direkten Angriff war er nicht gefaßt gewesen. Hatte sie das in Italien gelernt? Was ihn am meisten an ihr verwirrte, war, daß sie die zurückhaltendste Frau der Welt sein konnte, gleichzeitig aber auch von einer unglaublichen Direktheit. An Vivian gab es nichts zu deuteln, nichts, worüber man stolperte, wenn man im Dunkeln nacheinander tastete. Und kein Wechselspiel von Licht und Schatten. Wo Vivian sich aufhielt, war es taghell. «Warum lächelst du? Und was zum Teufel tust du in Stratford, mitten im Juli? Du bist im Sommer nie irgendwohin gefahren und schon gar nicht in ein Touristenkaff.»

«Tu ich immer noch nicht. Aber erinnerst du dich –» Er unterbrach sich mitten im Satz. Natürlich würde Vivian sich an Richard Jury erinnern. Oder vielmehr würde Jury sich an *sie* erinnern. Melrose war überzeugt, daß Jurys Interesse nicht nur rein beruflich gewesen war. Im Augenblick allerdings schien diese Kennington in seinem Hinterkopf herumzugeistern...

«Erinnern – an was?»

«Nichts. Nichts. Ich bin hier, weil Agatha sonst mit ihren Amerikanern auf Ardry End eingefallen wäre.»

Vivian lachte. «Du warst schon immer viel zu nett zu ihr, Melrose. Und sie dankt es dir mit ihrer Unausstehlichkeit.»

«Ich bin *nicht* nett zu ihr; außerdem ist es äußerst aufschlußreich, jemanden um sich zu haben, der unausstehlich ist. Man kann Reaktionen testen. Wie ein Torwart bei einem Fußballspiel. Aber lassen wir das – es ist wunderbar, daß du hier bist.»

«Bist du dir da sicher?»

Ihre Augen funkelten ihn über den Rand ihres Glases hinweg an. Was trank sie? Natürlich Campari mit Limone. Tranken sie das nicht alle da drüben? Er wußte, daß sein Ärger jeder Grundlage entbehrte. Aber warum mußte sie gerade *jetzt* auftauchen, völlig auf Gucchi getrimmt mit ihrem schimmernden grünen Kleid und dem seidigen Haar, das wie italienisches Eis an den Seiten heruntertropfte. Wahrscheinlich sagte sie auch so schreckliche Dinge wie *Ciao*.

«Wie lange bleibst du?»

«Oh, *danke*, kann ich vorher noch mein Glas austrinken?» Sie musterte ihn kühl und belustigt. «Morgen hole ich Franco in Heathrow ab. Er kommt aus Rom.»

Franco. Heathrow. Rom. Das klang alles fürchterlich international.

«Und dann... na ja, wenn du da bist, würde ich euch gern miteinander bekannt machen.»

«Möchtest du nicht auf Ardry End Hochzeit feiern? Da findet seine ganze Familie Platz.»

«Das ist nett von dir, Melrose.» Sie lächelte immer noch. «Agatha wird begeistert sein. Er ist nämlich ein Graf.»

«Ein *Graf*.» Das war des Guten zuviel.

«Sie haben auch ihre Adligen in Italien; du bist nicht der einzige mit einem Adelstitel.»

«Ich habe keinen. Mit diesem Quatsch habe ich schon vor

Jahren aufgeräumt. Wenn ich gewußt hätte, daß du so versessen darauf bist, hätte ich vielleicht den Earl und den Viscount et cetera beibehalten.»

Sie sah zur Seite. «Das ist doch absurd. Ich lege keinen Wert darauf. Das weißt du ganz genau. Er ist eben rein zufällig einer.»

«Man ist nicht *zufällig* ein Graf.» Melrose sah immer nur diesen Fremden mit dem schwarzen Cape vor sich. «Kann er sich denn im Spiegel sehen?»

Nun wurde Vivian zornig – und mit Recht, dachte er. «Oh, um Himmels willen...»

Melrose rutschte noch tiefer in seinen Sessel und griff sich mit Klauenfingern an den Hals, um sie noch mehr zu provozieren.

Dann dachte er an den Ausdruck in Detective Sergeant Laskos Gesicht. Genau das, was Stratford im Augenblick fehlte – noch ein kleiner Aderlaß.

15

Für eine Siebzehnjährige war Stratford-upon-Avon nicht gerade der Garten Eden. Es gab keine Clubs, keine Diskos, keine Kinos, und auch auf der Straße war nichts los. Aber Honey Belle Farraday konnte man auf einer Kuhweide aussetzen, und sie würde trotzdem einen draufmachen.

Heute abend ging sie mit wiegenden Hüften die Wood Street entlang, als handelte es sich um den Strip in Las Vegas. Und wenn Honey Belle die Hüften in den Sassoon-Jeans wiegte, geriet einiges ins Schwingen, etwa die prallen Brüste, kaum verhüllt von dem indischen Oberteil, dessen weißer Baumwollstoff so transparent war wie eine beschlagene Fensterscheibe. Dazu trug sie nur Armreifen, Reifenohrringe und Goldkettchen. Darunter war sie nackt; Honey Belle beschränkte sich gern auf das Notwendigste.

Stratford. Was für ein Kaff! Nichts als langweilige Theaterstücke und langweiliges Sightseeing. Man konnte den ganzen Tag am Pool des Hilton herumliegen und wurde doch nicht braun. Trotzdem tat sie nichts anderes, denn das bot ihr zumindest die Gelegenheit, ihren weißen Badeanzug aus Paris vorzuführen – ein paar winzige, von Schnüren zusammengehaltene Satinflicken. Der alte James hielt ihn für skandalös. Aber glaubte er, sie nahm ihm das ab? Wirklich komisch, sich vorzustellen, daß ihre eigene Mutter eifersüchtig auf sie war. Amelia hätte sie damals beinahe umgebracht, als sie sie mit Old James im elterlichen Schlafzimmer erwischt hatte, Honey Belle in nichts als ihrem durchsichtigen Babydoll. Na ja, so richtig passiert war eigentlich nichts. Aber erzähle das mal einer Amelia Blue.

Sie überquerte die Straße, ging am «Goldenen Ei» vorbei und starrte durch die Glasfront auf Leute, die sich mit Eiern und Pfannkuchen vollstopften. Essen kam für sie natürlich nicht in Frage. Man kann nicht essen und gleichzeitig einen solchen Körper haben, dachte sie, während sie sich mit violett lackierten Fingernägeln über den Bauch strich, der so flach war wie ein Bügelbrett.

Honey Belle hatte nur vor einem Angst: ihre gute Figur zu verlieren, alt und runzlig zu werden. Sie sah, wie ihre eigene Mutter abbaute, obwohl sie zugeben mußte, daß Amelia ihr Äußeres nicht vernachlässigte. Zum Glück hatte sie zumindest früher einmal toll ausgesehen, und Gott sei Dank war ihr Daddy groß und blond und ein echter Frauenheld gewesen. Sie vermutete, Amelia hatte es nicht mehr ausgehalten, die zweite Geige neben der jeweiligen Favoritin zu spielen und ihn deshalb verlassen. Honey Belle fragte sich kichernd, ob ihre Mutter überhaupt ahnte, wie sehr ihr Daddy seine kleine Honey Belle gemocht hatte.

Sie kreuzte die Einmündung einer Gasse mit vielen kleinen Geschäften und dachte daran, daß Papa James und Amelia Blue sie glatt umbringen würden, wenn sie wirklich Bescheid wüßten, wenn sie dahinterkämen, was sie alles für das Geld machte, mit dem sie sich ihre Sassoon-Jeans und ihre Goldkettchen finanzierte: Sie tanzte in einer Oben-ohne-Bar, und sie posierte für einen befreundeten Fotografen, der außer Aktfotos noch ganz andere Dinge mit ihr machte. Aber an Sex lag Honey Belle eigentlich gar nichts; sie liebte die Macht. Mein Gott, welche Macht gab ihr der Sex über die Männer. Da oben auf der Bühne zu stehen mit all den blauen und rosaroten Lichtern, die über ihren Körper tanzten; oder auf den Sofas und Kissen diese Stellungen einzunehmen. Nein, der Sex war es wirklich nicht. Die Sache selbst machte ihr gar keinen Spaß. Ihr kam es nur darauf an, daß die Männer daran dachten – daß sie daran dachten, es mit *ihr* zu treiben. Zu beobachten, wie sie sie beobachteten, und sich vorzustellen, daß diese Männer Fotos von ihr kauften und sie mit den Augen verschlangen, ließ sie lustvoll erschauern. Ihre Karriere ließ sich gut an. Wenn James über die Schule und ihre Zeugnisse sprach, mußte sie an sich halten, ihm nicht ins Gesicht zu lachen. Sie würde Fotomodell werden oder zum Film gehen... Fast als hätte der Gedanke an all die Filmproduzenten, die hinter ihr her waren, plötzlich Gestalt angenommen, hörte sie Schritte hinter sich.

Honey Belle blieb im trüben Licht einer Straßenlaterne vor einem kleinen Buchladen stehen und zündete sich eine Zigarette an. Die dünne Rauchsäule stieg auf und verflüchtigte sich in dem blau phosphoreszierenden Schimmer der

Laterne. Sie lächelte. Eigentlich hatte sie nur das Klappern ihrer Holzsandalen abstellen wollen, um herauszufinden, ob ihr Verfolger ebenfalls stehenblieb. Selbst noch inmitten eines Regiments marschierender Füße hätte sie immer ganz genau gewußt, wenn jemand *ihr* folgte. Und sie hatte sich nicht getäuscht. Obwohl sie die dunkle Gestalt, die da hinten in der kleinen Gasse mit den Geschäften vor einem Schaufenster stand, eigentlich gar nicht gesehen, sondern nur gespürt hatte. Inzwischen mußte, wer immer es auch war, sie bemerkt haben. Und das genügte. Mit der Zigarette im Mundwinkel ging sie weiter. Neben dem Bahnhof war dieser Punkschuppen, wo es angeblich heiße Musik, Drinks, Gras und vielleicht auch eine Nase Koks geben sollte. Honey Belle brauchte nur ihrer Nase zu folgen – sie kicherte über ihr kleines Wortspiel, während sie vergnügt die Hüften schwingen ließ.

Aber als die Hand sich auf ihren Mund legte und sie den Atem auf ihrem Nacken spürte, blieb ihr das Kichern im Hals stecken.

Scheiße! dachte sie noch, *den ganzen Trip, nur um in England vergewaltigt zu werden! Und auch noch in diesem miesen Kaff!* Und in den wenigen Sekunden, in denen ihr kleines Gehirn noch mit der Außenwelt verbunden war, dachte sie: *Warum eigentlich nicht? Es ist die Art von Sex, bei der man nichts zu tun braucht.* Doch dann spürte sie dieses kalte Ding auf ihrer Haut; es durchschnitt ihr indisches Hemd und alles übrige wie ein Messer ein Stück Butter.

Honey Belle wäre entsetzt gewesen, hätte sie noch sehen können, wie die Hände, die über ihren schönen Körper fuhren, ihn zugerichtet hatten.

«‹Ein goldner Schimmer in der Luft, Königinnen verblichen und liegen in der Gruft.›» Jurys Blick glitt von dem

Theaterprogramm, auf das Lasko seine Taschenlampe hielt, zu Honey Belle Farradays verstümmelter Leiche.

Es war halb elf, und abgesehen vom Licht der Taschenlampen und dem trüben Blau der Karbonleuchten war es stockdunkel in der Wood Street. Das Blut – und es war reichlich geflossen – war noch nicht geronnen. Sie mußten aufpassen, wo sie hintraten.

Ein Pärchen, das von einem späten Imbiß aus dem «Goldenen Ei» am anderen Ende der Straße kam, hatte sie gefunden. Man hatte der Frau eine Beruhigungsspritze geben und sie ins Krankenhaus bringen müssen; der Mann hatte es gerade noch fertiggebracht, die Polizei anzurufen, bevor er sich in der Telefonzelle übergab. Er befand sich nun auf der Wache.

«Der Arzt sagt, der Tod sei vor einer Stunde eingetreten», bemerkte Lasko. «Der Anruf kam vor zwanzig Minuten. Sie muß also ganze vierzig Minuten hier gelegen haben, ohne daß sie jemand gesehen hat.»

Jury sah die Straße hoch. «Außer dem ‹Goldenen Ei› hat hier nichts auf. Keine Pubs, kein Verkehr. Es nimmt also nicht wunder. Hast du nach Fingerabdrücken suchen lassen? Am Hals? An der Kehle?»

«*Welcher* Hals? *Welche* Kehle?» brummte Lasko. «Schau sie dir doch an, Mann.»

«Hab ich», sagte Jury. «Ich dachte, direkt unter dem Kinn. Wahrscheinlich hat er sie da festgehalten und das Kinn nach hinten gedrückt. Die übrige Bescherung kam später.»

‹Bescherung› war vielleicht die passende Bezeichnung. Zuerst war der Hals aufgeschlitzt und bis zum Knorpel aufgerissen worden, dann der Rumpf vom Brustkasten fast bis zu den Schenkeln.

«Hier haben Sie es wieder», sagte Lasko müde und gab

dem Mann von der Spurensicherung das Theaterprogramm zurück.

Sie schauten zu, wie Honey Belle Farradays sterbliche Überreste auf das Polyäthylentuch gelegt wurden. Jury beneidete den Polizeifotografen nicht. Die Blitze beschrieben verschwommene, trübe Bögen in der Luft wie Leuchtspurgeschosse und erleuchteten die Nacht und die bleichen Gesichter der Schaulustigen, die sich an beiden Enden der Straße versammelt hatten. Dort waren Polizeiwagen mit rotierenden Blaulichtern abgestellt und Absperrungen errichtet worden. Jury sah die Leute von der *Times* und dem *Telegraph* die M-1 hinunterrasen.

«Dieses Gedicht... es erinnert mich an das erste», sagte Lasko.

«Es ist das erste. Oder vielmehr ein Teil davon.» Jury zog die Kopien der Programme heraus und las:

> «Der Schönheit rote Nelken
> sind Blumen, die verwelken
> Ein goldner Schimmer in der Luft,
> Königinnen verblichen und liegen in der Gruft.»

«Von wem ist das eigentlich? Shakespeare?»

Jury schüttelte den Kopf. «Ich weiß nicht, es klingt bekannt, aber ich komm nicht drauf.» Er sah zu, wie die Plane mit dem jungen Mädchen, das nun vollständig darin eingehüllt auf der Bahre lag, in den wartenden Krankenwagen geschoben wurde. Er dachte an Farraday. Armer Kerl! Der Stiefvater tat ihm jedenfalls sehr viel mehr leid als die leibliche Mutter. Amelia Blue Farraday würde eine gewaltige Szene machen, dessen war er sich ganz sicher.

«Weißt du, was mir Sorgen macht?» sagte Jury.

«Was?»

«Wie lang ist dieses Gedicht?»

16

Was die hysterische Szene betraf, so hatte Jury recht behalten.

Falls jemals Zweifel an Amelia Blues schauspielerischem Talent bestanden hatten, so wurden sie jetzt jedenfalls vollkommen beseitigt durch die Vorstellung, die sie gab, als sie von dem Mord an ihrer Tochter erfuhr.

Denn genau das und nichts anderes war es – eine Vorstellung. Wie Jury vermutet hatte. Und es lag bestimmt nicht daran, daß er nach über zwanzig Jahren beim Scotland Yard gefühllos geworden war. Nachdem sie auf dem kleinen Sofa im Salon ihrer Hilton-Suite aus ihrer Ohnmacht erwacht war (oder Beinah-Ohnmacht, denn so lange hatte sie nun auch wieder nicht gedauert), stürzte sie sich mit ausgefahrenen Krallen auf Farraday, als sei er schuld daran, daß sie sich überhaupt in diesem mörderischen Ort aufhielten; dann richtete sich ihr Zorn gegen Lasko und Jury als die Überbringer der Hiobsbotschaft, und schließlich stolzierte sie im Zimmer auf und ab, als beherrschte sie die Kunstgriffe einer überzeugenden Bühnenpräsenz aus dem Effeff: Und nun zum Fenster. Hinausstarren. Zurück zum Tisch. Foto von Honey Belle in die Hand nehmen, das letzten Sommer aufgenommen worden war – *erst* letzten Sommer, am Strand, umlagert von ihren Verehrern. Gegen Busen drücken.

Und gegen ihren Busen ließ sich einiges drücken. Vielleicht war ihm die Saat dieses Zweifels an Amelias mütterlichen Gefühlen zum erstenmal an den Ufern des Avon eingepflanzt worden, als er sich mit Penny unterhalten hatte.

Jury konnte auch sehen, welche Qualitäten Farraday zum erfolgreichen Selfmademan gemacht hatten. Seine Selbstbeherrschung überzeugte sehr viel mehr als die Hysterie der Mutter. Die Gefahr war gleich einem Standbild, das plötzlich beschlossen hatte, sich zu bewegen und zu reden, in sein Leben eingedrungen und hatte seine frühere Wut über das Verschwinden seines Sohnes, sein Geschrei nach größerem und besserem Polizeieinsatz, seine Drohungen mit der amerikanischen Botschaft, also die Angewohnheit, seinen Einfluß in allen Lebenslagen lautstark geltend zu machen, gebändigt.

Statt dessen schrie nun Amelia Zeter und Mordio, während ihr Mann versuchte, sie zur Vernunft zu bringen.

«Beruhige dich, Amelia. Das hilft uns auch nicht weiter.»

«*Du!* Was weißt du schon – dir ist das wohl alles scheißegal – das arme süße Ding ist jetzt eben nicht mehr da, wo du es –»

Farraday gab ihr eine Ohrfeige. Keine sonderlich kräftige, nur einen kleinen Klaps mit dem Handrücken, der sie nicht einmal ins Wanken brachte. Sie hatte die Hände in die Hüften gestemmt, und ihre Wangen glühten. Auf ihren leuchtendroten Lippen lag ein Lächeln von kaum zu überbietender Gehässigkeit.

Niemand schien an Penny zu denken. Sie war auf den Balkon hinausgegangen und hatte sich in der Dunkelheit auf eine harte kleine Bank gesetzt. Fast mochte man glauben, Schatten und Dunkel wären alles, was das Leben für sie bereithielt. Jury überließ es Lasko, den Schiedsrichter zu spielen und den Farradays Fragen zu stellen; er folgte ihr hinaus und setzte sich neben sie.

Penny starrte ins Leere. Ihr langes Haar war zu einem lockeren Zopf geflochten, den sie so ungeschickt hochgesteckt hatte, daß er sich schon wieder auflöste; die kleine Blume, die sie eingeflochten hatte, war verwelkt. Jury vermutete, daß die Frisur und das formlose Baumwollkleid, an dessen Falten sie geistesabwesend herumzupfte, mit ihrem Besuch der heutigen *Hamlet*-Vorstellung zusammenhingen. Im Anschluß daran hatte sie dann von dem Mord erfahren.

Es war seltsam, Penny schien wirklich das Zeug zu einer Tragödin zu haben. In ihrem Schweigen schwang Tragik mit, echte Tragik. Mit ihrem schlechtsitzenden Kleid und dem aufgelösten Haar konnte er sie beinahe sagen hören: *«Hier ist Rosmarin... das ist zur Erinnerung.»*

Doch sie sagte nichts. Er spürte, daß er ihr Schweigen brechen mußte, weil er wußte, daß es nicht frei war von Schuldgefühlen. Er legte den Arm um sie.

Sie flüsterte, und das war viel schlimmer als jedes Geschrei: «Wo ist Jimmy?» Dann begann sie zu schluchzen, schlug die Hände vors Gesicht und lehnte sich an ihn.

Er wußte, was sie dachte. Seit man Gwendolyn Bracegirdle gefunden hatte, stellte auch er sich diese Frage. Jemand schien gegen die Kunden von Honeysuckle Tours eingenommen zu sein.

Jury zog sie an sich und sagte: «Wir werden ihn schon finden, keine Angst.» Wie oft hatte er das heute schon gesagt? Leere Worte.

Penny fuhr sich nicht sehr damenhaft mit dem Handrükken über die Nase und wischte ihn anschließend an ihrem Kleid ab. Er zog sein Taschentuch heraus, das sie zwar annahm, aber nicht benutzte, sondern nur nervös in den Händen zerknüllte.

«Oh, mein Gott, ich fühle mich so schuldig. Ich hab so

schreckliche Dinge über Honey Belle gesagt... aber zurücknehmen kann ich sie jetzt nicht mehr. Manchmal hab ich mir sogar gewünscht, sie wäre... tot.»

Jury zog sie fester an sich.

Eine Viertelstunde später sprach Lasko mit seinem Chief Superintendent in der Lobby des Hilton, während Jury danebenstand und rauchte.

«Wir können nur eines tun: die ganze Gruppe verhaften – aber auf Grund welcher Beweise? Sonst sehe ich keine Möglichkeit, diese Leute in Stratford festzuhalten, wenn sie nach London weiterreisen wollen. Abgesehen von Farraday. Er will bleiben, bis der Kleine gefunden ist; aber seine Frau ist völlig hysterisch und will nichts wie weg... na ja, sie hat Stratford-upon-Avon sicher nicht ins Herz geschlossen.»

«Sie ist verrückt. Entweder verrückt oder hat Dreck am Stecken.» Da Sir George Scotland Yard nicht gänzlich ausschließen zu wollen schien, bezog er Jury in das Gespräch ein. «Sie haben mir doch erzählt, die andere Tochter habe behauptet, die Mutter sei rasend eifersüchtig auf die Verstorbene gewesen.»

Lasko schob seine Melone zurück. «Aber die eigene Tochter so zu massakrieren –»

«Mein Gott noch mal, Sam. Was werden Sie mir als nächstes erzählen? Daß Blut dicker ist als Wasser? Verdammt, die ganze Gesellschaft ist *verdächtig*.»

«Wie ich schon sagte – welche Beweise habe ich, um sie hier festzuhalten? Woher wollen wir wissen, daß diese beiden Frauen nicht von einem Psychopathen aus Stratford ermordet wurden?»

«Von einem Psychopathen, der Gedichte liest?» schnaubte Sir George. «Zweifelsohne. Haben Sie herausgefunden, wer diese vier Zeilen gedichtet hat?»

«Nein», sagte Lasko.

«Nein? Und warum nicht? Wollen Sie warten, bis die Bibliothek aufmacht?»

«Es ist nicht so einfach; wir haben keine Experten für elisabethanische Lyrik.»

«Sie haben aber einen unter den Verdächtigen», warf Jury ein.

Beide starrten ihn an.

«Schoenberg. Er kennt sich aus mit dieser Epoche. Vorausgesetzt, das Gedicht stammt tatsächlich aus dieser Zeit. Er schreibt ein Buch über Christopher Marlowe.»

«In welchem Hotel wohnt er, Sam?»

Lasko sah auf seine Liste. «Im Hathaway.»

«Gehen Sie hin und sprechen Sie mit ihm.» Mißmutig sah Sir George Jury an. «Ich vermute, wenn sie partout nach London wollen, können wir sie nicht halten.»

Jury erwiderte seinen Blick mit ausdrucksloser Miene. Er hatte das Gefühl, daß weder Sir George noch Lasko ihnen eine Träne nachweinen würden.

War es nicht schon ärgerlich genug, fragte sich Melrose, daß er einen Mord verpaßt hatte, mußte er nun auch noch kurz vor Mitternacht in der Lobby des Hathaway herumsitzen und sich Harvey Schoenbergs Anekdoten anhören? Robert Cecil (Bob), Sohn Lord Burghleys; Tom Watson (Tom), Freund Marlowes; Robert Greene (ein weiterer Bob), Freund Marlowes und Feind Shakespeares – Harvey Schoenberg hatte bei Brandy und Zigarren die aufregendsten Klatschgeschichten über sie aufgetischt und war jetzt dabei, von den Abenteuern Wally Raleighs zu berichten.

«Meinen Sie *Sir Walter* Raleigh?» fragte Melrose frostig. Er fühlte sich irgendwie verpflichtet, die Ehre dieser verblichenen Elisabethaner zu verteidigen, ob nun Spione oder nicht. Er wünschte nur, Sir Walter Raleigh wäre dagewesen, um Vivian zum Hotel zu begleiten. Sir Walter hätte sich zweifellos auf sehr elegante Weise aus Harvey Schoenbergs Klauen befreit.

«Genau den. Wissen Sie, was er im Schilde führte?» fragte Harvey, der es sich im Pendant zu Melroses Sessel bequem gemacht hatte.

«In etwa.» Melrose raschelte mit seiner Zeitschrift. «War er nicht in Babbingtons Verschwörung gegen Königin Elisabeth verwickelt?» Warum ermutigte er den Programmierer auch noch zum Reden?

«Nein, nein, nein. *Das* war Tom Babbington.»

«Ich hatte mir schon gedacht, daß Babbington etwas mit der Babbington-Verschwörung zu tun hatte.» Melrose rückte seine Goldrandbrille zurecht und widmete sich wieder *Country Life*, einer Zeitschrift, die er eigentlich gar nicht leiden konnte. Er hatte sie sich jedoch vom Lesetisch gegriffen, um sich dahinter verstecken zu können. Er blätterte langsam die Seiten um, während Schoenberg ihn über den Sir Walter Raleigh nachgesagten Atheismus und dessen Bemühungen aufklärte, aufrührerische Bücher in Umlauf zu bringen, um die Sache Maria Stuarts, der Königin von Schottland, voranzutreiben. Melrose betrachtete Pferde, Landhäuser und Hundemeuten, während Harvey ihm von Kit Marlowes Schlägereien berichtete, wobei er viel Zeit und Energie vor allem auf die eine in Hog Lane verwendete. Oder besser, auf diese eine Serie von Schlägereien, denn Kit schien sich ununterbrochen geprügelt zu haben. Melrose gähnte, wurde dann aber plötzlich wieder hellwach.

Gerettet! Superintendent Jury trat durch die Hoteltür, sah ihn in seinem Sessel sitzen und bemerkte auch sofort, daß er beinahe umkam vor Langeweile. Detective Sergeant Lasko im Schlepptau, kam er auf sie zu.

«Detective Superintendent Richard Jury. Mr. Schoenberg», sagte Melrose und sah Harveys Augen aufleuchten. Ein neues Opfer.

«Harv genügt.» Er ergriff Jurys Hand.

«Klar, Harv», sagte Jury mit einer Leutseligkeit, die Melrose einfach empörend fand. Aber so war Jury eben. «Das ist Detective Sergeant Lasko.»

Harvey schüttelte auch ihm die Hand. «Ich hab Mel gerade ein paar Dinge über Shakespeare erzählt, die ihm noch nicht bekannt waren. Sehen Sie, ich bin Computer –»

«Ja, Mr. Plant hat mir von Ihnen erzählt. Mich interessiert jedoch vor allem, was Sie über die Elisabethaner wissen.»

Scotland Yard fragte Harvey Schoenberg um Rat? Melrose hatte das Gefühl, sich mit lauter Verrückten auf einer Teegesellschaft zu befinden.

Schoenberg rang nach Luft, so begeistert war er, Scotland Yard aushelfen zu können. Und beide rangen nach Luft, als Lasko ihnen die Details des Mordes erläuterte.

«Mein Gott», sagte Harvey ein bißchen grün im Gesicht. «Hm ... aber schießen Sie los. Was möchten Sie wissen?»

Lasko zitierte die vier Verse des Gedichts. «Kommt Ihnen das bekannt vor?»

Harvey wiederholte sie mehrmals mit stummen Lippenbewegungen, aber die Erleuchtung wollte nicht kommen. Ohne seinen Ishi schien er völlig hilflos. Schließlich schüttelte er den Kopf. «Tut mir leid. No comprende.»

«‹Ein goldner Schimmer in der Luft› – kommt mir wirklich sehr bekannt vor», sagte Melrose.

«‹Der Schönheit rote Nelken› kann nicht der Anfang sein. Sonst hätten wir schon längst herausgefunden, um welches Gedicht es sich handelt. Es ist unmöglich, jede Zeile in einen Index aufzunehmen ...»

Harvey fuhr sich mit der Hand durchs Haar. «O Gott! Hätte ich bloß meinen IBM 8000 hier.»

Alle sahen ihn an.

«Wenn es von Shakespeare oder Marlowe ist – egal von welchem der beiden –, finde ich es garantiert. Auf den Computern, die ich zu Hause habe, finde ich *alles*.»

Jury wünschte, dies gälte auch für vermißte kleine Jungen.

17

Jell-O.

Die Schritte hatten vor der Tür innegehalten, das Tablett war scheppernd auf dem Boden abgesetzt worden, und wer immer es gebracht hatte, hatte auf das Stöhnen im Zimmer gelauscht. Und dann war er oder sie, ganz nach dem Vorbild der Eisernen Maske, wieder weggegangen, ohne sich im geringsten um das letzte Röcheln des Dahinsiechenden zu kümmern. Die Schritte waren langsam verklungen, nur Stille und Jell-O zurücklassend.

James Carlton Farraday besah sich das Tablett und dachte, daß zumindest die graue Katze sich freuen würde. Diesmal schwamm das rote Häufchen nämlich in einem kleinen See von Milch.

Die Katze, die beim Geräusch der Schritte die Ohren aufgestellt hatte, ließ sich wie ein weiches Kissen auf den Boden plumpsen und wanderte zum Tablett hinüber, um das Essen zu inspizieren. Lunch, dachte sie jetzt wahrscheinlich. Sie sog den Geruch des Hamburgers ein, schnupperte an den Pommes frites und trat in das Schälchen mit dem Krautsalat, um an das Jell-O heranzukommen. Sie rollte den Schwanz ein und fing dann an zu schlabbern und zu lecken.

James Carlton setzte sich auf den Boden, nahm den Hamburger und überlegte, ob Katzen sich ausschließlich von Jell-O ernähren konnten; dann beschloß er, daß die Speckschicht dieses Exemplars für hundert Jahre ausreichte, ohne daß sie einen einzigen Bissen zu sich nahm.

James Carlton hatte selbst einen Bärenhunger. Er sagte sich, daß Plan vier – der Hungerstreik – wahrscheinlich genauso erfolglos sein würde wie Plan eins. Auch wenn er den Rest nicht äße, würden sie immer noch annehmen, er hätte das Jell-O gegessen. Nachdem er so den Hungerstreik wegargumentiert hatte, konnte er seinen Hamburger näher untersuchen. Genau wie er ihn mochte: Ketchup, Senf und zwei Scheiben Dillgurken.

Er legte sich gemütlich auf den Boden und mampfte seinen Hamburger, dann stand er auf, nahm das Bild von der Wand und machte seinen Eintrag auf der Rückseite. Die Zeit, das Essen. Er studierte seine Liste und beschloß, daß es an der Zeit war, Plan drei in Angriff zu nehmen.

Die Katze, die ebenfalls ihr Mittagessen beendet und sich das Fell geputzt hatte, krallte sich am Bett hoch. Oben angekommen, drehte sie sich so lange um sich selbst, bis sie ihr Plätzchen zum Schlafen gefunden hatte. Faul sah sie zu, wie James Carlton den Schreibtisch unters Fenster schob. Er hatte den Eindruck, enorm viel Krach zu machen, aber draußen auf dem Korridor ließen sich keine Schritte vernehmen. Wahrscheinlich weil sie nur in den Turm kamen, um ihm das Essen zu bringen. Nachdem er den Schreibtisch in die gewünschte Position gebracht hatte, zog er die unterste und die dritte Schublade heraus und benutzte sie als Stufen. Er war sehr leicht und der Schreibtisch sehr schwer, sonst wäre er wahrscheinlich umgekippt. Von den Schubladen aus war es dann ein Kinderspiel, auf den Schreibtisch zu steigen und aus dem kleinen Fenster zu schauen; er brauchte sich nur auf die Zehenspitzen zu stellen.

Er sah eine Flußbiegung und ein Meer von Baumwipfeln. Es mußte der Avon sein, über dem der Nebel lag. Er befand sich also irgendwo in der Nähe von Stratford. Viel konnte er jedoch wegen der Gitterstäbe vor dem Fenster nicht sehen. Es leuchtete ihm nicht ein, welchen Zweck sie so hoch über dem Boden erfüllen sollten. Und er fand es auch komisch, daß jemand sich die Mühe gemacht hatte, gazeartige Vorhänge anzubringen. Bestimmt befand er sich in einem Burgverlies, das der Besitzer etwas gemütlicher hatte gestalten wollen: Er hatte die Ketten, die Hand- und Fußfesseln und die Knochen der früheren Gefangenen entfernt, statt dessen den Schreibtisch hingestellt und die Bilder und Vorhänge aufgehängt.

Die Mauern waren wahrscheinlich zu glatt, um daran hinunterzuklettern. Und es gab auch keinen Ast in Reichweite, an dem ein Gefangener sich auf den Boden und in Sicherheit hätte schwingen können, vorausgesetzt, es wäre ihm gelungen, durch die Stäbe zu kommen. James Carlton betrachtete prüfend erst die Vorhänge und dann das Bett, die Laken und die Zudecke. Wenn man alles zusammenknüpfte, reichte es vielleicht.

Die graue Katze sah gähnend zu. Als sie jedoch bemerkte, daß sich in dieser ansonsten langweiligen Umgebung etwas tat, was vielleicht mehr Aufmerksamkeit verdiente, glitt sie auf den Boden, sprang von Schublade zu Schublade und setzte dann mit einer vollendeten Dreipunktlandung auf dem Schreibtisch auf.

Beide inspizierten den Mörtel, in dem die Stäbe steckten. Er wies zahlreiche Risse auf. Das Fensterbrett war mindestens fünfzehn Zentimeter breit. James Carlton rüttelte an einem der Stäbe. Locker. Ein Stück Mörtel löste sich und kullerte über den Rand. Schnell zog er sein Taschenmesser heraus und hackte drauflos. Die Katze hatte die großen Pfoten unter ihren Brustkorb geschoben und sah neugierig zu. Offensichtlich fand diese Tätigkeit ihren Beifall, denn sie schnurrte wie eine Zugmaschine. Daß James Carlton sich an den Stäben zu schaffen machte, schien sie unendlich zu befriedigen, und er stellte sich vor, die Katze wäre die Reinkarnation eines ehemaligen Gefangenen, der hier oben krepiert war und jetzt endlich den Augenblick seiner Befreiung gekommen sah. Und er fragte sich, ob sie vorhatte, mit ihm an den Tüchern hinunterzuklettern. Ziemlich unwahrscheinlich.

Schritte.

Er sah auf die Uhr. War es wirklich schon Zeit fürs Abendessen? Aber die Katze wußte, was Schritte zu bedeuten hatten und sprang vom Schreibtisch; sie landete geduckt auf dem Boden und trottete zu dem Türschlitz.

James Carlton brach der kalte Schweiß aus. Aber was hatte er schon zu befürchten? Noch nie hatte jemand das Zimmer betreten.

Die Schritte hielten inne. Es schepperte, und das Tablett wurde durch den Türschlitz geschoben, vor dem die Katze wie vor einem Mauseloch saß.

James Carlton sah von seiner erhöhten Position herab.

Jell-O.

Wieder auf seinem Bett, leckte er sich das Fett von dem Brathähnchen von den Fingern, die Katze leckte sich die Pfoten. Mit dem Einbruch der Nacht verfärbte sich das Fenster dunkelviolett. Irgendwo am Himmel sah er sogar zwei kalt glitzernde Sterne. Er gähnte. Die Stange hatte auch noch bis morgen Zeit. Aber er langweilte sich, und es gab nichts Interessantes in diesem Zimmer außer dem Bücherbord in der Ecke, auf dem ein paar alte Bücher mit einer dicken Staubschicht standen, die schon lange nicht mehr in die Hand genommen worden waren – einige Romane von Dickens, so vergilbt und fleckig, als hätten sie im Regen gelegen; ein paar dünne Gedichtbände, zwei Kochbücher, die noch in ihren zerrissenen Schutzumschlägen steckten.

Er zerrte *Eine Geschichte aus zwei Städten* heraus, was beinahe so schwierig war wie die Eisenstange zu lockern. James Carlton war eine ausgesprochene Leseratte, aber er hatte gleich zu Anfang beschlossen, daß er keine Zeit zum Lesen hätte – nicht, wenn es so viele Probleme zu lösen gab. Er wunderte sich, daß seine Entführer so dumm waren und Bücher herumliegen ließen, während sie alles übrige, Schreibpapier und Hefte, entfernt hatten. Um jemandem eine Nachricht zukommen zu lassen, hätte er nur eine Seite rauszureißen brauchen. Man konnte sogar einen Text zusammenstellen, indem man die Wörter oder Buchstaben unterstrich, und das war auch ohne Bleistift möglich. Er hatte zu diesem Zweck immer ein Streichholzbriefchen bei sich, falls jemand den Bleistiftstummel in seinem Strumpf entdecken sollte. Mit Streichhölzern konnte man alles mögliche anfangen, nicht nur Dinge in Brand setzen. Wäre er von seinen Entführern nicht außer Gefecht gesetzt worden, hätte er mit den Streichhölzern eine Spur hinterlassen können, obwohl sie vielleicht nicht bis an den Ort seiner Gefangenschaft gereicht hätten.

Er blickte auf das Tablett und das Brötchen auf seinem Teller. Bis morgen würde es hart sein und sich ganz einfach zerkrümeln lassen. Falls er sich im Wald verliefe, könnte er dann zu seiner Orientierung eine Spur hinterlassen. Er hatte nicht den geringsten Zweifel, daß er bei Tagesanbruch im Wald sein würde. Er nahm das Brötchen vom Teller.

Hamburger, Brathähnchen, Pommes frites – warum hielten seine Entführer ihn nicht bei Brot und Wasser, um seine Widerstandskraft zu schwächen, bevor sie ihn folterten? Dieser Gedanke beunruhigte ihn etwas. Aber dann sagte er sich, daß sie das wohl nicht tun würden, denn er war sicherlich aus einem ganz bestimmten Grund gekidnappt worden – wegen des Lösegelds. J. C. Farraday war nämlich enorm reich.

Die Katze schlummerte am Fußende des Bettes, und er spürte, wie ihm die Augen zufielen. Aber einschlafen konnte verhängnisvoll sein. Er blickte auf den Dickens. Wenn man nicht einmal als Entführter Zeit zum Lesen fand, wann dann? Der Rücken brach beinahe auseinander, als er das Buch aufschlug, und die Seiten knisterten, so alt waren sie.

Ja, dachte James Carlton, das waren allerdings schlimme Zeiten gewesen. Eigentlich war es toll von Sydney Carton, überlegte er, daß er schließlich die Schuld auf sich genommen hatte. James Carltons Stiefvater sagte immer, die Zeiten hätten sich geändert, und das stimmte. Heutzutage würde man wohl kaum jemanden finden, der sich für einen hängen ließ. Sein richtiger Vater würde so etwas natürlich tun. Und seine richtige Mutter auch. Er sah vom Buch hoch und fragte sich, wo die beiden wohl waren. Sein Vater war wahrscheinlich Bankdirektor oder Baseballspieler, und er sah aus wie Jim Palmer. Die Baltimore Orioles waren James Carltons Lieblingsteam. Er wußte auch, wie seine Mutter aussah: wie Sissy Spacek. Der Beweis war für ihn weniger das kleine Foto, das Penny besaß, sondern daß Penny selbst wie Sissy Spacek aussah – die gleichen Sommersprossen, die gleichen langen, glatten Haare und die etwas schrägstehenden Augen. Im Grunde war er davon überzeugt – obwohl er außer Penny nie jemandem davon erzählt hatte –, daß Sissy

Spacek tatsächlich seine Mutter war. Er hatte alle ihre Filme mindestens dreimal gesehen. Immerhin hatte er ihr längst verziehen – er konnte verstehen, daß es nicht so einfach war, sich in Hollywood durchzusetzen, daß man um fünf Uhr morgens, wenn man sein Make-up auflegen mußte, nicht auch noch Kinder herumschleppen konnte. Er hegte keinen Groll gegen Sissy. Bevor er ohnmächtig geworden war, hatte er kurz Sissy Spaceks Gesicht vor sich gesehen. Es war eine äußerst turbulente und seltsame Szene gewesen: Sie schien durch einen Kugelhagel, blutüberströmte Straßen und Berge von Leichen zu rennen.

Er vertiefte sich wieder in sein Buch. Ja, der alte Sydney war okay, aber es hatte ihm mehr Spaß gemacht zu lesen, wie Louis diese eiserne Maske verpaßt bekam. Er schloß die Augen und versuchte, sich das Gefühl vorzustellen. Würde es jucken? Drüben in dem Papierkorb lag eine braune Tüte, deren Ränder nach außen eingerollt waren. Er holte sie heraus, betrachtete sie kurz und bohrte dann mit seinem Bleistift drei Löcher hinein: zwei oben und ein etwas größeres weiter unten. Er stülpte sie sich über den Kopf und setzte sich. Natürlich mußte er sich vorstellen, daß sie wahnsinnig schwer und überall vernietet und verschweißt war. Sein Gesicht fing an zu jucken, aber er kratzte sich nicht, denn mit der richtigen Maske wäre das auch nicht möglich gewesen. Es mußte den armen Louis zum Wahnsinn getrieben haben; wenn man den Arm monatelang in der Schlinge hatte, fühlte sich das genauso an.

Schließlich hielt er es nicht länger aus und kratzte sich doch. Er stellte den Dickens zurück und holte ein anderes Buch herunter: *Die Freude am Kochen.* Es sah aus, als wäre es hundert Jahre alt. James Carlton hatte keine Ahnung vom Kochen, da er aber nichts Besseres zu tun hatte, schaute er unter Brathähnchen nach. Erstaunlich, was man alles mit einem Hähnchen machen konnte. Er las die Rezepte durch die Löcher in der Tüte. Hähnchen mit Klößen, Hähnchen gebraten, gegrillt, Hähnchen mit unaussprechlichen Namen. Das von heute abend muß gebraten gewesen sein –

Er ließ das Buch auf den Boden fallen und starrte vor sich hin, während er über das Hähnchen nachdachte… und dann über den Hamburger. Genau wie er ihn mochte…

Er stürzte zum Schreibtisch, kletterte hoch und starrte in die Nacht hinaus. Es war noch nicht völlig dunkel; das Laub der Baumwipfel glänzte an manchen Stellen wie Lackleder im Licht des Mondes, der wie ein Silberdollar am Himmel hing. Er war so aufgeregt, so voller Panik, daß er nicht einmal bemerkte, daß er immer noch die Papiertüte trug. Er riß sie herunter und preßte sein Gesicht gegen die Stäbe. Er sah den Mond, der einen silbernen Streifen über das schwarze Wasser warf, dazu die Bäume und das Ufer; alles zusammen ergab die Umrisse des Bildes, das er vor ein paar Stunden im Detail gesehen hatte.

James Carlton hatte ein fotografisches Gedächtnis, eine Fähigkeit, die Leute wie Harvey Schoenberg und auch seine Lehrer faszinierend fanden; andere jedoch, die es vorgezogen hätten, wenn bestimmte Dinge in Vergessenheit geraten wären, waren weniger davon angetan. Wie zum Beispiel Amelia Blue, die wußte, daß im Gedächtnis ihres Stiefsohns ein, zwei Zwischenfälle gespeichert waren, an die sie lieber nicht erinnert werden wollte.

Er brauchte also gar kein Tageslicht, um zu erkennen, daß der Fluß da draußen fünfmal so breit war wie der Avon.

Und er brauchte auch das Hähnchen nicht noch einmal zu probieren, um zu wissen, daß es einfach prima schmeckte.

Ganz zu schweigen von dem Hamburger mit dem Klacks Senf, dem Ketchup und den zwei Gurkenscheiben.

Er drehte sich langsam um und starrte auf die graue

Katze. James Carlton, der sich immer sehr viel Mühe gegeben hatte, seinen Südstaatenakzent auszumerzen und der Pennys ‹Scheiß drauf› und dergleichen Ausdrücke, die eine niedrige Herkunft verrieten, nach Möglichkeit vermied, sagte jetzt: «Gottchen, Katze. Wir sitzen in der Scheiße – das is nich Stratford!»

Die Katze warf ihm nur einen kurzen Blick zu, streckte sich und träumte weiter von Mäusen und Jell-O.

Er hatte es von Anfang an gewußt.

18

«London? Was soll das heißen, London?» fragte Agatha Ardry und nahm sich noch einen Toast von Melroses Toastständer. Nein, Frühstück wollte sie nicht; sie habe schon mit den Randolph Biggets gefrühstückt. Also stand zu vermuten, daß sie ihm einfach nur seines wegessen wollte. Das dritte Stück Toast bestrich sie nun schon mit Orangenmarmelade. Sie wiederholte ihre Frage: «Warum willst du denn bloß nach London?»

«Um die Queen zu sehen», sagte er und trug in sein Kreuzworträtsel eine Lösung ein.

«Und mich läßt du hier hocken.» Von keinerlei moralischen Zweifeln angenagt, winkte sie den Kellner heran und bestellte Toast nach.

«Einsam und verlassen wie Robinson Crusoe; allerdings hatte der nur seinen Freitag, während du den ganzen Bigget-Clan um dich herum hast.»

«Mein lieber Plant, ich habe dir bislang trotz deiner Fehler immer zugute gehalten, daß du als Gentleman zumindest weißt, was sich gehört. Aber ich sehe –» Ihre Tirade über den Verlust von Melroses letzter Tugend wurde vom Kellner unterbrochen, der den Toastständer auffüllte. «Jury führt wieder was im Schilde, oder? Darum fährst du nach London.»

Melrose sah von seinem Kreuzworträtsel auf. «Etwas im Schilde? Jury ist, falls du dich erinnerst, Superintendent beim New Scotland Yard. Ich würde die Ermittlungen in einem weiteren schauerlichen Mordfall auf den Straßen dieser sonst so friedlichen Stadt nicht so bezeichnen.»

«Was, es gab noch einen? Einen weiteren Mord?» Der Toast mit dem kleinen Berg Quittenmarmelade verharrte auf halbem Weg in der Luft.

«Das weißt du noch nicht? Da bist du die einzige in ganz Stratford. Gestern abend. Eine junge Amerikanerin, die mit einer Reisegesellschaft unterwegs war. Kehle aufgeschlitzt – von einem Ohr zum anderen.» Es bereitete ihm ein perverses Vergnügen, ihr das zu erzählen.

Agatha erschauerte. «Du bist wirklich blutrünstig, Plant –»

«Ich? *Ich* habe die junge Dame doch nicht umgebracht.»

«Amerikanerin? Eine Amerikanerin, sagst du?» Ihre Augen traten hervor. «War denn diese andere Person nicht auch Amerikanerin?»

«So wie du. Und die Biggets.»

Der Löffel, mit dem sie ihren dritten Tee umgerührt hatte, fiel klirrend auf die Untertasse. «Allmächtiger! Willst du damit sagen, der Betreffende hat es auf Amerikaner abgesehen?»

«Wahrscheinlich ein später Unabhängigkeitskriegsfanatiker.»

«Wen hat er umgebracht und warum?»

«Ich hab's dir doch gesagt, eine junge Amerikanerin,

eine Touristin. Die Polizei wird auch noch nicht wissen warum.»

Sie senkte die Stimme. «Ein Sexualverbrechen, nicht?»

«Keine Ahnung.» Melrose beendete sein Kreuzworträtsel in der Überzeugung, einen neuen Weltrekord aufgestellt zu haben: weniger als fünfzehn Minuten und gleichzeitig Agatha am Hals. Er schickte sich an zu gehen und gab ihr die Zeitung. «Da kannst du es nachlesen.»

«Wohin gehst du?»

«Ich sagte es bereits. Nach London.»

«Also soviel steht fest, die Biggets und ich werden keine Sekunde länger in Stratford bleiben», sagte sie entschlossen, während sie ihre Serviette ablegte.

Mit zusammengekniffenen Augen betrachtete er sie. «Und wohin fahrt ihr?»

«Nach Long Piddleton, nehme ich an.»

Melrose beugte sich über den Tisch und sagte ausdruckslos: «Wenn ich nach Ardry End zurückkomme und auch nur *einen* Bigget vorfinde, werde ich ihn oder sie persönlich an die Ufer des Piddle geleiten.»

«Also wirklich! Es ist eine Schande, daß du nichts von der Gastfreundlichkeit deiner lieben, toten Eltern geerbt hast. Deine liebe Mutter, Lady Marjorie, Countess von Caverness –»

Gepeinigt schloß er die Augen. «Warum mußt du meine Eltern jedesmal, wenn du von ihnen sprichst, ankündigen wie ein Butler die Gäste eines Balls?» Er stand auf und sah auf sie herunter. «Also vergiß nicht: *Ein* Bigget –» und er fuhr sich mit dem Finger über die Kehle.

Ziemlich schauerliche Geste in Anbetracht der Umstände, dachte er.

Um Viertel vor zehn befand sich an diesem Morgen in Stratfords Bibliothek neben Melrose nur noch ein Leser – ein alter, tattriger Mann, der langsam in einer Zeitschrift blätterte und rhythmisch dabei hustete. Abgesehen von dem Husten herrschte Grabesstille, während Melrose sich seine Notizen machte, ein Buch mit elisabethanischen Gedichten aufgeschlagen vor sich.

Da es in der Bibliothek kein Kopiergerät gab, schrieb er das Gedicht mühsam ab. Es hatte zahlreiche Strophen. Wahrscheinlich hätte er das Buch auch ausleihen können, aber da er nicht in Stratford wohnte, hätte sein Begehren eine endlose bürokratische Maschinerie in Gang gesetzt.

Er schraubte die Kappe seines Füllfederhalters zu, las das Gedicht noch einmal durch und schlug das Buch zu. Nur das Ticken der Standuhr, das Rascheln der Zeitschrift und das gelegentliche Klappern der Absätze der Bibliothekarin waren zu hören, als er die Ereignisse der letzten vierundzwanzig Stunden noch einmal Revue passieren ließ. Dann stand er auf, stellte den Gedichtband zurück, suchte sich aus dem Katalog eine Signatur heraus und trat damit an ein anderes Regal, von dem er sich ein weiteres Buch holte.

Er schmökerte eine Stunde lang darin herum. Dann schlug er auch dieses Buch zu und trommelte mit den Fingern auf den Deckel, während er darüber nachdachte.

Vielleicht nebensächlich, dachte Melrose stirnrunzelnd, aber doch sehr merkwürdig.

19

Als Jenny Kennington die Tür des schmalen kleinen Häuschens in der Ryland Street in Stratfords Altstadt öffnete, zuckte Jury ein wenig zusammen, weil sie sich kein bißchen verändert hatte. Sie trug das Haar auf dieselbe Art, die hellbraunen Locken lässig nach hinten gekämmt und im Nakken von einem kleinen Tuch zusammengehalten. Der Rock war vielleicht ein anderer – gute Wolle sieht immer gleich aus –, aber der Pullover war bestimmt derselbe. Er erinnerte sich, wie sein silbriger Faden die letzten Sonnenstrahlen eingefangen hatte, als sie in dem großen, leeren Speisesaal in Stonington standen.

«Superintendent Jury!» Ihr Lächeln verschwand so schnell, wie es gekommen war, als wüßte sie nicht genau, woran sie mit ihm war. Doch als sie nach der ersten Überraschung zur Seite trat, um ihn hereinzulassen, schien sie sich eines Geheimnisses bewußt, von dem keiner von ihnen wußte, daß sie es teilten.

Jury bot sich ein vertrautes Bild: Der Raum – eine Art Salon – stand voller Umzugskartons, einige waren fertig gepackt und verschnürt, andere halbvoll oder noch leer. Er wußte, was das zu bedeuten hatte – sie war nicht dabei einzuziehen.

Sie folgte seinem Blick und hob hilflos die Arme. Betrübt sagte sie: «Ich scheine nie in der Lage zu sein, Ihnen einen Stuhl anbieten zu können. Außer dem Bett und einigen anderen Sachen habe ich die Möbel alle verkauft. Es schien mir nicht sinnvoll, all die sperrigen Stücke mitzunehmen...»

«Ich brauche keinen Stuhl. Hält das Ding hier mein Gewicht aus?» Er zeigte auf einen der verschnürten Umzugskartons.

«Natürlich.»

Vorsichtig setzte er sich auf die Kante des Kartons.

Sie nahm auf einem anderen ihm gegenüber Platz. «Haben Sie eine Zigarette?»

«Ja.» Er hielt ihr die Packung hin. Es war nur noch eine darin. Als er sie danach greifen und dann zögern sah, sagte er: «Bedienen Sie sich. Ich versuche sowieso, weniger zu rauchen.» Er hätte sein ganzes Monatsgehalt für eine Zigarette und eine Flasche Whisky gegeben, um dies durchzustehen. Sie zögerte immer noch. «Bitte», drängte er sie.

«Wir teilen sie uns.»

«Okay», sagte er lächelnd und gab ihr Feuer. «Wohin soll's denn gehen?»

«Ich habe eine alte, ziemlich kranke Tante. Sie möchte eine Kreuzfahrt machen und braucht eine Begleitung. Ich bin ihre einzige Verwandte und umgekehrt. Alle anderen sind tot.» Sie blies den Rauch ihrer Zigarette aus und reichte sie Jury. «Es ist komisch. Andere Leute scheinen immer mehr dazuzukriegen – ich meine Ehemänner, Kinder, Enkelkinder –, nur bei mir wird es immer weniger.»

In ihren Worten klang kein Selbstmitleid mit. Der unbeteiligte Ton verlieh ihnen jedoch eine um so eindringlichere Wirkung.

Jury zog einmal an ihrer Zigarette, ihren Mund wie eine Erinnerung kostend, und gab sie ihr zurück. «Das muß ja nicht so sein.»

Sie schien auf einen Punkt in der Luft über seiner Schulter zu starren. «Das frage ich mich.» Ihre Blicke trafen sich.

Er entrang sich ein Lächeln. «Wenn Sie lediglich auf Reisen gehen –» Er sah sich im Zimmer um. «Warum dann das hier?»

«Ich fürchte, es wird eine lange Reise werden.»

Die Zigarette, die sie ihm zurückgegeben hatte, war beinahe abgebrannt. Er zog nicht daran, denn er fürchtete sich vor dem Augenblick, in dem sie ausgehen würde. «Aber wenn Sie zurückkommen ... ich meine, Sie müssen sich doch irgendwo niederlassen. Wissen Sie nicht, wo?»

Sie schüttelte den Kopf und sagte: «Eigentlich nicht. Es könnte sein, daß ich eine Weile bei Tante Jane wohnen werde. Obwohl ich nicht glaube, daß sie, so wie sie aussieht, noch lange leben wird –»

«Sie müssen das doch nicht tun», sagte er plötzlich.

«Wenn Sie nur etwas früher gekommen wären», sagte sie.

Jury sah zu, wie der kleine weiße Zylinder der Zigarette sich in Asche verwandelte und erinnerte sich an die letzte Begegnung mit ihr. Staub und Asche schienen zwischen ihnen zu stehen. Er fragte sich, ob er allmählich fatalistisch wurde. «Sie können nicht Ihr ganzes Leben lang ziellos umherirren.»

«Wir – ich meine, meine Familie – haben früher hier gelebt. Nicht *in* Stratford. Etwas außerhalb. Das Haus war viel zu groß für mich, um einfach dorthin zurückzukehren. Und jetzt ist es ganz heruntergekommen; die Seitenflügel sind nur noch Schutt; das Pförtnerhaus ist ein Steinhaufen –»

Es war, als knüpfte sie an eine Unterhaltung an, die nicht vor Monaten, sondern vor wenigen Minuten stattgefunden hatte.

«... Als ich dorthin fuhr, wurde mir klar, daß man die Vergangenheit nicht zurückholen kann.»

«‹Natürlich kann man.›» Er verbrannte sich die Finger an der Zigarette und mußte sie auf den Fußboden fallen lassen. Sie trat sie aus.

Als er wieder aufsah, lächelte sie freudlos. «Das habe ich noch nie gehört. Glauben Sie das wirklich?»

«Gatsby hat das gesagt. Sie wissen schon. Fitzgeralds Gatsby. Über Daisy.»

Sie ließ den Blick durch das ganze Zimmer schweifen, nur ihn sah sie nicht an. «Daisy. Aha.»

Jury stand auf. «Ich muß gehen. Ich fahre in einer knappen Stunde nach London zurück. Hören Sie, Sie werden doch noch ein paar Tage hierbleiben? Könnten Sie mich nicht anrufen, bevor Sie aufbrechen?» Er gab ihr seine Visitenkarte und schrieb seine Privatnummer auf die Rückseite.

«Ich werde vermutlich noch eine Woche hiersein.» Sie sah auf die Karte in ihrer Hand. «Gut, ich werde anrufen.»

An der Tür sagte sie traurig: «Aber bei ihm hat es nicht geklappt, oder? Ich meine Gatsby.»

Jury lächelte. «Das kommt wahrscheinlich auf den Standpunkt an.»

Als er die Ryland Street zurückging, fiel ihm auf, daß sie kein einziges Mal über Mord gesprochen hatten.

20

Nachdem Melrose Agatha zum Frühstück genossen hatte, stand ihm nun Harvey Schoenbergs Gesellschaft bevor. Als er die «Ente» betrat, saß Harvey schon da, den Arm um seinen Computer gelegt, und trank Bier.

«Hallo, Mel!» rief er über das Stimmengewirr einer merklich geschrumpften Menge von Gästen. Nach den Enthüllungen der letzten beiden Tage mußten die Touristen panikartig die Flucht ergriffen haben.

«Guten Morgen», sagte Melrose und legte seinen Spazierstock auf den Tisch. «Ich nahm an, Honeysuckle Tours sei bereits nach London unterwegs.»

«Die Verzögerung haben wir J. C. Farraday zu verdanken. Ihr Freund Rick versucht, ihn zum Fahren zu überreden. Aber er meint, er rührt sich nicht von der Stelle –»

«Rick?»

«Ja. Der Typ vom Scotland Yard.» Harvey hob sein Glas. «Wollen Sie ein Bier?»

«Lieber einen Sherry. Tio Pepe, trocken.»

«Tio. Klar. Passen Sie bitte auf das Ding auf, okay?» Er wies mit einem Kopfnicken auf den Ishi.

«Ich werde ihn nicht aus den Augen lassen.»

Während Harvey zur Bar ging, zog Melrose den gefalteten Papierbogen aus seiner Tasche. Er las sich das Ganze noch einmal durch, besonders die Strophe, die der Mörder für seine makabren Zwecke verwendet hatte.

Wenige Minuten später kam Harvey zurück, stellte den Sherry auf den Tisch und nahm den Faden der Unterhaltung wieder auf, als hätte es die Unterbrechung nicht gegeben. «Ich meine, Sie können dem armen Kerl auch keinen Vorwurf machen, denn Jimmy ist noch immer nicht aufgetaucht.» Er senkte die Stimme. «Sie glauben doch nicht, daß dem Jungen was zugestoßen ist, oder?» Als ihm Melrose nicht sofort antwortete, stieß er ihn in die Seite. «Sie wissen schon, was ich meine.»

«Ich weiß. Aber es würde nicht recht ins Schema passen, oder?»

«Schema? Welches Schema?»

«Beide Opfer waren Frauen. Sie kannten den kleinen Jungen ziemlich gut, nicht wahr? Sie waren doch derjenige in der Gruppe, mit dem er am häufigsten gesprochen hat.»

«Kann schon sein. Über Computer. Ich bin selten jemandem mit einer so schnellen Auffassungsgabe begegnet. Ich habe versucht, ihm die Zukunftsperspektiven klarzumachen, ich meine in beruflicher Hinsicht. Der Kleine hat was auf dem Kasten. Also, ich muß gleich wieder los.» Er leerte sein Glas, stand auf und schlang sich den Riemen der Kiste über die Schulter. «Mann, ich kann's kaum abwarten, in London zu sein. Können Sie sich das vorstellen? Nach Deptford gehe ich als erstes. Dann Southwark und vielleicht Greenwich. Hören Sie, ich sollte Sie eigentlich herumführen.» Er zeigte auf seine Jackentasche. «Die Stadtteile auf der anderen Seite der Themse kenne ich wie meine Westentasche, wenigstens so, wie sie einmal ausgesehen haben. Kommt von den vielen Plänen, die ich studiert habe. Heute wird es da vermutlich anders aussehen.» Seufzend zog er von dannen, nicht ohne einigen Gästen im Vorbeigehen kräftig den Computer in die Seite zu rammen.

In der Tür traf er auf Jury. Die beiden wechselten ein paar Worte, dann klopfte Harvey Jury auf die Schulter und verschwand.

«Hallo, Rick», sagte Melrose und zog Jury einen Stuhl heran. «Nehmen Sie Platz und entspannen Sie sich.»

«Danke. Honeysuckle Tours sind im Brown's Hotel einquartiert. Hoffentlich bleiben sie auch dort.»

«Harvey bestimmt nicht. Er hat nämlich einen Bruder, der nach London kommt; allerdings kann ich mir schwer vorstellen, daß der Harvey überallhin begleiten wird. In Gedanken streift er nämlich schon jetzt durch ganz Southwark und Deptford. Er hat mich eingeladen mitzukommen.»

«Hat er mir gerade erzählt. Die Sache mit dem Bruder, meine ich. Wohnt offensichtlich ebenfalls im Brown's Hotel, wenn er in London ist. Honeycutt hat uns übrigens keine Märchen aufgetischt. Unsere Nachforschungen haben ergeben, daß keiner der Reisenden am Hungertuch nagt.» Jury seufzte. «Wir können sie nicht daran hindern, ihr Hotel zu verlassen. Amelia Farraday würde am liebsten den ersten

Flug zurück in die Staaten nehmen; mir ist nur unklar, ob sie lieber unliebsamen Erinnerungen oder der Polizei entfliehen will. Ich glaube allerdings, dieser Flug läßt sich unterbinden. Wollten Sie gerade gehen? Ich will mir schnell einen Drink und etwas zu essen bestellen. Übrigens habe ich Sie auch im Brown's einquartiert. Sie können sie im Auge behalten. Lassen Sie sich mal von Harvey Southwark zeigen. Was zum Teufel hofft er dort vorzufinden?»

«Die gespenstisch über der Themse emporragenden Dachbalken des Gasthauses, in dem der gute alte Kit Marlowe getötet wurde, vermute ich. Ich habe Ihre Hausaufgaben für Sie gemacht. Das Gedicht – ich habe es abgeschrieben.»

Als Melrose den Bogen aus der Tasche zog, sagte Jury: «Wie zum Teufel haben Sie das rausgekriegt, wo wir doch jeden verfügbaren Mann im Dezernat Gedichtbände wälzen ließen –?»

«Ganz einfach. Ich bin davon ausgegangen, daß es aus elisabethanischer Zeit stammt und in einer Anthologie enthalten ist. Deshalb nahm ich mir in der Bibliothek die umfangreichste Anthologie vor, die ich finden konnte. Im Register ging ich die ersten Zeilen durch.»

«Aber wir waren uns doch einig, daß es kein Gedichtanfang ist.»

«Ist es auch nicht. Ich bin nach der Metrik gegangen.» Melrose rückte seine Goldrandbrille zurecht. «Dadurch konnte ich wenigstens drei Viertel der Gedichte ausschließen. Vielleicht mehr. Es hat einen sehr gleichmäßigen Rhythmus, einen jambischen Trimeter. Bei Pentametern oder ähnlichem wäre es weitaus schwieriger gewesen. Ich habe lediglich alle Gedichtanfänge in Trimetern angekreuzt.»

«Teufel auch», sagte Jury lächelnd.

«Ja. Geradezu clever von mir, nicht?» Er räusperte sich und las:

«Der Schönheit rote Nelken
sind Blumen, die verwelken.
Ein goldner Schimmer in der Luft,
Königinnen verblichen und liegen in der Gruft.
Staub –»

In diesem Augenblick ging die Tür der «Ente» auf. Oh, mein Gott! dachte Melrose. Er hatte Vivian Rivington total vergessen, und da stand sie.

Er hielt Jury das Papier vor die Nase. «Hier, lesen Sie.»

«Hören Sie, ich bin doch nicht kurzsichtig!» sagte Jury, nahm das Blatt und beugte sich darüber.

Melrose und Jury saßen versteckt in einer Ecke. Vielleicht würde Vivian mit ihrem Begleiter – ein schlanker, dunkler Bursche, zweifellos ihr Verlobter – einfach wieder gehen. So etwas Peinliches! Wenn sie sich nur nicht umdrehte –

Sie drehte sich um.

Und natürlich hob Jury, der das Gedicht durchgelesen hatte, gerade in diesem Augenblick den Kopf, um etwas zu sagen.

Melrose war froh, nicht in der Schußlinie der Blicke zu sitzen, die zwischen Jury und Vivian hin- und herflogen.

«Der Teufel soll mich –» murmelte Jury und stand auf, als sie lächelnd auf ihren Tisch zukam. Sie sah einfach hinreißend aus in ihren Jeans und der weißen Seidenbluse; der dunkelhaarige Mann folgte ihr auf den Fersen.

Sie streckte die Hand aus. «Inspektor Jury, na so was –»

«Miss Rivington. Was für eine Überraschung.»

Wie banal, dachte Melrose und war dennoch erleichtert. Wenn sie noch immer bei ‹Inspektor› und ‹Miss› waren, weshalb, zum Teufel, machte er sich dann Sorgen? Oder taten sie nur so, als wüßten sie nicht, was sie mit ihren Händen anfangen oder als nächstes sagen sollten, weil hinter ihr dieser Graf von Monte Christo stand?

«Entschuldigung, ich –» Vivian drehte sich zu dem dunklen Burschen mit dem Adlergesicht um, der mit südeuropäischer Grazie dastand, die Hände in den Taschen seines Blazers, die Daumen nach außen, und sich höflich verbeugte. «Franco Giapinno, mein, äh – Inspektor Richard Jury und Lord – ich meine, und Melrose Plant.»

Die alte vertraute Vivian errötete wie ein Kind, das beim Theaterspielen seinen Text vergessen hat. Es folgten ein gemurmeltes «Angenehm» und ein sehr leiser Wortwechsel in gutturalem Italienisch zwischen Vivian und Giapinno, gegen den Melrose sofort eine heftige Abneigung empfand.

«Warum eine Überraschung?» fragte Vivian Jury. «Hat Ihnen Melrose nicht erzählt, daß ich hier bin –?»

Sie verstummte, während Jury Melrose einen Blick zuwarf, der eine durchgehende Büffelherde zum Stehen gebracht hätte.

«Nein», sagte er nur.

Melrose fühlte sich in die Enge getrieben. «Nun, jedenfalls heißt es nicht mehr Inspektor, Vivian», sagte er herzlich. «Es heißt inzwischen Superintendent.»

«Das ist nur recht und billig», sagte sie mit jener Aufrichtigkeit, die selbst ihren banalsten Kommentaren Intensität verlieh. «Franco und ich sind, äh...»

Franco schien den Satz nur zu gern für sie zu beenden. «Verlobt.» Mit einer aufreizend besitzergreifenden Geste legte er den Arm um ihre Taille.

Alle lächelten.

Jury lehnte Giapinnos Einladung zum Lunch ab. «Tut

mir leid, aber ich wollte gerade nach London fahren. Das Auto steht schon draußen.»

«Oh», sagte Vivian und legte ihre ganze Enttäuschung in diese eine Silbe. «Es geht sicher um... Ich habe von dem Mord in Stratford gehört... Geht es darum –?»

«Ja, darum geht's», sagte Jury übertrieben knapp.

Der Abschied war so seltsam wie die Begrüßung. Vivian und der Italiener entfernten sich eilig. Wenigstens sind wir nicht zur Hochzeit eingeladen worden, dachte Melrose.

Es herrschte längeres Schweigen, während sie verlegen herumstanden; Melrose starrte auf den Dielenboden und hatte beinahe Angst, Jury in die Augen zu sehen, der sich umständlich eine Zigarette anzündete.

Es war Jury, der schließlich durch die aufsteigende Rauchsäule hindurchsprach.

«Nicht zu fassen. Von allen Kaschemmen der ganzen Welt kommt sie ausgerechnet in meine.»

Zweiter Teil

Deptford

«Das schlägt einen Menschen
härter nieder als eine große Rechnung
in einem kleinen Zimmer.»

William Shakespeare,
Wie es euch gefällt

21

Detective Chief Superintendent Racer schlug wütend die Akte zu und starrte über seinen Schreibtisch hinweg auf Detective Sergeant Alfred Wiggins. Daß dieser bislang nichts mit dem Mordfall zu tun gehabt hatte, machte ihn zwangsläufig zur idealen Zielscheibe für Racers bissige Bemerkungen.

Wiggins tat, was er in schwierigen Situationen immer tat – er putzte sich die Nase.

«Es tut mir leid, Sie von Ihrem Krankenlager hierherzitieren zu müssen», sagte Racer mit gespielter Besorgnis.

Doch bei Wiggins verfehlte jeglicher Sarkasmus sein Ziel. Jury vermutete, daß Wiggins sein berufliches Überleben nicht zuletzt seiner Fähigkeit zu verdanken hatte, alles wörtlich zu nehmen. «Das macht gar nichts, Sir. Es ist nur diese Allergie. Es ist einfach beängstigend, wie viele Pollen...»

Unterdrückte Wut vertiefte noch die rote Färbung in Racers aufgedunsenem Gesicht, das bereits gezeichnet war von zu vielen Brandys zum Lunch im Club. Seine Beherrschung währte jedoch nur kurz. «Die Pollen kümmern mich einen Dreck. Ich bin doch keine Biene. Und tun Sie diese verdammte Packung weg!»

In Stress-Situationen greifen manche zur Waffe, andere zur Zigarette; Wiggins hingegen zog eine neue Packung Hustenbonbons aus der Tasche. Er war gerade dabei, die Zellophanhülle zu entfernen. «Entschuldigen Sie, Sir.»

Jury gähnte und schaute wieder zu Racers Bürofenster

hinaus in den schmutziggrauen Himmel über New Scotland Yard und auf den kleinen Ausschnitt der Themse, der hinter der Kaimauer sichtbar wurde. Racer bestand auf einem Zimmer mit Aussicht. Um so besser, dachte Jury, falls er sich eines Tages entschließen sollte, sich aus dem Fenster zu stürzen. Racers Stimme dröhnte weiter auf Wiggins ein, während Jury abwartete. Er wußte, daß der Chief Superintendent nur Fingerübungen machte, bevor er die eigentliche Operation begann, nämlich Jury zu sezieren: Er zog sich gleichsam die Gummihandschuhe an und legte Messer, Skalpelle und Pinzetten zurecht. Racer hatte seine wahre Berufung bei der Polizei verfehlt. Er hätte Gerichtsmediziner werden sollen.

Als er mit Wiggins, der ein wenig blaß aussah (was er allerdings immer tat), fertig war, lehnte Racer sich in seinem ledernen Drehstuhl zurück, zupfte ein Fädchen von seinem maßgeschneiderten Anzug, rückte die Mininelke in seinem Knopfloch zurecht und schenkte Jury ein schneidendes Lächeln.

«Der Schlächter», sagte er und sah Jury an, als säße ihm der Schlächter in all seiner blutigen Pracht gegenüber. «Es ist wirklich bemerkenswert, *Superintendent*» (Racer hatte Jurys letztjährige Beförderung bis heute nicht verkraftet), «daß Sie rein zufällig nach Stratford-upon-Avon fahren und mit zwei Morden und einem Vermißten auf Ihrem Konto zurückkommen.» So wie sein Vorgesetzter sich ausdrückte, hätte Jury genausogut ein Sammler obskurer Kriminalfälle sein können. Racer stand auf, um seine obligatorischen Runden im Zimmer zu drehen, und fügte großmütig hinzu: «Nicht daß ich Sie persönlich für die Umtriebe dieses Verrückten verantwortlich machen kann –»

«Ich danke Ihnen», sagte Jury.

Kurze Pause. «*Superintendent* Jury, Ihr Sarkasmus ist

gänzlich unprofessionell und fehl am Platze.» Er stand hinter ihnen und glaubte vielleicht, einen psychologischen Vorteil zu haben, wenn er zu ihren Hinterköpfen sprach. Aus den Augenwinkeln sah Jury, daß Wiggins die Gelegenheit beim Schopf ergriff, um vorsichtig die Packung Hustenbonbons zu öffnen.

«Doch, wie mir scheint», fuhr Racer fort, «begnügen Sie sich nicht damit, sondern greifen beharrlich in Ermittlungen ein, die in den Zuständigkeitsbereich der Polizei von Warwickshire fallen. Haben *die* etwa um unsere Hilfe gebeten? Keineswegs! *Mir* bleibt es dann überlassen, die Wogen zu glätten und dem Chief Constable dort süßen Brei ums Maul zu schmieren –»

Süßen Brei? Racer? Säure in die Augen tröpfeln wäre wohl richtiger. Der zahnlose Tiger brüllte hinter ihnen weiter.

Obwohl Chief Superintendent Racer, bildlich gesprochen, in den letzten Zügen lag, weigerte er sich standhaft zu sterben. Jurys Kollegen beim Scotland Yard hatten sich im letzten Jahr ohne Ausnahme auf Racers Pensionierung gefreut. Sie war aber nicht erfolgt; Racer zögerte sie immer wieder hinaus, als wäre sie gleichbedeutend mit dem Ende. In der Gewißheit, sein Ableben stünde bevor, hatten sie sich (natürlich wieder bildlich gesprochen) um seinen Sarg versammelt, bloß um festzustellen, daß die Leiche sich heimlich aus dem Staub gemacht hatte und am Montag in perfekt gebügelten Hosen aus der Savile Row und mit der Miniblume im Knopfloch zu neuem Leben erweckt am Schreibtisch saß.

«– damit nicht genug, oh, nein! *Dann*, anstatt die ganze Angelegenheit den Jungs aus Stratford zu überlassen, schleppen Sie die ganze Bagage auch noch nach London ein! Warum, Jury? *Nach London! Nach London!* –»

«Um ein weiteres Schwein zu schlachten.» Manchmal konnte Jury sich einfach nicht zurückhalten.

Schweigen. Der Redeschwall war unterbrochen. Wiggins warf Jury einen kurzen Blick zu, starrte dann wieder geradeaus und lutschte verstohlen an seinem Hustenbonbon.

Racer beugte sich über Jurys Schulter, hauchte ihm den Dunst seiner Brandys mit Soda ins Gesicht und sagte: «Was war das, mein Junge?»

«Nichts, Sir.»

Der Redeschwall setzte wieder ein. «Seitdem Sie es zum Superintendent gebracht haben, Jury –»

Jury wünschte, er hätte den Mund gehalten. Jetzt konnte er sich auf noch schlimmere Beschimpfungen gefaßt machen, denn Racer war bei den Höhen und Tiefen von Jurys Karriere angelangt. «*Hinauf* haben Sie es geschafft, mein Junge. Sie können aber genauso leicht wieder *hinunter*fallen...»

Verflucht, auf diese Art würden sie den ganzen Nachmittag hier zubringen.

Zum Glück wurden sie durch Racers Sekretärin unterbrochen, die hereinkam und einen Stoß Papiere auf seinen Schreibtisch legte. Fiona Clingmore trug etwas, was eigentlich ein Negligé hätte sein sollen, offenbar aber ein Sommerkleid war. Es war schwarz und schien vorne nur aus Rüschen zu bestehen, denen allein es zu verdanken war, daß Fiona nicht alles enthüllte. Die eine Hand auf den Schreibtisch gestützt, die andere in die vorgeschobene Hüfte gestemmt, stand sie vor ihnen, trommelte mit ihren knallroten Fingernägeln und ließ alle in den Genuß eines Blickes in ihr Dekolleté kommen. Fiona, das wußte Jury, hatte vor ein paar Jahren die Vierzig überschritten, war aber nicht gewillt, die Waffen zu strecken.

«*Miss* Clingmore», sagte Racer, «ich wäre Ihnen sehr verbunden, wenn Sie künftig anklopften. Und schaffen Sie die räudige Katze da raus.»

«Entschuldigung», sagte sie, befeuchtete ihren Finger und klebte sich eine Locke an die Wange. «Sie sollen das hier sofort unterzeichnen. Der Berufungsausschuß braucht es.» Sie stürzte hinaus, vergaß zwar die Katze mitzunehmen, nicht aber, Jury zuzuzwinkern. Er mochte Fiona und ihre immer besser inszenierten Auftritte. Er zwinkerte zurück.

Die Katze strich um ihre Beine herum und sprang dann ohne Umschweife auf Racers Schreibtisch, wo sie sich, massiv wie ein Briefbeschwerer, niederließ.

Racer verscheuchte sie, indem er offenbar speziell bei Katzen wirksame Flüche ausstieß, und setzte sich. «Was zum Teufel hat es mit der Reisegesellschaft auf sich, die Sie im Brown's einquartiert haben? Besteht da irgendein Zusammenhang?»

«Ich weiß es nicht», sagte Jury. «Ich weiß nur, daß die beiden, die in Stratford ermordet wurden, und der vermißte Junge dazugehörten.»

Racer schnaufte. «Und haben Sie das auch den Presseleuten erzählt, Jury? Die sind wie Lemminge die M-40 rauf- und runtergezogen.»

«Ich verkehre nicht mit der Presse. Das überlasse ich Ihnen.»

«Nun, *irgend jemand* muß verdammt noch mal geredet haben! Vermutlich diese verfluchten Idioten in Stratford.»

Jury rutschte ungeduldig auf seinem Stuhl herum und streckte die Hand nach unten aus, um die Katze zu streicheln, die seine Abneigung gegen Racer offenbar teilte. «Ich hielte es für das beste, wenn Sergeant Wiggins und ich die Erlaubnis erhielten, den Fall weiter zu bearbeiten, bevor ein weiterer Mord passiert», sagte er ruhig.

«Ein weiterer Mord? Was meinen Sie damit?»

«Daß der Mörder noch nicht fertig ist. Die Botschaft wurde noch nicht ganz übermittelt.»

Racer zog die Augenbrauen hoch. «Würden Sie mir das bitte erklären?»

«Nun, Sie haben doch das Gedicht gelesen. Bei Miss Bracegirdles Leiche fand man zwei Verse; bei der kleinen Farraday ebenfalls zwei. Die Strophe hat aber noch drei weitere Verse.» Und um Racers Blutdruck noch mehr in die Höhe zu treiben, fügte Jury hinzu: «Danach kann er natürlich mit einer neuen Strophe weitermachen.»

Der Gedanke an eine Mordserie von der Länge einer Perlenkette oder eines Gedichts mit zwölf Strophen brachte anscheinend sogar Racer zur Vernunft.

«Sie glauben, es wird einen weiteren Mord geben.» Er sah von Jury zu Wiggins und wieder zurück zu Jury. «Warum zum Teufel sitzen Sie beide dann noch hier und vergeuden meine Zeit? Machen Sie, daß sie hier rauskommen.»

22

Sie dachte, ich wüßte nicht, was sie alles trieb? Amelia Blue Farraday stand vor einem Stripteaselokal in Soho und betrachtete die lebensgroßen Plakate. *In einem Schuppen wie diesem wäre sie eines Tages gelandet*, dachte sie und starrte vielleicht länger auf die Plakate als nötig war, um die frei herumlaufenden Lustmolche und Wüstlinge nicht auf sich aufmerksam zu machen.

«Hallo, Süße.»

«Wohin soll's denn gehen?»

Die Fragen kamen von einem schlaksigen Burschen mit

pomadigem, zurückgekämmtem Haar und dessen dickem Freund, der neben ihm stand und seine Gelenke knacken ließ. «Wir könnten viel Spaß miteinander haben.»

Amelia musterte sie abschätzig. In Georgia würde man Abschaum wie diesen mit Füßen treten. Sie würdigte sie keiner Antwort. Sie versuchte auch nicht, um sie herumzugehen; das würde so aussehen, als machte sie ihnen Platz. Sie streckte einfach die Arme aus, schob die beiden zur Seite und ging weiter die Soho Street hinunter.

Vielleicht besser, daß sie tot ist, dachte Amelia. *Vielleicht besser. Sie würde sich diesen beiden Nullen hingegeben haben, solange sie nur den angemessenen Preis entrichtet hätten.* Und mit diesem Gedanken, der weder Scham noch Schuldgefühle in ihr hervorrief, blieb Amelia erneut vor den riesigen Schaukästen eines heruntergekommenen Kinos stehen. *Ich hätte sie noch auf jedem Poster in der Second Avenue zu sehen bekommen. Großer Gott, dieses Kind machte auch vor nichts halt...*

Gelangweilt von Limonade und Bier auf der Veranda, gelangweilt von James C.s unbeholfenen Liebeskünsten, hatte Amelia sich auf «Gelegenheitsaffären» eingelassen, wie sie es nannte – auf den ersten besten, der ihr über den Weg lief. Doch sie hatte es zu ihrem Vergnügen getan, nicht für Geld – obwohl es mitunter kleine Geschenke gegeben hatte –, anders als Honey Belle, die sich wie eine gewöhnliche Hure verkaufte. Honey Belle war nach ihrem Alten geraten, diesem Taugenichts, diesem falschen Fünfziger, der sich für unwiderstehlich hielt.

Schäbig aussehendes Volk umgab sie, als sie in ihrem wiegenden Gang durch Soho schritt, und sie wußte, daß einige der Rempeleien nicht zufällig waren. Sie warf ihr blondes Haar zurück; sie trug es noch immer lang, trotz der Bemerkung, die dieser Knilch von einem Friseur gemacht hatte:

«Meine Liebe, es macht Sie um Jahre älter.» Ihre Haare waren schon immer aschblond und ihr ganzer Stolz gewesen. Sie würde keinen schwulen Londoner Figaro an sich ranlassen. Sie brauchte sie nur hochzustecken, mit ein paar Kämmen festzuhalten, und schon sah sie aus wie eine Königin.

Amelia hatte genug von den Stripteaselokalen, den Pornokinos und den billigen Chinarestaurants. Andererseits wollte sie verdammt sein, wenn sie mit diesen Idioten von der Reisegruppe auch nur ein weiteres Theaterstück absitzen würde oder wenn sie sich in ihrem Zimmer in diesem versnobten Hotel einsperren ließe. Die weißen Handschuhe, die Verbeugungen und das ganze Herumscharwenzeln. Sie war zwar froh, daß James C. Geld hatte, aber sie war kein Snob. Froh über das Geld, aber nicht über seine beiden Gören. Es waren nicht einmal seine eigenen Kinder, das machte die Sache besonders unverständlich. Mitunter fragte sie sich, was wohl mit dem Jungen passiert war. Sie hoffte, er würde einfach wegbleiben. Sie wußte, daß die beiden sie haßten wie die Pest, aber das war ihr egal. Sie hatte James C. und das Geld, und wenn die dachten, sie könnten ihr die Tour vermasseln, dann hatten sie nicht alle...

Es sah aus, als würde eine Mauer aus lauter Männern auf sie zukommen, dabei waren es nur vier. Und noch bevor sie sie richtig sehen konnte, hatten sie bereits diesen lüsternen Blick. Eine einzige kollektive Lüsternheit und alle möglichen Obszönitäten, ausgesprochen in diesem kehligen Cockney, bei dem sie ganze Silben verschluckten («Schau dir mal die Titten von der an, Jake... Ooooh...»). Sie hatten jedoch kaum Zeit zu dergleichen Bemerkungen, denn Amelias Busen bahnte sich unter Mitwirkung gelegentlicher Rippenstöße bereits einen Weg durch die Mauer. Sie drehte sich auch nicht um, als die Bemerkungen anzüglicher wurden; sie war daran gewöhnt. Sie registrierte den Vorgang kaum, sondern setzte ihren inneren Monolog über Honey Belle fort...

Als dieser ekelhafte kleine Kerl, der sich als Detektiv ausgab, versuchte, sie zu erpressen, hatte Amelia ihn bezahlt, den Bericht über Honey Belle gelesen und gleich darauf verbrannt. Sie war nie dahintergekommen, wer ihn auf die Fährte des Mädchens gebracht hatte, aber was gäbe es für ein Theater, wenn James C. jemals Wind davon bekäme, was die Kleine getan hatte: Nacktfotos, Pornofilme, einfach alles. Obwohl James C. kein Recht hatte, große Reden zu schwingen: nicht, nachdem sie ihn mit Honey Belle im Schlafzimmer erwischt hatte, die Hosen schon fast runter. Eine streunende Katze, das war sie. Schuld daran war nur ihr Vater; sie ist – war – genau wie er.

Amelia war nicht nach Soho gegangen, um etwas zu erleben; ihr war einfach nach einem kleinen Bummel zumute, bevor sie sich mit George in einem privaten Club in der Nähe des Berkeley Square Park traf. Von dem wenigen, das sie bisher von London kennengelernt hatte, war der schon eher nach ihrem Geschmack. Er lag in unmittelbarer Nähe des Hotels.

Vom Gehen erschöpft, winkte sie ein Taxi heran, ließ sich in den Rücksitz fallen und streifte die Schuhe ab. Gott, ihre Füße schmerzten von dem vielen Herumlaufen in dieser Stadt. Sie massierte an ihnen herum. Der Taxifahrer setzte sie am Berkeley Square Park ab, murrte über das Trinkgeld – *Sie können mich mal, mein Lieber* – und verschwand in der Dunkelheit.

Du lieber Himmel, diese Briten haben keine Manieren. Nur weil man Amerikaner ist, denken die, man schwimmt in Geld...

Amelia betrat den Park und summte eine Melodie vor sich hin. Es war natürlich vor ihrer Zeit gewesen, aber gab es da nicht dieses alte Lied, in dem eine Nachtigall im Berkeley Square Park singt? So um den Ersten Weltkrieg. Hatte es nicht ihr Pa manchmal gesungen? Amelia hörte Vogelgezwitscher und blieb stehen, um in das pechschwarze Geäst der Bäume hochzuschauen. Auf einer Parkbank am Weg lag ein Betrunkener und schnarchte, eingewickelt in seinen Mantel, als wäre es Januar und nicht Juli. Sie hatte schon lange nicht mehr an ihre Eltern, an ihren Pa gedacht. Er war irgendwo da oben im Himmel und schlief seinen Rausch aus, wie der Betrunkene da. Sie waren umherziehende Landarbeiter gewesen, weiter nichts, obwohl sie sich für James C. natürlich ein passenderes Elternhaus ausgedacht hatte. Doch das mußte sie ihm lassen – er war kein Snob. Aber selbst James C. hätte gezögert, eine Frau von jener Sorte zu heiraten, die viele Leute noch immer als weißen Abschaum bezeichneten. Amelia hob den Kopf. Es galt, in dieser Welt zu überleben. Und seinen Spaß dabei zu haben. Sie ging beschwingt weiter, die große Tasche, die sie letztes Jahr in Nassau gekauft hatte, über der Schulter. Spaß macht doch das Leben aus, oder? War es ihre Schuld, wenn sie über Honey Belles Tod nicht trauriger sein konnte? Es war einfach Schicksal. Man stirbt so wie man lebt, das ist alles. Irgendein verrückter Sexualverbrecher trieb sich in dieser blöden kleinen Stadt herum und hatte sich zufällig zwei Frauen von derselben Reisegesellschaft auserkoren – Amelia begann ein wenig zu schwitzen. Wenn ihr Mann, wenn James C. nun doch etwas über Honey Belle oder gar über sie selbst erfahren hatte! Quatsch. Sie verlangsamte ihre Schritte. Dennoch – woher sollte sie wissen, ob dieser Detektiv nicht auch zu ihm gegangen war, um die Informationen gleich zweimal zu versilbern? Und überhaupt, dachte sie, woher soll ich wissen, ob dieser Mann nicht von James C. beauftragt war?... Vielleicht läßt er mir auch nachschnüffeln? Abrupt blieb sie stehen. Sie versuchte, sich zusammenzunehmen: *Amelia Blue Farraday, du hast einfach nur Schiß.* So ein Quatsch. Nachdem sie sich so Mut gemacht hatte, setzte sie ihren Spaziergang durch den Berkeley Square Park fort.

Sie kam nicht weit. Im Park herrschte tödliche Stille, außer ihr schöpfte um diese Zeit niemand frische Luft; das Vogelgezwitscher verstummte, erklang erneut und verstummte wieder, als würde es sich dem Rhythmus ihrer Schritte anpassen.

Der Arm, der sich plötzlich um ihren Hals legte und ihn nach hinten bog, steckte in alter Wolle. Bevor sie spürte, wie sich etwas in ihre Kehle grub, schoß ihr ein Satz durch den Kopf: *Man stirbt, wie man gelebt hat.*

Eine kleine Gruppe von Polizisten stand im Berkeley Square Park. Die Parkeingänge waren abgesperrt, und Polizisten dirigierten den Fußgängerverkehr. Angesichts der Aufforderung weiterzugehen blieben die Passanten natürlich erst recht stehen. Binnen zehn Minuten hatte sich eine Kette aus Neugierigen um den Park gebildet. Fünfzehn Minuten später war die Kette schon sechs Reihen tief. Langsam fahrende Autofahrer verursachten ein höllisches Durcheinander; viele parkten ihre Autos und stiegen aus, um ihre Schaulust zu befriedigen. Eine dreiviertel Stunde nach Ankunft der Polizei hatte man den Eindruck, halb London hätte sich hier versammelt.

Jury sah auf den einst weißen, jetzt roten Hosenanzug herab. Der Schlächter hat saubere Arbeit geleistet, dachte er. Sie war kaum noch zu erkennen, nur ihr weißblonder Haarschopf war wie durch ein Wunder nicht blutgetränkt, vielleicht weil der Kopf so komisch schräg hing, nachdem man ihr die Kehle durchgeschnitten hatte. Das Gras um sie herum war rostbraun und noch immer klebrig. Ein langer Schnitt verlief vom Schulterblatt den ganzen Körper entlang und legte die Magenwand und die inneren Organe frei.

Wiggins sah Jury an. «Sieht sie genauso aus wie die beiden in Stratford, Sir?»

Jury nickte. Den Mann von der Spurensicherung fragte er: «Was haben Sie bis jetzt gefunden?»

Der Mann drehte sich zu Jury um und sah ihn über seinen Notizblock hinweg an. «Eingeweide», sagte er ruhig.

«Das sehe ich. Das Blut muß ja überall hingespritzt sein –»

Der Tatortsachverständige nickte. «Auch der Mörder hat einiges abbekommen.» Er wies mit dem Kinn über die Schulter zurück. «In einer Mülltonne da drüben haben wir einen alten Mantel gefunden.»

«Sonst noch etwas? Vielleicht irgendeine Botschaft?»

«Sie haben es erraten, Superintendent. Auf einem Theaterprogramm von *Wie es euch gefällt*. Geben Sie mir noch fünf Minuten, dann haben Sie und der Arzt freie Bahn.» Er vervollständigte seine Notizen, und der Fotograf packte die Kamera ein.

Der Pathologe kniete neben der Leiche; er hielt ein blutverschmiertes Blatt Papier hoch, die erste Seite des Programms.

«Was ist das?» fragte Wiggins.

Jury las einen Vers vor: «‹Staub legte sich auf Helens Lider.›»

«Ist das der letzte Vers des Gedichts?» fragte Wiggins.

«Nein. Es gibt noch zwei.»

Farraday bewahrte mit Mühe die Fassung, als Jury ihm die Hiobsbotschaft überbrachte. Er erinnerte Jury an einen Felsvorsprung, den der stete Wellenschlag immer tiefer aushöhlte. Die Frage war nur, wie lange es noch dauern würde, bis er zusammenbrach. Offensichtlich war es noch nicht soweit.

Penny Farraday wich ins Dunkel zurück, drehte sich dann um und lief ins Badezimmer. Jury hörte, wie sie sich erbrach. Gern hätte er ihr geholfen; aber er war vollauf mit Farraday beschäftigt.

Mit so blutleerem Gesicht, als wäre *er* unters Messer gekommen, führte Farraday das Brandyglas, das ihm Jury gereicht hatte, zum Mund. Seine Hand zitterte heftig. Er bewegte die Lippen. Schließlich brachte er hervor: «Wann ist es passiert?»

«Vergangene Nacht, nicht allzu spät, meint der Arzt. Vermutlich gegen Mitternacht.»

«Warum hat es so lange gedauert –?» Seine Stimme versagte.

Jury sprach die Frage zu Ende. «Bis man ihre Leiche gefunden hat? Der Täter, wer auch immer es gewesen ist, hat sie sehr gut im Gebüsch versteckt. Eine Frau, die ihre beiden Hunde spazierenführte, hat sie gefunden. Aber auch sie wäre daran vorbeigelaufen, wenn nicht die Hunde im Gebüsch herumgeschnüffelt hätten. Wir waren erst kurz vor zehn am Tatort.»

Farraday schien sich schon längst nicht mehr für diese Erklärung zu interessieren. Er fuhr sich mit der Hand übers Gesicht wie jemand, dem die Augen weh tun, weil er zu lange in die Sonne gestarrt hat.

Jury schoß es durch den Kopf, daß Farraday verdammt überzeugend wirkte, falls er ihnen etwas vorflunkerte. Wer auch immer hinter den Morden steckte, er hatte den Kreis der Verdächtigen verkleinert. Ein schrecklicher Gedanke. Aber es kam doch wohl nur jemand in Frage, der zu dieser

Reisegruppe gehörte? Es sei denn, es verfolgte sie ein Unbekannter.

«Meinen Sie, Sie können darüber sprechen? Oder wäre es Ihnen lieber, wenn ich später wiederkäme?»

Statt ihm zu antworten, drehte Farraday den Kopf in Richtung der Tür, durch die Penny verschwunden war. «Wie wird es Penny gehen?»

«Wenn Sie möchten, hole ich sie –»

«Nein, nein. Hören Sie. Da Sie es sowieso herausfinden werden, ist es besser, Sie erfahren es von mir. Zwischen Amelia und mir standen die Dinge nicht zum besten.»

Das hieß, sie stanken zum Himmel. Jury nahm eine Flasche von dem Tisch neben dem Sofa und füllte Farradays Brandyglas wieder auf.

«Danke.» Er trank einen Schluck, und etwas Farbe kehrte in sein aschgraues Gesicht zurück. «Ich wollte, daß sie vergangene Nacht zu Hause bliebe. Mit mir essen ginge, vielleicht zu Simpson, und dann einfach nach Hause. Aber sie wollte nicht.» Er räusperte sich.

«Warum nicht?»

«Amelia sitzt einfach nicht gern herum...»

Jury wollte nicht laut aussprechen, was er dachte: *Nicht einmal nach der Ermordung der eigenen Tochter?*

Farraday tat es statt dessen. «Mein Gott, man könnte annehmen, daß nach dem, was mit Honey Belle –?» Er schüttelte den Kopf und flüsterte: «Gott ist mein Zeuge, ich glaube, es war ihr scheißegal. Oh, ich weiß, daß ihr Jimmys Verschwinden egal ist. Sie hat aus ihrem Herzen keine Mördergrube gemacht, was Penny und ihn betraf. Aber Honey Belle – das ist ihr eigenes Fleisch und Blut. Ich verstehe das nicht, ich verstehe das einfach nicht.»

«Glauben Sie, daß sie vielleicht nicht nur gelangweilt war, sondern aus einem bestimmten Grund ausgegangen ist?»

Farraday sah auf. «Ein Mann, meinen Sie?»
Jury nickte unglücklich.

«Mr. Plant?» sagte die junge Frau an der Rezeption des Brown's Hotel. «Ich glaube, er hat das Hotel mit dem Herrn aus Zimmer» – sie ließ ihren Blick so schnell über die Kartei gleiten, daß es Jury vorkam, als hätte sie sich gar nicht abgewandt – «aus 106 verlassen. Ein Mr. Schoenberg.» Sie lächelte. Sie war außergewöhnlich hübsch.

«Wissen Sie zufällig, wann sie gegangen sind?« Jury erwiderte ihr Lächeln.

«Nun, ich glaube, so gegen neun.»

Jury wünschte sich, alle Hotelangestellten könnten genauso exakt über das Kommen und Gehen ihrer Gäste Auskunft geben. «Vielleicht haben Sie es schon gehört. Es hat einen bedauerlichen Unfall gegeben.»

Daß sie davon gehört hatte, verriet nur ein kurzes Nikken. Bemerkenswert gut ausgebildetes Personal, dachte Jury. Äußerst diskret. «Diese Mrs. Farraday hat gestern nacht noch ziemlich spät das Hotel verlassen. Sind Sie hiergewesen?»

Die junge Frau schüttelte den Kopf. Sie schien weniger das vorzeitige Ableben eines Gastes zu bedauern als ihre Abwesenheit zur fraglichen Zeit, was es ihr unmöglich machte, dem Superintendent weitere Auskünfte zu geben. «Das muß meine Kollegin gewesen sein, die nachts Dienst hat –» Sie machte eine Bewegung, als wollte sie den Hörer abnehmen. «Möchten Sie, daß ich sie anrufe?»

Jury schüttelte den Kopf. «Bitten Sie sie nur, mich anzurufen, falls sie sich in bezug auf Mrs. Farraday an etwas erinnert.» Er legte seine Visitenkarte auf den Tisch. «Dieser Mr. Schoenberg. Harvey. Haben Sie auch eine Reservierung für seinen Bruder?»

Erneut wanderte ihr diskreter Blick über die Kartei. «Haben wir. Ein Mr. Jonathan Schoenberg hat sich für heute nachmittag angesagt.» Die hellgrünen Augen sahen ihn erwartungsvoll an, als hoffte sie, nun doch noch etwas zur Aufklärung beigetragen zu haben.

«Danke. Sie haben mir sehr geholfen.» Jury lächelte wieder.

Jetzt sah sie ihn schon nicht mehr ganz so diskret an.

23

Auf einer Reise durch die Geschichte mit Harvey L. Schoenberg glaubte man, einem Pferd mit Scheuklappen zu folgen. Das Pferd sah alles, was unmittelbar vor ihm lag, und solange es sich nicht darum kümmern mußte, was rechts oder links von ihm geschah, war es seiner Aufgabe gewachsen. Es kam wirklich wunderbar zurecht – kannte jeden Pflasterstein, jede Kurve, jeden Laternenpfahl.

«Traitor's Gate», sagte Harvey verzückt. Er sprach noch immer von dem Anblick, der sich ihnen geboten hatte, als sie über die massiven Bögen der Tower Bridge blickten. Nun standen sie in Southwark auf der anderen Seite der Themse, am Ende der neuen London Bridge, wo man sie auf Harveys Drängen hin abgesetzt hatte. «Stellen Sie sich bloß die Köpfe vor, die dort oben aufgespießt waren!»

«Wenn es Ihnen nichts ausmacht, lieber nicht. Öffentliche Hinrichtungen und dergleichen haben mir nie zugesagt. Ebenso wenig wie Hetzjagden.»

«Kommen Sie, Mel! Wo bleibt Ihr Sinn für Geschichte?»

«In meinem Magen.»

Doch das Feuer der Begeisterung in Harvey ließ sich nicht löschen; anders dagegen stand es mit seinem Durst. «Gehn wir in einen Pub. Fast genau an der Stelle, an der wir jetzt stehen, lag früher die sehr beliebte Bärenschenke.» Harvey hatte sich umgedreht und zeigte in die Ferne. «Da drüben lag die Tooley Street –»

«Da drüben liegt noch immer die Tooley Street, wenn ich mich nicht täusche.»

«Jaja, ich versuche Ihnen doch nur zu erklären, wie es *damals* aussah, als Marlowe durch diese Straßen ging. Es gab einen Haufen Pubs in dieser Richtung –»

«Ich bin sicher, auch heute noch.»

«– Es gab sogar einen ‹Schwarzen Schwan› hier; nördlich vom St. Thomas Hospital –»

«Es gibt immer einen ‹Schwarzen Schwan›. ‹Schwarze Schwäne› sind überall auf den Britischen Inseln zu finden.»

Harvey stieß einen Seufzer aus und faltete die alte Karte von Southwark zusammen, die er zu Rate gezogen hatte. Sie gingen die Southwark Street entlang. Harvey schüttelte den Kopf – ein Mann, der die Welt nicht versteht. «Sie sind einfach nicht in der Stimmung für diese kleine Wallfahrt, Mel.»

«Ich dachte, wir würden nach Deptford gehen. Zu dem Wirtshaus von Mistress Bull, wo dieser schnöde Mord passiert ist.»

«Machen wir ja auch. Aber zuerst müssen wir uns Southwark ansehen. Überlegen Sie doch, wieviel Zeit Marlowe hier verbracht hat.» Sie waren eine Steintreppe hinabgestiegen und sahen jetzt zur beeindruckenden Fassade der Southwark Cathedral empor. Schoenberg warf einen Blick auf die Karte und rückte den Riemen seines Ishis zurecht. «Das hier war die Kirche von St. Mary Overies. Kennen Sie die Geschichte? Wirklich traurig. Da drüben lagen die Bordelle.»

«Bordelle?»

«Das Amüsierviertel. Southwark war ein richtiger Sündenpfuhl. Kriminelle flüchteten aus der Stadt hierher, um der Justiz zu entgehen – so wie man in den USA die Staatsgrenzen überquert. Ich frage mich, wo Hog Lane liegt. Da hat Kit sich mit Bill Bradley duelliert.»

«Marlowe duellierte sich ständig. Daher verstehe ich auch nicht Ihren unerschütterlichen Glauben an diese absurde Theorie. Gehen wir was trinken.»

Hinter der Kathedrale waren sie durch ein Gewirr von engen, trostlosen Gassen zwischen großen Lagerhäusern gegangen, bis sie schließlich eine Kneipe fanden. Trotz der abgelegenen Lage war sie brechend voll. Melrose fragte sich, wo bloß die ganzen Leute herkamen.

«Sehen Sie es doch mal so», sagte Harvey, der sein Bierglas mit beiden Händen festhielt und Melrose aus ernsten, grauen Augen anblickte: «Okay, ich gebe zu, daß Marlowe sehr schnell ausrastete. Aber erklären Sie mir doch mal, wie zum Teufel es zu so einem ‹Unfall› kommen konnte? Ich meine, daß er sich den eigenen Dolch ins Auge rammt. Oder, um genauer zu sein, knapp darüber?»

Melrose zündete sich eine Zigarre an. «Ganz einfach. Gestatten Sie, daß ich es Ihnen zeige.» Melrose ergriff seinen Spazierstock. «Nehmen Sie mal an, der Knauf dieses Stocks sei der Griff eines Dolches. Sie – Frizer – sitzen eingekeilt zwischen Poley und Skeres, und Marlowe fuchtelt Ihnen mit dem Dolchgriff im Gesicht herum. Damals wird so etwas durchaus üblich gewesen sein, irgendwie eine Art Vorgeschmack auf das nachfolgende Duell. Das bedeutet, daß die Spitze des Dolches auf Marlowe gerichtet war, nicht wahr? Und als Frizer versuchte, die Waffe abzuwehren, drang sie in Marlowes Stirn.» Melrose zuckte mit den Schultern. «Ich verstehe nicht, wieso das so schwer zu begreifen ist.»

Harvey versagte ihm nicht den gehörigen Respekt. «Sieh an, Sie haben Ihre Hausaufgaben gemacht, was?»

«Ja. Ich habe in der Bibliothek von Stratford ein paar Bücher konsultiert. Irgendwie betrachte ich es als meine Aufgabe, Sie von dieser wahnsinnigen Theorie über Shakespeare abzubringen... alles, was recht ist... oh, Harvey, um Himmels willen, nicht schon wieder dieser verdammte Computer.»

Aber Harvey hatte bereits den Computer hervorgeholt und hämmerte wie wild auf den Tasten herum. Dann saß er mit gespitzten Lippen da und wartete, daß seine Datei auf dem Bildschirm erschien. «Da ist es: medizinischer Befund. An einer solchen Wunde wäre er nicht gestorben.»

«Medizinischer Befund? Was für ein medizinischer Befund?»

Harvey kratzte sich am Kopf. «Nun, betrachten wir ihn als Mutmaßung seitens eines Wissenschaftlers. Und noch was: Wenn es wirklich so war, warum haben dann Bob Poley und Nick Skeres dem armen alten Kit nicht geholfen? Können Sie mir das beantworten? Sie waren doch seine Kumpel, oder? Die beiden sitzen also einfach seelenruhig da? Der einzige Grund, weshalb sie so seelenruhig dasitzen, ist, daß die ganze Sache von Anfang an *geplant* war!» Er schaltete den Ishi aus, hob triumphierend sein Glas und sah sich in dem verrauchten, überfüllten Raum um. «Stellen Sie sich nur vor, wie es in diesen Kneipen ausgesehen hat.»

Wie auch immer ihre Vorstellungskraft heute noch in Anspruch genommen werden sollte – Melrose hoffte nur, Harvey würde dazu lediglich sein Gedächtnis und nicht mehr die Datenbank des Ishis hinzuziehen. Noch eine einzige Datei auf dem Bildschirm dieses Computers, und er würde ernsthaft erwägen, sich in die Themse zu stürzen.

«Stellen Sie sich mal vor, Sie führen Ihr Pferd in den Hof,

und die Bediensteten kommen angerannt, um Sie zu empfangen; der Stallknecht nimmt Ihnen das Pferd ab, und der Knecht zündet in Ihrer Stube ein Feuer an –»

«Der Stallknecht, dem es immer gelingt, sich in der Nähe Ihrer Geldbörse aufzuhalten, und der Kammerherr, der sie Ihnen dann raubt –»

«Ein echter Zyniker», fuhr Harvey in traurigem Ton fort. «Und der Wirt, der Ihnen aus den Stiefeln hilft, als wären Sie bei sich zu Hause; und der Bierzapfer, der Ihre Zeche auf einer Tafel am Tresen markiert –»

«Und Ihr immer heiterer Gastgeber, der nicht nur Wirt, sondern auch Geldverleiher ist und Bauernlümmel ebenso betrügt wie junge Kavaliere; und der Schankkellner, dem es immer gelingt, Ihnen auf der Tafel ein paar Kreidestriche mehr unterzujubeln –»

«Sie sind echt witzig, Mel. Aber denken Sie bloß an die Mahlzeiten, die Ihnen am lodernden Kaminfeuer serviert wurden – für etwa acht Shilling bekamen Sie ganze Platten voller Lamm und Huhn und Speck, Taubenpasteten, Brot und Bier –»

«Und die Gasthäuser waren Sammelplätze für Duellanten und Kurtisanen…»

«Kommen Sie, Mel. Würden Sie nicht Ihr letztes Hemd dafür geben, wenn Sie die Zeit um vierhundert Jahre zurückdrehen könnten?»

«Die Zeit zurückdrehen! Nein, danke. Zurück in ein Jahrhundert, in dem Goldschmiede Bankiers und Friseure Chirurgen waren? In dem die Straßen nicht breiter als Gassen und die Gassen nicht breiter als Gehsteige waren? In dem die überhängenden Geschosse, die die Amerikaner so pittoresk finden, wegen der Enge als Behausungen dienen mußten? In dem es Aufstände und Feuersbrünste gab, die Wohnungen Rattenlöchern glichen und die Luft so pestgeschwängert war, daß man die Nacht mit zugezogenen Bettvorhängen verbringen mußte, um sich nicht die Seuche zu holen? In dem ständig zu hören war: ‹Er hatte weder Hab noch Gut›? Die Zeit zurückdrehen? Seien Sie kein Idiot.» Melrose trank sein Ale aus.

«Nicht zu fassen», sagte Harvey und sah niedergeschlagen von seinem Plan des historischen Deptford auf die neue, schäbig aussehende Siedlung. «Pepys Park. Begreifen Sie das?»

«Sie dachten doch wohl nicht, daß es in Deptford Strand noch Duelle, Halskrausen und liederliche Dämchen gibt?»

«Na klar. Aber im Ernst...» Er drehte sich um und sah zur anderen Straßenseite hinüber. Dort lag eine Kneipe, die «Victoria» hieß. Am «John Eveleyn» waren sie etwas früher vorbeigekommen. «Ich meine, können Sie verstehen, warum man diesen verfluchten Ort mit Apartmenthäusern zugebaut hat?»

«Durchaus.» Melrose sah auf Harveys Plan. «Das ‹Gasthaus zur Rose›, das dieser Mistress Bull gehörte, sehe ich hier nicht.»

Harvey kratzte sich am Kopf. «Nun, niemand wußte genau, wo es eigentlich war. Kommen Sie, gehen wir weiter.»

«Gehen wir lieber zum Brown's Hotel zurück», sagte Melrose.

«Hören Sie doch endlich auf, mir den Tag zu versauen. Kommen Sie.»

Und sie setzten ihren Weg zum Fluß fort.

«Wie wär's hiermit?» sagte Harvey und sah an der Fassade eines heruntergekommenen Pubs empor. Ein Schild mit einer matten gelben Sichel darauf verkündete dem Betrachter, daß er vor dem «Halbmond» stand.

«Nicht schlechter als die anderen, nehme ich an. Bestimmt gibt es das ursprüngliche Gasthaus Ihrer Mistress Bull nicht mehr.»

«Woher wollen Sie wissen, daß es nicht das hier war?» An der Seite des Hauses zweigte eine schmale Gasse ab. Ein unbeholfen beschriftetes Hinweisschild mit einem Pfeil an der Seite wies in ihre Richtung. «Sehen Sie mal, da steht, daß es auf der Rückseite einen Garten gibt.»

«Es ist vermutlich der Weg nach Kew.»

Das Gebäude war entschieden häßlich, die dunkle Fassade endete oben in einem überhängenden Dachgeschoß, wodurch es schief und aufgebläht wirkte. Die Tür wurde auf einer Seite von einem Gitterwerk flankiert, dessen grüne Farbe bereits abblätterte.

«Es muß sehr alt sein. Das Gitterwerk war früher das Zeichen für eine Alebrauerei. Sie haben es entweder rot oder grün gestrichen.» Harvey zerdrückte seine Mütze in den Händen und betrachtete das Haus voller Ehrfurcht.

«Oh. Sie glauben doch nicht im Ernst, daß Sie das ursprüngliche Gebäude finden werden, oder? Denken Sie etwa, es sei als lebender Beweis Ihrer Theorie stehengeblieben? Kommen Sie, ich habe Durst. Sehen wir nach, ob der glückliche Wirt einen Old Peculier hat.»

Drinnen sah es nicht einladender aus als von außen. Die Butzenscheiben mit ihrer dicken Rußschicht ließen kaum Licht herein. Hinter dem langen Tresen, den der auf einer Zigarre kauende Wirt soeben mit langsamen Handbewegungen abwischte, hing ein schöner geschliffener Spiegel, auf dessen vergoldetem Rahmen kleine Amoretten, Pane und andere unbedeutende Gottheiten augenscheinlich Dinge trieben, die man besser im Verborgenen tut. Die wenigen Gäste – es war noch nicht einmal elf Uhr vormittags –

sahen aus, als wären sie hier geboren worden. Auf alle schien die düstere Atmosphäre abgefärbt zu haben. Von den Zigaretten stiegen kleine Rauchsäulen zur Decke empor. Die Gäste husteten. Es roch nach Brackwasser und Fisch. Doch zumindest konnten sich die Gäste an dem wunderschönen Spiegel und den alten Zapfhähnen aus Porzellan satt sehen. Allerdings legten die Anwesenden darauf scheinbar keinen großen Wert.

«Hallo», sagte Harvey und ließ ein paar Münzen auf den Tresen rollen. «Zwei davon.» Er zeigte auf einen der Zapfhähne. Als der Wirt mit dem Bier kam, fragte Harvey leutselig wie immer: «Sagen Sie mal, das hier ist nicht zufällig das ehemalige ‹Gasthaus zur Rose›, oder?»

«Das ehemalige was, Kumpel?» Der Wirt kniff die Augen zusammen.

«Es gab einmal ein Gasthaus in Deptford Strand, das angeblich ‹Zur Rose› hieß. Die Wirtin war eine gewisse Eleanor Bull. Meiner Meinung nach müßte es irgendwo hier gewesen sein. Christopher Marlowe wurde darin umgebracht.» Er schob Melrose ein Aleglas zu und trank einen kräftigen Schluck aus seinem.

«Ein Mord?» Der Wirt wurde blaß. «Was reden Sie da? Hören Sie, sind Sie von der Polizei oder was?»

«Polizei? Wer, *wir*? Nein, nein, Sie verstehen nicht –»

Wird er auch nie, dachte Melrose seufzend. Er erhob sich von dem unbequemen hölzernen Barhocker, nahm sein Bier und setzte sich an einen Tisch. Von dort sah er zu, wie Harvey auf den Wirt einredete. Eine verbittert aussehende Frau, die am Tresen vorbeistolzierte wie auf Sprungfedern, blieb stehen und mischte sich in das Gespräch ein. Schließlich setzte Harvey sich achselzuckend zu Melrose an den Tisch.

«Sie haben noch nie was von der ‹Rose›, von Eleanor oder von Marlowe gehört. Aber sie sagten, daß sie für Leute, die unter sich sein wollen, noch Hinterzimmer haben. Kommen Sie, die schauen wir uns mal an.»

Harvey ging durch einen schmalen dunklen Flur voraus, an dessen Ende links und rechts zwei Türen in zwei identisch aussehende Zimmer führten. Deren einzige Ausstattung bestand aus runden Tischen und Stühlen, die ebensowenig zum Sitzen einluden wie die im Hauptraum. Die letzte Tür führte ins Freie; über ihr hing ein Schild – «Vorsicht Kopfhöhe».

Sie zogen die Köpfe ein und betraten den Garten beziehungsweise das, was in grauer Vorzeit einmal ein Garten gewesen, aber inzwischen völlig überwuchert war. Eine Öffnung in der bröckelnden Steinmauer führte auf die schmale Gasse.

Melrose ließ sich auf einer schiefen Bank nieder, während Harvey begeistert die Szene musterte. «Genauso könnte es ausgesehen haben, Mel.» Er bewegte sich plötzlich wie ein Regisseur, der die Positionen der Schauspieler festlegt, Kit dahin und Bob dorthin dirigiert. «Sehen Sie es nicht vor sich?»

«Nein», sagte Melrose charmant. Er gähnte.

«Sagen Sie es niemandem», sagte Harvey, als sie sich an einem Tisch im öffentlichen Teil des «Halbmondes» niedergelassen hatten, «aber ich schreibe gelegentlich selbst Gedichte.»

«Glauben Sie mir», sagte Melrose, der sich insgeheim Gedanken darüber machte, ob schon einmal jemand in einem Aleglas ertrunken war, so wie dereinst der Herzog von Clarence in einem Faß Malvasier, «ich werde es keiner Menschenseele verraten.»

«Hauptsächlich Sonette. Ja, und sie sind alle hier drin.» Er tätschelte den Computer, trank von seinem Bier und betrachtete Melrose aus den Augenwinkeln. «Wollen Sie einen Vers hören? ‹Im Sand noch der Abdruck des Fußes› –»

Melrose unterbrach ihn eiligst. Er würde dieses Gedichteaufsagen im Keim ersticken, und wenn es ihn das Leben kostete. «Wenn ich Sie wäre, würde ich beim Programmieren von Computern bleiben.»

Harvey schüttelte betrübt den Kopf. «Wissen Sie was, Mel? Sie können einem wirklich alles vermiesen.»

«*Ihnen* doch nicht. Sie werden sich auch weiterhin gut amüsieren, ohne daß ich Sie daran hindern könnte.»

«Was machen *Sie* übrigens, wenn Sie sich amüsieren wollen? Haben Sie ein Mädel?»

«Ein Mädel?»

«Ja, Sie wissen schon.» Er zeichnete mit den Händen Kurven in die Luft.

«Natürlich weiß ich. Im Moment leider nicht. Und Sie?»

Harvey ließ den Blick über die dunklen, leeren Tische schweifen. «Ich hatte mal eines. Wir wollten heiraten. Ich kannte sie noch nicht sehr lange. Liebe auf den ersten Blick – wechselseitig.» Er seufzte. «‹Das war in einem andern Land. Und außerdem, die Dirn' ist tot›.»

Es überraschte Melrose nicht, daß Harvey Marlowe zitierte; allerdings verwunderte ihn der bittere Tonfall, den er von ihm nicht kannte. «Tut mir sehr leid.»

«Ah...» Mit einer Handbewegung schien er das Mädchen, den Tod und das andere Land wegzuwischen. «Ich grüble nicht. Das wäre das Schlimmste, was man tun kann. Es endet damit, daß man an nichts anderes mehr denkt, wenn Sie wissen, was ich meine. Hören Sie –» Harvey lächelte und legte eine Pfundnote auf den Tisch. «Legen Sie einen *quid* dazu – so nennt man das Pfund doch?»

«Ja, richtig.»

«Okay, wetten Sie auch einen *quid*, und wir werden sehen, wer gewinnt.» Harvey hob sein Glas. «Ich wette, Sie wissen nicht, wer das gesagt hat.»

«Wer was gesagt hat?» Melrose zog gehorsam eine Pfundnote aus dem Bündel in seiner Geldklammer.

«‹Wer liebte je, und nicht beim ersten Blick.›»

Melrose runzelte die Stirn. «Großer Gott, das kennt doch jeder Schuljunge. Es ist von Shakespeare.»

Selbstgefällig schüttelte Harvey den Kopf.

«Natürlich ist es von Shakespeare. Haben wir nicht alle schon zum hundertstenmale *Wie es euch gefällt* gesehen? Touchstone sagt es.»

«Marlowe sagt es.»

«Marlowe? Haha. Sie haben verloren.»

«Haha, *Sie* haben verloren!»

Zu Melroses nie endendem Mißvergnügen beugte Harvey sich wieder einmal über den Ishi, tippte etwas ein, wartete einen Augenblick, bis der Text erschien, und lehnte sich dann strahlend zurück.

Melrose beugte sich vor und las:

> Frei steht uns weder Haß noch Liebesglück.
> Wir streben blindlings unter dem Geschick...
> Wägt jeder ab, bleibt bei der Liebe gleich;
> Wer liebte je, und nicht beim ersten Blick.

«Aus *Hero und Leander*», sagte Harvey und hob sein Glas. «Sie haben verloren.»

«Verflucht», sagte Melrose ohne Groll. Er hatte nichts dagegen dazuzulernen; selbst die Harvey Schoenbergs dieser Welt konnten einem etwas beibringen. «Sie meinen, der große Dichter hat es geklaut?» Melrose sammelte ihre Gläser ein.

«Nein. Er hat es zitiert. Sehen Sie sich den Text an. Er

steht in Anführungszeichen.» Harvey beugte sich über den Tisch und sagte *sotto voce*: «Das ist ein weiterer Punkt, auf den ich meine Theorie stütze.»

«Bis gleich», sagte Melrose schnell und ging zum Tresen.

Wie vorauszusehen, hatte Harvey den Faden keineswegs verloren. Als Melrose die Biergläser absetzte, wiederholte er, «… ein weiterer Punkt». Er fing wieder an, auf der Tastatur des Ishi herumzuhämmern und bemerkte dabei: «Meiner Meinung nach brauchen Sie nur die Sonette und das, was in diesem Stück steht, zu kombinieren, und alles läuft auf ein Wort hinaus. Sehen Sie sich zum Beispiel mal das an. Wieder Touchstone: ‹Das schlägt einen Menschen härter nieder als eine große Rechnung in einem kleinen Zimmer.›»

Melrose runzelte die Stirn. «Und worauf bezieht sich das?»

«Auf den *Mord* an Marlowe natürlich. Erinnern Sie sich denn nicht? ‹Die Rechnung› – der Streit im Wirtshaus drehte sich doch darum, wer die Rechnung zahlen sollte.» Er machte eine Handbewegung, als säßen sie tatsächlich in demselben Wirtshaus. «Wissen Sie, daß der Vers über die Liebe auf den ersten Blick der einzige ist, der nicht Shakespeares eigener Feder entstammt?»

«So?»

«Kommen Sie, Mel. Strengen Sie Ihren Grips an. Marlowes Tod hat Shakespeare offenbar verdammt nervös gemacht. Und jetzt kombinieren Sie das mit dem, was ich Ihnen noch erzählt habe –»

Melrose war glücklich, vorsorglich alles vergessen zu haben, was ihm Harvey erzählt hatte, sonst wäre er womöglich noch an Hirnfäule erkrankt. Er betrachtete eingehend den massiven Spiegel mit dem verzierten Goldrahmen über der Bar, während – klack, klack, klack, – Harveys flinke Finger über den Ishi huschten.

«– mit den anderen Sonetten und besonders damit.» Auf dem Bildschirm erschien ein Text; Harvey hieb triumphierend auf eine Taste und las: «‹Leb' wohl, dich mein zu nennen, wär' Entweihung –›»

Melrose, der Wutausbrüche eines Gentlemans unwürdig und außerdem sehr ermüdend fand, erlag derartigen Gefühlen ziemlich selten. Doch nun ließ er seinen Spazierstock auf den Tisch niedersausen, daß Harvey samt dem Ishi einen Satz machte. «Sie gehen zu weit! *Das* ist vermutlich eines der schönsten Sonette, die je geschrieben wurden, und es ist ganz offensichtlich für eine Frau geschrieben – für die *Dark Lady* vermutlich...» Er verstummte. Melrose war sich keineswegs so sicher, aber er wollte auf jeden Fall verhindern, daß das Sonett in der Mühle von Schoenbergs Ishi zermahlen wurde. «*The Dark Lady*», wiederholte er. Warum konnten sie sich nicht über die französischen Symbolisten unterhalten?

«Ach, seien Sie doch nicht so romantisch. Es war Shakespeares Apologie oder wie man das nennt. Warten Sie nur, bis ich dem guten alten Jonathan alles erzählt habe.» Harveys Gesicht nahm einen ungewöhnlich finsteren Ausdruck an. «Er kommt heute nachmittag. Mit der Concorde.»

«Jonathan scheint eine Menge in der Hinterhand zu haben.» Auf Harveys fragenden Blick fügte er hinzu. «Geld.»

«Ja. Nun, das Geld hatten die Alten.» Harveys Gesicht hellte sich wieder etwas auf, und er sagte: «Aber Sie haben auch genug davon und obendrein einen Adelstitel. Hören Sie, wollen Sie nicht mit uns zu Abend essen?»

Melrose war neugierig genug, um einzuwilligen. «Sie mögen Ihren Bruder nicht besonders, stimmt's?»

«Die Abneigung beruht auf Gegenseitigkeit. Aber zurück

zu Shakespeare und Marlowe. Ich habe Ihnen ja gesagt, daß die Geschichte sich in einem Wort zusammenfassen läßt.»

Melrose musterte ihn düster; er hätte sich auf die Zunge beißen können, aber es entfuhr ihm trotzdem: «Und das wäre?»

«Reue. Der gute Billy wußte sehr wohl, was er getan hatte, das ist alles.» Vergnügt leerte Harvey sein Glas.

«Das will ich hoffen.» Melrose besann sich auf seine Kinderstube. «Ist Ihnen bewußt, daß wir hier sitzen und über den Mord an Marlowe sprechen, wo wir uns über sehr viel naheliegendere Morde unterhalten könnten?» Er sah Harvey an, der gerade seinen Ishi verstaute. «Was meinen Sie? Zu *denen* haben Sie doch bestimmt auch eine Theorie.»

Harvey zuckte die Achseln. «Irgendein Verrückter. Wer sonst?»

«Einer von Ihnen.»

Harvey starrte ihn an.

Jetzt war die Reihe an Melrose, vergnügt sein Bier hinunterzukippen.

24

«Honeycutt», sagte Wiggins, «ist im ‹Salisbury Pub›.»

«Im ‹Salisbury›. Der verschwendet wirklich keine Zeit. Kommen Sie, wir werden ihm Gesellschaft leisten.»

Der Ford stand in einem Stau am Picadilly Circus. Doch selbst eine grüne Welle hätte ihnen hier wenig genützt, denn allen Verkehrsregeln und sogar der besseren Einsicht zum Trotz, daß schweres Metall den menschlichen Körper übel zurichten kann, versuchten die Fußgänger in Massen, sich einen Weg über die Straße zu bahnen.

«Warum stellen sie nicht einfach die verfluchten Ampeln ab und geben uns freie Hand?» sagte Wiggins und fuhr an drei Damen mittleren Alters heran, die offensichtlich nicht wußten oder wissen wollten, wie nahe sie der Stoßstange waren. Wie üblich belagerten Büroangestellte und Taubenscharen den Sockel der Eros-Statue, um dort ihre Mittagspause zu verbringen.

«Von Farraday einmal abgesehen, sind wir, was die anderen betrifft, einem Motiv keinen Deut nähergekommen. Er könnte Amelia aus Eifersucht getötet haben. Grund genug hatte er ja, weiß Gott. Er könnte auch seine äußerst verführerische Stieftochter ermordet haben, obwohl das nicht gerade plausibel scheint –»

«Was ist denn mit dieser Penny? Die haßte doch beide.» Schließlich war es Wiggins gelungen, in die Shaftesbury Avenue abzubiegen, wo er nach einem Parkplatz Ausschau hielt.

«Nein», sagte Jury. «Das halte ich für ausgeschlossen. Sie ist erst fünfzehn.»

Wiggins, der in einer Seitenstraße in der Nähe des «Salisbury» den Ford auf dem Bürgersteig parkte, schnalzte mit der Zunge. «Erst fünfzehn. Ich hätte nie geglaubt, so etwas aus Ihrem Mund zu hören, Sir. Sie scheinen langsam etwas gefühlsduselig zu werden.»

«Ich und Attila der Hunne», sagte Jury und kletterte aus dem Wagen. «Doch das erklärt nicht den Mord an Gwendolyn Bracegirdle.»

«Warum die alle Rollkragen so gern mögen?» fragte Wiggins, als sie im «Salisbury» waren, in dem wie immer um die Mittagszeit dichtes Gedränge herrschte. Obwohl das Publikum sehr gemischt war, hatte das «Salisbury» schon seit geraumer Zeit den Ruf, ein Treffpunkt der Londoner Schwulenszene zu sein.

Wiggins hatte recht; fünfzig Prozent der Gäste trugen Rollkragenpullover. Genau wie der junge Mann, der an Valentine Honeycutts Tisch saß. Honeycutt hatte tatsächlich keine Zeit verschwendet. Als Jury und Wiggins an seinen Tisch traten, blickte er auf und zog die Hand vom Knie seines Freundes. Der Freund, in engen Jeans und Rollkragenpullover, wandte sich den Neuankömmlingen interessiert zu. Honeycutt schien sein Interesse nicht zu teilen.

«O nein», seufzte er.

«Die Hiobsboten», sagte Jury, ohne darauf zu warten, daß man ihnen einen Platz anbot. Er lächelte dem jungen Mann zu, dessen dunkle Locken sein glattes Gesicht – man wäre versucht zu sagen – auf byroneske Weise umrahmten, hätte nicht Byron bekanntermaßen der Sinn nach anderen Dingen gestanden. «Sergeant Wiggins, Mr. Honeycutt.»

Als dem jungen Mann dämmerte, worum es ging, machte er ein enttäuschtes Gesicht, als hätte er sich von der unerwarteten Vergrößerung ihres kleinen Kreises etwas anderes erwartet.

«Es tut mir leid, Sie stören zu müssen. Wir würden gern Mr. Honeycutt allein sprechen.»

Jury gestattete den beiden eine kurze Lagebesprechung im Flüsterton. Danach erhob sich der Mann im Rollkragenpullover und entfernte sich mit seinem Glas. Seine Jeans waren entschieden zu eng; Jury konnte fast die Nähte platzen hören.

Honeycutt war wie immer tipptopp in Schale: eine Jacke aus weichem Leder, um den Hals einen Seidenschal, der sich wie eine Kaskade über seinen Rücken ergoß, dazu weiße Cordhosen. Fehlte nur die Rennfahrerbrille. «Was gibt's denn schon wieder?» fragte er den lästigen Spielverderber.

«Mrs. Farraday. Amelia. Tut mir leid, Ihnen das sagen zu müssen, aber sie hatte einen Unfall. Einen tödlichen.»

«Oh, mein Gott!» sagte Honeycutt und ließ sich in das rote Sitzpolster zurücksinken. Über ihm hingen zu beiden Seiten der in einer Nische stehenden Bank wunderschöne, tulpenförmige Wandleuchter. Das «Salisbury» besaß eine der schönsten Inneneinrichtungen von allen Londoner Pubs. «Wo und wie ist sie zu Tode gekommen?»

Jury stellte eine ausweichende Gegenfrage: «Waren Sie gestern abend in Ihrem Hotel, Mr. Honeycutt?»

«Ungefähr bis halb zehn oder zehn. Dann ging ich in ein kleines Restaurant in der Nähe, das ‹Tiddly-Dols›.» Als er sah, daß Sergeant Wiggins mitschrieb, runzelte er die Stirn. «Warum?»

«Waren Sie allein dort?»

«Nein, mit einem Freund – hören Sie, was sollen diese Fragen? Das hört sich ja an, als bräuchte ich ein Alibi. Sie verdächtigen doch nicht –»

«Und um wieviel Uhr haben Sie das ‹Tiddly-Dols› verlassen, Sir?» unterbrach Wiggins.

Honeycutt sah von Jury zu ihm. «Oh, ich erinnere mich nicht genau. So gegen elf... Aber ich verstehe nicht –»

«Der Name Ihres Freundes, Sir?» fragte Wiggins und befeuchtete die Spitze seines Bleistifts mit der Zunge. Wiggins hatte Angst vor jeder Krankheit, die einen Menschen befallen konnte, außer anscheinend vor einer Bleivergiftung.

Honeycutt öffnete den Mund, beschloß dann aber zu schweigen und sah wieder Jury an.

Jury merkte, daß er sich von nun an sperren würde, und

sagte zu Wiggins: «Wie wär's, wenn Sie uns etwas zu essen holten? Für mich ein Stück Fleischpastete. Und ein großes Bier.» Wiggins klappte das Notizbuch zu und stand auf. Jury lächelte. «Hab heute noch nichts gegessen. Das Essen ist gut hier.»

Honeycutt schien sich zu entspannen. Jemand, der Appetit auf eine Fleischpastete hat, will einem schließlich nicht an die Gurgel.

«Sie haben mir noch immer nicht erzählt, wie es passiert ist, Superintendent.»

«Gestern nacht im Berkeley Square Park. Übrigens nicht weit entfernt von dem Restaurant, das Sie erwähnten. Der Polizeiarzt meint, gegen Mitternacht.» Wieder lächelte Jury.

Er hatte ihn bereits an der Gurgel. Honeycutt erbleichte. «Sie denken doch nicht, *ich* –»

«Oh, im Augenblick denke ich gar nichts. Aber Sie werden verstehen, daß wir die wenigen Leute in London, von denen wir wissen, daß sie das Opfer kannten, überprüfen müssen – alle, die mit Honeysuckle Tours unterwegs sind. Danke, Wiggins.» Der Sergeant hatte ihm einen dampfenden Teller mit gehacktem Rindfleisch und hübsch angebräuntem Kartoffelpüree vorgesetzt. Als nächstes brachte er Jurys Bier und ein kleines Glas Guinness. «Essen Sie denn nichts, Wiggins?»

Wiggins schüttelte den Kopf. «Eine kleine Magenverstimmung.» Er holte ein kleines, in Folie gewickeltes Päckchen aus seiner Manteltasche und ließ zwei weiße Tabletten in sein Guinness fallen.

Jury hätte nie gedacht, daß sein Sergeant ihn noch überraschen könnte, bis er das Zischen hörte. «Alka Seltzer im Bier?»

«Oh, das wirkt Wunder für die Verdauung, Sir. Und Guinness ist auch gesund.» Wiggins öffnete wieder sein Notizbuch. Der samtige Schaum in seinem Bierglas brodelte.

«Haben Sie gestern abend noch einen der Reiseteilnehmer gesehen? Oder haben Sie auch gestern abend ihre Politik des Laissez-faire praktiziert?» fragte Jury.

«Ich habe ein paar gesehen, ja. Aber wenn Sie genau wissen wollen, wann und wo wer war, dann fragen Sie am besten Cholmondeley.» In seiner Stimme schwang so viel Triumph mit, als hätte er das Huhn, das goldene Eier legt, gefunden.

«Wie kommen Sie darauf?»

«Weil er sich mit Amelia verabredet hatte, darum. Später am Abend.» Honeycutt zündete sich eine Zigarette an.

«Woher wissen Sie das?»

«Woher? Weil er es mir gesagt hat.»

Jury legte seine Gabel nieder. «Merkwürdig. Er macht nicht den Eindruck, als würde er solche Dinge anderen anvertrauen.»

«Anvertrauen, nein. Ich nehme an, er sah nichts Vertrauliches darin. Er erwähnte es ganz beiläufig, nachdem ich ihn gefragt hatte, ob er mit mir zusammen ein Casino besuchen wolle.» Er zuckte die Achseln und sah beiseite, während sich feiner Rauch aus seiner Zigarette kräuselte. «George sagte einfach nur, er würde Amelia treffen.» Nach kurzem Schweigen fügte er, auf seine perfekt manikürten Fingernägel starrend, hinzu: «Er hat wohl kaum gewußt, daß sie ermordet werden würde.»

25

«Wie kommt es, daß ich meinen Lunch neuerdings regelmäßig in Polizeibegleitung einnehme?» fragte George Cholmondeley nicht unfreundlich, nachdem ihm Wiggins vorgestellt worden war und er sie mit einer Handbewegung aufgefordert hatte, Platz zu nehmen.

«Tut uns leid, Mr. Cholmondeley. An der Rezeption des Brown's hat man uns gesagt, Sie seien hier zu finden. Es ist ziemlich wichtig. Ich nehme an, Sie sind nicht auf dem laufenden, was Mrs. Farraday betrifft?»

Cholmondeley hatte das Weinglas zum Mund geführt, trank aber nicht. Langsam setzte er es wieder ab und schob zugleich seinen Teller weg, als würde ihn das Essen nicht mehr interessieren. Indessen schien es Sergeant Wiggins um so mehr zu interessieren; er betrachtete die Tournedos Rossini mit unverhohlenem Mißtrauen. Wiggins vertraute der *haute cuisine* genauso wenig wie ihm nicht geläufigen Klimaverhältnissen. Es erstaunte Jury, daß jemand wie Wiggins, der im Fluchen so weltläufig war, beim Essen hartnäkkig an einer Diät aus Schollen, Pommes frites und Erbsen aus der Dose festhielt.

«Sie scheinen recht unerfreuliche Neuigkeiten zu bringen. Sonst wären Sie wohl nicht hier.»

«Sehr unerfreuliche.»

«Was ist geschehen?»

«Man hat sie ermordet aufgefunden. Sie haben Honeycutt erzählt, Sie seien mit ihr verabredet, ist das richtig?»

Er ließ Cholmondeley Zeit, seine Zigaretten hervorzuholen, jedem eine anzubieten und ihnen Feuer zu geben.

«Nun, das ist richtig. Besser gesagt, *sie* hat sich mit mir verabredet.»

«Oh? Und wissen Sie warum?»

«Weil sie nicht zu begreifen schien, daß der kleine Flirt vorbei war.»

«Machte sie Ihnen Schwierigkeiten?»

«Schwierigkeiten? Sie meinen, ob sie mich in Verlegenheit brachte?» Cholmondeley begann zu lachen, sah dann aber wohl ein, daß das nicht der richtige Augenblick war. «Entschuldigen Sie. Nein, dazu wäre es wohl nicht gekommen. Im übrigen ist sie gar nicht aufgetaucht. Aber ich fange an zu verstehen, worauf Sie hinauswollen.»

Jury verzog keine Miene. «So? Dann erzählen Sie mal, damit wir beide auch mitkommen.»

Cholmondeley schwieg; er blickte nur von Jury zu Wiggins, als könnte er im Gesicht des Sergeanten ablesen, welchen Aufenthaltsort für die vergangene Nacht er, Cholmondeley, auf gar keinen Fall angeben dürfte. Doch Wiggins Gesicht war in solchen Fällen so undurchdringlich wie eine Mauer.

«Sie sind auf der Suche nach Motiven. Ich hätte nur ein sehr geringfügiges, glauben Sie mir.»

«Wo wollten Sie sich mit ihr treffen?»

«Am Berkeley Square Park. Er liegt in der Nähe des Hotels, aber nicht zu nah.»

«Es zeugt nicht gerade von guten Manieren, sich mitten in der Nacht in einem Park mit einer Dame zu verabreden, die ohne Begleitung ist.»

«Und wer hat behauptet, es sei mitten in der Nacht gewesen?» Cholmondeley zog gelassen an seiner Zigarette und machte ein Gesicht, als wäre dieser Punkt an ihn gegangen.

«Lediglich eine Mutmaßung. Ihr Mann gab an, sie sei nach dem Abendessen spazierengegangen. Und das war kurz nach halb zehn, eher gegen zehn vermutlich. Ist sie etwa mit Ihnen spazierengegangen?»

«Nein», sagte Cholmondeley barsch. «Ich sagte Ihnen doch, daß Amelia überhaupt nicht erschienen ist.»

«*Wann* ist sie nicht erschienen, Sir?» fragte Wiggins, der seinen Notizblock beiseite gelegt hatte, um ein Pillenfläschchen aufzuschrauben.

«Mitternacht. Ich kenne ein paar Clubs in der Gegend. Ich hatte ihr gesagt, ich würde sie in einen mitnehmen.»

Wiggins nahm seine Pille ohne Wasser; er schob sie sich unter die Zunge und nahm sein Notizblock wieder zur Hand.

«Das heißt, Sie waren zum Zeitpunkt des Mordes im Berkeley Square Park, Mr. Cholmondeley», sagte Jury.

«Ich habe den Park nicht betreten. Ich wartete am westlichen Eingang, wo wir uns treffen wollten. Nein, ich habe auch keine Zeugen, was mich wohl zum Hauptverdächtigen macht.» Cholmondeley beugte sich über den Tisch. «Nur, was für ein Motiv könnte ich haben, Amelia Farraday zu ermorden?»

«Vielleicht das, was Sie vorhin erwähnten: Sie wurde Ihnen lästig.»

Cholmondeley betrachtete ihn spöttisch, wie um anzudeuten, Jury sollte sich gefälligst etwas Besseres einfallen lassen.

«Oder vielleicht wußte sie etwas, was Sie viel mehr in Verlegenheit gebracht hätte als diese kleine Affäre. Ich frage mich nach wie vor, wieso ein Mann wie Sie – ein gewandter und erfahrener Reisender und obendrein noch Engländer – sich einer amerikanischen Reisegruppe anschließt.»

«Ich verstehe nicht, warum Sie sich deswegen Gedanken machen.»

«Tue ich aber. Aus Ihrem Paß geht hervor, daß Sie in diesem Jahr bereits fünfmal auf dem Kontinent waren. In Amsterdam.»

«Was ist daran so merkwürdig? Ich habe Ihnen bereits gesagt, daß ich mit Edelsteinen handele. Ich muß reisen, um meine Einkäufe zu machen.»

«Man sollte annehmen, daß Sie von Amsterdam allmählich genug haben. Diese Gruppe bleibt eine ganze Woche dort. Und Sie werden wohl kaum jemanden brauchen, der Ihnen London zeigt. Das gleiche gilt für Stratford. Sie könnten jederzeit auf eigene Faust dorthin fahren. Ich an Ihrer Stelle würde am Mittelmeer, an der Amalfi-Küste oder an der Côte d'Azur Urlaub machen – mal was anderes.»

«Superintendent, machen Sie *Ihren* Urlaub an der Amalfi-Küste oder sonstwo, aber überlassen Sie es mir, wo ich meinen verbringe.» Cholmondeley steckte sich seine Zigarre in den Mund und griff in seine Hosentasche. Offenbar fand er es an der Zeit zu zahlen.

«Nichts lieber als das. Nur wird aus meinem Urlaub nie etwas. Und wenn ich einmal Urlaub mache, dann arbeite ich im Gegensatz zu Ihnen nicht.»

Cholmondeley schüttelte nur den Kopf, löste einen großen Schein aus seiner Geldklammer und legte ihn auf den Tisch.

Jury schlug seinen Notizblock auf. «Die Amsterdamer Polizei hat sich mit dem Herrn unterhalten, mit dem Sie Geschäfte machen: Paul VanDerness. Mr. VanDerness ist im Grunde ein seriöser Geschäftsmann. Nur ein- oder zweimal geriet er in den Verdacht, Diamanten zu verschieben.»

«Daran glaube ich nicht, aber selbst wenn der Verdacht sich bestätigte, was hat das mit mir zu tun?»

«Ich überlege nur, wie das Gepäck bei Alleinreisenden abgefertigt wird – im Gegensatz zum Gepäck einer Reisegruppe. Honeycutt hat seinen Kunden diese Plackerei bestimmt abgenommen. Er wird alles gestapelt und durch den Zoll gebracht haben, einen wahren Gepäckberg. Die Farradays hatten vermutlich allein schon fünfzehn Koffer. Wenn die Zöllner sehen, daß es sich bloß um amerikanische Touristen handelt, durchsuchen sie die Koffer vermutlich erst gar nicht. Oder machen nur Stichproben. Wenn ich Diamanten illegal über die Grenze schaffen sollte, würde ich mich glatt einer Reisegruppe anschließen.»

Cholmondeley klopfte mit dem kleinen Finger die Asche von seiner Zigarre. An dem Finger funkelte einer jener Diamanten, mit denen er Geschäfte machte. «Seien Sie vorsichtig, Superintendent. Ich habe nichts mehr zu sagen, außer daß meine Rechtsanwälte ganz und gar nicht begeistert sein werden.»

Jury schwieg. Er wußte, daß Cholmondeley der Versuchung, seine Verteidigung selbst in die Hand zu nehmen, nicht würde widerstehen können.

Und richtig: Cholmondeley steckte sein Zigarrenetui ein und fuhr fort: «Sie haben also diese irrsinnige Vorstellung, ich hätte Amelia Farraday erzählt, daß ich Diamanten schmuggle, und sie hätte mir gedroht – also wirklich, es ist absurd.»

Jury schwieg noch immer.

«Und was ist mit Miss Bracegirdle? Was mit Amelias Tochter? Ich habe sie alle ‹abgeschlachtet› – wie die Zeitungen es nennen –, nur um sie zum Schweigen zu bringen? Sie meinen, *alle* hätten über meine angeblichen Schwarzmarktgeschäfte Bescheid gewußt? Wirklich Pech, daß Amelia nicht hier sein kann, um diesem Blödsinn ein Ende zu bereiten.»

Nach einer Weile brach Jury sein Schweigen. «Für Amelia ist es noch viel größeres Pech.»

«Glauben Sie das wirklich, Sir?» fragte Wiggins, als sie wieder im Wagen saßen und zum Brown's Hotel zurückfuhren.

«Sie meinen die Schmuggelgeschichten? Das weiß ich nicht. Man wird es ihm wohl nicht nachweisen können. Ich habe seine Sachen durchsuchen lassen, ohne Erfolg. Ich hatte es auch nicht erwartet. Schon beim ersten Zwischenstop in London hätte Cholmondeley die Schmuggelware loswerden können. Oder auch schon in Paris – ich weiß es nicht. Hat ihn jedenfalls ein wenig aufgerüttelt.»

«Wäre das ein ausreichendes Motiv?»

«Das bezweifle ich. Das fehlende Motiv ist das Schlimmste an der ganzen Angelegenheit. Ohne Motiv kommen wir nicht weiter. Wir können es genausogut mit dem Killer von Yorkshire zu tun haben. Wahlloses Morden. Nur: Wir wissen mit Sicherheit, daß es nicht wahllos ist.» Sie fuhren eine Weile schweigend dahin. «Wenn wir im Hotel sind, sprechen Sie mit dieser Cyclamen Dew, ich nehme mir die Tante vor. Sie haben sie noch nicht kennengelernt, oder?» Als Wiggins den Kopf schüttelte, sagte Jury: «Ich wette, Ihre Stirnhöhlen werden im Nu frei sein. Was haben Sie da vorhin für eine Pille genommen? Die Sorte kannte ich noch nicht.»

Wiggins schien sich zu freuen, daß Jury solche Dinge bemerkte. «Mein Blutdruck ist etwas zu hoch. Die Diastole ist um zehn Punkte höher, als sie sein sollte.»

«Das tut mir leid. Eine Tablette täglich, oder? Mein Cousin hat auch einen zu hohen Blutdruck.»

Wiggins klärte Jury nur allzu bereitwillig über das Krankheitsbild auf. Es war seit Jahren die erste wirklich neue Krankheit, die sich der Sergeant zugelegt hatte. Bislang hatte er sich immer damit begnügen müssen, die alten neu zu definieren. «Der Arzt sagt, es ist der Job, wissen Sie. Wir haben zuviel Stress, und irgendwo muß sich das ja bemerkbar machen. Sie sind, glaube ich, etwas härter im Nehmen. Damit will ich keineswegs gesagt haben, Sie seien gefühllos. Ich meine lediglich, daß ich – nun, ich erlebe alles sehr viel intensiver als die meisten Menschen. Und das muß sich ja irgendwie bemerkbar machen, oder? Wir opfern uns für diesen Job auf, finden Sie nicht auch?»

Wiggins würde sich prächtig mit Cyclamen Dew verstehen – bei dem großen Martyrium, das beide zu ertragen hatten.

«... und es ist so fürchterlich lästig, Pillen gegen etwas zu nehmen, das keine Symptome zeigt. Ich meine, wenn man sonst ganz gesund ist.»

Jury starrte ihn mit vor Staunen offenem Mund an. Aber Wiggins verzog keine Miene. Er sah aus wie ein leibhaftiger Märtyrer.

26

Als Jury das holzgetäfelte Foyer des Brown's Hotel betrat, schenkte sich Lady Violet Dew, den *Hustler* auf den Knien, gerade etwas aus einem kleinen Fläschchen in ihre Teetasse.

Sie spähte über den Rand ihrer Zeitschrift und schob sich die Brille in die Stirn. «Ich brauche sie nur zum Lesen», sagte sie und schlug die Zeitschrift zu.

Schon des öfteren war ihm dieser taxierende Blick von ihr zuteil geworden.

«Fragen über Fragen. Ich habe schon alles gehört. Das ganze Hotel ist in Aufruhr; das Zimmermädchen macht sich fast in die Hose vor Angst. Sexualverbrechen sind ja auch die schlimmsten, nicht wahr? Vermutlich weil insgeheim jeder davon träumt. Setzen Sie sich, setzen Sie sich.» Sie klopfte einladend auf den Sitz. «Trinken Sie eine Tasse mit? Sie sind mein Gast.»

Jury spielte überzeugend die Rolle eines Mannes im Stress, der dringend eine kleine Pause braucht. Er lockerte sogar seine Krawatte. «Keine schlechte Idee.»

«Viel Gelegenheit zum Entspannen und Plaudern werden Sie ja nicht haben. Sie müssen bestimmt immer schnell nach Haus zu Ihrer kleinen Frau und den Kinderchen.»

Im Halbdunkel der Bar blitzte sein Lächeln auf. «Keine Frau, keine Kinderchen.»

Sie gab ihm einen Klaps auf den Arm. «Na hören Sie. Ein attraktiver Mann wie Sie? Na, wenn Sie noch Junggeselle sind, müssen Ihre weiblichen Kollegen ja ganz wild nach Ihnen sein.»

«Nicht alle. Aber ich komme natürlich auf meine Kosten.»

Sie rückte ein wenig näher. «Waren Sie schon mal in den Staaten? Es geht nichts über die Rennbahn von Hialeah. Auf die Pferde setzen?»

«Wieso, Lady Dew –»

«Vi.»

«Vi, Sie haben doch bereits Mr. Plant eingeladen.»

«Na und? Wir können uns doch auch zu dritt gut amüsieren?»

«Davon bin ich überzeugt. Wie wär's, wenn Sie mir in der Zwischenzeit ein paar von meinen Fragen beantworten würden?»

«Für Sie tue ich alles. Schießen Sie los!» Sie legte ihre knotige Hand auf Jurys.

«Wo waren Sie gestern abend?»

«Wo –?» Die Vorstellung, zu den Verdächtigen zu gehören, schien ihr großen Spaß zu machen; sie lachte und schlug sich auf den Oberschenkel.

«Wäre ich doch nur mal rausgegangen. Leider habe ich es nicht getan, sondern den ganzen Abend mutterseelenallein auf meinem Zimmer verbracht.»

«War Cyclamen nicht bei Ihnen?»

«Nein. Cyclamen ist mit Farraday und dem Mädchen ins Theater gegangen. Wie ich schon sagte, war ich ganz allein, ohne Zeugen. Und habe mein Rasiermesser geschärft.»

«Das ist nicht zum Scherzen. Haben Sie denn gar keine Angst?»

«Hätten Sie nach drei Gläsern Gin etwa Angst? Und wie können Sie glauben, ich hätte Angst, wenn Sie mich für die Mörderin halten? ‹Wo waren Sie gestern abend?›» äffte sie Jury nach.

«Angenommen, Sie sind nicht die Mörderin, dann müßte Ihnen doch ziemlich unwohl sein bei dem Gedanken, daß bereits drei Frauen aus Ihrer Reisegruppe ermordet worden sind. Es trifft scheinbar nur Frauen.»

«Was ist mit dem kleinen James Carlton? Glauben Sie, er könnte ein weiteres Opfer sein? Nur daß die Leiche noch nicht gefunden worden ist? Natürlich habe ich Angst, Sie Idiot. Was meinen Sie wohl, warum ich hier unten sitze und mich betrinke.» Sie gab dem Kellner ein Zeichen, eine zweite Tasse zu bringen.

«Sie sagten, Ihre Nichte sei ins Theater gegangen?»

«Ja. Sie kam gegen halb zwölf oder zwölf zurück. Ich kann ihr also kein Alibi verschaffen. Vielleicht die anderen – Farraday und Penny.»

«Wäre sie zu einem Verbrechen wie diesem imstande?»

«Vermutlich nicht. Aber von den anderen würde ich das auch nicht denken. Da sind Farraday und Schoenberg und Cholmondeley. Ich glaube nicht, daß es einer von ihnen war. Sie glauben doch nicht wirklich, daß der Täter eine Frau ist, oder? Es ist ein Sexualverbrechen, glauben Sie mir.»

«Dafür gibt es keine Beweise. Und selbst wenn, dann könnte es immer noch eine Frau gewesen sein, oder?»

«Das müßte eine komische Frau sein.»

«Eine entschieden komische. Erzählen Sie mir von Ihrer Nichte, Lady Dew.»

Sie ließ seine Hand, die sie wieder in Besitz genommen hatte, mit einem dumpfen Schlag auf den Tisch fallen. «Ich weiß nicht, was Sie meinen.»

«Natürlich wissen Sie es.» Eine gute Pokerspielerin war sie nicht. Hätte sie nicht so abwehrend reagiert, hätte Jury keinen Grund gehabt, Cholmondeleys Bemerkung über Cyclamen Dew zu glauben.

Als sie schwieg, drang Jury weiter in sie: «Gwendolyn Bracegirdle und Cyclamen waren ziemlich eng befreundet, habe ich gehört –»

«Eine verdammte Lüge!»

«Was?»

«Daß Cyclamen – nun, daß sie andersrum ist.»

«Und was ist mit Miss Bracegirdle?»

«Ich spreche nicht schlecht von Toten», sagte sie in fragwürdiger Selbstgerechtigkeit.

Jury lächelte. Lady Dew würde über jeden schlecht sprechen, wenn es ihr in den Kram paßte. Man mußte lediglich ein wenig nachhelfen. Obwohl sie ihre Nichte offensichtlich nicht besonders mochte, würde sie die Tatsache, daß sich unter den Dews eine Lesbe befand, vermutlich als Makel auf ihrer eigenen Sexualität auffassen. Jury zog einen Packen Zeitschriften aus seiner Tasche.

«Was haben Sie da?»

«Ein paar Zeitschriften, die ich einem Freund mitbringen wollte. Die Sitte hat gestern abend wieder mal aufgeräumt.»

Sie wollte schon danach greifen, doch Jury hielt sie außer Reichweite. «Nicht doch! Beweismaterial.»

«Sie sagten doch, Sie wollten sie einem Freund mitbringen.»

«Na, der ist auch bei der Polizei.»

«Also werden Sie sich zusammen geifernd darüber hermachen? Widerlich!»

«Wir müssen uns ja auch mal entspannen.» Beim Blättern stieß Jury einen leisen Pfiff aus.

Sie versuchte, über seine Schulter zu spähen. Schnell schlug er die Zeitschrift zu. «Tut mir leid.»

«Wenn das keine Erpressung ist!» Während der Kellner frischen Tee servierte und Jury eine Tasse brachte, schwiegen sie. «Also gut, und was ist dabei, wenn Cyclamen sich auf diese Weise amüsiert? Es steht mir nicht an, darüber die Nase zu rümpfen, doch ich begreife einfach nicht, wie sie – besonders nicht die Sache mit dieser Bracegirdle. Ausgesprochen langweilig. Ich frage mich, wer von den beiden die, na, Sie wissen schon, und wer...? Nun, so etwas passiert ständig, und niemanden kümmert es. Schauen Sie sich bloß diesen Honeycutt an. Dieser Idiot. Jedem das Seine.»

Jury gab ihr die Zeitschriften. «Ihre Nichte und Miss Bracegirdle hatten die Angewohnheit, sich von Zeit zu Zeit aus dem Staub zu machen. Haben die beiden sich in Stratford überhaupt ein einziges Theaterstück angesehen?»

«Nicht daß ich wüßte. An dem fraglichen Abend dachte ich, Cyclamen hätte sich mit Kopfschmerzen ins Bett gelegt, aber genau weiß ich das natürlich nicht. Hören Sie, worauf wollen Sie hinaus?»

«Eigentlich nichts.» Er hätte ihr die Zeitschriften vielleicht erst geben sollen, wenn er mit ihr fertig war; sie hatte Jury vergessen und sah sich das doppelseitige Foto in der Mitte an. «Mit anderen Worten, sie könnte an dem Abend, als Gwendolyn Bracegirdle ermordet wurde, ausgegangen sein, und ebenso gestern abend, Lady Dew?»

«Äh? Oh! Ja, das nehme ich an. Keine von uns beiden hat ein Alibi.» Sie schien die Sache sehr komisch zu finden. «Noch unverheiratet. Hm. Wie alt sind Sie, mein Junge?»

«Dreiundvierzig. So jung also auch wieder nicht.»

«Ha! Warten Sie ab, bis Sie zweiundsechzig werden wie ich. Dann ist dreiundvierzig ein jugendliches Alter.»

Selbst wenn er ihre Pässe nicht gesehen hätte, so hätte Jury doch geschwant, daß sie über achtzig sein mußte.

In diesem Augenblick jedoch fühlte er sich sehr alt.

Penny Farraday stopfte sich den Hemdzipfel in ihre Jeans und strich sich die Haare glatt.

«Penny, das ist Detective Sergeant Wiggins von der Kriminalpolizei.»

Sie streckte die Hand aus. «Freut mich.»

«Guten Tag, Miss.»

«Tut mir leid, Penny, aber wir müssen dir ein paar Fragen stellen. Du bist gestern abend mit Mr. Farraday und Cyclamen Dew im Theater gewesen?»

«Ja, stimmt», sagte sie matt. Sie nahm sich eine Zeitschrift und blätterte darin herum.

«Um wieviel Uhr seid ihr zurückgekommen?»

«Halb elf oder elf. Amelia –» nur für einen Augenblick erstarrte ihre Hand beim Umblättern einer Seite – «wollte erst auch mitkommen; als wir aber vor dem Theater standen, hatte sie es sich anders überlegt und sagte, sie wolle lieber ein bißchen spazierengehen. Ich glaube, der Alte war ziemlich wütend. Kann man ihm auch nicht verdenken.» Nervös warf sie die Zeitschrift auf den Tisch.

«Ist Mr. Farraday gestern abend noch ausgegangen?» hakte Jury nach.

«Ja. Aber wenn Sie denken, er war's, dann spinnen Sie. Der würde so was nie tun. Niemals.»

«Du scheinst dir ja ziemlich sicher zu sein.»

«Bin ich auch. Das heißt aber noch lange nicht, daß ich mit allem einverstanden bin, was er tut –» fügte sie schnell hinzu.

«Was ist mit Miss Dew?»

Sie zuckte die Achseln. «Ich nehme an, sie ist schlafen gegangen.»

«Hast du ihre Tante gesehen? Oder sonst einen von der Gruppe? Cholmondeley? Schoenberg?»

Die Hände hinterm Kopf verschränkt, schaute sie zur Decke. «Nö. Dieser blöde Harvey war auf der anderen Seite des Flusses... er meinte, er wolle sich die Kathedrale in Southwark ansehen.»

«Aber das muß doch früher gewesen sein.»

«Vermutlich.» Penny stützte den Kopf auf eine Hand. Es war schwer zu sagen, ob sie wegen Amelia betroffen war oder ob sie die Fragerei einfach nur langweilte. Als sie aber schließlich zu Jury aufsah, wußte er, was der ängstliche Blick zu bedeuten hatte. «Was ist mit Jimmy? Niemand sucht mehr nach Jimmy, nicht, solange das hier andauert.» Und kaum hörbar fügte sie hinzu: «Jimmy ist tot, nicht wahr?»

«Nein», sagte Jury. «Wenn dem so wäre, hätten wir das inzwischen erfahren. Und glaube ja nicht, daß wir die Suche aufgegeben haben. Die Polizei von Warwickshire kämmt die ganze Grafschaft durch.»

Jury hoffte, daß er sich da nicht täuschte.

27

Die Bücher lagen in Stapeln auf dem Boden.

James Carlton hatte das oberste, ungefähr einen Meter fünfzig lange Regalbrett auf den Schreibtisch gehievt. Dann kletterte er selbst auf den Schreibtisch, drehte es um und schob es durch die Öffnung, die entstanden war, als einer der Gitterstäbe schließlich nachgegeben hatte. Da die Öffnung schmaler war als das Brett, mußte er es kippen, was es ziemlich schwierig machte, das andere Ende auf einen Ast des Baumes vor dem Fenster zu manövrieren. Der Schweiß lief ihm herunter, und einmal dachte er schon, das Brett würde ihm aus den Händen rutschen und hinunterfallen. Dann wäre alles aus gewesen. Aber nichts dergleichen passierte. Es gelang ihm schließlich, das Brett so auf den Ast zu legen, daß es einen einigermaßen ebenen Steg bildete. Das ihm zugewandte Ende legte er auf einen mehrere Zentimeter breiten Mauervorsprung. Die Konstruktion machte einen ziemlich stabilen Eindruck. Zentimeter um Zentimeter schob er seinen Oberkörper durch die Fensteröffnung und lehnte sich probehalber auf das Brett, so fest er konnte; es schien zu halten. Natürlich war das keine richtige Probe; er wußte immer noch nicht, ob das Brett sein ganzes Gewicht tragen würde. Er blickte zum Himmel hoch und war froh, daß es so dunkel war. Nur die oberen Äste des gegenüberliegenden Baumes waren in kaltes Mondlicht getaucht.

Die graue Katze saß neben ihm auf dem Schreibtisch und dachte anscheinend, das Ganze werde zu ihrem Vergnügen inszeniert. Sie schlüpfte durch die Öffnung, spazierte auf dem Brett auf und ab, ließ sich schließlich auf dem dicken Ast nieder und begann ihre Klauen daran zu wetzen.

Es war vier Uhr morgens. James Carlton hatte den Zeitpunkt seiner Flucht so kalkuliert, daß er noch im Schutz der Dunkelheit entkommen konnte, aber nicht allzulange im Dunkeln herumtappen mußte. Außerdem war es eine Zeit, in der seine Entführer – wie viele es waren, wußte er nicht – fest schlafen würden.

James Carlton ging in die Hocke und streckte zuerst die Beine durch die Öffnung. Dann – wobei er die Gitterstäbe ergriff, um eine feste Stütze zu haben – wand und drehte er sich so lange, bis er mit dem ganzen Körper die Öffnung passiert hatte und halb auf dem Vorsprung, halb auf dem Brett lag. Er bewegte sich mit äußerster Vorsicht, damit das Brett nicht verrutschte. Seine Füße baumelten über die Kante des Vorsprungs. Er sah nicht hinunter, als er sich langsam aufrichtete und auf dem Vorsprung einen Halt für seine Füße suchte, während er sich an den Gitterstäben festhielt.

Das Brett hatte sich nur um wenige Millimeter verschoben. Aber schließlich war es kaum mehr als einen Meter zu dem Ast. Zwei große Schritte, und er säße mit der Katze im Baum. Doch dann sah er zum schwarzen Himmel und den kalten Sternen empor und fühlte die schreckliche Leere der Nacht um sich.

Die graue Katze saß im Mondlicht wie ein Gespenst auf dem Ast. Sie schien diesen nächtlichen Ausflug mehr zu genießen, als zusammengerollt auf James Carltons Bett herumzuliegen. *Mach schon*, schien sie zu sagen.

Doch James Carltons Hände klebten an den Gitterstäben, wie die Sterne unbeweglich am Himmel zu kleben schienen. Er fragte sich, ob Gott das Universum geschlossen hatte. Ging seine Uhr noch? Und sein Herz? Oder hatte alles aufgehört zu schlagen?

Vielleicht sollte ich beten, dachte er, während er auf das Brett sah, das einen ebenso weiten Raum überspannte wie das Universum, zu dem er eben hochgeblickt hatte. Er mußte seinen Kopf gar nicht freimachen – er schien ein Teil der großen Leere da draußen zu sein. Er wußte nicht, welches Gebet er sprechen sollte. Und dann schwirrten ihm allerlei Bilder durch den Kopf. Sein Vater als Kriegskorrespondent, Flieger-As, Baseballspieler. Natürlich war sein Vater auch ein toller Fallschirmspringer gewesen... Sein

Vater wäre nicht stolz auf ihn... ebenso wenig wie der Mann mit der eisernen Maske, der wahrscheinlich nicht einmal ein Brett bräuchte. Der würde einfach springen.

Ein Finger löste sich von den Stangen und bohrte sich ihm in den Rücken. Eine Schwertspitze! In seinem Kopf grölte es: «Jo, ho, ho und eine Buddel Rum...» Dann hörte er eine grausame, herrische, betrunkene Stimme brüllen: «Tja, mein Junge! Heute nacht wirst du den Fischen zum Fraß vorgeworfen!»

Immer tiefer bohrte sich der Finger in seinen Rücken. Und er konnte nichts machen, er hatte keine Wahl. Entweder das Schwert oder die Haie... Unter ihm peitschte und schäumte die See, die Flossen der Haie zogen schnelle Kreise; er sah bereits sein Blut das Wasser rot färben.

Er war im Baum, bevor er noch merkte, daß er die Stangen losgelassen hatte.

Und nun kletterten sie hinunter – ein Kinderspiel für James Carlton, der fast jeden Baum zwischen West Virginia und Maryland bezwungen hatte.

Nicht so für die graue Katze. Auf einem Brett hin- und herzuspazieren war eine Sache, einen Baum hinunterzuklettern eine andere. Hätte James Carlton nicht gezogen und gezerrt, wäre die Katze wohl die ganze Nacht in luftiger Höhe sitzengeblieben und hätte jämmerlich den Mond angeschrien.

Zusammen landeten sie auf dem weichen Boden am Fuß des Baumstamms.

Das Haus lag genauso im Dunkeln wie die Landschaft jenseits der Baumgruppe. James Carlton trat ein paar Schritte zurück, um besser sehen zu können. Die Katze wich ihm nicht von der Seite. Das Haus ragte kalt und abweisend vor ihm auf, ein Gefängnis von außen wie von innen. Nichts bewegte sich, nirgendwo brannte Licht. Als er das Haus umrundete, entdeckte er aber doch einen matten Lichtschimmer. Leise schlich er sich an. Durch das erleuchtete Fenster war die Silhouette eines auf und ab schreitenden Mannes zu sehen.

James Carlton nahm die Katze unter den Arm und begann zu laufen.

28

Melrose Plant nahm auf dem Sofa Platz, das Lady Violet Dew vor kurzem geräumt hatte. Er war ebenso erschossen wie Jury, der neben ihm saß.

«Wo ist Schoenberg?» fragte Jury ohne lange Vorrede.

«Großer Gott, könnten Sie mich wenigstens einen Augenblick lang meine gemarterten – obgleich gutbeschuhten – Füße ausstrecken lassen, bevor Sie loslegen?»

«Nein», sagte Jury.

«Ich vermute, er läuft noch immer in Pepys Park herum. Die belegten Brötchen da sehen aber lecker aus. Agatha würde umkommen –» Er wählte eines, das mit Brunnenkresse belegt war.

«Was ist denn Pepys Park?»

Melrose seufzte. «Das ist eine Neubausiedlung, von den Stadtvätern vor einigen Jahren dort errichtet, wo einst vermutlich Marlowes altes Deptford Strand lag. Harvey kamen natürlich die Tränen. Aber das ist der Lauf der Dinge. Fortschritt, Fortschritt.» Melrose nahm sich ein Fischbrötchen von dem vollbelegten Teller.

«Wann sind Sie aufgebrochen?»

«Ich würde sagen, so gegen 1568 – warum?»

Als Jury ihm erzählte, was Amelia Farraday zugestoßen war, hörte Melrose auf zu essen, saß einen Moment lang schweigend da und sagte dann: «Scherz beiseite. Wir haben das Hotel um neun verlassen. Nach einem gemeinsamen Frühstück.»

Jury dachte kurz nach: «Wer immer den Mord an Amelia Farraday begangen hat, nahm ein ziemliches Risiko auf sich, als er in den frühen Morgenstunden ins Hotel zurückkehrte. Wiggins sagt, keiner der Hotelangestellten habe ein Schäfchen aus unserer kleinen Herde nach Mitternacht zurückkehren sehen. Ausgenommen Cholmondeley. Aber das wußten wir bereits.»

«Ich weiß nicht; man kann das Hotel von zwei Straßen aus betreten. Ich habe den Nebeneingang benutzt, und ich glaube nicht, daß mich jemand gesehen hat. Wenigstens nicht beim Hineingehen.»

«Das konnte der Mörder aber nicht mit Sicherheit wissen. Er ging ein Risiko ein.»

Plant sah ihn an. «Jemanden zu ermorden ist immer riskant, mein Bester.»

Jury grinste. «In der Tat.» Nach einer Weile sagte er müde: «Wir müssen mit Harvey sprechen. Wann kommt er zurück?»

«Ziemlich bald, nehme ich an. Er ist mit seinem Bruder Jonathan zum Dinner verabredet. Der Bruder kommt im Laufe des Nachmittags in Heathrow an. Mit der Concorde, sagte er.»

«Wie nobel», sagte Jury. «Er scheint nicht gerade knapp bei Kasse zu sein.»

«Nun, wenn ich richtig verstanden habe, hat er das gesamte Familienvermögen geerbt. Übrigens hat Harvey mich ebenfalls zum Essen eingeladen, aber ich –»

«Fabelhaft», sagte Jury und erhob sich. «Sie können Harvey die richtigen Fragen stellen. Und um sicherzugehen, daß Sie die dazu nötigen Informationen haben, werde ich Wiggins zum Kaffee vorbeischicken. Schoenberg dürfte nicht allzusehr unter der Zeitverschiebung leiden.»

Melrose zog ein Gesicht. «Vielen Dank auch. Sie gehen doch hoffentlich nicht davon aus, daß die beiden sich ähneln? Können Sie sich vorstellen, mit zweien von dieser Sorte ein Gespräch zu führen? Wissen Sie, da ist noch etwas, was ich Ihnen sagen wollte –» Er zuckte mit den Schultern. «Na ja, das kann auch warten.»

«Ich gehe zum Yard zurück. Ich möchte mit Lasko sprechen, unter anderem.» Mit diesen Worten entfernte sich Jury.

Melrose saß da und überlegte, ob er die Sache nicht doch besser erwähnt hätte. Aber es kam ihm irgendwie ein bißchen unpassend vor, in diesem Augenblick über die Beziehung zwischen Thomas Nashe und Christopher Marlowe zu reden; Jury würde denken, Harvey Schoenberg hätte ihn langsam angesteckt. Vielleicht hätte er da gar nicht so unrecht, dachte Melrose.

«Fehlanzeige», sagte Lasko am anderen Ende der Leitung in Stratford-upon-Avon. «Wir haben die ganze Gegend durchkämmt, Busse und Züge kontrolliert – kurz, wir haben alles getan, was in unserer Macht stand. Der Junge ist wie vom Erdboden verschluckt.»

Selbst am Telefon war Laskos Gesichtsausdruck eines geprügelten Hundes zu erahnen. Jury berichtete ihm vom Schicksal Amelia Farradays und schloß aus seiner geheuchelten Anteilnahme, daß er erleichtert war, mit diesem Fall nichts mehr zu schaffen zu haben. Jury konnte es ihm wahrlich nicht verübeln. «Such weiter nach Jimmy Farraday.» Mit diesem weisen Ratschlag legte er auf. Die streunende

Katze (mittlerweile im ganzen Scotland Yard als Racers Katze bekannt) hatte sich durch die einen Spaltbreit offene Tür in Jurys Büro geschlichen; nun strich sie um die spartanischen Möbel und durch Jurys Beine, um schließlich mit einem Satz auf seinen Schreibtisch zu springen.

Wenn das so weiterging, würden sie sich noch um Mitternacht gegenseitig anstarren. Jury hatte mehrmals seine Unterlagen durchforstet, ohne auf einen neuen Hinweis zu stoßen. Und es gab auch keinen – außer der Mitteilung, die ihm Chief Superintendent Racer am Nachmittag mit dem üblichen, nichtssagenden Wortlaut per Hauspost zugeschickt hatte: *Jury. Obwohl ich in den letzten Stunden nichts von Ihnen gehört habe, ist mir doch zu Ohren gekommen, daß ein weiterer Mord verübt wurde, was Sie aber nicht veranlaßt hat, mir umgehend Bericht zu erstatten. Weshalb ich das ziemlich merkwürdig finde, mag vielleicht an meiner verqueren Vorstellung von –*

Und es folgten – glücklicherweise nicht direkt aus seinem Munde, dachte Jury – die üblichen Tiraden, Verwünschungen und Variationen über das Thema von Jurys Fehlbarkeit; sie endeten mit dem Befehl, bis Sonnenuntergang Bericht zu erstatten. Er nahm an, das Exekutionskommando würde bis dahin bereitstehen. Er schleuderte das Papier beiseite.

Die Katze hörte auf, sich zu putzen, starrte auf das Memo und gähnte.

Zum x-tenmal nahm Jury sich das Gedicht vor. Daß er zwischen ihm und den Morden keine Verbindung herzustellen vermochte, ließ ihn an sich und seinen Fähigkeiten zweifeln. Fest stand nur, daß die Opfer alle Frauen waren, und die betreffende Strophe handelte ebenfalls vom ewig Weiblichen: Sie handelte von der Vergänglichkeit der Schönheit. Von strahlenden Königinnen. Von der schönen Helena. Von verwelkenden Blumen. Vom Tod schöner Frauen. Jury starrte auf die kahle Wand. Gwendolyn Bracegirdle war keine Schönheit gewesen – dicklich, Dauerwelle im Haar und mit fünfunddreißig bereits eine Matrone. Wäre Gwendolyn nicht gewesen, hätte Jury geschworen, daß es jemand auf die Farradays abgesehen hatte.

Aus den Papieren auf seinem Schreibtisch zog er James Farradays Paß hervor und betrachtete das winzige Foto. Dann sah er sich die Vergrößerung von dem Teil des Paßfotos an, der James Carltons Gesicht zeigte. Das Familienfoto im Paß – Jimmy mit James Farraday und Amelia – betrachtend, dachte er, wie intelligent der Junge doch aussah. Er nahm den Hörer von der Gabel.

«Flughäfen?» fragte Lasko schläfrig. «Zum Teufel, nein, Warum sollte er außer Landes geschafft worden sein? ... Hör mal, Richard. Ich sag das ungern, aber du weißt doch so gut wie ich, daß der Junge tot ist und auf irgendeinem Feld da draußen liegt, das wir bisher noch nicht abgesucht haben –»

«Nein, er ist nicht tot», beharrte Jury.

«Wieso zum Teufel bist du dir da so sicher?» seufzte Lasko.

Jury war sich keineswegs sicher. «Die Opfer waren alle Frauen, Sammy.»

«Aber Richard, er hätte doch einen Paß gebraucht, um das Land zu verlassen.»

«Es ist nicht besonders schwer, sich einen Paß zu besorgen, Sam. Wie dem auch sei, wenn du mich sprechen willst, ich bin zu Hause.» Er gab Lasko seine Nummer in Islington, legte auf und schwang sich in seinem Drehstuhl herum, um auf die schmutzverkrusteten Scheiben seines Fensters zu starren.

Es mußte etwas mit den Farradays zu tun haben. Den weiblichen Farradays. Es war nur noch eine übrig: Penny.

«Mr. Jury –»

Es war Mrs. Wasserman aus der Kellerwohnung, die auf seiner Türschwelle stand, ihren dunklen Morgenrock am Hals zusammenhielt und ihm die Tageszeitung entgegenstreckte.

Jury sah, wie ihre Hand zitterte. «Kommen Sie rein, Mrs. Wasserman.» Er fragte nicht, wieso sie zu dieser (für sie) späten Stunde noch auf war, denn er wußte es bereits. Sie hatte vermutlich hinter ihren dunklen Vorhängen am Fenster gesessen und den ganzen langen Tag und die noch längere Nacht auf den Polizisten gewartet, der über ihr wohnte. Das kam häufiger vor.

Sie kam herein, immer noch mit der einen Hand ihren Morgenrock zusammenhaltend, schloß schnell die Tür und lehnte sich mit dem Rücken dagegen, während sie mit der anderen Hand den Türknauf umklammert hielt.

Jury unterdrückte ein Lächeln. Die Szene glich einer Einstellung aus einem alten Bette Davis-Film. Doch Mrs. Wasserman schauspielerte nicht. Das wurde ihm klar, als er auf das Machwerk Londoner Sensationspresse in ihrer Hand sah; das übliche Nacktfoto auf der Titelseite hatte der Nachricht vom «Schlächter» weichen müssen. Wenn sich Mrs. Wasserman in diesem Aufzug um ein Uhr morgens die Mühe machte, zwei Treppen hinaufzusteigen, dann war sie wirklich nervös.

Britische Zeitungen hatten sich lobenswerterweise immer um eine gute Zusammenarbeit mit der Polizei bemüht, indem sie zum Beispiel bei der Berichterstattung über Morde auf die grausigen Details verzichteten. Das war auch notwendig, weil da draußen zu viele potentielle Schlächter herumliefen, die alle nur auf einen *modus operandi* warteten, um sich vom Kuchen des öffentlichen Interesses ein Stück abzuschneiden. Die betreffende Zeitung bewegte sich jedoch in ihrer Schilderung in allzu großer Nähe der Blutlache, in der Amelia Farraday aufgefunden worden war. Oh, zugegeben, einiges blieb der Phantasie überlassen. Doch die ständige Wiederholung des Wortes «Verstümmelungen» würde sogar eine weniger phantasiebegabte Person als Mrs. Wasserman in Angst und Schrecken versetzt haben.

«‹Der Schlächter› – was für ein schrecklicher Name. Irgendwo, Mr. Jury, irgendwo da draußen lauert er. Läuft herum und sieht aus wie jedermann.»

Jury befürchtete, daß ihre maßlose Angst sich noch steigern würde, wenn sie erführe, daß der Schlächter genausogut eine Frau sein konnte. Ihre Verfolgungsangst war so schlimm, daß Jury sie immer wieder mit neuen Tips für Türriegel, Fenstergitter, Schlösser, Schlüssel und Ketten beruhigt hatte. Und mit immer neuen Lügen. Er wußte schon nicht mehr, wie viele Geschichten er über die Londoner Polizei erfunden hatte, insbesondere über deren Unfehlbarkeit, wenn es darum ging, Frauen auf den Straßen zu beschützen.

Er wußte, daß sie dort unten in ihrer verbarrikadierten Kellerwohnung in dem gelegentlichen Schritt eines Passanten auf dem Gehsteig eine Armee marschierender Füße vernahm. Und in dieser Armee marschierte auch immer ihr Verfolger mit – die Füße, die stehenblieben, die Gestalt, die auf der Lauer lag, der Schatten auf dem Gehsteig.

Sein Gesichtsausdruck mußte ihn verraten haben. «Sie sehen, ich habe recht, Mr. Jury. Heutzutage ist es schon gefährlich, nur einen Fuß nach draußen zu setzen –»

Er nahm ihren Arm und drückte sie in den Ledersessel, das einzige gute Möbelstück im Zimmer. «Nein. Keineswegs.» Er schleuderte die Zeitung auf den Schreibtisch. «Und ich sage Ihnen auch, warum, aber nur, wenn Sie mir versprechen, morgen keine Zeitung zu kaufen. Versprechen Sie das?»

Sie faltete die Hände im Schoß und nickte. «Ich verspreche es.» Dann lächelte sie ihr trauriges, altjüngferliches Lächeln und drohte ihm mit dem Finger. «Aber wir wissen doch beide, Mr. Jury, daß Sie mir nicht alles erzählen können. Auch wenn es Ihr Fall ist. Das steht jedenfalls da in der Zeitung.» Letzteres sagte sie so stolz, als wäre Jury ein schwarzes Schaf der Familie, das endlich einmal bewiesen hatte, daß etwas in ihm steckte.

«Lassen wir das beiseite. Soviel kann ich Ihnen jedenfalls sagen: Diese Person, die Sie den Schlächter nennen und der angeblich in ganz London sein Unwesen treiben soll – das sind Lügenmärchen. Er tötet nicht unterschiedslos Fr…, ich meine Leute. Er weiß genau, was er will, und er kennt seine Opfer genau.»

Sie glaubte ihm. Wie immer. Nur – wie er sich zufrieden sagte – diesmal stimmte es tatsächlich. Fast hatte er das Gefühl, dabei selbst der Wahrheit etwas nähergekommen zu sein. Jury lächelte. Es war sein erstes von Herzen kommendes Lächeln an diesem Tag.

29

Jury betrat Racers Vorzimmer und zwinkerte Fiona Clingmore zu, die daraufhin die Inspektion ihrer frisch lackierten Fingernägel unterbrach, um seinen Blick auf Wichtigeres zu lenken. Fiona rückte Busen und Beine zurecht und stützte ihr sorgfältig geschminktes Gesicht auf die verschränkten Hände. «Sie sind spät dran», sagte sie mit einem Blick auf Chief Superintendent Racers Tür.

«Was ihn angeht, immer.»

Jury öffnete die Tür (justament in dem Augenblick, als Racer sein Toupet zurechtrückte, was die Stimmung nicht gerade hob), durchquerte das Zimmer, machte es sich auf dem Stuhl vor Racers Schreibtisch so gut es ging bequem und sagte: «Hallo.»

Racer, der hierüber sogar sein Toupet vergaß, starrte Jury an, als habe der endgültig den Verstand verloren. «Ich muß doch sehr bitten, *Superintendent*.»

«Wieso?» Jury musterte sein Gegenüber unschuldig aus klaren, sanften, taubengrauen Augen. Er wußte, es lohnte nicht, Racer zur Raserei zu treiben, aber er geriet stets von neuem in Versuchung.

«Wieso?» Blut schoß ihm ins Gesicht, so daß es die Farbe der Nelke annahm, die sein Knopfloch zierte. «Wir begrüßen unsere Vorgesetzten nicht mit ‹Hallo›.»

«Oh, tut mir leid. Sir», fügte Jury hinzu, als wäre ihm das gerade noch rechtzeitig eingefallen.

Racer lehnte sich zurück, betrachtete Jury mit einem Mißtrauen, das Polizisten sich gewöhnlich für kriminelle Elemente vorbehalten, und meinte: «Einmal werden Sie den Bogen überspannen, Jury.»

Eine überflüssige Bemerkung, dachte Jury, der sich schon gar nicht mehr erinnern konnte, jemals nicht den Bogen überspannt zu haben. «Sie wollten mich sprechen?»

«Selbstverständlich wollte ich Sie sprechen. Gestern. Wegen dieser Farraday. Noch eine Amerikanerin, die auf offener Straße massakriert wird; die amerikanische Botschaft möchte wissen, was zum Teufel los ist. Verständlich, nicht? Also, was ist los, Jury?»

«Fragen Sie mich, ob ich diese Mordserie aufgeklärt habe? Die Antwort ist nein.»

«Ich will einen Bericht haben, Superintendent», zischte Racer durch die Zähne.

Jury tat wie befohlen und schilderte den Zustand, in dem man Amelia Farradays Leiche gefunden hatte, ohne auch nur ein einziges blutiges Detail auszulassen. «...irgendwann zwischen elf und kurz nach Mitternacht. Halb eins vielleicht.»

«Motiv?» schnappte Racer.

«Wenn ich das wüßte!»

«Wiggins?» Racer hatte sich in letzter Zeit diese elliptische Ausdrucksweise zugelegt, zweifellos um seinen Untergebenen das Leben noch schwerer zu machen.

Jury runzelte die Stirn. «Was ist mit ihm?»

«Was er tut, Mann? Außer seine Umgebung mit allen möglichen Krankheiten anzustecken.» Racer sah auf die Papiere auf seinem Schreibtisch. «Dieses Gedicht. Die Pestilenz. Sergeant Wiggins ist für diesen Fall genau der Richtige. Ich habe mich ein wenig sachkundig gemacht. ‹Gott erbarme dich unser› schrieben sie damals auf ihre Türen.» Racer machte eine Bewegung mit dem Zeigefinger, als wäre die Luft die Tür, vor die er Jury am liebsten setzen würde. «Wußten Sie, daß es Zeichen gab, von denen man annahm, sie würden die Pest ankündigen? Die gleichen Zeichen sehe ich auch, wenn Wiggins den Flur entlanggeht – Kröten mit langen Schwänzen, eklige kleine Frösche und so weiter.» Racer hustete.

«Ich hoffe, Sie haben sich nicht –»

Jury unterbrach sich mitten im Satz. Chief Superintendent Racers Belehrung hatte in ihm einen schlummernden Gedanken geweckt. War es möglich, daß Racer zur Abwechslung einmal etwas Nützliches beigetragen hatte?

«Für meine Begriffe ein bißchen überdreht», sagte Wiggins, als sie den Piccadilly Circus entlangfuhren. Sie sprachen von den Schoenbergs. Wiggins schwieg, während er das

Auto zwischen zwei Doppeldeckern durchmanövrierte, die entlang des Green Park ein privates Wettrennen veranstalteten.

«Nun? Und was halten Sie von ihm?» drängte Jury.

Wiggins holte ein Taschentuch von der Größe eines mittleren Tischtuchs hervor. Seine Nasenspitze zuckte wie die eines Kaninchens, doch leider nicht (wie Jury befürchtete), weil sie etwas witterte. «Wen meinen Sie, Harvey oder den Bruder?»

«Harvey kennen wir doch in- und auswendig. Jonathan natürlich.»

«Er sieht aus wie –» Wiggins mußte so heftig niesen, daß Jury ihm ins Lenkrad griff, damit der Wagen nicht ins Schleudern geriet.

«Entschuldigen Sie, Sir. Aber ist Ihnen je aufgefallen, daß Green Park um diese Jahreszeit alle möglichen Allergien hervorruft?» Wiggins schneuzte sich und bog in die Albemarle Street ein.

«Nein, eigentlich nicht. Reden wir noch etwas über den Bruder.»

«Ich wollte gerade sagen, daß sie sich zwar sehr ähnlich sehen, sich aber ganz unterschiedlich benehmen. Harvey wedelt ununterbrochen mit der Gabel, während der Bruder sie zum Essen benutzt. Sie verstehen, was ich meine.»

Jury lächelte. «Ja. Wie denkt Mr. Plant über ihn?»

«Genauso wie ich. Er hält diesen Jonathan für so gefühlskalt wie einen toten Fisch. Jonathan verachtet Harvey. Ich wette, die beiden können sich nicht riechen. Meiner Meinung nach hat die Eifersucht berufliche Gründe.»

«Kaum zu glauben, daß jemand auf Harvey eifersüchtig sein kann. Beruflich oder sonstwie.»

«Ich halte Harvey für den Eifersüchtigen. Dieser Jonathan ist Professor für englische Literatur. Lehrt an einem

College in Virginia, das St. Mary heißt. Verbringt hier seine Zeit damit, im Britischen Museum alte Handschriften zu lesen.» Wiggins hielt vor dem Brown's Hotel, steckte den Kopf aus dem Wagenfenster und brachte einen silbergrauen Mercedes dazu, das Feld zu räumen.

Sie blieben noch ein paar Minuten im Wagen sitzen. «Wie hat Schoenberg die Nachricht von den Morden aufgenommen?»

Wiggins zuckte die Achseln. «Ziemlich ungerührt. Lebt wohl in seinem Elfenbeinturm. Natürlich meinte er, das sei ja entsetzlich. Offen gestanden glaube ich, daß ganz andere Dinge passieren müssen, bevor er sich ernsthafte Sorgen um seinen Bruder macht. Oder um sonst jemanden.»

Als sie ausstiegen, sagte Jury: «Ich kann's kaum erwarten, ihn kennenzulernen.»

«Ich glaube, das Motiv ist Rache», sagte Jury in Melrose Plants Hotelsuite.

«Wieso nicht Geldgier?» fragte Plant.

«Scheint mir psychologisch falsch. Diese Morde liefen alle irgendwie zu rituell ab.»

«Aber auf wen hat der Mörder es abgesehen? Die Farradays – oder James Farraday – würden sich anbieten, wenn nicht dieser Mord an Gwendolyn Bracegirdle wäre. Er paßt nicht ins Bild, finden Sie nicht auch?»

Jury nickte. «Allerdings. Vielleicht ist sie ihm in die Quere gekommen.»

Plant zog eine Grimasse. «So eine Schlamperei aber auch.»

Jury zuckte mit den Schultern. «Niemand ist perfekt.»

«Rache also. Da fällt mir etwas ein, was Harvey gesagt hat, eine ziemlich blöde Bemerkung. Na, vielleicht nicht ganz so blöd, und zwar über *Hamlet*: ‹Eine Rachetragödie.

Sie sind alle gleich; man bringt so lange die Falschen um, bis man schließlich an den Richtigen gerät.› Schwer vorstellbar, daß unser Freund sich mit dem ganzen Blutvergießen einfach nur genug Mut macht für den Mord an seinem eigenen Claudius.» Plant lächelte grimmig. «Sollte er es auf die Faradays abgesehen haben, dann würde ich mir wegen Penny wirklich große Sorgen machen.»

Jury überlief es heiß und kalt. «Darf ich?» Er goß sich aus Melroses Karaffe ein Gläschen Brandy ein. «Auch einen?»

«Ja, kann ich gebrauchen.» Melrose sah auf die Uhr. «Ist ja bereits Nachmittag. Agatha meint, daß ich mich im Eiltempo zum Alkoholiker entwickle. Das einzig Gute an der Sache ist, daß sie jetzt Angst hat, nach London zu kommen. Cheers.» Melrose hob sein Glas.

«Wo ist Schoenberg? Haben Sie ihn heute morgen gesehen?»

«In Deptford, selbstverständlich... oh, Sie meinen den Bruder?»

Auf Jurys Nicken sagte Melrose: «Im Britischen Museum natürlich. Sie sind zusammen weggegangen.»

«Wie fanden Sie Jonathan?»

«Eisig. Und Harvey nimmt der nicht die Bohne ernst.»

«Haben Sie Penny gesehen?» Als Plant den Kopf schüttelte, sagte Jury: «Ich will, daß Penny auf keinen Fall dieses verdammte Hotel verläßt.»

Das wurde so heftig hervorgestoßen, daß Melrose zusammenzuckte. «Wenn Sie nicht wollen, daß Leute sich frei bewegen, dann müssen Sie sie in – wie heißt es noch gleich? – Schutzhaft nehmen.»

«Penny sollte ich in einen Schrank sperren.» Jury leerte sein Glas und erhob sich.

«Wohin gehen Sie?»

«Jonathan Schoenberg einen Besuch abstatten.»

Er hatte die Tür fast erreicht, als Plant ihn noch einmal zurückrief.

«Hören Sie, da wäre noch eine Kleinigkeit –»

Jury drehte sich um. «Was für eine Kleinigkeit?»

«Nun, wahrscheinlich ist es nichts von Bedeutung, aber es geht um dieses verfluchte Gedicht. Es ist von Thomas Nashe.»

Jury kam ins Zimmer zurück. «Glauben Sie mir, ich weiß mittlerweile, wer es geschrieben hat.»

«Nun, das ist genau der Punkt, alter Knabe», sagte Melrose und leerte ebenfalls sein Glas. «Was ich nicht verstehe ist, wieso Harvey Schoenberg es nicht wußte?»

Die Stille war mit Händen zu greifen. «Was meinen Sie damit?» sagte Jury schließlich.

«Zum Beispiel habe ich es Jonathan gezeigt. Er hat es sofort erkannt. Vor allem wegen der einen Zeile, ‹Ein goldner Schimmer in der Luft›.»

«Schoenberg hat einen Lehrstuhl für englische Literatur – es ist sein...» Jury verstummte.

«Genau. Sie wollten ‹Spezialfach› sagen. Aber überlegen Sie doch mal – ich kann Ihrem Gesicht ansehen, daß Sie das tun –, Jonathan Schoenberg kennt seinen Shakespeare, daran zweifle ich keine Sekunde. Und seinen Marlowe auch. Aber ich mache jede Wette, daß er Harvey nicht das Wasser reichen kann, was pure Fakten betrifft. Thomas Nashe war einer der besten Freunde Christopher Marlowes. Sie hatten noch nicht das Vergnügen, Harvey zuzuhören, wenn er mit elisabethanischen Namen um sich wirft. Ich bin in Stratford in der Bibliothek gewesen. Harvey hatte mir alle möglichen ausgefallenen Dinge aus Marlowes Leben erzählt. Marlowe war berüchtigt für seine Schlägereien und Duelle. Harvey hat mir alles haarklein erklärt – in Hog Lane gab es eine

Schlägerei auf der Straße, die mit einem Duell endete. Harvey kannte die Namen aller Beteiligten. Dann müßte er eigentlich auch wissen, daß Nashe dabeigewesen war. Der Name Nashe zieht sich wie ein roter Faden durch Marlowes Leben. Er hat sogar eine Elegie geschrieben: *Über Marlowes frühen Tod* –»

Plant schwieg, zündete sich eine kleine Zigarre an und blickte zu Jury hoch. «Der Punkt ist, alter Knabe... warum hat er gelogen?»

«Miss Farraday?» Die hübsche Hotelangestellte an der Rezeption hatte sich mittlerweile so an die Anwesenheit der Polizei gewöhnt, daß es sie kaum noch interessierte. «Ich glaube, sie ist ausgegangen, Superintendent. Aber ich versuche es trotzdem in ihrer Suite.»

Niemand antwortete.

Jenseits der Themse sehnte der Wirt des «Halbmonds» die Sperrstunde herbei. An diesem Nachmittag hatte er kaum Gäste gehabt, abgesehen von den Jungs an der Theke, wo er die Drinks einen Penny billiger verkaufte. Schlägertypen und Rowdies.

Gelangweilt schenkte er sich einen Drink ein und ging dann den Flur entlang zur Toilette. Auf dem Weg dorthin warf er zufällig einen Blick in das leere Zimmer links von der Toilette und wunderte sich, warum seine Frau das schummrige Deckenlicht angelassen hatte. Er streckte den Arm aus, um es auszudrehen. Die Augen traten ihm fast aus den Höhlen.

Und dann fiel er in Ohnmacht.

30

Noch bevor Wiggins den Wagen anhielt, hatte Jury bereits die Tür geöffnet und seinen Fuß auf den von Polizeiautos gesäumten Bürgersteig gesetzt. Ein paar uniformierte Polizisten hatten die Stelle abgesperrt und drängten die Schaulustigen zurück, die sich bei dergleichen Anlässen zu versammeln pflegen.

«Hier hinten, Superintendent», sagte der Sergeant, der sie angerufen hatte.

Drinnen verursachte die Polizei ein weitaus größeres Chaos als die Neugierigen draußen. Jury wurde Detective Inspector Hatch vorgestellt, der ihn durch den spärlich erleuchteten Flur in ein Zimmer zu ihrer Linken führte.

Jury war sich des Anblicks, der ihn erwartete, so sicher gewesen, daß er die Zeit während der Fahrt über die Southwark Bridge damit verbracht hatte, gegen Visionen von ihrem verstümmelten Körper anzukämpfen. Daher konnte er es zunächst gar nicht fassen, daß das Opfer nicht Penny Farraday war.

Der leblose Körper auf dem Stuhl, dessen Arme schlaff herunterhingen und dessen Gesicht von brutalen Schlägen entstellt war, gehörte Harvey Schoenberg. Die breiige Masse, die einmal Schoenbergs Augen gewesen war, brachte Jury auf den Gedanken, Harvey habe in einem Anfall von ödipaler Raserei das Schwert gegen sich selbst gerichtet. Das grausigste an diesem blutrünstigen Spektakel war jedoch in Jurys Augen ein kleines Blutrinnsal auf dem blinden Bildschirm von Harveys Ishi.

Der Polizeiarzt klappte gerade seine Tasche zu. «Hallo, Superintendent. Wie Sie sehen, war es nicht allzu schwer, die

Todesursache festzustellen. Die Kehle ist teilweise durchgeschnitten – komisch, als wäre ihm das erst nachträglich eingefallen –, der andere Stoß ging direkt ins Gehirn. Interessant ist, wie der Mörder an diese Waffe kam.» In seiner Hand, eingewickelt in ein Taschentuch, hielt der Arzt einen Dolch. «Mittelalterlichen Ursprungs, haben Sie nicht auch das Gefühl?»

«Elisabethanisch», antwortete Jury.

Der Arzt sah ihn zugleich erstaunt und amüsiert an. «Ich muß schon sagen, ihr Burschen kennt euch aus mit Waffen.» Er bedeckte den Dolch wieder mit dem Taschentuch. «Der Tod ist vor weniger als zwei Stunden eingetreten. Noch keinerlei Anzeichen von Leichenstarre.» Der Arzt zog seinen Regenmantel an. «Sie entschuldigen mich bitte, ich bin hier fertig und habe gerade die Auflösung eines ausgezeichneten Fernsehkrimis verpaßt.»

Das gelbliche, von einem Metallschirm abgeblendete Deckenlicht warf düstere Schatten über den Tisch. «Diese Rachetragödien sind doch alle gleich.»

«So, meinen Sie», wunderte sich der Arzt. «Das würde ich nicht sagen.»

«Der Tote da hat das gesagt.»

Der Arzt drehte sich noch einmal um und betrachtete Harvey Schoenbergs Leiche. «Sie haben ihn also gekannt? Ich nehme an, das wird Ihnen die Arbeit sehr erleichtern.»

«Sehr», sagte Jury, ohne eine Miene zu verziehen.

Laut Detective Inspector Hatch hatte niemand das Opfer hereinkommen sehen.

«Er muß durch die Gasse und den Garten gekommen sein. Der Besitzer erinnert sich, ihn gestern zusammen mit einem anderen Mann hier gesehen zu haben. Sagt, er habe ihn nach einem alten Gasthaus namens ‹Zur Rose› gefragt.

Soll hier in der Gegend gewesen sein. So wie der Arzt das sieht, muß er –» Hatch machte eine Geste in Richtung des Stuhls, auf dem noch vor kurzem Harvey Schoenberg gesessen hatte – «kurz nachdem das Lokal geöffnet worden war, so gegen elf, reingekommen sein. Wir müssen den anderen Mann finden, der mit ihm zusammen war –»

«Ich kenne diesen Mann.»

Hatch sah den Superintendent an, als wäre er ein Hellseher. «So. Und zu guter Letzt», fügte er dann hinzu und reichte Jury ein Stück Papier, «dies hier.»

Als Jury die Hand danach ausstreckte, wußte er bereits, was es war:

Ich bin krank, ich werde sterben,
Herr, erbarm dich unser.

«Liest sich wie der Abschiedsgruß eines Selbstmörders. Obwohl es offensichtlich kein Selbstmord ist. Was bedeutet das? Haben Sie eine Ahnung?»

«Es ist der Schluß eines Gedichts.»

Jury hoffte zumindest, daß es der Schluß war.

«Weil ich die Kathedrale von Southwark sehen wollte», sagte Penny, die scheinbar mühelos mit einem äußerst ungehaltenen Superintendent vom Scotland Yard fertig wurde.

Nachdem Jury ihr von Harvey Schoenberg erzählt hatte, war sie in ihr Zimmer gegangen und hatte die Tür hinter sich zugeschlagen. Dort blieb sie einige Minuten und kam dann mit fleckigem Gesicht zurück, aus dem alle Tränenspuren weggewischt worden waren.

Auch jetzt erwähnte sie Harvey Schoenberg mit keinem Wort, sondern verteidigte ihre Streifzüge durch London. «Ich meine – Scheiße! Wir sind doch keine *Gefangenen*, niemand hat uns festgenommen –»

«Die Kathedrale von Southwark», sagte Jury. «Seit wann hast du solche religiösen Anwandlungen?»

Penny ließ sich neben Melrose Plant auf das Sofa fallen. Daß er jetzt, da sie sich schließlich begegneten, keinerlei Anstalten machte, eine Kostprobe seines schillernden Charmes zu geben, hatte ihre Haltung ihm gegenüber nicht gerade günstig beeinflußt. «Seit der alte Harvey... hören Sie, es tut mir leid, daß er... jedenfalls, seit er mir die Geschichte über die Kirche erzählt hat.» Sie ergriff ein Kissen, schüttelte es auf und stopfte es sich dann mit Schwung in den Rücken, als wollte sie ihre Wut am Mobiliar auslassen.

«Eine Geschichte. Soso. Wenn du eine Geschichte hören willst, dann werde *ich* dir eine erzählen. Ich werde dich ins Kittchen stecken und dir in aller Ausführlichkeit erklären, warum ich nicht möchte, daß du in London allein herumläufst. In den Gassen gibt es genügend Kerle, die kleinen Mädchen die spannendsten Geschichten erzählen –»

«Ich bin kein kleines Mädchen –»

Jury überhörte ihren Einwand und fuhr mit erhobener Stimme fort: «Und vor allem will ich nicht, daß du mit irgendeinem Mitglied dieser Reisegruppe spazierengehst! Ist das klar?»

Sie senkte den Blick und verfiel in ein grimmiges Schweigen.

Jury wiederholte seine Frage: «Ist das klar, Penny?»

Wütend riß sie den Kopf herum und schrie ihn an: «Sie sind nicht mein Vater!»

Ihr Gesicht war rot angelaufen vor Wut, aber sie kam nicht von Herzen.

«Was für eine Geschichte?» erkundigte sich Melrose, als Jury in sein Büro zurückgefahren war.

«Ist doch egal», sagte sie bockig. «Großer Gott, inzwischen sind vier von uns ermordet worden. Und dann ist da noch Jimmy! Was ihm bloß zugestoßen ist?» Sie nahm wieder das Federkissen und drückte es an sich wie einen weichen Panzer. «Ich versuch mir einzureden, er wäre einfach nur abgehauen. Aber bestimmt steckt da noch was anderes dahinter.»

Um sie von diesem höchst unerfreulichen Thema abzulenken und auch, weil er neugierig war, bestand Melrose darauf, daß sie ihm Harveys Geschichte erzählte.

«Oh, sie handelte von diesem Mädchen, Mary Overs. Sie hatte einen Vater namens John, der die Themse-Fähre betrieb; er wurde sehr reich, weil er die einzige Fähre über den Fluß besaß. Aber er war ein alter Geizkragen und außerdem richtig gemein.» An ihrem Daumennagel kauend, drückte sich Penny noch tiefer in ihre Sofaecke. Sie schleuderte die Schuhe von den Füßen. «Dieser John war dermaßen geizig, daß er Mary versteckt hielt, weil er nicht wollte, daß die Männer sie sahen. Sie war nämlich so schön, daß jeder Mann, sobald er sie sah, sich im Nu in sie verliebte.» Penny schnalzte mit den Fingern. «Und wenn sie sich in sie verliebten, hieß das, sie wollten sie auch heiraten, und der alte John hätte für die Mitgift aufkommen müssen. Ihr Daddy beschloß, sich einen Tag lang totzustellen, um das Geld für das Essen ihrer Dienerschaft zu sparen. So geizig war er. Aber alle waren so glücklich darüber, daß er tot war, daß sie sich über das Essen und den Alkohol hermachten und um seine Leiche – oder das, was sie dafür hielten – ein richtiges Fest veranstalteten. Da erhob sich John in seinem Leichenhemd, um die Gesellschaft zu verjagen; sie glaubten natürlich, er sei der Teufel, und durchbohrten ihn mit einem Schwert.» Penny machte eine Bewegung, als wollte sie jemanden abstechen. «Dann war Mary frei. Als aber ihr Geliebter im gestreckten Galopp zu ihr geritten kam, stürzte er vom

Pferd und brach sich das Genick. Die arme Mary war darüber so unglücklich, daß sie Nonne wurde und dieses Kloster gründete, St. Mary Overies –»

«Das dann später die Kathedrale von Southwark wurde.»

Penny sah ihn erstaunt an. «Woher wissen Sie das?»

«Ich bin Lehrer», sagte Melrose achselzuckend.

Ihr Staunen verwandelte sich schnell in Ekel: «Igitt! *Lehrer!* Wie können Sie ein Graf sein und gleichzeitig Lehrer?»

«Ich bin kein Graf», sagte Melrose abwesend. In Gedanken ging er die Einzelheiten des Berichts durch, den ihm Jury über den Mord an Harvey Schoenberg gegeben hatte. Die Sache kam ihm überaus merkwürdig vor; irgend etwas stimmte da nicht.

«Kein Graf?» Penny war entrüstet. «Aber er hat mir erzählt –»

Sie zeigte auf die Tür, durch die Jury (dieser Lügner) gerade eben das Zimmer verlassen hatte.

«Tut mir leid. Ich habe den Titel abgelegt.»

Sein Lächeln galt einer zur Abwechslung sprachlosen Penny. «Aber warum?» brachte sie schließlich hervor.

«Darum.»

«‹Darum› ist keine Antwort. Man hört nicht einfach auf, ein Graf –»

Melrose aber dachte an ein Gespräch mit Harvey. «‹Als Friseure noch Chirurgen waren›», sagte er nachdenklich. «Southwark...»

Doch Penny fand mittlerweile die Kathedrale von Southwark schon genauso langweilig wie Melrose sein Grafentum. «Das bedeutet also, Ihre Frau wird keine – wie heißt das? –, keine Gräfin sein?»

«Gräfin.»

Ihr Gesicht strahlte Verachtung aus. «Sie haben also wahrhaftig auch auf das Recht Ihrer Frau auf einen Titel verzichtet?» Penny angelte sich mit den Zehenspitzen ihren Schuh und versetzte dem seidenen Kissen einen Schlag. «Ihr Egoismus kennt wohl keine Grenzen.»

Melrose, der aufbrechen wollte, nahm seinen Spazierstock und betrachtete ihn aufmerksam. «Also, da ich keine Frau habe, macht das wohl kaum einen Unterschied, oder?»

Sie kaute auf ihrer Lippe herum und sagte schließlich: «Nun, soviel kann ich Ihnen sagen: Wenn jemand, den ich liebe, sterben sollte, würde ich seinetwegen bestimmt nicht ins Kloster gehen.»

31

Es waren nicht so sehr die braunen Augen, der ungepflegte Schnurrbart und die schlaffe Körperhaltung, die Jonathan Schoenberg von seinem Bruder unterschieden – denn die Ähnlichkeit zwischen den beiden war offensichtlich –, sondern seine unterkühlte Art. Harveys überschäumendes Wesen fehlte dem älteren Bruder völlig; er wirkte eher wie abgestandener Champagner.

Sie fanden Jonathan Schoenberg im Britischen Museum. Auf seinen hängenden Schultern schien der Staub der ihn umgebenden Altertümer zu lasten.

«Tot.» Vielleicht lag es an der Umgebung – Sarkophage, ägyptische Büsten –, daß seine Stimme so hohl klang. Dem Mann schien keine passende Bemerkung einzufallen. Obwohl er die Schultern noch mehr hängen ließ, verrieten weder seine Augen noch seine Stimme irgendeine Gefühlsregung. «Ich kann es nicht glauben. Ich habe ihn heute morgen noch gesehen –» Er schüttelte den Kopf.

«Sie haben gemeinsam das Brown's Hotel verlassen?»

Jonathan Schoenberg nickte. «Er wollte nach Southwark, nein, Deptford. Er war besessen von diesem Christopher Marlowe.»

«Ja. Das ist uns bekannt. Hören Sie, vielleicht könnten wir in die Cafeteria hinuntergehen und uns dort unterhalten.» Die Kälte in dem Raum wurde unerträglich. Jury konnte fast schon seinen Atem beschlagen sehen.

Schoenberg saß vor einer Tasse Kaffee und lockerte seine Strickkrawatte. Krawatte und Anzug sahen nicht gerade billig aus, obwohl Jonathan Schoenberg keinen großen Wert auf Kleidung zu legen schien. Man hatte den Eindruck, als drückte der gewiß außergewöhnliche Verstand des Mannes seinen Körper nieder wie ein schweres Gewicht. Neben ihm hätte der arme Harvey beinahe geschniegelt ausgesehen.

«Sie sind Gelehrter, Mr. Schoenberg. War denn irgend etwas dran an dieser Sache, der ihr Bruder nachging, etwas von Interesse?»

«Interesse –?» Schoenberg stieß ein kurzes Lachen aus. «Mein Gott, Superintendent, es war eine völlig absurde Theorie. Worauf wollen Sie hinaus? Daß ihn jemand deswegen umgebracht hat?» Schoenberg betrachtete seine Hände, mit denen er die Knie umschlungen hielt. Allein sein Tonfall verriet die Abwegigkeit dieser Annahme. Er hielt es deshalb auch gar nicht für nötig, Jury oder Wiggins zur Bekräftigung seiner Worte anzusehen.

«Sie glauben also nicht, daß Ihr Bruder irgendwelche Feinde hatte?»

«*Deswegen* bestimmt nicht. Auch sonst ist es kaum vorstellbar, daß jemand Harvey hassen könnte.» Ein Lächeln huschte über sein Gesicht.

Das Lächeln war ungekünstelt. «Gab es zwischen Ihnen irgendwelche Unstimmigkeiten?»

Schoenberg schien überrascht. «Welche Unstimmigkeiten könnte es zwischen uns schon gegeben haben?»

Offensichtlich machte Schoenbergs Gefühlskälte auch Wiggins zu schaffen. Er schob den Hustenbonbon, an dem er gerade lutschte, nach hinten in den Rachen und sagte: «Wissen wir nicht, oder? Deshalb fragen wir.»

Jonathan Schoenberg schien nicht geneigt, Wiggins überhaupt wahrzunehmen. Er richtete also weiterhin das Wort an Jury. «Also gut – Harvey plagte wohl die Eifersucht. Ich war der Begabtere, und unsere Eltern haben mich vorgezogen; ich war derjenige, der immer das größere Stück vom Kuchen abbekam. Harvey hat sehr viel Zeit und Energie darauf verwendet, sich zu beweisen, und ich bin sicher, diese fixe Idee Marlowe und Shakespeare betreffend zielte in dieselbe Richtung.» Er verkündete dies ohne große innere Anteilnahme, während sein Blick über die graubraunen Wände und die trostlose Einrichtung der Cafeteria glitt.

«Haben Sie Ihren Bruder oft gesehen, Mr. Schoenberg?» fragte Jury.

Jonathan schüttelte den Kopf. «Selten.»

«Aber Sie wohnen doch nicht weit auseinander.»

«Das ist richtig.»

«In London haben Sie sich jedenfalls getroffen.»

«Na und? Ich komme mindestens einmal im Jahr hierher, meistens im Sommer.» Er warf seinen Paß auf den Tisch und fuhr ungerührt fort: «Vermutlich wollte er mir sämtliche Beweise zeigen, die er gesammelt hatte.» Er lächelte frostig. «Oder mich damit bloßstellen. Aber in Anbetracht der jüngsten Ereignisse treten Harveys Theorien über Marlowe und Shakespeare ja wohl ziemlich in den Hintergrund – ich meine die Morde an den Mitgliedern dieser Reisegruppe.»

Er warf Jury einen Blick zu, der zu besagen schien, daß dieser seine Zeit mit Nichtigkeiten vergeudete.

Jury nahm den Paß zur Hand und blätterte ihn durch. Die Visa waren in den letzten fünf Jahren fast immer zur selben Zeit ausgestellt worden. Er gab ihn zurück.

«Ich nehme an, Harvey hat Ihnen von den Eigenarten dieses Killers berichtet.» Jury zog seine Kopie des Gedichts aus der Tasche und gab sie Schoenberg. Die betreffende Strophe hatte er angestrichen. «Sergeant Wiggins sagte, Sie hätten das Gedicht erkannt.»

«‹Ein goldner Schimmer in der Luft›... natürlich. Es ist von Nashe. Allein diese Zeile ist schon sehr berühmt.»

«Er schrieb das Gedicht, als die Pest wütete.»

Jonathan stieß wieder dieses kurze, überlegene Lachen aus. «Ja, ich weiß.»

Jury wartete vergeblich, daß Schoenberg fortfahren würde. Er ließ sich das Gedicht wiedergeben und steckte es in die Tasche.

Schoenberg war ungefähr der frostigste Typ, mit dem er jemals zu tun gehabt hatte. Er wurde aus dem Mann einfach nicht schlau.

32

«Armer Harvey», sagte Melrose. «Der verrückte Kerl fing an, mir ans Herz zu wachsen.» Mit einem fast schon nostalgischen Gefühl hatte er Jury und Wiggins von ihren Exkursionen nach Deptford erzählt. Er schob die zusammengehefteten Seiten, in denen er gerade las, beiseite. «Bringt das die Theorie von den schönen Damen nicht ins Wanken?»

«Nett, daß Sie mich daran erinnern», sagte Jury, rieb sich die Augen und lehnte sich auf seinem Stuhl in Plants Salon im Brown's zurück. Vor den drei Männern – Jury, Plant und Wiggins – lag ein Computerausdruck, den ein äußerst frustrierter Computerexperte des New Scotland Yard Harvey Schoenbergs widerstrebendem Ishi abgetrotzt hatte. Schoenberg hatte während seiner Reise mehr als sechzig Seiten eingegeben und vermutlich weitaus mehr zu Hause zurückgelassen.

Jury schob seinen Stapel Papiere beiseite und sagte: «Ich habe das Ganze dreimal durchgelesen und keinen einzigen Hinweis gefunden.»

«Das hab ich nicht gewußt», sagte Wiggins.

«Was?» fragte Jury.

«Wie abstoßend diese öffentlichen Hinrichtungen waren. Er spricht davon, wie die Leute sich an den letzten Zuckungen der Verurteilten ergötzten. Sie haben sogar den Henker aufgefordert, das Herz herauszuschneiden.» Wiggins sah unwohl aus. «Der Henker schlitzte sie noch bei vollem Bewußtsein auf, dann schnitt er ihnen das – ich meine nur, Sir, wie kann jemand noch am Leben sein, wenn –»

«Versuchen Sie es sich lieber nicht vorzustellen, Wiggins», sagte Jury düster.

Melrose hatte gerade die letzte Seite seiner Kopie gelesen und sagte: «Jedenfalls ist die Welt etwas zivilisierter geworden, Sergeant Wiggins. Heutzutage läuft der Mob nur bei Verkehrsunfällen zusammen.»

«Ich würde das, was Schoenberg oder den anderen zugestoßen ist, nicht unbedingt ‹zivilisiert› nennen», meinte Wiggins hartnäckig. «Und damals, zu Marlowes Zeiten, die Pest. Mein Gott, können Sie sich etwas Schrecklicheres vorstellen ...?» Wiggins schauderte.

Jury hob langsam seinen schmerzenden Kopf. «‹Durch

die Lande eilt die Pest›. Könnten Sie bitte diese Strophe vorlesen?» bat er Melrose.

Plant setzte seine Brille auf und las:

«Ihr Reichen trauet nicht dem Geld,
es kann Gesundheit euch nicht kaufen.
Den Körper selbst der Tod schon hält,
da alle Dinge endlich laufen.
Durch die Lande eilt die Pest;
ich bin krank und bald verwest.»

Jury sah Melrose an und sagte: «Als Sie sich mit Harvey unterhielten, war doch die Rede von einer Frau?»

«Ach, ja. ‹Das war in einem andern Land. Und außerdem, die Dirn' ist tot›.»

Jury, der seinen eigenen Gedanken nachhing, sagte zu Wiggins: «Wiggins, da war was dran an dem, was Sie sagten. Die öffentlichen Hinrichtungen. Das Aufschlitzen der Körper. Daß das, was mit den Opfern geschah, kaum zivilisierter war als damals.»

Jury erhob sich. Der Gedanke, den er in Racers Büro noch nicht hatte formulieren können, war jetzt greifbar geworden. «Wir haben uns nur auf diese eine Strophe konzentriert – diejenige, die der Mörder hinterlassen hat – und dabei den Inhalt des ganzen Gedichts außer acht gelassen.» Jury ging auf die Tür zu.

«Wohin gehen Sie, Sir?»

«Zu James Farraday. Ich muß blind gewesen sein. Ich habe die einzige wirklich wichtige Person vernachlässigt.»

Melrose setzte die Brille ab. «Ich kann nicht folgen. Welche einzige wichtige Person?»

«Ihre Mutter», sagte Jury.

«Nell?» sagte James Farraday. «Was ist mit ihr?» Er saß in dem eleganten Speisesaal des Brown's und trank einen Whisky, bestimmt nicht seinen ersten. «Ich verstehe nicht.»

«Erzählen Sie mir, was Sie über sie wissen, Mr. Farraday», sagte Jury.

«Aber sie ist doch tot.» Farraday steckte sich eine schwarze Zigarre in den Mund, vergaß aber, sie anzuzünden.

«Das ist mir bekannt. Penny sagte, ihre Mutter sei an ‹Auszehrung› – wie sie das nannte – gestorben. Was für eine Krankheit es eigentlich war, hat sie nicht gesagt. Ich glaube, sie wußte es nicht. Können Sie mir das sagen?»

Farraday ließ sich sehr viel Zeit mit der Antwort: «An einer Geschlechtskrankheit.» Er machte eine Pause. «Syphilis.» Er schien nicht zu wissen, wohin er blicken sollte, zum Fenster hinaus oder auf sein Whiskyglas. «Und das ist nicht gerade etwas, was man Kindern erzählt, oder?»

«Nein.»

«Nell war ein dummes junges Ding vom Land. Sie hat zu lange gewartet, Sie verstehen? Als der Arzt es mir sagte, war es bereits zu spät.» Endlich zündete er sich seine Zigarre an. «Sie mußte ins Krankenhaus. Das heißt, es war eher eine Art Sanatorium. Alles, was sie noch tun konnten, war, es ihr so angenehm wie möglich zu machen. Angenehm! Die Hölle war es. Haben Sie schon einmal einen an Syphilis Erkrankten gesehen?»

«Was haben Sie Penny und Jimmy erzählt?»

«Na, einfach nur, daß sie gestorben ist.»

‹Einfach nur›. Jury fand es merkwürdig, daß der Tod der Mutter so beiläufig abgetan worden war. «Und wie hat sie die Syphilis bekommen, Mr. Farraday?»

«Sie glauben, durch mich, stimmt's? Aber ich war es nicht, Superintendent. Sie hat mit jedem geschlafen. Hören

Sie, als ich Nell Altman traf, war sie drauf und dran, ihr Geld auf der Straße zu verdienen; die beiden Kinder hatte sie auch am Hals. Gedankt haben sie es mir nicht, das kann ich Ihnen sagen –»

Das klang weniger nach Selbstmitleid als nach dem Versuch, Zeit zu gewinnen, dachte Jury. «Als Sie von der Syphilis erfuhren, müssen Sie doch Fragen gestellt haben –»

«Ob ich sie gefragt habe – Sie sind vielleicht komisch. Ich habe, verdammt, eine Menge Fragen gestellt. Aber sie hat sie mir nicht beantwortet. Sie kannten Nell nicht. Großer Gott, sie war der Eigensinn in Person.»

«Wenn sie Ihnen nichts gesagt hat, woher wollen Sie dann wissen, daß sie mit jedem geschlafen hat?» Jury verspürte ein unerklärliches Verlangen, den Leumund dieser Frau zu verteidigen. «Es konnte doch auch ihr Mann gewesen sein, der –»

«Mann? Es hat nie einen gegeben.»

«Also gut. Nennen Sie diesen Herrn, wie Sie wollen –»

«Ich werde diesem verfluchten *Herrn* schon die passende Bezeichnung geben. Ein Hurensohn war er!» Farraday beugte sich über den Tisch und ließ Jury in den Genuß seiner Whiskyfahne kommen. «Der Kerl war geschlechtskrank und hat ihr nichts davon gesagt.»

«Vielleicht wußte er auch nichts davon.»

«Vielleicht wußte er es aber doch, Mister! Vielleicht wollte er sie nicht damit *belästigen*. Vielleicht wollte er sich den Ärger ersparen.»

«Was passierte Ihrer Meinung nach mit dem Vater?»

Farraday zuckte die Achseln. «Weiß der Himmel. Ich nehme an, er hat sich aus dem Staub gemacht. Sie hat ihn nie erwähnt, und ich habe sie nie nach ihm gefragt.» Farraday fuhr sich mit der Hand übers Gesicht. «Das arme Luder hat mit allen gepennt und hatte keine Ahnung von Männern.»

«Sie hat mit allen geschlafen, nur nicht mit Ihnen, war es das?»

Farraday schwieg einen Moment lang. Dann sagte er: «Ich hatte vor, sie zu heiraten. Ich meine, bevor ich erfuhr...» Ihm versagte die Stimme.

Wie großmütig, dachte Jury, irritiert über seinen unprofessionellen Ärger.

Doch der Ärger verflog, als Farraday niedergeschlagen fortfuhr: «Aber sie wollte mich nicht haben. Fragen Sie mich nicht nach dem Vater, dem Mann oder sonstwem. Sie kam aus irgendeinem gottverlassenen Kaff in West Virginia. Sie kennen vielleicht die Sorte: Sie blinzeln einmal, und schon haben Sie den Ort verpaßt. Er hieß Sand Flats oder so ähnlich. Der einzige Angehörige, den ich gesehen habe, war ihr Dad; der kam, um sie anzupumpen –» Farraday hob sein Glas, als wollte er Jury zuprosten; die Geste galt indessen dem Kellner, der aus dem Nichts herbeigeschwebt zu sein schien. «Sagen Sie mal, gibt's hier keinen guten alten Kentucky Bourbon?»

«Keinen Kentucky. Nur Tennessee Sour Mash. Wäre der Ihnen genehm, Sir?»

Farraday nickte, und der Kellner verschwand. «Nell hatte ein weiches Herz. Ich hätte das vorhin nicht sagen sollen, ich meine, daß sie dumm war. Nell war nicht dumm. Ganz und gar nicht. Gutgläubig ist das richtige Wort. Wenn jemand etwas von ihr wollte, bekam er es. Wie diese traurige Gestalt von einem Vater –»

«Wie hieß er?»

Verwirrt sah Farraday von seinem Teller auf. Er hatte das Essen nicht angerührt, sondern nur darin herumgestochert. «Wie er hieß?»

«Ich meine, hieß er Altman? Benutzte Nell Altman ihren Mädchennamen?»

Er überlegte kurz. «Ich glaube ja. Sie müssen verstehen, Nell hat nie viel über sich erzählt –»

«Fahren Sie fort.»

«Penny ist genau wie sie. Sieht aus wie sie und benimmt sich auch wie sie. Oh, Penny hat nur eine harte Schale, aber innendrin ist sie weich wie Kartoffelbrei. Und dieser Jimmy – wo hat der bloß seinen Verstand her? In der Schule hat er den bestimmt nicht geschärft. Ich wollte ihn auf eine Privatschule schicken – nun, eigentlich war das Amelias Idee.» Er fuhr sich mit der Serviette übers Gesicht, als wollte er verstohlen die aufsteigenden Tränen trocknen. «Aber Jimmy gefiel es weder an privaten noch an öffentlichen Schulen. Wir witzelten immer darüber: ‹Die Schule ist noch nicht erfunden, die einen Jimmy Farraday halten kann.› Amelia hätte natürlich am liebsten alle drei in ein Internat gesteckt. Bei Honey Belle war das egal; sie hätte jede Schule in ein Tollhaus verwandelt. Penny ist anders. Die Kleine redet gern so, als käme sie direkt aus der Gosse, aber ich glaube, das tat sie aus Loyalität...»

«Warum wollte Nell Altman Sie nicht heiraten?»

Farraday starrte einen Augenblick in sein fast leeres Glas, bevor er antwortete. «Weil sie mich nicht geliebt hat, darum. Nell hätte niemals jemanden des Geldes wegen geheiratet. Es hat keinen Sinn, so zu tun, als wären Amelia und ich verliebte Turteltäubchen gewesen. Wir hatten jede Menge Probleme. Die Scheidung lag in der Luft, ja sie war im Grunde unausweichlich.»

«Das wußte ich nicht.»

«Amelia auch nicht», sagte Farraday leise. «Vielleicht ist es nicht besonders klug von mir, Ihnen das zu erzählen, nach allem, was geschehen ist.»

Jury lächelte. «Mr. Farraday, wenn jeder Mann, der sich scheiden lassen will, statt dessen seine Frau umbringen würde, hätte die Polizei alle Hände voll zu tun. Außerdem würde es nicht die anderen Morde erklären.»

«Verzeihen Sie. Ich denke nicht mehr klar.»

«Klar genug. Erzählen Sie weiter.»

«Glauben Sie mir, ich würde alles geben, um die Morde an Amelia, Honey Belle und den anderen ungeschehen zu machen. Sie halten mich vielleicht für ziemlich kaltblütig, aber ich versichere Ihnen, ich würde wirklich alles geben, und ich besitze einiges. Aber wenn ich ganz ehrlich bin –» er verstummte und sah Jury beinahe flehentlich an – «es mag brutal klingen...»

«Die Wahrheit ist oft brutal.»

«Am meisten tut es mir um Jimmy leid. Und um Penny. *Noch* ist ihr nichts zugestoßen –»

Seine Stimme hatte einen eisigen Klang angenommen.

«Wir werden Jimmy finden», sagte Jury mit einer Überzeugung, die nicht von Herzen kam. Aber der Mann hatte eine Menge durchgemacht. «Was Penny betrifft, so habe ich ihr befohlen, das Hotel nicht ohne Begleitung zu verlassen.»

Farraday rang sich ein Lachen ab. «Penny hat sich noch nie von irgend jemandem etwas befehlen lassen.»

«Doch. Von mir», sagte Jury lächelnd und erhob sich. «Im übrigen denke ich, daß wir der Lösung ein wenig nähergekommen sind. Zumindest habe ich jetzt das Motiv gefunden. Nell – das ist doch ein Kosename. Hieß sie nicht eigentlich Helen?»

«Helen. Ja, richtig. Wie kommen Sie darauf?»

«Ach, nur eine Eingebung», sagte Jury und verabschiedete sich.

33

Als James Carlton nach einem langen Marsch endlich auf eine Straße gelangt war, dämmerte es bereits. Er trug noch immer die Katze, und aus Angst, sie könnte unter ein Auto kommen, setzte er sie auch jetzt nicht ab. Nach einer Weile querte die Straße den breiten Fluß, den er von seinem Gefängnis aus hatte sehen können.

Plötzlich hielt ein Wagen neben ihm, und ein Mann im blauen Monteuranzug kurbelte das Seitenfenster herunter.

«So früh schon auf den Beinen, junger Mann, und noch dazu mit einer Katze auf dem Arm. Wo soll's denn hingehen?»

«In die nächste Stadt. Zur Polizei. Ich bin entführt worden.»

«Soso», schmunzelte der Mann. «Dann immer hereinspaziert.»

Als James Carlton eine Viertelstunde später das Polizeirevier von Georgetown, Washington, D.C., betrat, sah der diensthabende Beamte, ein gutaussehender schwarzer Polizist, mit einem strahlenden Lächeln von seinem Schreibtisch auf.

James Carlton hatte schon immer gewußt, daß die Polizei ein Herz für vermißte Kinder und Tiere hatte, und sprudelte ohne Umschweife los: «Ich heiße James Carlton Farraday, und mein Vater – ich meine, mein Stiefvater – ist James C. Farraday. Er ist zur Zeit in Stratford-upon-Avon. Das liegt in England. Und ich bin vor fünf Tagen gekidnappt worden.»

Im Lauf seiner Erzählung wechselte der Ausdruck auf dem Gesicht des Polizisten von nachsichtiger Verwunderung zu ungläubigem Erstaunen. Dennoch machte er sich sorgfältig Notizen. Schließlich sagte er vorsichtig, James Carlton sei wirklich ein sehr tapferer Junge, und seine Geschichte sei gewiß aufregend und romantisch, aber... Und hier wurde er von einem tödlich beleidigten James Carlton unterbrochen.

«Daran ist überhaupt nichts *Romantisches*. Wenn Sie mir nicht glauben, der Beweis steht auf der Rückseite eines Bildes in dem Haus da hinten.» Er deutete vage in Richtung des Potomac. «Ich war fünf Tage lang gekidnappt und diese Katze hier auch –» Er hielt sie hoch, um zu zeigen, wie eine gekidnappte Katze aussah.

Den Tränen so nahe wie noch nie in seinem Leben, fügte James Carlton lauter als notwendig hinzu: «Haben Sie in dem Knast hier vielleicht so etwas wie Jell-O?»

34

Im Brown's ließ Jonathan Schoenberg Jury, Wiggins und Melrose Plant in sein Zimmer treten, ohne großes Interesse dafür zu bekunden, warum die Polizei ihn schon wieder sprechen wollte, oder warum sich eine Privatperson in ihrer Begleitung befand.

«Wir haben da noch ein paar Fragen, Mr. Schoenberg», sagte Jury im Stehen, während sich die anderen setzten, Schoenberg auf seinen früheren Platz auf dem Sofa, Plant und Wiggins in bequeme Ohrensessel. Das Hotel war bei der Möblierung der Zimmer nicht knickerig gewesen.

«Diese Bitterkeit im Verhältnis zwischen Ihnen und Ihrem Bruder –»

«Harvey war der Verbitterte, Superintendent.»

«Mag sein. Ich habe mich nur gefragt, ob da nicht noch etwas anderes hineinspielte, Frauen vielleicht?»

Jonathan schien überrascht. «Frauen?»

«Vielleicht nur eine Frau –»

Schoenberg lachte. «Hören Sie, sollten Sie nicht besser Fragen stellen, die auch etwas mit dem Mord an Harvey zu tun haben?»

«Ich denke, diese Frage hat damit zu tun. Sie waren nie verheiratet?»

«Was, zum Teufel –» Er zuckte die Achseln. «Nein. Wieso sich fürs ganze Leben an eine einzige Frau binden? Man muß nicht erst heiraten, um eine Frau zu bekommen.» Er lehnte sich zurück und löste den Knoten seiner Krawatte, als würde bereits die ihn in seiner Freiheit einschränken. «Ich bin der Frau, die es wert wäre, noch nicht begegnet.»

Jury sah an ihm vorbei zum Fenster. Draußen wurde es langsam dunkel, und die Schatten ließen die Umrisse der Stühle und Tische verschwimmen. «Dachte Harvey da ähnlich?»

«Harvey? Woher soll *ich* das wissen?»

«Und dann wäre noch zu klären: Wieso die anderen drei Morde.»

«Sie haben es anscheinend mit einem blutrünstigen Psychopathen zu tun, Superintendent.» Schoenberg zündete sich an seinem Zigarettenstummel eine neue Zigarette an.

«Das glaube ich nicht.» Er machte eine Kopfbewegung zu Melrose hin. «Mr. Plant kennen Sie bereits. Er hat da eine interessante Theorie –»

«Es wäre mir lieber, Scotland Yard unternähme etwas, anstatt herumzutheoretisieren.»

«Der Tod Christopher Marlowes –» begann Melrose.

Weiter kam er nicht, denn Schoenberg unterbrach ihn unter schallendem Gelächter.

«Hat Harvey Sie angesteckt?»

«Gewissermaßen. Aber haben Sie etwas Geduld.»

Schoenberg machte eine großmütige Geste mit der Hand. «Schießen Sie los. Ich dachte, ich hätte bereits alle Einzelheiten über Marlowes Tod gehört.»

Plant lächelte verbindlich. «Angenommen, Motiv und Gelegenheit wären vorhanden, dann hätten Sie genug gewußt, um den Mord an Ihrem Bruder wie den an Marlowe aussehen zu lassen.»

«Aber es gibt kein Motiv, und sofern Sie nicht davon ausgehen, daß ein anderer die übrigen Morde begangen hat – ich war in den Vereinigten Staaten. Ein Dutzend Leute können das bezeugen.»

«Davon bin ich überzeugt», sagte Jury.

Schoenberg sah ihn an.

«Wissen Sie», sagte Melrose, «die Geschichte, die sich um Nashe rankt, ist äußerst interessant.»

«Kann ich nicht behaupten, aber Sie werden mir bestimmt erklären, auf was Sie hinauswollen.»

«Ja. Zum einen gibt es zu Marlowes Tod eine sehr interessante These; eine, die Ihr Bruder seltsamerweise nicht erwähnt hat.» Melrose hielt den Computerausdruck hoch. «Steht alles hier drin.»

«Soso. Und was steht drin? Der Name des Mörders?»

Plant fuhr ungerührt fort: «*Ursprünglich* hieß es, Marlowe sei im Jahre 1593 an der Beulenpest gestorben. Interessant ist, daß im Lauf der folgenden fünfzehn Jahre nur die *Feinde* Marlowes die Geschichte, derzufolge er in einem Gasthof in Deptford erstochen worden sein soll, verbreitet haben. Seine Freunde haben nie daran geglaubt. Im Bericht des Leichenbeschauers war von einem Christopher Morley die Rede. Nun war Morley ein ziemlich häufiger Name. Es war wegen der damaligen Vielfalt von Schreibweisen fürchterlich kompliziert, Dokumente zu identifizieren. Shakespeare selbst hat seinen Namen verschieden –»

Schoenberg rutschte ungeduldig auf dem Sofa hin und her. «Mein Gott, ich weiß, daß es unterschiedliche Schreibweisen gab; seit Jahren lehre ich dieses Zeug.»

«Gelegentlich unterschrieb Marlowe mit ‹Morley› – aber nur bis zu einem bestimmten Zeitpunkt, danach nie wieder. Später benutzte er den Namen ‹Marley› oder eine andere Variante von ‹Marlowe›. Es gab jedoch einen *anderen* ‹Christopher Morley›, der zufällig ein Agent war und zwischen England und den Niederlanden hin- und herpendelte. Was die anderen betrifft: Robert Poley – einer der drei Beteiligten – war angeblich an dem Tag, an dem Marlowe starb, in Den Haag. Das bedeutet, er muß heimlich nach Deptford gekommen sein. Es gab auch *zwei* Nicolas Skeres – mindestens zwei –, und im Bericht des Leichenbeschauers steht der Name ‹*Francis* Frazir›. Nicht Ingram Frazir –»

Nun ließ Schoenberg seinem Ärger freien Lauf: «Was zum Teufel hat das alles mit Harvey zu tun?»

«Wenn Sie mich einmal ausreden ließen.» Melrose zündete sich eine seiner dünnen Zigarren an. «Es ist durchaus möglich, daß dieser Mann, von dem seine Feinde behaupten, er sei Christopher Marlowe, mit der in dem Gasthaus in Deptford Strand getöteten Person nicht identisch ist. Und daß Marlowe in der Tat an etwas anderem gestorben ist.»

«Sechzehn Geschworene haben die Leiche identifiziert», beharrte Jonathan.

Melrose lächelte. «Sie haben eine Menge von Ihrem Bruder gelernt. Die Identifizierung dürfte jedoch ziemlich schwierig gewesen sein, da das Opfer die Dolchstiche ins Gesicht bekommen hat.»

«Warum ist Marlowe dann nicht auf den Plan getreten und hat sie aufgeklärt?» Schoenberg schien gegen seinen Willen fasziniert.

«Ganz einfach. Eine politische Intrige. Man hatte ihm befohlen, nicht in Erscheinung zu treten.»

«Und dann von den Toten aufzuerstehen?»

«Christopher Marlowe könnte Selbstmord begangen haben. Gründe genug gab es. Das Gefängnis von Newgate. Den Tod Tom Watsons. Den Verrat durch seinen besten Freund Walsingham. Marlowe muß ein äußerst verzweifelter junger Mann gewesen sein. Ein Selbstmord scheint mir durchaus im Bereich des Möglichen gelegen zu haben.»

Schoenberg hob die Hände. «Hervorragend. Sie haben also Christopher Marlowes Tod aufgeklärt. Würden Sie mir jetzt freundlicherweise verraten, was das mit Harvey zu tun hat? Wollen Sie damit andeuten, mein Bruder habe Selbstmord begangen?»

Melrose hob spöttisch die Brauen. «Haben Sie denn nicht begriffen, alter Junge? Die Leiche wurde nicht richtig identifiziert.»

«Ein fehlendes Motiv ist immer das größte Problem», sagte Jury in das nach Plants abschließender Feststellung entstandene Schweigen hinein. «Solange wir das Motiv nicht kannten, gab es zwischen den Morden keine Verbindung. Nell Altman schuf diese Verbindung. Ich glaube aber nicht, daß Farraday der Mann war, der sie ins Unglück gestürzt hat. Ihr Bruder war es, stimmt's?»

Schoenberg schien mit großem Interesse das Muster des Teppichs zu studieren. Als er schließlich zu sprechen anfing, klang seine Stimme völlig verändert. «*Farraday* hat sic rausgeschmissen, oder? Und sie in diesem verfluchten Krankenhaus verrecken lassen –»

«‹Das war in einem andern Land. Und außerdem, die Dirn' ist tot›», zitierte Plant.

«Eine meisterhafte Leistung, Harvey», sagte Jury. «Sie sollten Schauspieler werden. Das einzige Problem waren die Augen, nicht wahr? Beinahe die gleiche Körpergröße. Dann nur die Schultern etwas hängenlassen, ein Schnurrbart läßt sich ankleben. Mit dem Rasiermesser kann man dann das Massaker veranstalten und gleichzeitig Jonathan den Schnurrbart abnehmen. Ziemlich makaber, dauert aber kaum eine Minute. Und mit Hilfe von Kontaktlinsen lassen sich graue Augen ganz einfach in braune verwandeln. Aber die Augenfarbe Ihres Bruders konnten Sie nicht verändern. Dieses ganze Material über Marlowes Tod haben Sie zusammengetragen, um den Mord zu imitieren und uns auf eine falsche Fährte zu locken. Sie brachten sogar Jonathan in Verdacht, der, wie Sie sagten, jedes Detail kannte. Sie müssen Ihren Bruder ziemlich genau beobachtet haben, um Haltung und Stimme so gut nachahmen zu können. Haben Sie Tonbandaufzeichnungen gemacht?»

Harvey Schoenberg trat der Schweiß auf die Stirn. Er zerrte an der Strickkrawatte wie ein Erstickender.

«Sie mögen keine Krawatten, nicht?» sagte Melrose Plant. «Sie haben auch die ganze Zeit an ihren Fliegen herumgefingert. Ich muß schon sagen, Harvey, *mich* zu diesem Abendessen mit Ihrem Bruder einzuladen, war wirklich bravourös. Denn Sie mußten zusammen von jemandem gesehen werden, der Sie kannte. Um noch einmal auf Thomas Nashe zurückzukommen, Harvey. Das war Ihr Fehler. Sie hätten zugeben sollen, daß Sie das Gedicht kannten, denn Thomas Nashe war ein guter Freund von Marlowe und einer seiner größten Bewunderer. Er hat einmal gesagt, er kenne keine göttlichere Muse als Christopher Marlowe. Zusammen haben sie die *Dido* geschrieben. Es liegt also auf der

Hand, daß jemand, der einfach alles über Marlowe wußte, auch dieses berühmte Gedicht hätte kennen müssen.»

Wiggins zog die Fotokopie eines Dokuments aus der Tasche, räusperte sich und las: «James Carlton Altman, geboren im Juni 1974 in St. Mary, Virginia. Der Name des Vaters wird mit Jonathan Altman angegeben.» Wiggins betrachtete Harvey Schoenberg so unbeteiligt wie eine Fliege unter dem Mikroskop.

«Wo ist Jimmy Farraday, Harvey?» fragte Jury.

Plötzlich schien Harvey aus seiner Lethargie zu erwachen. «*Altman*, wollen Sie wohl sagen. Jimmy Altman –» Er verstummte und studierte wieder den Teppich.

Als ihm das Schweigen zu lange dauerte, fuhr Jury fort: «Ich weiß, daß Jimmy sich irgendwo in der Nähe von Washington, D.C., befindet. Die Concorde braucht nur vier Stunden dorthin. Sie konnten ihn an ein und demselben Tag hinüberbringen und selbst wieder zurückfliegen, ohne daß jemand etwas bemerkt hätte. Jimmy verschwand ja des öfteren, und niemand kontrollierte das Kommen und Gehen der anderen. Die Polizei von Stratford hat bereits Ihr und Jimmys Bild durchgegeben. Die Maschine startet vormittags um elf Uhr fünfundvierzig in London und landet vormittags um elf Uhr in Washington. Zwei Stunden später fliegt eine andere Concorde vom Dulles Airport in Washington zurück. Mindestens zwei Besatzungsmitglieder der ersten Maschine erinnern sich an einen schlafenden Jungen und seinen Vater. Wir haben uns bereits mit der Polizei in Washington und in Virginia in Verbindung gesetzt.»

Harvey hatte den Kopf immer weiter auf die Brust sinken lassen wie jemand, der langsam einnickt; schließlich stützte er ihn in die Hände. Leise fuhr Jury fort: «Hören Sie, Harvey. Wir können die ganze Geschichte auch allein zusammenflicken, aber es würde jede Menge Nähte geben. Sie haben das alles wegen Nell Altman getan, weil sie von Jonathan getäuscht, betrogen und – wie ich vermute – verführt worden ist... Und dann dachten Sie, Farraday hätte sie vollends zugrunde gerichtet. Sie haben sie geliebt.»

«Ja, verdammt, ich habe sie geliebt!» Endlich richtete Harvey sich auf. «Jonathan hat sie mir genommen, genau wie alles andere auch. Ich kannte Helen – damals war Penny noch ein Baby –, und ich wollte sie heiraten, aber dann tauchte Jonathan auf, dieser Scheißkerl. Er hat sie benutzt, wie alle Frauen. Arme Helen...» Harvey stützte den Kopf wieder in die Hände.

«Aber diese Vendetta gegen Farraday –» mischte sich Wiggins ein.

«Er ließ sie krepieren, verdammt noch mal! Soviel kann ich Ihnen sagen: Ich wollte, daß auch er mal erfährt, wie das ist. Und die beiden waren ohnehin *Schlampen*... Ich hatte schließlich einen Privatdetektiv beauftragt, Helen zu suchen – nachdem sie mit dem Baby abgehauen war. Aber erst nach Jahren.» Es entstand eine lange Pause. «Und ich hatte zu lange gewartet. Sie war tot.»

«Sie war todgeweiht, Harvey. Sie hat sich von irgend jemandem die Syphilis geholt», sagte Plant.

«Bestimmt von Farraday.»

Jury schüttelte den Kopf. «Nein. Wohl nicht. Aber was hatte Gwendolyn Bracegirdle mit James Farraday zu tun?»

«Nichts. Sie redete nur zuviel. Und sie hatte einen Blick für Gesichter. Sie fing immer wieder damit an, wie sehr Jimmy mir ähnelte – genauer gesagt, Jonathan ähnelte, doch das wußte Gwen nicht. Solange *sie* da war, konnte ich meinen Plan nicht durchführen. Ich mußte sie zum Schweigen bringen.»

«Und was hatten Sie mit Penny Farraday vor?» fragte Wiggins.

Harvey sah ihn verdutzt an. «Mit ihr vor? Glauben Sie, ich hätte Penny etwas angetan? Sie ist Helens *Tochter*!» Er lehnte sich zurück und wischte sich den Schweiß von der Stirn. «Gar nichts. Mit Jimmy ist das etwas anderes. Zwischen Jimmy und mir hat es gefunkt. Zu Jimmy hätte ich eine Beziehung aufbauen können. Ich mußte ihm natürlich ein Schlafmittel geben. Von Stratford nach Heathrow habe ich einen Mietwagen genommen, dann ging's ins Flugzeug. Der Junge hat vielleicht geschlafen, das können Sie mir glauben. Einmal ist er im Flugzeug aufgewacht und hat sich eine Weile den Film angesehen.» Harvey lachte vergnügt, als hätte er alles außer Jimmy Farraday vergessen. «Der Junge hat unglaublich viel Phantasie. Er war wie Helen –» Plötzlich schien er aus seinem Traum zu erwachen. «Ich mußte ihm noch eine Spritze geben», fuhr er fort und rieb sich mit den Händen durch das Gesicht, als hätte er selbst lange geschlafen. «Er ist in meinem Haus in Virginia. In der Nähe des Potomac. Das Haus habe ich gekauft, als ich diesen kleinen Plan ausheckte. Ein altes Haus mitten im Wald, und es hat ein Zimmer hoch oben unter dem Dach mit einem Gitter vor dem Fenster. Wie ein Schlößchen. Wie geschaffen für ein Kind. Der Mann, der dort lebt und es instand hält, ist ziemlich einfältig. Macht ja nichts. Man zahlt eben, und wenn man genügend zahlt, dann tun die Leute, was man ihnen sagt. Als ich mit Jimmy dort ankam, habe ich dem Mann erklärt, der Junge sei krank und dürfe auf keinen Fall das Zimmer verlassen; er solle ihm nur genügend zu essen geben, ich käme in ein paar Tagen zurück...» Sein Blick glitt leer über sie hin.

«Ich glaube, Sie haben Ihren Claudius doch gefunden», sagte Melrose.

Harvey Schoenberg antwortete nicht.

«Übernehmen Sie den Rest, Wiggins», sagte Jury und erhob sich.

35

James Carlton Farraday stand auf dem Dulles Airport neben dem großen schwarzen Polizisten, den er spätestens dann ins Herz geschlossen hatte, als er losgezogen war und ihm und der Katze Jell-O besorgt hatte.

«Ich hab's ihm gesagt, Miss», wandte sich Sergeant Poole an die Stewardess. «Aber er glaubt mir nicht.» Sergeant Poole spähte in den Katzenkorb. Das Tier, das sich seiner Sonderstellung ebenso bewußt war wie James Carlton, leckte sich genüßlich das Fell.

Die junge Dame in der Uniform der British Airways kniete nieder und wiederholte freundlich: «Es tut mir leid, mein Junge, aber das Vereinigte Königreich erlaubt wirklich keine Einfuhr von Tieren.»

James Carlton seufzte. «Also, das ist doch das Blödeste, was ich je gehört habe. In England laufen mehr Katzen herum als sonstwo. Wollen Sie mir weismachen, daß die alle dort geboren wurden?»

Die Stewardess warf Sergeant Poole einen verzweifelten Blick zu. Doch der schüttelte nur lächelnd den Kopf und zuckte die Achseln. Er schien zu wissen, wann er geschlagen war.

Die junge Dame fuhr in beruhigendem Ton fort: «Es ist allerdings nicht so, daß keine Tiere hineindürfen –»

Jetzt kommt schon wieder eine dieser Lügen, dachte James Carlton, und studierte die Gesichter der Leute, die mit ihm darauf warteten, an Bord der Maschine zu gehen. Er wollte möglichst schnell entscheiden, neben wen er sich auf keinen Fall setzen würde.

«...es gibt nämlich Quarantänebestimmungen. Die Katze müßte neun Monate in Quarantäne sein, verstehst du...»

«Was für eine blöde Bestimmung. Diese Katze hat weder die Tollwut noch sonstwas. Glauben Sie mir, sie und ich waren fünf Tage lang gekidnappt; ich müßte das also wissen. Können Sie sich überhaupt vorstellen, was das arme Tier durchgemacht hat?»

Natürlich konnte die geplagte junge Dame das nicht. «Ich habe die Bestimmungen nicht gemacht, James.» Und mit diesen Worten tat sie etwas äußerst Ungebührliches, zumindest in James Carltons Augen: Sie heftete ein Schildchen an seinen Pullover und strich mit der Hand darüber.

Ein Schild? Er verrenkte den Hals, um es sehen zu können: Sein Name und Flugziel standen darauf. Diese Art von Bemutterung brachte ihn dermaßen auf, daß er seine gute Kinderstube vergaß. «Zum Donnerwetter! *Das* werde ich nicht tragen! Ich weiß genau, wer ich bin und wohin ich will!» Er riß das Schild ab und gab es ihr zurück.

Die arme Stewardess war ganz blaß im Gesicht und offensichtlich mit ihrem Latein am Ende. «Wir wollen doch bloß sichergehen, daß du nicht –» in dem Moment, als sie das Wort sagte, hätte sie sich auch schon am liebsten auf die Zunge gebissen – «verlorengehst.»

Sergeant Poole brach in schallendes Gelächter aus.

Als Jimmy Farraday abends um neun Uhr fünfundfünfzig in Heathrow landete, war schwer zu sagen, wer von den Farradays – Penny oder ihr Stiefvater – über das Wiedersehen glücklicher war.

Farraday versuchte es zunächst auf die männliche Tour – Zigarre im Mund und schulterklopfend –, aber dann schloß er ihn in die Arme. Penny tat ihre Freude kund, indem sie einen Schwall von Kraftausdrücken von sich gab und ungeschickt mit den Zigaretten herumhantierte, die Jury ihr zugesteckt hatte.

James Carlton streckte Jury die Hand entgegen. «Sehr erfreut», sagte er.

«Ganz meinerseits», sagte Jury und empfand zum erstenmal seit Tagen wirkliche Freude.

James Carlton Farraday, der die Vergangenheit mit ihren leidvollen Prüfungen sofort zugunsten der Gegenwart vergessen hatte, wandte sich im Ton eines Mannes, der keine Widerrede duldet, seiner Schwester zu.

«Achte auf deine Sprache, Penny. Ich habe dir immer gesagt, die Leute beurteilen dich danach.» Und dann: «Wir haben übrigens eine neue Katze. Ich durfte sie allerdings nicht mitnehmen. Und sie haben da so einen Film im Flugzeug gezeigt – ich könnte schwören, daß ich den schon mal gesehen habe –»

«Ach ja? Wie hieß er denn?»

«*Vermißt*», sagte James Carlton. «War irgendwie doof. Aber Sissy Spacek hat mitgespielt.»

Dritter Teil

Stratford

«Ein goldner Schimmer
in der Luft»

Thomas Nashe

36

«Der Computerfritze», wiederholte Sam Lasko und schüttelte ungläubig den Kopf. «Nicht zu fassen. Er machte einen so unscheinbaren Eindruck.»

Lasko und Jury saßen in Stratford auf der Polizeiwache. «Dem hätte ich keinen Gebrauchtwagen abkaufen wollen», sagte Jury. «Er hat alles von langer Hand geplant.»

«Du scheinst dich aber nicht sonderlich zu freuen.»

«Nein. Sollte ich das?»

«Ich meine darüber, daß du den Fall gelöst hast. Ich habe ernsthaft geglaubt, es sei einer von den Schizos, die nichts Besseres mit ihrer Zeit anzufangen wissen.»

Jury lächelte. «Du hast eine Art dich auszudrücken, Sammy...»

Lasko zuckte die Achseln. «Na, du weißt schon, was ich meine. Jedenfalls war ich sehr traurig, daß du uns verlassen mußtest.» Lasko setzte wieder seine gewohnte Trauermiene auf.

«Ach wirklich, Sammy?»

«Woher hatte Schoenberg denn den Paß?»

«Aus den Staaten. Er hatte den Privatdetektiv auch damit beauftragt, ein Schulfoto von Jimmy zu beschaffen, eines von den kleinen, die sie zu solchen Zwecken drüben machen. Genau das richtige Format für einen Paß. Danach brauchte er noch eine Geburtsurkunde, die er ganz einfach bekam, indem er sich als Jimmys Vater ausgab. Außer Jonathan war er der einzige, der den Namen auf der Urkunde kannte.»

«Und dann hat er den Kleinen in die Staaten verfrachtet...» Lasko seufzte. «Warst du schon einmal –?»

«Nein, Sammy. Aber Penny Farraday ließ mich fast mit der Hand auf der Bibel schwören, daß ich sie demnächst besuchen werde.»

Lasko schüttelte den Kopf. «Ich kann es noch immer nicht glauben. Dieser Schoenberg, was er alles inszeniert hat –»

«Der Mann war besessen, Sammy. Er hat seit Jahren nichts anderes getan, als diese Morde zu planen.»

«Mein Gott. Diese Nell Altman muß ihn völlig aus der Bahn geworfen haben.»

«Allerdings.» Jury steckte seine Zigaretten ein und stand auf. «‹Staub legt sich auf Helens Auge›. Bis dann, Sammy.»

37

Hinter dem Royal Shakespeare Theatre floß der Avon so ruhig und friedlich dahin, als wäre nichts geschehen.

«Schon wieder *Hamlet*», sagte Melrose Plant. «Kann ich Sie nicht doch überreden, mitzukommen? Der erste Teil war ausgezeichnet.»

«Nein, danke», sagte Jury. «Ich habe für eine Weile genug von Rachetragödien.» Es war Abend, und ein Gewitter zog auf. Jury beobachtete die Enten, die wie schwarze Kohlestückchen unter den dunklen Weiden im Wasser schaukelten. «Fahren Sie morgen nach Northants zurück?»

«Ich denke, ja. Wenn Agatha sich dort aufhält, muß man gelegentlich das Silber zählen. Die Vettern aus Amerika sind zum Glück wieder nach Wisconsin zurückgefahren. Ich vermute, sie sind Hals über Kopf abgereist, nach den letzten... na, Sie wissen schon. Nicht einmal die kalten Buffets, die die gute Agatha ihnen mit Sicherheit auf Ardry End in Aussicht gestellt hatte, konnten sie umstimmen. Die Biggets und Honeysuckle Tours sind also wieder heil zu Hause. Ich hätte nicht übel Lust, der Pferderennbahn in Hialeah einen Besuch abzustatten. Ich möchte wetten, daß Lady Dew dort die haushohe Favoritin ist. Nun, wenn Sie nicht ins Theater mitkommen, wie wäre es dann mit einem Drink in der ‹Ente› nach der Vorstellung?»

«Ich muß noch was erledigen.»

«Ich verstehe.»

«Nein, das tun Sie nicht.»

«Also gut, dann eben nicht.»

Jury lächelte. «Sie sind ein sehr entgegenkommender Mensch.»

«Ich weiß.»

Einen Moment lang schwiegen sie, und dann fragte Jury: «Glauben Sie wirklich, daß sie diesen Kerl heiraten wird?»

Unschuldig wiederholte Melrose: «Sie? Kerl?»

Jury ließ den Blick über das Wasser schweifen. «War er nicht fürchterlich? Ich hätte nicht gedacht, daß Vivian auf solche Typen steht.» Er warf Melrose einen verstohlenen Blick zu. «Finden Sie, daß sie sich sehr verändert hat?»

«Vivian?» Plant studierte eingehend sein goldenes Zigarettenetui.

«Manchmal können Sie aber auch sehr ermüdend sein. Ja, Vivian. Haben Sie nicht mit ihr über die alten Zeiten gesprochen?»

Melrose nahm sich eine Zigarette aus dem Etui und hielt es Jury hin. «Großer Gott, nein. Wir haben kaum zwei Worte miteinander gewechselt.»

Jury griff kopfschüttelnd zu.

«Noch ist sie nicht verheiratet. Und wie ich Vivian kenne, wird auch nichts daraus werden. Bei wichtigen Dingen konnte sie sich noch nie entscheiden.» Melrose beließ es bei dieser Feststellung und sah auf die Uhr. «Ich muß gehen. Sonst versäume ich *wieder* den zweiten Teil. Falls Sie es sich anders überlegen, ich bin nach der Vorstellung in der ‹Ente›...»

38

Jury ging die Ryland Street entlang und klopfte bei Nummer zehn an die Tür. Eine kleine Frau öffnete und musterte ihn freundlich.

«Ich bin ein Freund von Lady Kennington. Ist sie zu Hause?»

Die kleine Frau sah ihn erstaunt an. Einen Augenblick lang dachte Jury, er hätte sich in der Hausnummer geirrt. Doch dann begriff sie. «Oh, Sie meinen Jenny?» Als Jury nickte, sagte sie: «Das tut mir aber leid. Sie wohnt nicht mehr hier –»

In ihren Worten lag eine solche Endgültigkeit, daß Jury gar nicht weiterzufragen brauchte. Doch sein Gesicht verriet so große Enttäuschung, daß sie sich als Überbringerin der schlimmen Nachricht schuldig fühlte. «Es tut mir wirklich leid. Sie haben sie verpaßt. Sie ist gestern ausgezogen.»

Gestern.

Als Jury weiter schwieg, schien die Frau zu denken, daß sie deutlicher werden müßte. «Ich glaube, sie erhielt einen Anruf von einer Verwandten. Sie ist früher abgereist, als sie geplant hatte. Und ich bin eben erst eingezogen. Es herrscht noch ein ziemliches Durcheinander.»

«Tut mir leid, daß ich Sie gestört habe –»

Sie machte eine wegwerfende Handbewegung. «O nein, keine Ursache», sagte sie eilig. Sie trat einen Schritt zurück, um Jury hereinzubitten.

Er lehnte dankend ab. «Sie hat nicht zufällig eine Nachricht hinterlassen?»

Untröstlich, fast beschämt, schüttelte sie den Kopf. «Nein, bei mir nicht. Sie könnten aber beim Makler nachfragen.»

Er dankte ihr noch einmal, und erst nachdem sich die Tür hinter ihm geschlossen hatte, fiel ihm ein, daß er sie nicht nach dem Namen des Maklers gefragt hatte. Er hob die Hand, um noch einmal anzuklopfen, überlegte es sich aber dann anders. Morgen...

Auf dem Rückweg überlegte er, ob er morgen wirklich zurückkommen würde oder ob das Schicksal in der Angelegenheit längst anders entschieden hatte.

Zwischen der «Torkelnden Ente» und dem Theater überquerte Jury die Straße und ging ohne bestimmtes Ziel auf den Fluß zu. Unter den Eichen, die mit ihren Lichtgirlanden wie Weihnachtsbäume aussahen, flanierten ein paar Theaterbesucher.

Die Hände tief in den Manteltaschen vergraben und ohne auf den Regen zu achten, setzte er sich auf eine Bank. Es schien eine Ewigkeit her zu sein, daß er mit Penny auf derselben Bank gesessen hatte. Als es völlig dunkel geworden war, stand er auf und ging zum Theater zurück. Der Parkplatzwächter lehnte gelangweilt an seinem Häuschen, während die Türhüter in ihren schwarzen Uniformen hinter den Glastüren des Theaters genauso gelangweilt herausschauten. Jury nahm den schmalen, dunklen Pfad hinter dem Theater, der am Fluß entlangführte.

Von dort kam dieses unterdrückte Gelächter, das zu

einem schrillen Gekicher wurde, als er sich näherte, obwohl man ihn in dieser Finsternis nicht sehen konnte: Schulkinder mit glimmenden Zigaretten saßen auf der Mauer des mit dorischen Säulen verzierten Gebäudes. Sie bemerkten ihn erst, als er beinahe vor ihnen stand. Das Gelächter hörte schlagartig auf, und die Stimmen verstummten.

Es waren ungefähr sechs oder sieben. «Wer ist da?» fragte einer.

«Niemand», sagte Jury. Streichhölzer flammten auf, und Zigaretten wurden angezündet.

«Sie sind doch kein *Lehrer*, oder?» fragte eine mißtrauische Stimme aus dem Dunkel.

«Großer Gott, nein.»

Die Antwort wurde mit Erleichterung zur Kenntnis genommen. «Was machen Sie hier draußen?»

«Ich gehe spazieren.» Er lächelte in die Dunkelheit. «Und was treibt ihr hier?»

Wieder Kichern, und eine Kleinmädchenstimme antwortete: «Oh, so einiges.»

«Nun sagen Sie uns doch, wer Sie sind», sagte ein Mädchen, das Jury auf ein oder zwei Jahre jünger schätzte als Penny. Sie war vorgetreten, als wollte sie zeigen, daß sie mit dem kichernden Haufen hinter sich nichts zu tun hatte.

«Wie ich schon sagte. Niemand.»

«Das hat Odysseus auch gesagt.»

«So?»

«Sie haben doch sicher schon von Odysseus gehört», sagte sie altklug. «Sie erinnern sich: Als er in die Höhle der Zyklopen kam. Er rettete sich, indem er sagte, er sei Niemand.»

«Vielleicht glaubte er das ja wirklich.»

Mit diesen Worten ging Jury weiter. Sie freuten sich sicher, ihn los zu sein. Als er schon ein geraumes Stück Weg zurückgelegt hatte, rief das Mädchen ihm einen Abschiedsgruß nach. Ihr Tonfall überraschte ihn; es klang, als würde sie ein Geheimnis mit ihm teilen.

Jury drehte sich um, winkte und grüßte zurück. Im Dunkel sah er eine Zigarette aufglimmen und davonfliegen. Sie beschrieb einen kleinen leuchtenden Bogen, der langsam erlosch: Ein goldner Schimmer in der Luft.

Martha Grimes

Die Amerikanerin **Martha Grimes** gilt zu Recht als die legitime Thronerbin Agatha Christies. Mit ihrem Superintendant Jury von Scotland Yard belebte sie eine fast ausgestorbene Gattung neu: die typisch britische Mystery Novel, das brillante Rätselspiel um die Frage «Wer war's?».
Martha Grimes lebt, wenn sie nicht gerade in England unterwegs ist, in Maryland/USA.

Inspektor Jury küßt die Muse
Roman
(rororo 12176)
Für Richard Jury endet der Urlaub jäh in dem Shakespeare-Städtchen Stratford-on-Avon. Eine reiche Amerikanerin wurde ermordet.

Inspektor Jury schläft außer Haus
Roman
(rororo 5947)
Der Inspektor darf wieder einmal reisen – in das idyllische Örtchen Log Piddleton. Aber er weiß, daß einer der liebenswerten Dorfbewohner ein Mörder ist.

Inspektor Jury spielt Domino
Roman
(rororo 5948)
Die Karnevalsstimmung im Fischerdörfchen Rackmoor ist feuchtfröhlich, bis eine auffällig kostümierte, schöne Unbekannte ermordet aufgefunden wird.

Inspektor Jury sucht den Kennington-Smaragd *Roman*
(rororo 12161)
Ein kostbares Halsband wird der ahnungslosen Katie zum Verhängnis – und nicht nur ihr...

3233/2

rororo Unterhaltung

Inspektor Jury bricht das Eis
Roman
(rororo 12257)
Zwei Frauen werden ermordet - ausgerechnet auf Spinney Abbey, wo Jurys vornehmer Freund im illustren Kreis von Adligen, Künstlern und Kritikern geruhsam Weihnachten feiern will.

Im Wunderlich Verlag sind außerdem erschienen:

Inspektor Jury besucht alte Damen
Roman
304 Seiten. Gebunden.

Inspektor Jury geht übers Moor
Roman
448 Seiten. Gebunden.

Inspektor Jury lichtet den Nebel
Roman
224 Seiten. Gebunden

«Es ist das reinste Vergnügen, diese Kriminalgeschichten vom klassischen Anfang bis zu ihrem ebenso klassischen Ende zu lesen.»
The New Yorker